जीवमण्डल के घटक
ELEMENTS OF BIOSPHERE

जीवमण्डल के घटक

ELEMENTS OF BIOSPHERE

लेखक
डॉ० के० के० पांचाल

डिस्कवरी पब्लिशिंग हाउस
नई दिल्ली–110 002

प्रथम संस्करण: 2007

ISBN: 978-93-5056-692-3

प्रकाशक
डिस्कवरी पब्लिशिंग हाऊस
4831/24, अन्सारी रोड, दरियागंज
नई दिल्ली—110 002
दूरभाष—23279245
फैक्स—23253475
e-mail: dphbooks@rediffmail.com
dphtemp@indiatimes.com

मुद्रक
अरोड़ा ऑफसैट प्रेस
दिल्ली-110 092

प्रस्तावना

यह पुस्तक "जीव मण्डल के घटक" पर्यावरण भूगोल की एक इकाई है, जो भारत के विभिन्न विश्वविद्यालयों में स्तानक स्तर पर पढ़ाई जाती है। इस पुस्तक में पर्यावरण भूगोल के विभिन्न पक्षों का परिचय सरल एवं स्पष्ट भाषा में संजोया गया है। किसी भी विषय की परिचायात्मक पाठय पुस्तक पूर्णतः मौलिक नही हो सकती क्योंकि उसका उद्देश्य विद्यार्थियों को इस विषय से सम्बन्धित मूल अवधारणाओं और उन अवधारणाओं के शोधकर्त्ता विद्वानों का परिचय देना होता है। अनेक विद्वानों के विचार उसमे सम्मिलित होते है। हम उन समस्त विद्वानों के ऋणी है जिनके विचार प्रत्यक्ष एवं अप्रत्यक्ष रूप में पुस्तक को सार्थक रूप देने में सहायक हुए है।

पुस्तक की विषय वस्तु एवं प्रस्तुतीकरण के बारे में सार्थक आलोचना एवं सुझावों का स्वागत किया जायेगा क्योंकि इसमें हमें अगले संस्करण के संशोधन में मदद मिलेगी।

—लेखक

विषय-सूची

1

जीवमण्डल : एक पारिस्थितिक तंत्र
(Biosphere : An Ecosystem)

जीवमण्डलः एक परिचय (Biosphere : An Introduction)

सम्पूर्ण संसार को अजैविक (Abiotic) तथा जैविक (Biotic) जगत् में बांटा जा सकता है। अजैविक जगत् के तीन प्रमुख अंग हैं :

1. वायुमण्डल (Atmosphere),
2. जलमण्डल (Hydrosphere) तथा
3. स्थलमण्डल (Lithosphere)।

जैविक जगत् का अध्ययन जीवमण्डल (Biosphere) के अन्तर्गत होता है। उपरोक्त चारों मण्डल सम्पूर्ण संसार-रूपी वृहद् पारिस्थितिक तंत्र (Ecological System) के प्रमुख अंग है जिनमें पदार्थों का सतत् आदान-प्रदान (Exchange) तथा संचरण (Circulation) होता रहता है। जीवधारी मिट्टी, जल एवं वायु से अकार्बनिक पोषक तत्वों (Inorganic Nutrients) को ग्रहण करते हैं, विनिष्ट पदार्थ का त्याग करते हैं तथा उनके मृत होने पर शरीर के तत्व अकार्बनिक या अजैविक अणुओं (Molecules) में परिवर्तित हो जाते हैं।

हाचिन्सन (Hutchinson, 1970) के अनुसार, पृथ्वी का वह भाग जिसमें जीवन पाया जाता है, जीवमण्डल कहलाता है। दूसरे शब्दों में जलमण्डल, स्थलमण्डल एवं वायुमण्डल के जिस भाग में जीवन व्याप्त रहता है, उसे जीवमण्डल की संज्ञा दी जा सकती है। कुछ विद्वानों ने जीवमण्डल के लिए पारिस्थितिक मण्डल (Ecosphere) शब्द का प्रयोग किया है। **कोल** (Cole, 1958) के अनुसार पारिस्थितिक मण्डल वह पर्यावरण है जिसमें वायु, जल एवं पृथ्वी सहित जीवधारी निवास करते हैं तथा पर्यावरण के साथ प्रतिक्रिया करते हैं। जीवमण्डल या पारिस्थितिक मण्डल वास्तव में एक ऐसा जैव-रासायनिक तन्त्र (Biochemical System) है जो सूर्य की

ऊर्जा का भण्डारण (Storage) एवं उपभोग करता है। दासमैन (Dasmann, 1976) तथा अन्य आलोचकों ने जीवमण्डल तथा पारिस्थितिक मण्डल में विभेद को तर्कहीन बताते हुए कहा है कि जीवों का उनके पर्यावरण से कदापि पृथक् नहीं किया जा सकता।

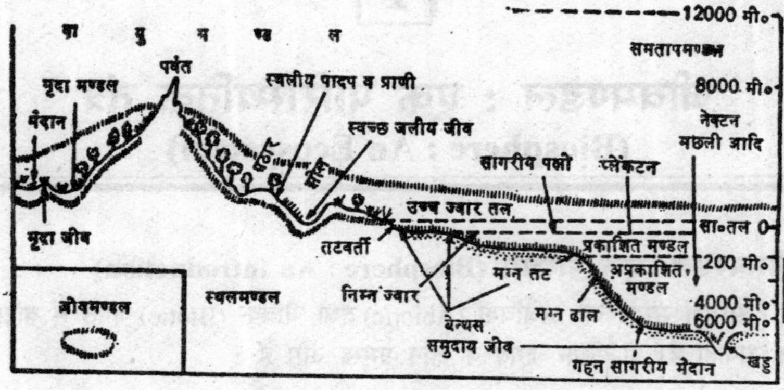

चित्र 1.1 : जीवमण्डल का विस्तार।

दासमैन के मत में, पृथ्वी के चारों ओर शैल, मिट्टी, जल तथा वायु की एक पतली परत का आवरण मौजूद है जिसमें समस्त जीवित जीव (Living Orginisms) निवास करते हैं, यही जीवमण्डल है। (चित्र 1.2) इस परत का अधिकतम विस्तार 26 किमी हैं जीवमण्डल की ऊपरी सीमा वायुमण्डल में उपस्थित ऑक्सीजन, आर्द्रता, तापमान एवं वायुदाब की यथेष्ट मात्रा द्वारा निर्धारित होती है, जो प्राणी जीवन के लिए आवश्यक है। NASA के अनुसार वायुमण्डल में यद्यपि, 15 किमी की ऊंचाई तक जीवाणविक सक्रियता (Bacterial Acitivity) पायी जाती है, किन्तु अधिकांश जीव वायुमण्डल के निचले भाग में ही पाये जाते हैं वहां उनके विकास एवं पोषण के लिए सभी उपयुक्त दशाएं पायी जाती हैं। जीवमण्डल की निचली सीमा ऑक्सीजन, प्रकाश तथा दबाव द्वारा निर्धारित होती है। स्थल पर जीवमण्डल का विस्तार कुछ मीटर की गहराई तक पाया जाता है–जहां तक वृक्षों की सबसे लम्बी जड़ें पहुंचती है। तथा बिलों में रहने वाले (Burrowing) जन्तु रहते हैं। सागरों में 9 किमी की गहराई तक जीवन पाये जाते हैं। (चित्र 1.2)

तंत्र (System)

'वस्तुओं के समुच्चय को तंत्र कहा जाता है जिसके अन्तर्गत एक वस्तु का दूसरे वस्तु से सम्बन्ध तथा उनके (वस्तुओं के) वैयक्तिक गुणों का अध्ययन किया

जाता है– "A system may be defined as a set of objects that are considered together by studying their relationship to each other and their relationship to each other and their individual attributes" (C.A.M. King, 1966) I.R.J. Chorley तथा B.A. Kenneday (1971) के अनुसार तंत्र वस्तुओं या विचारों का एक गठित समुच्चय होता है। ये (तंत्र) ऐसे संघटकों अथवा विचारों से मिलकर बनते हैं जिनमें आपस में दृश्य सम्बन्ध होते हैं तथा ये (विचार) एक साथ निश्चित प्रणाली के तहत कार्यशील होते हैं–" System is a structured set of objects and/or attibutes. These consist of components or variables the exhibit discemible relationship with one another and opearate together as a complete whole, accordig to some observed pattern".

तंत्रों को सामान्य रूप से तीन प्रकारों में विभक्त किया जाता है–

(1) **विलग तंत्र** (Isolated System) : उन तंत्रों को विलग तंत्र कहते हैं जिनमें ऊर्जा के निवेश तथा पदार्थों क बहिर्गमन की सीमायें निश्चित होती हैं। अर्थात् ऐसे तंत्र को विलग तंत्र कहते हैं जिसमें ऊर्जा के निवेश एवं पदार्थों के बहिगर्मन की दशा एवं मात्रा निर्धारित होती है।

(2) **बंद तंत्र** (Closed System) : बंद तंत्र उसे कहते हैं जिसकी सीमायें निश्चित होती हैं तथा पदार्थ तंत्र की सीमाओं का अतिक्रमण नहीं कर सकते। अर्थात् तंत्र में पदार्थ के प्रारम्भिक निवेश (Input) के बाद पुनः नये पदार्थों का निवेश नहीं हो सकता, परन्तु ऊर्जा के निवेश एवं बहिर्गमन (Output) पर कोई प्रतिबन्ध नहीं होता है। अर्थात् तंत्र में ऊर्जा का निवेश तथा तंत्र से ऊर्जा का बहिगर्मन बार-बार हो सकता है।

(3) **खुला या विवृत तंत्र** (Open System) : वह तंत्र होता है जिसमें ऊर्जा तथा पदार्थ दोनों का सतत् निवेश एवं बहिर्गमन होता रहता है। इस प्रकार विवृत तंत्र इस तरह कार्य करते है कि ऊर्जा तथा पदार्थ के निवेश तथा बहिर्गमन में संतुलन बना रहता है तथा तंत्र सदैव स्थिर दशा (Steady State) की ओर उन्मुख होता है।

जीवमण्डल एक तंत्र

जीवमण्डल एक तंत्र का उदाहरण है क्योंकि यह मौलिक रूप से तीन संघटकों से निर्मित है–

(1) **जैविक संघटक** (Organic component) : पाइप, मानव सहित जन्तु तथा सूक्ष्म जीव,

(2) **अजैविक संघटक** (Abiotic/Physical Component) : स्थल, जल, वायु, तथा

(3) **ऊर्जा संघटक** (Geothermal) : सौर्यिक तथा भूतापीय-ऊर्जा।

ये तीनों संघटक आपस में एक दूसरे पर आधारित हैं या ये संघटक परस्परावलम्बित हैं तथा वृहद्स्तरीय चक्रीय क्रिया विधियों (जैवभूरसायन चक्र) द्वारा एक दूसरे से अन्तर्सम्बन्धित हैं। चक्रीय क्रियाविधियों अर्थात् बृहद्स्तरीय जैवभूरसायन चक्रों (Geobiochemical Cycles) के माध्यम से जीव मण्डलीय तंत्र में ऊर्जा तथा पदार्थों के निवेश एवं बहिगर्मन की प्रक्रियाओं का चालन होता रहता है। जीवमण्डल एक खुला या विवृत तंत्र (Open System) का भी उदाहरण है क्योंकि इसमें ऊर्जा का सतत् निवेश या आगमन तथा पदार्थों का सतत् बहिर्गमन होता रहता है।

जब तक इस जीवमण्डलीय तंत्र में ऊर्जा तथा पदार्थों के निवेश (Input) तथा पदार्थों के तंत्र से बाहर गमन (Output) में सन्तुलन बना रहता है तब तक जीवमण्डलीय तंत्र संतुलित दशा (Equilibrium Condition) में बना रहता है परन्तु यह नाजुक संतुलन विक्षुब्ध या विघ्नित हो जाता है तो जीवमण्डलीय तंत्र की सन्तुलन की दशा भी बिगड़ जाती है तथा इस असन्तुलन के कारण कई प्रकार की पर्यावरणीय समस्याओं का सूत्रपात हो जाता है।

ज्ञातव्य है कि जीवमण्डलीय तंत्र की साभ्यवस्था सामान्य रूप में आत्मनिर्भर या स्वयंधारी (Self Sustaining) होती है तथा पारिस्थितिकीय दृष्टिकोण से अति दक्ष होती है। जीवमण्डलीय तंत्र की यह साभ्यावस्था तथा पारिस्थितिकीय दक्षता (Ecological Efficiency) जीवमण्डल के विभिन्न संघटकों (जैविक, अजैविक तथा ऊर्जा संघटक) के मध्य अति घनिष्ट सम्बन्धों तथा विभिन्न वृहद्स्तरीय चक्र, क्रियाविधियों (यथा-ऊर्जा चक्र, जलीय चक्र, अवसाद चक्र, पोषक तत्व चक्र-जिन्हें सामूहिक रूप से भूजैवरसायन चक्र कहा जाता है) पर निर्भर करती है क्योंकि ये चक्र जीवमण्डल के जैविक, अजैविक तथा ऊर्जा संघटकों को प्रभावित करते है तथा बदले में ये संघटक भी जीवमण्डल में इन चक्रों के द्वारा होने वाले ऊर्जा, जल, अवसादों तथा पोषक तत्वों के स्थानान्तरण, संचरण तथा चक्रण को भी प्रभावित करते हैं।

यदि जीवमण्डलीय तंत्र के विचारों (जैविक, अजैविक एवं ऊर्जा विचर) में कोई एक विचार भी निर्धारित सीमा से कम या अधिक प्रभावशाली हो जाता है तो जीवमण्डल तंत्र की साम्यावस्था विघ्नित हो जायेगी तथा पर्यावरणीय समस्यायें उत्पन्न हो जायेंगी।

जीवमण्डल के विभाग (Divisions of Biosphere)

जीवमण्डल को अनेक क्रमिक जीव भौगोलिक (Biogeographical) विभागों या प्रदेशों में बांटा जा सकता है, जिनमें विशिष्ट प्रकार के पादप एवं जन्तु निवास करते हैं। एक जैव भौगोलिक प्रदेश के भीतर एक स्थान से दूसरे स्थान की ओर जीव-जन्तु उन्मुख घूमते रहते हैं, किन्तु विविध प्रदेशों के बीच प्राकृतिक बाधाओं (सागर, पर्वत, मरुस्थल आदि) के कारण जीव-जन्तुओं का गमन-आगमन नहीं हो पाता।

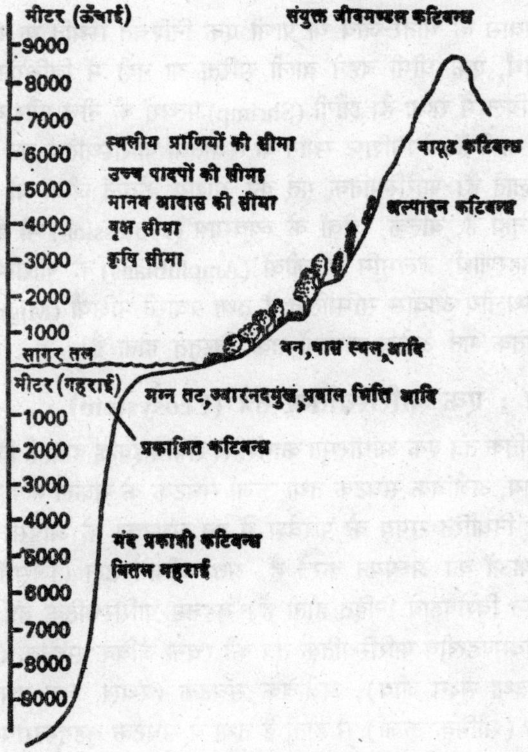

चित्र 1.2 : जीवमण्डल का ऊर्ध्वाधर विस्तार।

एक जैसी जलवायु की दशाओं वाले प्रदेश दूरस्थ महाद्वीपों पर भी विकसित पाये जाते हैं। ऐसे भौगोलिक प्रदेश बायोम (Biome) कहलाते हैं। प्रत्येक बायोम के विशिष्ट जलवायु वीय लक्षण होते हैं तथा उसमें विशिष्ट वनस्पति तथा जन्तु विकसित होते हैं। टुण्ड्रा, मरुस्थल, घास स्थल, वन प्रदेश, सागर आदि ऐसे ही

बायोम हैं। प्रत्येक बायोम में विशिष्ट दशाओं में रह सकने वाले प्राणी निवास करते हैं। उदाहरणार्थ, मरुस्थलों में तेज गर्मी को सहने वाले तथा टुण्ड्रा में भंयकर शीत को सह सकने वाले पाइप एवं प्राणी रहते हैं। बायोम का अपविभाजन विशिष्ट दशाओं के आधार पर प्रदेशों या कटिबन्धों (Zones) में होता है।

प्रत्येक बायोम के भीतर कई प्रकार के आवास (Habitates) पाये जाते हैं। ये आवास विशिष्ट दशाओं तथा उनमें पूर्णतः समानुकूलित जीव-समुदायों (Communities) को परिलक्षित करते हैं। स्वच्छ-जलीय सरोवर, सरिता, नग्न शैल धरातल, आदि ऐसे ही आवास हैं।

एक आवास के भीतर जीव या प्राणी एक निश्चित स्थिति या स्थान पर रहते हैं। उदाहरणार्थ, एक धीमी बहने वाली सरिता या नदी में विचिंगट (Crayfish) नदी तट पर बिल में रहता है। झींगी (Shrimp) पत्थरों के नीचे और बड़ी मछलियां खुले जल में रहती हैं। ये विशिष्ट स्थान या स्थितियां पारिस्थितिक गर्त (Ecological Niche) कहलाते हैं। पारिस्थितिक गर्त का आशय केवल जीवों के निवास स्थान तक सीमित नहीं है, बल्कि, जीवों के व्यवसाय (Profession) भी इसके अन्तर्गत आते हैं। उदाहरणार्थ, जलभूमि या जीवों (Amphibians) के पारिस्थितिक गर्त में जलीय एव स्थलीय आवास सम्मिलित हैं तथा प्रवासी पक्षियों (Migratory birds) का पारिस्थितिक गर्त अनेक बायोमों तक विस्तृत होता है।

जीवमण्डल : एक पारिस्थितिक तंत्र (Ecosystem)

पारिस्थितिक तंत्र एक आधारभूत कार्यशील क्षेत्रीय इकाई होता है जिसके अन्तर्गत जैविक समुदाय, अजैविक संघटक तथा ऊर्जा संघटक के सकल रूप को सम्मिलित करते है तथा निर्धारित समय के परिवेश में इन संघटकों के आपसी अन्तर्सम्बन्धों एवं अन्तक्रियाओं का अध्ययन करते हैं, अतः जीवमण्डल (जिसमें परिस्थितिक तंत्र की समस्त विशेषतायें निहित होती हैं) बृहत्तम पारिस्थितिक तंत्र का उदाहरण है क्योंकि जीवमण्डलीय पारिस्थितिक तंत्र की रचना जैविक संघटक (पादप, मानव सहित जन्तु तथा सूक्ष्म जीव), अजैविक संघटक (स्थल, जल तथा वायु) तथा ऊर्जा संघटक (सौर्यिक ऊर्जा) से होती है तथा ये संघटक वृहद्स्तरीय भूजैवरसायन चक्रों के माध्यम से अन्तरंग ढंग से आपस में अन्तर्सम्बन्धित हैं।

जीवमण्डल के उपतंत्र

जीवमण्डल की रचना दो प्रमुख तंत्रों से हुई है यथा–

(1) **पार्थिव बायोम तंत्र** (Terrrestrial Biome System), तथा

(2) **जलीय बायोम तंत्र**।

पार्थिव बायोम तंत्र के अन्तर्गत तीन उपतंत्र होते है–

(i) पादप तंत्र (Plant System),

(ii) जंतु तंत्र तथा

(iii) मृदा तंत्र।

ये उपतंत्र आपस में ऊर्जा तथा पदार्थों के संचरण एवं स्थानान्तरण के विभिन्न चक्रीय मार्गों द्वारा अन्तरंग रूप में अन्तर्सम्बन्धित होते हैं। जलीय बायोम तंत्र के अन्तर्गत भी तीन उपतंत्र होते है–

(i) **पाइप तंत्र**,

(ii) **जन्तु तंत्र** तथा

(iii) **पोषक तंत्र**।

जलीय बायोम तंत्र के ये तीन उपतंत्र भी पार्थिव बायोम तंत्र क उपतंत्रों की भांति ऊर्जा तथा पदार्थों के संचरण के चक्रीय मार्गों द्वारा आपस में अन्तर्सम्बन्धित होते हैं। (चित्र 1.2)।

जीवमण्डलीय पारिस्थितिक तंत्र कुछ निश्चित कारकों द्वारा प्रत्यक्ष तथा अप्रत्यक्ष रूप से प्रभावित तथा परिवर्तित होता रहता है। इन कारकों को पारिस्थितिक तंत्र का रूपान्तरक (Modifiers) कहते हैं। ये रूपान्तरक कारक तीन तरह के होते हैं–

(1) भौतिक रूपान्तरक (Psysical Modifiers),

(2) रासायनिक रूपान्तरक तथा

(3) जीवीय रूपान्तरक (Biological Modidiers) (चित्र 1.3)।

भौतिक कारक वायुमण्डल के भौतिक गुणों तथा विशेषताओं को प्रभावित करते हैं जो बदले में जलवायु को प्रभावित करते हैं तथा जलवायु अन्ततः पारिस्थितिक तंत्र को प्रभावित करती है। भौतिक रूपान्तरक कारक पारिस्थितिक तंत्र को तापमान परिवर्तन, जल-प्रवाह, अग्नि, खनन, निर्माण कार्य आदि के माध्यम से भी प्रभवित करते हैं। रासायनिक कारक वायुमण्डल की रासायनिक संरचना को प्रभावित करते हैं। ये परिवर्तन बदले में जलवायु को परिवर्तित करते हैं तथा इस तरह परिवर्तित जलवायु पारिस्थितिक तंत्र को प्रभावित करती है। रासायनिक कारक जल तथा मृदा के संगठन को बड़े पैमाने पर परिवर्तित करते हैं और इस तरह परिवर्तित जल तथा मृदा पारिस्थितिक तंत्र को प्रभावित करती है। जीवीय कारक यथा-फसल प्रारूप, जनसंख्या की विशेषतायें (यहां जनसंख्या का तात्पर्य जीवों की संख्या से है), जातियों के घनत्व तथा वितरण में हस्तक्षेप तथा हेरा-फेरी एवं जाति आनुवंशिकी (Species Genetics) पारिस्थितिक तंत्र को प्रभावित करते हैं।

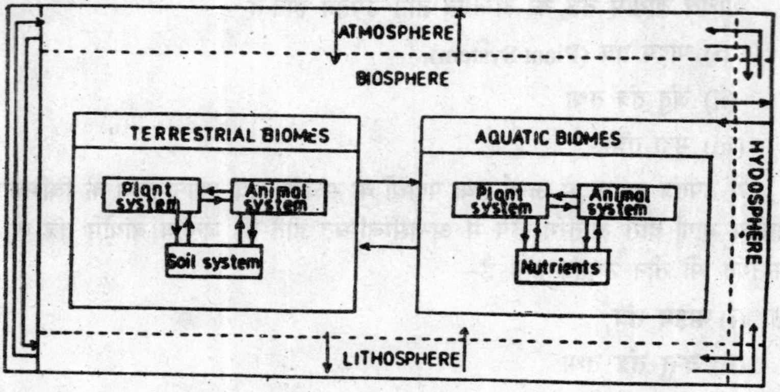

चित्र 1.3 : जीवमण्डल के उपतंत्र (Subsystems), संघटक तथा उनके अन्तर्सम्बन्ध। ऊर्जा एवं पदार्थों के गमन को तीरों द्वारा दिखाया गया है (P. A Furley तथा W. W. Newey, 1983, के आधार पर)।

जीवभूगोल एवं जीवविज्ञान (Biogeography and Biology)

जीवमण्डल का अध्ययन करने वाली भूगोल की विशेष शाखा जीवभूगोल (Biogeography) कहलाती है। इस विज्ञान के अन्तर्गत भौतिक पर्यावरण (Physical Environment), मिट्टी, प्राणी एवं वनस्पतियों का अध्ययन किया जाता है। स्टाम्प (Stamp) के भौगोलिक शब्दकोश के अनुसार, *"जीवभूगोल जीवित वस्तुओं, जन्तुओं, वनस्पतियों के भौगोलिक वितरण का विज्ञान है।"* (...."The science of geographical distribution of living things, animal and vegetation.")। **मिल** (Mill) ने भी जीवभूगोल को तन्तुओं तथा वनस्पतियों के वितरण का विज्ञान मानते हुए तथा जीवभूगोल के उद्देश्य पर प्रकाश डालते हुए लिखा है कि *"इसका लक्ष्य उन कारणों की खोज करना है जिससे यह ज्ञात हो सके कि कोई विशेष जाति (Species) एक विशेष क्षेत्र में क्यों पाई जाती है।"* ("The purpose of biogeography is to trace out the reasons why particular species occupy the region where they are now found.")

भौगोलिक विशेषज्ञों की समित के अनुसार, *जीवभूगोल "सावयवी जीवन का भूगोल" ("Geography of Organic Life") है।* मॉन्कहाउस (Monkhouse) के भौगोलिक शब्दकोष के अनुसार, *जीवभूगोल "वनस्पति एवं जीव-जन्तु के तर्कयुक्त वितरण के भौगोलिक पहलुओं का अध्ययन"* ("The study of geographical aspects of plant and animal life especially in terms of reasoned distributions") है।

जीवमण्डल के जीवों का अध्ययन जीवविज्ञान (Biology) के अन्तर्गत भी किया जाता है। वनस्पति विज्ञान (Botany), जन्तुविज्ञान (Zoology) तथा जीवरसायन विज्ञान (Biochemistry) आदि विज्ञान जीवों का सूक्ष्म अध्ययन (Micro-Study) करते हैं। किन्तु जीव विज्ञान तथा जीवभूगोल के विषय-वस्तु एवं क्षेत्र (Subject-Matter and Scope) तथा अध्ययन विधि एवं दृष्टिकोण में पर्याप्त अन्तर है।

जीव वैज्ञानिक जहां जीव के शारीरिक (Physiological), आकारिकीय (Morphological) तथा व्यावहारिकीय (Behavioural) कार्यों के अध्ययन तक सीमित रहता है, वहां जीवभूगोलवेत्ता जीवमण्डल के समस्त जीवों के वितरण प्रारूपों (Patterns of Distribution) का स्थान (Space) एवं समय (Time) के परिवेश में अध्ययन करता है।

यही नहीं, वह विभिन्न वितरण प्रारूपों के कारणों तथा प्रक्रियाओं की भी व्याख्या करता है। जीवभूगोलवेत्ता का प्रमुख ध्येय पृथ्वी के भौतिक पर्यावरण के जैविक (Organic) तथा अजैविक (Inorganic) तत्वों के बीच घनिष्ठ सम्बन्ध तथा मनुष्य एवं जीवमण्डल के बीच पारस्परिक सम्बन्धों (Reciprocal Relationships) की व्याख्या करना है। **एण्डर्सन** (Anderson) ने कहा भी है कि *"मानव और उसके समस्त चेतन (Animate) तथा अचेतन (Inanimate) पर्यावरण के मध्य जैविक सम्बन्धों का अध्ययन ही जीवभूगोल का सार है।"*

जीवभूगोल की दो प्रमुख शाखाएं—पादप भूगोल (Plant Geography) एवं जन्तु भूगोल (Animal or Zoo-Geography) हैं। प्राणियों की अपेक्षा पादपों के अध्ययन को अधिक महत्व दिया गया है। इसके निम्नलिखित मुख्य कारण हैं—

(i) प्राणी अधिक गतिशील होते हैं तथा उनकी जातियों (Species) की संख्या अधिक होती है, उनका अतिसूक्ष्म रूप तथा व्यवहार में अधिक भिन्नता के कारण उनके वितरण प्रारूपों का अध्ययन अधिक जटिल होता है। इसके विपरीत पादपों की स्थिरता एवं समूहन के कारण उनके वितरण प्रारूपों का अध्ययन सरल होता है।

(ii) प्राणियों की अपेक्षा पादप अपने आवास (Habitat) के भौतिक पर्यावरण पर अधिक निर्भर करते हैं तथा अपने अधिक जीवभार (Biomass) के कारण भौतिक पर्यावरण को भी प्रभावित करते हैं।

(iii) पादप समस्त प्राणिजगत को प्रत्यक्ष एवं परोक्ष रूप से भोजन एवं ऊर्जा (Energy) प्रदान करते हैं। इस प्रकार पादप मानव के सबसे अधिक महत्वपूर्ण संसाधन हैं।

जीवभूगोल एवं पारिस्थितिकी (Biogeography and Ecology)

जीवों तथा वनस्पतियों के पारस्परिक प्रभाव का विवेचन तथा विश्लेषण जीवभूगोल का प्रमुख लक्ष्य है। प्राकृतिक पर्यावरण के प्रभाव का अनुशीलन पारिस्थितिकी (Plant and Animal Ecology) में विशेष अन्तर नहीं है।

वस्तुतः पारिस्थितिकी जीवविज्ञान की ही एक विशिष्ट शाखा है। इस विज्ञान की जड़े मानव इतिहास जितनी प्राचीन एवं गहरी है। किन्तु एक सुव्यवस्थित विज्ञान के रूप में इसका अभ्युदय 19वीं शताब्दी में हुआ। **हैकल** (Haeckel, 1859) नामक जर्मन जन्तु वैज्ञानिक ने सर्वप्रथम Oecology (Ecology) शब्द का प्रयोग किया। इस शब्द की व्युत्पत्ति ग्रीक भाषा के 'Oikos' शब्द से हुई है जिसका अर्थ गृह या निवास है। हैकल ने पारिस्थितिकी को निम्न प्रकार से परिभाषित किया–

("By ecology we mean the body of knowledge concerning the economy of nature, the investigation of the total realtions of the animals both to its inorganic and to its organic environment, including above all, its friendly and animical relation with those animals and plants with which it comes directly or indirctly into contact.")

हैकल के अनुसार, *पारिस्थितिकी प्रकृति की अर्थ-व्यवस्था तथा प्राणियों के अपने अजैविक एवं जैविक पर्यावरण के साथ समस्त सम्बन्धों का अध्ययन है।*

वनस्पति वैज्ञानिक (Botanist) **वार्मिंग** (Warming,1895, 1905) के अनुसार *पारिस्थितिकी " पर्यावरण के सन्दर्भ में जीवों के अध्ययन का विज्ञान"* (Study of inter-relation of organisms to their environment) है।

क्लेमेंट्स (Clements, 1916) के अनुसार परिस्थितिकी "समुदाय का विज्ञान" ("Science of Community") है।

एन्टन (Enton, 1927) ने पारिस्थितिकी को "वैज्ञानिक प्राकृतिक इतिहास" ("Science Natural History") बताते हुए इसे "जन्तुओं के सामाजिक विज्ञान तथा अर्थशास्त्र" ("Sociology and Economics of Animals") की संज्ञा दी।

बुडबरी (Woodbury, 1954) एवं **टेलर** (Taylor, 1936) के अनुसार पारिस्थितिकी पर्यावरण के सन्दर्भ में जीवों का अध्ययन है।

एन्ड्रेवार्था (Andrewartha, 1961) के अनुसार पारिस्थितिकी "जीवों के वितरण एवं आधिक्य का वैज्ञानिक अध्ययन" ("Scientific Study of the distribution and abundance of organisms") है।

क्रेब्स (Krebs, 1977) ने एन्ड्रेवार्था द्वारा प्रस्तुत परिभाषा में संशोधन करते हुए पारिस्थितिकी को उन पारस्परिक क्रियाओं का वैज्ञानिक अध्ययन बताया जो जीवों के वितरण तथा आधिक्य को निश्चित करते हैं। ("Scientific Study of the interactions which determine the distribution and abundance of organisms.")।

ऑडम (Odum, 1963, 1969, 1971) ने पारिस्थितिकी की आधुनिकतम परिभाषा करते हुए बताया कि इस विज्ञान को जीवों तथा पर्यावरण के पारस्परिक सम्बन्धों का अध्ययन मात्र मानना उचित नहीं है। पारिस्थितिकी वास्तव में "प्रकृति की संरचना तथा प्रकार्य का अध्ययन" ("Study of structure and function of nature") है। सूक्ष्मतम रूप में पारिस्थितिकी वातावरणीय जीवविज्ञान (Environmental Biology) है।

पारिस्थितिकी का अन्य जीवन विज्ञानों (Life Science) से सम्बन्ध जानने के लिये जीवविज्ञान के विविध विभागों की जानकारी आवश्यक है। जीवविज्ञान के मूलभूत विभाग–आकृति विज्ञान (Morphology), पारिस्थितिकी (Ecology), आनुवंशिक विज्ञान (Genetics), शरीरक्रिया विज्ञान (Physiology), भ्रूण विज्ञान (Embryology), आदि हैं। जीवविज्ञान के तीन प्रमुख विभाग वनस्पति विज्ञान (Botany), जन्तु अथवा प्राणी-विज्ञान (Zoology), तथा सूक्ष्म जीव विज्ञान (Micro-biology) हैं। इसके अतिरिक्त विशिष्ट वर्ग के जीवों का अध्ययन करने वाले वर्गिकी विज्ञान–कवक विज्ञान (Mycology), शैवाल विज्ञान (Phycology), कीट विज्ञान (Entomology), आदि जन्तुविज्ञान (Protozoology), आदि हैं। इस प्रकार पारिस्थितिकी जीवविज्ञान का मूलभूत विभाग तथा वर्गिकी विभागों (Taxonomic Divisions) का अन्तरंग भाग है।

आधुनिक पारिस्थितिकी को सीमांकित करने की सर्वोत्तम विधि जीवविज्ञानी स्पेक्ट्रम (Biological Spectrum) में उसकी स्थिति निर्धारित करना है। पारिस्थितिकी का सम्बन्ध एकाकी जीव से नहीं अपितु, जीवों के समुदाय से है। अर्थात् इसके अन्तर्गत एक विशिष्ट वर्ग के कुल जीवों के समुदाय का अध्ययन किया जाता है जिसे समष्टि (Population) कहते हैं। एक पारिस्थितिक तन्त्र (Ecosystem) के अन्तर्गत जीव समुदाय तथा अजैव पर्यावरण सम्मिलित रूप से कार्य करते हैं। पारिस्थितिकी के अध्ययन में भौतिकी (Physics), रसायन (Chemistry), गणित (Mathematics), सांख्यिकी (Statistics) आदि भौतिक विज्ञान विशेष योग देते हैं।

पारिस्थितिकी के उपविभाग (Subdivisions of Ecology)

पारिस्थितिकी का वर्गीकरण अनेक आधारों पर किया जा सकता है। इसके दो मुख्य उपविभाग हैं:

(1) **स्व-पारिस्थितिकी** (Auto-ecology) : इसमें अलग अलग जीव या स्पेशीज (Species) का वातावरण के सन्दर्भ में उने अनुकूलन, जीवन इतिहास, व्यवहार आदि का अध्ययन किया जाता है। उदाहरणार्थ, एक श्वेत बलूत (White Oak) या कठ पक्षी (Wood threshes) का अध्ययन उसके वातावरण के सन्दर्भ में किया जा सकता है।

(2) **समुदाय पारिस्थितिक** (Synecology) : इसमें उस समूचे का अध्ययन अपेक्षित है जिसमें श्वेत बलूत या कठपक्षी साथ-साथ मिलते हैं। समुदाय पारिस्थितिकी के पुनः तीन उप-विभाग किये जा सकते हैं :

(1) समष्टि पारिस्थितिकी (Population Ecology),

(2) समुदाय पारिस्थितिकी (Community Ecology),

(3) पारितन्त्र पारिस्थितिकी (Ecosystem Ecology)।

पारिस्थितिकी का वर्गीकरण पर्यावरण या आवास (Habitat) के आधार पर निम्न प्रकार से किया जा सकता है:

(1) सागरीय पारिस्थितिकी (Marine Ecology)

(2) अलबणी जल पारिस्थितिकी (Fresh Water Ecology)

(3) ज्वारनदमुखी पारिस्थितिकी (Estuarine Ecology)

(4) सरिता पारिस्थितिकी (Riverine Ecology)

(5) पार्थिव पारिस्थितिकी (Terrestrial Ecology)

(6) घास स्थल पारिस्थितिकी (Grassland Ecology)

(7) वन प्रदेश पारिस्थितिकी (Forest Ecology)।

पारिस्थितिकी के विशिष्ट क्षेत्र (Specialised Fields of Ecology)

पारिस्थितिकी के मूलभूत सिद्धान्तों का उपयोग मानव कल्याण के लिये किया जा सकता है। तदनुसार इसके निम्नलिखित विशिष्ट क्षेत्र नामांकित किये जा सकते हैं (चित्र 1.4)।

(1) **स्थलीय पारिस्थितिकी** (Terrestrial Ecology) : स्थल पर पाये जाने वाले घास प्रदेश, शस्य प्रदेश, वन प्रदेश, मरुस्थल आदि विविध आवासों के जीवों का अध्ययन है। यह उल्लेखीय है कि स्थलीय परिस्थितिकी के अन्तर्गत अब घास प्रदेश (Grassland), शस्य प्रदेश (Crop land), मरुस्थल (Desert) आदि की पारिस्थितिकियों का अध्ययन स्वतन्त्र रूप में विकसित हो गया है।

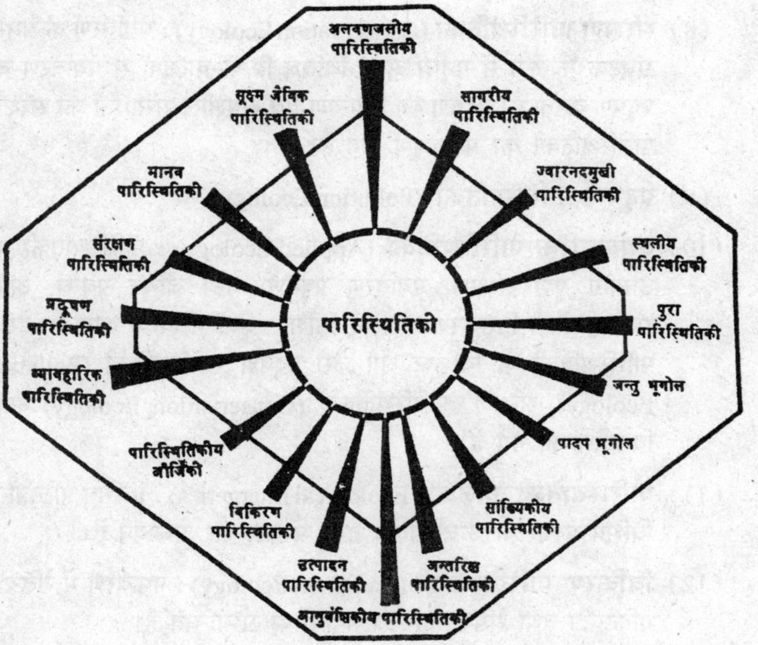

चित्र 1.4 : पारिस्थितिकी के विशिष्ट क्षेत्र।

(2) **ज्वारनदमुखीय पारिस्थितिकी** (Estuarine Ecology) एस्चुरी अथवा ज्वारनदमुखों पर पाये जाने वाले जीवों का अध्ययन है।

(3) **सागरीय पारिस्थितिकी** (Marine Ecology) : सागरों व महासागरों में पाये जाने वाले जीवों का अध्ययन है।

(4) **अलवणजलीय पारिस्थितिकी** (Fresh Water Ecology) : सरोवर, झील, नदी इत्यादि अलवणीय जल के जीवों का अध्ययन है।

(5) **अन्तरिक्ष पारिस्थितिकी** (Space Ecology) : अन्तरिक्ष में पड़ौसी ग्रहों तक पंहुचने के लिये इसका विकास हुआ।

(6) **सूक्ष्म जैविक पारिस्थतिकी** (Microbial Ecology) : शैवाल (Algae), जीवाणु (Bacteria), फंजाई (Fungi), आदि सूक्ष्म जीवों का अध्ययन है।

(7) **मानव पारिस्थितिकी** (Human Ecology) : अपने पर्यावरण से प्रभावित होते हुए मनुष्य पर्यावरण पर प्रतिक्रिया करता है। मानव और पर्यावरण के पारस्परिक सम्बन्धों से मानव पारिस्थतिकी का विकास हुआ है।

(8) **संरक्षण पारिस्थितिकी** (Conservation Ecology) : पर्यावरण के प्रमुख संघटक के रूप में मनुष्य अपने विविध क्रिया-कलापों से पर्यावरण का प्रदूषण करता है। प्रदूषण का नियन्त्रण एवं क्षयशील संसाधनों का संरक्षण पारिस्थितिकी का महत्वपूर्ण अंग है।

(9) **प्रदूषण पारिस्थितिकी** (Pollution Ecology) एवं

(10) **व्यावहारिक पारिस्थितिकी** (Applied Ecology) : पारिस्थितिकी का उपयोग मृदा संरक्षण, पर्यावरण प्रदूषण, वन्य जीवन प्रबन्ध, आदि समस्याओं के निराकरण के लिए विशिष्ट क्षेत्रों में किया जाता है। इससे पारिस्थितिकी के विशिष्ट क्षेत्र जैसे प्रदूषण पारिस्थितिकी (Pollution Ecology), संरक्षण पारिस्थितिकी (Conservation Ecology) आदि विकसित हो गये हैं।

(11) **पारिस्थितिकी ऊर्जिकी** (Ecological Energetics) : विभिन्न परितंत्रों में विभिन्न प्रकार के ऊर्जा प्रवाह तथा संरक्षण का अध्ययन है।

(12) **विकिरण पारिस्थितिकी** (Radiation Ecology) : पर्यावरण में रेडियो-एक्टिवता तथा रेडियो-एक्टिव पदार्थों से सम्बन्धित है।

(13) **उत्पादन पारिस्थितिकी** (Production Ecology) : विभिन्न परितंत्रों में जैविक पदार्थ में कुल उत्पादन से सम्बन्धित है।

(14) **आवासानुवंशिकी** (Genecology) : स्वपारिस्थितिकी (Autecology) के अन्तर्गत वह विशिष्ट शाखा विकसित हुई है।

(15) **पारितन्त्र मॉडलिंग** (Ecosystem Modelling) : गणितीय समीकरणों तथा मॉडलों आदि की सहायता से पारिस्थितिकीय अनुसंधानों पर एकत्रित आंकड़ों द्वारा पारितन्त्र की संरचना एवं कार्यों की समीक्षा की जाती है। इस प्रकार के अध्ययन से पारितन्त्र मॉडलिंग या तंत्र पारिस्थितिकी (System Ecology) का विकास हुआ है।

(16) **सांख्यिकीय पारिस्थितिकी** (Statistical Ecology) : जीवों के समुदाय, जनसंख्या तथा प्रतिचयन (Sampling) विधियों का अध्ययन है।

(17) **पादप भूगोल** (Phyto-Geography) : पौधों या वनस्पतियों के भौगोलिक वितरण का विज्ञान है।

(18) **प्राणी या जन्तु भूगोल** (Zoo-Geography) : प्राणियों के भौगोलिक वितरण का विज्ञान है।

(19) **पुरापारिस्थितिकी** (Paleoecology) : परागाणुविज्ञान (Palynologly), पुराजीवाश्म विज्ञान (Palaeontology), तथा रेडियोएक्टिवता के सहयोग से प्राचीन काल के वातावरण तथा जीवों का अध्ययन है।

पारिस्थितिकी का विकास (History of Ecology)

जीवविज्ञान की एक विशिष्ट शाखा एवं अभिन्न अंग के रूप में आधुनिक पारिस्थितिकी का अभ्युदय यद्यपि, 19वीं शताब्दी में हुआ, इसके बीज प्राचीन भारतीय ग्रन्थों-वेद, पुराण तथा महाकाव्यों में पाये जाते हैं। हमो प्राचीन गंन्थों में वायु, जल, भूमि, समय आदि कारकों का उल्लेख पौधों के नियन्त्रणकर्ता के रूप में मिलता है। प्राचीन ग्रीक दार्शनिकों एवं वैज्ञानिकों (हिप्पाक्रेट्स, अरिस्टोटल, थियोफ्रेस्टस, स्यूमर, आदि) ने विभिन्न क्षेत्रों के पौधों एवं जन्तुओं पर प्रकाश डाला। **लिनेयस** (Linnaeus, 1707-1778) एवं **बफन** (Buffon,1756) ने भी पारिस्थितिकी के क्षेत्र में महत्वपूर्ण विचार प्रस्तुत किये।

19वीं शताब्दी में अनेक प्रकृति वैज्ञानिकों, भू वैज्ञानिकों, तथा अन्वेषकों ने पौधों एवं पशुओं से सम्बन्धित विचारों एवं साहित्य को समृद्ध किया। इन विद्वानों में हम्बोल्ट (Humboldt), **स्प्रूस** (Spruce), **फोर्ब्स** (E. Forbes), **हूकर** (J. Hooker), **अगासोज** (L. Agassoz), **चार्ल्स डार्विन** (Darwin), आदि उल्लेखनीय है। डार्विन ने अपनी बहुचर्चित पुस्तक " Origin of the Species" में जैविक विविधता, विषमता एवं असंगतियों (Anomalies) को दो संकल्पनाओं के माध्यम से स्पष्ट किया–

(i) जीवों का उनके भौतिक पर्यावरण के साथ अनुकूलन (Adaptation) तथा

(ii) प्राकृतिक चयन (Natural Selection)।

जीवभूगोल के उदय काल में दो दिशाओं में प्रगति हुई–

(i) **वर्गीकरण** (Taxonomic) : इस दिशा में वनस्पति वैज्ञानिकों की विशेष अभिरुचि रही। उनके अध्ययन का मुख्य क्षेत्र पादपों का वर्गीकरण, नामकरण, वितरण, विकास तथा विसरण (Dispersion) रहा।

(ii) **पारिस्थितिकीय** (Ecological) क्षेत्र में भूगोलवेत्ताओं का अधिक ध्यान रहा। जीवभूगोल में स्व-पारिस्थितिकी (Autecology) की अपेक्षा समुदाय पारिस्थितिकी (Synecology) पर अधिक ध्यान दिया गया। पारिस्थितिकी के स्वतन्त्र विज्ञान के रूप में विकसित होने के लगभग 100 वर्ष पूर्व ही वनस्पति भूगोल (Plant Geogrphy) का विकास हो चुका था।

18वीं तथा 19वीं शताब्दी में जलवायु को एक महत्वपूर्ण पारिस्थितिक चर (Variable) माना गया। मेरियम ने जलवायु के आधार पर ही जीवन-मण्डल (Life

Zones) प्रस्तुत किये थे। **शिम्पर** (Schimper) ने वनस्पतियों के वितरण में जलवायु के प्रभाव को ही सर्वोपरि माना। **कोपेन** (Koeppen, 1998) ने विश्व के जलवायु वर्गीकरण में वनस्पति तथा जलवायु को आधार बनाया। **हर्बर्टसन** (Herbertson, 1905) ने वनस्पति तथा जलवायु क आधार पर विश्व को प्राकृतिक प्रदेशों में बांटा। यह उल्लेखनीय है कि आरम्भ में वनस्पति के गतिक (Dynamic) पहलू के बजाय स्थैतिक (Static) पक्ष पर अधिक ध्यान दिया गया। वनस्पतियों के अध्ययन में कुछ अन्य कारकों पर भी ध्यान दिया गया। **कॉवेल्स** (Cowels, 1899) ने वनस्पति के निर्धारण में पौध अनुक्रम प्रक्रिया (Plant Succession) का विश्लेषण करते हुए जीव भूगोल में नयी दिशा का सूत्रपात किया। **क्लेमेन्टस** (Clements, 1916) ने वनस्पति के अध्ययन में जननिक का प्रतिपादन किया।

बीसवीं शताब्दी में नई परिकल्पनाएं (Concepts) तथा पहलू विकसित हुये। इनमें पादप समाजविज्ञान (Plant Sociology) तथा पारिस्थितिक ऊर्जिकी (Ecological Energetics) उल्लेखनीय हैं। अमरीकी तथा ब्रिटिश पारस्थितिक स्कूल के अन्तर्गत आवास (Habitat) तथा वनस्पति समुदाय (Vegetation Community) पर अधिक बल दिया गया। दूसरी ओर यूरोपीय पारिस्थितिक स्कूल में पादप समुदाय के संघटन (Floristic Composition) पर बल दिया गया।

बीसवीं शताब्दी के चतुर्थ दशक में जीव भूगोल तथा पारिस्थितिकी के क्षेत्र में महत्वपूर्ण परिवर्तन हुये। वृहद् क्षेत्रीय के बजाय लघु क्षेत्रीय गहन अध्ययन को अधिक बल दिया जाने लगा। वनस्पति वर्गिकी (Vegetation Taxonomy) के स्थान पर पारिस्थितिक तन्त्र (Ecosystem) को अधिक महत्व दिया जाने लगा। **तान्सले** (Tansley, 1935) ने सर्वप्रथम परितन्त्र (Ecosystem) शब्द का प्रयोग किया तथा पारिस्थितिकी को नयी दिशा दी। इसके पश्चात ही पारिस्थितिकी में उत्पादकता (Productivity) तथा ऊर्जा सम्बन्धों की नवीन संकल्पनाओं तथा जैव-ऊर्जिकीय उपागम (Bioenergetic Approach) का सूत्रपात हुआ। इस दिशा में **ऑडम** (Odem E.P., Odum H.T.), **हिवटेकर** (Whittacker), **हैसलन** (Hasler), **हचिन्सन** (Hutchinson), **हार्पर** (Harper), आदि के सराहनीय योगदान हैं।

वर्तमान समय में पारिस्थितिकी का अनुप्रयोग (Application) अनेक सामाजिक, आर्थिक एवं राजनीतिक समस्याओं के निवारण में भी होने लगा है। कृषि, जैविक सर्वेक्षण, आखेट प्रबन्ध (Game Management), रोग निवारण (Pest Control), मत्स्य (Fishery) एवं वानिकी (Forestry) के क्षेत्रों में विशेष रूप से पारिस्थितिकी का अनुप्रयोग अपेक्षित है। मानव-पर्यावरण के सम्बन्धों तथा पारिस्थितिक असन्तुलन (Ecological Imbalance) के निवारण में पारिस्थितिकी का अध्ययन विशेषतः

उपयोगी है। भूमि संरक्षण (Soil Conservation), पर्यावरण प्रदूषण (Environmental Pollution) तथा क्षेत्रीय संसाधन नियोजन (Regional Resource Planning) में पारिस्थितिकी बहुत उपयोगी सिद्ध हुई है। बीसवीं शताब्दी के आठवें दशक से प्रकृति संरक्षण, पर्यावरण संरक्षण एवं नियोजन, संसाधन संरक्षण एवं नियोजन आदि में पारिस्थितिकी का अधिकाधिक अनुप्रयोग होने लगा है। 1972 में स्वीडन में विविध वैज्ञानिकों की अन्तर्राष्ट्रीय कांफ्रेन्स में औद्योगीकरण एवं युद्धों से उत्पन्न पर्यावरण प्रदूषण की विभीषिका रोकने के लिए बल दिया गया। संक्षेप में पारिस्थितिकी के कार्यक्षेत्र (Socope) के अन्तर्गत निम्नलिखत अध्ययन सम्मिलित हैं–

(1) विभिन्न निशे (Niche) में समष्टि (Populaion) का अध्ययन।

(2) जाति उद्भवन (Speciation) तथा प्राकृतिक समायोजन के कारण जातियों का उद्भव एवं विकास।

(3) मानव के लिए उपयोगिता निश्चित करने के लिये आवास (Habitat) के संघटन (Composition) तथा पारिस्थितिक प्रक्रमों का अध्ययन।

(4) जीव मण्डल में पर्यावरण प्रदूषण का आकलन एंव

(5) प्राकृतिक संसाधनों का संरक्षण।

2

जीवमण्डल एवं उसके संघटक
(Biosphere and Its Components)

प्रस्तावना (Introduction)

यदि हम समस्त जीवमण्डल को एक पारिस्थितिक तंत्र मानते हैं। तो जीवमण्डल एवं जीवमण्डलीय पारिस्थितिक तंत्र के संघटक एक समाज ही होते है। इसी तरह विश्वस्तरीय प्रकृतिक पर्यावरण के संघटक भी वही है, जो जीवमण्डल तथा जीवमण्डलीय पारिस्थितिक तंत्र के है। कुछ लोग बनस्पति तथा प्राणिजगत को ही जीवमण्डल के प्रमुख घटक मानते है। निश्चय ही यह अवधारणा संकुचित है। इस सन्दर्भ में जीवमण्डल से सम्बन्धित कुछ और विचारों का विवेचन आवश्यक है ज्ञातव्य है कि भूतंत्र (Earth System) के दो प्रमुख संघटक होते हैं जीवित पदार्थ (Living Material) तथा अजीवित पर्यावरण (Non-Living Environment) I कुछ लोगों यथा (L. C. (1958) ने पारिस्थितिक मण्डल (Ecosphere) शब्द का प्रयोग उस पर्यावरण के लिए किया है जिसमें जीव (वनस्पति तथा जन्तु) रहते हैं तथा उसके साथ (पर्यावरण के साथ) पारिस्थितिकीय किया करते है। जबकि कुछ लोग क्या C. Hulchinson (1970) जीवों के परिवार या समूह के लिए जीवमण्डल का प्रयोग करते हैं। R.E. Dasmann (1976) का मत है कि पारिस्थितिक मण्डल (Ecosphere) तथा जीवमण्डल अलग-अलग रूपों में मानना अविभाज्य (Inseparable) को विभाजित करता है। अर्थात् भौतिक पर्यावरण तथा उसमें रहने वाले जीव एक दूसरे से इतने घनिष्ट रूप से सम्बन्धित है कि उनको एक दूसरे से अलग नहीं किया जा सकता।

जीवमण्डल पारिस्थितिक तंत्र तथा पर्यावरण के तीन प्रमुख संघटक होते है–

(1) अजैविक/भौतिक संघटक (Abiotic/Inorganic/Physical Components) तथा

(2) ऊर्जा संघटक (Energy Components) तथा

(3) जैविक संघटक (Biotic/Organic Components)।

ऊर्जा संघटक को भौतिक संघटक के साथ ही सम्मिलित कर लिया जाता है।

अजैविक संघटक (Inorganic Components)

जैवमण्डल के अजैविक संघटकों के अन्तर्गत भौतिक पर्यावरण के तत्व सम्मिलित किये जाते है। **ऊंस्टिग** (Oosting, 1948) के अनुसार पर्यावरण अनेक कारकों का मिश्रण है, जिसमें (पदार्थ मिटटी एवं जल), दशाएं (तापमान एवं प्रकाश), शक्तियां (पवन एवं गुरुत्व), जीव (पौधे एवं प्राणी)तथा समय सम्मिलित होते है। अधिकांश पारिस्थितकीविज्ञ (Ecologists) पारिस्थितिक कारकों को चार वर्गों में रखते हैं।

(1) **जैविक कारक** (Biotic Factors) : (पौधों, प्राणियों एवं सूक्ष्म जीवों की पारस्परिक क्रियाएं, आदि)।

(2) **मृदीय कारक** (EdaPhic Factors) : (मिट्टी की रचना, भौतिक एवं रासायनिंक गुण।

(3) **स्थालाकृतिक कारक** (Physiographic Factors) : (तंगुता (Altitude) पर्वतों की दिशा, ढालों की तीव्रता आदि।

(4) **जलवायवीय कारक** (Climatic Factors) : (प्रकाश, तापमान, वर्षा, आर्द्रता, वायुमण्डलीय गैसें तथा पवनें)।

जीवों के चारों ओर से घेरते हुए तथा उन्हें प्रभावित करते हुए भौतिक पर्यावरण के अजैव तत्व महत्वपूर्ण पारिस्थितिक कारक है जिनका उल्लेख किये बिना जीवमण्डल का अध्ययन अपूर्ण होगा। इन तत्वों की उपस्थिति वायुमण्डल, स्थलमण्डल एवं जलमण्डल में है। वास्तव में ये तत्व अथवा संघटक जीवमण्डल रूपी बृहत् तंत्र अथवा पारितन्त्र (Ecosystem) के अन्तर्गत उपतंन्त्रो (Subsystems) के रूप में मौजूद रहते हैं। (चित्र 2.1) इन तत्वों का संक्षिप्त कार्यात्मक (Functional) उल्लेख अभीष्ट होगा।

(1) **सौर्यिक ऊर्जा** (Solar Energy) : सौर्यिक विकिरण (Solar Radiation) लघु तरंगों के रूप में पृथ्वी तल को प्रकाश (Light) एवं तापमान (Temperature) प्रदान करता है। इस सौर्यिक ऊर्जा को पर्णहरित (Chlorophyll) युक्त पौधे प्रकाश संश्लेषण (Photosynthesis), विधि द्वारा ग्रहण करते हैं तथा ऊर्जा के अन्य रूपों में परिवर्तित करते हैं। पौधों में प्रकाश संश्लेषण के अतिरिक्त वाष्पोत्सर्जन (Transpiration), बीज अकुंरण (Seed

Germination) तथा पुष्पन (Flowering) आदि प्रक्रियाओं में प्रकाश का बहुत महत्व है। वास्तव में वनस्पतियों की जातियां (Species) निर्धारित करने तथा उनके संघटन एवं विकास में प्रकाश का बहुत योगदान है।

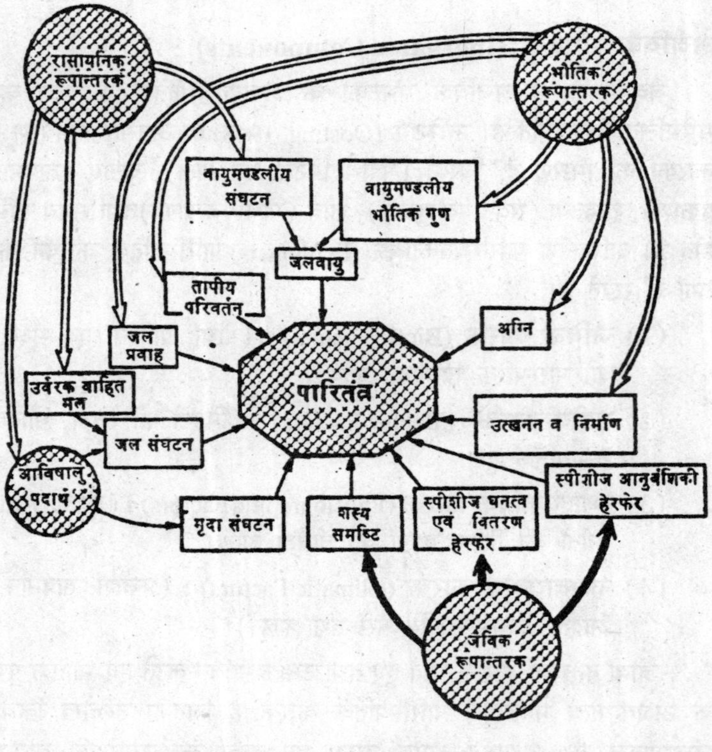

चित्र 2.1 : पारिस्थितिक तन्त्र को प्रभावित करने वाले कारक।

प्रकाश की तीव्रता तथा कमी के आधार पर ही धरातल पर मुख्यत: दो प्रकार की वनस्पति उगती है। अधिक प्रकाश वाले स्थानों पर आपाद्भिद (Heliophytes) तथा कम प्रकाश वाले स्थानों में छायोद्भिद (Sciophystes) जाति की वनस्पति उगती है। प्रकाश के वितरण की भिन्नता के अनुसार ही विषुवत् रेखा से ध्रुवों तक वनस्पति में भिन्नता पायी जाती है। (चित्र 2.2)।

पौधों की अपेक्षा प्राणियों पर प्रकाश का प्रभाव अधिक पड़ता है। प्राणियों के वर्णकन (Pigmentation), प्रजनन (Reproduction), उपापचय (Metabolism), विकास (Growth), चलन (Locomotion), प्रवास

(Migration), आदि क्रियाओं पर प्रकाश का प्रत्यक्ष एवं परोक्ष प्रभाव दर्शनीय होता है।

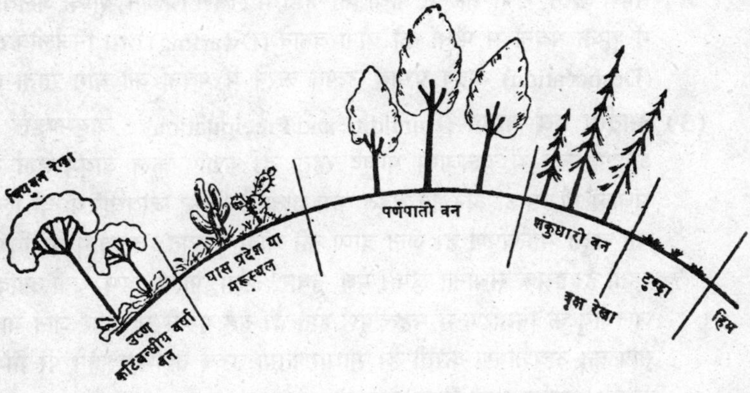

चित्र 2.2 : वनस्पति के अक्षांशीय वितरण में भिन्नता।

(2) **गैसें तथा पवनें** (Gas and Winds) : वायुमण्डल की संरचना अनेक प्रकार की गैसों, जलवाष्प, धूल कण आदि से हुई है। इन सब तत्वों में गैसों का महत्व सबसे अधिक है। वायुमण्डलीय गैसों में 99% योग नाइट्रोजन (78%) तथा ऑक्सीजन (21%) का होता है। कार्बन डाईऑक्साइड, आर्गन, हाइड्रोजन, नियोन, ओजोन, आदि अन्य गैसें है। सूर्य की प्रकाश किरणें वायुमण्डल की मोटी परत को भेदकर धरातल तक आती हैं तो ऑक्सीजन एवं ओजोन गैस किरणों को अवशोषित कर लेती हैं। ओजोन गैस का महत्व सूर्य की विषाक्त पराकासनी (Ultra-violet) किरणों के अवशोषण के लिये है। यदि ओजोन गैस न होती तो सूर्य की तेज किरणें धरातल पर सभी जीवों को झुलसा देतीं। ऑक्सीजन प्राणियों के लिये प्राण वायु का कार्य करती है तथा धरातल पर जीवन के लिए महत्वपूर्ण है।

पवनें वायुमण्डलीय संचार की द्योतक हैं। मूलतः सौर्यिक ऊर्जा (तापमान) की भिन्नता से ही पवनें उत्पन्न होती हैं। पौधों को प्रभावित करने वाले पारिस्थितिक कारकों में पवनों का बहुत महत्व है। समतल मैदानों, समुद्र तट एवं पर्वतों के उच्च दालों पर पवनें अधिक सक्रिय होती है। पौधों में वाष्पोत्सर्जन (Transpiration), भौतिक क्षति, पराग, बीज तथा फलों के प्रकीणन, आदि में पवन का बहुत महत्व होता है। वास्तव में पवन पौधों में अनेक प्रकार के भौतिक, शारीरिक तथा कार्यिकीय

(Physiological) प्रभाव उत्पन्न करने के लिए उत्तरदायी है। पौधों को जड़ सहित उखाड़ने, टहनियों को तोड़ने तथा विकृत करने, पौधों का घर्षण करने, समुद्र तट पर पौधों की जड़ों में लवण बिछाने, शुष्क जलवायु में शुष्क पवनों से पौधों को बौना बनाने (Dwarfing) तथा निर्जलीकरण (Desoccation), आदि प्रभाव उत्पन्न करने में पवनों का योग रहता है।

(3) **आर्द्रता एवं वर्षण** (Humidity and Precipitation) : वायुमण्डल में अदृश्य रूप में जलवाष्प मौजूद रहती है। यद्यपि कुल वायुमण्डल के संघटन में इसका अनुपात बहुत कम होता है किन्तु जीवधारियों के लिए यह बहुत महत्वपूर्ण है। जल वाष्प की मात्रा मुख्यतः तापक्रम पर निर्भर रहती है। इसके संघनित रूप (मेघ, तुषार, ओस, पाला, हिम, वर्षा आदि) जलवायु के निर्धारण में महत्वपूर्ण होते हैं। यह पृथ्वी से बाहर जाने वाले ताप का अवशोषण करती है। साधारणतया उच्च तापमान होने पर निम्न सापेक्ष आर्द्रता तथा निम्न तापमान होने पर उच्च सापेक्ष आर्द्रता पायी जाती है। पौधों तथा प्राणियों के जीवन पर जलवाष्प से ही प्रभावित होती है। फंजाई तथा कुछ सूक्ष्म जीवों में बीजाणु के अंकुरण तथा जीवन चक्र की विविध अवस्थाओं में जलवाष्प का विशेष योग रहता है।

धरातल पर अधिकांश वर्षा जल के रूप में प्राप्त होती है। जल का संचय नदी, सरोवर, झील, सागर, महासागर आदि में होता है। वास्तव में धरातल पर जल की प्राप्ति जलीय चक्र (Hydrological Cycle) के अन्तर्गत होती है। सौर्यिक ऊर्जा द्वारा सागरों एवं महासागरों से जल का वाष्पीकरण होता है। यह जलवाष्प संघनित होकर पुनः धरातल पर वर्षण (Precipitation) के रूप में प्राप्त होती है।

जीवमण्डल के लिये जल का महत्व अवर्णनीय है। वर्षा की मात्रा का प्रभाव उस क्षेत्र की वनस्पति एवं प्राणियों पर पड़ता है। वर्षा की मात्रा के वितरण एवं वनस्पति के प्रकार में सीधा सम्बन्ध पाया जाता है। उष्णकटिबन्धीय भारी वर्षा के प्रदेशों में सदाबहार वनस्पति, ग्रीष्मकालीन मौसमी वर्षा तथा शुष्क शीतकाल के प्रदेशों में मानसूनी वनस्पति (घास के प्रदेश) एवं शुष्क मरुस्थलों में मरुद्भिदी (Xerophytic) वनस्पति प्रारूपिक होती है।

जलमण्डल पौधों एवं प्राणियों के लिए अवास भी प्रदान करता है। अनेक प्रकार के जलीय वनस्पति (Aquatic) पौधे एवं प्राणी जल में ही पाये जाते है। ग्लोब पर जल का विस्तार सर्वाधिक है। महासागरीय जल के

तापमान, लवणता, घनत्व, गतियों, नितल के उच्चावाच (Relief) आदि का प्रभाव जैविक संघटक पर अवश्य पड़ता है।

(4) **स्थालकृति** (Physiography) : धरातल पर विषम स्थलाकृतिया पायी जाती है। पर्वतों की ऊंचाई या तुंगता (Altitude) का प्रभाव उस क्षेत्र की जलवायु पर निश्चित रूप से पड़ता है। पर्वतों एवं घाटियों की दिशा, ढालों की तीव्रता, ढालों का पवनोन्मुखी अथवा पवन विमुख होना, सुरक्षित ढाल आदि कारक किसी भी क्षेत्र में सूक्ष्म जलवायवीय (Micro Climatic) अन्तर उपस्थित करते हैं (चित्र 2.3)।

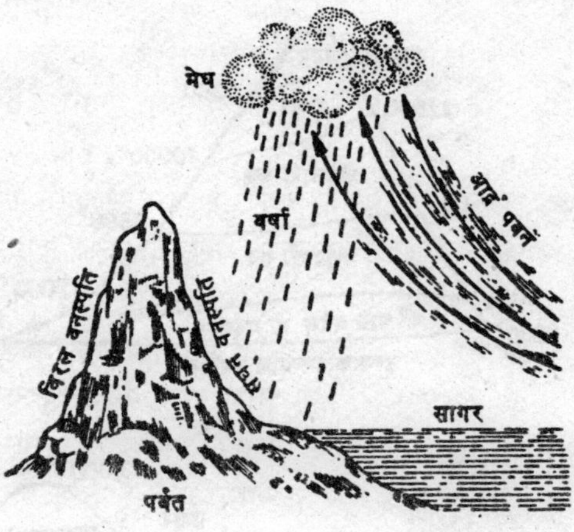

चित्र 2.3. पर्वतों की दिशा का वर्षा पर प्रभाव।

एक ही पर्वत श्रेणी के उत्तरी एवं दक्षिणी ढालों पर जलवायु की भिन्नता दर्शनीय होती है। जलवायु के अतिरिक्त जल प्रवाह पर भी तीव्र ढालों का प्रभाव पड़ता है। इससे मिट्टियां भी प्रभावित होती हैं। तीव्र ढालों पर मिट्टी अपरदन एक सामान्य प्रक्रिया है। इन सब स्थलाकृतिक कारकों का सामूहिक प्रभाव वनस्पति पर देखा जा सकता है। स्थलाकृतियों की भिन्नता जीवधारियों में भी परिलक्षित होती है। हिमालय श्रेणी में वनस्पति के वितरण पर तुंगता का प्रभाव (चित्र 2.4) दर्शनीय है।

(5) **मिट्टी** (Soils) : यह स्थलमण्डल व जीवमण्डल का सबसे अधिक व्यापक तन्त्र अथवा संघटक है। स्थलमण्डल की ऊपरी परत शैलों से निर्मित होती है। (वैसे भूपटल (Crust) का विस्तार महासागरों के नीचे भी एक पतली परत के रूप में है।) भूपटल की शैलों के अपक्षय से

मिट्टियां बनती हैं। मिट्टी की यह परत अथवा आवरण ही जीवमण्डल का आधार है जिसमें अधिकांश पौधे व प्राणी निवास करते हैं। जीवमण्डल के पारिस्थितिक कारकों में मिट्टी सर्वाधिक महत्वपूर्ण है। पौधे अपने पोषण एवं जल प्राप्ति के लिए मिट्टी पर भी निर्भर करते हैं। यही नहीं, जलीय पौधे भी जल में घुली हुई मिट्टी से पोषक आहार ग्रहण करते हैं। वैज्ञानिकों ने मिट्टी को "जैवकीय कारखाना या प्रयोगशाला" (Biological Factory or Laboratory) की संज्ञा दी है क्योंकि इसमें पौधों के लिये पोषक आहार बनता है तथा उसका उपभोग पुनः मिट्टी द्वारा किया जाता है।

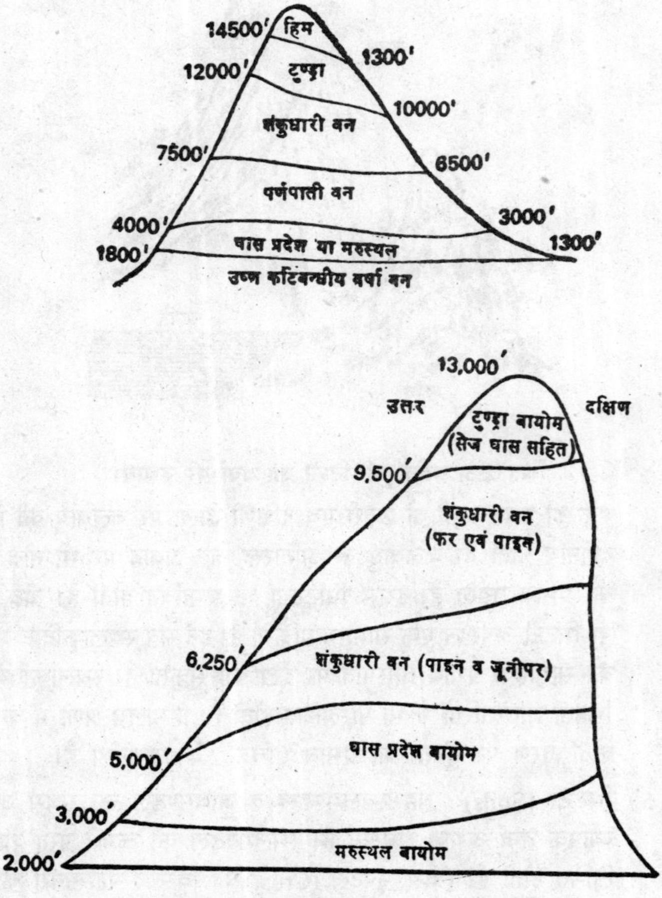

चित्र 2.4 : पर्वतों पर वनस्पति का तुंगीय वितरण (कटिबन्धीकरण)।

इस प्रकार मृदा मण्डल जीवधारियों का निवास स्थान ही नहीं अपितु, उनके लिये पोषक आहार बनाने का माध्यम भी है। इसमें पोषक तत्वों के निवेश (Input) तथा निर्गम (Output) की चक्रीय प्रक्रिया सदैव सक्रिय रहती है। मिट्टी व पौधों का परस्पर घनिष्ठ सम्बन्ध है। मिट्टी पौधों व जीवों के लिये आवास तथा पोषक आहार प्रदान करती है। पौधे अपनी जड़ों द्वारा मिट्टी से जल एवं पोषक आहार प्राप्त करते हैं। साथ ही पौधों के क्रमिक क्षय (सड़ने, गलने) से मिट्टी को पोषक आहार प्राप्त होते हैं। बैक्टीरिया, फंजाई, कीड़े, मकोड़े, कृमि (Worms), छछूंदर (Moles) आदि अनेक प्रकार के सूक्ष्म जीव पौधों से ऊर्जा करते हैं तथा जैविक पदार्थों का विघटन भी करते हैं। निस्सन्देह मिट्टी भूपटल का सर्वाधिक जैविकीय वासित (Biologically Inha-bited) क्षेत्र है। अत: जीवमण्डल में पारिस्थितिक तन्त्र के सन्दर्भ में मिट्टी का अध्ययन एक सम्पूर्ण तन्त्र के रूप में करना अभीष्ट है।

(6) **वनाग्नि** (Forest Fire) : जीवमण्डल में पादपों एवं प्राणियों के वितरण में वनाग्नि का महत्वपूर्ण नियन्त्रणकारी प्रभाव रहता है। बड़े वनों में आग लगने पर सम्पूर्ण पार्थिव पारितन्त्र प्रभावित होता है। प्रकृति में अग्नि कई प्रकार की होती है, प्रत्येक का भिन्न प्रभाव होता है। **बितान अग्नि** (Crown Fire) से सम्पूर्ण वनस्पति जलकर राख हो जाती है। **धरातलीय अग्नि** (Surface Fire) का जीवों पर सीमित प्रभाव पड़ता है। हल्की धरातलीय अग्नि के लाभकारी प्रभाव होते हैं। इनसे पौधों के वियोजन में सहायता मिलती है तथा नये पौधों के विकास के लिये पोषक खनिज प्राप्त होते हैं। भारी (विनाशकारी) अग्नि से बचने के लिए आजकल चीड़ वृक्ष सरीखे अग्नि प्रतिरोधी वृक्ष लगाये जाते हैं।

अजैविक/भौतिक संघटक

अजैविक या भौतिक संघटक के अन्तर्गत समस्त जीवमण्डल या उसके किसी भाग के भौतिक पर्यावरण को सम्मिलित किया जाता है। इस भौतिक संघटक के अन्तर्गत सामान्य रूप से स्थलमण्डल, वायुमण्डल तथा जलमण्डल को सम्मिलित करते है। इन्हें कम से स्थल तथा मृदा, वायु तथा जल संघटक भी कहा जाता है यदि विश्व स्तर पर समस्त जीवमण्डल को एक वृहद्स्तरीय पारिस्थितिक तंत्र के रूप में लिया जाता है तो ये तीनों भौतिक संघटक अर्थात् स्थल मण्डल, वायुमण्डल तथा जलमण्डल जीवमण्डलीय पारिस्थितिक तंत्र के उपतंत्र होते है। इन भौतिक संघटकों का संक्षिप्त उल्लेख आवश्यक है।

(1) स्थलमण्डलीय संघटक

स्थलमण्डल जीवमण्डलीय पारिस्थितिक तंत्र का एक महत्वपूर्ण संघटक हैं स्थलमण्डलीय संघटक की रचना निम्न द्वारा होती है–तत्व (यथा-लोहा, निकिल, आक्सीजन, नाइट्रोजन, हाइड्रोजन, कार्बन आदि), **खनिज** (यथा-हेमेटाइट, डोलोमाइट, फेल्सपार आदि), शैल तथा मिट्टी (यथा-आग्नेय शैल, अवसादी शैल तथा रूपान्तरित शैल तथा इनके उपप्रकार, मिट्टी-पाडजाल, लैटसाल, जलोढ़, दोमट आदि), **लघुस्तरीय स्थलरूप** (यथा- तृतीय श्रेणी के उच्चावच्च-अपरदनात्मक स्थलरूप यथा, गार्ज तथ कैनियम, सर्क, सागरीय क्लिफ, कन्दरा, जलप्रपात, इन्सेलबर्ग आदि; निक्षेप जनित स्थलरूप यथा, बालुका स्तूप, जलोढ़ शंकु, जालोढ़ मैदान, डेल्टा, एस्कर, सागरीय पुलिन, स्टेलैटाइट, स्टेलेग्माइट आदि), **मध्य स्तरीय स्थलरूप** (द्वितीय श्रेणी के उच्चावच्च- अन्तर्जात बलों द्वारा उत्पन्न **स्थलरूप** यथा-पर्वत, पठार, मैदान, भ्रंश, भूभ्रंश घाटी आदि) तथा **वृहद्स्तरीय स्थलरूप** (प्रथम श्रेणी के उच्चावच्च (महाद्वीप)।

स्थलमण्डल समस्त ग्लोब के क्षेत्रफल का लगभग 29 प्रतिशत भाग का प्रतिनिधित्व करता है। स्थलमण्डल पर विभिन्न कारकों द्वारा उत्पन्न विभिन्न प्रकार के स्थलस्वरूप (जैसा कि ऊपर व्यक्त किया गया है) पौधों तथा जन्तुओं के लिए विशेष प्रकार के निवास्य क्षेत्र (Habitats) प्रदान करते हैं। अत: यह आवश्यक हो जाता है कि स्थलमण्डल के समस्त प्रमुख एवं गौण संघटकों की विशेषताओं तथा उन्हें प्रभावित करने वाले अन्तर्जात एवं बहिर्जात बलों का अध्ययन किया जाय। भौमिकीय चक्र, जिसके अन्तर्गत कई प्रकार के प्रक्रमों तथा उपचक्रों यथा–विवर्तनिक चक्र (Tectonic cycle), शैल चक्र भू-रसायन चक्र जलीय चक्र आदि को सम्मिलित करते हैं, इनके द्वारा पृथ्वी के पदार्थों का सृजन, उनका अनुरक्षण (Maintenance) तथा उनमें परिवर्तन या उनका विनाश होता रहता है।

विवर्तनिक प्रक्रमों जिन्हें सामूहिक रूप से विवर्तन चक्र कहा जाता है, द्वारा भूतल पर नई स्थलाकृतियों यथा महाद्वीप, महासागरीय नितल, पर्वत, पठार, झील, भ्रंश, कगार, भूभ्रंश घाटी आदि का निर्माण होता है। विवर्तनिक प्रक्रमों का चालन पृथ्वी के अन्तर्जात बलों द्वारा होता है। इन अन्तर्जात बलों को भौमिकीय दृष्टिकोण से रचनात्मक बल भी कहते हैं क्योंकि इनके द्वारा भूतल पर असमानताओं का सृजन होता है तथा विभिन्न प्रकार के उच्चावच्चों का निर्माण होता है। भूकम्प-विज्ञान के साक्ष्यों से यह स्पष्ट हो गया है कि पृथ्वी के अन्दर तीन मण्डल पाये जाते है। ऊपरी मण्डल को **क्रस्ट** कहा जाता है जिसका औसत घनत्व 2.8 से 3.0 तथा औसत गहराई 30 किमी. से 100 किमी. है। इसी क्रस्ट के ऊपरी भाग को स्थलमण्डल कहा जाता है। इस क्रस्ट के नीचे दूसरा मण्डल है जिसे मैण्टिल कहते है। इस

मण्टल की निचली सीमा 2900 किमी. की गहराई तक है। क्रस्ट तथा मैण्टिल के सम्मिलन स्थान पर भौमिकीय असम्बद्धता (Geological Discontinuity) पायी जाती है जिसे मोहो असम्बद्धता कहते हैं। भूतल से 700 किमी. की गहराई पर घनत्व में अचानक वृद्धि के आधार पर मैण्टल को दो अपविभागों में बांटते हैं यथा–**ऊपरी मैण्टिल** तथा **निचली मैण्टिल**। तीसरे मण्डल को **कोर** कहते है। जिसका विस्तार 2900 किमी. से पृथ्वाी के कोड या केन्द्र (6371किमी.)तक पाया जाता है। निचली मैण्टिल तथा बाह्य कोड की सीमा पर घनत्व में अचानक वृद्धि होती है। (घनत्व 5.5 से बढ़कर 10 हो जाता है)। 2900 किमी. की गहराई पर स्थित इस निचली मैण्टिल–कोर सीमा को भौमिकीय असम्बद्धता को गटेनबर्ग असम्बद्धता कहते है। कोर को भी दो भागों में विभाजित किया जाता है–**बाह्य कोर** तथा आन्तरिक कोर। वाह्य तथा आन्तरिक कोर की सीमा भूतल से 5150 किमी. की गहराई पर है जहां पर घनत्व 12.3 से बढ़कर 13.3 हो जाता है (चित्र 2.5)। आन्तरिक कोर ठोस अवस्था में है। परन्तु बाह्य कोर सम्भवतः तरल अवस्थ में है क्योंकि भूकम्पीय S लहरें इस भाग में अदृश्य हो जाती है।

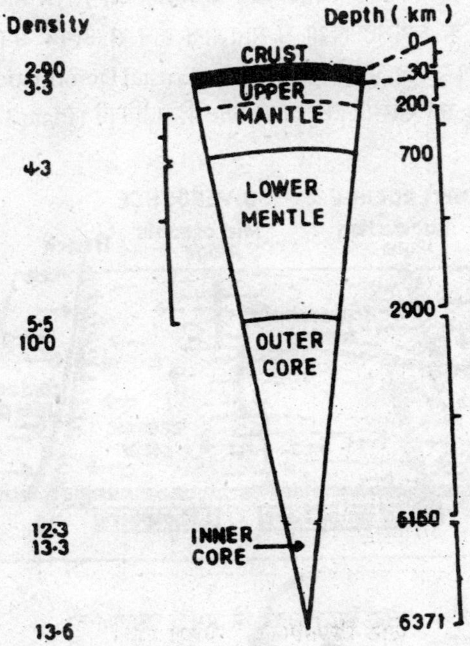

चित्र 2.5 : पृथ्वी के आन्तरिक भाग के विभिन्न मण्डलों, उनकी गहराई तथा घनत्व का आरेखीय प्रदर्शन।

पृथ्वी का ऊपरी मण्डल, जिसे हम क्रस्ट कहते हैं, स्थलमण्डल का प्रतिनिधित्व करता है। क्रस्ट की मोटाई सर्वत्र समान नहीं हैं। महाद्वीपों में क्रस्ट की मोटाई सर्वाधिक है जबकि यह महासागरों में या तो अनुपस्थित है या अगर उपस्थित है तो इसकी मोटाई निहायत कम है। इस ठोस क्रस्ट को प्लेट (Plate) कहा जाता है। मैण्डिल के सबसे ऊपरी भाग को एस्थेनोस्फीयर (Asthenosphere क्षीणमण्डल या दुर्बलता मण्डल) कहते हैं। यह मण्डल अर्द्धतरलावस्था में है। प्लेट इस मण्डल के ऊपर सतत् गतिशील रहते हैं। कुल 6 प्रमुख प्लेट का अब तक निर्धारण किया जा चुका है (यूरेशियन प्लेट, अमेरिकन प्लेट, अफ्रीका प्लेट, इण्डो-आस्ट्रेलियन, प्लेट, अण्ट्राकर्टिक प्लेट तथा पैसिफिक प्लेट)। इनके अलावा 20 गौण प्लेट हैं। ज्ञातव्य है कि ये लघु प्लेट प्रमुख प्लेटों से स्वतंत्र होकर गतिशील होते है। इन प्लेटों के किनारे ही सर्वाधिक महत्वपूर्ण होते है क्योंकि सम्पूर्ण विवर्तनिक घटनायें (Tectonic Events) इन्हीं प्लेट-किनारों के सहारे ही सम्पादित होती है। इन घटनाओं में भूकम्प, ज्वालामुखी उद्‌भेदन, भ्रंश-निर्माण, पर्वत-निर्माण आदि को सम्मिलित किया जाता है। एक दूसरे के सन्दर्भ में प्लेटों की गतिशीलता से सम्बान्धित क्रियाओं एवं घटनाओं (यथा दो प्लेटों के आमने-सामने गतिशील होने के कारण अभिसरण होने के प्लेटो का टकराव, दो प्लेटों के विपरीत दिशा में गतिशील होने से उत्पन्न अपसरण तथा प्लेट संचलन के कारण उत्पन्न पृष्ठीय विरूपण- (Crustal Deformation)-पर्वत, भ्रंश आदि का निर्माण) को सम्मिलित रूप से प्लेट विवर्तनिकी (Plate Tectonics) कहा जाता है।

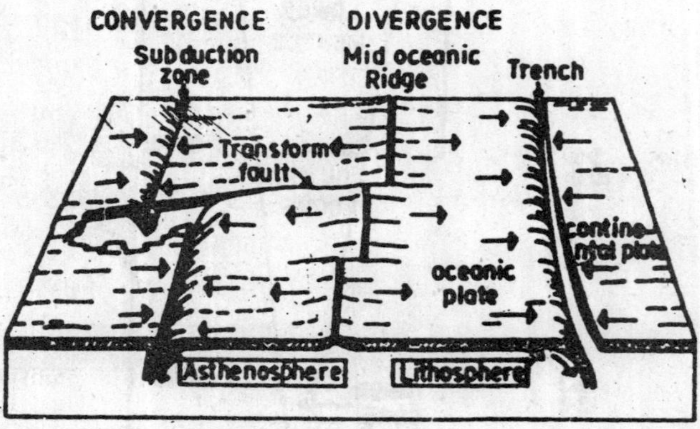

चित्र 2.6 : प्लेट विवर्तनिकी के प्रमुख उपलक्षक।

सागर-नितल प्रसारण (Seafloor Spreading) तथा पुराचुम्बकत्व (Palaeomagnetism) के साक्ष्यों के आधार पर अब महाद्वीपीय विस्थापन की

संकल्पना का सत्यापन हो गया है। मैण्टिल से उत्पत्र होने वाली तापीय संवहन तरंगों के कारण ही प्लेटों से संचालन (Movement) होता है।

भौमिकीय दृष्टिकोण से प्लेट के किनारे सर्वाधिक सक्रिय होते है क्योंकि अधिकांश ज्वालामुखी-क्रियायें, भूकम्पीय घटनायें, पर्वतीकरण, भ्रंशन आदि इन प्लेट-किनारों के सहारे ही घटित होती है। इस आधार पर प्लेट-सीमाओं को तीन प्रकारों में विभिक्त किया जाता है।

(1) रचनात्मक प्लेट किनारा/सीमा (Consturctive Plate Margins) को अपसरणी प्लेट किनारा (Divergent Plate Margin) भी कहा जाता है क्योंकि ये किनारे दो विपरीत दिशाओं में संचरण करते प्लेटों के पृष्ठ भाग को प्रदर्शित करते हैं। इस तरह की स्थिति मध्य महासागरीय कटक के सहारे होती है जहां पर मैण्टिल से उत्पन्न होने वाली तापीय संवहन तरंगें ऊपर उठती हैं तथा प्लेट के नीचे पहुंचने पर विपरीत दिशाओं में अपसरित हो जाती हैं। इस कारण तनाव मूलक बल उत्पन्न होने के कारण प्लेट में टूटन हो जाती है, परिणामस्वरूप, टूटे हुए प्लेट विपरीत दिशाओं में गतिशील हो जाते हैं। मध्य महासागरीय कटक पर नीचे से पिघला शैल पदार्थ बेसाल्ट लावा के रूप से ऊपर आता है तथा यह लावा शीतल होकर ठोस हो जाता है तथा विपरीत दिशा में गतिशील प्लेटों के पृष्ठ किनारों पर जुट जाते है। अत: मध्यागरीय कटक के सहारे के क्रस्ट का सतत् सृजन होता रहता है। इसी कारण से इस तरह के प्लेट किनारों को रचनात्मक किनारा कहा जाता है। इन प्लेट किनारों के साथ भ्रंशन, ज्वालामुखी-क्रिया (दरारी उद्भेदन) तथा भूकम्पीय घटनायें भी सदा होती रहती हैं।

(2) जहां पर दो प्लेट आपस में टकराते हैं तो उनके किनारों को विनाशात्मक किनारा (Destructive Margins) कहते हैं क्योंकि एक प्लेट, जो अपेक्षाकृत भारी पदार्थों का बना होता है, का किनारा दूसरे अपेक्षाकृत हल्के प्लेट के नीचे क्षेपित (Subduct) हो जाता है। इस तरह प्लेट का क्षेपित भाग पिघलकर गहराई में, यानी मैण्डिल में विलीन हो जाता है। स्पष्ट है कि मध्य महासागरीय कटकों के सहारे यानी रचनात्मक प्लेट किनारों के साथ जितनी नयी क्रस्ट का सृजन होता है उतने ही भाग का प्लेटों के विनाशी किनारों के सहारे क्षय हो जाता है। इन विनाशी प्लेट किनारों के साथ पर्वत-निमार्ण, तीव्र ज्वालामुखी विस्फोट तथा अधिक गहराई वाले विनाशकारी भूकम्प की घटनायें होती रहती हैं।

(3) **संरक्षी किनारा** (Conservative Plate Margins) : जहां पर दो प्लेट एक दूसरे के अगल-बगल सरक जाते हैं और उनमें आपसी अन्तर्क्रिया नहीं हो पाती है, वहां पर रूपान्तर भ्रंशन (Transform Fault) का निर्माण होता है। ऐसे किनारों को संरक्षी किनारा इसलिए कहते हैं कि इनके संचलन के समय न तो नदी क्रस्ट का निर्माण होता है और न ही विनाश (चित्र 2.7)।

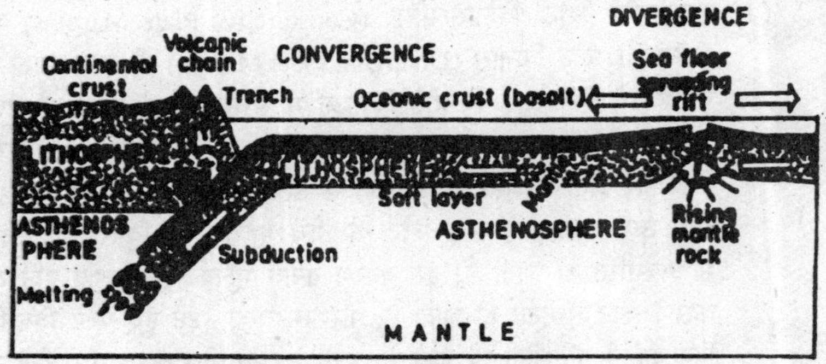

चित्र 2.7 : प्लेट के किनारों का अपसरण (Divergence), अभिशरण (Convergence) तथा क्षेपण (Subduction)।

प्लेट विविर्तनिकी जीवमण्डलीय पारिस्थितिक तंत्र को सामान्य रूप में तथा मनुष्य को विशिष्ट रूप में प्रभावित करती है। महाद्वीप, पर्वत, झील पठार, आदि सभी प्रकार के पार्थिव पारिस्थितिक तंत्र की रचना करते हैं तथा पार्थिव जीवों के लिए आवास प्रदान करते है। चूंकि भूपृष्ठीय आकृतियां प्लेटों के संचलन से प्रभावित होती है और ये आकृतियां जीवों को आवास प्रदान करती है, अतः प्लेटों के संचलन से पार्थिव पारिस्थितिक तंत्रों की प्रकृति तथा विशेषताएं भी प्रभावित तथा परिवर्तित होती रहती है। ज्ञातव्य है कि दो प्रमुख प्राकृतिक प्रकोप तथा आपदायें, यथा-भूकम्प तथा ज्वालामुखी विस्फोट, प्लेट विर्वतनिकी से ही सम्बन्धित है। ये चरम प्राकृतिक घटनायें (Extreme Natural Events) जैविक समुदाय को सामान्य रूप से तथा मानव समुदाय को विशेष रूप से प्रभावित करती है। वास्तव में ये घटनायें मानव के लिए अत्यधिक खतरनाक है।

भूपृष्ठीय पदार्थ, जिससे क्रस्ट का निर्माण हुआ है जीवीय समुदाय के लिए अत्यधिक महत्वपूर्ण होते है। स्थलमण्डलीय संघटक का लघुतम घटक तत्व (Element) है। आठ सर्वाधिक पाये जोने वाले तत्व (लोहा, ऑक्सीजन, सिलिकन,

मैग्नेशियम, निकिल, गन्धक, कैल्शियम तथा एल्युमिनियम, तालिका 2.1) पृथ्वी के समस्त द्रव्यमान (Mass) के 99 प्रतिशत भाग का निर्माण करते है। मात्र 4 तत्व (लोहा, ऑक्सीजन, सिलिकन, तथा मैग्नेशियम) पृथ्वी क सकल द्रव्यमान के 90 प्रतिशत भाग का प्रतिनिधित्‍ करते हैं इसी तरह पृथ्वी की क्रस्ट के सकल द्रव्यमान के 99 प्रतिशत भाग की रचना भी सर्वाधिक पाये जाने वाली 8 तत्वों से होती है। ये तत्व हैं–ऑक्सीजन, सिलिकन, एल्युमिनियम, लोहा, मैग्नीशियम, कैल्शियम, पौटेशियम तथा सोडियम (तालिका 2.1)।

तालिका 2.1 : समस्त पृथ्वी तथा क्रस्ट के महत्वपूर्ण तत्व

समस्त पृथ्वी		क्रस्ट	
तत्व	प्रतिशत	तत्व	प्रतिशत
1. लोहा	35.5	1. ऑक्सीजन	46.0
2. आक्सीजन	30.0	2. सिलिकन	28.0
3. सिलिकन	15.0	3. एल्युमिनियम	8.0
4. मैग्नेशियम	13.0	4. लोहा	6.0
5. निकिल	2.4	5. मैग्नेशियम	4.0
6. गन्धक	1.9	6. कैल्शियम	2.4
7. कैल्शियम	1.1	7. पौटेशियम	2.1
8. एल्युमिनियम	1.1	8. सोडियम	2.1
अन्य	1.0 से कम	अन्य	1.0 से कम

एक से अधिक तत्व मिलकर यौगिक (Compounds) का निर्माण करते हैं और तत्वों के यौगिक खनिज कहे जाते हैं। एक से अधिक खनिज लिकर शैल का निर्माण करते हैं। D.B. Botkin तथा E. A. Keller (1982) ने खनिजों को कम में परिभाषित किया है–"Minerals are naturally occurring inorganic crystalline substances with physical and chemical properties within prescribed limits." तत्वों तथा खनिजों का भौतिक पर्यावरण के घटक के रूप में अध्ययन अत्यधिक महत्वपूर्ण होता है क्योंकि प्रमुख खनिजों के भौतिक एवं रासायनिक गुणों एवं विशेषताओं का मृदा की उर्वरता, मृदा की जलधारण क्षमता, किसी निश्चित क्षेत्र या प्रदेश के संसाधनों की बहुलता या अल्पता, प्रदूषकों के स्रोत स्थल आदि से सीधा एवं प्रत्यक्ष सम्बन्ध होता है।

महत्वपूर्ण खनिज समूह इस प्रकार हैं–सिलिकेट्स कार्बोनेट्स, सल्फाइड्स, धात्विक ऑक्साइड्स आदि।

(1) सिलिकेट खनिज महत्वपूर्ण शैल निर्माणक खनिज होते हैं। इनमें प्रमुख है–क्वार्ट्ज, फेल्सपार, फेरोमेग्नेशियम। क्वार्ट्ज की रचना दो तत्वों से होती है-सिलिकन तथा ऑक्सीजन। क्वार्टज एक कठोर तथा प्रतिरोधक (Resistant) खनिज होता है। फेल्सपार खनिज सबसे अधिक महत्वपूर्ण शैल निर्माणक खनिज है। यह सबसे अधिक महत्वपूर्ण शैल निर्माण खनिज है। यह सबसे अधिक मात्रा में पाया जाता है। यह एक महत्वपूर्ण आर्थिक खनिज अधिक मात्रा में पाया जाता है। यह एक महत्वपूर्ण आर्थिक खनिज भी है क्योंकि इसका प्रयोग सिरैमिक्स तथा कांच उद्योग में किया जाता हैं फेल्सपार एक कमजोर खनिज होता है। इसका रासायनिक अपक्षय द्वारा शीघ्र वियोजन हो जाता है तथा यह मृत्तिका (Clays) में बदल जाता है। फैरोमैग्नेशियम खनिज का निर्माण सिलिकन और आक्सीजन के संयुक्त होने पर होता है। फैरोमैग्नेशिम खनिज का आसानी से अपक्षय तथा अपरदन हो जाता है। अत: जिन शैलों में फैरोमैग्नेशियम की अधिकता होती है वहां भवन निर्माण, सड़क निर्माण, जलभण्डारों के निर्माण तथा सुरंग आदि के निर्माण से बचना चाहिए क्योंकि ऐसे क्षेत्रों में उक्त रचनाओं का टिकाऊपन कम होता है।

(2) कार्बोनेट्स वर्ग के खनिज रासायनिक अपक्षय की दृष्टि से कमजोर होते हैं क्योंकि इनका जल तथा कार्बन डाइआक्साइड के साथ सम्पर्क होने से विघटन तथा वियोजन प्रारम्भ हो जाता है। कैलसाइट इस वर्ग का सर्वाधिक महत्वपूर्ण खनिज है। ऐसे जहां पर कार्बोनेट खनिज युक्त शैलें (यथा, चूनापत्थर, डोलामाइट, खरिया आदि) पायी जाती है भवनों, सड़कों, बाधों, जलभण्डारों, हवाई पट्टियों, सुरगों आदि के निर्माण के लिए आदर्श नहीं होते हैं।

(3) सल्फाइड वर्ग के खनिजों के अन्तर्गत पाइराइट, लौह सल्फाइड आदि को सम्मिलित किया जाता है। जब्र इस खनिजों का सम्पर्क जल तथा वायु से होता है तो फैरिक हाइड्राक्साइड तथा सल्फ्यूरिक एसिड का निर्माण हो जाता है जो दूरगामी तथा भयंकर पर्यावरणीय समस्यायें (यथा-अम्ल वर्षा) पैदा करते हैं।

(4) धात्विक तत्वों यथा लोहा, एल्युमिनियम आदि, की जब वायुमण्डलीय ऑक्सीजन से अभिक्रिया होती है, तो मेटल ऑक्साइड्स का निर्माण हाता

है। ये खनिज व्यापारिक तथा आर्थिक दृष्टि से अधिक महत्वपूर्ण होते हैं क्योंकि इनका उद्योगों में उपयोग किया जाता है।

शैलों का निर्माण कई खनिजों के सम्मिलन से होता है। शैलों के मुख्य रूप तीन प्रकार के होते हैं–

(1) आग्नेय शैल,

(2) अवसादी शैल तथा

(3) रूपान्तरित शैल।

आग्नेय शैलों का निर्माण गर्म एवं तरल मैग्मा (सतह के नीचे) तथा लावा (सतह के ऊपर) के शीतलन (Cooling), घनीभवन (Solidification) तथा स्वीकरण (Crystallization) के कारण होता है। आग्नेय शैल के दो प्रमुख उप-प्रकार होते हैं–

(i) अन्तर्जात आग्नेय शैल तथा

(ii) बहिर्जात आग्नेय शैल।

अन्तर्जात आग्नेय शैल का निर्माण उस समय होता है जब गर्भ एवं तरल मैग्मा का शीतलन, घनीभवन तथा रवीकरण पृथ्वी के अन्दर होता है। ग्रेनाइट इस तरह के शैल का सर्वप्रथम उदाहरण है। यह बड़े रवों से बनी होती है। यह वजन में हल्की तथा अपक्षय एव अपरदन के लिए अपेक्षाकृत प्रतिरोधी होती है। जब लावा का शीतलन तथा घनीभवन पृथ्वी की सतह पर होता है तो बहिर्जात आग्नेय शैल का निर्माण होता है। बेसाल्ट इस तरह की शैल का सर्वप्रथम उदाहरण है। संगठन, बनावट तथा संरचना की दृष्टि से बहिर्जात आग्नेय शैल में पर्याप्त विविधता होती है। अतः किसी उद्देश्य विशेष के लिए प्रयोग से पहले इन शैलों की अच्छी तरह जांच-पड़ताल कर लेनी चाहिए।

अवसादी शैलों का निर्माण विभिन्न प्रकार के अवसादों के संगठन, संयोजन तथा सम्पीडन के कारण होता है। पूर्व निर्मित शैलों के टूटन, विघटन तथा वियोजन एवं विभिन्न प्रकार के जीवों के अवयवों के विघटन के कारण विभिन्न प्रकार के अवसादों (Sediments) का निर्माण होता है। इन अवसादों का अनाच्छादन के विभिन्न प्रक्रमों (यथा-नदी, हिमनद, हवा, सागरीय तरंग द्वारा यथास्थान निक्षेप होता रहता है तथा अवसादी शैलों को तीन प्रमुख उप-प्रकारों में विभक्त किया जाता है–

(1) ढेर युक्त या क्लैस्टिक या यांत्रिक ढंग से निर्मित अवसादी शैल (उहारणार्थ- बालु का पत्थर, कांग्लोमरेट, मृत्तिका शैल, शैल लोयस आदि);

(2) जैविक तत्वों से निर्मित शैल (यथा-चूना-पत्थर, कोयला, पीट आदि) तथा

(3) रासायनिक तत्वों से निर्मित शैल (खरिया, जिप्सम, नमक शैल आदि)। रूपान्तरित शैलों का निर्माण अवसादी या आग्नेय शैलों के रूप या संगठन में परिवर्तन होने से होता है परन्तु मौलिक शैल में किसी तरह का विघटन नहीं होता है। ऊष्मा, दाब, या सम्पीडन (Pressure or Compression) तथा रासायनिक दृष्टि से सक्रिय तरल पदार्थ आदि रूपान्तरण के महत्वपूर्ण कारक होते हैं। रूपान्तरण के चार प्रमुख उपप्रकार होते हैं-

(i) तापीय रूपान्तरण,
(ii) गतिक रूपान्तरण,
(iii) जलीय रूपान्तरण तथा
(iv) ताप जलीय रूपान्तरण,।

रूपान्तरित शैल को दो प्रमुख उपप्रकारों में विभाजित किया जाता है-

(अ) अवसादी शैल से रूपान्तरित शैल (Meta-Sdimentary Rocks, यथा-क्वार्टजाइट, संगमरमर, स्लेट आदि) तथा

(ब) आग्नेय शैल से निर्मित रूपान्तरित शैल (Meta-Ogneous Rocks, यथा-नीस, शिस्ट, सर्पेन्टाइन आदि) रूपान्तरित शैलों का दूसरी तरह से भी विभाजित करते है, यथा-

(i) पत्राभिकृत (Foliated) रूपान्तरित शैल (यथा- स्लेट, शिस्ट, नीस, आदि) तथा
(ii) अपत्राभिकृत (Non-foliatd) रूपान्तरित शैल (यथा-क्वार्टजाइट, संगमरमर, सर्पेन्टाइन आदि)।

मृदा तंत्र (Soil System) स्थलमण्डलीय संघटक का अति महत्वपूर्ण घटक है क्योंकि मृदा तंत्र जीवमण्डल में ऊर्जा तथा पदार्थों के गमन तथा स्थानान्तरण एवं उनके चक्रण के लिए अति आवश्यक होता है। स्थलमण्डल पर वनस्पति आवरण तथा अपक्षय से पभावित आधार शैल (Basal or Parent Rocks) के मध्य स्थित मृदा या पतला आवरण सर्वाधिक महत्वपूर्ण **जैविक भट्टी** (Biological Furance) के रूप में होता है। **मृदा संघटक या मृदा पर्यावरण पृथ्वी** पर ज्ञात जैविक जीवों के सर्वाधिक समूह को आवास प्रदान करता है। वास्तव में मृदा जीवों के लिए एक तरफ आवास (Habitat) प्रदान करती है तो दूसरी तरफ जीवों के लिए **पोषक भण्डार** (Natrient Reservior) का कार्य करती है तथा पौधों को जल प्रदान करने

का माध्यम होती है क्योंकि पौधे अपनी जड़ों से मृदा से जड़ **परासरण विधि** (Root Osmosis) से जल तथा पोषक पदार्थ ग्रहण करते है। जीवमण्डलीय पारिस्थितिक तंत्र से इस तरह मृदा के महत्व को देखते हुए मृदा तंत्र का तीसरे अध्याय में विशद विवरण प्रस्तुत किया गया है।

भूपटल के प्रभावित करने वाले वलों का अध्ययन जीवमंडल के लिए अति महत्वपूर्ण होता है क्योंकि इन्हीं बलों द्वारा स्थलमण्डल के विभिन्न भूपदार्थों (Geomaterials) तथा विभिन्न आकार एवं आयाम तथा परिणाम वाले स्थल रूपों का सजृन, विनाश तथा पुनः सृजन होता है। उत्पत्ति के स्रोत के आधार पर भूपटल पर परिवर्तन लाने वाले बलों को दो वर्गों में विभाजित किया जाता है–

(1) अन्तर्जात बल तथा

(2) बहिर्जात बल।

अन्तर्जात बलों को पुनः दो उपवर्गों में विभाजित किया जाता है–

(i) पटलविरूपणी बल (Diastrophic Force) तथा

(ii) आकास्मिक बल (Sudden Forces) ।

पटलविरूपणी बल के द्वारा दो तरह की गतियां उत्पन्न होती हैं (ज्ञातत्व है कि अन्तर्जात् बलों का आविर्भाव पृथ्वी के अन्दर होता है)–

(अ) लम्बवत् संचलन तथा

(ब) क्षैतिज संचलन।

पटलविरूपणी बल अति मन्द गति से कार्य करते हैं तथा इनका प्रभाव हजारों लाखों वर्षों बाद परिलक्षित होता है। इन पटलविरूपणी बलों का प्रभाव ग्लोब के विस्तृत क्षेत्रों पर होता है तथा इनके द्वारा मध्यस्तरीय स्थलाकृतियों का निर्माण होता है, यथा–पर्वत, पठार, झील, वृहद् भ्रंश आदि। पटलविरूपणी बलों को पुनः दो उपभागों में विभाजित किया जाता है–

(i) महादेशजनक बल या संचलन (Epeirogenetic Force or Movements) तथा

(ii) पर्वतन बल (Orogenetic Force)।

महादेशजनक संचलन के कारण धरातल पर *उत्थान* (Upliftment) तथा *अवतलन* (Subsidence) की क्रियायें होती हैं। पर्वतन बल के पुनः दो उपविभाग होते हैं–

(अ) तनावमूलक बल (Tensional Forces) तथा

(ब) सम्पीडनात्मक बल (Compressional Forces) ।

तनावमूलक बलों द्वारा धरातल पर भ्रंशन की क्रिया होने से विभिन्न प्रकार की भ्रंशों का निर्माण होता है जबकि सम्पीडनात्मक बलों द्वारा वलित पर्वतों का निर्माण होता है।

आकस्मिक बलों के अन्तर्गत ज्वालामुखी उद्भेदन तथा भूकम्पों को सम्मिलित किया जाता है। इन बलों का कार्यान्वयन शीघ्रता से होता है तथा इनका प्रभाव कुछ मिनट के अन्दर ही परिलक्षित हो जाता है। ज्ञातव्य है कि आकस्मिक बलों की तैयारी धरातल के नीचे दीर्घकाल तक चलती रहती है। इनका कवल संचयी परिणाम तथा प्रभाव (Cummulative Effects) ही त्वरित तथा आकस्मिक होता है। ज्वालामुखी उद्भेदन तथा तीव्र परिणाम वाली भूकम्पीय घटनायें सर्वप्रथम चरम प्राकृतिक घटनायें तथा दैवी प्रकोप एवं आपदायें हैं। ज्वालामुखी तथा भूकम्प दोनों जैविक समुदाय को विनष्ट करते हैं। ये आकस्मिक घटनायें मानव समुदाय के लिये विशेष तौर पर विनाशकारी होता है। (चित्र 2.8)।

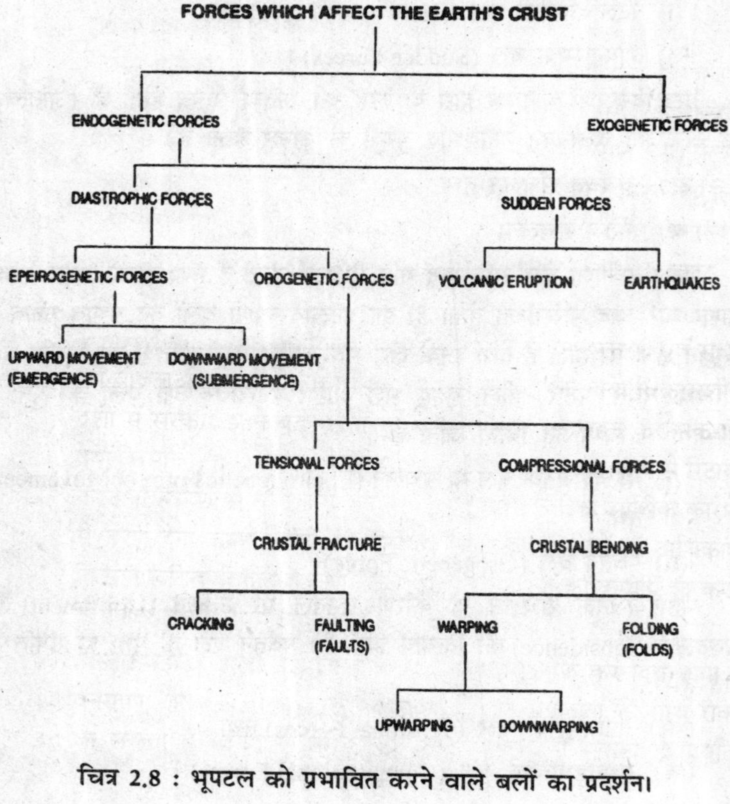

चित्र 2.8 : भूपटल को प्रभावित करने वाले बलों का प्रदर्शन।

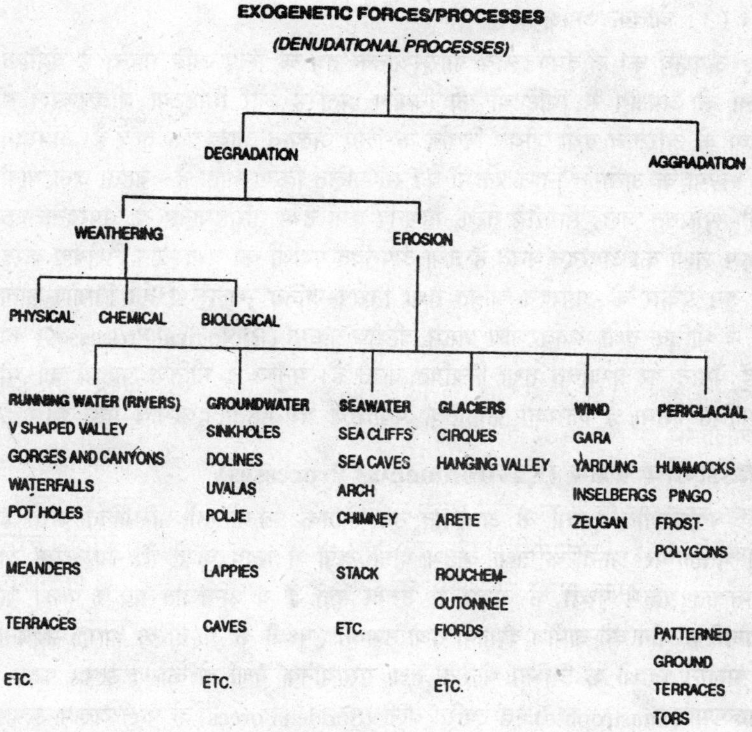

चित्र 2.9 : वहिर्जात प्रक्रम, उनके कार्य तथा उत्पन्न स्थलरूप।

बहिर्जात बलों/प्रक्रमों को अनाच्छादनात्मक प्रक्रम (Dedutional Processes) भी कहा जाता है तथा इनका आविर्भाव वायुमण्डल से होता है। इन प्रक्रमों को विनाशकारी प्रक्रम भी कहा जाता है क्योंकि ये प्रक्रम अपक्षय, अपरदन तथा निक्षेप की क्रियाओं द्वारा अन्तर्जात बलों द्वारा उत्पन्न स्थलाकृतियों (पर्वत, पठार, भ्रंश, झील आदि) का विनाश करते रहते है। अनाच्छादन के अन्तर्गत अपक्षय एक स्थैतिक क्रिया है जिसके अन्तर्गत चट्टानों का अपने स्थान पर ही विघटन तथा वियोजन होता है जबकि अपरदन गतिक क्रिया है जिसके अन्तर्गत शैलों से पदार्थों के विलगाव तथा अपरदित पदार्थों के परिवहन को भी सम्मिलि करते हैं। अपक्षय को तीन प्रकारों में विभक्त किया जाता है–

(1) भौतिक या यांत्रिक अपक्षय,

(2) रासायनिक अपक्षय तथा

(3) जैविक अपक्षय।

अपक्षय का जीवमण्डलीय पारिस्थितिक तंत्र के लिए अति महत्व है क्योंकि शैलों के अपक्षय से मिट्टियों का निर्माण होता है और मिट्टियां जीवमण्डल में जीवों के अस्तित्व तथा जीवन निर्वाह के लिए अत्यन्त आवश्यक तत्व हैं। अपरदन के प्रक्रमों के अन्तर्गत निम्न प्रक्रमों को सम्मिलित किया जाता है- बहता जल यानी नदी, भूमिगत जल, सागरीय तरंग, हिमनद हवा तथा परिहिमानी। ये अपरदनात्मक प्रक्रम शैलों का अपरदन करते हैं तथा अपरदित पदार्थों का यथास्थान निक्षेपण करते हैं। इस प्रकार के अपरदन-जनित तथा निक्षेप-जनित स्थलरूपों का निर्माण होता है। ये भौतिक तथा पर्यावरणीय प्रक्रम जीवीय प्रक्रमों (Biological Processes) को बड़ें पैमाने पर प्रभावित तथा नियंत्रित करते हैं। मनुष्य ने भौतिक प्रक्रमों को भी प्रभावित किया है जिसका प्राकृतिक पर्यावरण पर महती दुष्प्रभाव पड़ा है।

पर्यावरणीय प्रक्रम (Environmental Processes)

पर्यावरणीय प्रक्रमों के अर्न्तजात् उन भौतिक प्रक्रमों को सम्मिलित करते हैं जो भूतल पर आन्तरिक तथा बाह्य दोनों रूपों में कार्य करते हैं। आन्तरिक या अन्तर्जात प्रक्रम पृथ्वी के अन्दर से उत्पन्न होते हैं ये अन्तर्जात प्रक्रम पृथ्वी के आन्तरिक भाग की तापीय दशाओं तथा उसकी (पृथ्वी के आन्तरिक भाग) संरचना में संलग्न पदार्थों के विभिन्न भौतिक तथा रासायनिक गुणों के कारण उत्पन्न पटल-विरूपणी (Diastrophic) एवं त्वरित बलों (Sudden Forces) के फलस्वरूप उत्पन्न होते हैं। इन अन्तर्जात प्रक्रमों (महादेशजनक तथा पर्वतन प्रक्रम, ज्वालामुखी-क्रिया तथा भूकम्पन) द्वारा धरातल पर लम्बवत् विभिन्नताओं (Vertical Irregularities) का निर्माण होता है (यथा-पर्वत, पठार, भ्रंश, झील, ज्वालामुखी पर्वत, गुम्बद, पठार तथा मैदान आदि)। अन्तर्जात प्रक्रमों द्वारा निर्मित विभिन्न प्रकार की स्थलाकृतियां जैविक समुदाय के लिय निवास्य क्षेत्र (Habitats) होती है। इसके विपरीत बहिर्जात प्रक्रम वायुमण्डल से उत्पन्न होते हैं। इसके विपरीत बहिर्जात प्रक्रम वायुमण्डल से उत्पन्न होते हैं तथा ये सौर्यिक ऊर्जा से चालित होते हैं। ये बहिर्जात प्रक्रम अपरदन तथा निक्षेपण की क्रियाओं द्वारा पृथ्वी की सतह को विभिन्न रूपों में प्रभावित करते हैं। अन्तर्जात तथा बहिर्जात प्रक्रमों में पारस्परिक क्रियाओं के परिणामस्वरूप विभिन्न स्थलाकृतियों के जटिल समूह उत्पन्न होते हैं जो जीवमण्डलीय पारिस्थितिक तंत्र में जैविक समुदायों को प्रभावित करते हैं। इन प्रक्रमों की क्रियाओं तथा उनकी अनुक्रियाओं (Actions and Responses) में स्थानिक तथा कालिक स्तरों पर, आवृत्ति तथा परिमाण (Frequency and Magnitgude) के सन्दर्भ में पर्याप्त विभिन्नतायें होती हैं, परन्तु पर्यावरणीय प्रक्रम **सम-अन्तिमावस्था के सिद्धान्त** (Principle of

Equifinality) का अनुसरण करते हैं। अर्थात् सभी प्रक्रमों की क्रियाओं का अन्तिम परिणाम एक समान अन्तिम रूप का निर्माण होता है। ज्ञातव्य है कि पर्यावरणीय प्रक्रमों द्वारा पृथ्वी की सतह पर किये जाने वाले परिवर्तन इस तरह घटित होते हैं कि ऋणात्मक पुन: निवेष्ठिता की प्रक्रिया (Negative Feedback Mechanism) द्वारा सन्तुलन की स्थिति बनी रहती है यदि मनुष्य प्राकृतिक पर्यावरणीय प्रक्रमों की प्राकृतिक दशा में छेड़छाड़ न करे। वर्तमान समय में मनुष्य एक महत्वपूर्ण भूआकृतिक (Geomorphic) प्रक्रम के रूप में उभर कर सामने आया है। वह पृथ्वी की सतह को परिवर्तित करने वाले प्राकृतिक प्रक्रमों से कहीं अधिक तेज रफ्तार से भूतल को परिवर्तित करने में समर्थ हैं। सोवियत रूप में '**Noosphere**' की संकल्पना के प्रतिपादन से यह स्पष्ट रूप से इंगित होता है कि मनुष्य भौतिक पर्यावरण को बदलने में सक्रिय भूमिका निभा रहा है तथा एक नये **भौमिकीय युग** (Geological Epoch) का निर्माण कर रहा है। Noosphere की संकल्पना का तात्पर्य है पृथ्वी के भौमिकीय तथा भू-आकृतिक विकास के इतिहास का वह काल जिसमें मनुष्य की अन्य प्राकृतिक प्रक्रमों की तुलना में सर्वाधिक भूमिका हो। इस आधार पर यह स्पष्ट हो जाता है कि भौतिक पर्यावरणीय प्रक्रमों को प्रभावित करने में मनुष्य की भूमिका का अध्ययन करना आवश्यक है क्योंकि ये पर्यावरणीय प्रक्रम जीवमण्डलीय पारिस्थितिक तंत्र में ऊर्जा तंत्र, जलीय चक्र, रासायनिक तत्व चक्र तथा अवसाद चक्र को प्रभावित करते हैं तथा बदले में ये तंत्र तथा चक्र जीवमण्डलीय पारिस्थितिक तंत्र में एकता कायम करते हैं और जीवमण्डलीय पारिस्थितिक तंत्र की इस एकता तथा सम-स्थिति पर मनुष्य का अस्तित्व तथा उसके आर्थिक, सामाजिक, सांस्कृतिक तथा राजनैतिक संगठन निर्भर करते हैं।

ऐतिहासिक परिवेष (Historical Perspective)

यद्यपि, मनुष्य ने अपने एक स्थान में सीमित निष्क्रिय जीवनकाल के प्रारम्भ से ही प्राकृतिक प्रक्रमों के साथ छेड़छाड़ करना प्रारम्भ कर दिया था परन्तु मनुष्य द्वारा प्राकृतिक पर्यावरण तथा उसके प्रक्रमों पर पड़ने वाले प्रभावों में औद्योगिक क्रान्ति (1860) के बाद से अधिक वृद्धि प्रारम्भ हुई। सम्प्रति आधुनिक प्रौद्योगिकी (Technology) तथा प्रगति वैज्ञानिक ज्ञान और कौशल से लैश मनुष्य पर्यावरणीय प्रक्रमों को प्रभावित तथा परिवर्तित करने में एक महत्वपूर्ण कारक बन गया है। पर्यावरणीय प्रक्रमों पर मानव के प्रभावों का आत्मज्ञान तथा प्रत्यक्षीकरण यद्यपि, उन्नीसवीं सदी की शुरुआत में ही प्रारम्भ हो गया था परन्तु इस दिशा में **जी.पी. मार्श** की पुस्तक 'Man and Nature' (1864) को प्रथम कार्य माना जाता है। जी. पी. मार्श ने अपनी इस पुस्तक के माध्यम से पर्यावरणीय प्रक्रमों पर मनुष्य के

प्रभावों को प्रदर्शित किया है तथा मनुष्य द्वारा पर्यावरण में किये गये परिवर्तनों के परिणाम के प्रति समाज को आगाह तथा सचेत किया है। मार्श की उपर्युक्त पुस्तक की प्रस्तावंना में लिखी गयीं निम्न पंक्तियां प्राकृतिक पर्यावरणीय प्रक्रमों को प्रभावित एवं परिवर्तित करने में मनुष्य की भूमिका के महत्व को भली-भांति चित्रित करती हैं-

'The object of the present volume is to indicate the character and, approximately' the extengt of changes produced by human action in the physical condition of the globe we inhabit; to point out the danger of imprudence and the necessity of caution in all operations which, of a large scale, interfere with the spontaneous arrangements of the organic or inorganic world; to suggest the possibility and the importance of the restoration of disturbed harmonies of the restoration of disturbed harmonies and exhausted regions; and, incidently, to illustrate the doctrine, that man is a power of higher order than any of the other forms of animated life, which life, which like him, are nourished at the table of bounteous nature.'

G.P. Marsh (Man and Nature), 1884

जी.पी. मार्श की पुस्तक 'Man and Nature' के प्रकाशन के पश्चात् मानव-पर्यावरणीय प्रक्रमों में सम्बन्ध के अध्ययन के विषय में बीसवीं सदी के प्रथम दो दशकों तक कोई महत्वपूर्ण कार्य नहीं हो सका। इस शिथिलता का प्रमुख कारण यह था कि एक तरफ तो मानव भूगोल में मनुष्य के ऊपर पर्यावरण के प्रभाावों को खोजने तथा उन्हें प्रदर्शित एवं प्रमाणित करने के अथक् प्रयास होते रहे, तो दूसरी तरफ भूगोल के संकल्पनात्मक उपगमों (Conceptual Approaches) पर विकासीय विचारों (Evolutionary Ideas) का वर्चस्व स्थापित हो गया। भौतिक भूगोल के संकल्पनात्मक उपागमों पर चार्ल्स डार्विन की 'Origin of Species' का सम्भवतः सर्वाधिक प्रभाव पड़ा था। भौतिक भूगोल में विकासीय संकल्पना (Evolutionary Concept) के प्रभुत्व एवं वर्चस्व को प्रदर्शित करने के लिये निम्न उदाहरण पर्याप्त हैं-

(1) भौतिक स्थलाकृतियों के निर्माण तथा विकास की व्याख्या के लिये डेविस के *अपरदन चक्र के मॉडल का प्रयोग,*

(2) वनस्पति समुदायों के उद्भव एवं विकास में पादप अनुक्रम (Plant Succession) की संकल्पना का प्रयोग तथा

(3) मण्डलीय मृदाओं के विकास की संकल्पना।

R.L. Sherlock ने पर्यावरणीय प्रक्रमों यथा-अनाच्छादन, अवतल, अवसादीकरण, सागर-तट में परिवर्तन, जल के संचरण आदि पर मनुष्य द्वारा किये जाने वाले महती प्रभावों का अनुभव तथा प्रत्यक्षीकरण किया। इनकी पुस्तक 'Man as Geological

Agent'(1922) तथा इनके शोध लेख 'The influences of man of an agent in geographical change' (1923) द्वारा यह स्पष्ट रूप से विदित होता है कि पर्यावरणीय प्रक्रमों के परिवर्तन तथा रूपान्तर में मनुष्य की अहम् भूमिका होती है। शर्लाक ने प्राकृतिक (भौमिकीय) तथा मानव जनित अनाच्छादन में अन्तर स्थापित किया तथा यह बताया कि मानव जनित अपरदन प्राकृतिक प्रक्रमों द्वारा किये जाने वाले अपरदन की तुलना में कई गुना अधिक होता है। इन्होंने घने बसे देशों (जैसे इंग्लैण्ड) में अपरदन के अध्ययन के बाद बताया कि 'Man is many more times more powerful, as an agent of denudation, than all the atmompheric denuding processess combined' (R.L. Sherlock, 1922, p. 333). जैक तथा व्हाइट ने स्थानीय, प्रादेशिक तथा विश्व स्तरों पर तीव्र गति से हो रहे मृदा-अपरदन की वस्तुस्थिति को अपनी पुस्तक 'The Rape of the earth' (G.V. Jacks तथा R. O. whyte, 1939) के माध्यम से विद्वत समाज के समक्ष प्रस्तुत किया। इन लोगों ने मृदा अपरदन की दर को बढ़ाने में मनुष्य की भूमिका का परिनिरीक्षण तथा निर्धारण किया एवं मृदा अपरदन का रोकने के लिये मृदा संरक्षण एवं नियंत्रण की आवश्यकता पर बल दिया तथाउसके लिए सुझाव भी दिये। ज्ञातव्य है कि पर्यावरणीय प्रक्रमों एवं भूतल के स्वरूप को परिवर्तित करने में मनुष्य की सक्रिय भूमिका के प्रत्यक्षीकरण एवं आत्मज्ञान के महत्व को उजागर करने के लिए किये गये एकाकी प्रयास तथा उपागम की परिणति सामूहिक प्रयास एवं उपागम में हुई। अर्थात् 1950 तक विभिन्न विद्वान पर्यावरणीय प्रक्रमों तथा प्राकृतिक पर्यावरण पर होने वाले मानव-क्रियाओं के प्रभावों का अध्ययन अलग अलग रूप में विभिन्न दृष्टिकोणों से करते थे। परन्तु मानव-पर्यावरणीय प्रक्रमों के मध्य सम्बन्धों के अध्ययन के लिये सामूहिक प्रयासों तथा उपागम का श्रीगणेश उस समय हुआ जबकि 1955 में *'पृथ्वी के स्वरूप को बदलने में मनुष्य की भूमिका'* (Man's Role in Changing the Face of the Earth) नामक विषय पर एक अन्तर्विषयी अन्तर्राष्ट्रीय संगोष्ठी का आयोजन प्रिन्स्टन (New Jersey, U.S.A.) में किया गया। 1956 में इस संगोष्ठी की कार्यवाही को Man's Role in Changing the Face of the Earth (W.L. Thomas द्वारा सम्पादित) के रूप में प्रकाशित किया गया। इस पुस्तक के प्रकाशन ने मनुष्य द्वारा विभिन्न पर्यावरणीय प्रक्रमों में किये गये परिवर्तनों के आयामों (Dimensions) तथा परिमाण (Magnitude) को विश्व स्तर पर विज्ञानी समुदायों के समक्ष प्रदर्शित किया जिसका परिणाम यह हुआ कि पर्यावरणीय प्रक्रमों में मानव जनित परिवर्तनों की प्रक्रियाओं एवं क्रियाविधियों के गहन अध्ययन का सिलसिला प्रारम्भ हो गया तथा इन परिवर्तनों से उत्पन्न दुष्प्रभावों को दूर करने या उन्हें नियंत्रित करने के लिए उपर्युक्त सुझाव दिये जाने लगे।

ज्ञातव्य है कि 1950 तक पर्यावरणीय प्रक्रमों को परिवर्तित करने में मनुष्य की भूमिका के अध्ययन पर कम महत्व का प्रमुख कारण यह था कि उस समय तक समकालीन भूआकृतिक प्रक्रमों के मापन तथा गहन अध्ययन पर कम ध्यान दिया जाता था तथा पुराप्रक्रमों (Palaeo-processes) के प्रभावों की पुनर्रचना (Reconstruction) के गुणात्मक आकलन का कम प्रचलन था। 1950 के बाद, मुख्य रूप से 1955 के बाद (उपर्युक्त संगोष्ठी के आयोजन के बाद से) समकालीन पर्यावरणीय प्रक्रमों के मापन के सम्बन्ध में बढ़े उत्साह के कारण पर्यावरणीय प्रक्रमों को प्रभावित एवं परिवर्तित करने में मनुष्य के क्रिया-कलापों की भूमिका के महत्व के प्रत्यक्षीकरण के एक नये युग का शुभारम्भ हुआ। विलकिन्सन ने अपने शोध लेख 'Man and the Natural Environment' (H. Wikinson, 1936) के माध्यम सं प्राकृतिक पर्यावरण पर मनुष्य के कार्य-कलापों (विध्वंसक, संरक्षक तथा रचनात्मक) के शक्तिशाली प्रभावों को उजागर किया। E. Felse (1965) ने मानव-जनित भूआकृतिक प्रक्रमों के अध्ययन की आवश्यकता पर जोर दिया। इसी तरह E. H. Brown (1970) ने अपने शोध लेख 'Man Shapes the Earth' के माध्यम से पर्यावरणीय प्रक्रमों पर मानव-क्रियाओं के प्रभावों को विज्ञानी समुदाय के समक्ष प्रस्तुत किया। R.J. Chorley तथा B.A. Kennedy (1973, Physical Geography: A System Approach) ने भौतिक भूगोल में तंत्र उपागम System Approach) की शुरूआत की। उन्होंने प्रतिपादित किया कि भूआकृतिक तंत्र का क्रियान्वयन आकृतिक तंत्र (Monphological System), कासकेडिंग तंत्र, प्रक्रम-अनुक्रिया तंत्र (Process-Response System) तथा नियंत्रण तंत्र (Control system) की श्रृंखलाबद्ध कार्यशीलता द्वारा होता है तथा मनुष्य एवं उसकी क्रियायें नियंत्रण (Regulator) के रूप में कार्य करती हैं।

K.J. Gregory तथा D.E. Walling (1981) ने पर्यावरणीय प्रक्रमों पर मनुष्य के प्रभावों से सम्बन्धित विचारों के विकास को सारांशित (Summarised) किया है तथा 1960-70 दशक में मानव-पर्यावरणीय प्रक्रमों के मध्य सम्बन्धों के अध्ययन की चार प्रमुख प्रवृत्तियों का उल्लेख किया है-

(1) विभिन्न क्षेत्रों में अपरदन की दरों का आकलन करना तथा उनके तुलनात्मक रूप का प्रदर्शन। S. Judson (1968) ने रोम (इटली) के निकट अपरदन की वर्तमान दर का आकलन किया। इनके अनुसार अपरदन की वर्तमान दर 100 मी.^{3} से 1000 मी.^{3} प्रति वर्ग किलोमीटर प्रतिवर्ष हैं। इन्होंने यह भी अनुमानित किया कि मनुष्य द्वारा पर्यावरणीय प्रक्रमों पर प्रभाव के पहले अपरदन की दर 3-30 मी. प्रति वर्ग किलोमीटर प्रति वर्ष थी।

मनुष्य के कार्यों का–

(i) द. प. संयुक्त राज्य अमेरिका में अवनलिका अपरदन पर प्रभाव (W.M. Denevan, 1967),

(ii) कनाडा के अलबर्टा प्रान्त की Bow Valley में वनाग्नि तथा बाढ़ पर प्रभाव (J.G.Nelson तथा A. B. Byme, 1966,

(iii) लन्दन की नगरीय जलवायु पर प्रभाव (T. J. Gandler, 1965),

(iv) भौगोलिक पर्यावरण में परिवर्तन (S. Gilwerka. 1964) पर प्रभाव आदि के अध्ययन के उदाहरण मानव–पर्यावरणीय प्रक्रमों के बीच सम्बन्धों के अध्ययन हेतु किये जाने वाले प्रयासों को उजागर करने के लिये पर्याप्त हैं।

(2) प्राकृतिक या पर्यावरणीय आपदाओं (Hazards) का अनुसंधान (Investigation),

(3) प्रकृति तथा प्राकृतिक प्रक्रमों पर मनुष्य के प्रभावों के अध्ययन के लिये अन्तर्राष्ट्रीय कार्यक्रमों (Inernational Programmes) का श्रीगणेश। उदाहरण के लिये I.H.D. (International Hydrological Decade, 1965-74), M. B.P. (Man and Biosphere Programme, 1970) आदि प्रमुख हैं।

(4) पर्यावरणीय की चिन्ता का आत्मबोध तथा प्रत्यक्षीकरण। यह भावना इस दशक (1960–70 दशक) में प्रकाशित पुस्तकों में पूर्णतया प्रतिबिम्बित होती है यथा–'Silent Springs' (R. Carson, 1962), 'Man and Environment' (R. Arvill, 1967), 'The Environmental Revolution' (M. Nicholson, 1972) आदि।

K.J. Gregory तथा D.E. Walling (1989) ने 1960–70 दशक में पर्यावरण तथा पर्यावरणीय प्रक्रमों पर मनुष्य की क्रियाओं के प्रभावों से सम्बन्धित अध्ययनों की प्रमुख प्रवृत्तियों के विश्लेषण के आधार पर यह सारांश प्रस्तुत किया है कि–उक्त दशक में किसी खास पर्यावरणीय प्रक्रम तथा पर्यावरण के खास पक्षों पर मनुष्य के प्रभावों की विशिष्ट अध्ययन का दौर शुरू हुआ साथ ही साथ मनुष्य की क्रियाओं के प्रति संकल्पनात्मक दृष्टिकोण का प्रचलन हुआ। इनका परिणाम यह हुआ कि विद्वत् समाज में पर्यावरण पर मनुष्य के प्रभावों के प्रति चिन्ता का जागरण हुआ जिसके परिणामस्वरूप अन्तर्राष्ट्रीय शोध कार्यक्रमों का शुभारम्भ हुआ।

पर्यावरण पर मनुष्य के प्रभावों से उत्पन्न हुए तथा भविष्य में होने वाले दूरगामी दुष्परिणाम के प्रति विज्ञानियों के समुदाय में व्याप्त चिन्ता तथा इन प्रभावों के अध्ययन

में बढ़े उत्साह तथा दिलचस्पी का यह परिणाम हुआ कि विश्व के विभिन्न क्षेत्रों में इस विषय से सम्बन्धित कई अध्ययन किये गये राष्ट्रीय एवं अन्तर्राष्ट्रीय स्तरों पर कई संगोष्ठियों तथा सम्मेलनों का आयोजन किया गया तथा कई शोध लेखों, शोध मोनोग्राफ तथा पुस्तकों का प्रकाशन किया गया। उदाहरण के लिये- 'Environmental Problems' (I.R. Manners तथा M.W. Mikessell, 1974), Man's Impact on Environment' (T. R. Detwyler, 1971),Environmental Geomorphology and Landscape Conservation (दो खण्डों में, D.R. Coates, 1972 तथा 1973), Urbanisation and Environment (D.R. Detwyler तथा M.G. Marcus,1972), Urban Geomorphology (D.R. Coates,1976), Geography and Man's Environment (A.N. Strahler and A. H. Strahler, 1976), Applied Climatogoy (J.R. Hobbd, 1980), Man and Environmental Processes (K.J. Gergory and D. E. Walling. 1981), Environmental Change and Tropical Geomorphology (Ian Douglas and T. Spencer, 1985), Environmental Management (L.R. Singh, Savindra Singh, R. C. Tiwari and R.P. Srivastava, 1983), Geomorphology and Environment (Savindra Singh and R.C. Tiwari, 1989) आदि प्रमुख पुस्तकें मानव-पर्यावरण तथा मानव-पर्यावरणीय प्रक्रमों के बीच सम्बन्धों पर किय गये शोध कार्यों का प्रतिनिधित्व करती हैं।

पर्यावरण प्रक्रमों पर मनुष्य के प्रभाव
(Man's Impacts on Environmental Processes)

बहिर्जात पर्यावरणीय प्रक्रम वायुमण्डल की दशाओं के प्रतिफल होते हैं। चूंकि वायुमण्डलीय दशायें तथा प्रक्रम सौर्यिक ऊर्जा से सम्बन्धित होते हैं, अतः बहिर्जात पर्यावरणीय प्रक्रम भी सौर्यिक ऊर्जा से सम्बन्धित होते हैं। इस तरह प्रमुख पर्यावरणीय प्रक्रम यथा जलीय, हिमनदीय, परिहिमानी तथा वायु आदि सौर्यिक ऊर्जा द्वारा नियंत्रित होते हैं। परन्तु पर्यावरणीय प्रक्रमों की कार्य क्षमता स्थलमण्डल के उच्चावचों (Reliefs) की स्थितिज ऊर्जा (Potential energy) से निर्धारित तथा नियंत्रित होती है। मनुष्य, सौर्यिक विकिरण तथा ऊष्मा की ऊर्जा को प्रभावित करके, वर्षण की प्रक्रियाओं तथा वायु-संचार को प्रभावित कर सकता है। इस तरह के प्रभाव बदले में पर्यावरणीय प्रक्रमों में परिवर्तन कर सकते हैं। मानव जनित मौसम-रूपान्तर तथा जलवायु-परिवर्तन के द्वारा पर्यावरणीय प्रक्रमों के स्वाभाविक रूप एवं प्रकृति में परिवर्तन तथा रूपान्तर हो जाता है। नीचे कुछ प्रमुख पर्यावरणीय प्रक्रमों पर मनुष्य के प्रभावों तथा उसके द्वारा किये गये एवं किये जा सकने वाले परिवर्तनों को उल्लेख किया जा रहा है।

मनुष्य तथा जलीय प्रक्रम (Man and Hydrological Processes)

जलीय प्रक्रमों तथा जलीय चक्र पर मनुष्य की सोद्देश्य एवं अनिच्छित क्रियाओं के महती प्रभावों के देखकर इसे भी (मनुष्य के जलीय प्रक्रमों पर प्रभाव) IHD (International Hydrological Decade,1965-74) तथा IHP (International Hydrological Programme) के अन्तर्गत अध्ययन किये जाने वाले प्रमुख विषयों में सम्मिलित किया गया था। मनुष्य अपनी क्रियाओं द्वारा जलीय प्रक्रमों को स्थानीय स्तर से लेकर प्रादेशिक स्तर तक प्रभावित तथा परिवर्तित करता है। इन परिवर्तनों से जनित कुछ प्रभाव लघुस्तरीय तथा नगण्य होते हैं जबकि कुछ प्रभाव वृहद् स्तरीय तथा प्रलयकारी होते हैं।

प्रायः सभी देशों में मनुष्य के क्रियाकलापों द्वारा प्राकृतिक अपवाह बेसिनों के जलीय चक्र बड़े पैमाने पर रूपान्तरित हुए हैं। मनुष्य द्वारा अपवाह बेसिन (Drainage Basin) के जलीय चक्र में तब्दीली की जानकारी के पूर्व मनुष्य द्वारा अप्रभावित अपवाह बेसिन के जलीय चक्र के क्रियान्वयन का समझना आवश्यक है। प्राकृतिक अपवाह बेसिन का जलीय चक्र निम्न रूप में कार्यशील होता है-अपवाह बेसिन का मूलभूत निवेश (Input) वर्षा का जल है। सर्वप्रथम वनस्पतियां जलवर्षा को अन्तरारोधित (Intercept) करती हैं (जलवर्षा को रोकती हैं)। इस तरह वनस्पतियों द्वारा अन्तरारोधित वर्षा का जल वनस्पतियों की पत्तियों, टहनियों, शाखाओं तथा तनों से होता हुआ 'हवाई सरिता' (Aerial Streamlets) के रूप में धरातल पर पहुंचता है। वनस्पति के अभाव में वर्षा का जल सीधे धरातल पर पहुंचता है। जलवर्षा के कुछ भाग का वाष्पीकरण वाष्पोत्सर्जन (Evapotranspiration) द्वारा वायुमण्डल में वाष्प के रूप में क्षय हो जाता है। धरातल पर सुलभ जल **'धरातलीय भण्डार'** (Surface Storage) का निर्माण करता है। इस भण्डार से जल का अधिकांश भाग निचले ढाल की ओर 'धरातली वाही जल' (Surface Runoff) के रूप में गतिशील हो जाता है, कुछ भाग का वाष्पीकरण हो जाता है, कुछ भाग सतह पर रुक जाता है तथा कुछ भाग का सतह के नीचे अन्तः संचरण (Infiltration) हो जाता है जो *'मृदा आर्द्रता भण्डार'* (Soil Moisture Storage) का निर्माण करता है। इस भण्डार से कुछ जल का प्रत्यक्ष वाष्पीकरण तथा पौधों के माध्यम से वाष्पोत्सर्जन (Transpiration) द्वारा क्षय हो जाता है, कुछ जल *'सीधा प्रवाह'* (Throughflow) तथा *'आन्तरिक प्रवाह'* (Interflow) के मार्गों से जलस्राव (Seepage) तथा सोतों (Springs) के रूप में सतह पर पुनः प्रकट होता है जबकि जल का कुछ भाग निस्पन्दन (Percolation) द्वारा नीचवे जाकर *'भूमिगत जलभण्डार'* (Groundwater Storage) का निर्माण करता है। इस जल भण्डार से कुछ जल *'आधार प्रवाह'* (Base

Flow) के माध्यम से सरिता तक पहुंच जाता है, कुछ भाग *'केशिका चढ़ाव'* (Capilary Rise, जल का ऊपर उठना) के माध्यम से ऊपर जाकर *'मृदा आर्द्रता भण्डार'* में मिल जाता है, तथा कुछ भाग और अधिक गहराई में चला जाता है। **'सरिता भण्डार'** (Channel Storage) को जल *'धरातलीय भण्डार'* से *'धरातलीय वाही जल'* (Runoff) द्वारा *'मृदा आर्द्रता भण्डार'* से *'सीधा प्रवाह'* तथा *'आन्तरिक प्रवाह'* द्वारा तथा *'भूमिगत जल भण्डार'* से *'आधार प्रवाह'* द्वारा प्राप्त होता है। इस तरह स्पष्ट है कि जलवर्षा के निवेश (Input) के जल का दो मार्गों से बहिर्गमन होता है–

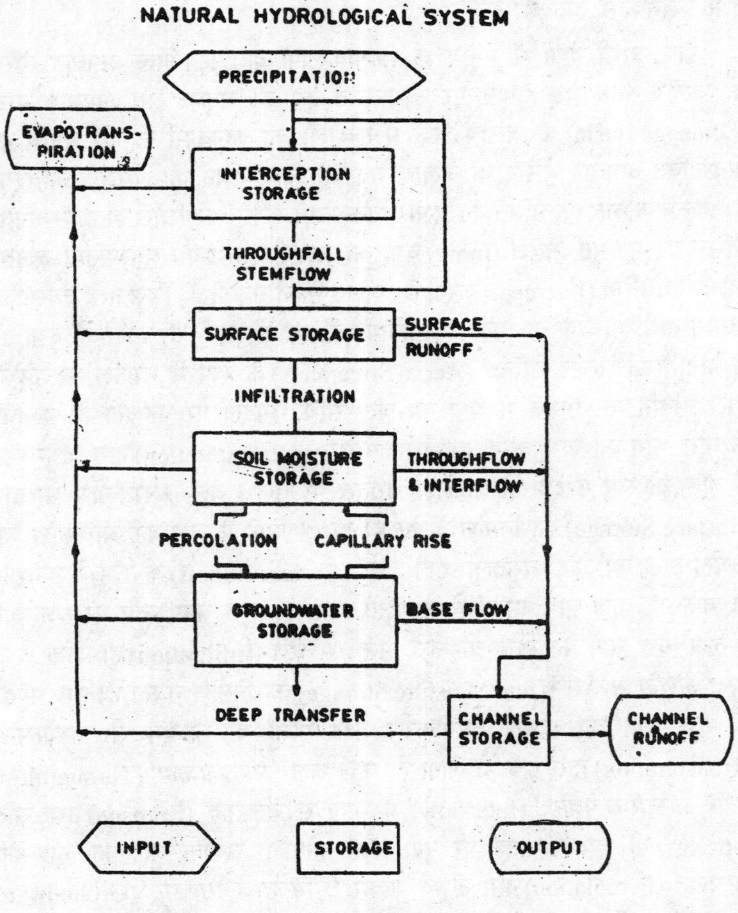

चित्र 2.10 : प्राकृतिक जलीय तंत्र (डी.ई. वालिंग, 1981)।

(i) विभिन्न प्रकार के जलभण्डारों (Storages, भूमिगत जल भण्डार को छोड़कर) से वाष्पीकरण-वाष्पोत्सर्जन (Evapotraspiration) द्वारा तथा

(ii) सरिता भण्डार से सरिता प्रवाह द्वारा)।

मनुष्य अपवाह बेसिन की जलीय व्यवस्था की आन्तरिक प्रक्रियाओं को कई रूपों में प्रभावित तथा रूपान्तरित करता है। इन परिवर्तनों के अनुकूल तथा प्रतिकूल दोनों तरह के प्रभाव होते हैं। मनुष्य अपवाह बेसिन के जलीय चक्र को 'मेघ बीजन' (Cloud Seeding) द्वारा (निवेश में वृद्धि), वायुमण्डलीय प्रदूषण द्वारा (वर्षा के निवेश में वृद्धि तथा ह्रास, दोनों सम्भव होते हैं), वायुमण्डलीय संचरण (Atmospheric Circulation)में परिवर्तन द्वारा उदाहरण के लिये), नगरीकरण के फलस्वरूप ऊर्ध्व संवहनीय संचार बढ़ता है जिससे वर्षा में वृद्धि होती है), वनों के साफ करके (वर्षा में कमी), वनस्पतियों के प्राकृतिक स्वरूप में परिवर्तन द्वारा (वर्षा में कमी) आदि विधियों द्वारा प्रभावित तथा परिवर्तित करता है। फसलों की सिचाई तथा नगरों में प्रयोग किये गये जल द्वारा धरातल पर जल के निवेश में वृद्धि करता है। **'अन्तरारोधन भण्डार'** (Interception Storage, वृक्षों तथा पौधों के विभिन्न भागों यथा-पत्तियों, टहनियों, शाखाओं आदि में जलवर्षा के रुके भाग) को निर्वनीकरण (Deforestation) द्वारा (अन्तरारोधन भण्डार में ह्रास) तथा वनस्पतियों के प्राकृतिक स्वरूप में परिवर्तन द्वारा प्रभावित करता है। **'धरातलीय भण्डार'** (Surface Storage) वनों को काटकर धरातलीय सतह के नग्नीकरण, कृषि, नगरीकरण, जल निकास के लिये सतह पर निर्मित नालियों (Land Drainage), उत्खनन आदि द्वारा परिवर्तित होता है। धरातलीय वाहीजल (Surface Runoff) में निर्वनीकरण (Deforestation) तथा कृषि द्वारा वृद्धि होती है तथा इसमें कृषि फसलों की सिंचाई के लिए निर्मित नालियों तथा नगरीय क्षेत्रों में प्रयोग किये गये जल के निकास के अतिरिक्त निवेश की आपूर्ति होती है। जल का सतह के नीचे होने वाला अन्तः संचरण (Infiltration) निर्वनीकरण (अन्तः संचरण में ह्रास), नगरीकरण (ह्रास), वनरोपण या वनीकरण (Afforestation-उस स्थान में वन तैयार करना जो पहले वनाच्छादित नहीं था तथा Reforestion-उन क्षेत्रों में वृक्षारोपण जहां पर पहले वन थे परन्तु अब साफ कर दिये गये हैं) तथा सिंचाई (अन्तः संचरण में वृद्धि)आदि द्वारा रूपान्तरित होता है। *'मृदा-आर्द्रता भण्डार'* (Soil Moisture Storage) सिंचाई, घास एवं पौधों के रोपण, कृत्रिम रूप से जल के पुनः पूरण (Recharge), जल-आपूर्ति के तंत्रों (Water Supply Systems- पेय जल के लिये बनाये गये जलभण्डार, भूमि के नीचे बिछाई गई पाइप, सिंचाई के लिये निर्मित नहर तथा नालियों), सोक पिट्स (Soak pits-सोख गड्ढा) तथा मलकूपों (Cesspools or Cesspits) से जल के रिसाव

(Seepage) द्वारा धनात्मक रूप में सहसम्बन्धित है। अर्थात् उपर्युक्त स्रोतों से मृदा आर्द्रता भण्डार में वृद्धि होती हैं। *'भूमिगत जलभण्डार'* (Groundwater Stroage) घरेलू उपयोग एवं फसलों की सिंचाई के लिये सतह के नीचे से जल के निष्कासन एवं विदोहन द्वारा परिवर्तित होता है जबकि *'सरिता भण्डार'* में (Channel Stroage) बाढ़ मैदानों के सम्बर्द्धन तथा विकास, जलधारा में रूपान्तर (Channel Modification) जलमार्ग की लम्बाई को घटाकर या बढ़ाकर), सरिता-नियंत्रण, बांध तथा जलाशयों के निर्माण आदि द्वारा परिवर्तन होता है। बेसिन जलीय चक्र के विभिन्न संघटकों में मानव द्वारा किये गये परिवर्तनों का परिणाम होता है- बाढ़ आपदा (Flood Hazard) में वृद्धि तथा सरिता व्यवस्था में कमी, जल की गुणवत्ता में ह्रास या अवनयन, तथा जलभण्डारों (जलाशय, झील आदि) एवं सरिता-जल में पोषक तत्वों के भार की वृद्धि के कारण अवांछित वनस्पतियों में व्यापक वृद्धि' (Eutrophication) (K. J. Gregory and D.E. Walling, 1981, p. 81).

वनाच्छादित क्षेत्रों (प्राकृतिक या मानव-कृत) में वर्षा की बूदों को वनों के वितान (Forest Canopy, वनों की सबसे ऊपरी सतह) रोकते (Intercept) हैं, परिणामस्वरूप, जलवर्षा का अधिकांश भाग 'हवाई सरिता' (Aerial Streamlets) तथा 'तना प्रवाह' (Stem Flow, वृक्षों तथा वनस्पतियों के तनों से होकर जल का नीचे की ओर प्रवाह) के रूप में मन्द गति से धरातल पर पहुंचता है जिस कारण **जल का अन्तः संचरण** (Infiltration) अधिक होता है तथा *धरातलीय वाही जल* (Surface Ruoff) कम हो जाता है। इस प्रक्रिया के फलस्वरूप, नदियों में कम मात्रा में जल पहुंच पाता है जिस कारण बाढ़ की सम्भावना घट जाती है तथा भूमिगत जल का पुनः पूरण (Recharge) बढ़ जाता है (जल के अधिक मात्रा में सतह के नीचे अन्तः संचरण में वृद्धि के कारण) इसके विपरीत वनों को साफ कर देने से वर्षा की बूंदें पूर्ण गतिज ऊर्जा (Kinetic Energy) के साथ नग्न स्थलीय भाग पर सीधे पड़ती है तथा नग्न स्थलीय भाग के ढीले पदार्थों पर तेज प्रहार करती हैं जिस कारण ढीले पदार्थ आपस में जुट कर ठोस हो जाते हैं। इसका यह परिणाम होता है कि सुदृढ़ धरातलीय सतह के निर्माण के कारण जल का अन्तः संचरण (Infiltration) कम हो जाता है तथा *धरातलीय वाही जल* में वृद्धि हो जाती है (वर्षा का जल धरातलीय वाही जल के रूप में नलिकाओं, नालों तथा लघु सरिताओं से होकर बड़ी नदियों में पहुंचता है)। परिणामस्वरूप, बाढ़ की आवृत्ति तथा परिणाम, दोनों में वृद्धि हो जाती है। दूसरी तरफ सुदृढ़ धरातल के कारण जल के अन्तः संचरण में निहायत कमी के कारण भूमिगत जल का पुनः पूरण (Recharge) घट जाता है एवं भूमिगत जल भण्डार में जल की मात्रा में कमी हो जाती है (क्योंकि जितना जल मानव-उद्देश्यों के लिये कुओं, पम्पिंग सेटों तथा

ट्यूबवेल्स के माध्यम से निकाला जाता है उसकी भरपायी नहीं हो पाती है।

नगरीकरण द्वारा अपवाह बेसिन की जलीय विशेषतायें दो रूपों में प्रभावित तथा रूपान्तरित होती हैं-

(i) बढ़ते नगरीकरण के कारण अधिकाधिक धरातलीय भाग पक्का कर दिया जाता है (भवनों, आंगनों, सड़क की पटरियों, सड़कों आदि के निर्माण द्वारा) जिस कारण अपारगम्य धरातलीय सतह (जिससे होकर जल का अन्तः संचरण नहीं हो पाता है) के क्षेत्र में वृद्धि हो जाती है परिणामस्वरूप, जल के अन्तः संचरण के अभाव में धरातलीय वाही जल में अत्यधिक वृद्धि हो जाती है। इस तरह जनित स्थलीय प्रवाह (Overland Flow) नगरों की नालियों एवं नालाओं से होकर करीबी सरिताओं में पहुंच कर बाढ़ के परिणाम को बढ़ा देता है। इसके विपरीत जल के अन्तः संचरण में निहायत कमी के कारण भूमिगत जल के पुनः पूरण (Recharge) में कमी के कारण एक तरफ तो शहरी क्षेत्रों में भूमिगत जल के स्तर में गिरावट आ जाती है तो दूसरी तरफ शुष्क काल में आधार प्रवाह (Base Flow, सतह के नीचे से जल का सरिता की ओर प्रवाह) में निहायत कमी के कारण नदियों में वर्षोपरान्त काल में जल की मात्रा में अत्यधिक कमी हो जाती है। इस तरह स्पष्ट है कि नगरीकरण के कारण शहरों के करीब से प्रवाहित होने वाली नदियों में वर्षाकाल में जल के उच्चतम विसर्जन (Discharge) तथा वर्षोपरान्त काल में जल के न्यूनतम विसर्जन का परिसर (Range) अधिक हो जाता है या यो कहें कि उच्चतम जल विसर्जन (वर्षा काल में) तथा न्यूनतम विसर्जन (वर्षा के उपरान्त) में अन्तर बढ़ जाता है।

(ii) नगरीय क्षेत्रों में धरातलीय वाही जल बरसाती नालों (Storm Drains) तथा गन्दे पानी के निकास के लिये निर्मित नालियों से होकर शीघ्रता से सीधे नदियों में पहुंचता है। इस तरह वाही जल का यात्रा-समय (Runoff Travel Time) कम हो जाता है। परिणामस्वरूप, वृष्टि की अवधि एवं जल के अधिकतम प्रवाह की अवधि के मध्य समय शिथिलता (Time-lag) ज्ञातव्य है कि वर्षा होने पर जल कुछ समय बाद नदी तक पहुंचता है, अतः नदी में अधिकतम जल के विसर्जन की स्थिति वर्षा की अवधि के कई घण्टों के बाद होती है। इसे समय शिथिलता कहते हैं। अर्थात् वर्षा की अवधि तथा अधिकतम जल-विसर्जन के मध्य समय अन्तराल को समय की शिथिलता कहते हैं) घट जाती है। इन सबका यह परिणाम होता है कि कभी-कभी नदियों में अचानक बाढ़ (Flash Flood) आ जाती है।

गहन कृषि के क्षेत्रों, व्यापारिक वनों तथा अप्रवेश्य मिट्टी वाले क्षेत्र में जलमग्न भागों (Waterlogged Areas) से जल के निकास के लिये स्थानीय नालियों (Land Drainage) का निर्माण किया जाता है। इन स्थलीय नालियों का अपवाह बेसिन की जलीय विशेषताओं पर गहरा प्रभाव पड़ता है। इस सम्बन्ध में किये गये विभिन्न अध्ययनों से विदित हुआ है कि जल-निकास के लिये निर्मित नालियों के कारण बाढ़ के परिणाम में वृद्धि होती है। इसके अलावा स्थलीय नालियों के कारण भूमिगत जलस्तर में गिरावट होती है (वर्षा का जल इन नालियों से शीघ्र ही नदियों तक पहुंच जाता है, अतः जल का अन्तः संचरण घट जाता है), वाष्पीकरण-वाष्पोत्सर्जन (Evapo-transpiration) कम हो जाता है तथा औसत वार्षिक धरातलीय वाही जल बढ़ जाता है।

उल्लेखनीय है कि मनुष्य के क्रियाकलाप अपवाह बेसिन के जलीय चक्र के विभिन्न परस्पर आबद्ध संघटकों से होकर प्रवाहित होने वाले जल की मात्रा को प्रभावित तथा परिवर्तित तो करते ही हैं, साथ ही साथ रासायनिक एवं भौतिक गुणों में सन्दर्भ में जल की गुणवत्ता (Quality) को प्रभावित करते हैं। मानव द्वारा जल की गुणवत्ता में किये गये परिवर्तन सदैव प्रदूषण विषयक ही नहीं होते यद्यपि, नगरों तथा कारखानों से निकला गंदा जल जब नदियों तथा झीलों में पहुंचता है तो वह प्रदूषण अवश्य करता हैं।

सरिता प्रवाह के गुणों में वनस्पति-विनाश मिट्टियों की प्राकृतिक दशाओं में छेड़छाड़ एवं हेर-फेर द्वारा परिवर्तन से सम्बन्धित विश्व के विभिन्न भागों में अनेक अध्ययन किय गये हैं। इन अध्ययनों से यह विदित हुआ है कि वनस्पति-विनाश तथा मृदाओं की मौलिक स्थिति में मानव द्वारा किये गये परिवर्तनों का सरिता प्रवाह की गुणवत्ता पर प्रतिकूल प्रभाव पड़ता है। नदियों में पोषक तत्वों एवं खनिजों की स्थिति, नदियों के अवसाद भार तथा अवसाद बजट वनस्पतियों के विनाश, खनन कार्यों (खनिजों का उत्खनन), रचनात्मक कार्यों (बाधों एवं जलाशयों का निर्माण) आदि द्वारा बड़े पैमाने पर प्रभावित होते हैं। इन पक्षों का विवेचन अगले अनुभाग (मनुष्य तथा सरिता प्रक्रम) में किया जायेगा। नहारों से सिंचित क्षेत्रों, खासकर अर्द्ध शुष्क प्रदेशों में क्षारीकरण (Salinization) एक चिर-स्थायी समस्या है। NES (National Eutrophication Survey, U.S.A.) द्वारा सरिताओं में पोषक तत्वों के भार तथा प्रवाह बेसिन में भूमि उपयोग के मध्य सम्बन्धों के मापन एवं आकलन के लिये मिसीसीपी नदी के पूर्व में स्थित 473 लघु प्रवाह बेसिनों में किये गये अध्ययन के परिणामों से स्पष्ट होता है कि भूमि उपयोग नदियों में पोषक तत्वों के भार को बड़े पैमाने पर प्रभावित करता है। उपर्युक्त अध्ययन के आधार पर

यह विदित हुआ है कि जिन प्रवाह बेसिनों में कृषि-क्षेत्र अधिक है उनमें फास्फोरस का सान्द्रण (प्रति लीटर पानी में 0.15 मिलीग्राम) वानस्पतिक आवरण से युक्त प्रवांह बेसिनों (प्रति लीटर जल में 0.014 मिलीग्राम) की तुलना में दस गुना से अधिक है। इसी तरह कृषित (Cultivated) प्रवाह बेसिनों में नाइट्रोजन का सान्द्रण (प्रति लीटर जल में 4.17 मिलीग्राम) वानस्पतिक आवरण से युक्त प्रवाह बेसिनों (प्रति लीटर जल में 0.85 मिलीग्राम)की तुलना में लगभग 5 गुना अधिक है। इस अन्तर का प्रमुख कारण कृषित प्रवाह बेसिनों में कृषि के लिये रासायनिक खादों का प्रयोग है।

मनुष्य तथा अपक्षय एवं सामूहिक संचलन (Man and Weathering and Mass Movement)

अपने स्थान पर शैलों तथा रिगोलिथ (आवरण प्रस्तर) के विघटन तथा वियोजन को अपक्षय कहते हैं। अपक्षय एक प्राकृतिक भौमिकीय (Geological) प्रक्रिया है जो सूर्याताप, जल, तुषार, वायु, दबाव, आक्सीजन,कार्बन डाइआक्साइड, पौधों तथा जन्तुओं के विभिन्न संयोगों (Combination) के तहत सम्पादित होती है। मनुष्य एक जैविक प्राणी के रूप में अपक्षय की दर को बढ़ा देता है या घटा देता है। खनिजों की प्राप्ति के लिये उत्खनन कार्य, बांधों के निर्माण तथा खनिजों की प्राप्ति के लिये पहाड़ियों तथा पर्वत श्रेणियों को डायनामाइट से उड़ाना, औद्योगिक पदार्थों (यथा सीमेण्ट उद्योग के लिये लाइमस्टोन) तथा विभिन्न निर्माण कार्यों के लिये इमारती सामान की प्राप्ति के लिये पत्थरों एवं अन्य पदार्थों के उत्खनन आदि द्वारा भूपदार्थों (Geomaterials) में विघटन इतनी तीव्र गति से अल्पकाल में सम्पादित होता है कि उतनी मात्रा में

प्राकृतिक अपक्षय की प्रक्रियाओं द्वारा विघटन हजारों लाखों वर्षों में ही सम्भव हो पायेगा। मनुष्य निर्वनीकरण (Deforestation) द्वारा भूसतह को परिवर्तित करके पहाड़ी ढालों पर अपक्षय की दर को तेज कर देता है। वनस्पतियां, मुख्य रूप से सघन वृक्ष, पहाड़ी ढाल को स्थिरता प्रदान करती हैं क्योंकि पहाड़ी ढालों पर वृक्षों की जड़ों का जाल रिगोलिथ तथा शैलों को यांत्रिक बलवर्द्धन (Mechanical Reinforcement) प्रदान करता है तथा भूपदार्थों की संलग्नता (Cohesion, आपस में चिपटना) को बढ़ता है। इसके विपरीत निर्वनीकरण (Deforestation) पहाड़ी ढालों पर असंगठित भूपदार्थों के यांत्रिक बलवर्द्धन एवं उनकी (भूपदार्थों की) संलग्नता को कम करता है जिस कारण ढाल विनाश (Slope Failure) तथा पदार्थों का निचले ढाल की ओर सामूहिक संचलन प्रारम्भ हो जाता है। इसके अन्तर्गत भूमिस्खलन, अवपात (Slumping), मलवापात एवं स्खलन (Debris Fall and Slide)

आदि को सम्मिलित करते हैं। हिमालय के निचले ढालों पर मनुष्य द्वारा जनित भूमिस्खलन आम बात है।

पंकवाह (Mudflow) तथा भूमिवाह (Earthflow) के लिये जिम्मेदार मनुष्य की क्रियाओं को मुख्य रूप से दो वर्गों में विभाजित किया जाता है-

(i) उत्खनन कार्य के परिणामस्वरूप उत्पन्न व्यर्थ मिट्टियों (Waste Soils) तथा शैलों के छोटे-बड़े टुकड़ों को बड़े-बड़े ढेरों के रूप में एकत्रित करना। इस तरह मलवा का ढेर शीघ्र ही बाहर की तरफ फैलने लगाता है तथा आसपास के क्षेत्रों को आच्छादित करके अपने चपेट में ले लेता है।

(ii) शैलों, रिगोलिथ तथा मिट्टियों के किनारे के निचले भाग के उत्खनन के कारण ऊपर स्थित भाग निचले सहारे (Support) के अभाव में नीचे की ओर सरकने लगता है (A.N. Strahler तथा A. H. Strahler, 1976, p. 190)।

पहाड़ी ढालों के आधार के पास बांधों, नहरों, सड़कों आदि के निर्माण के कारण ऊपरी भाग का नीचे की ओर संचलन तथा सर्पण प्रारम्भ हो जाता है। कमजोर शैलिकी वाले (यथा-शैल चट्टान) पहाड़ियों तथा श्रेणियों के सहारे या उसके आर-पार सड़कों के निर्माण के कारण भूमिवाह (Earth Flows) प्राय: होते ही रहते हैं। इस तरह के भूमिवाह तथा सर्पण विन्ध्यन श्रेणियों तथा कैमूर पहाड़ियों के सहारे अक्सर होते रहते हैं क्योंकि इन पहाड़ियों के ऊपरी भाग की रचना बालु का प्रस्तर तथा बीच वाले एवं निचले भाग की रचना शैल चट्टानों से हुई हैं। इन श्रेणियों के ढाल के समानान्तर तथा उनके आर-पार सड़कों के निर्माण के कारण शैल चट्टान के खुले भाग, जो अपक्षय के कारण और अधिक ढीले हो गये हैं, अक्सर नीचे की ओर सरकते रहते हैं। हिमालय-क्षेत्र में तो इस तरह की घटनायें आम बात हैं।

पहाड़ी ढालों के सहारे नगरों का विस्तार ढाल प्रक्रमों तथा शैल चूर्ण के सामूहिक संचलन को प्रभावित करता है। ज्ञातव्य है कि पहाड़ी ढालों के ऊपरी भागों में **'सुरक्षाकारक'** (Safty Factor) नाजुक स्थिति में होते हैं। मनुष्य की क्रियाओं द्वारा पहाड़ी ढाल के ऊपरी भाग में समस्थिति की दशा शीघ्र विक्षुब्ध हो सकती है तथा ढाल विनाश (Slope Failure) एवं चट्टानों पदार्थों का सामूहिक संचलन प्रारम्भ हो सकता है। पहाड़ी ढालों के ऊपरी भागों में नगरों के विस्तार के समय भवनों, सड़कों आदि के निर्माण, जल की पाइप लाइन तथा बिजली एवं संचार के केबल (Cables) का सतह के नीचे बिछाये जाने, सीवर लाइन के निर्माण आदि के कारण

ढाल के पदार्थों के प्रतिरोधी बल में कमी आ जाती है। जब नगरी विस्तार के समय उपर्युक्त कार्य इंजीनियरिंग डिजाइन के अनुरूप सुनियोजित ढंग से नहीं किये जाते हैं तो पहाड़ी ढाल के पदार्थों के प्रतिरोधी बलों (Resisting Forces) में अत्यधिक कमी हो जाने के कारण ढाल विनाश प्रारम्भ हो जाता है जिस कारण खतरनाक भूमिवाह एवं भूस्खलन (Earth Flow and Land Slides) होने लगते हैं। इस तरह की घटनायें हिमालय के सहारे बसे तथा फैलते हुए भारतीय नगरों में होती रहती है। उदाहरण के लिये, नैना झील को चारों तरफ से घेरे हुए पहाड़ी ढालों के सहारे बसे नैनीताल शहर (उत्तर प्रदेश) में 1884 में भंयकर, खतरनाक तथा जानलेवा भूस्खलन हुआ था जिस कारण उक्त झील के उ.प. भाग में स्थित पहाड़ी की तरफ से तीव्र गति से भूस्खलन के द्वारा लाये गये मलवाराशि के कारण नैना झील का एक बड़ा भाग मलवा से भर गया था। मलवा से भरा हुआ नैना झील का यह भाग वर्तमान समय में हेलीकाप्टर के उतरने के लिये हेलीपैड के रूप में प्रयुक्त किया जाता है। इसके अलावा यह भाग पर्यटकों के लिये वांछित स्थान भी प्रदान करता है। ज्ञातव्य है कि जिन पहाड़ियों के सहारे नैनीताल शहर बसा है उनकी संरचना में शैल तथा डोलोमाइट की प्रचुरता है। ऊपरी ढाल के वृक्षों को काटकर नगर का ऊपर की ओर विस्तार अब भी जारी है। अतः भविष्य में और अधिक खतरनाक भूस्खलन की पूरी सम्भावना है। पहाड़ी ढ़ालों के सहारे सड़कों, भवनों तथा अन्य संस्थानों के निर्माण के पहले ढालों के कोणों का मापन, शैलिकी (Lithologies), सुरक्षा कारक, भूमिगत जल की स्थिति तथा दशा, मिट्टी तथा रिगोलिथ की प्रकृति आदि का अध्ययन आवश्यक होता है ताकि सम्भावित भूस्खलन के खतरनाक परिणामों से बचा जा सके।

मनुष्य तथा तटीय प्रक्रम
(Man and Coastal Processes)

सागर तटवर्ती क्षेत्र प्राकृतिक सागरीय प्रक्रमों, खासकर सागरीय तथा ज्वारीय तरंगों, से प्रभावित होते हैं। विभिन्न प्रकार तथा परिमाण वाली ये सागरीय तरंगें तटीय भागों का अपरदन करके कई प्रकार के स्थलरूपों का निर्माण करती हैं (यथा- सागरीय क्लिफ, चट्टानी ढाल, टेढ़ी-मेढ़ी तथा दांतेदार तट रेखायें-(Indented and Crenulated Coast Lines, लघु निवेशिका-(Coves, सागरीय कन्दरायें आदि) तथा अपरदन से प्राप्त पदार्थों का यथास्थान निक्षेपण करके विभिन्न प्रकार की पुलिनों (Beaches) तथा रोधिकाओं (Bars) का भी निर्माण करती है। अधिकांश सागर तटीय आकृतियों का निर्माण प्राकृतिक सागरीय प्रक्रमों द्वारा होता है परन्तु मनुष्य की क्रियाओं ने कई क्षेत्रों में सागरीय प्रक्रमों के स्वभाव में तब्दीली की है तथा सागरीय तरंगों

के अपरदनात्मक एवं निक्षेपात्मक कार्यों की दर में वृद्धि या कमी की है। मनुष्य की क्रियाओं का सागरीय प्रक्रमों तथा तटीय आकृतियों पर सर्वाधिक प्रभाव बन्दरगाहों तथा आमोद-प्रमोद के स्थलों पर हुआ है।

मनुष्य द्वारा सागर तटीय प्रक्रमों में प्रत्यक्ष परिवर्तनों के अन्तर्गत निम्न क्रियाओं को सम्मिलित करते हैं।

(i) सागरीय जल में हवा के बुलबुले के आवरण को प्रविष्ट कराके सागर तट की ओर चलने वाली तंरगों की गति को कम करना तथा उनकी ऊर्जा को कमजोर करना;

(ii) सागर तट के पास दीवाल, ग्राएंन (Groynes या Groins लकड़ी या कंक्रीट की बनी रोधिका या ठोकर), तंरगरोध (Break Waters) आदि के निर्माण द्वारा सागरीय तरंगों तथा धाराओं के प्रभाव को रोकने तथा उनकी दिशा को मोड़ने के प्रयास,

(iii) सागरीय पुलिनो (Sea Beaches) के पुनर्भरण (Replenishment) के लिये अन्य क्षेत्रों से अवसादों का लाया जाना या सागरीय तंरगों द्वारा लाये जाने वाले अवसादों को ट्रैप करना तथा

(iv) तटीय पुलिनों तथा बालू के स्तूपों (Sand Dunes) को उनके स्थान पर स्थायित्व प्रदान करने के लिए वृक्षारोपण। उल्लेखनीय है कि सागरीय तट के पीछे यानी स्थल की ओर हटने की क्रिया (Retrogradation) के नियंत्रण हेतु तटीय अपरदन को रोकने के लिये किये गये प्रयास (सागरीय तंरगों द्वारा अपरदन के कारण तटीय भाग के स्थल की ओर खिसकने को (Retrogradation कहते हैं) तथा तट के सागर की ओर प्रसार (Progradation) को बढ़ाने हेतु अवसादों के निक्षेपण में वृद्धि करने के लिये किये गये प्रयास सफल नहीं हो पाये हैं क्योंकि सागर तटीय प्रक्रमों (अपरदनात्मक तथा निक्षेपात्मक दोनों) की क्रियाविधि अत्यन्त जटिल होती है। उनका नियंत्रण पूर्णतया सम्भव नहीं हैं। मनुष्य निम्न उद्देश्यों के लिये सागरीय प्रक्रमों को प्रत्यक्ष रूप से रूपान्तरित करता है या उनमें हेर-फेर करता है-

(अ) बन्दरगाहों के पास तटीय अपरदन को रोकने के लिये,

(ब) पुलिनों का निर्माण करने के लिये या सागरीय अपरदन द्वारा निवष्ट या रिक्तीकृत (Depleted) पुलिनों के पुनः भरण (Replenishment) के लिये,

(स) सागरीय परिवहन को प्रोत्साहित करने के लिये प्रवेश द्वार (Inlets) को मुक्त रखने के लिये या नये प्रवेश द्वार खोलने के लिये आदि।

मानव द्वारा उक्त उद्देश्यों की पूर्ति के लिये किये गये प्रयासों के कारण तटीय पर्यावरण में निम्न परिवर्तन होते हैं-

(i) तट के आसपास की स्थलाकृति में परिवर्तन,

(ii) सागरीय तरंगों तथा धाराओं की क्रियाविधि एवं तटीय अपरदन के प्रारूप में परिवर्तन,

(iii) सागरीय तट के उन समीपी भागों, जहां पर रचनात्मक कार्य (ग्राएंन, तरंगरोध, तटीय दीवाल आदि का निर्माण कार्य) प्रारम्भ किये गये हैं, इसमें अवसाद के संचलन एवं परिवहन तथा उसके निक्षेपण की प्रकृति तथा प्रारूप में परिवर्तन आदि।

उन तटीय क्षेत्रों, जहां पर क्लिफ युक्त तट होते हैं परन्तु उनके पृष्ठ भाग या तो शहरी क्षेत्र हैं या औद्योगिक क्षेत्र, में तटीय स्थल को तरंग-अपरदन से बचाने के लिये सागर तट के समानान्तर संरक्षक कंक्रीट की दीवालें बनायी जाती हैं। इस तरह की रक्षक दीवालें निम्न क्षेत्रों को तटीय अपरदन से बचाने के लिये बनायी जाती हैं-

(i) वे तटीय क्षेत्र, जिनके पृष्ठ भाग में शहर हैं या औद्योगिक संस्थान हैं तथा जिनको सागरीय तरंगों द्वारा अपरदन के कारण क्लिफ के पीछे हटने के फलस्वरूप कट जाने का शीघ्र खतरा हैं,

(ii) वे तटीय क्षेत्र जो प्रमुख आमोद-प्रमोद तथा मनोरंजन के स्थान हैं तथा

(iii) वे तटीय क्षेत्र जिनमें बन्दरगाहों की अवस्थित है परन्तु इन्हें सागरीय अपरदन द्वारा नष्ट होंने का शीघ्र खतरा है। आमोद-प्रमोद के स्थानों को क्लिफ अपरदन की बर्बादी से बचाने के लिये तट के समानान्तर निर्मित पक्की दीवालों का पुलिनों (Beaches) पर प्रतिकूल प्रभाव पड़ता है क्योंकि–

(अ) तट के समान्तर पक्की दीवालों के निर्माण के कारण क्लिफ का अपरदन रुक जाता है जिस कारण पुलिन के लिये वांछित रेत तथा बजरी (Shingles) की आपूर्ति बन्द हो जाती हैं,

(ब) सागरीय तरंगें पक्की दीवालों से तीव्र वेग से टकराती हैं तथा लौटते समय पुलिन का अपरदन करती है तथा अपरदित अवसादों को सागर की ओर बहा ले जाती हैं। इस तरह पुलिन लगातार अपरदन होते रहने के कारण विनष्ट हो जाती हैं। उपर्युक्त क्रियाविधि द्वारा पुलिनों

का लगातार अपरदन से बचाव के लिये **ग्रॉएन** (Groynes ये बड़े चट्टानी भागों, कंक्रीट या लकड़ी के लट्ठों या तख्तों की हो सकती हैं) की कई कतारें सागर तट के समानान्तर पूर्व निर्मित पक्की दीवालों के लम्ब रूप में निर्मित की जाती है ताकि तंरगों द्वारा रेत तथा सागर की ओर निर्मित की जाती हैं ताकि तंरगों द्वारा रेत तथा बजरी का क्षय कम किया जा सके। उल्लेखनीय है कि ऐसे तटीय क्षेत्रों में जहां पर ग्रॉएन की तट के लम्ब रूप में कतारें निर्मित की गयी हैं, पुलिन का विनाश कम हो जाता है। परन्तु इन ग्रॉएन के कारण सागरीय तरंगें विक्षेपित (Deflect) हो जाती हैं तथा पुलिनों के उन भागों का अपरदन प्रारम्भ कर देती हैं जहां पर **ग्रॉएन** का निर्माण नहीं किया गया है। अपरदन शील क्लिफों को *पक्की सागर दीवाल* (Sea Walls) के निर्माण द्वारा स्थायी करने के लिये किये गये मानव के प्रयासों द्वारा पुलिनों के अपरदन द्वारा विनष्ट होने के कई उदाहरण दिये जा सकते हैं यथा–Bourne Mouth (इंग्लैण्ड का दक्षिणी तट), पोर्ट फिलप की खाड़ी के उत्तरी–पूर्वी तटीय भाग (आस्ट्रेलिया) आदि।

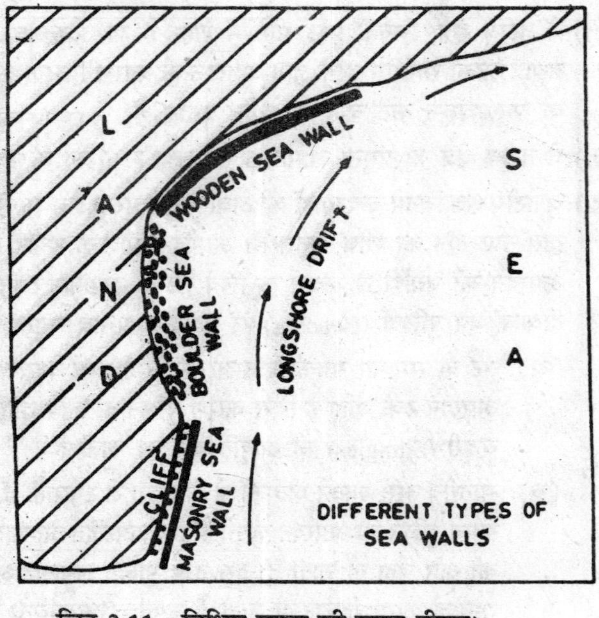

चित्र 2.11 : विभिन्न प्रकार की सागर-दीवार।

ज्वारीय दलदलों एवं पंक चबूतरों (Mudflats) के शोधन (Reclamation) के लिये भी इन सागर-दीवारों का प्रयोग किया जाता है। ऐसी स्थिति में डाइक के रूप में सागर-दीवारी द्वारा इन ज्वारीय दलदलों एक पंक चबूतरों को घेर दिया जाता है। इस तरह के रक्षक उपाय (Protective Device) के कारण तूफानी तंरगों द्वारा दलदली भागों तथा पंक चबूतरों का अपरदन नहीं हो पाता है। इन तरंगों की संचरण दिशा में विक्षेप (Deflection) हो जाता है परिणामस्वरूप, सागर-दीवाली के सागरोन्मुख पार्श्व पर पंक (Mud) का लगातार संचय होता रहता है। नीदरलैण्ड, जर्मनी तथा डेनमार्क में इस तरह के उपाय प्रयोग में लाये गये हैं।

बन्दरगाहों तथा उन नदियों के मुहाने पर स्थित एस्चुअरी जो बन्दरगाहों के लिये प्रयुक्त की जाती हैं को शक्तिशाली सागरीय तंरगों तथा रेत एवं बजरी के प्रवाह से सुरक्षा प्रदान करने के लिये कई प्रकार के प्रयास किये जाते हैं। इस हेतु **तरंगरोधों** (Breakwaters) का निर्माण किया जाता है। ये तरंगरोध तट से सागर की ओर लगाये जाते हैं। तरंगरोध लकड़ी के तख्तों या कंक्रीट के खम्भों से बनाये जाते हैं। मनुष्य की इस क्रिया का यह परिणाम होता है कि तंरगरोधों के उस तरफ, जिधर से तरंगें आ रही हों, रेत या बजरी का संचयन होने लगता है तथा पुलिनों (Beaches) का निर्माण होता है परन्तु तंरगरोधों की दूसरी तरफ, जिस दिशा की ओर तरंगों का संचलन होता है, रेत तथा बजरी की आपूर्ति में निहायत कमी हो जाने के कारण पुलिन की रिक्तता (Depletion) एवं विनाश प्रारम्भ हो जाता है।

इंग्लैण्ड के दक्षिणी तट पर **ससेक्स आउस** नदी के मुहाने पर स्थित **न्यूहैवेन बन्दरगाह** में द.प. दिशा में आने वाली सागरीय तरंगों द्वारा रेत तथा बजरी के बहाव तथा संचयन को रोकने के लिये **तरंगरोधों** का निर्माण किया गया है। ज्ञातव्य है कि तरंगरोधों के निर्माण (सन् 1731)के पहले नदी का मुहाना शक्तिशाली तरंगों द्वारा विक्षेपित (Deflect) हो जाया करता था (अर्थात् शक्तिशाली तरंगों द्वारा नदी के मुहाने की अवस्थिति में प्रायः परिवर्तन हो जाया करता था) परन्तु तरंगरोधों के निर्माण के बाद नदी के मुहाने की अवस्थिति में स्थायित्व आ गया है। इस तरह नदी के मुहाने के स्थिरीकरण (Stabilization) का उद्देश्य तो पूरा हो गया परन्तु इस मानव-क्रिया के कई प्रतिकूल परिणाम भी सामने आये हैं यथा-

(i) तरंगरोधों के पश्चिमी पार्श्व (जिधर से सागरीय तरंगें आती हैं) पर रेत तथा बजरी का जमाव हुआ है,

(ii) सीफोर्ड के पास ससेक्स आउस नदी के मुहाने के पूर्वी भाग में स्थित पुलिन की रिक्तता तथा विनाश हुआ है तथा

(iii) सीफोर्ड के पास क्लिफ अपरदन तेज हो गया है। तरंगरोधों के निर्माण के बाद होने वाले इस तरह के पश्च प्रभावों (After-effects) के कारण नई समस्यायें पैदा हो गयीं। परिणामस्वरूप उक्त नदी के मुहाने के पूर्वी भाग में लम्बी दूरी तक तेज रफ्तार से होने वाले तटीय अपरदन से तट को बचाने की आवश्यकता पड़ गयी।

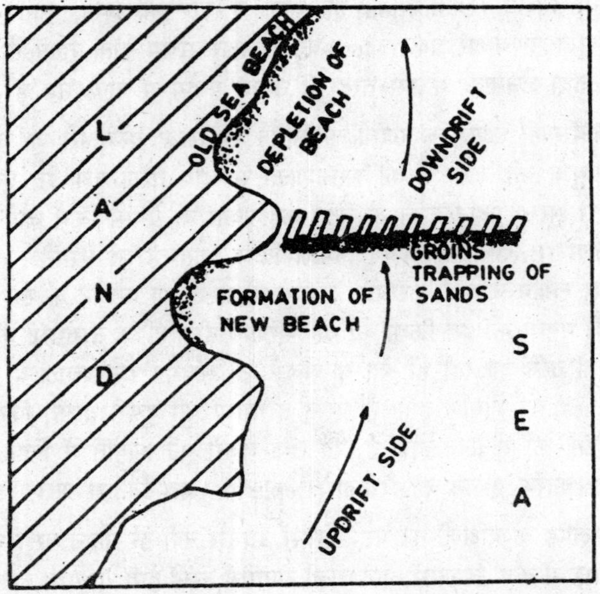

चित्र 2.12 : सागर तट के अनुप्रस्थ रूप में ग्रॉएन का निर्माण।

नतीजन तट को त्वरित गति से होने वाले सागरीय अपरदन से बचाने के लिये तट के समानान्तर लम्बी दूरी तक अतिरिक्त पक्की **सागर दीवार** (Sea Walls) बनानी पड़ी एवं तट से लम्ब रूप में सागर की ओर पास-पास **ग्रॉएन** (Groynes) लगाने पड़े। अग्रलिखित स्थानों पर भी तरंगरोधों के निर्माण के कारण सागरीय तरंगों की विपरीत दिशा में रेत तथा बजरी के जमाव एवं तरंग दिशा में क्लिफों के अपरदन तथा पुलिनों की रिक्तता एवं विनाश की घटनायें हुई हैं-साउथ लेक वर्थ (संयुक्त राज्य अमेरिका का फ्लोरिडा तट), लागोस लैगून (नाइजीरियन तट) का बन्दरगाह, डर्बन हार्बर (दक्षिणी अफ्रीकी तट), मद्रास हार्बर (भारत-उत्तर दिशा की ओर चलने वाले वेलांचली प्रवाह (Longshore Drift) द्वारा लाये जाने वाले

रेत की रोकथाम हो गयी है तथा बन्दरगाह में निर्मित तरंगरोधों के दक्षिणी भाग में रेत का संचयन हुआ है परन्तु तरंगरोधों के उत्तर में पुलिन का अपरदन द्वारा विनाश हुआ है), सान्ता बरबारा (संयुक्त राज्य अमेरिका का कैलिफोर्निया तट), आस्ट्रेलिया के पूर्वी तट पर ट्वीड नदी का मुहाना, सैलिना क्रुज (मेक्सिकन तट) आदि।

तरंगरोधों के कारण पुलिनों की रिक्तता तथा विनाश को रोकने के लिये तरंगरोधों की सागरीय तरंग दिशा की विपरीत (Updrift Side of Breakwaters) दिशा में एकत्रित रेत तथा बजरी पम्प करे तरंगरोधों के दूसरे पार्श्व की ओर लया जाता है ताकि सागरीय तंरग दिशा की ओर अपरदनशील पुलिनों (Eroding Beaches) की रिक्तता (Depletion) को रोका जा सके तथा इन पुलिनों का पुनः पूरण (Replenisment) किया जा सके। कभी-कभी तट की ओर संचरित होने वाली सागरीय तरंगों की दिशा को विक्षेपित (Deflect) करने के लिये अपतट तरंगरोधों (Offshore Breakwaters तट से दूर निर्मित तरंगबोध) का निर्माण किया जाता है। कैलिफोर्निया तट के सान्तामोनिका बन्दरगाह में तरंगरोध बनाये गये है। तरंगरोधों का तीसरा प्रकार **घेरेदार तरंगरोध** है। इनका प्रयोग खाड़ियों को (तरंगरोधों से) घेर कर बन्दरगाह के रूप में उपयोग के लिये किया जाता है। इस प्रकार के घेरेदार तरंगरोध सागरीय तरंगों के प्रारूप (मुख्य रूप से तरंगों की ऊर्जा तथा इनकी तट से टकराने की दिया एवं कोण) को परिवर्तित कर देते हैं।

इन घेरेदार तंरगबोधों से टकराने के बाद सागरीय तरंगे अपवर्तित (Refraction) हो जाती हैं अर्थात् उनकी स्वाभाविक दिशा मुड़ जाती है या तिरछी हो जाती है या पूर्णतया घूम जाती है। परिणामस्वरूप, इन अपवर्तित तरंगों की ऊर्जा में वृद्धि हो जाती है तथा ये बढ़ी शक्ति के साथ पुलिनों का अपरदन करती हैं। आस्ट्रेलिया के पूर्वी तट पर घेरेदार तरंगरोधों की रचना द्वारा खाड़ी को घेरकर पोर्टलैण्ड बन्दरगाह का निर्माण किया गया है। इसका परिणाम यह हुआ कि उक्त बन्दरगाह के उत्तर में **डटन वे** (Dutton Way) की पुलिन का अत्यधिक अपरदन हो गया।

अधिकांश बन्दरगाहों में नौ परिवहन जलधाराओं (Navigation Channels) को सुधारने के लिये प्रायः ड्रेजिंग (Dredging, तली से तलछट का निकालना) की जाती है। इस तरह की क्रिया द्वारा सागरीय तरंगों तथा धाराओं के प्रारूप तथा उनकी दिशा में पर्याप्त परिवर्तन होता है। ड्रेजिंग से प्राप्त पदार्थों (रेत, बजरी, पंक आदि) को कई वैकल्पिक स्थानों पर जमा कर दिया जाता है। ड्रेजिंग से प्राप्त इन पदार्थों का विभिन्न स्थानों पर एकत्रीकरण किसी खास उद्देश्य की पूर्ति के लिये या बिना उद्देश्य के किया जाता है। यथा-

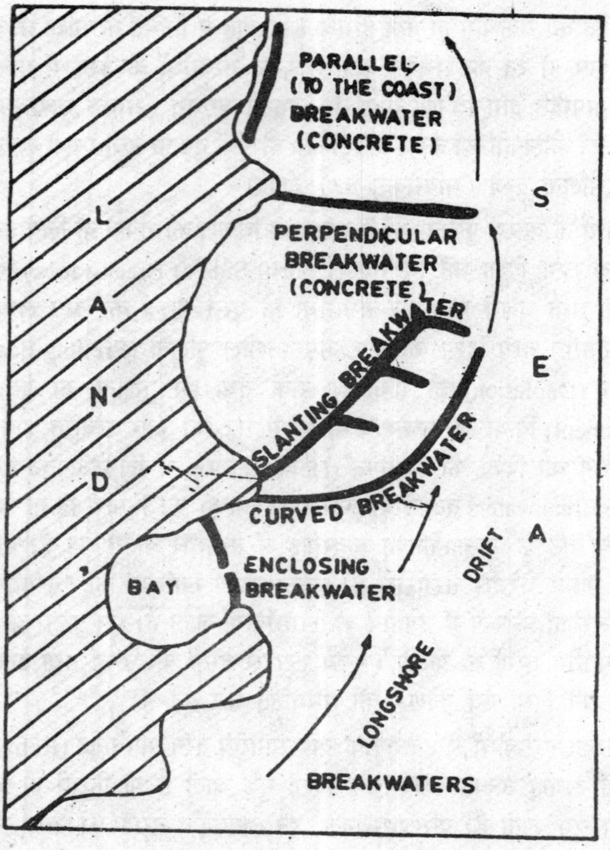

चित्र 2.13 : विभिन्न प्रकार के तरंगरोधों (ब्रेकवाटर्स) के उदाहरण।

(i) तट से दूर समुद्रीय क्षेत्रों में (बिना किसी खास उद्देश्य के),

(ii) तट के पास निम्न क्षेत्रों में (निचले क्षेत्रों को भर कर उन्हें सुधारने के लिये या ज्वारीय जल के आप्लावन से मुक्त करने के लिये),

(iii) अपरदनशील पुलिनों में (उनमें मलवा की आपूर्ति द्वारा उनका पुनः पूरण (Replenishement करने के लिये) आदि। सागर तट से दूर ड्रेजिंग से प्राप्त पदार्थों के सागर में जमा करने से नये टीले (Mounds) बन जाते हैं जो सागरीय तरंगों की शक्ति, वेग तथा दिशा एवं तरंगों के समस्त प्रारूप को परिवर्तित कर देते हैं। कभी-कभी तटीय दलदली क्षेत्रों को सुधारने के लिये तथा पुलिनों के पुनः पूरण के लिये अतिरिक्त पदार्थों

की आपूर्ति हेतु अवसाद प्राप्त करने के लिये सागर नितल की भी ड्रेजिंग की जाती है। इस क्रिया के कारण सम्बन्धित क्षेत्रों में स्थानीय रूप से सागर नितल गहरा हो जाता है जिस कारण दीर्घ सागरीय तरंगें जनित होती हैं। ये दीर्घ सागरीय तरंगें जनित होती हैं। ये दीर्घ तंरगे सामान्य तंरगों की तुलना में तटीय भागों का अधिक रफ्तार से अपरदन करती हैं।

मनुष्य के क्रिया-कलाप तटीय भागों में अवसादीय विशेषताओं को भी प्रभावित करते हैं। यथा-

(i) तट के पास उत्खनन द्वारा तटीय क्षेत्रों में अपशिष्ट पदार्थों (Waste Materials) की अतिरिक्त आपूर्ति होती है। इन अपशिष्ट पदार्थों को सागरीय तरंगें विसरित (Disperse) कर देती हैं तथा इन्हें अंन्यत्र जमा कर देती हैं, जिससे नई पुलिनों को निर्माण होता है। जटलैण्ड के पूर्वी तट (डेनमार्क) के पास खरिया शैल के उत्खनन से निकले अपशिष्ट पदार्थों के तट पर ढेर लगाने से तट का सागर की ओर विस्तार हो गया है।

(ii) तरंगरोधों के निर्माण के कारण अवसाद आपूर्ति में रूपान्तर होने से अपरदनशील पुलिनों का अप्राकृतिक पुनः पूरण (Artificial Replenishment)।

(iii) भवन निर्माण के लिये वांछित पदार्थों की प्राप्ति के लिये पुलिनों का उत्खनन। इस तरह के कार्यों द्वारा पुलिनों का उत्खनन। इस तरह के कार्यों द्वारा पुलिनों का अधिकाधिक रिक्तीकरण एवं विनाश (मानव द्वारा) होता है, परिणामस्वरूप सागरीय तट अपरदन के लिये सुलभ हो जाता है। सागरीय तरंगें अब तट से सीधे टकराती हैं तथा उन्हें तेजी से अपरदित करती हैं। सोवियत रूस के (Black sea) के तट पर स्थित पुलिनों के (रेत एवं बजरी प्राप्त करने के लिये) उत्खनन के कारण (Sochi) तट का तेजी से अपरदन प्रारम्भ हो गया, परिणामस्वरूप उत्खनन की इस क्रिया को न केवल बन्द करना पड़ा वरन् पुलिन को पुनः समृद्ध करने तथा तट को तीव्र अपरदन से बचाने के लिये बाहर से लाये गये अतिरिक्त पदार्थों का जमाव करना पड़ा।

मनुष्य द्वारा रेत तथा बजरी के संचयन द्वारा पुलिनों के पोषण तथा सम्बर्द्धन करने के लिये कई क्षेत्रों में प्रयास किये गये हैं यथा-अटलांटिक शहर की पुलिन (न्यूजर्सी प्रान्त, संयुक्त राज्य अमेरिका), पाम बीच (फ्लोरिडा, संयुक्त राज्य अमेरिका), वेस्ट हैवेन बीच (कनेक्टीकट, संयुक्त राज्य अमेरिका), हैरिसन काउण्टी बीच (मिसीसीपी, संयुक्त राज्य अमेरिका),

वर्जीनिया बीच (हेनरी केप के दक्षिण में, संयुक्त राज्य अमेरिका), कैलिफोर्निया तट (संयुक्त राज्य अमेरिका), मेण्टोनी पोर्ट फिलिप खाड़ी का तट, (आस्ट्रेलिया) आदि।

(iv) यदि तट के करीबी पृष्ठ प्रदेश में वनस्पतियों का विनाश किया जाता है तो पृष्ठ प्रदेश में स्थलीय अपरदन बढ़ जाता है। इस अपरदित पृष्ठ प्रदेश में होकर बहने वाली नदियां अपरदित स्थलीय पदार्थों की अपार राशि सागर में लाकर निक्षेपित करती हैं। इन क्रियाओं के कई परिणाम होते हैं-

(अ) स्थल से आने वाले पदार्थों के लगातार निक्षेपण के कारण तटीय स्थल का सागर की ओर प्रसार (Progradation) होता है,

(ब) अतिरिक्त पदार्थों की वृद्धि के कारण पुलिनों तथा डेल्टाओं में तेजी से वृद्धि तथा विस्तार होता है तथा

(स) स्थलीय पदार्थों के साथ मिश्रण के कारण सागरीय अवसादों के गुणों में अधिकाधिक परिवर्तन हो जाता है। इन प्रक्रियाओं के कारण सागरीय तटों के सहारे खाड़ियों, नदियों के मुहानों तथा प्रवेश द्वारों (Inlets) में तीव्र गति से अवसादीकरण (Siltation, अवसादों का जमाव) हुआ है। इसके प्रमुख कारण हैं-तट के पृष्ठ प्रदेशों में वनस्पतियों का विनाश, उससे जनित अत्यधिक मात्रा में मृदा अपरदन तथा इन अपरदित पदार्थों का सागर में गमन।

(v) तटीय भागों के पृष्ठ प्रदेशों में प्रमुख नदियों पर बांध तथा जलाशयों का निर्माण। मानव के कार्य द्वारा पुलिनों तथा डेल्टाओं की वृद्धि तथा सम्बर्द्धन की प्रक्रिया उलट जाती है। अर्थात् नदियों द्वारा सागर में लाये जाने वाले स्थलीय पदार्थों की मात्रा में निहायत कमी हो जाती है क्योंकि नदियों पर निर्मित बांध उपरी भागों से आने वाले अवसादों को रोक लेते हैं तथा इन अवसादों का बांधों के पीछे निर्मित जलाशयों में जमाव होने लगता है। इसका परिणाम यह होता है कि एक तरफ तो स्थलीय अवसादों की आपूर्ति में कमी हो जाने के कारण पुलिनों तथा डेल्टाओं की वृद्धि तथा सम्बर्द्धन स्थगित हो जाता है तो दूसरी तरफ इन पुलिनों तथा डेल्टाओं का सागरीय तरंगों द्वारा अपरदन के कारण विनाश होने लगता है जिस कारण तटीय भाग का स्थल की ओर निवर्तन (Retrogradaion) प्रारम्भ हो जाता है। 1970 में नील नदी पर आसवान हाई डैम के निर्माण कार्य के पूर्ण हो जाने के बाद से नील डेल्टा में सागरीय तरंगों द्वारा तीव्र गति से होने वाले

अपरदन के कारण 40 मीटर प्रतिवर्ष की दर से निवर्तन (Recession) हो रहा है।

(vi) तटीय भागों में स्थित बालूकास्तूपों के क्षेत्रों में आर्थिक उद्देश्यों से जानबूझकर वनस्पतियों के विनाश के कारण बालुकास्तूपों का वायु द्वारा अपरदन तेज हो कारण तटीय बालुकास्तूपों का वायु द्वारा अपरदन तेज हो जाता है। तट की ओर चलने वाली हवायें इन बारीक पदार्थों को उड़ा कर तट के आन्तरिक भागों में निक्षेपित कर देती हैं। इस प्रक्रिया का दुहरा प्रभाव होता है-

(अ) पहले से स्थायी बालूकास्तूप अस्थायी हो जाते हैं तथा

(ब) तट के आन्तरिक भागों में रेत के ढेरों के जमा होने से नये बालुका-स्तूपों का निर्माण होता है जिसका कृषि पर प्रतिकूल प्रभाव पड़ता है (उदाहरण, आस्ट्रेलिया का द.पू. तटीय भाग)।

(vii) इसके विपरीत मानव क्रियाओं द्वारा अस्थिर किये गये बालुका स्तूपों को वृक्षों, झाड़ियों तथा घासों के रोपण द्वारा पुनः स्थायी किया जा सकता है। इस तरह के कार्य द.प. फ्रान्स के Lands प्रदेश तथा स्कॉटिश तट के कल्बिन क्षेत्र में किये गये हैं।

(viii) तटीय ज्वारीय दलदलों तथा पंक चबूतरों (Mudflats) को तट के पास स्थित नगरों तथा औद्योगिक संस्थानों से निकले अपशिष्ट पदार्थों से भर कर उनमें सुधार करना। इस प्रक्रिया के कई परिणाम होते हैं-

(अ) इन दलदली क्षेत्रों के सुधार (Reclamation) के फलस्वरूप औद्योगिक संस्थानों, भवनों, सड़कों तथा हवाई पट्टियों के निर्माण के लिये अतिरिक्त स्थान सुलभ हो जाते हैं। परन्तु इन स्थानों में भवनों, सड़कों, हवाई पट्टियों आदि की नींव निहायत कमजोर होती हैं तथा उनके शीघ्र विनाश की सम्भावनायें सदा बनी रहती हैं तथा

(ब) ज्वारीय दलदलों के सुधार के कारण ज्वारनदमुखी क्षेत्रों (Estuarine Areas) के पर्यावरण में ह्रास तथा अवनयन हो जाता है जिस कारण सागरीय खाद्य संसाधनों का क्षय हो जाता है।

मनुष्य तथा नदी प्रक्रम (Man and River Process)

सरिता सर्वाधिक महत्वपूर्ण जलीय भूआकृतिक प्रक्रम होती है जो विश्व स्तर पर भूतल की आकृतियों को निर्धारित करती है। यदि एक तरफ नदियां अपने अपरदनात्मक तथा निक्षेपात्मक कार्यों द्वारा विभिन्न प्रकार के स्थलरूपों का निर्माण

करती हैं तो दूसरी तरफ स्वाभाविक ,प्राकृतिक प्रक्रियाओं द्वारा अपने आप में ये रूपान्तरित होती रहती हैं। सरिता रूपान्तरण (River Metamorphosis निम्न रूपों में सम्पन्न होता है-

(i) सरिता अपहरण द्वारा,

(ii) विसर्पण द्वारा सरिता की जलधारा की लम्बाई में वृद्धि द्वारा,

(iii) विसर्पों (Meanders) के आपस में प्रतिच्छेदन (जब दो मियाण्डर अधिक पास हो जाते हैं तो वे एक दूसरे से मिल जाते हैं) के माध्य से सरिता की लम्बाई में ह्रास द्वारा,

(iv) मलवा के निक्षेपण के कारण अभिवृद्धि (Aggradation) होने से गुम्फन (Braiding, घाटी के मलवा से भर जाने के कारण सरिता की जलधारा के विभिन्न उपशाखाओं में बंट जाने को गुम्फन कहते हैं) तथा,

(v) नदी के मार्ग में परिवर्तन होने से,

(vi) सरिता के जलमार्ग के ज्यामितीय प्रारूप तथा जलधारा गतिकी (Channel Dynamics) में परिवर्तन होने से। ज्ञातव्य है कि नदियों में उपर्युक्त विधियों से रूपान्तर तथा परिवर्तन प्राकृतिक रूप में होते रहते हैं। ये परिवर्तन मानव हस्तक्षेप के बिना होते हैं।

प्राक्रतिक रूप में नदियां मानव समाज के लिये लाभप्रद होती हैं, साथ ही साथ हानिकारक भी होती हैं। प्राकृतिक दशाओं में तथा मनुष्य के बिना हस्तक्षेप की स्थिति में नदियों द्वारा होने वाले प्रतिकूल प्रभावों में महत्वपूर्ण हैं आवर्ती बाढ़ (Recurring Floods), नदी-मार्ग में परिवर्तन, नदियों के तटवर्ती भागों का अपरदन आदि। इनके द्वारा मानव-क्रियाकलापों पर प्रतिकूल प्रभाव पड़ते हैं (कृषि, परिवहन तथा यातायात, अधिवास आदि पर नदियों के उपर्युक्त कार्यों द्वारा प्रतिकूल प्रभाव पड़ता है)। उदाहरणार्थ, यदि एक तरफ *'मिश्र को नील की देन'* (नील नदी द्वारा प्रतिवर्ष जमा की जाने वाली उपजाऊ कांप मिट्टियों द्वारा मिश्र में कृषि का विकास होने से समाज की सम्पन्नता) तथा गंगा नदी को *उत्तरी भारत की अर्थव्यवस्था का मेरुदण्ड* समझा जाता रहा है तो दूसरी तरफ **'ह्वांगहो** (अब इसे यलो नदी कहा जाता है) को *चीन का शोक* (सम्प्रति चीन में ह्वांगहो की बाढ़ की रोकथाम कर ली गयी है), टेनेसी नदी को *'द. पूर्वी संयुक्त राज्य अमेरिका का नरक'* (वर्तमान समय में टेनेसी नदी को पूर्णतया नियंत्रित कर लिया गया है तथा 1940 तक जो टेनेसी घाटी क्षेत्र मलेरिया, टाइफाइड तथा तपेदिक जैसे रोगों का घर बना हुआ था, जहां प्रतिवर्ष लाखों टन उपजाऊ मिट्टी का भूक्षरण द्वारा विनाश हो जाता था, प्रतिवर्ष बाढ़ का प्रकोप बढ़ता जाता था, वही टेनसी-घाटी क्षेत्र अब स्वर्ग माना

जाता है) तथा दामोदर नदी *'पश्चिमी बंगाल का खतरा'* (अब दामोदर घाटी परियोजना द्वारा बाढ़ की समस्या का काफी हद तक निदान हो गया है) समझा जाता रहा है। प्रगत प्राद्योगिकीय कौशल के माध्यम से मनुष्य सरिता-जलमार्ग को दो रूपों में रूपान्तरित करता है-

(i) नदियों के संहारक कार्यों से मुक्ति पाने के लिये उन्हें नियंत्रित करना तथा,

(ii) विकासीय प्रक्रियाओं को तेज करने के लिए नदियों को प्राकृतिक संसाधन के रूप में विकसित करना।

मनुष्य द्वारा नदी प्रक्रमों में किये जाने वाले परिवर्तनों को दो वर्गों में विभाजित किया जा सकता है-

(i) लाभप्रद उद्देश्यों के लिये नदियों में प्रत्यक्ष या साद्देश्य परिवर्तन तथा

(ii) अप्रत्यंक्ष या अनिच्छित (Inadvertent) परिवर्तन।

प्रत्यक्ष या साद्देश्य परिवर्तनों को पुन: दो उपभागों में विभाजित किया जाता है-

(अ) स्थानीय परिवर्तन (Point Modification) तथा

(ब) जलमार्ग परिवर्तन (Channel Reach Modification)। मनुष्य द्वारा नदियों में प्रत्यक्ष परिवर्तनों में निम्न क्रियाओं को सम्मिलित करते हैं-

(i) बाढ़-नियंत्रण के उपाय,

(ii) जलमार्ग में सुधार,

(iii) बांधों एवं जलाशयों का निर्माण,

(iv) सरिता-चैनेलाइजेशन (विसर्पित नदी-मार्ग को सीधा करना, जलमार्ग को चौड़ा करना तथा नदी-घाटी को गहरा करना),

(v) जलमार्ग में नियत्रंण हेतु प्रयुक्त संरचनाओं द्वारा नदी के तटीय भागों में हस्तक्षेप करना (नदी के किनारों पर निर्मित की जाने वाली संरचनायें (Revetment-structures) पत्थर के टुकड़ों, कंक्रीट या अन्य पदार्थों का नदी के किनारे के सहारे ढलुआ आवरण लगाना, नदी के किनारों के सहारे लोहे की जाली का घेरा लगाना तथा नदी के किनारे पर पक्की दीवाल बनाना या नदी-तट के समकोण पर विभिन्न प्रकार के ग्रॉएन (Groynes-जलधारा के आर-पार लकड़ी के तख्तों, खम्भों या कंक्रीट के खम्भों का निर्माण) का निर्माण एवं ट्रेनिंग संरचना-नदी के किनारों पर लकड़ी के लट्ठों का ढेर लगाकर तटबन्ध का निर्माण; कच्चे कृत्रिम तटबन्ध का निर्माण,

चट्टानों के कृत्रिम तटबंध का निर्माण; कच्चे कृत्रिम तटबन्ध का निर्माण, चट्टानों के कृत्रिम तटबंध का निर्माण, गौण जलधाराओं को बन्द करना आदि) तथा नहरों आदि के माध्यम से नदी के जल का विपथगमन (Diversion)।

सरिता-मार्ग में 'स्थानीय परिवर्तन' (Point Modification) का तात्पर्य होता है नदी के मार्ग में किसी खास उद्देश्य के लिये किसी निश्चित स्थान पर नदी में परिवर्तन करना। इस तरह के परिवर्तनों में महत्वपूर्ण हैं-घरेलू उपयोग तथा सिंचाई के लिये जल की आपूर्ति तथा जलविद्युत के उत्पादन हेतु नदियों पर बांधों तथा जलाशयों का निर्माण; घरेलू उपयोग तथा सिचाई के लिये नदियों से पंम्पिंग द्वारा जल का निकाला जाना; शहरों तथा कारखानों से निकलने वाले जल को नालियों तथा नालों द्वारा नदियों में गिराना; नदियों पर रेलों तथा सड़कों के लिये पुल का निर्माण आदि। बीसवीं शदी के प्रारम्भ से आज तक विश्व की प्रमुख नदियों पर बांधों के निर्माण में कई गुनी वृद्धि हुई है। विश्व के समस्त वाहीजल (Runoff) के 13 प्रतिशत भाग का बांधों तथा जलाशयों द्वारा नियत्रंण किया जा चुका है। नदियों पर निर्मित बांधों, पीछे बनाये गये जलभण्डारों में नदियों के ऊपरी भागों से आने वाले अवसाद बांधों से अवरुद्ध होकर जमा होते रहते हैं। इस तरह बांधों की अनुप्रवाह दिशा (Downstream Direction) में नदियों के अवसाद भार (Sediment Load) तथा जल के विसर्जन प्रारूप (Discharge Pattern) में पर्याप्त परिवर्तन हो जाता है। C.M. More (1961) ने नदियों में उच्चतम जल प्रवाह पर लघु संरचनाओं के प्रभाव के अध्ययन के आधार पर बताया है कि नदियों पर बनाये गये बांधों तथा जलभण्डारों से अनुप्रवाह दिशा में उच्चतम जल विसर्जन (Discharge of Water) में 98 से 50 प्रतिशत तक कमी हो सकती है। जल विसर्जन में यह अन्तर जलभण्डारों में जलस्तर पर निर्भर करता है। जलभण्डारों में अवसाद भार (Sediment load) तथा निलम्बित अवसादों (Suspended Sediments) के ठहराव तथा जमाव के कारण बांधों से अनुप्रवाह (Downstream) दिशा में नदियों की जलधाराओं में अवसाद भार में निहायत कमी हो जाती है जिस कारण नदियों में अनुप्रवाह दिशा में अपरदन की रफ्तार बढ़ जाती है।

भारत में मानसूनोपरान्त काल (जबकि नदियों में जल के आयतन तथा विसर्जन में अत्यधिक कमी हो जाती है) में सामान्य नहरों तथा लिफ्ट नहरों के लिये नदियों के जल के अधिकाधिक मात्रा में निष्कासन के कारण नदियों में जल के आयतन तथा जल विसर्जन में अत्यधिक कमी हो जाने के कारण नदियों की तलियों में अवसादों का जमाव अधिक होने के लगाव हैं। इस प्रक्रिया के कारण नदियों की

तली ऊपर उठने लगती है तथा उसकी जलधारण की क्षमता घट जाती है। परिणामस्वरूप, मानसूनी वर्षा के समय बाढ़ का विस्तार (Dimension) बढ़ जाता है। नदियों पर पुलों के निर्माण के कारण नदियों की प्रवाह-दिशा में परिवर्तन हो जाता है तथा प्रवाह-वेग बढ़ जाता है और नदियों में अनुप्रवाह दिशा में अपरदन की रफ्तार तेज हो जाती है। 'गंगा की सहायक गोमती नदी पर गंगा-गोमती के संगम स्थल (कैथी ग्राम के पास, वाराणसी जनपद, उत्तर प्रदेश) से 1500 मीटर प्रतिप्रवाह (Upstream) दिशा में तथा पुराने रेल से 500 मीटर अनुप्रवाह दिशा में सड़क के पुल के निर्माण के का ण नदी की जलधारा संगम के पास सीधी हो गयी। परिणामस्वरूप संगम के पास नदी के मियाण्डर लूप में तेज अपरदन के कारण संगम पुराने संगम से 1980 में 2 किलोमीटर अनुप्रवाह दिशा में खिसक गया'।

'जलमार्ग परिवर्तन' (Reach Modification) के अन्तर्गत सरिता जलमार्ग को काफी दूरी तक परिवर्तित किया जाता है। इसके अन्तर्गत कई प्रकार के कार्य सम्मिलित होते हैं। यथा-

(i) पास-पास स्थित मियाण्डर चापों (Meander Loops) को काट कर नदियों की अत्यधिक सर्पिलाकार जलधाराओं (Sinuous Channels) को सीधा कर दिया जाता है ताकि बाढ़ के समय जल का अनुप्रवाह दिशा में तेजी से शीघ्र विसर्जन हो सके। संयुक्त राज्य अमेरिका में ग्रीनविले के पास उपर्युक्त विधि से बाढ़ की रोकथाम के लिये 1933 तथा 1936 के बीच मिसीसिपी नदी के जलमार्ग को सीधा किया गया है जिस कारण नदी के 530 किलोमीटर के मौलिक मार्ग को घटाकर 185 किलोमीटर कर दिया गया है। इसी तरह बाढ़ की रोकथाम तथा जल यातायात में सुधार के लिये मिसारी नदी को 1960 में सियाक्ससिटी तथा मिसीसिपी-मिसारी संगम के मध्य सीधा करके जलमार्ग को 52 किलोमीटर तक छोटा कर दिया गया है। उल्लेखनीय है कि विसर्पण (Meandering) नदियों का स्वभाव तथा प्राकृतिक प्रक्रिया है। नदियों के प्राकृतिक घुमावों को काट करके नदियों के विसर्पण की प्रक्रिया को बन्द करना सम्भव नहीं है क्योंकि यदि किसी स्थान पर प्राकृतिक घुमावों को समाप्त कर दिया जाय तो नदियां अन्यत्र मियाण्डर बनाना प्रारम्भ कर देती हैं।

(ii) कभी-कभी नदियों को जल यातायात के लिये उपयोगी बनाने या भवन-निर्माण के लिये रेत तथा बजरी (Gravels) की प्राप्ति के लिये ड्रेजिंग की जाती है। इस प्रक्रिया के कारण नदियों की अनुप्रवाह दिशा में परिवहन किये जाने वाले अवसादों की मात्रा में वृद्धि हो जाती है।

(iii) नदियों के तट को अपरदन से बचाने के लिये विभिन्न प्रकार की संरचानाओं का आवरण लगाया जाता है। इस विधा के कारण तटों का अपरदन तो रुक जाता है परन्तु नदियों की अनुप्रवाह दिशा में अवसाद की आपूर्ति घट जाती है तथा तटों का अपरदन बढ़ जाता है।

(iv) नदियों के जलमार्गों को नियंत्रित तथा नियमित करने के लिये नदी विशेष के बाढ़ के जल को नदियों से अलग करके उन्हें संचयित करने के लिए कई *'बाढ़-नियंत्रण जलभण्डार'* (Flood-control Storage Reservoirs) बनाये जाते हैं।

(v) नदियों के किनारों के ऊपर से जल के प्रवाह को रोकने के लिये नदियों को गहरा करना तथा नदियों की घाटियों को चौड़ा करना।

(vi) शहरों को बाढ़ से बचाने के लिये उनके करीब से होकर प्रवाहित होने वाली नदियों के किनारों पर कृत्रिम तंटबन्धों तथा डाइक का निर्माण।

(vii) बाढ़ के परिणाम को कम करने के लिए नदी से नाले निकालकर जल को अन्यत्र ले जाना आदि।

मनुष्य द्वारा जलधाराओं के प्रक्रमों में किये जाने वाले अप्रत्यक्ष परिवर्तनों में सर्वप्रमुख हैं-नदी के अपवाह क्षेत्र में निर्वनीकरण (Deforestation) द्वारा धरातल की विशेषताओं में परिवर्तन करना। निर्वनीकरण के फलस्वरूप जनित वनस्पति विहीन धरातलीय क्षेत्र में धरातलीय वाही जल (Surface Runoff) की मात्रा में गुणात्मक वृद्धि होती है।

जिस कारण धरातल का तीव्र गति से अपरदन होता है। इस प्रक्रिया के कारण नदी में जल की मात्रा तथा जलविसर्जन (वाही जल में वृद्धि के कारण) एवं अवासाद जलविसर्जन (वाही जल में वृद्धि के कारण) एवं अवसाद भार (Sediment Load) में अत्यधिक वृद्धि हो जाती है जिस कारण नदी के जलधारा की प्राकृतिक व्यवस्था (Natural Regime) में पर्याप्त रूपान्तर हो जाता है (जल धारा की ज्यामिति, जलमार्ग विन्यास (Channel Plan), अवसादों के परिवहन आदि में परिवर्तन)। इसे **'नदी-रूपान्तरण'** (River Metamorphosis) कहते हैं। मानव द्वारा धरातल में किये गये परिवर्तनों का प्रभाव अमुक क्षेत्र से प्रवाहित हाने वाली नदियों के अवसाद परिवहन पर स्पष्टतया दृष्टिगत होता है। चीन की यलो नदी विश्व की सभी नदियों की तुलना में सर्वाधिक अवसाद का परिवहन किया जाता है। अवसाद की यह अपार राशि शेन्सी तथा शान्सी प्रान्तों के वायु द्वारा निक्षेपित लोयस के उच्च भागों के कृषित क्षेत्रों से भूक्षरण द्वारा प्राप्त होती है। अवसाद-भार के परिवहन में गंगा नदी का विश्व में द्वितीय स्थान है। यह प्रति वर्ष 1450 मिलियन टन अवसाद-भार का

परिवहन करती है। गंगा नदी को अवासाद निर्वनीकृत (Deforested) हिमालय के तीव्र ढालों के अपरदन तथा कृषित जलोढ़ मैदानों के भूक्षरण से प्राप्त होता है। इसके विपरीत संयुक्त. राज्य अमेरिका की मिसीसिपी नदी, जिसका अपवाह क्षेत्र (3,269,000 वर्ग किलोमीटर) गंगा नदी के अपवाह क्षेत्र (955,000 वर्ग किलोमीटर) से लगभग तीन गुना अधिक है, प्रतिवर्ष 850 मिलियन टन अवसाद-भार का परिवहन करती है, जो गंगा नदी से बहुत कम है। 'गंगा नदी में अवसाद भार के परिवहन की उच्च दर, गंगानदी तंत्र के उद्‌गम क्षेत्रों (हिमालय तथा प्रायद्वीपीय भारत के उत्तरी अग्रदेश, यमुना, जो कि गंगा की सहायक है, की प्रमुख सहायक नदियां यथा--चम्बल, बेतवा, केन आदि प्रायद्वीपीय भारत के अग्रदेश यानी उत्तरी भाग से निकलती हैं) में निर्वनीकरण के कारण जनित तीव्र अपरदन द्वारा भूपृष्ठीय पदार्थों के क्षरण के कारण है'।

मानव-क्रियाओं द्वारा नदी की घाटियों में अवसाद जमाव तथा नदी की घाटियों की तलियों के भराव की प्रक्रियाओं में अवसाद भार में वृद्धि सर्वप्रमुख है। मनुष्य के अनेक कार्यों के परिणामस्वरूप भूपृष्ठीय पदार्थों का तीव्र गति से अपरदन होने के कारण नदियों में पहुंचने वाले अवसादों की मात्रा में प्रतिवर्ष वृद्धि होती जा रही है। मनुष्य के अग्रलिखित कार्यों द्वारा भूपृष्ठीय अपरदन तथा नदियों के अवसाद-भार में वृद्धि होती है-गहरी एवं विस्तृत कृषि, खनिजों का उत्खनन, निर्वनीकरण (वनों का विनाश), प्राकृतिक कारणों के अलावा मनुष्य द्वारा वनों का सोद्देश्य जलाया जाना (झूम कृषि के लिये, कृषि क्षेत्रों में विस्तार के लिये आदि), नगरीकरण तथा सड़कों का निर्माण। इन कारणों के फलस्वरूप अवसाद-भार में वृद्धि के कारण न केवल नदियों की घाटियों में अवसादों के जमाव होने से घाटियां भरती जा रही हैं तथा उथली हो रही हैं वरन् नदियों में निलम्बित अवसाद-भार में भी वृद्धि होती है जिस कारण झीलों (यदि नदियां झीलों में गिरती हैं), जलभण्डारों (बांधों के पीछे निर्मित जलभण्डार) तथा एस्चुअरी (ज्वारनद मुख) में अवसादों के निक्षेपण के कारण उनमें रहने वाले जलीय जीवों पर प्रतिकूल प्रभाव भी पड़ता है।

मनुष्य तथा परिहिमानी प्रक्रम (Man and Periglacial Processes)

उन क्षेत्रों को परिहिमानी क्षेत्र कहते हैं जो सतत् हिमीकृत अवस्था में होते हैं परन्तु धरातल पर हिम का स्थायी आवरण नहीं होता है। औसत वार्षिक तापमान-15° सेण्टीग्रेड तथा 1° सेण्टीग्रेड के बीच रहता है तथा औसत वार्षिक वर्षा (अधिकांश हिम के रूप में) 120 से 14000 मिलीमीटर तक होती है। परिहिमानी क्षेत्रों के सर्वाधिक महत्वपूर्ण लक्षण 'परमाफ्रास्ट' (Permafrost, सतत् हिमीकृत धरातलीय भाग) तथा **'सक्रिय सतह'** (Active Layer, परमाफ्रास्ट का सबसे ऊपरी

भाग) के रूप में होते हैं। *'सक्रिय सतह'* में *'दैनिक हिमीकरण हिद्रवण चक्र'* (Dirunal Freeze and Thaw Cycle रात्रि में नमी तथा जल का जमना तथा दिन में उनका पिघलना) चलता रहता है। यह *'हिमीकरण हिमद्रवण चक्र'* ग्रीष्म एवं शीतकाल के आवान्तर कालों (Intervening Periods) में सर्वाधिक सक्रिय होता है। **'सक्रिय सतह'** की गहराई कुछ सेण्टीमीटर से 3 मीटर तक होती है। सभी परिहिमानी प्रक्रम यथा-*तुषार अपक्षय* (Congelifraction या Frost Weathering, **मृदा सर्पण** (Congelifluction या Solifluction), **तुषार उत्क्षेपण** (Frost Heaving), **नाइवेशन** (Nivation) तथा *जलीय प्रक्रम* (केवल ग्रीष्मकाल में), इसी **सक्रिय सतह** में ही कार्यशील होते हैं। परमाफ्रास्ट की तपीय दशा ही परिहिमानी प्रक्रमों का प्रमुख चालक बल है। **सक्रिय सतह** तथा अधिक गहराई में स्थित बिना जमी हुई आधार शैल मण्डल के मध्य हिमीकृत धरातल को **परमॉफ्रास्ट** कहते हैं। जिसकी गहराई में स्थानीय स्तर पर पर्याप्त अन्तर होता है (कुछ मीटर से 600 मीटर से अधिक)। वर्तमान समय में ग्लोब के समस्त धरातलीय क्षेत्रफल के पांचवे भाग पर परमाफ्रास्ट का विस्तार पाया जाता है। परमाफ्रास्ट के सर्वाधिक विस्तृत क्षेत्र सोवियत रूस के साइबेरिया, संयुक्त राज्य अमेरिका के अलास्का तथा कनाडा के उत्तरी भागों में पाये जाते हैं।

परिहिमानी क्षेत्रों में किसी भी विकासीय कार्यक्रम (यथा-कृषि में विस्तार, अंधिवास का बसाव, सड़कों का निर्माण, भवन निर्माण, खनिजों का उत्खनन आदि) के कार्यान्वयन के लिये **परमाफ्रास्ट** की प्रकृति, उसके व्यवहार तथा उसकी विशेषताओं एवं परिहिमानी प्रक्रमों की क्रियाविधियों की जानकारी होना अत्यावश्यक है क्योंकि परिहिमानी क्षेत्रों में निर्माणात्मक एवं इंजीनियरिंग सम्बन्धी कार्यों में अत्यन्त कठिनाई का सामना करना पड़ता है। वास्तव में, परिहिमानी क्षेत्रों में मानव क्रिया-कलापों के सभी पहलू परमाफ्रास्ट तथा परिहिमानी प्रक्रमों द्वारा प्रभावित होते हैं। परिहिमानी प्रक्रमों तथा परमाफ्रास्ट की मायावी एवं छद्मवेशी प्रकृति (Deceptive Nature) की जानकारी के पहले उत्तरी अमेरिका के टुण्ड्रा प्रदेश में मानव के उपनिवेश (Colonization) के लिये जितने भी निर्माण कार्य (सड़कों, रेल लाइनों, पुलों, भवनों, कारखानों आदि के निर्माण) किये गये थे वे सभी बाद में अत्यधिक क्षतिग्रस्त हो गये। साइबेरिया में ट्रान्स साइबेरियन रेल लाइन के निर्माण के प्रारम्भिक चरण में बिछायी गयी पटरियां अत्यधिक क्षतिग्रस्त हो गयीं थी (वानस्पतिक आवरण को विनष्ट करने के कारण परमाफ्रास्ट की हिम के पिघल जाने के कारण ऊपरी सतह के नीचे धसक जाने के कारण) सम्प्रति रूस, कनाडा तथा संयुक्त राज्य अमेरिका में परिमाफ्रस्ट के वैज्ञानिक अध्ययन की ओर अधिकाधिक ध्यान दिया जा रहा

है। रूस की 'PISAS'(Permafrost Institute of the Siberian Adcademy of Sciences at Yakutsk) तथा संयुक्त राज्य अमेरिका की 'CRREL'(Cold Regions? Research and Engineering Laboratories at Hanover, New Hampshire) आदि शोध संस्थान परमाफ्रास्ट तथा परिहिमानी प्रक्रमों के अध्ययन में सक्रिय योगदान कर रही हैं। दो विशिष्ट परिहिमानी प्रक्रमों के अध्ययन में सक्रिय योगदान कर रहीं हैं। दो विशिष्ट परिहिमानों प्रक्रमों (**थर्मोकार्स्ट** तथा **तुषार उत्क्षेपण** (Frost Heave) का विशेष रूप में उल्लेख करना आवश्यक है क्योंकि ये मनुष्य के निर्माण-कार्यों को सर्वाधिक प्रभावित करते हैं तथा ये मानव-क्रियाकलापों से भी अत्यधिक प्रभावित होते हैं। थर्मोकार्स्ट का प्रयोग स्थलरूप तथा प्रक्रम, दोनों रूपों में किया जाता है। थर्मोकार्स्ट प्रक्रम से तात्पर्य होता है-परमाफ्रास्ट में तापमान में वृद्धि के कारण तापीय संतुलन में अव्यवस्था होने से सतह का ध्वस्त, होना, धंसकना तथा अवतलित होना यह प्रक्रिया उन क्षेत्रों में अधिक सक्रिय होती है जहां पर हिमीकृत भूपदार्थ असंगठित तथा ढीले होते हैं। बिना जमी हुई आधार शैल (Parent Rock) में थर्मोकार्स्ट का प्रभाव नगण्य होता है। **तुषार उत्क्षेपण** (Frost Heave) का तात्पर्य होता है हिम के पृथक्करण (Ice Seggregation, हिम लेन्सों का एक स्थान पर एकत्रीकरण) के द्वारा धरातलीय सतह के उभार तथा उठाव (Bulging of Ground Surface)। इस तरह स्पष्ट है कि यदि थर्मोकार्स्ट द्वारा हिमीकृत आर्द्रता तथा जल के पिघल जाने से सतह में अवतलन होता है तथा विभिन्न प्रकार के विलयन छिद्रों (Sink holes) तथा कुण्डारत अवतलन गर्तों (Cauldron Subsidence Pits) का निर्माण होता है तो तुषार उत्क्षेपण के कारण सतह पर उभार होने से विभिन्न टीलों तथा ढेरों के निर्माण द्वारा धरातलीय सतह असमान हो जाती है।

कई ऐसे प्राकृतिक एवं मानव जन्य कारक होते हैं जो परमाफ्रास्ट की तापीय संतुलन की दशा को अव्यवस्थित कर देते हैं। तापमान में वृद्धि के कारण जब परमाफ्रास्ट की तापीय संतुलन की दशा विक्षुब्ध होती है तो भूमिगत हिमीकृत आर्द्रता के पिघल जाने से थर्मोकार्स्ट की क्रिया प्रारम्भ हो जाती है या हिम का पृथक्कीरण प्रारम्भ हो जाता है जिस कारण तुषार उत्क्षेपण की क्रिया सक्रिय हो जाती है। थमोकार्स्ट अथवा तुषार उत्क्षेपण द्वारा परमाफ्रास्ट का अवनयन (Degradation) निम्न तथ्यों पर आधारित होता है-

(i) भूपदार्थों की प्रकृति-संगठित या असंगठित,

(ii) परमाफ्रास्ट में मौजूद हिम की मात्रा,

(iii) धरातलीय सतह पर वनस्पतियों की प्रकृति तथा उनका घनत्व,

(iv) धरातलीय वनस्पति के उष्मारोधी गुण (Insulating Properties) तथा

(v) ग्रीष्मकाल में सूर्य प्रकाश की अवधि एवं धरातल पर मिलने वाले सूर्याताप की मात्रा।

मनुष्य को क्रियाकलाप परमाफ्रास्ट के तापीय संतुलन की दशा को विक्षुब्ध कर देते हैं तथा परमाफ्रास्ट का निम्न रूपों में अवनयन कर देते हैं जो मानव-समाज के लिए संकटमय (Hazardous) हो जाता है-

(i) मनुष्य द्वारा धरातलीय वनस्पति को नष्ट करने (या तो निर्माण-कार्य के लिये पेड़ों की कटाई या कृषि-भूमि के लिये जानबूझ कर वनों का जलाना) से धरातलीय सतह नग्न हो जाती है। तथा सौर्यिक किरणें सीधे धरातल पर पहुंचती है जिस कारण धरातलीय तापमान में वृद्धि हो जाती है। ज्ञातव्य है कि धरातलीय वनस्पति सौर्यिक किरणों के लिये उष्माविरोधी (Insulator) होती है अर्थात् यह सतह को सौर्यिक किरणों से बचाती है। वनस्पति-आवरण के विनष्ट होने से धरातलीय सतह के तापमान में वृद्धि के कारण परमाफ्रास्ट की हिम पिघलने लगती है जिस कारण ऊपरी सतह एवं धंसकने लगती है। परिणामस्वरूप, धरातलीय सतह पर अनेक छोटे-छोटे टीले तथा गड्ढे बन जाते हैं और इस तरह सतह की प्रक्रिया का पर्यवेक्षण एवं अध्ययन किया गया है।

उक्त क्षेत्रों में 1920-1930 दशक में कृषि के लिये धरातलीय वनस्पति की व्यापक पैमाने पर सफाई (कटाई) की गयी जिस कारण सम्पूर्ण सतह ऊबड़- खाबड़ (Undulating) हो गयी एवं 3 से 15 मीटर व्यास वाले एवं 2.4 मीटर ऊंचाई वाले अनेक टीलों (Mounds) का निर्माण हो गया। सामूहिक स्तर पर धरातलीय वनस्पति के विनाश के कारा सोवियत रूस के साइबेरिया के येनेसी प्रदेश में 40 सेण्टीमीटर की गहराई तक 14° सेण्टीग्रेड तक तापमान में वृद्धि के प्रमाण मिले हैं।

(ii) निर्माण सम्बन्धी उद्देश्यों (सड़कों, हवाई अड्डों की पट्टियों, भवनों आदि के निर्माण के लिये) के लिये निर्माण पदार्थों की प्राप्ति के लिये उत्खनन कार्यों (Excavation Activities) या जल की पाइप लाइनों, केबल्स तथा तेल की पाइप लाइनों को सतह के नीचे बिछाने के लिये उत्खनन कार्यों के फलस्वरूप परफ्रास्ट के तापीय संतुलन की दशा विक्षुब्ध हो जाती है (तापमान में वृद्धि हो जाने के कारण)। परिणामस्वरूप, परमाफ्रास्ट में स्थित हिम लेन्स पिघल जाते है तथा धरातलीय सतह में धंसकने एवं अवतलन होने लगता है।

(iii) ग्रीष्मकाल में पिघली परमाफ्रास्ट सतह पर स्वचालित वाहनों (जीप, मोटर कार, ट्रेक्टर, मोटर साइकिल आदि) के चलाने से धरातलीय वनस्पति विनिष्ट हो जाती है तथा आर्द एवं कोमल धरातलीय सतह में गहरी नालियां (Treches) बन जाती है। यदि इस तरह की नालियां ढलुआ सतह पर बनती हैं तो वे अवनलिकाओं एवं बीहड़ों (Gullies) में परिवर्तित हो जाती हैं क्योंकि हिमद्रवण से प्राप्त जल जब इन सामान्य नालियों से होकर ग्रीष्मकाल में प्रवाहित होने लगता है तो अपरदन द्वारा ये शनैः शनैः अवनलिकाओं (Rills and Gullies) में बदल जाती हैं।

(iv) परमाफ्रास्ट क्षेत्रों में मनुष्य द्वारा सोद्देश्य या अनिच्छित वनाग्नि (Forest Fires, प्राकृतिक कारणों से भी) के कारण वनस्पतियों के विनिष्ट हो जाने एवं अग्नि के कारण धरातल की तापीय दशा में अत्यधिक परिवर्तन हो जाता है। वनों को जलाने से तथा वनस्पतियों की सफाई से (धरातल के नग्न हो जोने के कारण अधिक सूर्याताप प्राप्त होता है) तापमान में वृद्धि होने के कारण 'सक्रिय सतह' (Active Layer) की गहराई बढ़ जाती है तथा थर्मोकार्स्ट प्रक्रम प्रारम्भ हो जाते हैं (हिम का पिघलना तथा सतह का अवतलन)। रूस के साइबेरियन टैगा प्रदेश में 1953 में वनाग्नि (प्राकृतिक वनाग्नि)के कारण सक्रिय सतह की गइराई में 45 सेण्टीमीटर की वृद्धि के प्रमाण मिले हैं।

उल्लेखनीय है कि मनुष्य द्वारा उत्खनन कार्यों जनित गर्तों (निर्माण कार्य के लिए आवश्यक पदार्थों के भूमि के नीचे से निष्कासन के कारण), स्वचालित वाहनों के चालन, सड़कों की कटान आदि के कारण धरातलीय सतह में अव्यवस्था उत्पन्न होने से 'सक्रिय सतह' पतली होती है जबकि निर्वनीकरण (Deforestaion), कृषि कार्य, सड़कों, रेलों तथा भवनों के निर्माण एवं अपवाह में परिवर्तन के कारण 'सक्रिय सतह' की मोटाई बढ़ती है। उपर्युक्त दोनों स्थितियों में परमाफ्रास्ट के तापीय संतुलन की दशा विक्षुब्ध हो जाती है जिस कारण (तापमान में वृद्धि के कारण) परमाफ्रास्ट में स्थित हिमीकृत आर्द्रता का द्रवण हो जाता है, अतिरिक्त हिम मुक्त हो जाती है और अन्ततः धरातलीय सतह का अवतलन होने लगता है।

परिहिमानी क्षेत्रों में चाहे मनुष्य के क्रियाकलापों द्वारा या प्राकृतिक कारणों से परमाफ्रास्ट के अवनयन (Degradation) के कारण इंजीनियरिंग से सम्बन्धित कार्यों में तथा जलीय व्यवस्था में कई समस्यायें पैदा हो जाती हैं। संयुक्त राज्य अमेरिका के अलास्का, कनाडा तथा सोवियत रूस के साइबेरिया के सुदूर उत्तरी

भागों में किसी भी तरह के निर्माण-कार्य को सफलतापूर्वक संचालित करने के लिये उपर्युक्त भू-तकनीकी उपायों (Geotechnical Techniques) तथा प्रगत इंजीनियरिंग विधियों के उपयोग की आवश्यकता ही नहीं वरन् अनिवार्यता होती है। ज्ञातव्य है कि ये उपाय तथा तरीके इतने जटिल तथा मंहगे होते हैं कि इनसे प्राप्त परिणाम नगण्य एवं सीमित होते हैं। यह भी उल्लेखनीय है कि यदि इन विधियों तथा तरीक़ों का प्रयोग न किया जाय तो अति नाजुक तथा शीघ्र नष्ट होने वाले परमाफ्रास्ट पर्यावरण का तेजी से अवनयन होने लगता है।

मनुष्य तथा भूमिगत प्रक्रम (Man and Subsurface Processes)

भूमिगत (सतह के नीचे) पर्यावरण मनुष्य के क्रियाकलापों द्वारा बड़े पैमाने पर प्रभावित होता है तथा मानव समाज पर इसका परिणाम अन्य पर्यावरणीय प्रक्रमों में परिवर्तनों से उत्पन्न परिणामों की तुलना में कहीं अधिक भयावह तथा संकटप्रद होता है। दिन प्रति दिन उत्तरोत्तर बढ़ती मानव जनसंख्या के कारण मानव क्रियाकलापों का भूमिगत पर्यावरण पर प्रभाव दिनोंदिन बढ़ता जा रहा है। मनुष्य द्वारा भूमिगत पर्यावरण में परिवर्तनों में मुख्यतया सतह के नीचे स्थित भूपदार्थों में परिवर्तनों को सम्मिलित किया जाता है यथा-भूपदार्थों का फैलना या सिकुड़ना, ढीला होना (असंगठित होना) या सघन होना संगठित होना), फटना तथा विस्थापन (Fracturing and Displacement), उपरिमुखी या अधोमुखी संचलन, तनाव का कम होना या बढ़ना, विरूपण (Deformation) आदि। भूपदार्थों में उपर्युक्त परिवर्तनों के प्रभाव इतने छद्मवेशी तथा मन्द गति से संचयी (Cummulative) होते हैं कि इनका बोध तब तक नहीं हो पाता है जब तक कि वास्तविक क्षति न हो जाय। इन परिवर्तनों के प्रश्चप्रभाव (After-effects) इतने जटिल होते हैं और इनके कारण इतने अधिक होते हैं कि इनका अग्रिम पूर्वानुमान करना कठिन हो जाता है। चूंकि ये परिवर्तन (भूपदार्थों में) सतह के नीचे होते हैं तथा इनके कारण इतनें जटिल होते हैं कि इनसे बचाव तथा इनका नियंत्रण कठिन हो जाता है।

मनुष्य निम्न कार्यों द्वारा भूमिगत दशाओं में परिवर्तन करता है-

(i) बांधों, जलभण्डारों, सड़कों तथा पुलो, नहरों, भवनों आदि के निर्माण द्वारा अन्तः क्षेपी पम्पों (Injection Pumps) द्वारा सतह के नीचे जल पहुंचा कर तथा सिंचाई के माध्यम से सतह पर अतिरिक्त भार की वृद्धि करके।

(ii) भूमिगत जल के निष्कासन तथा विदोहन द्वारा, खनिज तेल एवं प्राकृतिक गैस के निष्कासन द्वारा, खनिजों के भूमिगत खनन द्वारा तथा निर्माण कार्य हेतु सतह से तथा सतह के नीचे से ठोस तथा सघन पदार्थों (जैसे को कम करके। ज्ञातव्य है कि भूमिगत पर्यावरण मनुष्य के क्रियाकलापों के

प्रभाव भूपदार्थों के प्रतिरोधी बल (Resisting Force) से अधिक हो जाते हैं।

बड़े बाधों के निर्माण तथा जलभण्डारों में अपार जलराशि के संचय के कारण भूतल पर मानव द्वारा जनित अतिरिक्त कृत्रिम भार के परिणामस्वरूप, जलभण्डारों के नीचे स्थित पहले से व्यवस्थित चट्टानों के संतुलन में अव्यवस्था हो जाने से असंतुलन हो जाता है। यदि जलभण्डारों के नीचे स्थित चट्टाने पहले से ही अव्यवस्थित हैं तो ऊपर स्थित अतिरिक्त भार के कारण वे और अधिक अव्यवस्थित हो जाती हैं। इस प्रक्रिया के कारण विभिन्न परिणाम वाले भूकम्पों का आविर्भाव होता है जिस कारण परिणाम वाले भूकम्पों का आविर्भाव होता है जिस कारण धन-जन की अपार क्षति होती है। विश्वस्तर पर कई प्रमुख भूकम्पीय घटनाओं तथा बांधों एवं जलभण्डारों में धनात्मक सहसम्बन्ध स्थापित किया गया है यथा-1929 में यूनान में निर्मित **मरेथान बांध** के कारण 1931में भूकम्प का आविर्भाव; संयुक्त राज्य अमेरिका में कोलोरैडो नदी पर 1935 में निर्मित **हूवर बांध** तथा मीड लेक जलभण्डार के कारण समीपी क्षेत्र में 1936 से भूकम्पन्नों की शुरूआत; भारत के महाराष्ट्र प्रान्त में सतारा जिले में कोयना नदी पर 1962 निर्मित **कोयना जलभण्डार** के कारण 11 दिसम्बर, 1967 को प्रलयकारी भूकम्प का आगमन (इसके बाद से आज तक भूकम्प के सामान्य झटके आते रहते हैं) आदि। बाधों तथा जलभण्डारों के निर्माण के कारण जनित भूकम्पों अन्य उदाहरणों में प्रमुख हैं-फ्रांस में (Monteynard एवं (Grandvale) के भूकम्प; पाकिस्तान में मंगला के भूकम्प जाम्बिया में कैरिबा के भूकम्प,कनाडा में मैनिक के भूकम्प, दक्षिण अफ्रीका में (Hendrick Verwoerd के भूकम्प, दक्षिण अफ्रीका में Hendrick Verwoerd के भूकम्प, सोवियत रूस में Nourek के भूकम्प, जापान में (Kurobe के भूकम्प, चीन में (Heinfegkiang के भूकम्प आदि।

जलभण्डारों के जलस्थैतिक दाब (Hydrostatic Pressure) के कारण सतह के नीचे अव्यवस्था होने से जलभण्डारों की कृत्रिम तथा प्राकृतिक दीवारों के सहारे भूस्खलन तथा भूमिवाह (Earthflow) भी होते हैं। उल्लेखनीय है कि जलभण्डारों में जलस्तर एवे भूकम्प की तीव्रता में धनात्मक सहसम्बन्ध स्थापित किया गया है। अर्थात् जलभण्डारों में जल की राशि जितनी ही अधिक होती हैं तथा जलस्तर जितना ही अधिक ऊंचा होता है, भूकम्प उतना ही अधिक तीव्र तथा भयानक होता है।

कुछ स्थानों पर उपयोग किये गये अपशिष्ट जल को सतह के नीचे पम्प द्वारा अन्तः क्षेपी कुओं (Injection Wells) में पहुंचाने के कारण भी भूमिगत संतुलन

में अव्यवस्था उत्पन्न हो जाती है, कुछ स्थानों पर पेय जल के कुओं या जलभरों (Aquifers) में पहुंचाने के कारण भी भूमिगत संतुलन में अव्यवस्था उत्पन्न हो जाती है, कुछ स्थानों पर पेय जल के कुओं में भूमिगत जल में खारे पानी के प्रवेश के कारण जल को दूषित होने से बचाने के लिये बाहर से जल का प्रवेश कराया जाता है। कुछ खनिज तेल के कुओं में बाहर से जल का प्रवेश कराया जाता है ताकि तेल कूपों में द्रव स्थैतिक दाब (Hydrostatic Pressure) बढ़ जाने से तेल का स्तर ऊपर उठ जाय और तेल का उत्पादन बढ़ाया जा सके। इन समस्त दशाओं में भूमिगत संतुलन में अव्यवस्था उत्पन्न हो जाती है तथा विभिन्न परिणाम तथा तीव्रता वाली भूकम्पीय घटनायें प्रारम्भ हो जाती हैं।

कृषि फार्मों में फसलों की सिंचाई के लिये जल की आपूर्ति द्वारा भी धरातलीय सतह पर भार बढ़ जाता है। जब शुष्क एवं अर्द्धशुष्क क्षेत्रों में ढीली एवं शुष्क मिट्टियों वाले खेतों में सिंचाई के माध्यम से जल भरा जाता है तो ढीले एवं शुष्क पदार्थ तर होकर संगठित हो जाते हैं। इस प्रक्रिया को **हाइड्रोकाम्पैक्शन** कहते हैं। इस प्रक्रिया के कारण सामान्य सतह में 1-2 मीटर तक अवतलन हो जाता है जिस कारण सिंचाई की नालियों, नहरों, कुओं की खोल (कच्चे कुओं की दीवारों को ईंट के खड़ंजा से आवृत्त कर दिया जाता है ताकि दीवार की मिट्टियां कुंए में न गिरने पाये-Casings of Wells), सड़कों तथा जल एवं तेल की पाइपों को क्षति उठानी पड़ती है (अर्थात् ये क्षतिग्रस्त हो जाते हैं)। जिन क्षेत्रों में ढीले पदार्थों तथा कचरों से गड्ढों को हाल ही में भरा गया हो, यदि उनमें भवनों का निर्माण किया जाता है तो अतिरिक्त भार के कारण सतह नीचे धंसक जाती है। परिणामस्वरूप, भवन, सड़कें तथा पाइप लाइन क्षतिग्रस्त हो जाती हैं। परमाफ्रास्ट क्षेत्रों में बिना समुचित इंजीनीयरिंग डिजाइन तथा तरीकों के यदि भवनों, सड़कों आदि का निर्माण किया जाता है तो अतिरिक्त भार के कारण सतह नीचे धंसक जाती है। परिणामस्वरूप, भवन, सड़कें तथा पाइप लाइन क्षतिग्रस्त हो जाती हैं। परमाफ्रास्ट क्षेत्रों में बिना समुचित इंजीनियरिंग डिजाइन तथा तरीकों के यदि भवनों, सड़कों आदि का निर्माण किया जाता है तो परमाफ्रास्ट की हिम पिघल जाती है तथा धरातलीय सतह एवं भवनों का अवतलन होने लगता है।

सतह के नीचे से जल तथा खनिज तेल के निष्कासन एवं निर्माण कार्य के लिये आवश्यक ठोस पदार्थों के खनन के कारण भूमिगत पदार्थों के ऊपर स्थित भार एवं दबाव में कमी हो जाती है जिस कारण भूमिगत पर्यावरण में अनेक प्रकार के फेर-बदल होते हैं। यदि भूमिगत जल का पम्प सेटों तथा ट्यूबवेल्स के माध्यम से विदोहन, वर्षा के जल द्वारा भूमिगत जल के पुनः पूरण (Recharge) की दर

से कहीं अधिक दर से किया जाता है तो भूमिगत जल के स्तर में गिरावट आ जाती है। एक तरफ इसका परिणाम तो यह होता है कि भूमिगत जल संसाधन का लगातार क्षय होता जाता है तो दूसरी तरफ सतह के नीचे कोटर (Cavities) बनते जाते हैं। इन कोटरों के आकार तथा गहराई में निरन्तर वृद्धि होती जाती है और अन्ततः ऊपरी सतह नीचे की ओर ध्वस्त हो जाती है। उल्लेखनीय है कि 'भूमिगत जल खनन' (Groundwater Mining) भूमिगत जल के विदोहन को भूमिगत जल का खनन भी कहते हैं) के कारण धरातलीय सतह का अवतलन मुख्यतया उन क्षेत्रों में अधिक होता है जहां पर सतह के नीचे के पदार्थ ढीले तथा संगठित होते हैं। सतह के नीचे स्थित ठोस तथा संगठित संरचनाओं से खनिज तेल तथा प्राकृतिक गैस के विदोहन के कारण शैलों मे स्थानीय स्तर पर चटकन, विदर तथा फटन, भ्रंशन एवं अवतलन की घटनायें होती हैं।

भूमिगत खनन (Underground Mining) द्वारा ठोस पदार्थों, यथा-कोयला, सोना, तांबा चूना-प्रस्तर आदि, के खनन तथा विदोहन के कारण ऊपर स्थित सतह नीचे की ओर ध्वस्त हो जाती है। कभी-कभी भूमिगत खनन इतनी गहराई तक पहुंच जाता है कि खदानों की गहराई भूमिगत जलस्तर तक पहुंच जाता है। इस परिस्थिति में खनन कार्य को और अधिक गहराई तक सम्भव बनाने के लिये नीचे से पानी को बाहर निकालना पड़ता है। यदि यह स्थिति चूना-प्रस्तर या डोलोमाइट के क्षेत्रों में होती है तो सतह पर मानव जनित विलयन छिद्र (Sink Holes) बन जाते हैं। इन मानव जनित विलयन छिद्रों से होकर धरातलीय वर्षा का जल नीचे जाती है जिस कारण ऊपरी सतह ध्वस्त होने लगती है। खदानों से जल बाहर निकालने से (खदानों को शुष्क रखने के लिये) भूमिगत जल का नीचे चला जाता है, जिस कारण सतह पर स्थित जलस्रोत (Water Spring) तथा चश्मे सूख जाते हैं। दक्षिण अफ्रीकी संघ में जोहान्सबर्ग के पास Far West Rand Mining District में सोने की खदानों से जल के निष्कासन के कारण (1962-1966) सतह पर दर्जनों विलयन रंध्रों का निर्माण हो गया। इनमें से सबसे बड़े छिद्र की व्यास 125 मीटर तथा गहराई 50 मीटर थी। कभी-कभी जब कोयले की खदानें काफी गहरी हो जाती हैं और कोयले का खनन अनार्थिक हो जाता है तो इन खदानों को खुला छोड़ दिया जाता है (ऐसा होना नहीं चाहिए, परन्तु धन के लोलुप ठेकेदार या लापरवाह सरकारी अधिकारी ऐसा कर बैठते हैं) तथा पुरानी खदान के पास ही नयी खदान प्रारम्भ की जाती है। ऐसी हालत में खुली पुरानी तथा परित्यक्त खदान में वर्षा का जल एकत्रित होता रहाता हैं इस जलप्लावित खदान से जल नयी एवं पुरानी खदानों के मध्य स्थित दीवारों से रिस कर नयी खदान में जाने लगता है। धीरे-धीरे जल

का मार्ग बड़ा हो जाता है तथा पुरानी खदान से जल तेजी से नयी खदान में पहुंचता है, जिस कारण नयी खदान में काम करने वाले व्यक्ति अचानक कालकवलित हो जाते हैं (ऐसी स्थिति में कोई राहत कार्य भी सम्भव नहीं हो पाता है) बिहार की **चसनाला त्रासदी** मनुष्य के मूर्खतापूर्ण कार्यों का जीता-जागता उदाहरण है। चसनाला की पुरानी खुली कोयले की खदान से जल का पास ही स्थिज सक्रिय खदान में शीघ्रता से अचानक प्रवेश हो जाने के कारण खदान में कार्यरत सैकड़ों श्रमिकों को जान से हाथ धोना पड़ा।

भूमिगत खनन के कारण भूमिगत जल के प्रवाह में दिशा परिवर्तन हो जाता है, जलप्रवाह की व्यवस्था अव्यवस्थित हो जाती है, हानिकारक गैसें मुक्त होकर सतह के बाहर निकल जाती हैं, शैल प्रस्फोट (Rockburst) भूपदार्थों में प्रस्फोट होते हैं, अवतलन के कारण धरातलीय सतह में चटकनें (Cracks) आ जाती हैं तथा धरातलीय सतह में तोड़-फोड़ होने से असमानता उत्पन्न हो जाती है। स्थानिक (स्थान विशेष में सीमित) किन्तु अत्यधिक शक्तिशाली मानव-क्रियायें, यथा सड़कों के निर्माण के लिये पहाड़ियों को डायनामाइट से उड़ाना, बांधों के निर्माण हेतु उपयुक्त स्थान बनानो के लिये चट्टानों को डायनामाइट से उड़ाना आदि, धरातल को अल्पकाल में परन्तु व्यापक स्तर पर विरूपित कर देती हैं। नाभिकीय विस्फोट (Nuclear explosions) मनुष्य की क्रियाओं में सर्वाधिक घातक, संहारक तथा शक्तिशाली होते हैं। इनके द्वारा न केवल धरातल में क्षणभर में उलट-फेर हो जाता है वरन् शक्तिशाली भूकम्प भी आते हैं। परिहिमानी क्षेत्रों में धरातलीय सतह में परिवर्तन मानव समाज के लिये संहारक प्रभाव उत्पन्न करते हैं।

मनुष्य तथा मृदा-प्रक्रम (Man and Redological Processes)

मृदा एक महत्वपूर्ण प्राकृतिक संसाधन है क्योंकि यह मनुष्य के लिए वांछित सभी प्रकार का आहार प्रदान करती है, साथ ही साथ यह किसी न किसी रूप में सभी प्रकार के स्थलीय एवं जलीय पौधों तथा वनस्पतियों के जीवन के लिये आधार प्रस्तुत करती है। किसी निश्चित मृदा परिच्छेदिका (Soil Profile) के विभिन्न संस्तरों (Horizons) में कार्यरत भौतिक प्रक्रम मिट्टी के सामान्य गुणों को निर्धारित करते हैं। मिट्टियों मानव क्रियाकलापों को बड़े पैमाने पर प्रभावित करती हैं तथा बदले में मानव क्रियाकलाप मिट्टियों की परिवर्तनशील विशेषताओं को परिवर्तनशील गुण (Labile Soil Properties) कहते हैं जो मनुष्य द्वारा किये गये बह्य परिवर्तनों के जवाब में शीघ्र परिवर्तित हो जाती हैं)। स्पष्ट है कि मृदा-परिच्छेदिका के प्रक्रमों तथा मानव-क्रियाकलापों के मध्य अन्तर्सम्बन्धों का अध्ययन बेहतर भूमि-उपयोग नियोजन के लिये अत्यावश्यक है। मिट्टियों का निर्माण एक अत्यन्त मन्द प्राकृतिक

प्रक्रिया है क्योंकि एक इंच मोटी मृदा-परत का निर्माण लगभग 100 वर्षों में सम्पन्न होता है परन्तु मनुष्य अपने विभिन्न आर्थिक क्रियाकलापों द्वारा मिट्टी को अल्पकाल में ही विनष्ट तथा परिवर्तित कर सकता है। मिट्टियों का उपभोग होना आवश्यक है क्योंकि ये मनुष्य के अस्तित्व के लिये आधार हैं परन्तु मृदा-परिच्छेदिकाओं के विभिन्न प्रक्रमों की क्रियाविधियों एवं मृदा में मनुष्य द्वारा जनित बाह्य परिवर्तनों के प्रभावों का न केवल बोध होना चाहिए वरन् किसी भी मिट्टी के समुचित उपयोग के पहले उनका विधिवत् अध्ययन भी होना चाहिए।

धरातलीय सतह, खासकर ढलुआ सतह की, वनस्पतियों के अनावरण (वनस्पतियों का मानव द्वारा विनाश) के परिणामस्वरूप तीव्र गति से हाने वाले अपरदन के कारण मृदा-परिच्छेदिका के समस्त स्तरों का क्षय (विनाश) मनुष्य के द्वारा मृदा-तंत्र में होने वाले दृश्य प्रत्यक्ष प्रभावों में सर्वप्रमुख है। मनुष्य के मृदा पर अप्रत्यक्ष प्रभावों के अन्तर्गत उसके आर्थिक क्रियाकलापों द्वारा मृदा-परिच्छेदिकाओं के विभिन्न स्तरों (Horizons) में मृदा के गुणों में होने वाले परिवर्तनों को सम्मिलित करते हैं। सर्वप्रथम विभिन्न जलवायु तथा वनस्पति मण्डलों के अन्तर्गत विभिन्न प्रकार की मिट्टियों की परिच्छेदिकाओं के विभिन्न स्तरों की विशेषताओं का अध्ययन आवश्यक होता है। **द्वितीय स्तर** पर मनुष्य द्वारा मिट्टियों में किये गये निवेश (Input, उर्वरक, कीटनाशक दवाओं द्वारा) के कारण मिट्टियों के संघटकों तथा मृदा-परिच्छेदिकाओं के प्रक्रमों में होने वाले विभिन्न परिवर्तनों तथा प्रभावों का सूक्ष्म स्तरीय अध्ययन होना चाहिए। इसके अलावा कृषि की विभिन्न तकनीकों तथा विधियों एवं विभिन्न प्रकार के भूमि-उपयोगों के कारण मृदा-परिच्छेदिका के प्रक्रमों पर पड़ने वाले प्रभावों का भी अध्ययन होना चाहिए। **तृतीय स्तर** पर बेहतर मृदा संरक्षण एवं प्रबन्धन के लिये व्यापक एवं समुचित नियोजन की रूप रेखा तैयार करनी चाहिए।

मृदा-संरक्षण (Soil Conservation)

यह सर्वविदित है कि वर्तमान समय में मृदा-अपरदन की समस्या ने भयावह रूप ले लिया है क्योंकि मृदा-अपरदन को कारण विश्व स्तर पर प्रतिवर्ष लाखों हेक्टेयर उत्तम कृषि भूमि का विनाश होता जा रहा है। वास्तव में मृदा-अपरदन की दर एवं मात्रा में प्रतिवर्ष तेजी से वृद्धि हो रही है, अतः अब यह आवश्यक हो गया है कि मिट्टियों के इस विषायण (Soil Posoning) की कारगर रोकथाम की जाय ताकि इस बहुमूल्य प्राकृतिक संसाधन के विनाश को रोका जा सके। मृदा-संरक्षण के किसी भी कारगर उपाय में निम्न आधारभूत उद्देश्यों को सम्मिलित किया जाता है-

(i) वर्षा की जलबूंदों से धरातलीय सतह की रक्षा,
(ii) जलवर्षा के भूमि में अन्तः संचरण की दर एवं मात्रा में वृद्धि करना,
(iii) धरातलीय वाहीजल के आयतन एव वेग में कमी करना, तथा
(iv) मिट्टी की अपरदनशीलता (Erodibility) में कमी करना या मिट्टियों की भौतिक एवं रासायनिक गुणों को परिवर्तित करके उनकी अपरदन के प्रति प्रतिरोधिता (Resistance) में वृद्धि करना।

ज्ञातव्य है कि मृदा-अपरदन को दो प्रकारों में विभक्त किया जाता है-

(i) मन्द गति से होने वाला मृदा-अपरदन-यह मुख्य रूप से वृष्टि आस्फालन अपरदन (Rain Splash Erosion), **वृष्टि घुलन** (Rain Wash) तथा **चादर घुलन** (Sheet Wash) की प्रक्रियाओं द्वारा खासकर कृषि क्षेत्रों, वनों के सफाया होने से प्राप्त क्षेत्रों तथा खासकर परित्यक्त कृषि-क्षेत्रों में अधिक होता है।

(ii) तीव्र गति से होने वाला अपरदन-मुख्य रूप से **अवनलिका अपरदन** (Rill and Gully erosion) की प्रक्रियाओं द्वारा सम्पन्न होता है। इस तरह का अपरदन मुख्य रूप से वनस्पतिविहीन (मानव द्वारा साफ किये जाने पर) पहड़ी ढ़ालों, ढलुआ भूमि तथा जलोढ़ नदियों के किनारे वाले भागों में अधिक होता है। अतः विभिन्न प्रकार के मृदा-अपरदन की रोकथाम के लिए अलग-अलग संरक्षण उपाय तथा तकनीकों का प्रयोग किया जाना चाहिए।

मृदा-संरक्षण के उपायों एवं तकनीकों के दो श्रेणियों में विभक्त किया जाता है-

(i) फसलों के प्रबन्धन से सम्बन्धित उपाय तथा तकनीक एवं
(ii) मृदा-संरक्षण के यांत्रिक उपाय तथा तकनीक।

ज्ञातव्य है कि मृदा-अपरदन की रोकथाम के किसी भी उपाय के कार्यान्वयन के पहले इस बात पर ध्यान देना होगा कि धरातल का कितना भाग कितने समय तक जलवर्षा के लिए खुला रहता है। यह आवश्यक होता है कि धरातल को जलवर्षा के सीधे प्रत्यक्ष प्रभावों से अधिकाधिक रूप में बचाया जाय। मृदा-संरक्षण के उपायों के कार्न्यान्वयन के पहले निम्न सोपानों का अनुसरण किया जाना आवश्यक होता है-

(i) मृदा-अपरदन से प्रभावित क्षेत्रों का विस्तृत एवं विधिवत सर्वेक्षण,
(ii) भूमि-क्षमता के आधार पर कृषि भूमि तथा वन भूमि का वर्गीकरण,
(iii) अपरदन से प्रभावित क्षेत्रों का अभिनिर्धारण तथा मृदा-अपरदन की तीव्रता के आधार पर वर्गीकरण (यथा-प्रचण्ड अपरदन, सामान्य अपरदन तथा निम्न अपरदन के क्षेत्र), तथा

(iv) मृदा-संरक्षण तथा भूमि सुधार (Land Reclamation) की प्राथमिकताओं का निर्धारण। मृदा-संरक्षण के उपायों एवं तकनीकों का नीचे विस्तृत विवरण दिया जा रहा है।

फसल-प्रबन्धन के उपाय

मृदा-अपरदन को रोकने के लिए फसलों के प्रबन्धन से सम्बन्धित उपायों का प्रयोग सामान्यतया उन क्षेत्रों में किया जाता है जहां पर फसलों की खेती की जाती है तथा मृदा-अपरदन अधिक नहीं होता है। उल्लेखनीय है कि यदि फसलों की खेती में उचित प्रबन्ध किया जाय तो जल वर्षा के लिये खुले भागों में क्षेत्रफल तथा क्षेत्रों के अनावरण की अवधि (अर्थात् क्षेत्र विशेषज्ञ कितने समय तक फसलों के अभाव में खुला रहता है) दोनों में पर्याप्त कमी की जा सकती है और मृदा-अपरदन को घटाया जा सकता है। फसलों के उचित प्रबन्धन द्वारा जलवर्षा के भूमि में अन्तः संचरण (Infiltration) की दर में वृद्धि एवं धरातलीय वाही जल (Surface Runoff) की मात्रा में ह्रास हो सकता है जिस कारण मृदा-अपरदन में अपने आप कमी हो जायेगी। मृदा-अपरदन को रोकने के लिए फसलों के प्रबन्धन (Crop Management) के निम्न उपायों को प्रयोग में लाया जाना चाहिए-

(1) यदि कृषि के लिए फसलों का उचित चुनाव किया जाय तो खुले क्षेत्रों की मात्रा तथा अवधि दोनों में भारी कमी हो सकती है और **वृष्टि आस्फालन अपरदन** (Rainsplash Erosion) के प्रकोप से कृषि भूमि की रक्षा हो सकती है। उदाहरण के लिए, भारत में रबी की फसलों (गेहूं, जौ, मटर तिलहन आदि) की कटाई के बाद अधिकांश खेतों को अगली मानसूनी वर्षा के आगमन तक खुला छोड़ दिया जाता है। कुछ खेतों को तो वर्षा काल (जून से सितम्बर) में भी खुला छोड़ दिया जाता है (उत्तरी भारत में ऐसे खेतों को चौमास या पलिहर या पलेवा खेत कहते हैं), परिणामस्वरूप, ये फसल-विहीन खेत पूरे वर्षाकाल में जलवर्षा के आघात के लिए खुले रहते है। इस कारण अधिकतम मृदा-अपरदन होता है। ज्ञातव्य है कि भारत में **हरित क्रान्ति** के बाद कम से कम उन क्षेत्रों में, जहां पर सिंचाई की सुविधा प्राप्त है, अब कोई भी खेत वर्षाकाल में खुला या खाली नहीं रखा जाता है। सिंचाई वाले क्षेत्रों में धान की अधिकाधिक क्षेत्रों पर कृषि की जाने लगी है, परिणामस्वरूप, मृदा-अपरदन में भारी कमी आयी है (ज्ञातव्य है कि इनमें से अधिकांश खेत पहले पलिहर/ चौमास के रूप में वर्षाकाल में खाली रखे जाते थे जिस कारण मृदा-अपरदन अधिक होता था)। इसके बावजूद रबी की फसलों की कटाई तथा धान के पौधों के

रोपण के मध्य एक लम्बा अन्तराल होता है। इस अवधि में पूर्वमानसूनी (Pre-monsoon) वर्षा द्वारा होने वाले अपरदन से भूमि का बचाव किया जा सकता है यदि इस समय (शुष्क ग्रीष्मकाल) खाली खेतों में ग्रीष्मकालीन दलहनी फसलों (Leguminus Crops) की खेती प्रारम्भ कर दी जाय।

(2) जहां तक सम्भव हो सके अधिक से अंधिक ऐसी फसलों की खेती की जानी चाहिए जो अधिकतम क्षेत्र को ढक सके तथा मिट्टी के कणों को अधिकाधिक रूप से आपस में बांध सके ताकि भूमि सतह को जलवर्षा के सीधे प्रहार से बचाया जा सके तथा मृदा-अपरदन को कम किया जा सके। ज्ञातव्य है कि इस विधि का पूर्णतया कार्यान्वयन सम्भव नहीं हो सकता है क्योंकि फसलों का चयन निम्न कारकों द्वारा निर्धारित होता है-

(i) स्थानीय मांग,
(ii) फसलों की व्यापारिक कीमत,
(iii) बाजार की दशायें (उत्पादों की मांग एवं खपत),
(iv) उपभोक्ताओं की व्यक्तिगत पसंद तथा वरीयता,
(v) उत्पादों का आहार मान (Food value),
(vi) फसलों की खेती के लिए जल एवं श्रम की आवश्यकता तथा मांग आदि। परिणामस्वरूप, फसलों के चयन में किसान फसलों के व्यापारिक एवं खाद्य महत्व को फसलों की अपरदन के प्रति रक्षात्मक क्षमता की तुलना में अधिक वरीयता देते हैं।

(3) यदि उपर्युक्त उपाय सम्भव नहीं है तो फसलों की बुआई को इस तरह उचित रूप में समायोजित कर लेना चाहिए कि कोई भी कृषि भूमि अधिक समय तक तीव्र जलवर्षा के प्रहार के लिए खुली न रह सके। उदाहरण के लिए, एशिया के मानसूनी प्रदेशों में यदि धान की रोपाई को पहले (मानसून के आरम्भ होने के पहले) प्रारम्भ कर दिया जाय तो मानसून के प्रथम प्रस्फोट के दौरान जनित तीव्र वर्षा के द्वारा होने वाले मृदा-अपरदन से कृषि भूमि को बचाया जा सकता है। N. W. Hudson (1957) के अनुसार रोडेशिया (अफ्रीका) में समय से पहले तम्बाकू के पौधों के रोपण से मृदा-अपरदन में 50 प्रतिशत ह्रास हुआ है।

(4) यदि **अन्तराल सस्य** (Intercropping) तथा **मिश्र सस्य** (Mixed Cropoing) (अलग-अलग पंक्तियों में भिन्न-भिन्न फसलों के उगाने को

अन्तराल सस्य तथा एक ही साथ कई फसलों के सामूहिक रूप से उगाने को **मिश्र सस्य** कहते हैं) की पद्धतियों के अनुसरण से मृदा-अपरदन में कमी हो सकती है क्योंकि खेत का अधिक भाग कभी खुला नहीं रहता है क्योंकि सभी फसलें एक साथ नहीं पकती हैं अतः उनकी एक साथ कटाई नहीं होती है। इतना ही नहीं पहले पकने वाली फसलें देर से पकने वाली फसलों को सुरक्षा प्रदान करती हैं। भारत में प्रायः उन क्षेत्रों में, जिनमें सिंचाई की सुविधा उपलब्ध नहीं है, खरीफ मौसम में इस तरह की खेती की जाती है। इस तरह की मिश्र खेती में मक्का, दलहनी फसल (मूंग, उरद आदि), अरहर तथा ज्वार की साथ-साथ खेती की जाती है।

(5) फसलों की कटाई के बाद पौधों की पत्तियों, तनों तथा अन्य घास-फूंस से खेतों को ढक देने पर भूमि की जलवर्षा के सीधे प्रहार से रक्षा हो जाती है तथा मृदा-अपरदन कम हो जाता है। इस क्रिया द्वारा मिट्टियों से वाष्पीकरण द्वारा नमी का क्षय भी घट जाता है। इस प्रक्रिया को (Stubble Mulching)कहते हैं। ज्ञातव्य है कि मृदा-संरक्षण के इस उपाय के कार्यान्वयन से कई अन्य समस्यायें पैदा हो जाती हैं। उदाहरण के लिए खेतों पर घास-फूस के आवरण के कारण बीजों के जमने तथा बढ़ने में बाधा होती है, साथ ही साथ खेतों में खरपतवार तथा हानिकारक कीटों की भरमार हो जाती है। इस विधि के स्थान पर **छाड़न कृषि** (Trash Forming) की वैकल्पिक विधि प्रयोग में लायी जा सकती है। इस विधि के अन्तर्गत फसलो के पौधों को खेत में जोत दिया जाता है। जिस कारण पौधों के विभिन्न भाग मिट्टियों से मिलकर उनकी अपरदन के प्रति प्रतिरोधिता को बढ़ाते हैं।

(6) रासायनिक खादों के पर्याप्त प्रयोग के कारण मिट्टियों की उर्वरता बढ़ती है। इस कारण मिट्टियों के कणों का समूहन (Aggregation) अधिक होता है जिस कारण वर्षा के जल का मिट्टियों में अन्तः संचरण (Infiltration) बढ़ जाता है। परिणामस्वरूप, धरातलीय वाही जल में कमी होने से मृदा-अपरदन कम होता है। मृदा-संरक्षण की इस पद्धति का कार्यान्वयन अधिक खर्चीला है, अतः किसान इस खर्च का वहन नहीं कर पायेंगे। दूसरे, रासायनिक खादों के अधिक प्रयोग के कारण मिट्टियों में जैविक तत्वों की मात्रा में कमी होने लगती है। ज्ञातव्य है कि मिट्टियों के कणों के समूहन के लिए जैविक तत्वों का होना आवश्यक होता है।

(7) रासायनिक खादों के अधिक प्रयोग के कारण मिट्टयों में जैविक तत्वों

की मात्रा में होने वाली कमी को **फसलचक्र** (Crop Roatation) के द्वारा दूर किया जा सकता है क्योंकि फसल चक्र के द्वारा खेतों में उर्वरता तथा जैविक तत्वों की मात्रा में वृद्धि होती है।

नाइट्रोजन का स्थिरण (Nitrogen Fixing) करने वाली दलहनी फसलों (मूंग, उड़द, मसूर, मटर, अरहर आदि) को उगाने से मिट्टियों में उर्वरक तथा जैविक तत्वों की मात्रा में वृद्धि होती है। इस दिशा में कई प्रकार के **सस्य संयोजनों** (Crop Combinations) को सुझाया जा सकता है परन्तु अधिकांश विकासशील देशों में फसल चक्र का कार्यान्वयन सम्भव नहीं हो सकता है क्योंकि बढ़ती जनसंख्या के कारण खाद्यान्नों की मांग में निरन्तर वृद्धि होने से खाद्यानों वाली फसलों के स्थान पर अन्य फसलों का उगाना सम्भव नहीं हो पायेगा।

(8) सक्रिय अवनलिका अपरदन (Rill and Gully Erosion) से प्रभावित क्षेत्रों को सक्रिय कृषि एवं चराई से हटा लेना चाहिए, अर्थात ऐसे क्षेत्रों में खेती करना या चराई करना तत्काल बन्द कर देना चाहिए ताकि अपरदन से दुष्प्रभावित भूमि में भूमि-संरक्षण एवं भूमि-सुधार की तकनीकों का प्रयोग किया जा सके। इस योजना का भी कई प्रकार की आर्थिक, सामाजिक, तकनीकी तथा कानूनी प्रतिबन्धों एवं कठिनाइयों के कारण कार्यान्वयन आसानी से सम्भव नहीं हो पायेगा क्योंकि गरीब किसान अवनलिका अपरदन से प्रभावित खेतों को कृषि से स्वेच्छया रिटायर करने के लिए तैयार नहीं होगे क्योंकि उनके पास रोजी-रोटी के लिए अन्य वैकल्पिक स्रोत नहीं है। यह योजना तभी सफल हो सकती है जबकि सरकार की ओर से किसानों को तब तक आर्थिक मुआवजा (Economic Compensation) दिया जाना चाहिए जब तक उनकी जमीन भूमि-संचरण एवं सुधार की योजनाओं के अन्तर्गत रहती है। सवाल उठता है कि, क्या विकासशील देशों में सरकार इतने बड़े अतिरिक्त आर्थिक बोझ का वहन कर सकेगी? क्या किसान मृदा-अपरदन से पीड़ित अपने खेतों को सक्रिय कृषि से रिटायर करने के स्वेच्छा से राजी होंगे। इन तथा ऐसे अन्य प्रश्नों का आर्थिक कारणों से उत्तर देना सम्भव नहीं है। पुनश्च, विकासशील देशों में अधिकांश किसान रूढ़िवादी होते हैं तथा किसी भी नयी योजना को कार्यान्वित करने के लिए जल्दी तैयार नहीं होते हैं।

(9) विस्तृत पहाड़ी ढालों पर, जिन्हें वन-विनाश द्वारा साफ कर दिया गया है वनरोपण (Forestation) द्वारा मृदा-अपरदन को सफलता के साथ रोका जा सकता है। वनरोपण की योजना तभी सफल हो सकती है जबकि

सरकारी एवं जनसाधारण दोनों का भरपूर सहयोग प्राप्त हो। **सामाजिक वानिकी** (Social Forestry) द्वारा भी प्रत्यक्ष एवं अप्रत्यक्ष रूप में मृदा के अपरदन को रोकने में सहायता मिलती है क्योंकि इस योजना के सफल होने पर वनों को बचाया जा सकता है क्योंकि जलावन के लिए वांछित लकड़ियां (Firewood) सामाजिक वनों से प्राप्त हो जायेंगी, साथ ही साथ इनमें चराई भी की जा सकती है।

यांत्रिक उपाय

मृदा-अपरदन की रोकथाम के यांत्रिक उपायों एवं तरीकों के अन्तर्गत जुताई, निराई, गुड़ाई, कृषि आदि की विभिन्न तकनीकों को सम्मिलित किया जाता है। इन तकनीकों का प्रयोग मुख्य रूप से ढलुआ भूमियों एवं पहाड़ी ढलानों पर धरातलीय प्रवाह की मात्रा, वेग तथा परिवहन क्षमता को कम करने एवं जल के मिट्टियों में अन्त: संचरण (Infiltration) को बढ़ाने के लिए किया जाता है। इस कार्य हेतु **समोच्च कृषि** (Countour Farming), **सीढ़ीदार खेत निर्माण** (Terracomg) तथा अवनलिका अपरदन की नियंत्रण विधियों का अनुसरण किया जाता है।

(1) **समोच्च कृषि** (Contour Farming) : 'ढलुआ धरामज पर प्राकृतिक समोच्च रेखाओं के सहारे जुताई, रोपण, कर्षण (Cultivation), झिराई (नालीदार जुताई-(Furrowing) आदि को सम्मिलित रूप से **समोच्च कृषि** कहते हैं' (A.N Strahler and A. H. Strahler, 1976)। उल्लेखनीय है कि ढालों के समानान्तर या ढालों की समोच्च रेखाओं के समानान्तर हल चलाकर जुताई करने से लम्बी-लम्बी कूंडों (Furrows) वाली नालियां बन जाती है जिनसे होकर वर्षा का जल आसानी से निचले ढाल की ओर प्रवाहित होने लगता है। परिणामस्वरूप, मिट्टियों का तेजी से अपरदन होने लगता है। इस तरह के मृदा-अपरदन को रोकने के लिए ढलुआ खेतों की ढाल की अनुप्रस्थ दिशा में जुताई की जानी चाहिए। इस तरह की जुताई (Ploughing) के कारण धरातलीय प्रवाह का वेग कम हो जाता है क्योंकि प्रत्येक कूंड़ (Furrow) में जल अवरूद्ध हो जाता है। वास्तव में ढालों की अनुप्रस्थ दिशा में जुताई के कारण ऊपरी ढाल से निचले ढाल तक कूंड़ों द्वारा कई छोटे-छोटे बांध बन जाते हैं जिस कारण वाही जल अवरुद्ध हो जाता है, खेतों में जलवर्षा का अधिकतम अन्त: संचरण होता है, धरातलीय प्रवाह में कमी हो जाती है, जलधारों एवं नलिकाओं (Rills) का निर्माण कम हो जाता है, परिणामस्वरूप नलिका अपरदन (Rill Erosion) द्वारा होने वाला मृदा-क्षय निहायत कम हो जाता है। ज्ञातव्य है कि इस तरह की

समोच्च कृषि की तकनीक उन्हीं क्षेत्रों में सफल हो सकती है जहां पर पहाड़ी ढाल तथा नदी के पार्श्व ढाल अधिक नहीं हैं तथा वर्षा सामान्य होती है। परन्तु यदि वर्षा अचानक तेज होती है तो कूंड़ों वाले अस्थायी बांध अचानक टूट कर बह जाते हैं तथा धरातलीय जल प्रवाह तेज गति से होने लगता है, परिणामस्वरूप मृदा-अपरदन में पहले से भी अधिक वृद्धि हो जाती है।

(2) **सहबद्ध मेंड़-निर्माण** (Tied-ridging) : मृदा-अपरदन को रोकने के लिए एक कारगर **यांत्रिक रक्षात्मक उपाय** (Mechanical Protective Device) हैं। इस विधि के तहत पहाड़ी ढालों की जुताई ढाल की दिशा के आर-पार (अनुप्रस्थ दिशा में) की जाती है जबकि मेड़ों का निर्माण ढाल की दिशा में तथा जुताई में निर्मित कूंड़ों (Furrows) के आर-पार किया जाता है। इस क्रिया के फलस्वरूप पहाड़ी ढालों पर स्थित खेत कई छोटी-छोटी बेसिनों में बंट जाते हैं जिस कारण वर्षा का जल इन बेसिनों में अवरुद्ध हो जाता है। परिणामस्वरूप, वाही जल का वेग निहायत कम हो जाता है और मृदा का अपरदन रुक जाता है या कम से कम घट तो अवश्य जाता है। इस तरह की तकनीक को संयुक्त राज्य अमेरिका में बेसिन लिस्टिंग कहते हैं।

(3) जलोढ़ मैदानी क्षेत्रों की नदियों के किनारे वाले भागों की यदि **क्रिस-क्रास** ढंग से जुताई की जाय तो घाटी-पार्श्व ढालों पर होने वाले तीव्र मृदा-अपरदन को काफी हद तक रोका जा सकता है। क्रिस-क्रास जुताई के अन्तर्गत पहले खेतों को ढाल की दिशा में (नदी के किनारे से जलधारा के लम्ब रूप में) जोता जाता है और बाद में ढाल के आर-पार जोता जाता है। इस क्रिया के कारण जुताई से बनने वाले लम्बे-लम्बे कूंड़ नष्ट हो जाते हैं जिस कारण कूंड़ों से होकर बहने वाली नलिकाओं (Rills) का निर्माण नहीं हो पाता है। परिणामस्वरूप, मृदा-अपरदन में कमी हो जाती है।

(4) **सीढ़ीदार खेत निर्माण** (Terraching) या समोच्च मेंड़-निर्माण (Contour Bunding) विधि के अन्तर्गत पहाड़ी ढालों की सामान्य प्रवणता-दिशा के आर-पार समान तल वाली सीढ़ियां बनायी जाती हैं तथा इन सीढ़ियों या क्यारियों को चारों तरफ से मेड़ों से घेर दिया जाता है। इन मेड़ों के कारण वर्षा का जल छोटे-छोटे खेतों या क्यारियों में रुक जाता है तथा उसका मिट्टियों में अधिकतम अवशोषण होता है। वास्तव में इस तरह की **सीढ़ीदार कृषि** (Contour Farming) के दो प्रमुख उद्देश्य होते हैं-

(i) खेतों में वर्षा के जल को अधिक समय तक रोकना, तथा

(ii) मृदा के अपरदन को रोकना।

इस तरह की विधि उन क्षेत्रों में अधिक कारगर होती है जहां पर तीव्र ढाल एवं अधिक जलवर्षा के कारण तेज गति से अपरदन होता है, यथा–दक्षिणी–पूर्वी एवं दक्षिणी एशिया के पहाड़ी ढाल। रूमसागरीय भागों में भी इस तकनीक को अपनाया जाता है।

यहां पर सीढ़ीदार खेतों में जैतून एवं अंगूर की कृषि की जाती है। यहां पर सीढ़ीदार खेतों में जैतून एवं अंगूर की कृषि की जाती है। भारत के पहाड़ी प्रदेशों (हिमालय क्षेत्र, उ. पूर्वी पहाड़ी क्षेत्र, पश्चिमी घाट आदि) में **सीढ़ीदार कृषि** एक आम बात है। भारत के पहाड़ी क्षेत्रों में सीढ़ीदार खेतों को ऊपरी ढाल से आने वाले जल की अधिक मात्रा के कारण अपार क्षति हो रही है। मेड़ों का तेजी से कटाव हो रहा है। वास्तव में ढालों के ऊपरी भागों पर वन–विनाश के कारण **धरातलीय वाही जल** (Surface Runoff) में तेजी से वृद्धि हुई है जिस कारण निचले ढालों पर जल के आयतन एवं वेग में वृद्धि होने के कारण सीढ़ीदार खेतों को काफी नुकसान हो रहा है।

सीढ़ीदार खेतों को बनाते समय ढाल की प्रणतया एवं धरातलीय प्रवाह (Overland Flow) की जलीय विशेषताओं को ध्यान में रखना परमावश्यक है। सीढ़ियों को काफी पास–पास बनाना चाहिए ताकि धरातलीय जल प्रवाह के वेग को कम किया जा सके। तीव्र वर्षा के समय प्राप्त होने वाले जल के निष्कासन के लिए नालियों (Diversion Drains) का निर्माण किया जाना चाहिए ताकि अतिरिक्त जल के खेतों से बाहर निकाला जा सके एवं अत्यधिक वेगवान धरातलीय जल प्रवाह के प्रकोप से मृदा को बचाया जा सके एवं खेतों की मेड़ों को टूटने से रोका जा सके।

(5) **अवनलिका अपरदन का नियंत्रण** (Control of Gully Erosion) : *वृष्टि आस्फालन अपरदन* (Rain-Splash Erosion), वृष्टि घुलन (Rainwash) तथा चादरी अपरदन (Sheetwash) द्वारा वृहद् क्षेत्रों में मिट्टियों का क्षरण इस तरह मन्द गति से होता है कि यद्यपि, प्रति वर्ष लाखों टन उपजाऊ मिट्टियों का क्षय होता है परन्तु भूमि सतह का विच्छेदन एवं घर्षण (Dissection) न्यूनतम या नगण्य होता है जिस कारण खेतों में सदा कृषि के उपकरणों का प्रयोग हो सकता है तथा कृषि की प्रक्रिया जारी रहती है। इसके विपरीत अवनलिका अपरदन द्वारा यद्यपि कम मृदा का क्षय होता है परन्तु अत्यधिक विच्छेदन के कारण भूमि कई टुकड़ों में विभक्त हो

जाती है जिस कारण कृषि के उपकरणों का प्रयोग नहीं हो पाता है तथा कृषि कार्य भी रुक जाता है। वास्तव में यदि *नलिका एवं अवनलिका अपरदन* (Rill and Gully Erosion) को रोका न जाय तो इस प्रक्रिया के कारण विस्तृत भूभाग बंजरभूमि (Wasteland) तथा *उत्खात धरातल* (Badland Topography-ऊबड़ खाबड़ धरातल) में बदल जाता है।

अवनलिका अपरदन की रोकथाम एवं अवनलिका अपरदन से उत्पन्न बीहड़ क्षेत्रों (Ravine Lands) के सुधार के लिए निम्न उपाय कारगर होते हैं-

(i) मिट्टियों से निर्मित अवरोधक बांधों (Check Dams) द्वारा अवनलिकाओं (Gullies) में जल के प्रवाह-वेग को कम करना,

(ii) अवरोधक बांधों के पीछे अवसादों को रोकना,

(iii) प्रथम दो तरीकों से उत्पन्न परिणामों द्वारा जलमार्ग की ढाल प्रवणता में कमी होने से जल के प्रवाह-वेग में और कमी का होना। ज्ञातव्य है कि एक लम्बी अवनलिका के जलमार्ग को मिट्टी के कई बन्धों द्वारा अवरुद्ध किया जाता है, परिणामस्वरूप अवनलिका की घाटी में अवसादों के जमाव से उसके जलमार्ग की ढाल प्रवणता कम हो जाती है,

(iv) अवनलिका के शीर्ष के भाग के ढाल को कम करना,

(v) अवनलिका की घाटी की दीवालों को घासों, झाड़ियों एवं वृक्षों के रोपण द्वारा स्थायी करना,

(vi) लोहे की जालियों में पत्थर के छोटे-बडे टुकड़ों को डालकर अवनलिका के शीर्ष भाग पर इन जालियों को थमाना ताकि अवनलिका द्वारा होने वाले शीर्षवर्ती अपरदन (Headward Erosion) को रोका जा सके,

(vii) दो अवनलिकाओं के मध्य स्थित भागों को कृषि के रिटायर करना (कृषि-कार्य का स्थगन करना) तथा शेष क्षेत्रों पर झाड़ियों एवं वृक्षों तथा घासों का रोपण करना आदि।

भारत के कई भागों (हिमालय के पदस्थलीय क्षेत्र, गंगा मैदान के दक्षिणी भाग एवं प्रायद्वीपीय पठार के उत्तरी अग्र देश के मध्य स्थित आवान्तर प्रदेश, पूर्वी तटीय मैदान, पश्चिमी घाट, नदियों के तटवर्ती भाग तथा वन-विनाश से प्रभावित पहाड़ियों के निचले भाग आदि) में अवनलिका अपरदन तथा रैवीनेशन की समस्या अत्यन्त भयावह एवं खतरनाक रूप ले चुकी है। जिस खतरनाक दर से अवनलिका अपरदन हो रहा है उससे क्षेत्र विशेषज्ञ की न केवल जलीय दशाओं में परिवर्तन हुआ है अपितु, कृषि को भारी क्षति हुई है और हो रही हैं अतः इस समस्या से

निपटने के लिए आपातकालीन स्तर (Emergency Level) पर प्रयास किया जाना चाहिए। वास्तव में भारत में रैवाइन अपरदन, रैवाइन प्रबन्धन तथा रैवाइन सुधार सामाजिक समस्या हैं (M. Haigh, 1984)। इन समस्याओं से निपटने के लिए आम जनता का सहयोग मिलनां अत्यावश्यक है। भारत में आम जनता में पर्यावरण बोध की कमी, गरीबी, भूमि के स्वामित्व, खेतों का छोटे-छोटे टुकड़ों में विखण्डन, किसानों एवं सरकारी कर्मचारियों के मध्य सही तथा नजदीकी सम्पर्क के अभाव आदि के कारण मृदा-अपरदन की रोकथाम तथा भूमि सुधार के उपायों का प्रभावी एवं कारगर ढंग से कार्यान्वयन नहीं हो पा रहा है।

- मनुष्य एवं मृदाओं के मध्य अन्तर्सम्बन्धों के विगत इतिहास का विवरण, समय के परिवेश में मिट्टियों के गुणों एवं विशेषताओं में हुए परिवर्तनों की विधाओं को समझने में सहायक हो सकता है। इसी तरह मृदा-परिच्छेदिका के विकास एवं सम्बर्द्धन के ऐतिहासिक अध्ययन से मिट्टियों के अध्ययन में तीन तरह से सहायता मिलती है-

(i) वर्तमान मिट्टियों में मानव-जनित गुणों एवं विशेषताओं के विकास की प्रक्रिया के निर्धारण में,

(ii) विभिन्न मृदा-निर्माणक प्रक्रमों के कार्य करने की दर के अभिनिर्धारण में, तथा

(iii) भविष्य में मिट्टियों के विभिन्न गुणों में सम्भावित परिवर्तनों के पूर्वानुमान में। उल्लेखनीय है कि कृषि के उद्देश्य से खेतों की जुताई, मृदा-परिच्छेदिका के विभिन्न स्तरों में मिट्टी के संघटक तत्वों के पुनर्वितरण तथा संमागीकरण (Homogenization) में एक प्रक्रम में कार्य करती है। S.Trudgill (1981) के अनुसार बिना जुती हुई उच्चस्थलीय खरिया मिट्टी के गहरे भूरे रंग वाले 'A' स्तर में ह्यूमस तत्व अधिक होता है (8-14 प्रतिशत जैविक कार्बन) जबकि जुती खरिया मिट्टी मे ह्यूमस तत्व कम होता है (मात्र 2-3 प्रतिशत जैविक कार्बन) क्योंकि जुताई के कारण स्तर में केन्द्रित अधिक ह्यूमस तत्व का मृदा-परिच्छेदिका के सभी स्तरों में विवरण हो जाता है। इसके विपरीत बिना जुती हुई उच्चस्थलीय खरिया मिट्टी के 'A' स्तर में कैल्सियम कार्बोनेट की मात्रा कम होती है। (15-20 प्रतिशत) परन्तु जुताई के बाद यह मात्रा बढ़ कर 68 से 90 प्रतिशत तक हो सकती है क्योंकि जुताई के कारण मृदा-परिच्छेदिका के निचले स्तर से तथा मृदा के नीचे स्थित भाग से कैल्सियम कार्बोनेट ऊपरी भाग में आ जाते हैं।

मृदा-परिच्छेदिका के निर्माण की दर के आकलन के लिए S..Trudgil ने दो विधियां बतायी हैं-

(i) मिट्टियों में सुरक्षित पौधों के पराग (Pollen) के आधार पर 'पोलेन विश्लेषण' (Pollen analysis) की सहायता से नीचे दबे मृदों-स्तरों (Soil Horizons) का तिथि निर्धारण (Dating)। इसके अलावा C14 विधि से भी तिथि निर्धारण किया जाता है।

(ii) किसी ज्ञात बिन्दु से प्राप्त ऐतिहासिक प्रमाणों के आधार पर मृदा-विकास की दरों का आकलन (अकृषित भाग को, नमूने के लिये, चारों तरफ से घेर दिया जाता है तथा इस भाग में मृदा-विकास का अध्ययन किया जाता है)। युनाइटेड किंग्डम में खनिजों एवं जैविक तत्वों में परिवर्तनों के सन्दर्भ में मिट्टी के विकास तथा सम्बर्द्धन की दर के आकलन के लिये दो विभिन्न क्षेत्रों में दो विशिष्ट अध्ययन किये गये हैं। (K. Crabtree तथा E. M. Maltby (1975 तथा 1976) ने एक्समूर क्षेत्र में 1833 से 1974 तक मृदा-परिच्छेदिका में जैविक तत्वों के विकास का अध्ययन किया है। इनके अध्ययन से प्राप्त परिणामों से विदित हुआ है कि जैविक तत्वों में 1833 (20 ग्राम प्रति वर्ग मीटर प्रतिवर्ष)से 1974 (50-100 ग्राम प्रति वर्ग मीटर प्रतिवर्ष) तक अत्यधिक वृद्धि हुई है। R. D. Green (1968) ने Rommey Marsh (विभिन्न समयों में जिसका सागर से पुनरावर्तन (Reclamation) किया गया है, पुनरावर्तन का कार्य 9वीं सदी से प्रारम्भ हुआ था) की मिट्टियों का अध्ययन किया है। इन्होंने अपने अध्ययन के द्वार। यह प्रतिपादित किया है कि **कैशियमहरण** या **विकैलसीकरण** (Decalcification, चूना की मात्रा का कम होना) मृदा-विकास का प्रमुख प्रक्रम है। इन अध्ययनों के परिणामों से यह स्पष्ट हो जाता है कि मनुष्य द्वारा बाह्य दशाओं में किये जाने वाले परिवर्तनों के फलस्वरूप मिट्टियों मे स्थित कतिपय खनिजों की तुलना में जैविक तत्वों में तेज गति से परिवर्तन होते हैं।

कृषि-कार्य तथा कृषि की तकनीक मृदा-परिच्छेदिका के प्रक्रमों एवं मिट्टी के गुणों एवं विशेषताओं को प्रभावित करती हैं। कृषि में आधुनिक प्रौद्योगिकी के प्रयोग (यथा-भारी तथा बड़े आकार वाली मशीनों का प्रयोग) के कारण मिट्टी की संरचना में कुछ खास दशाओं में (यथा-गीली सिल्ट मिट्टी) सघनता (Compaction) के माध्यम से पर्याप्त परिवर्तन हो जाते हैं। बड़े पशुओं द्वारा चरागाहों की आवश्यकता से अधिक चराई (Overgrazing) के कारण तर (Wet) मिट्टियों

की संरचना में ह्रास होता है। ज्ञातव्य है कि मिट्टियों में जैविक पदार्थों की मात्रा में वृद्धि होने से मृदा-समष्टि (Soil Aggregates) की स्थिरता बढ़ती है। मिट्टियों में जैविक तत्वों की मात्रा दो कारणों से अधिक महत्वपूर्ण होती है-

(i) मनुष्य द्वारा मिट्टियों में निवेशित प्रदूषकों (Pollutants) को जैविक पदार्थ आत्मसात् कर लेते हैं तथा उन्हें (प्रदूषकों को) कम हानिकारक बना देते हैं तथा

(ii) मिट्टियों में मौजूद जैविक पदार्थ जीवों की वृद्धि में सहायक होते हैं। बदले मे ये जीव कुछ खास प्रकार के मृदा-प्रदूषकों (Soil Pollutants) को नियोजित कर सकते हैं।

मनुष्य द्वारा मिट्टियों में निवेशित प्रदूषकों में अग्रलिखित प्रदूषक अधिक महत्वपूर्ण हैं-कीटनाशक रसायन (Pesticides, फसलों के लिये हानिकारक कीड़ों को मारने के लिये) तथा शाकनाशी रसायन (Herbicides, फसलों के लिये हानिकारक तथा अवांछित पौधों को नष्ट करने के लिये)। मनुष्य द्वारा प्रयोग किये जोनेवाले पेस्टीसाइड्स तथा हर्बीसाइड्स को दो श्रेणियों में विभक्त किया जाता है-

(i) वे पेस्टीसाइड्स तथा हर्बीसाइड्स जो मिट्टियों में रहने वाले जीवों द्वारा वियोजित (Decompose) कर दिये जाते हैं तथा मृदा-परिच्छेदिकाओं में आत्मसात (Absorb) कर लिये जाते हैं तथा

(ii) वे जो वियोजित नहीं हो पाते हैं बल्कि मिट्टियों में बने रहते हैं तथा जिनका सान्द्रण (Concentration) बढ़ता जाता है। इस प्रकार के कीटनाशी एवं शाकनाशी रसायन मिट्टियों के लिये हानिकारक होते हैं तथा ये मिट्टियों की रासायनिक संरचना को ही बदल देते हैं। इसके विपरीत उपर्युक्त प्रथम प्रकार के पेस्टीसाइड्स एवं हर्बीसाइड्स का वियोजित होने पर, कुछ भाग का पौधों के माध्यम से **'आहार श्रृंखला'** (Food chains) में प्रवेश हो जाता है तथा कुछ भाग जलीय प्रक्रमों द्वारा बहकर नदियों तथा झील में पहुंच जाता है।

पेस्टीसाइड्स एवं हर्बीसाइड्स के अलावा कुछ भारी धातुओं के प्रदूषक भी होते हैं (यथा-जस्ता, तांबा, पारा, कैंडमियम, क्रोमियम आदि) जो प्राकृतिक स्रोतों (चट्टानों) तथा मानव-निर्मित स्रोतों (अयस्कों या कच्ची धातुओं का खनन तथा कुछ खनिजों का फसलों के लिये प्रत्यक्ष प्रयोग यथा-जस्ता/जिंक) से मृदा-परिच्छेदिकाओं में पहुंचते हैं। ये ठोस पदार्थ मृदा में रहने वाले जीवों द्वारा वियोजित नहीं हो पाते हैं तथा मिट्टियों में अपेक्षाकृत अघुलनशील होते हैं। परिणामस्वरूप ये जलीय प्रक्रमों द्वारा घोल रूप में नदियों तथा झीलों में नहीं पहुंच पाते हैं बल्कि

ये मिट्टियों में बने रहते हैं। इस तरह मिट्टियों में इनकी मौजूदगी तथा इनके सान्द्रण (Concentration) के कारण मिट्टियां दूषित (Contamillnate) हो जाती हैं तथा इनके गुणों में परिवर्तन हो जाता है।

मनुष्य द्वारा मिट्टियों में मिलाये गये ठोस तत्वों का वियोजन मृदा-परिच्छेदिकाओं में अम्लीय तथा क्षारीय तत्वों की उपस्थिति या अनुपस्थिति द्वारा प्रभावित एवं नियंत्रित होता है। भारी धातुयें प्राय: मिट्टियों में स्थित अम्लीय तत्वों द्वारा वियोजित होती हैं। इस प्रकार भारी ठोस पदार्थ वियोजित होने पर घोल रूप में बदल जाते हैं। इनका कुछ भाग पौधों द्वारा **'जड़ परासरण'** (Root Osmosis) के माध्यम से ग्रहण कर लिया जाता है तथा यह अन्तत: **'आहार-श्रृंखला'** में पहुंच जाता है जबकि कुछ भाग जलीय प्रक्रमों द्वारा बहा लिया जाता है तथा अन्तत: झीलों तथा नदियों तक पहुंच जाता है। इसके विपरीत मृदा-परिच्छेदिकाओं में स्थित क्षारीय तत्व ठोस धातुओं को घुलाने में समर्थ नहीं होते हैं। उल्लेखनीय है कि पौधों की वृद्धि के लिये मिट्टियों में कुछ ठोस तत्वों, यथा-तांबा, जस्ता, गंधक आदि का सीमित मात्रा में रहना आवश्यक होता है। जब तक मिट्टियों में इन तत्वों की मात्रा जायज सीमा या अनुमान्य सीमा (Permissible Limit) के अन्दर होती है तब तक ये तत्व प्रदूषक (Pollutants) नहीं होते हैं परन्तु इनकी मात्रा जैसे ही अनुमन्य सीमा से अधिक हो जाती है, ये मृदा-परिच्छेदिका तथा पौधों की वृद्धि के लिये क्षतिकारक हो जाते हैं। मिट्टियों में निकल, शीशा, पारा, क्रोमियम, कैडमियम आदि की उपस्थिति वांछनीय नहीं होती है क्योंकि ये तत्व निसन्देह प्रदूषक होते हैं तथा मृदा-परिच्छेदिका को दूषित एवं अवनयित (Degrade) कर देते हैं।

खाद्यान्नों के अधिकाधिक उत्पादन के लिये मिट्टियों को उर्वर (Fertile) बनाने हेतु रासायनिक खादों का प्रयोग दिन-प्रतिदिन बढ़ता जा रहा है। यद्यपि, आर्थिक तथा सामाजिक दृष्टि से कृषि में रासायनिक खादों का प्रयोग न केवल वांछनीय है वरन् आवश्यक भी है परन्तु इनका प्रयोग स्थान विशेष की मिट्टियों के गुणों तथा विशेषताओं और इन खादों को आत्मसात् करने की मिट्टियों की क्षमता की परख एवं जानकारी के पश्चात काफी सूझ-बूझ के साथ करना चाहिए। उदाहरण के लिए, पौधों की वृद्धि के लिये नाइट्रेट अति आवश्यक होती है परन्तु चूंकि नाइट्रोजन घुलनशील होती है तथा अपक्षालन (Leaching) द्वारा आसानी से नीचे चली जाती है, अत: मिट्टियों में इसका कितनी मात्रा में उपयोग किया जाना चाहिए, इसका निर्धारण मिट्टियों की संरचना के अनुसार किया जाना चाहिए। ढीली, बड़े कणों वाली तथा सुप्रवाहित (Well Drained) मिट्टियों (यथा-रेतीली मिट्टी) में यदि नाइट्रोजन का प्रयोग आवश्यकता से अधिक किया जाता है तो नाइट्रोजन के अधिक

भाग का क्षय हो जाता है(तथा पौधों के लिए स्वल्प मात्रा में ही सुलक्ष हो पाती है) क्योंकि यह जल में शीघ्र ही घुल जाती है तथा जल के साथ अन्यत्र गमन कर जाती है। इसके विपरीत फास्फेट मिट्टियों में आत्मसात् हो जाता है तथा उसका सान्द्रण बढ़ता जाता है परन्तु यह पौधों के लिए कम मात्रा में ही सुलभ हो पाता है। लोहा, एल्युमिनियम या मैंगनीज तत्वों से युक्त अम्लीय मिट्टी फास्फेट के रिथरीकरण (Fixation) को बढ़ावा देती है जबकि क्षारीय मिट्टी कैलसियम फास्फेट के घुलन को कम करती है। इन प्रक्रियाओं के कारण मृदा-परिच्छेदिकाओं के ऊपरी स्तर में फास्फेट का सान्द्रण (Concentration) होता है परन्तु इसका मिट्टियों की उत्पादकता पर कम ही असर होता है। इसके विपरीत नाइट्रेट्स का अपक्षालन (Leaching) तथा उनका नदियों एवं झीलों में गमन अति हानिकारक होता है क्योंकि इनके द्वारा अवांछित पौधों में आशातीत वृद्धि होती है जिस कारण जलीय जीवों पर प्रतिकूल प्रभाव पड़ता है।

यदि धरातल पर वनस्पति के आवरण में पौधों की जातियों (Species) में परिवर्तन द्वारा परिवर्तन होता है तो मृदा-परिच्छेदिकाओं के रासायनिक गुणों में रूपान्तर हो जाता है। उल्लेखनीय है कि मनुष्य के क्रियाकलापों के मृदा-परिच्छेदिकाओं के प्रक्रमों एवं मिट्टियों के गुणों तथा विशेषताओं पर दुष्प्रभाव के बावजूद मानव समाज के लिए आधारभूत संसाधन के रूप में मिट्टियों के महत्व को नकारा नहीं जा सकता।

स्मरणीय है कि अन्तर्जात बलों के द्वारा उत्पन्न अधिकांश स्थलाकृतियां जैविक समुदायों के लिए अनुकूल आवास होती हैं और इस तरह मध्य स्तरीय पारिस्थितिक तंत्रों की रचना होती है (यथा-पर्वत पारिस्थितिक तंत्र, झील पारिस्थितिक तंत्र आदि। इसी तरह वहिर्जात प्रक्रमों द्वारा अपरदन एवं निक्षेप से उत्पन्न स्थलाकृतियां भी जैविक समुदायों के लिए मध्य तथा लघुस्तरीय आवास होती हैं।

वायुमण्डलीय संघटक

वायुमण्डल जीवमण्डल का एक महत्वपूर्ण संघटक है क्योंकि जीवमण्डल में विभिन्न जीवों के अस्तित्व एवं निर्वाह के लिए सभी आवश्यक गैसें इसी वायुमण्डल से ही मिलती है। वायुमण्डल में स्थित कतिपय गैसें (यथा ओजोन) सौर्यिक विकिरण तरंगों को छान कर ही धरातल पर आने देती हैं। इस प्रकार ये गैसें सूर्य की पराबैंगनी विकिरण तंरगों (Ultraviolet Radiation Waves) को बीच में ही रोक लेती हैं तथा धरातल को अति गर्म होने से बचाती हैं। अतः वायुमण्डल की संरचना तथा संघटक एवं मौसम तथा जलवायु के तत्वों का संक्षिप्त अध्ययन आवश्यक है।

वायुमण्डल विभिन्न गैसों का एक आवरण है जो पृथ्वी को चारों ओर से घेरे हुए है तथा गुरुत्वाकर्षण बल के द्वारा पृथ्वी से आबद्ध है। वायुमण्डल की ऊंचाई का आंकलन समुद्र तल से 16 से 29 हजार किमी. के बीच किया गया है। ऐसा विश्वास किसा जाता है कि प्रभावी वायुमण्डल का 97 प्रतिशत भाग लगभग 29 किमी. की ऊंचाई तक आ जाता है।

वायुमण्डल की रचना मुख्य रूप से– (i) गैसों, (ii) जलवाष्प तथा (iii) धूलकणों से हुई है। नाइट्रोजन तथा ऑक्सीजन प्रमुख गैसें हैं जो वायुमण्डल के समस्त गैसीय संघटन के क्रमशः 78 प्रतिशत तथा 21 प्रतिशत का प्रतिनिधित्व करती है। शेष एक प्रतिशत में कार्बन डाइऑक्साइड (0.03 प्रतिशत), हाइड्रोजन, नियान, हीलियम, ऑर्गन, जेनान, ओजोन आदि सम्मिलित है। वायुमण्डल में जलवायु में जलवाष्प की मात्रा शून्य से 5 प्रतिशत के मध्य होती है। वायुमण्डलीय की प्राप्ति जलाशयों, वनस्पतियों तथा मृदाओं के जल तथा नमी के वाष्पीकरण द्वारा होती है। वायुमण्डल में जलवाष्प की मात्रा भूमध्य रेखा से ध्रुवों की ओर घटती जाती है। वायुमण्डलीय जलवाष्प के कारण ही संघनन (Condensation) तथा वर्षण (Precipitation) के विभिन्न रूप (यथा–बादल, कोहरा, पाला, जलवर्षा, ओस, हिम, ओला हिमपात आदि सम्भव हो पाते हैं। स्मरणीय है कि जलवाष्प प्रवेशी सौर्यिक विकिरण तरंगों के लिए पारदर्शक होती है अतः सौर्यिक विकिरण के लिए जलवाष्प बाधक नहीं होती है परन्तु यह पृथ्वी से होने वाले विकिरण (बहिर्गामी दीर्घ तंरग पार्थिव विकिरण) के लिए कम पारदर्शक होती है अतः यह धरातल तथा निचले वायुमण्डल को गर्म करने में मदद करती है। वायुमण्डल में स्थित ठोस कणों (Solid Particulates) के अन्तर्गत धूलिकण, नमक के कण आदि को सम्मिलित करते हैं। ये कण सौर्यिक विकिरण के प्रकीर्णन (Scattering) में सहायता करते हैं। इसी प्रकीर्णन के कारण आकाश का नीला रंग, प्रातः कालीन ऊषा की लालिमा तथा गोधूलि के समय नयनाभिराम रंग सम्भव हो पाते हैं। नमक के कण आर्द्रता ग्राही नाभिक (Hygroscopic Nuclei) बनते हैं तथा जलबूदों, बादल तथा संघनन एवं वर्षण के विभिन्न रूपों के निर्माण में सहायता करते हैं।

तापक्रम, वायुदाब तथा विभिन्न गैसों के विभिन्न संयोगों के आधार पर वायुमण्डल में सागर तल से ऊपर की ओर निम्न मण्डल पाये जाते हैं–

(1 परिवर्तन मण्डल या क्षोभ मण्डल (Troposhere),

(2) समताप मण्डल (Stratosphere),

(3) मध्यमण्डल (Mesosphere),

(4) आयन मण्डल (Ionosphere) तथा

(5) आयतन मण्डल (Exosphere)।

वायुमण्डल की सबसे निचली परत को परिवर्तन मण्डल या क्षोम मण्डल कहते हैं। यह मण्डल जीवमण्डलीय परिस्थितिक तंत्र के लिए सर्वाधिक महत्वपूर्ण है क्योंकि मौसम सम्बन्धी सारी घटनायें (यथा-कुहरा, बादल, ओस, पाला, ओला 'तूफान' मेघ गर्जन, वर्षा आदि) इसी परिवर्तन मण्डल में घटित होती हैं। इस मण्डल में तापमान ऊंचाई के साथ प्रति 1000 मीटर पर 6.5 डिग्री सेण्टीग्रेड की दर से घटता जाता है। इसे सामान्य ताप पतन दर (Normal Lapse Rate) कहते है। यद्यपि, परिवर्तन मण्डल की ऊंचाई में भूमध्य रेखा से धुव्रों की ओर (ऊंचाई घटती है) तथा वर्ष के विभिन्न मौसमों में परिवर्तन होता रहता है तथापि इसकी औसत ऊंचाई भूमध्य रेखा पर 16 किमी. तथा ध्रुवों पर 6 किमी होती है। परिवर्तन मण्डल की ऊपरी सीमा को **ट्रोपोपास** (Tropopause) कहते है। परिवर्त मण्डल के ऊपर दूसरी परत को **समताप मण्डल** कहते हैं। यद्यपि इस मण्डल की ऊंचाई कि विषय में मतान्तर है परन्तु इसकी औसत ऊंचाई 50 किमी तक बतायी जाती है। इसकी ऊपरी सीमा को स्ट्रैटोपास (Stratopause) कहते हैं। इस मण्डल के निचले भाग में 15 से 30 किमी. की ऊंचाई के बीच ओजोन गैस की बहुलता पायी जाती है। इस ओजोन बहुल मण्डल को ओजोनमण्डल (Ozonosphere) कहते हैं। ओजोन गैस जीवमण्डलीय पारिस्थितिक तंत्र के जीवों (पादप, मानव सहित जन्तु तथा सूक्ष्म जीव) के लिए अति महत्वपूर्ण है क्योंकि यह गैस सौर्यिक विकिरण की पराबैंगनी किरणों (Ultraviolet Rays) सोख लेती हैं तथा उन्हें भूतल तक नहीं पहुंचने देती है तथा भूतल को अधिक गर्म होने से बचाती है। वर्तमान समय में मनुष्यः के क्रियाकलापों के कारण ओजोन के सान्द्रण में न्यूनता आ रही है।

मध्यमण्डल का विस्तार 50 किमी. (सागर तल से) से 80 किमी. के बीच पाया जाता हैं। इस मण्डल में तापमान ऊंचाई के साथ घटता है तथा मध्यमण्डल की सबसे ऊपरी सीमा (सागर-तल से 80 किमी.) जिसे मेसोपास (Mesopause) कहते हैं, पर तापमान 80 डिग्री सेण्टीग्रेड के ऊपर स्थित है। इस मण्डल में ऊंचाई के साथ तापमान में तेजी से वृद्धि होती है। तापमण्डल को पुनः दो उपमण्डलों में विभक्त किया गया है-

(अ) आयन मण्डल

(ब) आयतन मण्डल।

सूर्य एक वृहत्तम प्राकृतिक इंजन है जो भूतल पर पवन, सागरों एवं महासागरों में धाराओं एवं लहरों तथा अनाच्छादनात्मक प्रक्रमों (नदी, हवा, सागरीय तंरग, हिमनद आदि) को चालित करता है तथा जीवमण्डल में विभिन्न प्रकार के जीवों का जीवन

सम्भव बनाता है। यद्यापि पृथ्वी सूर्य के विर्कीण ऊर्जा का स्वलपांश (1/2 अरबवां भाग) ही प्राप्त कर पाती है परन्तु यह स्वलप ऊर्जा भी जीवमण्डल में विभिन्न जीवों के भरण-पोषण तथा निर्वाह के लिए पर्याप्त है। जी.टी. ट्रीवार्था के अनुसार लघु तरंगों के रूप में संचारित (तंरग लम्बाई 1/250 से 1/6700 मिलीमीटर) और 1,86,000 मील (3,00,000 किमी.) प्रति सेकेण्ड की गति से भ्रमण करती हुई सूर्य से प्राप्त ऊर्जा को सौर्यिक विकिरण या सूर्याताप (Insolation) कहते हैं। सूर्य से ऊर्जा का उत्सर्जन विद्युत चुम्बकीय विकिरण (Electroınagnetic Radiation) के रूप में होता है। इस विद्युत चुम्बकीय विकिरण में विभिन्न तंरग-लम्बाई के चार वर्ग होते हैं-

(1) **पराबैंगनां तरंग या किरण** (Ultraviolet Waves of Rays) के अन्तर्गत लघुतम तंरग लम्बाई को सम्मिलित करते हैं (यथा-गामा किरण, एक्स किरण आदि);

(2) **दृश्य प्रकाश किरणें** (Visible Light Rays) के अन्तर्गत बैंगनी, नीली, हरी तथा पीली किरणों को सम्मिलित किया जाता है जो सूर्य से विकर्ण कुल ऊर्जा के 41 प्रतिशत भाग का प्रतिनिधित्व करती हैं। इन किरणों की तंरग लम्बाई 0.4 से 0.7 माइक्रॉन के बीच होती है,

(3) **अवरक्त किरणें** (Infrared Ray) की तंरग लम्बाई 0.7 से 300 माइक्रान के बीच होती है। अवरक्त किरणें सौर्यिक स्पेक्ट्रम की समस्त ऊर्जा के 50 प्रतिशत भाग का प्रतिनिधित्व करती हैए तथा

(4) **दीर्घ तंरगें** (Long Waves) के अन्तर्गत माइक्रो वेव्स (सूक्ष्म तंरग), राडार तथा रेडियो तरंगों को सम्मिलित किया जाता है। इनकी तंरग लम्बाई 0.03 सेण्टीमीटर से 100 मीटर के बीच होती है।

यह विश्वास किया जाता है कि पृथ्वी की सतह तथा निचले वायुमण्डल में **ऊष्मा सन्तुलन** (Heat Balance) अवश्य होता है। पृथ्वी अपनी ऊर्जा का अधिकांश लघु तरंग के माध्यम से सूर्य से प्राप्त करती है। सूर्य से पृथ्वी की ओर विकीर्ण कुल ऊर्जा को 100 प्रतिशत या 100 इकाई मानते हैं। ज्ञातव्य है कि सूर्य से जितनी ऊर्जा विकीर्ण होती है उसका स्वाल्पांश (1/2 अरबवां भाग) ही पृथ्वी को प्राप्त हो पाता है क्योंकि वायुमण्डल द्वारा प्रकीर्णन तथा प्रत्यावर्तन के कारण सौर्यिक ऊर्जा का कुछ भाग शून्य में वापस लौट पाता है। लघु तरंग प्रवेशी सौर्यिक विकिरण का 35 प्रतिशत भाग प्रकीर्णन तथा प्रत्यावर्तन के माध्यम से शून्य में वापस चला जाता है (27% बादलों से प्रत्यावर्तित + 2% धरातल से प्रत्यावर्तित + 6% वायुमण्डल द्वारा प्रकीर्ण) तथा 51 प्रतिशत भाग भूतल द्वारा अवशोषित किया जाता है (14%

भाग विसरित दिव्य प्रकाश Diffuse Day light के रूप में तथा 34% प्रत्यक्ष विकिरण के रूप में) तथा 14 प्रतिशत वायुमण्डल द्वारा अवशोषित कर लिया जतïा है। पृथ्वी सौर्यिक ऊर्जा प्राप्त करने बाद गर्म होती है तथा दीर्घ तरंग के रूप में ऊर्जा का वायुमण्डल में विकिरण करती हैं 23 प्रतिशत ऊर्जा का धरातल से बहिगार्मी दीर्घ तरंग पार्थिव विकिरण द्वारा वायुमण्डल में प्रत्यक्ष रूप से गमन हो जाता है, 9 प्रतिशत ऊर्जा संवहन तथा विक्षोभ (Convection and Turbulence) के रूप में खर्च हो जाती है तथा 19 प्रतिशत ऊर्जा वाष्पीकरण के रूप में खर्च हो जाती है। इस तरह भूतल पर सौर्यिक विकिरण द्वारा जो 51 प्रतिशत ऊर्जा प्राप्त हुई थी वह पृथ्वी से विकरण, संवहन तथा परिचालन (Conduction) के माध्यम से वायुमण्डल तथा शून्य (Space) में वापस चली जाती हैं वायुमण्डल सौर्यिक विकिरण से अवशोषण द्वारा 14 प्रतिशत ऊर्जा तथा पृथ्वी से होने वाले विकिरण से 34 प्रतिशत ऊर्जा यानी कुल 48 प्रतिशत ऊर्जा प्राप्त करता है। इस सकल ऊर्जा का पुनः शून्य में गमन हो जाता है और इस तरह पृथ्वी तथा निचले वायुमण्डल में ऊष्मा का सन्तुलन बना रहता है। ज्ञातव्य है कि पृथ्वी तथा वायुमण्डल की ऊष्मा बजट तथा ऊष्मा संतुलन इतना सरल नहीं है जैसा कि ऊपर व्यक्त किया गया है वरन् यह अत्यन्त जटिल है।

जीवमण्डलीय पारिस्थितिक तंत्र में स्वपोषित (Autotrophic) प्राथमिक उत्पादक हरे पौधों के लिए सौर्यिक ऊर्जा अत्यन्त महत्वपूर्ण होती है क्योंकि ये हरे पौधे सूर्य प्रकाश का प्रयोग करके प्रकाशसंश्लेषण (Photosynthesis) विधि द्वारा अपना आहार निर्मित करते हैं। जीवमण्डल पृथ्वी के आन्तरिक भाग से भी कुछ ऊर्जा प्राप्त करता है। इस ऊर्जा का भूतापीय ऊर्जा (Geothermal Energy) कहते हैं। यह ऊर्जा पृथ्वी की समस्त ऊर्जा बजट का मात्र 0.02 प्रतिशत ही होती है।

पृथ्वी सूर्य से ऊष्मा ऊर्जा प्रत्यक्ष रूप से प्राप्त करती है परन्तु वायुमण्डल अपनी अधिकांश ऊर्जा पृथ्वी से (पार्थिव विकिरण से) प्राप्त करता है। वायुमण्डल का गर्म तथा ठंडा होना परिचालन (Conduction), संवहन तथा विकिरण की प्रक्रियाओं द्वारा सम्पादित होता है। ज्ञातव्य है कि वायुमण्डल प्रवेशी लघुतरंग सौर्यिक विकिरण के लिए प्रायः पारदर्शक होता है जो बाहर से सूर्य प्रकाश को अन्दर तो आने देती है परन्तु उस प्रकाश का कमरे से बाहर नहीं जाने देती है। इसी तरह वायुमण्डल सौर्यिक विकिरण तंरगों को भूतल तक तो आने देता है परन्तु धरातल से होने वाले दीर्घ तरंग बहिर्गामी पार्थिव विकिरण को बाहर जाने से रोकता है। वायुमण्डल के इस प्रभाव को हरितगृह प्रभाव (Greenhouse Effect) कहते हैं। वायुमण्डल का हरितगृह प्रभाव जितना बढ़ेगा, पृथ्वी पर उतना ही तापमान भी बढ़ेगा।

यह स्थिति पौधों तथा मानव सहित जन्तुओं के लिए हानिकारक होगी। वर्तमान समय में मानव-क्रियाकलापों द्वारा पृथ्वी तथा वायुमण्डल के ऊष्मा या विकिरण संतुलन में परिवर्तन तथा हरितगृह प्रभाव में वृद्धि हो रही है जिसका जलवायु एवं वनस्पति एवं जन्तुजगत पर दूरगामी दुष्प्रभाव होगा।

तापमान का स्थानिक वितरण जीवमण्डल में विभिन्न जीवन-रूपों के लिए अति महत्वपूर्ण होता है क्योंकि जलवायु के प्रकार, वनस्पति मण्डल, जन्तु तथा मानव जीवन तापमान के वितरण पर आधारित होते हैं। धरातल पर तापमान के विरण पर आधारित होते हैं। धरातल पर तापमान का स्थानिक वितरण कई कारकों द्वारा प्रभावित होता है यथा- आक्षांश या भूमध्य रेखा से दूरी, सागर-तल से ऊंचाई, सागर से दूरी, स्थल तथा जल का स्वभाव, भूतल के गुण, ढाल का स्वभाव, प्रचलित पवन, महासागरीय धारायें आदि। सागर-तल से ऊपर जाने पर तापमान ऊंचाई के साथ प्रति 1000 मीटर 6.5 डिग्री सेण्टीग्रेड की दर से घटता जाता है।

इसे सामान्य ताप पतन दर (Normal Lapse Rate) कहते हैं। ज्ञातव्य है कि तापमान के घटने की प्रवृत्ति परिवर्तन या क्षोभमण्डल तक ही सीमित होती है। तापमान के लम्बवत् वितरण की यह प्रवृत्ति पर्वतों पर (अर्थात् ऊंचाई पर) वनस्पतियों तथा जन्तुओं के जीवन को प्रभावित तथा नियंत्रित करती है। कभी-कभी ऊंचाई के साथ तापमान बढ़ता है। इस स्थिति को तापीय प्रतिलोमन या तापमान का प्रतिलोमन (Inversion of Temperature) कहते हैं। तापीय प्रतिलोमन जलवायु की दृष्टि से महत्वपूर्ण होते है। तापीय प्रतिलोमन के कारण **कुहरा** (जो कुछ फसलों यथा-कहवा तथा चाय के लिये लाभप्रद होता है परन्तु सरसों, अरहर, मटर, आलू आदि के लिये तथा यातायात एवं परिवहन के लिए हानिकारक होता है), तथा पाला (Frost- यह रेशेदार जड़ों वाली फसलों यथा-मटर, आलू आदि को नष्ट कर देता है) का आविर्भाव होता है तथा वायुमण्डल में स्थिरता (Stability) उत्पन्न हो जाती है। इस वायुमण्डलीय स्थिरता के कारण वायु के उपरिमुखी तथा अधोमुखी संचार का स्थग़न हो जाता है जिस कारण वर्षा की सम्भावना कम हो जाती है।

धरातल पर तापमान में भूमध्य रेखा से ध्रुवों की ओर जाने पर ह्रास होता जाता है। तापमान के क्षैतिज वितरण के आधार पर ग्लोब को तीन **ताप मण्डलों** (Temperature Zones) में विभक्त किया जाता है।

(1) **उष्ण कटिबन्ध**-कर्क ($23^{1/2}$ डिग्री उत्तरी अक्षांश) तथा मकर $23^{1/3}$ डिग्री दक्षिणी अक्षांश) के मध्य स्थित है। सूर्य की किरणों से वर्ष भर तापमान ऊंचा रहता है तथा भूमध्य रेखा के आस-पास शरद काल नहीं

होता है परन्तु कर्क तथा मकर रेखाओं के पास ग्रीष्म तथा शरद काल स्पष्ट रूप से परिलक्षित होते हैं।

(2) **शीतोष्ण कटिबन्ध** का विस्तार $23^{1/2}$ डिग्री से $66^{1/2}$ दोनों गोलार्द्धों में पाया जाता है। दिन तथा रात की अवधि (क्रमशः ग्रीष्म तथा शीतकाल में) लम्बी होती है परन्तु 24 घण्टे से अधिक नहीं होती है। वर्ष में ग्रीष्म तथा शीत दो ऋतुएं होती हैं। ग्रीष्मकाल तथा शरदकाल में तापान्तर अधिक होता है।

(3) **धुवीय कटिबन्ध** का विस्तार $66^{1/2}$ डिग्री तथा ध्रुव के मध्य दोनों गोलार्द्धों में पाया जाता है। वर्ष भर तापमान सदा निम्न बना रहता है क्योंकि सूर्य की किरणें अत्यधिक तिरछी हो जाती है। दिन तथा रात की अवधि अत्धयिक लम्बी होती है। ध्रुवों के पास तो 6 महीने का दिन तथा रात होती है।

भूतल पर वायुदाब के क्षैतिज तथा लम्बवत वितरण का जीवमण्डलीय पारिस्थितिक तंत्र के जीवों (वनस्पति तथा मानव सहित जन्तु) पर महती प्रभाव पड़ता है। वायु दाब प्रति क्षेत्रफल इकाई पर पड़ने वाला बल होता है। सागर-तल पर प्रति क्षेत्रफल इकाई (एक वर्ग इंच, एक वर्ग सेण्टीमीटर आदि) पर ऊपर स्थित वायुमण्डल की समस्त परतों के पड़ने वाले भार को ही वायुदाब कहा जाता है। वायुदाब को इंच, सेण्टीमीटर या मिलीबार में प्रदर्शित करते हैं। वायुदाब तथा तापमान में विलोम अनुपात होता है, अर्थात् यदि तापमान बढ़ता है तो वायुदाब घटता है तथा यदि तापमान घटता है तो वायुदाब बढ़ता है। दो स्थानों के वायुदाबों में अन्तर को **दाब प्रवणता** (Pressure Gradient) कहते हैं। इसी दाब प्रवणता के कारण पवन संचार होता है। भूतल पर वायुदाब की कुछ निश्चित पेटियां पायी जाती हैं यद्यपि, स्थल एवं जल के असमान वितरण (स्थलीय तथा जलीय भाग ग्लोच के समस्त क्षेत्रफल का क्रमशः 29 तथा 71 प्रतिशत भाग प्रदर्शित करते हैं) के कारण महाद्वीपों पर इन पेटियों की सतता भंग हो जाती है। ज्ञातव्य है कि विश्वस्तरीय वायुदाब की पेटियों का निर्माण तापीय तथा गतिक दोनों कारणों से होता है।

(1) **भूमध्य रेखीय निम्न वायुदाब की मेखला** ताप-जन्य होती है तथा इसका विस्तार भूमध्य रेखा के दोनों ओर 5° से 10° अक्षांक्षों के मध्य होता है।

(2) **उपोष्ण कटिबन्धीय मेखला** का निर्माण गतिक कारणों (ऊपर से हवा के नीचे उतरने के कारण) से होता है तथा इसका विस्तार 30° -35° अक्षांशों के बीच दोनों गोलार्द्धों में पाया जाता है।

(3) **मध्य अक्षांशीय या उप ध्रुवीय मेखला** भी गति जन्य होती है (पृथ्वी की धूर्णन गति के कारण) तथा इसका विसर 60°-65° अक्षांशों के बीच दोनों गोलार्द्धों में पाया जाता है।

(4) ध्रुवीय मेखला तापजन्य होती है तथा इसका विस्तार ध्रुवों के चारों ओर पाया जाता है।

स्थायी या ग्राहीय हवायें (Permanent or Planetary Winds) वर्ष भर प्राय: समवत रहती है। इन स्थायी हवाओं की ग्लोब पर तीन सुनिश्चित पेटियां पायी जाती हैं।

(1) **व्यापारिक पवन मेखला** का विस्तार 30° उ. से 30° द. अक्षांशों के बीच पाया जाता है जिसमें उत्तरी पूर्वी तथा दक्षिणी पूर्वी व्यापारिक हवायें प्रवाहित होती है। इन व्यापारिक हवाओं के अलावा भूमध्य रेखा के 5° उ. तथा 5° द. अक्षांशों के बीच विषुवतरेखीय पछवा हवा पश्चिम से पूर्व दिशा में प्रवाहित होती है। इन विषुवतरेखीय पछवा हवाओं के साथ वायुमण्डलीय तूफान तथा चक्रवात सम्बन्धित रहते हैं। इस मेखला को डोलड्रमा भी कहा जाता है। व्यापारिक हवाओं तथा विषुवत रेखीय पछवा हवाओं के सम्मिलित मण्डल को अन्तरा उष्ण कटिबन्धीय अभिसरण (Inter-Tropical Convergence- ITC) कहते है। इस अभिसरण मण्डल (ITC) की उत्तरी सीमा को उत्तरी अन्तरा उष्ण कटिबन्धीय अभिसरण (NTTC) तथा दक्षिणी सीमा को दक्षिणी अन्तरा उष्ण कटिबन्धीय अभिसरण (STTC) कहते है। अन्तरा कटिबन्धीय अभिसरण मण्डल (TTCZ) में मौसमी स्थानान्तरण होने के कारण मानसून जलवायु का आविर्भाव होता है।

(2) **पछवा हवाओं की मेखला** का विस्तार दोनों गोलार्द्धों में 30°-60° अक्षांशों के बीच पाया जाता है। उत्तरी गोलार्द्धों में द. प. पछवा हवा उत्तरी पूर्वी ध्रुवीय हवा के साथ मिलकर शीतोष्ण कटिबन्धीय चक्रवातों का निर्माण करती है। उ.प. में हवायें दक्षिणी गोलार्द्ध में सर्वाधिक गति प्राप्त करती हैं क्योंकि स्थल का अभाव तथा महासागरों का प्रभुत्व होता है। इन हवाओं की गति बढ़ने आक्षांश (दक्षिण की ओर जाने पर) के साथ बढ़ती जाती है। अत्यधिक तेज गति के कारण ये पछवा हवायें 40° दक्षिणी अक्षांश पर गरजती चालीसा (Roraring Forious Fifities) तथा 60° दक्षिणी आक्षांश पर चीखती साठा (Shneking Sixities) कहते हैं।

(3) ध्रुवीय वायु मेखला का विस्तार 60° तथा ध्रुव के बीच दोनों गोलार्द्धों में पाया जाता है।

वायुदाब तथा स्थायी वायु की मेखलाओं में मौसमी स्थानान्तरण होता रहता है जिस कारण कुछ विशिष्ट प्रकार की जलवायु का आविर्भाव होता है यथा- मानसूनी जलवायु, रूमसागरीय जलवायु आदिं स्थायी हवाओं के अलावा कुछ मौसमी (यथा- मानसून हवा); स्थानीय (यथा-चितूक तथा फान हवा-गर्म स्थानीय हवा, सिरॉको-गर्म तथा शुष्क हवा, हरमट्टान-शुष्क हवा, मिस्ट्रल–ठंडी ध्रुवीय हवा, बोरा–अति ठंडी हवा; ब्लिजर्ड–ठंडी ध्रुवीय हवा, लू–उत्तरी भारत की अति गर्म तथा शुष्क हवा); *स्थल तथा सागरीय समीर; पर्वत तथा घाटी समीर* आदि हवायें भी होती हैं जो विभिन्न प्रकार के विशिष्ट आवास क्षेत्र प्रस्तुत करते हैं तथा इन विशिष्ट आवासों से विशिष्ट प्रकार के पारिस्थितिक तंत्रों का आविर्भाव होता है।

विभिन्न प्रकार की आर्द्रता (Humidity) का जीवमण्डलीय तंत्र में विभिन्न प्रकार की वनस्पतियों तथा जन्तुओं के विभिन्न जीवन-रूपों के लिए पर्याप्त महत्व होता है। तापमान तथा सापेक्षिक आर्द्रता के विभिन्न संयोग (Combinations) पौधों, जन्तुओं तथा मानव समुदाय को बड़े पैमाने पर प्रभावित करते हैं। भूमध्यरेखीय प्रदेश में वर्ष भर उच्च तापमान तथा उच्च सापेक्षिक आर्द्रता रहती है। अत: यह क्षेत्र मानव के मानसिक एवं शारीरिक विकास तथा सामान्य स्वास्थ्य के लिए अनुकूल नहीं होता है। परन्तु यह क्षेत्र पौधों के विकास के लिए सर्वाधिक आदर्श दशायें प्रस्तुत करता है। यही कारण है कि उष्ण कटिबन्धीय वर्षा वन (Tropical Rainforests) में वनस्पति तथा जन्तुओं का सर्वाधिक विकास हुआ है तथा इस भाग का **वायोमास** अन्य क्षेत्रों की तुलना में बहुत अधिक है। उच्च तापमान तथा निम्न सापेक्षिक आर्दता वाले क्षेत्र (उष्ण मरुस्थलीय क्षेत्र) भी मानव के शारीरिक तथा मानसिक विकास तथा वनस्पतियों एवं जन्तुओं के विकास के लिए अनुकूल नहीं होते हैं। मध्यम तापमान तथा मध्यम आर्द्रता वाले क्षेत्र (शीतोष्ण कटिबन्धीय क्षेत्र) मानव समुदाय के विकास के लिए सर्वाधिक अनुकूल तथा आदर्श होते हैं। अति निम्न तापमान तथा अधिक आर्दता वाले क्षेत्र (ध्रुवीय क्षेत्र) मानव, वनस्पतियों तथा जन्तु सभी के लिए प्रतिकूल होते हैं।

जीवमण्डल में विभिन्न जैविक समुदायों के जीवन के लिए संघनन (Condensation) तथा वर्षण (Precipitation) के विभिन्न रूप (यथा-कुहरा, ओस, ओला, हिमपात, जलवर्षा पाला या तुषारपात आदि) अति महत्वपूर्ण भौगोलिक कारक हैं। जब संघनन धूलकणों या धुंए के चारों ओर सम्पन्न होता है तथा जल की बूदें

वायु में लटकी रहती हैं तो कुहरा (Fog) का निर्माण होता है। कुहरे के कारण वायुमण्डल में दृश्यता घट जाती है जिस कारण धरातल पर वायु में तथा सागरों में यातायात तथा परिवहन के लिए भारी समस्यायें पैदा हो जाती हैं। दृश्यता के आधार पर कुहरे को 4 प्रकारों में विभक्त किया जाता है–

(1) हल्का कुहरा (Light Fog, दृश्यता 1100 मीटर तक),

(2) मध्यम कुहरा (Moderate Fog, दृश्यता 1100–550 मीटर),

(3) घना कुहरा (दृश्यता–550 से 330 मीटर) तथा

(4) अति घना कुहरा (दृश्यता–330 मीटर से कम)।

जब कुहरे का सम्पर्क कारखाने की चिमनियों से निकले गंधक से हो जाता है तो कुहरा जहरीला एवं जानलेवा हो जाता है। इस तरह के जहरीले कुहरे को धूम कोहरा (Smog) या काला कोहरा कहते है। संयुक्त राज्य अमेरिका के पेन्शलवनिया प्रान्त की डोनोरा घाटी में इस तरह के जानलेवा जहरीले धूम कोहरे का निर्माण 26 अक्टूबर सन् 1948 में हुआ था जिस कारण 20 व्यक्ति कालकवलित हो गये तथा घाटी के समस्त आबादी के 43 प्रतिशत व्यक्ति खांसी एवं सांस के रोग से पीड़ित हो गये थे। इसी तरह के जहरीले कोहरे का निर्माण बेल्जियम की **म्यूस घाटी** में 1930 में (60 व्यक्ति मृत्यु के शिकार हुए) तथा 1952 में लन्दन नगर (4000 व्यक्तियों की मृत्यु हो गयी) में हुआ था।

बादल जल एवं हिम सीकरों (Water and Ice Droplets) के समूह होते हैं परन्तु इनका निर्माण कोहरे की तुलना में अधिक ऊंचाई पर होता है। बादलों का किसी भी क्षेत्र के मौसम तथा जलवायु पर अधिक प्रभाव होता है क्योंकि वर्षा की प्रवृत्ति तथा प्रकृति बादलों पर ही आधारित होती है। बादलों का 3 प्रमुख प्रकारों एवं 10 उप प्रकारों में विभाजित किया जाता है–

(1) **उच्च बादल** (High Clouds) सागरतल से 6000 से 12000 मीटर की ऊंचाई तक पाये जाते हैं। इन्हें पुनः 3 प्रकारों में विभक्त करते हैं यथा–

(i) पक्षाभ बादल (Cirrus Clouds) सबसे अधिक ऊंचाई पर पाये जाते हैं। ये साफ मौसम के द्योतक होते हैं;

(ii) पक्षाभ–स्तरी बादल (Cirro-Stratus Clouds) प्रायः सफेद रंग के होते हैं तथा आकाश में दूधिया रंग की एक पतली चादर के समान फैले रहते है। इनके आगमन पर चन्द्रमा तथा सूर्य के चारों ओर प्रभामण्डल (Halo) बन जाता है;

(iii) पक्षाभ कपासी बादल (Cirro-Cumulus Clouds) श्वेत रंग के होते हैं तथा छोटे गोलों के रूप में या लहरनुमा रूप में पाये जाते हैं।

(2) **मध्यम ऊंचाई के बादल** 2500 से 6000 मीटर की ऊंचाई पर पाये जाते हैं। इन्हें 2 उपप्रकारों में विभक्त करते हैं-

(i) **उच्चस्तरीय बादल** (Aulto-Stratus clould)-आकाश में लगातार रूप में फैले नीचे अथवा भूरे रंग की पतली चादर वाले बादलों को उच्चस्तरीय बादल कहते है;

(ii) **उच्च कपासी बादल** (Alto- Cumulus Cloud) पक्षाभ कपासी बादलों के समान ही गोलाकार रूप में पंक्तियों या लहरों में पाये जाते हैं।

(3) **निम्न बादल** (Low Clouds) सागरतल से 2500 मीटर की ऊंचाई तक पाये जाते हैं। इन्हें 5 उपप्रकारों में विभाजित किया जाता है–

(i) **स्तरीय कपासी बादल** (Strato-Cumulus Clouds) हल्के भूरे रंग के होते हैं तथा 2500 से 3000 मीटर की ऊंचाई तक बड़े-बड़े गोलाकार चकत्तों के रूप में पाये जाते हैं;

(ii) स्तरी बादल (Stratus Clouds) कोहरे के समान होते हैं तथा इनकी रचना कई समान परतों से होती है;

(iii) वर्षा स्तरी बादल (Nimbo-Stratus Clouds) धरातल के करीब पाये जाने वाले काले रंग के घने बादल होते हैं। इनसे खूब वर्षा होती है;

(iv) कपासी बादल (Cumulus Clouds) अधिक घने तथा विस्तृत होते हैं। ये प्रायः लम्बे रूप में होते हैं जिनका ऊपरी भाग गुम्दाकार या फल गोभी के समान होता है। ये बादल साफ मौसम के प्रतीक होते हैं।

(v) कपासी वर्षा बादल (Cumulo-Nimbus Clouds) अत्यधिक विस्तृत तथा गहरे बादल होते हैं। इनके साथ जलवर्षा, ओला तथा तड़ितझंझा (Thunderstoms) की अधिक सम्भावना रहती है।

जलवर्षा जीवमण्डलीय पारिस्थितिक तंत्र के सभी प्रकार के जीवों के लिए अति महत्वपूर्ण होती है। संघनन के लिए यह आवश्यक होता है कि हवा सम्पृक्त

(Saturate) हो और यह तभी सम्भव् होता है जबकि किसी निश्चित तापमान तथा आयतन वाली हवा की सापेक्षिक आर्द्रता (Relative Humidity) 100 प्रतिशत हो जाय। अर्थात् निश्चित तापमान वाली हवा की आर्द्रता धारण क्षमता (Mosture Retaining Capacity) तथा उसकी निरपेक्ष आर्द्रता (Abolute Humidity) बराबर हो जाय। यह ज्ञात तथ्य है कि तापमान में वृद्धि के साथ हवा की आर्द्रता धारण क्षमता भी बढ़ती है तथा तापमान में ह्रास होने पर इसमें भी ह्रास होता हैं अत: वर्षण के लिए आवश्यक होता है कि अमुक हवा ऊपर उठे क्योंकि जब हवा में उपरिमुखी संचरण होता है तो उस हवा का तापमान घटता है, उसकी आर्द्रता धारण क्षमता घटती है तथा सापेक्षिक आर्द्रता बढ़ती है। हवा तब तक ऊपर उठती है जब तक कि उसका संघनन स्तर (Condensation level) न प्राप्त हो जाय, अर्थात् हवा की सापेक्षिक आर्द्रता 100 प्रतिशत न हो जाय। इस स्थिति को प्राप्त हवा के सम्पृक्त हवा (Saturated Air) कहते है। जब हवा में संघनन हिमांक (Freezing Point) के नीचे होता है तो वर्षण (Precipitation) ठोस रूप (यथा-ओला, पाला या तुषार पात, हिमपात आदि) में होता है। परन्तु जब संघनन हिंमाग के ऊपर होता है तो वर्षण तरल रूप (यथा-जल वर्षा ओस, कोहरा आदि में होता है।

वायु के ऊपर उठने की क्रियाविधि के आधार पर जलवर्षा को तीन प्रकारों में विभक्त किया जाता है-

(1) **संवहनीय वर्षा** (Convectional Rainfall) उस समय होती है जबकि हवा धरातल के गर्म होने के कारण ऊपर उठती है। भूमध्य रेखीय क्षेत्रों की अधिकांश वर्षा संवहनीय वर्षा द्वारा ही प्राप्त होती है।

(2) **पर्वतीय वर्षा** (Orographic Rainfall) उस समय होती है जब हवा पर्वतीय अवरोध के कारण ऊपर उठती है, अत: यह वर्षा पर्वतों के सहारे होती है। यह स्थिति तभी सम्भव होती है जबकि पर्वतों की स्थितियां हवाओं के मार्ग की अनुप्रस्थ दिशा में होती है। पर्वत का **पवनमुखी ढाल** (Onward or Windard Slope) सर्वाधिक वर्षा प्राप्त करता है जबकि पवनमुखी ढाल (Rainshadow Ragion) कहा जाता है। विश्व की आधिकांश वर्षा पर्वतीय वर्षा के माध्यम से ही प्राप्त होती है। चूंकि पर्वत के दो ढालों पर वर्षा की मात्रा में विभिन्नता होने के कारण अन्य पर्यावरणीय दशायें भी भिन्न-भिन्न होती हैं अत: पर्वतों के पवनमुखी तथा पवनविमुखी ढालों पर परिस्थितिक तंत्रों की सामान्य विशेषताओं में भी भिन्नतायें होती हैं।

(3) **चक्रवातीय वर्षा** उस समय होती है जब एक वायु राशि दूसरी वायुराशि को ऊपर उठने के लिए बाध्य करती है। इस समय हवा ऊपर उठकर शीतल होकर वर्षा प्रदान करती है। शीतोष्ण : चक्रवात शीतोष्ण कटिबन्धीय क्षेत्रों में पर्याप्त वर्षा प्रदान करते हैं।

भूतल पर वर्षा का स्थानिक तथा कालिक वितरण अधिक महत्वपूर्ण होता है क्योंकि कि यह वनस्पतियों की प्रकृति तथा प्रकार को निश्चित करता है तथा बदले में वनस्पतियां जीवों की प्रकृति को निर्धारित करती है। वर्षण की मौसमी प्रवृत्ति के आधार पर **पैटरसन** ने विश्व को 15 वर्षीय मण्डलों में विभिक्त किया है।

(1) वर्ष भर वर्षा का मण्डल तथा अधिकतम वर्षा का मण्डल (7° उ. से द. अक्षांशों के बीच); (2 तथा 3) ग्रीष्मकालीन वर्षा तथा शुष्क शरद काल का वर्षा मण्डल (7° से 16° आक्षाशों के मध्य दोनों गोलार्द्धों में) (4 तथा 5 साधारण ग्रीष्मकालीन वर्षा का मण्डल (16° से 20° अक्षाशों के मध्य दोनों गोलाद्धों में), (6 तथा 7) सभी शुष्क मौसम का मण्डल 20° से 30° अक्षांशों के मध्य दोनों गोलार्द्धों में); (8 तथा 9) साधारण शरद कालीन वर्षा का मण्डल (30° से 35° अंक्षाशों के मध्य दोनों गोलार्द्धों में); (10 तथा 11) शुष्क ग्रीष्म तथा पर्याप्त शरद कालीन वर्षा मण्डल (30° से 45° अक्षाशों के मध्य गोलार्द्धों में), (12 तथा 13) सभी मौसम में वर्षा परन्तु अधिकतम ग्रीष्मकालीन वर्षा का मण्डल (40° से 70° अक्षाशों के मध्य दोनों गोलार्द्धों में); (14 तथा 15) सभी मौसम में विरल वर्षा का मण्डल परन्तु अधिकांश वर्षा हिमपात के रूप में 70° से 90° अक्षाशों के मध्य दोनों गोलार्द्धों में)।

तंटितझंझा (Thunderstorms), चक्रवात तथा प्रतिचक्रवात भी महत्वपूर्ण मौसमी घटनायें हैं जो जैविक समुदाय को बड़े पैमाने पर प्रभावित करती है। तंड़ितझंझा सबल संवहनीय क्रियाओं से सम्बन्धित होते हैं तथा इनमें तीव्र गति वाली हवायें चलती हैं, बादलों की गरज होती है, बिजली चमकती है तथा मूसलाधार वर्षा होती है। भूमध्य रेखीय प्रदेश तड़ितझंझा से सर्वाधिक प्रभवित होते है। यहां पर 75 से 150 दिन तंड़ितझंझाओं से प्रभावित होते रहते है। तड़ितझंझाओं के दिनों की संख्या भूमध्य रेखा से ध्रुवों की ओर घटती जीती है। मध्य अक्षांशों में शीतोष्ण कटिबन्धीय चक्रवातों के साथ भी तड़ितझंझा की घटनायें होती हैं। तड़ितझंझा के साथ होने वाली मूसलाधार वृष्टि के कारण नदियों में बाढ़ आ जाती है तथा व्यापक मृदा-अपरदन होने लगता है। तड़ितझंझाओं के साथ चलने वाले तेज झंझावातों (Squalls) के कारण

वनस्पतियों, भवनों, विभिन्न प्रतिष्ठानों तथा मानव जीवन को अपार क्षति उठानी पड़ती है।

टारनैडो विशिष्ट प्रकार के वायुमण्डलीय तूफान होते हैं। ये मुख्य रूप से द. पू. संयुक्त राज्य अमेरिका में सक्रिय राज्य अमेरिका में सक्रिय होते हैं। टारनेडौ तीव्रगामी घूमती पवनों तथा मूसलाधार वृष्टि के द्वारा धन-जन की अपार क्षति करते हैं। **हरिकेन** तथा **टाइफून** सर्वाधिक शक्तिशाली तथा हानिकारक उष्णकटिबन्धीय चक्रवातीय तूफान होते हैं। हरिकेन दक्षिणी तथा द. पू. संयुक्त राज्य अमेरिका को प्रभावित करते हैं जबकि टाइफून दक्षिणी, द. पू. तथा पूर्वी एशिया के सागर तटीय क्षेत्रों को प्रभावित करते हैं।

उष्ण कटिबन्धीय चक्रवचात वासित (Inhabited) समुद्र द्वीपों तथा सागर-तटीय क्षेत्रों में अपने विध्वंशात्मक कार्यों द्वारा कहर ढा देते है। चीन तथा भारत के पूर्वी तटीय भाग टाइफून द्वारा आये दिन क्षतिग्रस्त होते रहते हैं। शीतोष्ण कटिबन्धी चक्रवात 45° से 60° अक्षाशों के मध्य क्षेत्रों (उत्तरी गोलार्द्ध), खासकर उ. प. यूरोप तथा उ. प. उत्तरी अमेरिका) के मौसम को प्रभावित करते है। इन चक्रवातों का निर्माण उत्तरी पूर्वी ठंडी ध्रुवीय वायुराशि तथा अपेक्षाकृत गर्म द. प. पछवा वायुराशि के अभिशरण (Convergence) के कारण होता है।

जलीय संघटक

पारिस्थितिक तंत्र के विभिन्न घटकों में पोषक तत्वों के गमन तथा संचरण में जल एक महत्वपूर्ण भूमिका अदा करता है तथा जल जीवमण्डल में भूजैवरसायन चक्रों (Geobiochemical Cycles) को दक्ष तथा प्रभावी बनाता है। जलीय संघटक के अन्तर्गत 3 उपघटकों को सम्मिलित करते हैं-

(1) भूपृष्ठीय जल (Surface Water),

(2) भूमिगत जल (Oceanic Water) तथा

(3) सागरीय जल (Oceanic Water) इन घटकों का संक्षिप्त उल्लेख आवश्यक है।

(1) भूपृष्ठीय जल (Surface Water)

भूपृष्ठीय या भूपृष्ठजल उसे कहते हैं जो पृथ्वी की बाह्य सतह पर पाया जाता है। यह स्थिर दशा में हो सकता है यथा-झील, तालाब या जलभण्डार का जल या गतिशील हो सकता है यथा-भूपृष्ठीय वाही जल (Surface Runoff), सरिता का जल या जलस्त्रोत का जल (Spring Water)। तालिका 2.2 विश्व स्तर पर जल की आपूर्ति का स्पष्ट विवरण प्रस्तुत करती है।

तालिका 2.2 : विश्व की जल-आपूर्ति

अवस्थिति (वर्ग किमी में)	जल का आयतन का प्रतिशत	सकल जल
1. महासागर	1,230,000,000	97.2000
2. वायुमण्डल	12,700	0.0010
3. नदी तथा सरिता	1,200	0.0001
4. 800 मीटर की गहराई तक भूमिगत जल	4,00,000	0.03100
5. ताजे जल की झील	123,000	0.0090
6. हिम टोपियां तथा हिमनद	28,600,000	2.1500

Source : Estimates of U.S. Geological Survey.

भूपृष्ठ जल का प्रमुख स्रोत वर्षण (Precipitation) है परन्तु अप्रत्यक्ष स्रोतों से भी जल की प्राप्ति होती है। जलवर्षा भूपृष्ठजल की सर्वप्रमुख प्रत्यक्ष स्रोत हैं। हिम-द्रवित जल (Melt-Water) भी भूपृष्ठजल का एक प्रमुख स्रोत है। भूमिगत जल भूपृष्ठजल का अप्रत्यक्ष स्रोत है क्योंकि भूमिगत जल का कुछ भाग स्रोतों (Springs) तथा चश्मों के माध्यम से सतह पर पुनः प्रकट होता है। जलवर्षा तथा हिम-द्रवित जल का एक महत्वपूर्ण भाग मृदा कणों के मध्य स्थित सुराखों, खुली-चट्टानों के रिक्त स्थानों, चटकनों, सुराखों आदि के माध्यम से रिस कर धरातल के नीचे पहुंच कर भूमिगत जल के साथ मिल जाता है। जब मिट्टियां जल से सम्पृक्त हो जाती है, याा मृदा-जल का हिमीकरण हो जाता है या वर्षा की तीव्रता जल के नीचे रिसने या अन्तः संचरण (Infiltration) की दर से अधिक हो जाती है तो वर्षा का जल या हिम-द्रवित जल धरातल पर ढाल के अनुरूप प्रवाहित होने लगता है। धरातली सतह पर जल के इस बहाव को बाहीजल (Surface Runoff या स्थल वाह (Overland Flow) कहते हैं। इस तरह वाही जल या स्थलवाह धरातल पर विभिन्न जलभण्डारों को जल प्रदान करता है। इन जलभण्डारों में सरिता, झील, तालाब आदि को सम्मिलित करते हैं। तालिका 2.3 द्वारा महाद्वीपों की जल-बजट को स्पष्ट किया गया है।

ज्ञातव्य है कि धरातलीय वाही जल सबसे पहले सबसे नजदीकी अवनलिकाओं (Rill) तक पहुंचता हैं। इसके बाद वह छोटे-छोटे नालों, सरिताओं से होता नदियों में पहुंचता है। स्पष्ट है कि वाही जल के अन्तर्गत धरातलीय स्थलवाह, वाही जल तथा सरिता प्रवाह सभी को सम्मिलित किय जाता है। तालिका 2.3 में प्रस्तुत वाही जल मात्र सरिता प्रवाह (Stream Flow) को प्रदर्शित करता है।

तालिका 2.3 : महाद्वीपों की जल बजट

महाद्वीप	वर्षण (सेण्टीमीटर प्रतिवर्ष)	वाष्पीकरण (सेण्टीमीटर प्रतिवर्ष)	वाही जल घन किमी. प्रतिवर्ष)
1. अफ्रीका	69	43	7.700
2. सोवियत रूस सहित एशिया	60	31	13.000
4. ऑस्ट्रेलिया	47	42	380
5. उत्तरी अमेरिका	64	39	2.200
6. दक्षिण अमेरिका	163	70	16.600
सभी महाद्वीप	469	257	47.980

स्रोत : D.B Broktin तथा E.A Keller 1982.

अतः विश्व की समस्त नदियों का औसत वार्षिक वाही जल लगभग 48,000 धन किलोमीटर है परन्तु विश्व के वाही जल का वितरण अत्यधिक असमान तथा अनियमित है। दक्षिणी अमेरिका के 16.600 घन किमी. वार्षिक वाही जल का अधिकांश भाग वनाच्छादित तथा विरल मानव जनसंख्या वाली अमेजन बेसिन द्वारा प्राप्त होता है। यदि विश्व के समस्त धारातली वाही जल को देखा जाये तो विश्व स्तर पर जल की कोई समस्या नजर नहीं आती है परन्तु जब हम जल के प्रादेशिक वितरण पर दृष्टिपात करते है तो विश्व के कई क्षेत्रों में जल की बहुलता तथा कई क्षेत्रों में जल का अभाव पाया जाता है। धरातलीय जल संसाधन की मूलभूत समस्यायें जल की उचित स्थान पर उचित समय पर उचित मात्रा की प्राप्यता से जुड़ी हुई हैं। उदाहरण के लिए, भारत की सकल वार्षिक वर्षा का 80 प्रतिशत से अधिक भाग वर्ष के मात्र 3 महीनों (जुलाई, अगस्त तथा सितम्बर) में ही प्राप्त हो जाता है, परिणामस्वरूप जलवर्षा का अधिकांश भाग प्रभावी वाही जल हो जाता है तथा नदियों द्वारा सागर में पहुंचा दिया जाता हैं इसके अलावा भारत के अधिकांश क्षेत्रों में, खासकर उत्तरी भारत में, आये दिन बाढ़ आती रहती है जिस कारण मनुष्य को अपार धन जन की क्षति उठानी पड़ती है।

सरितायें महत्वपूर्ण संसाधन है जिनका विभिन्न रूपों में प्रयोग किया जाता है यथा-जल यातायात के लिए, सिंचाई के लिए, जलविद्युत उत्पन्न करने तथा सिंचाई की नहरों के निर्माण के लिए बांधों तथा जलभण्डारों के निर्माण के लिए, पीने के जल की आपूर्ति के लिए आदि। शोक का विषय है कि विश्व की अधिकांश नदियों का प्रयोग कारखानों के अपशिष्ट या उत्सर्जित पदार्थों (Industrial Wastes)

तथा मलजल (Urban Sewage) के विसर्जन के लिए किया गया है। परिणामस्वरूप विश्व की अधिकांश नदियां अत्यधिक प्रदूषित हो गयी है तथा उनका पारिस्थितिकीय पर्यावरण तो समल नष्ट.हो गया है। पेय जल के अलावा झील के जल का प्रयोग आमोद-प्रमोंद तथा मनोरंजन के लिए भी किया जाता है (यथा- भारत की डल तथा ऊलर झील-कश्मीर में, नैनीताल की नैना झील आदि)। झीलों का प्रयोग आन्तरिक जलयातायात के लिए भी किया जाता है। उदाहरण के लिए संयुक्त राज्य अमेरिका तथा कनाडा में ग्रेटेलेक्स-सुपीरियर, मिशिगन, ह्यूरन, दूरी तथा ओण्टारियों का जल यातायात के लिए बड़े पैमाने पर प्रयोग किया जाता है। शोक का विषय है कि अधिकांश बड़ी झीलों के पर किनारे पर नगर तथा कारखानों के अपशिष्ट पदार्थों तथा नगरी मलजल के विसर्जन के कारण झीलें भी अत्यधिक प्रदूषित हो गयी है। इस तरह विश्व की प्रमुख नदियों तथा झीलों के प्रदूषण का उनमें रहने वाले जलीय जीवों पर महती दुष्प्रभाव पड़ा है।

(2) भूमिगत जल (Ground Water)

धरातलीय सतह के नीचे सुराखों तथा रिक्त स्थानों में संचित जल को भूमिगत कहते हैं। भूमिगत जल का प्रमुख स्रोत वर्षा का जल तथा हिमद्रवित जल (Melt-Water) है। ये जल भूपदार्थों (Geomaterials) से रिस कर नीचे पहुंच कर बड़े-बड़े रिक्त स्थानों में एकत्रित होते रहते हैं। इन भूमिगत जल-भण्डारों को **जलभरा** (Aquifers) कहते हैं। इन जलभरों के आकार तथा इनकी स्थितियों में पर्याप्त विभिन्नतायें होती हैं। रेत जलभरा के निर्माण के लिए सर्वाधिक आदर्श तथा अनुकूल स्थितियां प्रस्तुत करते हैं यद्यपि, प्रवेश्य बालुका पत्थर शैल में भी बड़े जलभरों का निर्माण होता है। वर्षा का जल तथा हिमद्रवित जल भूतल के ढीले पदार्थों से रिस कर नीचे जाता है तथा मार्ग में पड़ने वाले रिक्त स्थान जल से भरता जाता है। जब समस्त रिक्त स्थान जल से भर जाते हैं तो उस मण्डल को सम्पृक्त मण्डल (Saturated Zone or Phreatic Zone) कहते हैं। इस सम्पृक्त मण्डल के ऊपरी तल को भूमिगत जलस्तर (Ground Water table) या मात्र जलस्तर (Water table) कहते है। इस सम्पृक्त मण्डल के ऊपर स्थित मण्डल असम्पृक्त (Unsaturated) होता है, अतः इसे असम्पृक्त मण्डल (Aeration Zone) कहते है क्योंकि रिक्त स्थानों में कुछ जल तथा कुछ हवा रहती है। (चित्र 2.14)।

जब सतह के नीचे जलभरा (Aquifers) तथा शैलों के अपारगम्य स्तर (Impermeble Beds) एकान्तर रूप में पाये जाते हैं तो भूमिगत जल की स्थिति तथा इसके संचरण में अधिक जटिलता आ जाती है। दो जलभरों के मध्य स्थित अपारगम्य सतह को **अक्वीक्लूड** (Aquiclude) कहते हैं क्योंकि यह स्तर दो जलभरों

के मध्य जल के संचरण को रोकता है। जब दो अपारगम्य स्तरों अर्थात् दो अक्वीक्लूड के मध्य एक जलभरा की स्थिति होती है तो इस जलभरे को घिरा हुआ या **परिरुद्ध जल भण्डार** (Confined Water Reservoir) कहते हैं। इसी जलभण्डार से पातालतोड़ कुओं या आर्टीजियन कुओं का आविर्भाव होता है। जब दो जलभरों का अलगाव उनके बीच में स्थित अपारगम्य सतह या अक्वीक्लूड से होता है तो ऊपर स्थित जलभरे के जलस्तर को **लटकता हुआ जलस्तर** (Perched Water Table) कहते हैं। (चित्र 2.14)।

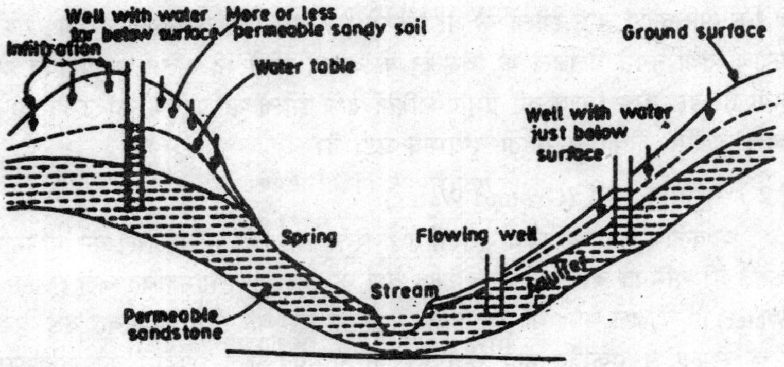

चित्र 2.14 : भूमिगत जल के संघटक।

भूमिगत जल के जल-स्तर में मौसमी तथा वार्षिक परिवर्तन होते रहते हैं। वर्षा काल में भौम जलस्तर (Groundwater Table) ऊपर उठ जाता है क्योंकि वर्षा का जल रिस कर नीचे पहुंच कर जलभरे में जल की अतिरिक्त आपूर्ति करता है। इस तरह वर्षा काल में भूमिगत जल का **पुनः पूरण** (Recharge) होता है परन्तु ग्रीष्मकाल तथा सूखे की लम्बी अवधि के समय भौम जलस्तर नीचे चला जाता है तथा शुष्क काल में नीचे चला जाता है। इसी तरह भारत में पूर्वामानसून काल तथा मानसूनोपरान्त काल में भौम जलस्तर में पर्याप्त उतार-चढ़ाव यानी परिवर्तन होता रहता है।

भूमिगत जल का संतुलन विभिन्न साधनों (यथा- कुएं, हैण्डपम्प, ट्यूबवेल, आर्टिजन कुएं आदि) से जल के विदोहन तथा वर्षा के जल एवं हिम-द्रवित जल के सतह के नीचे रिसाव के द्वारा भूमिगत जल के पुनः पूरण (Recharge) की दरों के अनुपात पर निर्भर करता है। अर्थात् यदि जल विदोहन की वार्षिक दर जल के पुनः पूरण की वार्षिक दर के अधिक है तो भूमिगत जल की मात्रा में निरन्तर ह्रास होता जायेगा। अतः भूमिगत जल संसाधन असीम (Inexhasible) नहीं माना

जाना चाहिए क्योंकि वर्तमान भूमिगत जल का संचयन दीर्घकाल के बाद ही सम्भव हुआ है। यदि भूमिगत जल. के विदोहन की वार्षिक गति भूमिगत जल के पुनः पूरण की वार्षिक दर से कहीं बहुत अधिक हो जाती है तो कुछ समय बाद भूमिगत जल पूर्णतया समाप्त हो सकता है।

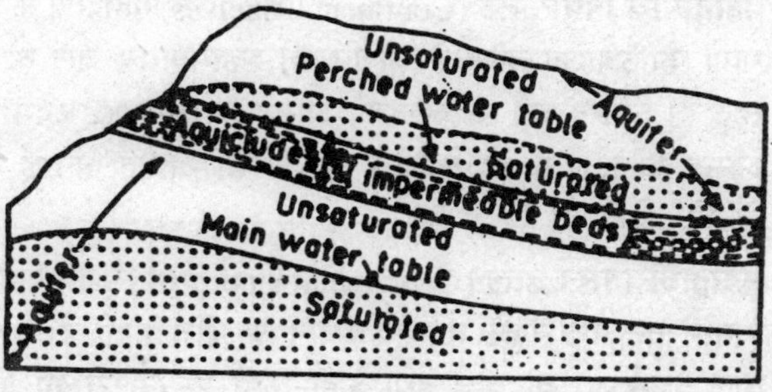

चित्र 2.15 : भूमिगत जल के संघटक (F. Press तथा (R. Siver, 1978 के आधार पर)।

भूमिगत जल की गुणवत्ता जीवों के लिए सामान्य रूप में तथा मनुष्य के लिए विशेष रूप में अति महत्वपूर्ण होती है। भूमिगत जल की गुणवत्ता उन भूपदार्थों तथा शैलों की रासायनिक संरचना तथा खनिज संघटन पर आधारित होती है जिससे होकर जल रियकर नीचे जाता है। भूमिगत जल की गुणवत्ता जलभरे (Aqifers) के भूपदार्थों (Geomaterials) के संघटन पर भी आधारित होती है। उदाहरण के लिए, शुद्ध क्वार्ट्ज रेत वाले जलभरे का भूमिगत जल, कठोर जल (Hard Water) होता है जिसमें कैल्शियम तथा मैग्नेशियम धुली अवस्था में वर्तमान रहता है। इसके अलावा भूमिगत जल का प्रदूषण मानव क्रियाकलापों द्वारा कई रूपों में होता है यथा–

(i) मलाशय (Saptic Tank) के प्रदूषित जल का रिसकर जलभरे तक पहुंचना,

(ii) शहरों में नगरपालिकाओं के कूड़ा के ढेरों (Garnages) तथा गन्दी सामग्रियों द्वारा स्थल भराव (Sanitary Land Fill) के स्थानों से गंदे जल का रिसकर जलभरे तक पहुंचना,

(iii) खेतों मे प्रयोग किये गये नत्रजन उर्वरकों का जल के साथ रिसकर जलभरे तक पहुंचना आदि।

(3) महासागरीय संघटक (महासागरीय जल)

महासागरीय जल या जलमण्डल ग्लोब के समस्त क्षेत्रफल के 71 प्रतिशत भाग पर फैला है। ग्लोब की सतह का क्षेत्रफल लगभग 510 मिलियन वर्ग

किलोमीटर है। जिसका लगभग 361 मिलियन वर्ग किमी. जलमण्डल द्वारा आवृत्त है। आकार तथा अवस्थिति के आधार पर जलमण्डल को निम्न रूपों में विभाजित करते हैं-महासागर, सागर, लघु बन्द सागर, खाड़ी आदि। महासागरीय नितल की संचरना चार संघटकों द्वारा होती है-

(1) **महाद्वीपीय निमग्न तट** (Continental Shelves) महाद्वीपों के उन सीमान्त भागों को प्रदर्शित करते है जो छिछले महासागरीय जल के अन्दर डूबे रहते है। निमग्न तटों पर जल की औसत गहराई 100 कदम तथा उनका औसत ढाल 1° से 3° के बीच एवं उनकी औसत चौड़ाई लगभग 48 कि.मी. होती है।

(2) **महाद्वापीय मग्न ढाल** (Continental Slope) की स्थिति महाद्वीपीय मग्न निमग्न तट तथा गहरे सागरीय मैदान के बीच होती है। इसका औसत ढाल 5° से 40° के बीच तथा कहीं-कहीं पर 60° से भी अधिक होता है। मग्न ढालों पर अन्तः **सागरीय कैनियन** (Submarine Canyons) तथा गहरी खाइयां (Trenches) होती है। महाद्वीपीय निमग्न तट तथा मग्न ढाल महासागरीय नितल के समस्त क्षेत्रफल का क्रमशः 8.6 प्रतिशत तथा 8.5 प्रतिशत भाग प्रदर्शित करते हैं।

(3) **गंभीर सागरीय मैदान** (Deep sea plains) सागरीय नितल के सर्वाधिक विस्तृत मण्डल होते हैं। इनकी समुद्र तल से औसत गहराई 3000 से 6000 मीटर के बीच होती है। ये महासागरीय नितल के समस्त क्षेत्रफल के 75.9 प्रतिशत भाग का प्रतिनिधित्व करते हैं।

(4) **महासागरीय गर्त** (Oceanic Deeps) महासागरीय नितल के सबसे अधिक गहरे भाग होते हैं तथा ये महासागरीय नितल के समस्त क्षेत्रफल के 7 प्रतिशत भाग का प्रतिनिधित्व करते हैं।

जलीय भाग खासकर महासागरीय भाग जल वाष्प (Water Vapour) के प्रमुख स्रोत है। इस जलवाष्प से जलवर्षा प्राप्त होती है तथा इस जल से जीवमण्डल में जीवीय समुदायों को जलघोत (Water Solution) प्राप्त होता है। जलमण्डल न केवल जलीय जीवों को समुचित आवास प्रदान करता है वरन् उन्हें जीवन भी प्रदान करता है। सागरीय भागों में वह गहराई सागरीय जीवों के लिए अधिक महत्वपूर्ण है जहां तक सूर्य का प्रकाश पहुंचता है। सूर्य प्रकाश सामान्य रूप से जल में 200 मीटर की गहराई तक प्रविष्ट हो जाता है। इस 200 मीटर की गहराई वाले मण्डल को प्रकाशित मण्डल (Photic Zone) कहते हैं। इसी मण्डल में प्लेकटन पनपते हैं। 200 मीटर से अधिक गहरे भाग को **अप्रकाशित मण्डल** (Aphotic Zone)

कहते हैं। इस अप्रकाशित मण्डल में रहने वाले जीवों को नेक्टन (Neckton) कहते है। सागर की तली में रहने वाले जीवों को **तलस्थ जीव** या **बेन्थस** (Benthos) कहते है। महासागरों के कई गुण तथा विशेषतायें यथा-तापमान, घनत्व, सागरीय लवणता, सागरीय गतियां (सागरीय तरंग महासागरीय धारायें, ज्वार आदि), सागरीय निक्षेप तथा सागर-नितल के उच्चावच्च, जलीय पारिस्थितिक तंत्र के जैविक संघटक को बड़े पैमाने पर प्रभावित करती है।

स्थानीय तापमान के समान महासागरीय जल के तापमान में भी एक स्थान से दूसरे स्थान पर विभिन्नतायें पायी जाती हैं परन्तु महासागरीय जल के सतह के तापमान का दैनिक तापान्तर बहुत कम होता है(लगभग 1° सेण्टीग्रेड)। दैनिक तापान्तर आकाश की दशाओं(चाहे पूर्णतया मेघाच्छादित आकाश या बादल रहित खुला आकाश), की वायु की स्थिरता या अस्थिरता तथा सागरीय सतह की विशेषताओं द्वारा नियत्रिंत होता है। उत्तरी गोलार्द्ध में सागरीय सतह का अधिकमत तापमान अगस्त तथा निम्नतम तापमान फरवरी में अंकित किया जाता है। चूंकि महासागर में गहराई, लम्बाई तथा चौड़ाई तीनों गुणा होते है अतः सागरीय तापमान के वितरण में अक्षांशीय विस्तार के साथ सागरीय गहराई को भी ध्यान में रखा जाता है। चूंकि सागर का जल सदैव गतिशील रहता है। अतः सागरीय गतियां भी सागरीय जल के तापक्रम के वितरण को नियत्रिंत करती है। इनके अलावा, प्रचलित हवायें, महासागरीय धाराएं आदि भी महासागरीय जल के तापमान के वितरण को प्रभावित करती है।

सामान्य रूप में सागरीय जल की सतह का औसत तापमान लगभग 26° सेण्टीग्रेड (80° सेण्टीग्रेड (80° फ.) होता है। औसत तापमान भूमध्य रेखा से ध्रुवों की ओर घटता जाता है। इस तरह 20°, 40°, 60° तथा 90° अक्षाशों पर औसत तापमान क्रमशः 22.8 सेण्टीग्रेड(73° फा.), 14° सेण्टीग्रेड होता है। सामान्य रूप में उत्तरी गोलार्द्ध में सागरीय जल का औसत तापमान दक्षिणी गोलार्द्ध की अपेक्षा अधिक होता है।महासागरीय जल का अधिकतम तापमान उष्ण कटिबन्धीय बन्द सागरों (यथा-लाल सागर में औसत तापमान 30° से 38° सेण्टीग्रेड के मध्य रहता है) में पाया जाता है। आर्कटिक तथा अण्टार्कटिक क्षेत्रों में तापमान इतना कम रहता है कि सागरीय सतह सवा हिमीकृत दिशा में रहती है।

जहां तक सागरीय जल के तापमान के लम्बवत् वितरण का सम्बन्ध है यह गहराई के साथ घटता जाता है परन्तु बढ़ती गहराई के साथ तापमान के घटने की दर सर्वत्र समान नहीं होती है। सागरतल से 2000 मीटर के नीचे जाने पर तापमान का ह्रास नगण्य हो जाता है। 5 फैदम (एक फैदम = 6 फीट) की गहराई पर दैनिक तापान्तर शून्य हो जाता है। इसी तरह 100 फैदम की गहराई तथा उससे

आगे वार्षिक तापान्तर समाप्त हो जाता है। सागर–नितल का तापमान भूमध्य रेखा से ध्रुवों तक प्रायः समान ही रहता है।

सागरीय लवणता सागरीय जल की महत्वपूर्ण विशेषता होती है क्योंकि यह सागरीय जीवों को प्रत्यक्ष रूप से प्रभावित करती है। सामान्य रूप में सागरीय जल के भार तथा उसमें धुले हुये पदार्थों के भार के अनुपात को सागरीय लवणता कहते हैं।" एक किलोग्राम सागरीय जल में धुले हुए ठोस पदार्थों की कुल मात्रा को भी 'लवणता' कहते हैं। अतः सागरीय लवणता को प्रति हजार जल में स्थित लवण की मात्रा (%) के रूप में दर्शाया जाता है।

तालिका 2.4 से सागरीय जल के संघटन का आवास होता है।

तालिका 2.4

लवण के प्रकार	लवण की कुल मात्रा (ग्राम, प्रति हजार ग्राम में)	प्रतिशत
1. सोडियम क्लोराइड	27.213	77.8
2. मैग्नेशियम क्लोराइड	3.807	10.9
3. मैग्नेशियम सल्फेट	1.658	4.7
4. कैल्शियम सल्फेट	1.260	3.6
5. पौटेशियम सल्फेट	0.863	2.5
6. कैल्शियम कार्बोनेट	0.123	0.3
7. मैग्नीशियम ब्रोमाइड	0.076	0.2

यद्यपि, एक महासागर से दूसरे महासागर में सकल लवणता में अन्तर हो सकता है या एक ही महासागर या सागर के विभिन्न भागों में सकल लवणता में अन्तर हो सकता है परन्तु सभी महासागरों तथा सागरों में लवण के संघटन का अनुपात प्रायः एक ही रहता है। महासागरीय जल की औसत लवणता 35% होती है परन्तु विभिन्न महासागरों तथा सागरों में यह 33% से 37% के बीच रहती है। सागरीय लवणता वाष्पीकरण, जलवर्षा तथा हिमद्रवित जल द्वारा सागरों में प्रतिवर्ष जल की आपूर्ति वायु दाब, हवा की दिशा, सागरीय गतियां (सागरीय तंरग धारायें आदि) द्वारा प्रभावित तथा नियत्रिंत होती है। सागरीय लवणता तथा वाष्पीकरण में सीधा सम्बन्ध होता है अर्थात् यदि वाष्पीकरण अधिक होता है तो लवणता बढ़ती घटती है। परन्तु ताजे जल की आपूर्ति तथा लवणता में विपरीत सम्बन्ध होता है, अर्थात् अधिक जल की आपूर्ति होने से लवणता घटती है तथा कम जल की आपूर्ति होने पर लवणता बढ़ती है। लाल सागर (36% से 41%), फारस की खाड़ी (37%

से 41%), कैस्पियन सागर (केवल दक्षिणी भाग, 170%), ग्रेटसाल्ट लेक (संयुक्त राज्य अमेरिका, 22%), मृतक सागर (238%), टर्की की वान झील (33%) आदि में उच्च लवणता पायी जाती है।

गहासागरीय निक्षेप तलस्य जीवों को प्रभावित करते है। सागरीय निक्षेप के लिए आवश्यक सागरीय अवसाद 3 प्रमुख स्त्रोतों से प्राप्त होते हैं–

(1) स्थलीय या भूमिज स्त्रोत (Land or Terrigenous Source),

(2) ज्वालामुखी उद्भेदन तथा

(3) सागरीय पौधे एवं तन्तु।

भूमिज पदार्थों के अन्तर्गत बजरी (Gravels—Granules, Pebbles, Cobbles and Boulders), रेत (Sands), सिल्ट, मृत्तिका (Clay) तथा पंक (Muds- हरी पंक, लाल पंक तथा नीली पंक)को सम्मिलित किया जाता है। जैविक पदार्थों (Organic Materials) के अन्तर्गत सागरीय पौधों तथा जन्तुओं के अवशेषों को सम्मिलित करते हैं। इन पदार्थों को भी वर्गों में विभक्त किया जाता है-

(i) **नेरेटिक पदार्थ** (Neretic Matter) सागर तट के पास निक्षेपित होने वाले पदार्थ) तथा

(ii) **अगाध सागरस्थया पेलैजिक पदार्थ** (गंभीर सागरीय मैदानों की तली पर निक्षेपित होने वाले पदार्थ) के अन्तर्गत चूना प्रधान ऊज (यथा टरोपाड तथा ग्लाबीजेर्निया ऊज) तथा सिलिका प्रधान ऊज (रेडियोलेरियन तथा डायटम ऊज) को सम्मिलित करते हैं। अजैविक पदार्थ के अन्तर्गत डोलोमाइट, सिलिका, लोहा, मैंगनीज आक्साइड, फास्फेट, पाइराइट, लाल मृत्तिका आदि आते है।

ज्वार समुद्रों में ज्वारीय तरंगें उत्पन्न करते हैं। इन ज्वारीय तंरगों का ऊर्जा संसाधन के रूप में प्रयोग किया जा सकता है। ज्वारीय तंरगें तटीय भागों के अपरदन तथा सागरीय पदार्थों के परिवहन तथा निक्षेपण का कार्य भी करती है। ज्वार के समय सागर-तल ऊपर उठता है। इस तरह ज्वार के समय सागर-तल को उच्च ज्वार जल (High Tide Water, HTW) कहते हैं। **भाटा** (Ebb) के समय सागर-तल नीचे जाता है। इसे **निम्न ज्वार** (Low Tide Water, LTW) कहते हैं। उच्च ज्वार तल तथा निम्न ज्वार तल के औसत को औसत सागर तल (Mean Sea Level, MSL) कहते हैं। ज्वारों के दो प्रमुख प्रकार होते हैं-

(1) **उच्च ज्वार** (Spring Tide) तथा

(2) **निम्न ज्वार** (Neep Tide) ।

उच्च प्रकार प्रत्येक महीने में दो बार आता है- अमावस्या (New Moon) के समय जबकि सूर्य तथा चन्द्रमा दोनों पृथ्वी के एक तरफ तथाएक सीधी रेखा में होते है तथा पूर्णमासी (Full moon) के समय जबकि पृथ्वी सूर्य तथा चन्द्रमा के मध्य में होती है तथा ये तीनों एक सीधी रेखा में होते हैं। निम्न ज्वार प्रत्येक महीने के प्रत्येक पक्ष (पखवारा, यथा-कृष्ण पक्ष एवं शुक्ल पक्ष) की अष्टमी को आता है जबकि सूर्य, पृथ्वी तथा चन्द्रमा मिलकर समकोण की स्थिति बनाते हैं। यद्यपि सागर तटीय क्षेत्र के प्रत्येक स्थान पर प्रत्येक दिन दो बार ज्वार आते हैं परन्तु प्रत्येक अगला ज्वार 26 मिनट देर से आता है।

सागर तटीय क्षेत्र, जो कि उच्च ज्वार तल तथा निम्न ज्वार तल के मध्य आता है, **ज्वारीय स्थल** (Tidal Land) कहा जाता है। जब ज्वारीय तंरगें अपने साथ लाये हुए अवसादों द्वारा निचले तटीय क्षेत्रों, कम गहरी खाड़ियों तथा ज्वारनदमुखी एस्चुअरी (Estuaries) को भर देती हैतो इस तरह निर्मित स्थल को ज्वारीय पंक मैदान (Tidal Mudfats) तथा **लवण दलदल** (Salt Marsh) कहते हैं। ज्वारीय स्थलों का पर्यावरण एवं पारिस्थितिकी के दृष्टकोण से अत्यधिक महत्व होता है। क्योंकि ये एक तरफ तो सागरीय पौधों तथा जीवों के लिए अनुकूल तथा विशिष्ट प्रकार के प्राकृतिक पारिस्थितिक तंत्र प्रदान करते हैं तो दूसरी तरफ ये ज्वारीय स्थल मनुष्यों को आकर्षित करते हैं क्योंकि सुधारे जाने पर ये स्थल कृषि के लिए प्रयुक्त किए जा सकते हैं। ज्वारीय जल तथा ज्वारीय स्थल मछलियों के लिए आदर्श तथा अनुकूल आधार प्रस्तुत करते हैं और ये मछलियां मानव के लिए महत्वपूर्ण खाद्य संसाधन होती है। जब ज्वारीय स्थलों को कृषि, औद्योगिक संस्थानों या नगरीय विस्तार के लिए सुधारा (Reclaim) जाता है तो प्राकृतिक ज्वारीय जलीय पारिस्थितिक तंत्र विनष्ट हो जाता है। दूसरी तरफ बढ़ती मानव जनसंख्या के कारण मानव पर कृषि क्षेत्रों, औद्योगिक क्षेत्रों तथा नगरीय क्षेत्रों में विस्तार के लिए दिन-प्रतिदिन दबाव बढ़ता जा रहा है। अत: मनुष्य की इन ज्वारीय स्थलों के सुधार (Reclamation) की सक्रियता भी दिनोंदिन बढ़ती जा रही है। स्पष्ट है कि ज्वारीय स्थल मनुष्य तथा प्रकृति के बीच द्वन्द्व (Conflict) का अच्छा-खासा उदाहरण है।

सागरीय तंरगें अपने अपरदनात्मक तथा निक्षेपात्मक कार्यों द्वारा तटीय पर्यावरण को बड़े पैमाने पर प्रभावित करती है। सागरीय तंरगों का जनन प्राय: हवाओं द्वारा होता है। सागरीय तरंगों को सामान्य रूप में 2 प्रमुख प्रकारों में विभाजित करते हैं-

(1) **दोलन तरंगे** (Waves of Oscillation) तथा

(2) **स्थानान्तरणी तरंगे** (Waves of translation)।

स्थानान्तरणी तरंगें दोलन तरंगों की तुलना में अपरदन के लिए अधिक शक्तिशाली होती हैं। इनके अलावा कुछ धारायें भी होती हैं जो सागरीय पारिस्थितिक तंत्र को अपरदन तथा निक्षेपण द्वारा प्रभावित करती है। यथा-**वेलांचली धारा** (Ripp Currents) तथा **तरंगिका** (Littoral or Longshore Currents) । सागरीय प्रक्रमों द्वारा निक्षेप से उत्पन्न स्थलरूपों में **सागरीय पुलिन** (Sea Baches) सर्वाधिक महत्वपूर्ण तथा आकर्षक होती है। मानव के हाल में अपने आर्थिक क्रियाकलापों द्वारा सागर तटीय क्षेत्रों के अपरदन की दर को बढ़ा दिया है जिस कारण सागर तटीय भाग लगातार पीछे की ओर हटता जा रहा है।

महासागरीय धारायें, चाहे गर्म हों या ठंडी, जिन तटीय क्षेत्रों के पास से होकर गुजरती हैं उनकी जलवायु तथा पर्यावरण दशाओं को प्रभावित तथा परिमार्जित करती हैं। अटलाण्टिक महासागर की प्रमुख धारायें इस प्रकार हैं- उत्तरी विषुवत रेखीय धारा, दक्षिणी विषुवत रेखीय धारा, प्रतिविषुवत् रेखीय धारा (Counter Equatorial Current), गल्फस्ट्रीम या खाड़ी की धारा (जिसके अन्तर्गत फ्लोरिडा धारा, गल्फस्ट्रीम तथा उत्तरी अटलाण्टिक प्रवाह को सम्मिलित करते हैं)-ये सभी गर्म धारायें हैं, कनारी ठंड़ी धारा, लेब्राडोर ठंडी धारा, ब्राजील, गर्म धारा, फाकलैण्ड ठंडी धारा, बेंगुला ठंड़ी धारा आदि। प्रशान्त महासागर की महत्वपूर्ण धारायें निम्न प्रकार हैं-उत्तरी विषुवत रेखीय धारा, दक्षिणी विषुवत रेखीय धारा, प्रति विषुवत रेखीय धारा, क्युरोशिवो तंत्र (जिसके अन्तर्गत क्यूरोशियो धारा, क्युरोशिवो विस्तार या प्रसार शाखा, उत्तरी प्रशान्त प्रवाह, सुसिमा धारा, तथा प्रतिक्युरोशिवो धारा को सम्मिलित करते हैं) (ये सभी धाराये गर्म हैं), वायशिवों ठंडी धारा कैलिफोर्निया ठंडी घरा, पेरू ठंडी धारा, एल निनो या काउण्टर करेण्ट (गर्म), पूर्वी आस्ट्रेलिया गर्म धारा, पछवा पवन प्रवाह धारा आदि। उत्तरी पूर्वी मानसूनी धारा, विषुवत रेखीय धारा, मोजम्बिक तथा अगुलहास धारा, पछवा पवन प्रवाह धारा आदि हिन्द महासागर की महत्वपूर्ण धारायें हैं।

जैव गर्म एवं ठंडी सागरीय धारायें आपस में मिलती हैं तो घने कोहरे का निर्माण होता है। यह कोहरा सागर तथा वायु में परिवहन के साधनों के गमन में खतरा उत्पन्न करता है। इस तरह की स्थिति न्यू फाउण्डलैण्ड के पास अकसर उत्पन्न होती रहती है क्योंकि यहां पर गल्फस्ट्रीम की गर्म धारा तथा लेब्राडोर की ठंडी धारा का अभिसरण (Convergence) होता है। इसी तरह जापान के पास गर्म क्युरोशियो धारा तथा ठंडी क्यूराइल धारा के मिलने से कोहरा उत्पन्न होता रहता है। महासागरीय धारायें जिन तटों के पास से गुजरती हैं उनके तापमान को परिवर्तित कर देती हैं। उदाहरण के लिए, उत्तरी अटलाण्टिक धारा (गल्फस्ट्रीम का प्रसार) उत्तरी पश्चिमी

यूरोप के तटीय भागों के तापक्रम को जोड़े में बढ़ा देती है। गल्फस्ट्रीम संयुक्त राज्य अमेरिका के दक्षिणी-पूर्वी तथा पूर्वी तटीय भागों में ग्रीष्म काल में तापमान को इतना बढ़ा देती है कि गर्म लहरों (Heat Waves) का निर्माण हो जाता है जिस कारण मौसम असह्य तथा कष्टप्रद हो जाता है। सागरीय धारायें कुछ सागरीय जीवों के लिए लाभकारी भी होती हैं। उदाहरण के लिए, धारायें मछलियों केलिए आवश्यक पोषक तत्व, ऑक्सीजन तथा आहर (यथा-प्लैक्टन) लाती हैं। धारायें कुछ तटीय भागों पर मानव द्वारा किये गये जल प्रदूषण के प्रभाव को कम कर देती है क्योंकि ये प्रदूषकों (Pollutants) को अन्यत्र बहा ले जाती हैं।

जैविक संघटक (Biotic Components)

जीवमण्डल/पारिस्थितिक तंत्र/पर्यावरण के **जैविक** (Biotic) या **कार्बनिक** (Organic) संघटक का निर्माण तीन उपतंत्रों द्वारा होता है-

(1) **पादप तंत्र** (Plant System),

(2) **जन्तु तंत्र** (Animal System) तथा

(3) **सूक्ष्म जीवों तंत्र** (Micro-Organism System)।

इन तीनों उपतंत्रों में से पादप सर्वाधिक महत्वपूर्ण होते हैं क्योंकि मात्र पौधे ही जैविक या कार्बनिक पदार्थों का निर्माण करते हैं जिसका प्रयोग पौधे स्वंय करते हैं साथ ही साथ मानव सहित तन्तु तथा सूक्ष्म जीव प्रत्यक्ष या अप्रत्यक्ष रूप से इन्हीं पौधे पर ही निर्भर करते हैं (अपने भरण-पोषण तथा जीवन-निर्वाह के लिए)। पौधे जीवमण्डल के विभिन्न संघटकों में जैविक पदार्थों तथा पोषक तथ्वों के गमन, संचरण, चक्रण (Cycling) तथा पुनर्चक्रण को सम्भव बनाते है। पादप तंत्र तथा इन तीनों तंत्रों का यहां पर मात्र संक्षिप्त उल्लेख ही किया जा रहा है।

(1) पादप तंत्र (Plant System)

पौधों के सामाजिक समूह को पादप समुदाय (Plant Community) कहते हैं तथा पौधे इस समुदाय की आधारभूत मौलिक इकाई होते हैं। पौधे किसी भी स्थान पर (जहां पर उनके लिये न्यूनतम अनुकूल दशायें सुलभ होती है) विभिन्न रूपों में पाये जाते हैं यथा-वनभूमि (Woodland, वन Forest, बांगर क्षेत्र या घास क्षेत्र Meadow, दलदल Bogs, घास मैदान आदि। पौधों के इन विभिन्न रूपों को सम्मिलित रूप से वनस्पति (Vegetation) या वनस्पतिक आवरण कहते हैं। दूसरे शब्दों में, किसी क्षेत्र या प्रद्रेश की वनस्पति की रचना उस क्षेत्र की विभिन्न जातियों के पौधों के समूह या एक ही जाति के विभिन्न पौधों के समूहों द्वारा होती है। ज्ञातव्य है कि पौधों की जातियां पारिस्थितिकीय रूप से एक दूसरे से सम्बन्धित होती है।

इस तरह पौधों के विभिन्न समूह अपनी प्रतिस्पर्धात्मक क्षमता तथा सहनशीलता के गुणों के कारण एक ही आवास में रहने के लिए समर्थ होते है। स्पष्ट है कि पादप समुदाय किसी क्षेत्र या प्रदेश की पारिस्थितिक दशाओं का प्रतिनिधित्व करते हैं। पारिस्थितिकीविदों (Ecologists) तथा जीवभूगोल वेत्ताओं ने **पादप समुदाय** को विभिन्न रूपों में परिभाषित किया है यथा–

(1) पादप जातियों के सामाजिक समूह को पादप समुदाय कहते हैं;

(2) पादप समुदाय पौधों के समूह का प्रतिनिधित्व करता है। ये पौधे एक साथ विकसित होते हैं उनमें कुछ सीमा तक वैयक्तितता (Individuality) होती है;

(3) पादप समुदाय पौधों का समुदाय होता है जो किसी निश्चित् भौतिक आवास में पाया जाता है;

(4) पादप समुदाय का सन्दर्भ पादप जातियों के समूह से होता है। इन पादप समूहों की उनके भौतिक आवास के सन्दर्भ में उनके संघटन तथा संरचना सम्बन्धी कतिपय विशिष्ट विशेषतायें होती है आदि।

पादप समुदाय की कतिपय निश्चित विशेषतायें होती हैं यथा–

(1) पादप समुदाय की दो या अधिक जातियां (Species of Plants) से रचना होती हैं।

(2) किसी भी पादप समुदाय की विभिन्न पादप जातियां जिस आवास में निवास करती है उसमें अपना एक साथ वृद्धि तथा विकास करने में समर्थ होती है। इस तरह अमुक पादप समुदाय के विभिन्न सदस्य (जातियां) आपस में पारिस्थितिकीय रूप से सम्बन्धित होते हैं।

(3) किसी भी पादप समुदाय में सुनिश्चित संघटन तथा संरचना का विकास हुआ रहता है। पादप समुदाय का संघटन लम्बे समय तक पौधों तथा उनके भौतिक पर्यावरण के मध्य अन्तक्रियाओं के फलस्वरूप विकसित होती है।

(4) पादप समुदाय किसी भी आवास, क्षेत्र या प्रदेश की, जिससे वह सम्बन्धित है, पारिस्थितिकीय दशाओं का प्रतिनिधित्व करता है।

(5) किसी अमुक पादप समुदाय की विभिन्न पादप जातियों की संरचना, उनका संघटन तथा उनका वृद्धि–रूप उनके आवास की भौतिक दशाओं (भौतिक पर्यावरण) तथा जैविक संघटकों की आपसी अन्तःक्रियाओं के कारण ही सम्भव हो पाता है। अर्थात् चूंकि पर्यावरण के जैविक एवं भौतिक

कारकों की पारस्परिक क्रिया (Mutual Interaction) के सम्बन्धों पर ही पौधों की जाति (Species), उसकी संरचना तथा वृद्धि निर्भर करती है, अतः पौधों की इन विशेषताओं के आधार पर उनको (पौधों को) प्रभावित करने वाले कारकों की पारस्परिक क्रिया के प्रारूप का बोध हो जाता है। अजैविक या भौतिक पर्यावरण कारकों में मृदा तथा जलवायु का पौधों की जाति, संरचना एवं वृद्धि पर पर्याप्त प्रभाव पड़ता है। साथ ही साथ पौधे भी अपने आवास-क्षेत्र की मृदा के गुणों तथा जलवायु की दशाओं को प्रभावित तथा निर्धारित करते हैं। स्पष्ट है कि पादप समुदाय अपने आवास-क्षेत्र में भूमि की उत्पादकता को निर्धारित करते हैं।

पौधे प्राथमिक उत्पादक (Primary producers) होते हैं क्योंकि ये सूर्य प्रकाश का प्रयोगकरके **प्रकाश संश्लेषण** (Photosynthesis) की विधि द्वारा अपना आहार स्वयं निर्मित करते हैं। इस तरह पौधों को **स्वपोषित** (Autotrophs) भी कहा जाता है। स्पष्ट है कि पौधे भूतल पर मानव सहित समस्त जन्तुओं के लिए प्रत्यक्ष या अप्रत्यक्ष रूप से आहार एवं ऊर्जा की आवृत्ति के प्रमुख स्रोत हैं। **पादप संघटक** के अध्ययन के अन्तर्गत निम्न को सम्मिलित किया जाता है-

(1) पौधों का वर्गीकरण,

(2) पादप जगत के प्रमुख विभाजन या वर्ग,

(3) पादप तंत्र, पौधे तथा उनका पर्यावरण,

(4) पादप समुदाय(पादप समुदाय की लम्बवत संचरना, जाति संघटन, समुदाय विकास तथा समुदाय पदानुक्रम),

(5)

पौधों का उद्‌भवन तथा

(6) पौधों का वितरण, विसरण एवं विलोप।

(2) तन्तु तंत्र (Animal System)

कार्यात्मक आधार (Functional Basis) पर जीवमण्डल पारिस्थितिक तंत्र को दो प्रमुख भागों में विभक्त करते हैं-

(1) स्वपोषित संघटक (Autotrophic Components) तथा

(2) परपोषित संघटक (Heterotrophic Components)।

स्वपोषित संघटकों में सभी प्रकार के हरे पौधे आते हैं। इनका ऊपर संक्षिप्त विवरण दिया गया है। परपोषित संघटकों के अन्तर्गत उन जन्तुओं को सम्मिलित करते हैं जो अपने आहार के लिए प्राथमिक उत्पादक हरे पौधों पर निर्भर करते

हैं। इन परपोषित जन्तुओं को प्राथमिक उपभोक्ता (Primary Consumers) कहते हैं। इन जन्तुओं के प्रमुख कार्यों के अन्तर्गत निम्न को सम्मिलित करते हैं-

(i) स्वपोषित हरे पौधों द्वारा सुलभ कराये गये जैविक पदार्थों (वृक्षों एवं पौधों की पत्तियां, टहनियां, छाल, फल आदि) का सेवन करना;

(ii) जैविक पदार्थों की विभिन्न रूपों में पुनर्व्यवस्था करना; तथा

(iii) जैविक पदार्थों/तत्वों का वियोजन करना। जैविक पदार्थ जन्तुओं को तीन रूपों में प्राप्त होते हैं-

(अ) जीवित पौधों तथा जन्तुओं से);

(ब) आंशिक रूप से वियोजित पौधों तथा जन्तुओं से तथा

(स) घोल रूप में जैविक यौगिकों (Organic Compounds) से।

इस तरह जैविक पदार्थों की सुलभता के आधार पर परपोषित जन्तुओं (Hetrotrophic animals) को तीन प्रमुख प्रकारों में वर्गीकृत करते हैं :

(1) **मृतजीवी** (Spaprophytes) : वे जन्तु होते हैं जो मृत पौधे तथा जन्तुओं से प्राप्त जैविक या कार्बनिक यौगिकों को घोल रूप में ग्रहण करके अपना जीवन निर्वाह करते हैं।

(2) **परजीवी** (Parasites) : वे जन्तु होते हैं जो अपने जीवन निर्वाह के लिए आहार के लिए दूसरे जीवित जीवों पर आधारित होते हैं।

(3) **प्राणिसमभोजी** (Holoznic) : वे जन्तु होते हैं जो अपना आहार अपने मुख द्वारा ग्रहण करते हैं। ये जन्तु अतियोजित आहार के बड़े-बड़े भाग तक (जैसे पेड़ों की टहनियां तथा शाखायें) खा जाते हैं (यथा-हाथी)। सभी बड़े जन्तु इस श्रेणी के अन्तर्गत आते हैं यथा-गाय, बैल, ऊंट, शेर, हाथी आदि।

(3) सूक्ष्म जीव तंत्र (Micro-organism System)

सूक्ष्म जीवों को वियोजक (Decomposers) भी कहा जाता है क्योंकि ये मृत पौधों तथा जन्तुओं तथा जैविक पदार्थों को विभिन्न रूपों में सड़ा गला कर वियोजित करते है। ये सूक्ष्म जीव जैविक पदाथों के वियोजन के समय अपना आहार भी ग्रहण करते हैं, साथ ही साथ ये जटिल जैविक पदार्थों को वियोजित करके अलग करते हैं तथा उन्हें सरल बना देते हैं ताकि स्वपोषित हरे पौधे इन पदार्थों का पुन: उपयोग कर सकें। सूक्ष्म जीवों के अन्तर्गत कई प्रकार की सूक्ष्म बैक्टीरिया तथा कवक (Fungi) को सम्मिलित किया जाता है।

जन्तुओं तथा सूक्ष्म जीवों के अध्ययन के तीन चरण (Stages) होते हैं-

(1) किसी अमुक क्षेत्र के समस्त जन्तुओं तथा सूक्ष्म जीवों की पहचान तथा उनका अभिनिर्धारण करना;

(2) सभी अभिनिर्धारित (Identified) जन्तुओं तथा सूक्ष्म जीवों का वर्गीकरण करना तथा

(3) जन्तुओं के उद्भव, वितरण, विसरण (Dispersal) तथा विलोप (Extinction) का अध्ययन करना। ज्ञातव्य है कि जन्तु जगत (Animal Kingdom) के अन्तर्गत सूक्ष्म जीवों से लेकर वृहदाकार जन्तुओं (यथा-ह्वेल) के विभिन्न प्रकारों को सम्मिलित किया जाताहै। जीवमण्डलीय पारिस्थितिक तंत्र में तंन्तुओं तथा सूक्ष्म जीवों की संख्या असीमित एवं अनन्त है। यद्यपि, जीवमण्डल के सभी जन्तुओं का अभिनिर्धारण (Identification) तथा नामकरण नहीं किया जा सका है तथापि अब तक अभिनिर्धारित जन्तुओं को सात क्रमिक वर्गों (उच्च क्रम से निम्न क्रम की ओर) में विभाजित किया गया हैं-

(i) जन्तु जगत,
(ii) संघ (Phyla),
(iii) वर्ग (Classes),
(iv) कोटि (Order),
(v) परिवार (Family),
(vi) वंश (Genera) तथा
(vii) जाति (Species)।

जीवमण्डल/पारिस्थितिक तंत्र के तत्वों का कार्यात्मक विंभाजन

जीवमण्डल पारिस्थितिक तंत्र के तत्वों को कार्यात्मक (Functional) दृष्टि से चार वर्गों में विभक्त किया जाता है-

(1) **अजैविक या भौतिक तत्व** : किसी निश्चित स्थिति (Site) या आवास (Hanotat) के मूल अजैविक या भौतिक तथा मृत जैविक यौगिकों को इस वर्ग के अन्तर्गत सम्मिलित करते हैं। ये तत्व मृदा में रहते हैं।

(2) **उत्पादक** (Producers) : ये मुख्य रूप से हरी पत्ती वाले स्वपोषित पौधे होते हैं। ये जैविक एवं अजैविक जगत में मध्य विचौलिया (Intermediataries) होते हैं क्योंकि ये प्रकाशसंश्लेषण विधि से अपना आहार

निर्मित करते हैं एवं अपनी जड़ों द्वारा मृदा से जड़परासरण विधि (Root osmosis) से अजैविक पदार्थ प्राप्त करते हैं। अर्थात् पौधे सौर्यिक प्रकाश को पत्तियों द्वारा तथा अजैविक एवं जैविक पोषक तत्व मृदा से अपनी जड़ों द्वारा प्राप्त करते हैं।

(3) **उपभोक्ता** (Consumers) : परपोषित (Heterotrophic) जीव होते हैं जो मनुष्य रूप से मानव सहित जन्तु होते है। ये स्वपोषित प्राथमिक उत्पादक पौधों द्वारा उत्पन्न जैविक पदार्थों का आहार के रूप में सेवन करते हैं। इनके पुनः तीन उपवर्ग होते हैं –

(i) प्राथमिक उपभोक्ता : ये शाकाहारी जन्तु होते हैं।

(ii) द्वितीयक उपभोक्ताः ये मांशाहारी जन्तु होते हैं।

(iii) सर्वाहारी उपभोक्ता (Omnivorous) : इसके अन्तर्गत मुख्य रूप से मनुष्य रूप से मनुष्य आता है क्योंकि यह शाकाहारी तथा मांसाहारी दोनों होता है।

(4) **वियोजक** (Decomposers) : ये सूक्ष्मजीव होते हैं जो मृत पौधों, जन्तुओं तथा जैविक पदार्थों को विभाजित (सड़ाना-गलाना) करते हैं। इस क्रिया के दौरान ये अपना भोजन भी निर्मित करते हैं तथा जटिल कार्बनिक (जैविक) पदार्थों को एक-दूसरे से पृथक करके उन्हें सामान्य बनाते हैं जिनका स्वपोषित प्राथमिक उत्पादक हरे पौधे पुनः उपयोग करते हैं। इनमें से अधिकांश जीव सूक्ष्म बैक्टीरिया तथा कवक (Fungi) के रूप में मृदा में रहते हैं।

3

मृदा तंत्र
(Soil System)

प्रस्तावना (Introduction)

धरातल पर जहां कहीं भी वनस्पति उगती है। वहां मृदा या मिट्टी का आवरण अवश्य होता है। दूसरे शब्दों में "भूपटल का वह भाग जिसमें वनस्पतियों की जड़ें पायी जाती है, मिट्टी कहलाता है।" इस परिभाषा के अनुसार तालाबों की कींचड़-युक्त तली, चट्टानों के छिद्र व दरार, नदी या हिमनदी निक्षेप, झीलों की तली, पीट आदि सभी को मृदा या मिट्टी कर सकते है, किन्तु मिट्टी की यह परिभाषा संकुचित ही है। वास्तव में मिट्टी निर्माण क्रिया (Complex System) है। मिट्टी की उत्पत्ति में खनिज तत्वों एवं जैविक पदार्थों का विशेष योग रहता है तथा अनेक जलवायवीय, स्थलाकृतिक एवं जैविक कारकों की अभिक्रियाएं मिट्टी के निर्माण में योग देती है। मिट्टी खनिज कणों का समूह मात्र नहीं है, इसमें अनेक जीवित जीवों का भी सम्मिश्रण पाया जाता है, जिसे मृदा सम्मिश्रण (Soil Complex) कहा जाता है।

प्रसिद्ध रूसी मृदाविज्ञ (Pedologist) दोकुचायेव (Dokuchayev, 1889) के अनुसार "मिट्टी पैतृक शैलों, जलवायु, स्थलाकृति, पौधों, प्राणियों तथा स्थल की आयु के पारस्परिक प्रभावों एवं कार्यों का परिणाम है। इसे निम्न सूत्र द्वारा व्यक्त किया जा सकता है–

(S = मिट्टी, G = भूविज्ञान, E = पर्यावरण, B = जैविक प्रभाव तथा T = समय)

मिट्टी की उत्पत्ति (Formation of Soil)

मिट्टी निर्माण की प्रक्रिया दो अवस्थाओं में सम्पन्न होती है–

(1) **अपक्षय** (Weathering : बड़े शैल छोटे खनिज कणों में विखण्डित होना।

(2) **मृदाजनन** (Pedogenesis) : जलवायु, स्थलाकृति, जैविक, आदि कारकों के साथ प्रतिक्रिया होने पर खनिज पदार्थों का रूपान्तरण।

मृदा का अर्थ

सामान्य रूप में शैलों के विघटन तथा नियोजन से प्राप्त ढीले एवं असंगठित भूपदार्थों को मृदा (मिट्टी) कहते हैं। Raman ने (1917) मृदा की परिभाषा निम्न रूप में प्रस्तुत की है–"Soil is formed of rocks that have been reduced to small fragments and have been more or less changed chemically, together with the remians of plants or animals that live on or in it." J.S. Joffe (1949) के अनुसार मिट्टियों जन्तु, खनिज एवं जैविक पदार्थों से निर्मित प्राकृतिक वस्तु होती है जिनमें विभिन्न मोटाई के विभिन्न मण्डल (Horizon संस्तर) होते हैं। मृदा के ये संस्तर आकारिकी, भौतिकी एवं रासायनिक संघटन तथा जैविक विशेषताओं के दृष्टिकोण से निचले पदार्थों से अलग होते हैं। इस तरह मृदा के अन्तर्गत सम्मिलित किये जाने वाले समस्त पदार्थों की समस्त गहराई एवं मोटाई को दो भागों मे विभक्त करते हैं–

(1) *वास्तविक मृदा या उपरिवर्ती मृदा या टापस्वायल :* मृदा के सबसे ऊपरी भाग को प्रदर्शित करती है। यही मृदा पौधों तथा मृदाजीवी सूक्ष्म जीवों को जीवन प्रदान करती है इसी मृदा में सभी प्रकार के पौधे उगते तथा पनपते हैं।

(2) *निचली मृदा या सबस्वायल:* इसके अन्तर्गत आधार शैल के नियोजित तथा विघटित ऊपरी भाग को सम्मिलित करते हैं। इसमें पौधों के लिए आवश्यक पोषक तत्वों का सर्वथा अभाव होता है। उपर्युक्त विवरण से यह स्पष्ट होता है कि किसी भी स्थान में भूतल की ऊपरी सतह से लेकर नीचे स्थित आधार शैल (Bedrock) के बीच स्थित ढीले पदार्थों को मृदा या मिट्टी कहते हैं। इस मृदा तंत्र के सबसे ऊपरी भाग को उपरिवर्ती मृदा या टापस्वायल (Topsoil) तथा निचले भग को निचली मृदा या सबस्वायल (Sinsoil) कहते है। ऊपरी मृदा या टापस्वायल ही वास्तविक मृदा होती है क्योंकि इसी में सारे पोषक तत्व निहित होते हैं।

मृदा वास्तव में जीवमण्डल या जीवन परत का हृदय या कोड है क्योंकि यह उस मण्डल का प्रतिनिधित्व करती है जिसमें पौधो के पोषक तत्वों का उत्पादन तथा रखरखाव होता है तथा ये पोषक तत्व पौधों को उनकी जड़ों के माध्यम से सुलभ होते हैं तथा सूक्ष्म जीव की इन पोषक तत्वों को अपने निर्वाह के लिए प्राप्त करते हैं। इस तरह मृदा तंत्र जीवमण्डल में ऊर्जा के स्थानान्तरण मार्ग तथा पोषक तत्वों (Nutrients) के गमन, संचरण तथा चक्रण (Cycling) के लिए अत्यावश्यक होता है। स्थलमण्डल पर वनस्पति आवरण तथा अपक्षय से अप्रभावित

आधार शैल के मध्य स्थित मृदा का पतला मण्डल सर्वाधिक महत्वपूर्ण जैविक भट्ठी (Biological Furnace) के रूप में होता है। मृदा मण्डल को एक बहुत जैविक कारखाना (Biological Factory) भी कहा जाता है।

मृदा का महत्व

(1) मृदा मण्डल के अन्तर्गत ही पौधों तथा जन्तुओं से प्राप्त जैविक पदार्थों तथा आधार शैल से प्राप्त खनिजों का विघटन तथा वियोजन होता है तथा उनका विभिन्न तत्वों में परिवर्तन होता रहता है।

(2) मृदा मण्डल जीवमण्डल के ऊर्जा एवं पदार्थों के स्थानान्तरण मार्गों के लिए माध्यम (Medium) का कार्य करता है तथा पोषक तत्वों के जैविक संघटकों द्वारा चक्रण एवं पुनर्चक्रण (Cycling and Recycling) में सहायता करता है।

(3) मृदा मण्डल ऊपर से रिसकर आये वर्षा के जल को अपने अन्दर संचित करती है तथा भूमिगत जलभण्डार का निर्माण करती है। पौधे तथा मृदाजीवी जन्तु इसी मृदा जलभण्डार से आवश्यक जल प्राप्त करते हैं।

(4) मृदा विभिन्न जातियों एवं किस्मों के जीवित जीवों (पौधों तथा जन्तुओं) के लिए अनुकूल आदर्श पर्यावरणीय दशायें एवं आवास प्रदान करती है।

(5) मृदा मण्डल से ही पौधों के लिए आवश्यक पोषक तत्व सुलभ होतं हैं।

(6) विभिन्न प्रकार के जैविक यौगिकों का मृदा के अन्तर्गत जनन होता रहता है जो जीवित जीवों के लिए अति आवश्यक होते हैं।

इनके अलावा मृदा निम्न कारणों से मानव समाज के लिए भी एक महत्वपूर्ण पर्यावरणीय कारक तथा तत्व होती है–

(1) खाद्यान्नों तथा लकड़ी के उत्पादन के लिए मृदा मुख्य आधार होती है;

(2) यह भवनों तथा सड़कों के निर्माण के लिए आधार प्रस्तुत करती है तथा

(3) यह महत्वपूर्ण क्षयशील प्राकृतिक संसाधन है क्योंकि एक बार नष्ट हो जाने पर इसकी स्थानापूर्ति (Replacement) नहीं की जा सकती है। मृदा का क्षय मानव-जनित अत्यधिक मृदा अपरदन के कारण होता है।

मृदा तंत्र पर्यावरणीय एवं जीवीय प्रक्रमों का प्रतिफल होता है तथा इसका जलवायु, वनस्पति, जन्तु, नीचे स्थित आधार शैल, धरातल तथा समय के साथ गहरा सम्बन्ध होता है। मृदा के निर्माण की प्रक्रियायें तथा उसका समय के परिवेष में विकास।

मृदा तथा पौधे एक दूसरे के अविभाज्य अंग होते हैं क्योंकि इन दोनों में पदार्थों तथा ऊर्जा का आदान-प्रदान सतत् चलता रहता है। उदाहरणस्वरूप, वनस्पतियों तथा नीचे स्थित अपेक्षयित शैल की पारस्परिक क्रियाओं के फलस्वरूप मृदा का निर्माण होता है तथा इसमें पोषक तत्वों का निर्माण एवं भण्डारण होता रहता है। पौधे इन पोषकं तत्वों को प्राप्त करके विकसित होते हैं। बाद में इन पौधों के नष्ट होने या सड़ने-गलने से निर्मित पोषक तत्व मृदा में पुनः पहुंचते हैं। पौधे इन पोषक तत्वों का पुनः उपयोग करते हैं।

मृदाजनन (Pedogenesis)

शैलों के सूक्ष्म कणों के रूप में खण्डित होने मात्र से ही मिट्टी निर्माण की क्रिया सम्पूर्ण नहीं होती क्योंकि ऐसी मिट्टी में वनस्पति नहीं अग सकती। अपक्षयित पदार्थ मृदाजनन की जटिल निर्माण प्रक्रिया के कई दौर से गुजरता है। मृदाजनन वास्तव में एक जैविक परिघटना (Biological Phenomenon) है। अनेक प्रकार के सूक्ष्म जीवों द्वारा जैविक अम्लों (Organic Acids) तथा एन्जाइम के विमोचन, कार्बन डाइऑक्साइड उत्पादन, मृत जीवों द्वारा जैविक पदार्थों की वृद्धि, आदि से शैलों में भू-रासायनिक (Geochemical), जैव रासायनिक (Biochemical) तथा जैव भौतिकीय (Biophysical) परिवर्तन होते हैं। इसके परिणामस्वरूप, अपक्षयित शैलें मिट्टियों का निर्माण करती हैं। इस प्रकार मिट्टियां अनेक खनिज तत्वों, विविध जैविक योगिकों (Compounds) तथा सूक्ष्म जीवों से समृद्ध (Enriched) होती है।

मृदा तंत्र के संघटक (Components)

मृदा की संरचना तथा संघटक का अध्ययन सामान्य रूप से उसके लम्बवत भागों या संस्तरों के माध्यम से किया जाता है। मृदा तंत्र के ऊपरी भाग से लेकर निचले भाग तक उसके समस्त संस्तरों (Horizons) को सम्मिलित रूप से मृदा परिच्छेदिका (Soil Profile) कहा जाता है। इस मृदा परिच्छेदिका का विस्तार मृदा की सबसे ऊपरी सतह से लेकर नीचे स्थित अपक्षय से अप्रभावित आधारशैल (Bedrock) तक होता है। यदि पादप समुदाय के सबसे ऊपरी भाग से सतह के नीचे आधारशैल की ऊपरी सीमा तक के लम्बवत् भाग को देखा जाय तो दो प्रमुख मण्डलों का अभिनिर्धारण होता है–

(1) **वनस्पति मण्डल** (Vegetation Zone) तथा

(2) **मृदा मण्डल** (Soil Zone)। वनस्पति मण्डल में चार प्रमुख स्तर होते हैं–

(i) वृक्षस्तर,

(ii) झाड़ी स्तर,

(iii) शाक स्तर (जिसमें घासें, शाकीय पौधे, फूल वाले लघु पौधे आदि होते हैं। तथा

(iv) भूतल स्तर जिसमें काई, लाइकेन तथा भूमि पर फैलने वाले पौधों को सम्मिलित किया जाता है)।

मृदा मण्डल की रचना दो उपमण्डलों से होती है–

(1) **सोलम या उपस्विर्ती मृदा मण्डल** (इसके अन्तर्गत अपेक्षयित ढीले तथा असंगठित पदार्थ, जैविक पदार्थ, रासायनिक तत्व एवं जीवित सूक्ष्म जीव सम्मिलित किये जाते है) तथा

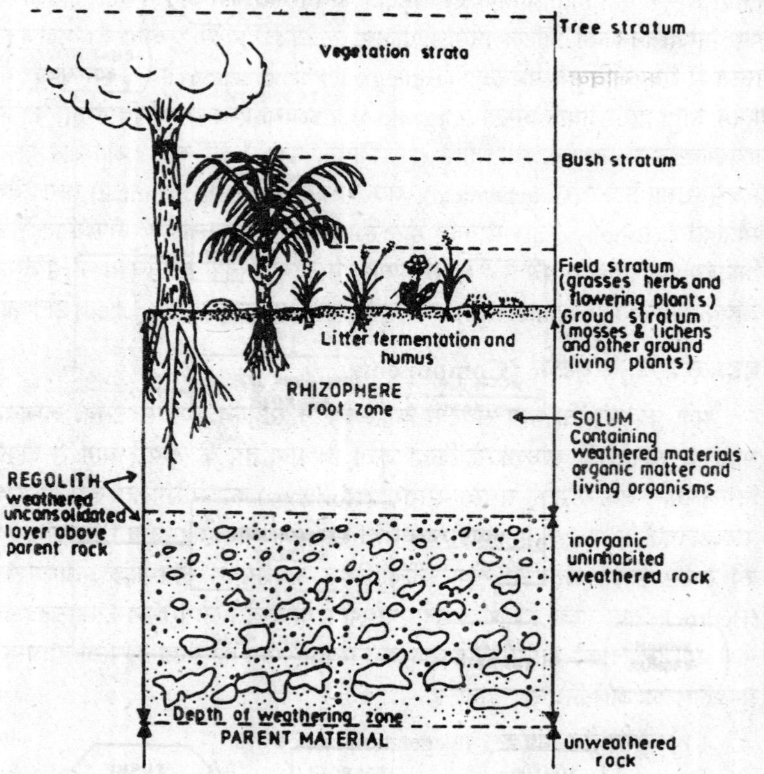

चित्र 3.1 : वनस्पति तथा मृदा तंत्रों का ऊपर से नीचे तक लम्बवत् काट या सेक्शन (P.A. Furley तथा W.W. Newey, 1983, के आधार पर)।

(2) **उपमृदा मण्डल या रिगोलिथ मण्डल** (इसके अन्तर्गत अजैविक पदार्थ तथा अपेक्षयित शैल या रिगो लिथ होते है। इसमें जीव नहीं होते है। कभी-कभी असंगठित एवं ढी.ने अपेक्षयित पदार्थों के समस्त मण्डल को रिगोलिथ कह दिया जाता है, उसमें चाहे जीवित जीव वर्तमान हो या न हो) (चित्र 3.1)।

मृदा तंत्र के चार प्रमुख संघटक होते हैं–

(1) वनस्पति समूह (Flora) जन्तु समूह (Fauna) तथा जैविक पदार्थ;

(2) अजैविक या अकार्बनिक खनिज;

(3) मृदा घोल (Soil Solution); तथा

(4) मृदा वायुमण्डल (Soil Atmosphere)।

किसी क्षेत्र की मृदा तंत्र के उपर्युक्त चारों संघटकों को प्रदर्शित किया गया है–

तालिका 3.1 मृदा के प्रमुख संघटक

प्रमुख संघटक	संघटन का प्रतिशत
1. जीवित जीव एवं जैविक पदार्थ	5 से 12%
2. खनिज पदार्थ	38 से 47%
3. मृदा घोल	15 से 35%
4. मृदा वायुमण्डल	15 से 35%

जैविक पदार्थों के अन्तर्गत वनस्पति एवं जन्तुओं के अजीवित बायोमास (Non-Living Biomass) को सम्मिलित करते हैं। इन्हीं जैविक पदार्थों से अधिकांश मृदा-जीवों (Soil Organisms) को आहार तथा ऊर्जा मिलती है। वनस्पति तथा जन्तु के समूह एवं जैविक पदार्थ सम्मिलित रूप से मृदा के समस्त संघटन का 5 से 12 प्रतिशत भाग का निर्माण करते हैं। मृदा में रहने वाले जीवों को इडेफन्स (Edaphons) या **मृदा-जीव** कहते हैं।

मृदा में रहने वाले तथा भूतल पर रहने वाले जीवों में अन्तर स्थापित करना कठिन होता है। क्योंकि इनमें से अधिकांश प्रमुख जीव दोनों पर्यावरण, मृदा पर्यात्ररण तथा भूतल पर्यावरण, में निवास करते है। मृदा में रहने वाले जुन्तुओं के आकार 20 सेण्टीमीटर से लेकर 20 माइक्रोमीटर की लम्बाई वाले होते है **मृदा-जीवों** को तीन प्रकारों में विभक्त किया जाता है–

(1) बड़े आकार वाले जीव,

(2) मध्यम आकार वाले जीव तथा

(3) सूक्ष्म आकार वाले जीव।

(1) **बड़े आकार वाले जन्तु** (Macro-Fauna) : मिट्टयों पत्तियों के ढेरों में रहते है। इनके शरीर की लम्बाई सेण्टीमीटर से अधिक होती है। ये रीढ़दार तथा बिना रीढ़दार दोनों प्रकार के होते हैं। हड्डीवाले रीढ़युक्त जन्तुओं में स्तनधारी जन्तु अधिक महत्वपूर्ण होते हैं (यथा–छंछूदर–Moles तथा Shrews, अमाडिलो, खरगोश, गिलहरी, भूगिलहरी–Gopher, तीक्ष्णदन्ती जन्तु– Rodents यथा–चूहा आदि)। पेट के बल रेंगने वाले (Reptiles) जन्तुओं में छिपकली, सांप आदि महत्वपूर्ण हैं। बिना रीढ़ के हड्डी वाले जन्तुओं के अन्तर्गत भूकीट (Earth Worms), घोंघा, शम्बुक (Slugs), कीट, मकड़ा तथा मकड़ी, कुटकी (Mites) किलनी (Ticks) आदि को सम्मिलित करते हैं।

(2) **मध्यम आकार वाले जन्तुओं** (Meso-Fauna) के शरीर की लम्बाई एक सेण्टीमीटर तथा 0.2 मिलीमीटर के बीच होती है। इनके अन्तर्गत छोटे आकार वाली कुटकी, मकड़ा–मकड़ी की विभिन्न जातियां, स्प्रिंगटेल, कीट लार्वा, सहस्रपाद कीट (असंख्य पैरों वाला कीट), समपाद जीव (समान पैर वाले जीव, केकड़े से मिलता-जुलता जीव- Isopods) आदि महत्वपूर्ण जीव है।

(3) **लघु आकार वाले जन्तुओं** (Micro-Fauna) के शरीर की लम्बाई 0.2 मिलीमीटर से कम होती है। इस श्रेणी के अन्तर्गत मृदा में रहेने वाले लघुतम असंख्य जीवों को सम्मिलित करते हैं। इनमें बैक्टीरिया सर्वप्रमुख होती है।

मृदा-जीवी के कुछ पक्ष मिट्टियों के गुणों तथा उनकी विशेषताओं के विकास के लिए अति महत्वपूर्ण होते हैं। इन पक्षों के अन्तर्गत निम्न पर अधिक ध्यान दिया जाता है–

(i) जन्तुओं द्वारा मृदा में व्यतीत किये जाने वाले समय की अवधि,

(ii) जन्तुओं की आहार ग्रहण करने की आदत;

(iii) जन्तुओं के निवास स्थान, तथा

(iv) जन्तुओं की गतिशीलता।

मृदा में रहने की अवधि के आधार मृदा जीवों को तीन वर्गों में विभाजित किया जाता है–

(1) वे जन्तु जो केवल प्रौढ़ होने पर ही शीतवास (Hibernation) के लिए मिट्टियों में प्रवेश करते हैं, यथा–गुबरैला (Beetles), अंगूरी कीड़े (Thrips) आदि,

(2) वे कीट जो अपने जीवन का आरम्भिक समय अण्डे या लारवा के रूप में व्यतीत करते हैं परन्तु बाद में मृदा से ऊपर आकर रहते हैं (यथा–तितलियां, पतिगे– Months आदि)तथा

(3) वे जन्तु जो प्राय: अपना सार' जीवन मृदा में व्यतीत करते हैं (अधिकांश बिना रीढ़ वाले कीड़े-मकोड़े)।

आहार ग्रहण करने की आदतों के अनुसार मृदावासी जन्तुओं को 5 वर्गों में विभाजित किया जाता है–

(1) मांसाहारी मृदावासी जन्तु (यथा–गोलकृमि तथा सूत्रकृमि-सूत के समान पतले तथा लम्बे कीड़े- Nematodes, कुटकी- Mites, शतपाद कीड़े-सौ पैर वाले कीट-(Centipede, घोंघा- Molluscs आदि);

(2) वनस्पति भक्षी या शाकभक्षी जन्तु (Phyto Phages) वे जन्तु होते हैं जो या तो धरातलीय सतह के ऊपर स्थित पौधों की पत्तियों को खाते हैं या मिट्टी में पौधों की जड़ों को खाते हैं। या पौधों के ठोस भागों का भक्षण करते हैं;

(3) मृतोजीवी जन्तु (Saprophages) के अन्तर्गत वे मृदावासी जीव आते हैं जो अपने भोजन के लिए मृत तथा सड़े गले जैविक पदार्थों पर निर्भर करते हैं (यथा-केंचुआ-Earthworms),

(4) सूक्ष्म शाकजीवी जन्तु (Microphytic Feeders) के अन्तर्गत वे सूक्ष्म जीव आते हैं जो पौधों के बीजाणुओं (Spoes), लाइकेन, कवक (Fungi फफूंदी), बैक्टीरिया आदि से अपना आहार ग्रहण करते हैं तथा

(5) मिश्र जन्तु (Composite Animals) कई प्रकार के पदार्थों से आहार ग्रहण करते हैं।

निवासक्षेत्र (Habitats के आधार पर मृदावासी जीवों को तीन वर्गों में विभाजित किया जाता है। ज्ञातव्य है कि मृदावासी जीवों के ये तीन वर्ग मुद्रा परिच्छेदिका के तीन संस्तरों (Horizons) से सम्बन्धित होते हैं।

(1) पर्ण संस्तर (Litter Horizon) पत्तियों के ढेर वाला मिट्टियों के सबसे ऊपर का भाग) के जन्तु;

(2) किण्वन (खमीर) संस्तर (Fermentation Horizon) के जन्तु (अर्थात् मृदा-परिच्छेदिका का F संस्तर जिसका निर्माण आंशिक रूप से नियोजित पर्ण ढेर से होता है, पर्ण-पत्तियां) तथा

(3) ह्यूमस संस्तर के जन्तु।

मृदा-वनस्पतियों एवं सूक्ष्म जीवों (Micro-Flora and Micro-Organisms) के अन्तर्गत बड़े पौधों खासकर उनकी जड़ों कवक, वैक्टीरिया, शैवाल- Algae तथा मृदावसी प्रोटाजोआ (सूक्ष्म जन्तु) का सम्मिलित किया जाता है। ये जीव किसी भी क्षेत्र या प्रदेश की मिट्टियों के गुणों तथा विशेषताओं को बड़े पैमाने पर प्रभावित तथा निर्धारित करते हैं। बैक्टीरिया तथा कवक सूक्ष्मजीव होते हैं जो प्राकृतिक पारिस्थितिक तंत्र में ऊर्जा तथा पोषक तत्वों के स्थानान्तरण गमन तथा संचरण में सहायक होते हैं। कवक (Fungi) रसायनपोषित (Chemosyntheitc) जीव होते हैं जिनके अन्तर्गत कई प्रकार के मृदावासी सूक्ष्म जीव आते हैं जो मृदा मण्डल में कई तरह के कार्य करते हैं, यथा- संकवक (Mycorrhiza) का निर्माण करना, जैविक पदार्थों का विघटन करना, जीवित जीवों पर हमला करना तथा पौधों में कई प्रकार के रोगों को जन्म देना आदि। कुछ कवक का आर्थिक महत्व भी होता है क्योंकि इनका प्रतिजैविक/जीवाणुद्वेषी दवाओं (Antibiotic Medicines) तथा किण्वाणुओं (Enymes) के निर्माण के लिए उपयोग किया जाता है।

बैक्टीरिया मृदा-मण्डल के सर्वाधिक महत्वपूर्ण सूक्ष्म जीव होते हैं। वे मृदामण्डल में निम्न कार्य सम्पादित करती है-

(1) वनस्पतियों तथा लकड़ियों को सड़ाना-गलाना;

(2) जैविक पादार्थों का वियोजन करना,

(3) ह्यूमस का निर्माण करना,

(4) पोषक तत्वों का चक्रण (Cycling) करना आदि।

शैवाल तथा काई (Algae) प्रकाशपोषित (Photo-Sythetic) सूक्ष्म जन्तु होते हैं। ये मिट्टी के ऊपरी संस्तर में निवास करते हैं। ये मृदामण्डल में निम्न कार्य करते हैं-

(1) मृदा-खनिजों में जैविक पदार्थों की पूर्ति करना;

(2) मिट्टी के कणों को संगठित करना;

(3) मिट्टी की संरचना को स्थायित्व प्रदान करना ताकि मिट्टियों का अत्यधिक अपेक्षालन (Leaching) तथा अपरदन से बचाव हो सके;

(4) बड़े पौधों को पोषक तत्व प्रदान करना;

(5) अप्रवाहित (Poorly Drained) मिट्टियों में वायु-संचरण (Aeration) करना);

(6) वायुमण्डलीय नाइट्रोजन को प्राप्त करके मृदा में संचित करना आदि।

जैविक पदार्थों (Organic Matters) के अन्तर्गत जीवित पौधों एवं जन्तुओं के मृत एवं वियोजित भागों को सम्मिलित किया जाता है। अर्थात् मृदा के अन्दर वर्तमान जैविक पदार्थ पौधों तथा जन्तुओं के अजीवित वायोमास होते हैं। इन जैविक पदार्थों का मृदा-मण्डल तथा जीवमण्डलीय पारिस्थितिक तंत्र के जीवों के लिए अत्यन्त महत्व होता है क्योंकि :

(1) ये जीवों के ऊर्जा तथा आहार के प्रमुख स्रोत होते हैं;

(2) ये पौधों को पोषक तत्व प्रदान करते हैं;

(3) ये मिट्टियों के निर्माण में सहायक होते हैं;

(4) इनमें पौधों तथा जन्तुओं के मरने पर उनसे प्राप्त वियोजित पदार्थों का सतत निवेश (Input) होता है;

(5) इनका सूक्ष्म वियोजक जीवों द्वारा सतत् विघटन एवं वियोजन होता रहता है तथा

(6) इनका प्राकृतिक पारिस्थितिक तंत्र में सर्वदा गमन, स्थानान्तरण, संचरण, चक्रन एवं पुनर्चक्रन (Recycling) होता रहता है। जैविक पदार्थों की रचना निम्न रूप से होती है-

(i) मृत जैविक पदार्थ तथा वियोजन से प्राप्त पदार्थ = 10% तथा

(ii) इडैफन (मृदावासी जीव) = 5 प्रतिशत 1 इडेफन की रचना निम्न द्वारा होती है-

(अ) बैक्टीरिया तथा एक्टीनामाइसीटीज = 40%;

(ब) अन्य सूक्ष्म वनस्पति (यथा-कवक, काई तथा शैवाल)=40%

(स) भूकीट या केंचुआ आदि = 12%;

(द) मध्यस्तरीय जन्तु = 3% तथा

(य) अन्य बड़े जन्तु = 5 प्रतिशत।

खनिज पदार्थ

खनिज मृदा-मण्डल के अति महत्वपूर्ण घटक होते हैं क्योंकि ये मिट्टयों के निर्माण में सहायक होते हैं। वास्तव में खनिजों को मृदा के अजैविक पदार्थों के अन्तर्गत सम्मिलित किया जाता है। ज्ञातव्य है कि मिट्टियों का निर्माण आधार शैलों

(Bassalor Bedrocks) के अपक्षय होने से होता है परन्तु यह सदा आवश्यक नहीं होता है कि किसी क्षेत्र में किसी मृदा के खनिज पदार्थों तथा उस मृदा के नीचे स्थित आधार शैल के खनिजों में पूर्ण समता होती है क्योंकि लगभग 90 प्रतिशत उदाहरणों से मिट्टियों के पदार्थों तथा उनके नीचे स्थित आधार शैल के पदार्थों में समता नहीं होती है। इसका प्रमुख कारण है कि वर्तमान समय में अधिकांश मिट्टियां आयातित (Transported) है। अर्थात् जब आधार शैल का अपक्षय द्वारा विघटन तथा वियोजन होता है तो नदी, हवा आदि बारीक पदार्थों को हटाकर अन्यत्र जमा करती रहती है। इसी तरह मिट्टियों का निर्माण आयातित पदार्थों द्वारा होता रहता है। स्मरणीय है कि यह आवश्यक नहीं है कि मिट्टियों का निर्माण सदा आयातित पदार्थों द्वारा ही होता है। आयातित मिट्टी का प्रमुख उदाहरण जलोढ़ तथा लोयस मिट्टी है।

मृदा-मण्डल के प्रमुख खनिजों के अन्तर्गत ऑलविन, हाइपरस्थीन, आजाइट, हार्नब्लेड, बायोटाइट, पोटाश, कैल्सिक प्लैजियोक्लेज, कैलसिक-अलबली प्लैजियो-क्लेज, अलकली-कैलसिक प्लैजियोक्लेज, क्वार्ट्ज फेल्सपार, मस्कोवाइट आदि को सम्मिलित किया जाता है। खनिजों के तत्वों एवं गठन के पुर्नसंगठन प्राथमिक खनिजों के टूटन (Break Down) गौण खनिजों के निर्माण तथा खनिजों एवं जैविक पदार्थों के समूहन (Regrouping) की क्रियायें तथा प्रक्रियायें सदा कार्यरत रहती हैं। अर्थात् खनिजों का निर्माण, उनका विघटन तथा उनका पुनः निर्माण होता रहता है। मृदामण्डल में ऊपर से नीचे जाने पर खनिजों का आकार बढ़ता जाता है।

मृदाघोल (Soil Solution)

मृदा-मण्डल में वर्तमान जल की मात्रा तथा उसकी गुणवत्ता उसमें रहने वाले पौधों तथा जन्तुओं को प्रभावित करती हैं। इसी तरह मृदामण्डल के ऊपरी भाग में रहने वाले जीव खासकर पौधे, जिनकी जड़े मृदामण्डल में काफी गहराई तक प्रविष्ट रहती है, भी मृदामण्डल में स्थित जल से प्रभावित होते हैं। मृदा-मण्डल में जल का रहना अनिवार्य होता है क्योंकि यह जल मृदा से स्थित पोषक तत्वों को घोल कर मृदा-घोल बनाने में सहायक होता है। पौधे अपनी जड़ों द्वारा जड़परासरण (Root Osmosis) की क्रिया के माध्यम से पोषक तत्वों के इस मृदा-घोल को प्राप्त करते है। मृदा में स्थित जल की मात्रा का निर्धारण जलवर्षा तथा हिमद्रवित जल के मृदा में अन्तः संचरण (Infiltration) की दर तथा मृदा की जलधारण करने की क्षमता (Water Retention Capacity) के आधार पर किया जाता है। मृदा में प्रति समय इकाई (प्रायः एक घण्टे में) में रिसने वाले जल की मात्रा को अन्तः संचरण दर (Infiltration Rate) कहते हैं। जल के मृदा में अन्तः संचरण की दर का निर्धारण

एवं नियंत्रण मृदा की संरचना तथा गठन, मृदा में जैविक पदार्थों की मात्रा तथा उनकी प्रकृति एवं मृदा में पहले से वर्तमान नमी की मात्रा द्वारा होता है।

सामान्य रूप में मृदा में जल के अन्तः सचरण की दर तीन प्रकार से होती है–

(1) निम्न अन्तः संचरण दर (1.25 सेण्टीमीटर प्रति घण्टा जल का नीचे की ओर रिसाव);

(2) मध्यम अन्तः संचरण दन (1.27 से 2.54 सेण्टीमीटर जलप्रतिघण्टा से अधिक)। मृतिका मिट्टियों (Clay Soils) में जल का अन्तः सचंरण निम्न दर से, दोमट (Loam) मिट्टयों में मध्यम दर से तथा रेतीली मिट्टियों में उच्च दर से सम्पन्न होता है।

मृदाओं से मृदा के आयतन के सन्दर्भ में स्थित जल की मात्रा के आधार पर मृदा में ठोस पदार्थों, जल तथा वायु की अनुपातों की तीन दशाओं या अवस्थाओं का निर्धारण किया गया है–

(1) **संयुक्त अवस्था** (Saturated Stage) : इस अवस्था में मिट्टयों में स्थित सुराख तथा खाली स्थल जल से भरे होते हैं। ऐसी स्थिति को प्राप्त मिट्टी जल की और अतिरिक्त मात्रा नहीं सोख पाती है, अतः मृदा की ऊपरी सतह पर जल प्रवाहित होने लगता है। जल के इस प्रवाह को जल का सीधा प्रवाह (Through Flow of Water) कहते हैं।

(2) **भूमि क्षमता अवस्था** (Field Capacity Stage) : जब मृदा में स्थित समस्त रिक्त स्थानों का 50 प्रतिशत जल द्वारा तथा शेष 50 प्रतिशत भाग वायु द्वारा आवृत्त होता है तो मृदा की इस अवस्था को भूमि क्षमता अवस्था कहते हैं।

(3) **म्लान अवस्था** (Wilting Stage) : जब मृदा में वाष्पीकरण द्वारा तथा पौधों द्वारा मृदा-जल को ग्रहण कर लेने के बाद जल का सर्वथा अभाव हो जाता है तो मृदा की उस अवस्था को म्लान अवस्था कहते हैं। इस अवस्था में पौधे जल के अभाव में मुरझा जाते हैं। ज्ञातव्य है कि इस म्लान अवस्था में भी मिट्टियों के रिक्त स्थानों के 25 प्रतिशत भाग में अब भी जल रहता है परन्तु पौधे इस जल का उपयोग नहीं कर पाते हैं क्योंकि यह जल मृदा के निचले भाग में स्थित होता है। मृदा-जल की सम्पृक्तावस्था जीवों के लिए अनुकूल तथा लाभप्रद नहीं होती है क्योंकि जल की अधिकता के कारण मृदा-जीवों की श्वसन क्रिया में बाधा होती है, पौधों की जड़े सड़कर नष्ट हो जाती है, कई सूक्ष्म वनस्पतियां तथा सूक्ष्म जन्तु मर जाते हैं आदि। इसी तरह म्लान-अवस्था भी मुद्रा-जीवों तथा पौधों के

लिए प्रतिकूल होती है क्योंकि जल के अभाव में पौधे मुरझा जाते हैं तथा अन्ततः सूख जाते हैं और अधिकांश सूक्ष्म मृदा-जन्तु कर जाते हैं। इस तरह भूमि क्षमता अवस्था तथा म्लान अवस्था के बीच की स्थिति मृदा-स्थिति पौधों तथा जन्तुओं के लिए सर्वाधिक अनुकूल होते हैं।

मृदा वायुमण्डल

मृदा के वायुमण्डलीय संघटक के अन्तर्गत मिट्टियों में विभिन्न गैसों एवं हवा की उपस्थिति, मृदा के अन्तर्गत जायु के संचरण तथा मृदा के विभिन्न स्तरों या उपमण्डलों में तापमान के वितरण का अध्ययन सम्मिलित करते हैं। ज्ञातव्य है कि भूसतह के ऊपर तथा मृदा-मण्डल में ऑक्सीजन तथा कार्बन अक्साइड के अनुपात में विभिन्नता होती है। यह तथ्य तालिका 3.2 से स्पष्ट हो जाता है।

तालिका 3.2 : भूतल के ऊपर तथा मृदामण्डल के वायुमण्डल का संघटन (In per cent by volume)

	ऑक्सीजन	कार्बन डाइ आक्साइड	नाइट्रोजन	जलवाष्प
1. भूतल के ऊपर का वायु मण्डल	20.97	0.03	79.0	100 से कम
2. घास मैदान की मृदा का वायुमण्डल	18.40	1.60	79.2	प्राय: 100
3. कृषि योग्य मृदा का वायुमण्डल	20.70	0.10	79.2	प्राय: 100

तालिका 3.2 से स्पष्ट है कि मृदा वायुमण्डल में कार्बन-डाइआक्साइड का सान्द्रण भूसतह के ऊपर स्थित वायुमण्डल में कार्बन-डाइआक्साइड के प्राकृतिक सान्द्रण से कई गुना अधिक होता है। इस अन्तर का प्रमुख कारण यह है कि मृदा-मण्डल में मृदावासी सूक्ष्म जीवों द्वारा जैविक पदार्थों के विघटन एवं वियोजन के कारण कार्बन-डाइआक्साइड का सतत् उद्भवन एवं निर्माण होता रहता है। इसके विपरीत मृदा-मण्डल में आक्सीजन का पौधा द्वारा श्वसन (Respiration) के समय सतत उपभोग होता रहता है अतः मृदावासी जीवों में वृद्धि के साथ मृदा-आक्सीजन की मात्रा में शनैः-शनैः ह्रास होता जाता है।

कार्बन-डाइआक्साइड के उत्पादन एव आक्सीजन के उपभोग के बीच अनुपात कई कारकों पर निर्भर करते हैं–यथा, मृदा में जल की या नमी की मात्रा; मृदा-तापमान, वियोजक जन्तुओं द्वारा जैविक पदार्थों की दर **जल मण्डल** (Rhizosphere

या Rootsphere) में जन्तुओं तथा पौधों की जड़ों के क्रिया-कलाप आदि। मृदा-जल एवं मृदा-वायु में विलोम अनुपात होता है, अर्थात् यदि मिट्टियों में जल की मात्रा अधिक होगी तो वायु की मात्रा कम होगी और यदि जल की मात्रा कम होगी तो वायु की मात्रा अधिक होगी। मृदा की म्लान-अवस्था (Wilting Stage) में न्यूनतम जल या नमी तथा अधिकतम वायु होती है। इस दशा को सुवातित अवस्था (Well Aerated stage of Aerobic Stage) कहते हैं तथा इस अवस्था वाली (अधिकतम वायु वाली) मृदा को सुवातित मृदा (Well Acrated Soil) कहते हैं। इसके विपरीत मृदा की सम्पृक्त अवस्था (Satirated Stage) में अधिकतम जल या नमी तथा न्यूनतम वायु रहती है। मृदा की इस अवस्था को अवतातित अवस्था (Poorly Aerated stage या Anaerobic stage) कहते है तथा इस अवस्था वाली मृदा को अवतातित मृदा (Poorly Aerated Stage या Anaerobic Soil) कहते हैं। सुवातित मृदा अवस्था को वायुश्वसन या आक्सीश्वसन मृदा पर्यावरण (Aerobic soil environment) तथा अवतातित मृदा अवस्था को अववातित मृदा पर्यावरण (Anaerobic Soil Environment) भी कहते हैं। वातित मृदा में $CO_2 : O_2$ का अनुपात प्राय: एक के आसपास रहता है क्योंकि पौधे आकसीजन का उपयोग करते है परन्तु अववातित मृदा (Anacrobic Soils) में $CO_2 : O_2$ अनुपात एक के अधिक होता है क्योंकि जल की अधिकता के कारण पौधे आक्सीजन का वांछित मात्रा मे उपयोग नहीं करपाते हैं क्योंकि हवा के अभाव में श्वसन क्रिया (सांस लेने की क्रिया) शिथिल पड़ जाती है।

वियोजक जन्तुओं द्वारा जैविक पदार्थों के वियोजन से ऑक्सीजन के अलावा कुछ अन्य गैसों का उद्भव भी होता है–मिथेन, इथाइलीन, सल्फाइड्स आदि। जब मिट्टियां जल के कारण अति सम्पृक्तावस्था (Overstaurated Stage) में होती है तो पौधे जलाधिक्य के कारण इन गैसों का उपभोग नहीं कर पाते हैं, अत: इनका मृदा में सतत संचय होता रहता है।

उपर्युक्त विवरणों से यह स्पष्ट हो गया है कि मृदा में विभिन्न जीवो, खसकर पौधों, के अस्तित्व के लिए जल-वायु अनुपात निहायत महत्वपूर्ण कारक है क्योंकि वनस्पतियों के आदर्श विकास के लिये पौधों की जड़ों को पर्याप्त ऑक्सीजन की आवश्यकता होती है। यदि मिट्टियां लम्बी अवधि तक तर एवं अतिसंतृप्त रहती है तो उनमें वायु की मात्रा निहायत कम हो जाती है, अत: पौधों में श्वसन की क्रिया मन्द पड़ जाती है, परिणामस्वरूप कई पौधे मर जाते हैं।

मृदा-जीवों के विकास एवं वृद्धि के लिए मृदा-तापमान एक महत्वपूर्ण कारक होता है। मृदा-तापमान कई कारकों द्वारा प्रभावित होता है। मृदा-तापमान कई कारकों

द्वारा प्रभावित होता है यथा–सूर्याताप तथा भूसतह के तापमान का भूमध्यरेखा से ध्रुवों तक क्षैतिज वितरण; वनस्पतियों द्वारा पड़ने वाली छाया, मृदा में ऊष्मा ऊर्जा का प्रवेश;वायु तथा मृदा में ऊष्मा का विनिमय; मिट्टियों द्वारा अपने अन्दर ऊष्मा का विनिमय; मिट्टियों द्वारा अपने अन्दर ऊष्मा धारण करने की क्षमता, मिटिटयों द्वारा अपने अन्दर ऊष्मा धारण करने की क्षमता, मिट्टियों द्वारा ऊष्मा का विसरण (Diffusion); मिट्टियों में जैविक पदार्थों की उपस्थिति तथा उनकी मात्रा आदि।

मृदा-तापमान सूक्ष्म जीवों तथा जीवीय प्रक्रमों एवं प्रक्रियाओं को, जो पौधों की वृद्धि को नियत्रित करती है, (यथा-बीजों का अंकुरण, जड़ परासरण आदि) बड़े पैमाने पर प्रभावित करता है। वियोजक सूक्ष्म जीवों द्वारा जैविक पदार्थों के वियोजन की प्रक्रिया तथा मिट्टियों में खनिजों के निर्माण की क्रियायें मृदा के तापमान से प्रत्यक्ष रूप में प्रभावित तथा नियत्रित होती है। अर्थात् जैविक पदार्थों के वियोजन तथा मृदा में खनिजों के निर्माण या मृदा के खनिजीकरण (Soil Mineralization) की दर तथा मात्रा मृदा के तापमान में वृद्धि होने से बढ़ती है तथा तापमान में कमी होने पर घटती है। ज्ञातव्य है कि जब मृदा-तापमान 10 डिग्री सेण्टीग्रेड से कम हो जाता है तो जैविक पदार्थों के वियोजन की दर अत्यन्त कम हो जाती है। परिणामस्वरूप, ठंडे प्रदेशों में जैविक पदार्थों का निरन्तर संचय होता रहता है। इसके विपरीत आर्द्र उष्ण कटिबन्धीय प्रदेशों में जैविक पदार्थों का अधिकतम वियोजन होता है। परिणामस्वरूप पोषक तत्वों का अधिकतम उत्पादन होता है जिस कारण वनस्पतियों में अधिकतम वृद्धि होती है।

मृदा-संरचना (Soil Structure)

मृदा के एकाकी कणों के पिण्ड के रूप में समूहन को मृदा की संरचना कहा जाता है–The aggregation of individual soil particles in the form of lumps of clusters is called soil structure अर्थात् मिट्टी के कण आपस में संगठित हो जाते हैं। इन संगठित पिण्डों को मिट्टी की संरचना कहते हैं। किसी भी मृदा में कई संरचना हो सकती हैं या मिटटी के कणों के कई पिण्ड हो सकते हैं। इन पिण्डों का चटकनों (Cracks) द्वारा एक दूसरे से अलगाव होता है। इस तरह स्पष्ट है कि मृदा-संरचना वास्तव में मृदा का भौतिक गुण होती है तथा कृषि के लिए इसका पर्याप्त महत्व होता है क्योंकि–

(1) मृदा की संरचनात्मक इकाईयां मृदा की वायु तथा जल-धारण करने की क्षमता का प्रदर्शन करती है;

(2) मृदा-संरचना मृदा में जैविक तथा खनिज तत्वों को प्रदर्शित करती है;

(3) मृदा-संरचना मृदा में जल के क्षैतिज तथा लम्बवत् संचलन को निर्धारित एवं नियंत्रित करती है;

(4) मृदा-संरचना मिट्टियों क अपरदन की प्रकृति तथा उसकी मात्रा का निर्धारित करती है।

(5) मिट्टियों की जुताई तथा पौधों की वृद्धि के लिए मिट्टियों की क्षमता का निर्धारण भी मृदा-सरंचना द्वारा होता है।

मिटटियों के कणों के प्राकृतिक एकाकी समूहों या पिण्डों (Aggregates) को पेड (Ped) कहते हैं। मिट्टियों की जुताई के कारण उनके टूटने से प्राप्त कणों में समूहों या पिण्डों को कलॉड (Clod) या ढेला कहते हैं। पेड़ (Peds) के आकार, विस्तार तथा स्थायित्व मृदा–संरचना के गुण होते है। आकार की दृष्टि से पेड़ों (Peds) को 4 प्रकारों में विभाजित किया जाता है–

(1) प्लेटी पेड (Platy Peds),

(2) प्रिज्मैटिक पेड,

(3) ब्लाकी या कोणिक पेड (Blocky or Angular Peds), तथा

(4) गोलीय अथवा दानेदार पेड़ (Spheroidal या (Granular Peds)।

प्लेटी मृदा संरचना में पेड़ों का निर्माण पट्टियों द्वारा होता है जो मृदा में क्षैतिज रूप में पायी जाती है। अर्थात् पेड़ पतली-पतली पट्टियों के रूप में क्षैतिज दिशा में होते है। **प्रिज्मैटिक संरचना** में पेड़ों की स्थिति स्तम्भाकार या लम्बवत् होती है। मृदा की ब्लाकी संरचना में पेड़ों की स्थिति झुकी होती है, अर्थात् पेड़ झुके होते हैं जबकि मृदा की गोलीय संरचना में पेड़ गोल-गोल रूप में स्थित होते हैं।

पेडों (Peds) तथा एकाकी मोटे कणों वाले खनिजों के चारों तरफ विभिन्न पदार्थों का लेप (Coating) होता है। इस तरह के सेवों से युक्त पेडों को (Coating) को कुटान (Cutans) कहते हैं। उदाहरण के लिए, यदि किसी पेड़ के चारों ओर मृत्तिका (Clay) का लेप होता है तो उस पेड को **मृत्तिका कुटान** (Clay Cutans) कहते हैं। इसी तर विभिन्न पदार्थों के लेप वाले कुटान होते हैं यथा लौह आक्साइड कुटान (लोहे के आक्साइड के लेप वाले कुटान) मैंगनीज आक्साइड कुटान, जैविक पदार्थों के लेप वाले कुटान, मैंगनीज आक्साइड के लेप वाले खनिज कुटान आदि।

मृदा में इन पेड़ों तथा कुटानों का अत्यधिक महत्व होता है। इन्हीं पेड़ों के आधार पर मिट्टियों के अध्ययन करने वाले विज्ञान को मृदा विज्ञान का मृदा विज्ञान (Peodology) कहते हैं।

मृदा-परिच्छेदिका तथा मृदा-संस्तर
(Soil Profiles or (Soil Horizons)

मृदा जनन के विभिन्न प्रक्रमों की पारस्परिक प्रतिक्रियाओं से मिट्टी की क्रमिक संस्तरों (Layers) का विकास होता है तथा विविध प्रकार की मिट्टियां उत्पन्न होती हैं। मिट्टियों का सम्पूर्ण विवेचन करने में परिच्छेदिकाओं (Profiles) का अध्ययन महत्वपूर्ण है। मृदा परिच्छेदिका से आशय मिट्टी में गहराई में उपस्थित विभिन्न क्रमिक क्षैतिज संस्तरों या परतों (Layers) से है। ("Soil profile is the sequence and nature of horizons super imposed one above the other and exposed in a pit section dug through the soil mantle.") प्रत्येक मृदा संस्तर (Soil horizon) मिट्टी के धरातल के लगभग समान्तर होता है तथा अन्य निकटवर्ती संस्तरों में भिन्न होता है। अन्य शब्दों में, भूसतह तथा नीचे स्थित आधार शैल के ऊपरी भाग के मध्य स्थित समस्त मृदा-मण्डल के लम्बवत् स्तरों को सामूहिक रूप से मृदा-परिच्छेदिक कहते हैं। स्पष्ट है कि मृदा-परिच्छेदिका मृदा के संघटकों के लम्बवत् वितरण का प्रतिनिधित्व करती है। मृदा के संघटकों (यथा-जीवित जीव: वनस्पति तथा जन्तु एवं जैविक पदार्थ; अजैविक खनिज; मृदा घोल तथा मृदा-वायुमण्डल के घटक) का पिछले पृष्ठों में विवेचन किया जा चुका है। किसी भी आदर्श मृदा-परिच्छेदिका की निम्न विशेषतायें होती हैं :

(1) सामान्य रूप से मृदा-परिच्छेदिका में ऊपर से नीचे जाने पर जैविक पदार्थों, जीवित जीवों की संख्या, जीवित जीवों के कार्य-कलापों आदि में क्रमश: ह्रास होता जाता है।

(2) मृदा-परिच्छेदिका में ऊपर से नीचे जाने पर मृदा में वातन (Aeration) का स्तर घटता जाता है, अर्थात् मिट्टियों में स्थित वायु की मात्रा मृदा-परिच्छेदिका में गहराई के साथ कम होती जाती है।

(3) ऊपर से नीचे जाने पर मृदा-परिच्छेदिका में खनिजों की संख्या तथा उनके प्रकारों में वृद्धि होती जाती है।

(4) ऊपर से नीचे जाने पर मृदा-परिच्छेदिका में ऊपर से नीचे जाने पर मृदा में स्थित जल की मात्रा में वृद्धि या ह्रास की कोई निश्चित प्रवृत्ति नहीं होती है क्योंकि विभिन्न गहराईयों पर मृदा में स्थित जल की मात्रा में पर्याप्त उतार-चढ़ाव (Fluctuation) होता रहता है। मृदा-जल की मात्रा का निम्न कारकों द्वारा निर्धारण होता है-

(अ) भूमिगत जल की स्थिति,

(ब) भूमिगत जल की गतिशीलता का प्रारूप,

(स) जलवर्षा की आवृत्ति तथा मात्रा,

(द) मृदा-परिच्छेदिका के विभिन्न संस्तरों (Horizons) की जल सोखने तथा जलसाधारण करने की क्षमता आदि।

ज्ञातव्य है कि कभी मृदा-परिच्छदिका में मृदा-संघटकों की विभिन्न विशेषताओं एवं गुणों में गहराई के साथ होने वाले परिवर्तन सामान्य, सरल, क्रमिक तथा समान नहीं होते हैं, क्योंकि कई जैविक प्रक्रियायें तथा जीवित-जीव मृदा-परिच्छेदिका में पदार्थों का नीचे से ऊपर तथा ऊपर से नीचे तक परिवहन, वितरण तथा पुनर्वितरण करते रहते हैं, परिणामस्वरूप मृदा की परिच्छेदिका की विभिन्न गहराइयों पर मिट्टियों के विभिन्न गुणों तथा विशेषताओं के प्राकृतिक स्वरूप में बदलाव आ जाता है।

किसी भी मृदा-परिच्छेदिका में भौतिक एवं रासायनिक संघटन, जैविक तत्वों, मृदा-संरचना आदि की विशिष्ट विशेषताओं वाले स्तरों या संस्तरों या उपमण्डलों को **मृदा-संस्तर** (Soil Horizons) कहते हैं। ज्ञातव्य है कि एक मृदा-परिच्छेदिका के विभिन्न संस्तरों की भौतिक, रासायनिक, जैविक, अजैविक एवं संरचनात्मक विशेषताओं में पर्याप्त अन्तर होता है। किसी भी मृदा-परिच्छेदिका में विभिन्न गुणों एवं विशेषता वाले विभिन्न संस्तरों का विकास जलवायु, वनस्पतियों, जन्तुओं तथा उच्चावचनों की पारस्परिक अन्त:क्रियाओं (Interactions) के फलस्वरूप होता है। अर्थात् मृदा-परिच्छेदिका के संस्तरों के विकास में क्षेत्र विशेष की जलवायु, वनस्पति, जन्तु तथा उच्चवचन एवं इनमें पारस्परिक अन्तक्रियाओं का प्रमुख हाथ रहता है। ज्ञातव्य है कि मृदा-संस्तरों के विकास में समय एक महत्वपूर्ण कारक होता है। कभी-कभी किसी मृदा-परिच्छेदिका के विभिन्न संस्तरों के गुण एवं विशेषतायें इतनी स्पष्ट होती है कि विभिन्न संस्तरों की आसानी से पहचान हो जाती है तथा उनमें स्थापित कर लिया जाता है परन्तु कभी-कभी मृदा परिच्छेदिका के गुणों में गहराई के साथ परिवर्तन इतनी मन्द गति से तथा क्रमश: होता है कि मृदा-परिच्छेदिका के विभिन्न संस्तरों की पहचान करना तथा उनकी सीमाओं का निर्धारण करना कठिन कार्य हो जाता है।

मृदा-परिच्छेदिका के संस्तरों (Horizons) को मुख्य रूप से दो प्रमुख वर्गों में विभाजित किया जाता है–

(1) जैविक संस्तर (Orginic Horizon) तथा

(2) खनिज संस्तर (Mineral Horizon) (चित्र 3.2)।

(1) **जैविक संस्तर** (Organic Hoirzons) : किसी भी मृदा-परिच्छेदिका का सबसे ऊपरी स्तर होता है तथा इसमें जीवित या मृत जैविक पदार्थों की बहुलता होती है। इन संस्तरों अंग्रेजी के O अक्षर द्वारा इंगित किया जाता

है (O = Organic)। इन जैविक संस्तरों का पौधा एवं जन्तुओं से प्राप्त जैविक पदार्थों क संचयन द्वारा निर्माण होता है। जैविक संस्तर (O संस्तर) के पुनः दो उपविभाग किये जाते हैं–O_1 संस्तर तथा O_2 संस्तर। O_1 संस्तर जैविक या O संस्तर का सबसे ऊपरी भाग होता है। इस O_1 संस्तर का निर्माण मौलिक वनस्पति के पदार्थों द्वारा होता है। इन मौलिक पदार्थों की दो तरह की दशायें होती हैं–शुद्ध या ताजा पर्ण-ढेर (पत्तियों का ढेर–(Litters) तथा आंशिक रूप से वियोजित पर्ण-ढेर वाले O_1 संस्तर को पर्ण-ढेर संस्तर (Litter Layer) भी कहा जाता है तथा इसे L अक्षर से सम्बोधित करते हैं तथा आंशिक वियोजित पर्ण-ढेर वाले संस्तर को F अक्षर से इंगित करते हैं। O_1 संस्तर के ठीक नीचे O_2 संस्तर होता है जिसमें पौधों तथा जन्तुओं के परिवर्तित या रूपान्तरित अवशेष (Altered Remains of Plants and Animals) होते हैं। इस सस्तरण में पौधों तथा जन्तुओं के मृत भागों का वियोजन तथा महीनीकरण (Comminution द्वारा इतना रूपान्तरण हो जाता है कि उनके (पौधों एवं जन्तुओं के) मौलिक रूपों का सूक्ष्मदर्शी यंत्रों के सहयोग के बिना पता करना कठिन कार्य हो जाता है। O_2 संस्तर के वियोजित जैविक पदार्थों को ह्यूमस (Humus) कहा जाता है तथा ह्यमूस निर्माण की प्रक्रिया एत्रं O_2 संस्तर के विकास प्रक्रिया को ह्यमूस भवन (Humification) कहते हैं। (चित्र 3.2)।

(2) **खनिज संस्तर** (Mineral Horizons) का निर्माण अजैविक या अकार्बनिक खनिजों से होता है। ये खनिज दो तरह के होते हैं–**संस्थान खनिज** (Skeletal Minerals) यथा क्वार्टसज तथा **मृत्तिका खनिज** (Clay Minerals)। इनके अलावा खनिज संस्तर के ऊपरी भाग में सीमित मात्रा में कुछ जैविक पदार्थ भी पाये जाते हैं। खनिज संस्तर में भी ऊपर से नीचे तक पर्याप्त विभिन्नतायें होती हैं, अतः इस संस्तर में भी 3 स्तर होते हैं। इनका नामकरण क्रमशः A, B तथा C अक्षरों से किया जाता है। इन तीनों स्तरों (A, B तथा C) में भी महत्वपूर्ण विभिन्नतायें होती हैं अतः प्रत्येक खनिज संस्तर (A, B तथा C) के भी कई उपविभाग किये जाते हैं यथा A_1, A_2, A_3 ; B_1, B_1, B_2.... आदि। ज्ञातव्य है कि एक मृदा प्रकार से दूसरे मृदा प्रकार एवं एक जलवायु प्रदेश से दूसरे जलवायु प्रदेश में मृदा-परिच्छेदिकाओं के A, B संस्तरों की विशेषताओं में पर्याप्त विभिन्नतायें होती हैं। मृदा-परिच्छेदिका के विभिन्न खनिज सस्तरों की निम्न उभय विशेषतायें होती हैं–

A_1 – यह खनिज संस्तर का सबसे ऊपरी संस्तर होता है जिसकी स्थिति जैविक संस्तर (O संस्तर) के नीचे होती है। इसमें जैविक पदार्थों का खनिजों का मिश्रण होता है। इसमें जैविक पदार्थों तथा खनिजों का मिश्रण होता है। इसमें जीवीय घटनायें (Biological Activities) अधिक होती हैं। इस संस्तर का रंग काला या गहरा होता है।

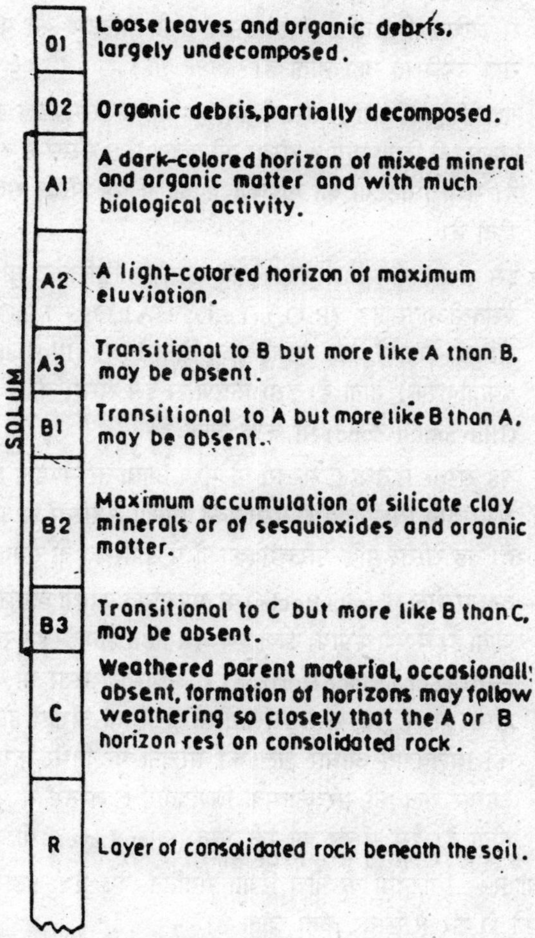

चित्र 3.2 : एक सामान्य मृदा-परिच्छेदिका के विभिन्न संस्तर।

A_2 – हल्के रंग वाला संस्तर होता है। इसमें सिलिकेट मृत्तिका, लौह आक्साइड, एल्यूमिनियम आदि खनिजों का अधिकतम गमन या अपवहन

(Eluviation, खनिजों के नीचे की ओर गमन को अपवहन कहा जाता है) होता है। इस संस्तर को अपवहन मण्डल (Eluviation Zone) भी कहा जाता है (चित्र 3.2)।

A_3 – यह संस्तर A तथा B संस्तरों के मध्य आवान्तर मण्डल (Transitional Zone) होता है परन्तु इसकी विशेषतायें B संस्तर की अपेक्षा A संस्तरण से अधिक मिलती है। यह संस्तर सभी मिट्टियों की परिच्छेदिकाओं में सदा उपस्थित नहीं होता है।

B_1 – यह संस्तर A तथा B संस्तरों के मध्य आवान्तर मण्डल होता है परन्तु इस संस्तर की विशेषतायें A संस्तर की तुलना में B संस्तर से अधिक मेल खाती हैं। सभी मिट्टियों की परिच्छेदिकाओं में यह संस्तर सदा विकसित नहीं होता है।

B_2 – इस संस्तर में खनिज पदार्थों का खासकर सिलिकेट मृत्तिका खनिजों या पेसक्वीआक्साइड (R_2O_3) ($Fe_2O_3 + Al_2O_3 + MnO_2 + P_2O_5$) तथा जैविक पदार्थों का सर्वाधिक विनिक्षेपण (Illuviation, जमाव या एकत्रीकरण) होता है। इसी कारण से इस संस्तर को विनिक्षेपण मण्डल (Illuviation Zone) भी कहा जाता है।

B_3 – यह संस्तर B तथा C संस्तरों के मध्य आवान्तर मण्डल होता है परन्तु इस संस्तर की विशेषतायें C संस्तर की अपेक्षा B संस्तर से अधिक मेल खाती हैं। यह संस्तर मृदि-परिच्छेदिकाओं में उपस्थित तो सकता है या नहीं भी।

C – आधार शैल (Parent Rocks) के अपक्षयित पदार्थों को **रिगोलिय** भी कहा जाता है। ये पदार्थ प्राय: ढीले एवं असंगठित होते हैं। इस संस्तर को उपसतह संस्तर (Subsurface Horizon) या अधोस्तर संस्तर भी कहा जाता है। इस संस्तर में A_2, A_3 या B_2 संस्तरों के गुणों का अभाव होता है। इस संस्तर की विशेषतायें आधार शैल की संरचना पर निर्भर करती हैं। वास्तव में आधार शैल की संरचनात्मक विशेषतायें C संस्तरों में पूर्णतया परिलक्षित होती है। इस संस्तर को **ग्ले** परत (Gley Layer) भी कहते हैं।

D या R – मिट्टियों के नीचे स्थित संगठित, दृढ़ एवं कठोर आधार शैल के मण्डल को D यार R संस्तर कहा जाता है।

ज्ञातव्य है कि मृदा संघटकों की विशेषताओं में विभिन्नताओं के कारण मृदा-परिच्छेदिकाओं के एकाकी उपसंस्तरों (यथा– A_1, A_2, A_3, B_1, B_2 आदि) के अन्तर्गत भी विभिन्नतायें पायी जाती हैं। अत: किसी भी मृदा के प्रमुख संस्तरों एवं उपसंस्तरों की विशिष्ट विशेषताओं एवं गुणों को इंगित करने के लिए अंग्रेजी वर्णमाला

के छोटे अक्षरों (यथा a, b, c, d, आदि) का प्रयोग किया जाता है। इन छोटे अक्षरों को प्रमुख संस्तरों को इंगित करने वाले वर्णमाला के बड़े अक्षरों (यथा- A, B, C आदि) के साथ जोड़ दिया जाता है (यथा–Bca, Ag, Cg आदि)। विशिष्ट गुणों को इंगित करने के लिए निम्न छोटे अक्षरो का प्रयोग किया जाता है:

तालिका 3.3 : सामान्य मृदा-परिच्छेदिका के संस्तरों का प्रदर्शन

भूसतह		परम्परागत प्रयोग में आने वाले संस्तरो के नाम	अभिनव प्रयोग में आने वाले संस्तरों के नाम
		O_1(Aoo)	L जैविक संस्तर (पर्णढेर परत) (पत्तियों के ढेर की परत)
		O_2 (Ao)	F जैविक संस्तर (वियोजित) जैविक पदार्थों की परत)
		A_1	H गहरा रंग पर्याप्त ह्यूमस
	अपवहन (Eluvition) मण्डल	A_2	A हल्का रंग अधिकतम अपवहन (खनिजों एवं जैविक पदार्थों का नीचे की ओर गमन)
		A_3	E B संस्तर का आवान्तर (Transition to B)
वास्तविक मिट्टी		B_1	A संस्तर का आवान्तर (Transition to A)
(True Soil)	विनिक्षेपण मण्डल	B_2 (zone of illuviation)	B पदार्थों खास कर खनिजों के अधिकतम निक्षेपण का मण्डल –विनिक्षेपण मण्डल (Illuviation Zone)
		B_3	C संस्तर का आवान्तर (Transition to C)
	अपक्षयित आधार शैल के पदार्थ ठोस	C	असंगठित अपक्षयित उपसतह या अधोसतह संस्तर, ग्ले परत
	आधार शैल	D	R ठोस आधार शैल

b = तिरोहित या ढका संस्तर (Buried Horison)

ca = कार्बोनेट पदार्थों का संग्रह या संचय (यथा–Bcal)

f = जमी या हिमीकृत मृदा

g = ग्लेइंग प्रक्रिया द्वारा (वह क्रिया जिसके द्वारा मिट्टियों में नीले-भूरे रंग का आविर्भाव होता है। निर्मित चितकबरा संस्तर (Mottled Horizon) यथा–Ag, Cg यार Eg h = ह्यूमस का संग्रह या संचय (यथा – Ah या Bh)

ir = लोहे का संग्रह (यथा– Bir या लौह पटल– iron pan)

hir = ह्यूमस तथा लोहे का संग्रह

P = जुताई के कारण विक्षुब्ध संस्तर (यथा = AP)

Si = सिलिका का संग्रह (यथा– Bsi)

t = विस्थापित मृत्तिका (Clay) का संग्रह (यथा–Bt)

x = टूटने वाली परत (Brittle Layer, यथा फ्रैगीपैन)।

मिट्टियों का निर्माण (Soil Formation)

मिट्टियों ढीले एवं असंगठित पदार्थों की गतिशील परतें होती हैं क्योंकि मृदा–मण्डल या मृदा–परिछेदिका में कई भौतिक, रासायनिक तथा जीवीय क्रियायें एवं प्रक्रियायें साथ–साथ कार्यशील होती हैं। मिट्टियों की निर्माणक प्रक्रियाओं एवं प्रक्रमों में पर्याप्त विभिन्नतायें होती हैं।

ये विभिन्नतायें एकाकी, लघु तथा त्वरित घटनाओं से लेकर (यथा–आयनों–(Ions) का विनिमय) वृहद्स्तरीय जटिल घटनाओं तथा प्रक्रमों से सम्बन्धित होती है यदि लघु स्तरीय घटनायें तथा प्रक्रम मन्द गति से कार्य करते हैं। किस भी प्रदेश में मिट्टियों का निर्माण निम्न कारकों द्वारा सम्पन्न होता है–

(1) मृदा–निर्माणक प्रक्रम तथा

(2) मिट्टियों के निर्माण एवं विकास को प्रभावित करने वाले कारक।

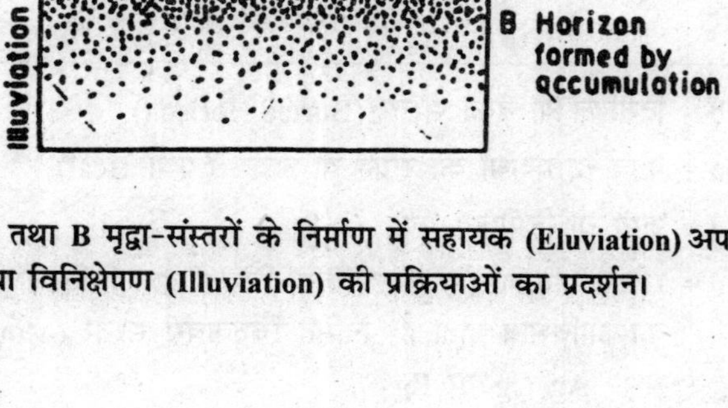

चित्र 3.3 : A तथा B मृद्वा-संस्तरों के निर्माण में सहायक (Eluviation) अपवहन तथा विनिक्षेपण (Illuviation) की प्रक्रियाओं का प्रदर्शन।

मृदा-निर्माणक प्रक्रम (Soil Forming Processes)

उन घटनाओं तथा प्रक्रमों (जो भौतिक या रासायनिक या जीवीय हों) को मृदा-जनक प्रक्रम या मृदा-निर्माणक प्रक्रम कहते हैं जो मिट्टयों के निर्माण में सहायक होते हैं। इन मृदा-जनक (Pedogenic) या मृदा-निर्माणक घटनाओं या प्रक्रमों को चार वर्गों में विभाजित किया जाता है-

(1) मृदा-संवृद्धि (Soil Enrichment),

(2) मृदा-क्षति (Soil-loss),

(3) पदार्थों का रूपानान्तरण (Transformation of materials)। इन प्रक्रियाओं के एक निश्चित समय की अवधि के अन्तर्गत कार्यों के परिणामस्वरूप मिट्टियों का निर्माण होता है।

(1) **मृदा-संवृद्धि** (Soil Enrichment) : मृदा का संवर्द्धन वह प्रक्रिया है जिसके अन्तर्गत उन समस्त घटनाओं तथा प्रक्रमों को सम्मिलित किया जाता है जो मिट्टियों में जैविक एवं अजैविक पदार्थों की वृद्धि में सहायक होते है। कई प्रकार के पदार्थों का विभिन्न मार्गों तथा क्रियाविधियों के माध्यम से मृदा-परिच्छेदिका में समावेश होता रहता है। यथा-

(अ) **वहिर्जात प्रक्रमों** (यथा-बहता जल या सरिता, पवन आदि) द्वारा मृदा-परिच्छेदिकाओ में अजैविक या अकार्बनिक पदार्थों का समावेश हाता है। ये अजैविक पदार्थ भूतल के पदार्थों या भूपदार्थों (Geomaterials) के अपक्षय तथा अपरदन से प्राप्त होते हैं। परिवहन के कारक, यथा-सरिता, पवन आदि, इन पदार्थों को मिट्टियों में समाविष्ट करते रहे हैं।

(ब) मृदा-सतह में (इपीपेडान-मृदापरिच्छेदिका का ऊपरी संस्तर) समाविष्ट किये जाने वाले पदार्थों के अन्तर्गत सौर्यिक ऊर्जा (ऊष्मा), घुले तत्वों से युक्त वर्षा जल, वायुमण्डलीय गैसों तथा धूलिकणों, हवा में रहने वाले जीवों, जैविक पदार्थों, मानव-जनित पदार्थों (खाद आदि) को सम्मिलित किया जाता है।

(स) पौधों की पत्तियों के ढेरों (पर्णढेर- Leaf Litters) से प्राप्त जैविक पदार्थों का मृदा-परिच्छेदिका के जैविक संस्तर (O संस्तर) में संग्रह होता रहता है। इन जैविक पदार्थों के वियोजन से ह्यूमस भवन (Humification) कहते हैं।

(द) मिट्टियों की विभिन्न परतों में जल के क्षैतिज संचलन के कारण मिट्टियों में मृदा-कणों, जल, घुले हुए तत्वों, प्रवासी एवं आयतित जीवों आदि का समावेश होता है।

(य) मिट्टियों की विभिन्न परतों में जल के उपरिमुखी संचलन (Upward Movement) या **केशिका क्रिया** (Capillary Action) की प्रक्रिया द्वारा निचले स्तरों से घुले तत्वों का ऊपरी स्तरों में गमन होता है।

(र) मृदावासी जीवों के निचले भाग से पदार्थों का ऊपरी भाग में स्थानान्तरण होता रहता है।

(2) **मिट्टियों से पदार्थों की क्षति :** मृदा-मण्डल से विभिन्न प्रकार से विभिन्न प्रकारों की क्षति एवं स्थानान्तरण होता है यथा-

(अ) मृदा-सतह से जल के क्षैतिज प्रवाह एवं संचलन द्वारा पदार्थों की क्षति। अर्थात् धरातलीय वाही जल (Surface Runoff) के द्वारा **मृदा-अपरदन** (Soil Erosion) के कारण पदार्थों का मिट्टियों से निष्कासन हो जाता है। इस प्रकार अपरदित पदार्थ बहकर नदियों से होते हुए सागरों तक पहुंच जाते हैं।

(ब) वाष्पीकरण द्वारा ऊष्मा ऊर्जा तथा वाष्पोत्सर्जन (Transpiration) द्वारा पौधों की पत्तियों से जल एवं वाष्पीकरण द्वारा मृदा-जल का क्षय।

(स) अनाइट्रीकरण (Denitrification) नाइट्रोजन का विनाश) प्रक्रिया द्वारा मृदा से गैसों की क्षति होती रहती है।

(द) मृदा-परिच्छेदिका में जल के क्षैतिज प्रवाह के कारण पदार्थों का निष्कासन एवं क्षय।

(य) अपक्षालन (Leaching) की प्रक्रिया द्वारा मृदा-परिच्छेदिका की ऊपरी सतह से पदार्थों का नीचे की ओर गमन। इस प्रक्रिया को **अपवहन** (Eluviation) कहते हैं जिसके अन्तर्गत मृदा-परिच्छेदिका के ऊपरी भाग से जैविक तथा खनिजों का घुले एवं निलम्बित रूप में जल के साथ नीचे की ओर गमन होता है।

(3) **पदार्थों का स्थानान्तरण** (Translocation of Matganis) : मिट्टियों के पदार्थों के स्थानान्तरण के अन्तर्गत मृदा-परिच्छेदिका में होने वाले दो प्रकार के लम्बवत् संचलनों या गतियों (Vertical Movements) को सम्मिलित किया जाता है-

(अ) **उपरिमुखी गति** (Upward Movement) या केशिका क्रिया (Capillary Action), तथा

(ब) **अधोमुखी** (Downward Movement) या अपक्षालन (Leaching) या अपवहन (Eluviation) मृदा-मण्डल में ये लम्बवत् गतियां उस समय कार्यरत होती है जबकि धरातलीय सतह समतल होती है। यदि धरातलीय सतह ढालू होती है तो क्षैतिज गतियां अधिक महत्वपूर्ण एवं प्रभावी होती हैं।

अपवहन (Eluviation) की प्रक्रिया के अन्तर्गत मृदा-मण्डल की ऊपरी सतह खासकर A_2 संस्तर से जैविक एवं खनिज पदार्थों के बारीक कणों का नीचे की ओर स्थानान्तरण होता है। इस प्रकार बारीक पदार्थों के नीचे की ओर गमन हो जाने के कारण मृदा-मण्डल की ऊपरी सतह में मात्र मोटे कणों वाले पदार्थ ही रह जाते हैं। A_2 संस्तर में बचे स्थानीय खनिजों में क्वार्ट्ज तथा सिलिका अधिक महत्वपूर्ण होते हैं। A_2 संस्तर मे, बारीक पदार्थों के नीचे चले जाने के कारण, सिलिका के अनुपात में लगातार वृद्धि होती जाती है। इस प्रक्रिया को **सिलिकेशन** या **सिलिकेटीकरण** (Silication) कहते हैं।

अपवहन या अपक्षालन के माध्यम से नीचे की ओर स्थानान्तरित पदार्थों का B_2 संस्तर में निक्षेपण या जमाव होता है। बारीक पदार्थों खासकर खनिज पदार्थों के एकत्रीकरण की प्रक्रिया को विनिक्षेपण (Illuviation) कहते हैं। इस तरह **विनिक्षेपण मण्डल** (Illuviation Zone) में एकत्रित होने वाले पदार्थों में मृत्तिका के कण (Clay Particles), जैविक पदार्थ (ह्यूमस) तथा लोहे एवं एल्यूमिनियम के सेस्क्वीआक्साइड अधिक महत्वपूर्ण होते हैं।

मृदा-मण्डल के ऊपरी भाग से कार्बोनेट खनिजों से कार्बोनिक एसिड की अभिक्रिया (Chemical Reactions) होने से कैल्सियम कार्बोनेट अलग हो जाते हैं तथा उनका नीचे की ओर गमन हो जाता है। कार्बोनेट खनिजों से कैल्सियम कार्बोनेट के बिलगाव एवं निष्कासन की प्रक्रिया को **अकैल्सीकरण** (Decalification) कहते हैं (कैल्सियम का क्षय होना)। इन कार्बोनेट खनिजों का B_2 संस्तर में संचयन होता है या विनिक्षेपण मण्डल (Illuviation Zone) में जमाव होता है। कैलशियम के जमाव की इस प्रक्रिया को कैल्सीकरण (Calcification) कहते हैं। मृदा-मण्डल की ऊपरी सतह से लवणीय पदार्थों के निष्कासन को अलवणीकरण

(Desalinization) तथा लवण के उपरिमुखी संचालन के कारण या कोशिका क्रिया (Capillary action) द्वारा ऊपरी सतह में लवण के जमाव की प्रक्रिया को लवणीकरण (Salization) कहते हैं।

(4) **मृदा-पदार्थों का रूपान्तरण :** मिट्टियों के जैविक एवं अजैविक पदार्थों के रूपान्तरण की प्रक्रियाओं के अन्तर्गत निम्न क्रियाओं को सम्मिलित किया जाता है–

(अ) प्राथमिक एवं प्रमुख खनिजों का द्वितीयक एवं गौण खनिजों का वियोजन,

(ब) खनिजों तथा जैविक पदार्थों के वियोजन के कारण नये खनिजों एवं जैविक यौगिकों का निर्माण;

(स) ह्यूमस में रूपान्तरण;

(द) जैविक एवं खनिज पदार्थों का मिश्रण आदि।

ज्ञातव्य है कि मृदा के पदार्थों के स्थानान्तरण तथा रूपान्तरण की प्रक्रियायें सैद्धान्तिक रूप से तो अलग-अलग सम्पादित होती है परन्तु वास्तविकता में ये दोनों प्रक्रियायें प्राय: साथ-साथ कार्यरत होती हैं। मिट्टियों के पदार्थों के स्थानान्तरण एवं रुपान्तरण की निम्न प्रमुख प्रक्रियाओं का उल्लेख किया जा सकता है–

तालिका 3.4 : स्थानान्तरण (Translocation) की प्रक्रियायें

1. **अपवन** (Eluviation)	मृदा-मण्डल के ऊपरी संस्तर से पदार्थों का नीचे की ओर गमन तथा स्थानान्तरण। इसे अपक्षालन (Leaching) की क्रिया भी कहते हैं।
2. विनिक्षेपण (Illuviation)	मृदा-परिच्छेदिका के A संस्तर से नीचे की ओर गतिशील पदार्थों का B संस्तर में एकत्रित होना।
3. केशिका क्रिया (Cappilary Action)	भूमिगत जल द्वारा घुले या निलम्बित पदार्थों का ऊपर की ओर स्थानान्तरण।
4. उपरिमुखी संचलन (Upward movement)	पदार्थों का मृदावासी जीवों यथा-केंचुआ चींटी, दीमक आदि द्वारा ऊपर की ओर स्थानान्तरण।
5. मेलेनाइजेशन (Melanization)	जैविक पदार्थों के आधिक्य से मृदा-परिच्छेदिका के किसी भाग के रंगों का गाढ़ा या गहरा होना।
6. ल्यूसीनाइजेशन या विवर्णीकरण (Leucinization or decoloration)	मुख्य रूप से मृदा-परिच्छेदिका के A संस्तर में मृदा के रंग का हल्का होना।

7. सघनता (Compaction)	मृदा में स्थित वायु का निकालना तथा मृदा का ठोस होना।
8. दृढ़ीकरण/कठोरीकरण (Induration)	मृदा-परिच्छेदिका के किसी भाग का दृढ़ या कठोर हो जाना तथा दृढ़ या कठोर पटल (Hard Pans) का निर्माण यथा-कंकड़ पैन (Kankar Pan), लौह पैन (Iron Pan या Ferricrete) आलकीट (Alcrete-अल्यममिनियम के जमाव से), सिलक्रीट (Silcrete- सिलिका के जमाव से)।

रुपान्तरण की प्रक्रियायें-

1. आडिफिकेशन (Audification)	मृदा-मण्डल के ऊपरी संस्तर में हाइड्रोजन आयन (H_2 Ions) का संचयन या संग्रह।
2. निष्प्रभावन/उदासीकरण (Neutralization)	हाइड्रोजन आयन की प्रतिक्रिया (Counteraction)
3. आक्सीकरण (Oxidation)	लौह आक्साइड का निर्माण
4. न्यूनीकरण (Reduction)	आक्सीजन आयन की क्षति
5. घोलीकरण (Solution)	घुलनशील पदार्थों का घोल रूप में विघटन एवं रूपान्तरण यथा-कैल्शियम
6. अवक्षेपण (Precipitation)	कार्बोनेट का बाइकार्बोनेट में रूपान्तर। घोल रूप में घुले तत्वों का ठोस रूप में निक्षेपण यथा-बाइकार्बोनेट ($Ca(HCO_3)_2$) का पुनः कैल्सियम कार्बोनेट ($CaCO_3$) के रूप या ठोस रूप में जमाव।
7. जलयोजन या जलीकरण (Hydration)	जल सोखने के कारण खनिजों का फूलकर आकार में बढ़ना तथा नये यौगिकों का निर्माण।
8. निर्जलीकरण (Dehydration)	शुष्कन की क्रिया जल का क्षय तथा यौगिकों की अपने मौलिक रूप में वापसी।
9. जल असंघटन (Hydrolysis)	मृदा से हाइड्रोजन आयन द्वारा कैटायन (Cation) का खनिज संरचना में प्रतिस्थापन (Replacement)।
10. विघटन (Decomposition)	जैवरसायन विधियों तथा प्रक्रियाओं द्वारा खनिजों एवं जैविक पदार्थों का विलगाव।
11. ह्यूमसभवन (Humification) -	मौलिक जैविक पदार्थों से ह्यूमस का निर्माण।
12. खनिजीकरण (Mineralization) -	जैविक पदार्थों के विघटन एवं वियोजन के समय खनिजों की विभिन्न रूपों में विर्मुक्ति (Release)।

स्थानान्तरण एवं रूपान्तरण की सम्मिलित प्रक्रियायें

1. सिलिकेटीकरण (Sillication)	सिलिका का जमाव
2. असिलिकेटीकरण (Desillication)	मृदा-परिच्छेदिका के किसी भाग में सिलिका का अन्यत्र गमन
3. कैल्सीकरण (Calcification)	मृदा-परिच्छेदिका के किसी भाग खासकर C संस्तर में कैल्सियम का जमाव
4. अकैल्सीकरण (Decalcification)	मृदा-परिच्छेदिका के किसी भी भाग में कैल्सियम का अलग होकर अन्यत्र गमन
5. लवणीकरण (Salinization)	मृदा-परिच्छेदिका के किसी भाग खासकर ऊपरी सतह में लवण यानी नमक का जमाव
6. अलवणीकरण (Desalinization)	मृदा-परिच्छेदिका के किसी भाग खासकर अधिक लवण वाले भाग से लवण का अलग होकर अन्यत्र गमन
7. क्षारीकरण (Alkalization)	मृदा-परिच्छेदिका के किसी भाग में सोडियम आयन का संचयन तथा मृदा के pH में वृद्धि
8. अक्षरीकरण (Dealkalization)	मृदा-परिच्छेदिका के किसी भाग से सोडिमय आयन का विलग होकर अन्यत्र गमन
9. पेडोटर्बेशन (Pedoturbation)	जैविक (पौधों की जड़ों के दबाव, जन्तुओं द्वारा बिल का निर्माण एवं नाना प्रकार के मानव कार्य-कलाप), भौतिक तथा रासायनिक क्रियाओं (यथा-मृदा का जल सोखने पर आर्द्र या तर होना तथा वाष्पीकरण के कारण सूखना, मृदा-कणों का फूलकर फैलना तथा सिकुड़ना, जल का हिमीकरण तथा हिम का द्रवण आदि) द्वारा मृदा के संस्तरों में अव्यवस्था उत्पन्न होना।
10. स्थिरीकरण (Stabilization) -	मृदा में संस्तरों का प्राकृतिक एवं अप्राकृतिक प्रक्रियाओं, द्वारा स्थिर होना।

मृदा-निर्माण के कारक

मिट्टियों के निर्माण की प्रक्रियायें तथा मृदा के गुण एवं उनकी विशेषतायें मुख्य रूप से निम्न 5 कारकों के द्वारा निर्धारित, नियंत्रित तथा प्रभावित होती हैं-

(1) जलवायु,

(2) जैविक कारक,

(3) उच्चावचन या धरातल,

(4) आधार शैल तथा पदार्थ और

(5) समय। H. Jenny (1941) ने मिट्टयों के निर्माण को प्रभावित करने वाले कारकों को निम्नलिखित समीकरण के रूप में प्रस्तुत किया है-

मिट्टियों जलवायु, जीवों, उच्चावचनों, आधारशैल तथा पदार्थों और समय का प्रतिफल होती हैं।

S = f (cl.o.t.p.t.....)

जबकि S = मृदा या मृदा-परिच्छेदिका

f = प्रतिफल है (is function of)

cl = जलवायु कारक (cl = climate)

o = जैविक कारक (o = organisms)

r = उच्चावचन या धरातलीय कारक (relief या (topographic factor)

p = आधार शैल के पदार्थ (parent materials)

t = समय कारक (time factor)

समीकरण के अन्तर्गत जो अतिरिक्त बिन्दु रखे गये हैं उनके स्थान पर अतिरिक्त स्थानीय कारकों को सम्मिलित किया जा सकता है।

(1) **जलवायु कारकः** जलवायु मृदा में स्थित नमी की मात्रा तथा तापमान को निर्धारित तथा प्रभावित करती है और मृदा-आर्द्रता (Soil Moisture) एवं तापमान बदले में मृदा की निर्माणक प्रक्रियाओं को प्रभावित करते हैं। वास्तव में मृदा-परिच्छेदिका में जल की मात्रा तथा जल की गतिशीलता मृदा के गुणों को बड़े पैमाने पर प्रभावित करती है। मृदा की परिच्छेदिका में जल की मात्रा वर्षा के जल एवं हिम-द्रवित जल (Meltwater) की मात्रा तथा मृदा में जल के **अन्तःसंचरण** (Infiltration) की दर पर निर्भर करती है। मृदा-मण्डल में जल का नीचे की ओर संचलन या अधोमुखी संचलन (Downward Movement) अपवहन (Eluviation) या अपक्षालन (Leaching), विनिक्षेपण (Illuviation), ह्यूमसभवन (Humification) तथा खनिजीकरण की प्रक्रियाओं के माध्यम से मिट्टी के विभिन्न संस्तरों (Soil Horizons) के निर्माण में सहायक होता है। अधिक जलवर्षा वाले क्षेत्रों (यथा-आर्द्र उष्ण कटिबन्धीय प्रदेश) में मृदा-जल की मात्रा में अत्यधिक वृद्धि होती है। जिस कारण घुलनशील पदार्थों का अधिकाधिक विघटन एवं वियोजन होता है, ऊपरी संस्तर से इन पदार्थों का स्थानान्तरण

होता है, पदार्थों के नीचे की ओर गमन अर्थात् अपवहन (Eluviation) की क्रिया तेज होती है, मृदा में pH के स्तर में वृद्धि होती है जिस कारण मिट्टियों में अम्लीकरण (Acidification) की क्रिया के तेज हो जाने से मिट्टियों में अम्लता (Acidity) का स्तर बढ़ जाता है।

तापमान मृदा-परिच्छेदिका में रासायनिक, भौतिक एवं जैविक क्रियाओं एवं अभिक्रियाओं (Reactions) की दरों को प्रभावित करता है। मृदा के तापमान में वृद्धि होने से रासायनिक अभिक्रियाओं तथा वियोजक जीवों द्वारा जैविक पदार्थों के वियोजन की रफ्तार तेज हो जाती है। मृदा में तापमान तथा नमी के विभिन्न संयोगों (Combinations) द्वारा रासायनिक अपक्षय की दर तथा बैक्टीरिया के कार्य-कलाप प्रभावित होते हैं। उदाहरण के लिए, उच्च तापमान एवं उच्च-आर्द्रता वाले क्षेत्रों (उच्च एवं तर उच्च कटिबन्धीय जलवायु के क्षेत्र) में मृदा में मृत्तिका का अनुपात अधिक होता है तथा बैक्टीरिया जैविक पदार्थों का अधिकतम वियोजन करती है। जलवायु अपक्षय एवं अपरदन के माध्यम से भूपृष्ठीय पदार्थों (Parent Materials) को बड़े पैमाने पर प्रभावित करती है। वास्तव में आधार शैल के अपक्षय (विघटन एवं वियोजन) द्वारा ही मिट्टियों का निर्माण होता है। किसी भी क्षेत्र में जल का आधिक्य या अल्पता मिट्टियों के रासायनिक एवं भौतिक गुणों को निर्धारित करती है।

(2) **मूल पदार्थ** (Parent Materials) -किसी भी क्षेत्र या प्रदेश में मिट्टियों के निर्माण के लिए आधार शैलों (Parent rocks) का अपक्षय (विघटन एवं वियोजन) होना आवश्यक होता है। वास्तव में, प्राथमिक तथा द्वितीयक (प्रभाव तथा गौण) खनिजों की दृष्टि से मृदा-परिच्छेदिकाओं का संघटन आधार शैलों के खनिजीय संघटन से ही निर्धारित एवं प्रभावित होता है। अर्थात् जिस तरह के खनिज आधार शैल में होते हैं उसी तरह के खनिज उस शैल के अपक्षय से जनित मृदा में पाये जाते हैं। मौलिक शैलों की संरचना (यथा-पदार्थों के संगठन एवं दृढ़ीकरण की मात्रा, अवसादों के संयोजन की प्रकृति, संस्तर तल, सधियां आदि) भी मिट्टियों के गुणों को प्रभावित करती हैं।

(3) **धरातलीय कारक :** उच्चावचन या धरातलीय कारक भी मिट्टियों के निर्माण को बड़े पैमाने पर प्रभावित करते हैं। धरातलीय कारक (ऊंचाई, ढाल आदि) जल के अपवाह (Drainage) एवं द्वारा अपरदन के स्वभाव, दर एवं मात्रा को प्रभावित करते हैं तथा जल अपवाह एवं अपरदन बदले

में मृदा-निर्माणक प्रक्रियाओं को प्रभावित करते हैं तथा इस प्रकार मिट्टियों के विभिन्न गुणों पर विशेषताओं का निर्धारण होता है।

सपाट एवं समतल धरातल पर आदर्श अपवाह होता है एवं न्यूनतम् अपरदन होता है अत: पूर्णतया अपक्षातित (Well Leached) तथा गहरी मिट्टियों का निर्माण होता है जबकि चौरस परन्तु निचले धरातल पर जलभराव होने एवं अच्छे अपवाह के अभाव में नीली-भूरी तर एवं चिपकने वाली मृत्तिका मृदा (Clay Soils) की मोटी परत का निर्माण होता है। मिटियों के निर्माण में धरातलीय ढाल भी एक महत्वपूर्ण कारक होता है। ढाल की प्रवणता (Slope Gradient) ढाल की लम्बाई एवं ढाल-पक्ष, (सूर्य के सन्दर्भ में ढाल की दिशा) आदि किसी भी स्थान में मिट्टियों के रासायनिक, भौतिक एवं जैविक गुणों को बड़े पैमाने पर प्रभावित करते हैं।

(4) **जैविक कारक :** मृदा-निर्माण को प्रभावित करने वाले जैविक कारकों के अन्तर्गत वनस्पति, जन्तु तथा सूक्ष्म जीवों को सम्मिलित किया जाता है। पौधों की विभिन्न विशेषतायें यथा-पत्तियों का गिरना तथा भूतल पर पर्णढेर (Leaf-Litters) के रूप में एकत्रित होना, तना प्रवाह या हवाई सरिता (Stemflow or Aenal Streamlets) पौधों की शाखाओं तथा तनों से वर्षा के जल का नीचे की ओर प्रवाहित होना), जड़ तंत्र तथा जड़ प्रारूप, पौधों तथा जन्तुओं के आन्तरिक एवं बाह्य गुण, उनकी प्रतिस्पर्धा आदि किसी भी प्रदेश की मिट्टियों के गुणों एवं विशेषताओं को प्रभावित तथा परितर्तित करती हैं।

वृक्षों के ऊपरी वितान (Tree Canopy) की प्रकृति (वितान घना है तथा विरल, वर्ष भर पत्तियों से युक्त रहता है या मौसम विशेष मे पत्तियों से विहीन हो जाता है, अर्थात् वनस्पति सदाबहार है या पर्णपाती है) मिट्टियों में नमी की मात्रा तथा मृदा के तापमान को बड़े पैमाने पर प्रभावित करती है। उदाहरण के लिए-यदि वनस्पति सदाबहार तथा घनी है तो मृदा में नमी की मात्रा अधिक होगी क्योंकि ऊपरी घने वितान के कारण, सौर्यिक किरणें धरातल तक नहीं पहुंच पाती हैं तथा मृदा की नमी का वाष्पीकरण कम होने से क्षय नहीं हो पाता है। घने ऊपरी वितान के कारण धरातल पर अधिक छाया रहने के कारण मृदा का तापमान भी कम रहता है। इसके विपरीत विरल पर्णपाती वनों में मृदा का तापमान अपेक्षाकृत अधिक होता है तथा मृदा नमी कम होती है।

पर्णढेर (Leaf Litters) के रासायनिक संघटन द्वारा मिट्टियों के रासायनिक गुण निर्धारित होते हैं। वृक्षों की पत्तियों की तुलना में घासों तथा दलहनी पौधों में पौटेशियम तथ्झा मैग्नेशियम का अंश अधिक रहता है। पौधों की जड़ें मिट्टियों एवं अपक्षयित ढीले पदार्थों (रिगोलिय) में प्रविष्ट होकर मिटटियों के गुणों को प्रभावित करती है क्योंकि पौधों की जड़ें मिट्टियों में वायु, जल तथा जीवों के गमन के लिए नये मार्ग प्रदान करती है। पौधों की जड़ें मिट्टियों के कणों को आपस में संगठित करने एवं उन्हें बांधने में मदद करती हैं। स्पष्ट है कि पौधों की जड़े मिट्टियों में मृदा समूह (Soil Aggregates) या पेड़ (Peds) का निर्माण करती हैं। पौधे मिट्टियों को महत्वपूर्ण जैविक पदार्थ प्रदान करते हैं।

जन्तु एवं उनके क्रिया-कलाप प्रमुख मृदा-निर्माणक प्रक्रमों (यथा-मिट्टियों के पदार्थों का स्थानान्तरण एवं रूपान्तरण) को प्रभावित एवं परिवर्तित करने में अहम भूमिका निभाते हैं। वृहद्स्तरीय एवं मध्यस्तरीय जन्तु अपनी क्रियाओं (यथा-बिल खोदना, जैविक तथा अजैविक पदार्थों का परिवहन करना एवं उनको मिश्रित करना आदि) द्वारा मृदा के गुणों को प्रभावित एवं परिवर्तित करते हैं। खरगोश, छछूंदर, प्रेवरी कुत्ते, भूमिवासी गिलहरी, ऊदबिलाव (Beavers), चूहे आदि मिट्टियों के गुणों एवं विशेषताओं को सबसे अधिक प्रभावित तथा रूपान्तररित करते हैं। मृदा को प्रभावित करने वाले मध्यस्तरीय जन्तुओं के अन्तर्गत केंचुआ, चींटी, कुटकी (Mites) आदि की सम्मिलित किया जाता है। सूक्ष्मजीव जैविक पदार्थों को वियोजित करके उन्हें पोषक तत्वों में रूपान्तरित करते हैं। ये पोषक तत्व मिट्टियों को उर्वर बनाते हैं।

मिट्टियों का वर्गीकरण

विश्व की मिट्टियों का विभिन्न आधारों पर विभिन्न रूपों में वर्गीकरण किया गया है। मृदा विज्ञान (Pedology) के विकास एवं मिट्टियों के वर्गीकरण में रूसी विज्ञानियों ने पहल की है। प्रमुख रूसी भूवैज्ञानिक या भौमिकीविद् (Geologist) V.V Dokuchaiev ने किसी भी प्रदेश में मिट्टियों के विकास तथा उस प्रदेश की जलवायु एवं वनस्पतियों में गहरा सम्बन्ध बताया है। बीसवीं सदी के प्रारम्भ में रूसी विज्ञानियों ने मिट्टियों का वर्गीकरण क्षेत्र विशेष की जलवायु तथा वनस्पतियों के आधार पर करना प्रारम्भ किया। प्रसिद्ध अमेरिकी विज्ञानी C. F. Marbut ने 1938 में मृदा-वर्गीकरण के व्यापक तंत्र की योजना (Scheme of Comprehensive System of Soil Classification) प्रस्तुत की। इस योजना को USDA System (USDA = United States Department of Agriculture) के रूप में जाना जाता

है क्योंकि मिट्टियों के वर्गीकरण की इस योजना का निर्माण अमेरिकी विभाग के तत्वावधान में किया गया था। इस योजना के अन्तर्गत मिट्टियों को तीन श्रेणियों (Orders) में विभक्त किया गया है यथा-

(i) मण्डलीय या प्रादेशिक मिट्टियां (Zonal Soils),

(ii) अन्तः प्रदेशीय मिट्टियों (Inter-zonal Soils) तथा

(iii) अमण्डलीयया अप्रादेशिक मिट्टियां (Azonal Soils)।

अमेरिका मृदा विज्ञानियों (Pedologists) ने 1960 में मिट्टियों के वर्गीकरण की एक नयी योजना प्रस्तुत की। इस योजना को व्यापक मृदा-वर्गीकरण तंत्र (Comprehensive Soil Classfication System CSCS) के नाम से जाना जाता है। संक्षिप्त रूप में इस योजना को CSCS नाम से ही सम्बोधित करते हैं। ज्ञातव्य है कि मृदा-वर्गीकरण की इस योजना को मूलरूप से सातवां अनुमान (Seventh Approximation) कहा गया था क्योंकि 1950 से मिट्टियों के वर्गीकरण में किया जाने वाला यह सातवां संशोधन था। CSCS की मृदा-वर्गीकरण योजना को मृदा वर्गीकरण विज्ञान (Soil Taxonomy) भी कहा जाता है।

मृदा-वर्गीकरण की अन्य योजनाओं में निम्न का उल्लेख किया जा सकता है-

(1) अमेरिकी मृदा सर्वेक्षण विभाग (Soil Surgey Staff) द्वारा 1975 में प्रस्तुत अमेरिकी मृदा वर्गीकरण (American Soil Taxonomy);

(2) E. Bridges द्वारा 1978 में जैव जलवायु मण्डलों (Biochimatic Zones के आधार पर प्रस्तुत मिट्टियों का वर्गीकरण;

(3) H. D. Foth (1987) द्वारा प्रस्तुत मृदा (Soil Orders), (4) FAO (Food and Agriculture Organization) तथा UNESCO (United Nations Educational, Scientific and Cultural Organization) द्वारा लक्षण प्रधान या प्रतिनिधि संस्तरों (Diagnostic Horizons) के आधार पर प्रस्तुत मृदा-वर्गीकरण आदि।

वास्तव में जितने मृदा-विज्ञानी हैं उतने ही प्रकार के मिट्टियों के वर्गीकरण तथा मिट्टियों के वर्गीकरण तथा मिट्टियों के वितरण प्रारूप हैं। अर्थात् विभिन्न विज्ञानियों ने विश्वस्तर पर मिट्टियों को नाना प्रकार से वर्गीकृत किया है। वास्तव में विभिन्न आधारों पर, यथा-मृदा की आयु, मृदा-वितरण का प्रादेशिक प्रारूप, जैव जलवायु मण्डल, मृदा-संस्तरों (Soil Horizons) की विशेषतायें, मृदा-निर्माण की प्रक्रियायें, मिट्टियों के भौतिक तथा रासायनिक गुण तथा विशेषतायें, मिट्टियों की जैव-रासायनिक विशेषतायें आदि, मिट्टियों को विश्व, प्रादेशिक तथा स्थानीय स्तरों

पर विभाजित किया गया है। विश्व स्तर पर मिट्टियों के वर्गीकरण की कतिपय योजनाओं का निम्न पंक्तियों में उल्लेख किया जा रहा है-

(1) मृदा-वर्गीकरण का USDA तंत्र (1938)

अमेरिकी कृषि विभाग द्वारा 1938 में प्रस्तुत मिट्टियों के वर्गीकरण की योजना को USDA System (USDA = United States Department of Agriculture) कहा जाता है।

इस योजना के अन्तर्गत मिट्टियों को तीन प्रमुख श्रेणियों में विभक्त किया गया है-

(1) मण्डलीय या प्रादेशिक मिट्टियां (Zonal Soils),

(2) अन्तः मण्डलीय या अन्तः प्रादेशिक मिट्टियां (Intrazonal Soils) तथा

(3) अमण्डलीयता अप्रादेशिक मिट्टियां (Azonal Soils)।

(1) मण्डलीय प्रादेशिक मिट्टियां (Zonal Soils)

इनके अन्तर्गत उन पूर्णतया विकसित तथा प्रौढ़ मिट्टियों को सम्मिलित किया जाता है जिनका निर्माण सुप्रवाहित दशाओं में होता है। इन मिट्टियों का निर्माण दीर्घ काल तक स्थान विशेष की वनस्पति तथा जलवायु के बीच पारस्परिक क्रियाओं के फलस्वरूप होता है।

मण्डलीय मिट्टियों में मृदा-परिच्छेदिका के प्रायः सभी सन्तरों (Horizons) का पूर्णतया विकास हुआ रहता है, यद्यपि, मृदा-संस्तरों की संख्या तथा उनकी सामान्य विशेषताओं में स्थानीय दशाओं एवं मानव हस्तक्षेपों की मात्रा के आधार पर अन्तर हो सकता है। **मण्डलीय मृदा-श्रेणी** (Zonal Soil Orders) के अन्तर्गत 6 उपश्रेणियों (Suborders) तथा 21 वृहद् मृदा-वर्गों (Great Soil Groups) का निर्धारण किया गया है। (तालिका 3.5)।

(2) अन्तः मण्डलीय या अन्तः प्रादेशिक मिट्टियां (Intrazonal Soils)

इस श्रेणी की मिट्टियों का निर्माण उन क्षेत्रों में होता है जहां पर निचले भागों में जलभराव (Waterlogging) रहता है तथा जल के निकास की उचित व्यवस्था नहीं होती है, अतः मिट्टियां कुप्रवाहित (Poorly Drained) होती हैं, रिगोलिथ में कैल्शियम कार्बोनेट का अंश अधिक रहता है तथा घुलनशील लवण एवं सोडियम की मात्रा भी काफी अधिक होती है। इस श्रेणी की मिट्टियों को तीन उपश्रेणियों (Suborder) तथा बारह वृहद् मृदा समूहों में विभक्त किया गया है तालिका 3.6।

तालिका 3.5 : मण्डलीय मिट्टियां

मृदा की उप श्रेणी	वृहद् मृदा-वर्ग
I. शीत मण्डल की मिट्टियां	1. टुण्डा मिट्टियां
II. शुष्क प्रदेशों की हल्के रंग की मिट्टियां	2. रेगिस्तानी मिट्टियां
	3. रेगिस्तानी लाल मिट्टियां
	4. सायराजेम (Sierozem)
	5. भूरी मिट्टियां
	6. लाल-भूरी मिट्टियां
III. अर्द्ध शुष्क, अर्द्ध आर्द्र तथा आर्द्र घास क्षेत्रों की गहरे रंग की मिट्टियां	7. चेस्टनट मिट्टियां
	8. लाल चेस्टनट मिट्टियां
	9. चरनोजम मिट्टियां
	10. प्रेयरी मिट्टियां
	11. प्रेयरी लाल मिट्टियां
IV. वन घास क्षेत्रों एंव आवान्तर क्षेत्रों की मिट्टियां	12. अवक्रमित (Degraded) चरनोजम मिट्टियां
	13. कैल्शियमरहित भूरी या शन्दुंग भूरी मिट्टियां
V. वनाच्छादित प्रदेशों की हल्के रंग वाली पाडजॉल मिट्टियां	14. पाडजॉल मिट्टियां
	15. भूरी पाडजॉल मिट्टियां
	16. धूसर-भूरी (Gray-brown) पाडजॉल मिट्टियां
VI. वनाच्छादित उपोष्ण एवं उष्ण प्रदेशों की लेटेराइट मिट्टियां	17. पीली पाडजॉल मिट्टियां
	18. लाल पाडजॉल मिट्टियां (टेरा रोसा)
	19. पीली-भूरी लेटेराइट मिट्टयां
	20. लाल-भूरी लेटेराइट मिट्टियां
	21. लेटेराइट मिट्टियां

(3) अमण्डलीय/अप्रादेशिक मिट्टियां (A Zonal Soils)

इस श्रेणी की मिट्टियों में मृदा-संस्तरों (Soil Horizons) का पूर्ण विकास नहीं होता है। वास्तव में मृदा-परिच्छेदिका की ऊपरी सतह से निचली सतह तक मिट्टियों की रचना तथा गुणों में समता तथा एकरसता होती है। मृदा-मण्डल में विभिन्न संस्तरों के न विकसित होने के कई कारण हो सकते हैं यथा-

तालिका 3.6 : अमण्डलीय/अप्रादेशिक मिट्टियां

मिट्टियों की उप श्रेणी	वृहद् मृदा-वर्ग
I. शुष्क प्रदेशों तथा सागर तटीय जमावों के क्षेत्रों की अपूर्ण प्रवाहित (Imperfectly drained) लोनी या लवणीय मिट्टयां (Halomorphic soils लवणीय Saline तथा क्षारीय Alkakine मिट्टियां)	1. लवण मिट्टियां (Solonchak या Saline Soils) 2. क्षार मिट्टियां (Solonetz soils) 3. सोलोथ मिट्टियां (Soloth soils)
II. दलदल्रीय (Swamps, Marshes bogs) क्षेत्रों की मिट्टियां (Hydromorphic Soils)	4. चरागाह/बांगर मिट्टियां (Meadow soils) 5. अल्पाइन चारागाह मिट्टियां 6. बांग मिट्टियां 7. अर्द्ध बांग मिट्टयां 8. प्लानोसॉल (Planosol) 9. भूमिगत जल पाडजॉल मिट्टियां 10. भूमिगत जल लैटेराइट मिट्टियां
III. कैलशियम युक्त मिट्टियां (Calomorphic Soils)।	11. भूरी वन मिट्टियां 12. Rendzina मिट्टियां

(1) पर्याप्त समय का अभाव,

(2) तीव्र ढाल वाला धरातल,

(3) प्रतिवर्ष नये पदार्थों के निक्षेपण के कारण मिट्टियों का सतत् नवीनीकरण (यथा-जलोढ़ मैदानी भगों में बाढ़ के समय प्रति वर्ष नयी कॉप या जलोढ़ (Alluvium-का जमाव होता रहता है) आदि। इस श्रेणी के अन्तर्गत 3 वृहद् मृदा समूहों का निर्धारण किया गया है (तालिका 3.7)।

अमेरिकी कृषि विभाग द्वारा 1938 में विकसित मृदा-वर्गीकरण के USDA Aystem का 1940 के दशक में पुनः संशोधन किया गया क्योंकि कई मृदा-विज्ञानियों ने निम्न कारणों से इस वर्गीकरण को अपूर्ण घोषित कर दिया था।

(1) USDA योजना मुख्य रूप से अमेरिकी अनुभवों तथा उदाहरणों पर ही आधारित था;

(2) विश्व के विभिन्न भागों में प्रादेशिक तथा स्थानीय स्तरों पर मिट्टियों

के शोध कार्यों के फलस्वरूप मिट्टियों से सम्बन्धित ढेरों नयी सूचनायें तथा विवरण सुलभ हो गये थे.

तालिका 3.7 : अमण्डलीय/अप्रादेशिक मिट्टियां

मिट्टियों की उप श्रेणी	वृहद मृदा वर्ग
	1. लिथोसॉल (Lithosols)
	2. जलोढ़/कॉप मिट्टियां
	3. रेतीली मिट्टियां

(3) इस अमेरिकी योजना में उष्ण कटिबन्धीय मिट्टियों को टीक तरह से समाविष्ट नहीं किया गया था;

(4) मृदा-वर्गीकरण की यह USDA योजना मिट्टियों के गुण तथा जलवायु की भूमिकाओं के बीच सम्बन्धों की ऐसी मान्यताओं एवं स्वयंसिद्ध तथ्यों (Axioms) पर आधारित थी जिनके सत्यापन के लिए ठोस प्रमाण एवं उदाहरण सुलभ नहीं थे;

(5) वर्गीकरण में प्रयुक्त कतिपय शब्दावलियों को भली-भांति परिभाषित नहीं किया गया था;

(6) इस वर्गीकरण के अन्तर्गत अछूती या अविक्षुब्ध (Virgin या (Undisturbed) मिट्टियों पर अधिक ध्यान दिया गया था आदि।

(2) वृहद् मृदा-वर्गीकरण योजना, 1975

(Comprehensive Soil Classification System)

मृदा-वर्गीकरण की इस योजना को संक्षेप में CSCS भी कहा जाता है। सन् 1975 में अमेरिकी मृदा संरक्षण सेवा (U.S. Soil Conservation Service) के मृदा सर्वेक्षण विभाग (Soil Survey Staff) ने मिट्टियों के वर्गीकरण की एक विस्तृत एवं वैज्ञानिक योजना प्रस्तुत की।

मृदा-वर्गीकरण की इस योजना को वृहद् मृदा-वर्गीकरण तंत्र (Comprehensive Soil Classification System-CSCS) कहा जाता है। इसे मृदा वर्गीकरण (Soil Taxonomy) के नाम से भी जाना जाता है। मृदा के वर्गीकरण की यह योजना वर्गीकरण के 6 स्तरों या पदानुक्रम के 6 वर्गों पर आधारित है। अर्थात् समस्त मिट्टियों को 6 स्तरों या वर्गों में विभक्त किया गया है:

तालिका 3.8

स्तर वर्ग (Categories) उच्च क्रम से निम्न क्रम की ओर	मिट्टियों के निर्धारित वर्गों की संख्या
1. श्रेणी (Orders)	10
2. उपश्रेणी (Suborders)	50
3. वृहद् मृदा-वर्ग (Great Soil Groups)	225
4. उपवर्ग (Subgroups)	1000 (मात्र संयुक्त राज्य अमेरिका में)
5. परिवार (Families)	5000 (मात्र संयुक्त राज्य अमेरिका में)
6. श्रृंखला (Series)	10,000 (मात्र संयुक्त राज्य अमेरिका में)

ज्ञातव्य है कि मृदा-वर्गीकरण के CSCS योजना में प्रथम तीन स्तरों या वर्गों की अभिनिर्धारित संस्थायें (श्रेणी, उपश्रेणी तथा वृहद् मृदा-वर्ग की प्रायः स्थिर होती हैं क्योंकि इनके अन्तर्गत विश्व की लगभग तभी मिट्टियों को सम्मिलित कर दिया गया है परन्तु अन्तिम तीन वर्गों (उपवर्ग, परिवार तथा श्रृंखला) की संख्याओं में पर्याप्त वृद्धि हो सकती है।

यदि महाद्वीपीय, प्रादेशिक तथा स्थानीय स्तरों पर मिट्टियों का गहन अध्ययन चलता रहे तथा सभी महाद्वीपों की सभी ज्ञात मिट्टियों को वर्गीकरण में सम्मिलित किया जाय।

मिट्टियों की श्रेणियां एवं उपश्रेणियां (Orders and Suborders of Soils)

(CSCS) योजना के अन्तर्गत विश्व की समस्त मिट्टियों को उच्चतम वर्ग की 10 श्रेणियों में विभक्त किया गया है। वर्गीकरण का प्रमुख आधार मृदा-परिच्छेदिका के विशिष्ट संस्तरों की लाक्षणिक विशेषतायें है। अर्थात् विश्व की मिट्टियों को मृदा-संस्तरों (Soil Horizons) के गुणों एवं विशेषताओं के आधार पर 10 श्रेणियों में विभक्त किया गया है। मृदा-संस्तरों को दो प्रमुख वर्गों में विभाजित किया गया है-

(i) इपीपेडान (Epipedons) तथा

(ii) उपसतह या अधः सतह (Subsurface)।

मृदामण्डल या मृदा-परिच्छेदिका की सबसे ऊपरी सतह को इपीपेडान कहते हैं। जैविक तत्वों की अधिकता के कारण इस सतह का रंग गहरा होता है। इपीपेडान के पांच प्रकारों का निर्धारण किया गया है:

इपीपेडान के प्रकार

(1) **मौलिक इपीपेडोन :** (Molic लैटिन भाषा के Mollis शब्द से लिया गया है जिसका तात्पर्य होता है कोमल) मृदामण्डल का सबसे ऊपरी मोटा संस्तर होता है। जैविक पदार्थों खासकर ह्यूमस की अधिकता के कारण इस संस्तर का रंग काफी गहरा होता है।

(2) **अम्ब्रिक इपीपेडानः** (Umbric लैटिन भाषा के (Umbra शब्द से बना है। इसका तात्पर्य छाया-Shade या गहरा काला होता है) का रंग भी मौलिक इपीपेडान की तरह गहरा काला होता है) का रंग भी मौलिक इपीपेडान की तरह काला होता है। इसकी संरचना तथा इसमें जैविक पदार्थों की मात्रा भी मौलिक इपीपेडान के समान होती है परन्तु संस्तर के आधार पर सम्पृक्तता (जल के सन्दर्भ में) 50 प्रतिशत से कम होती है।

(3) **आकारिक इपीपेडान :** (Ochric शब्द जर्मन भाषा के Ochros शब्द से बना है। इसका शाब्दिक अर्थ होता है Pale पीला) अत्यन्त पतला संस्तर होता है। इसका रंग अत्यधिक हल्का होता है (हल्का पीला) तथा इसमें जैविक पदार्थों की बहुत कम मात्रा हाती है। (एक प्रतिशत से भी कम)।

(4) **हिस्टिक इपीपेडान :** (Histic शब्द जर्मन भाषा के Histos शब्द से बना है। इसका शाब्दिक अर्थ होता है-Tissue- तंतु, अवयव या ऊतक) मृदा-मण्डल के ऊपरी पतले संस्तर को प्रदर्शित करता है। यह संस्तर मौसमी स्तर पर जल से सम्पृक्त होता है, अर्थात् वर्ष में कम से कम लगातार 30 दिनों तक नमी इतनी रहती है कि यह स्तर जल द्वारा पूर्णतया संम्पृक्त हो जाता है।

(5) **प्लैजेन इपीपेडान :** (Plaggen) जर्मन भाषा का शब्द है जिसका तात्पर्य होता है सॉड-Sod यानी घास लगा मिट्टी का ढेला या तृणी ढेला) की मोटाई 50 सेण्टीमीटर तक होती है। इस संस्तर का निर्माण मनुष्य द्वारा दीर्घ काल तक कृषि करने एवं खादों के प्रयोग के कारण होता है।

(6) **एनट्रापिक इपीपेडान :** मौलिक इपीपेडान के समान ही है परन्तु लम्बे समय तक कृषि करने के कारण इसमें फॉस्फोरस का अंश अधिक हो जाता है।

अधःसतह (Subsurface)

मृदा-मण्डल की अधः सतह का निर्माण मृदा-सतह (Soil Surface) या इपीपेडान के नीचे होता है। सामान्य रूप में यह सतह मृदा-परिच्छेदिका के A

संस्तर या B संस्तर का भाग होती है। लगभग 16 अधःसतह संस्तरों (Subsurface Horizons) का निर्धारण किया गया है।

अधःसतह संस्तर (Subsurface Horizons)

(1) **नैट्रिक या सोडियम प्रधान संस्तर:** (Natric लैटिन भाषा के Natrium शब्द से बना है, इसका अर्थ होता है 'सोडियम') यह संस्तर आर्जिलिक संस्तर के समान होता है परन्तु इसमें मिट्टी की प्रिज्मैटिक या स्तम्भकार संरचना होती है तथा इसमें सोडियम आयन का अनुपात अधिक होता है।

(2) **ऑक्सिक संस्तर :** (Oxic फ्रेन्च भाषा के Oxide से लिया गया है, इसका अर्थ होता है आक्साइड) यह अत्यन्त अपक्षयित संस्तर होता है जिसकी मोटाई 30 सेण्टीमीटर तक होती है। इसमें क्वोलिनाइट खनिज पाया जाता है।

(3) **आर्जिलिक संस्तर:** (Argillic शब्द लैटिन भाषा के Argila शब्द से लिया गया है जिसका तात्पर्य होता है- White Clay श्वेत मृत्तिका) इस संस्तर में विनिक्षेपण की प्रक्रिया (Process of Illuviation - अर्थात पदार्थों का जमा होना) द्वारा मृत्तिका खनिजों (Clay minerlas) का संग्रह होता है। इस संस्तर का निर्माण सामान्यतया मृदा-परिच्छेदिका के B संस्तर में होता है तथा इसकी स्थिति अपवहन संस्तर (Eluviation Horizon) या अपक्षलन संस्तर (Leaching Horizon) अर्थात् A_1 संस्तर के नीचे होती है।

(4) **कैम्बिक संस्तर :** (Cambic शब्द लैटिन भाषा के Cambiare से लिया गया है, इसका अर्थ होता है विनिमय करना- To Exchange) यह एक परिवर्तित संस्तर होता है। इस संस्तर में मूल पदार्थों (Parent Materials) की मौलिक संरचना तथा लोहे का अभाव होता है।

(5) **एग्रिक संस्तर** (Agric लैटिन भाषा के Agr से लिया गया है, इसका शाब्दिक अर्थ होता है 'खेत'-'Field') यह एक सघन संस्तर होता है। इस संस्तर में मृत्तिका, सिल्ट तथा ह्यूमस की अधिक मात्रा रहती है। इस संस्तर का निर्माण लम्बी अवधि तक खेती करने के बाद होता है।

(6) **स्पाडिक संस्तर :** (Spodic जर्मन भाषा के Spodos शब्द से लिया गया है, इसका शाब्दिक अर्थ होता है 'लकड़ी की राख') इस संस्तर में लोहे के साथ या बिना लोहे के सैक्वीआक्साइड्स (R_2O_3) का जमाव पाया जाता है। एल्यूमिनियम की बहुलता होती है। इस संस्तर में जैविक पदार्थ हो भी सकते हैं और नहीं भी हो सकते।

(7) **फ्रैगिपैन संस्तर :** (Fragipan लैटिन भाषा के Fragilis शब्द से लिया गया है जिसका अर्थ होता है Brittle–टूटने वाला) इस संस्तर में दोमट (Loam) होती है तथा प्लेटी संरचना की प्रमुखता होती है। जब यह संस्तर तर होता है तो यह टूटने लगता है परन्तु यह सूख जाता है तो यह सख्त हो जाता है।

(8) **कैलसिक संस्तर :** यह संस्तर में कैल्सियम कार्बोनेट या मैग्नेसियम कार्बोनेट की बहुलता होती है। इस संस्तर की मोटाई 15 सेण्टीमीटर से अधिक होती है।

(9) **प्लिनथाइट संस्तर :** (Plinthite जर्मन भाषा के Plinthos से लिया गया है, जिसका अर्थ 'ईंट'- Brick होता है)यह अत्यन्त अपक्षयिकत संस्तर होता है इसमें ह्यूमस तत्व की कमी होती है परन्तु सैक्वीआक्साइड्स (R_2O_3) की अधिकता होती है। बार-बार तर होने एवं सूखने के कारण यह संस्तर सख्त होकर **दृढ़ पटल या हार्डपेन** (Hardpan) बन जाता है।

(10) **जिप्सिक संस्तर:** इस संस्तर में हाइड्रस कैल्सियम सल्फेट (जिप्सम) की अधिकता होती है। इसकी मोटाई 15 सेण्टीमीटर से अधिक होती है।

(11) **सल्फूरिक संस्तर :** इस संस्तर में खनिज या जैविक मृदा-पदार्थ पाये जाते हैं परन्तु मिट्टी का pH बहुत कम होता है (सामान्यतया 3 से 4 के बीच)। अतः इस संस्तर में अम्लता अधिक होती है।

(12) **सैलिक संस्तर :** इसमें जिप्सम की तुलना मे घुलनशील नमक की अधिक मात्रा होती है तथा इस संस्तर की मोटाई 15 सेण्टीमीटर से अधिक होती है।

(13) **ड्यूरीपैन संस्तर** (Duripan Horizon) **:** जब कुछ खास प्रकार के खनिजों के एकत्रीकरण के कारण दृढ़ या कठोर संस्तर या सतह का निर्माण हो जाता है तो उसे ड्यूरीपैन या हार्डपैन (Hardpan) कहते हैं। इस तरके दृढ़ संस्तरों का निर्माण सिलिका, एल्यूमिनियम, कैलसियम, लोहा आदि द्वारा संयोजन होने से होता है। इन्हीं संयोजक तत्वों (Cementing Elements) के आधार पर इन्हें अलग-अलग नामों से सम्बोधित किया जाता है। यथा-आलक्रीट (Alcrete, अल्यूमिनियम प्रधान), कालक्रीट (Calcrete, कैल्सियम प्रधान), सिलक्रीट (Silcrete, सिलिका प्रधान), लौहकीट (Ferricrete, लौह प्रधान)आदि।

(14) **साम्ब्रिक संस्तर** (Sambric Horizon) **:** इसमें जल का अपवाह सुचारू रूप से होता है। ऊपरी संस्तर में ह्यूमस का अपवहन (Eluviation, पदार्थों

का अधोगमन) नीचे की ओर होता है तथा इस संस्तर में उसका निक्षेपण एवं एकत्रीकरण होता है। अतः इस संस्तर में विनिक्षेपित ह्यूमस (Illuviated or Illuvial Humus) पाया जाता है।

(15) **अलविक संस्तर** : (Albic शब्द लैटिन भाषा के Albus शब्द से लिया गया है, इसका अर्थ होता है 'श्वेत') इस संस्तर में मृत्तिका खनिज तथा लोहे का अभाव होता है (जिस कारण इसका रंग श्वेत होता है) क्योंकि इस संस्तर से अपजहन प्रक्रिया (Process of Eluviation) द्वारा इन खनिजों का निष्कासन हो जाता है तथा उनका अन्यत्र स्थानान्तरण हो जाता है। इसमें रेत की अधिकता होती है, अतः इसे रेतीला संस्तर भी कहते हैं।

(16) **प्लेसिक संस्तर** (Placic Horizon) : इस संस्तर में पतले लौह पेन (Iron Pan) की स्थिति होती है। पदार्थों का संयोजन लोहे तथा मैंगनीज द्वारा होता है।

विश्व की मिट्टियों को 10 श्रेणियों में वर्गीकृत किया गया है। ये श्रेणियां मृदा-वर्गीकरण के पदानुक्रम के उच्चतम वर्ग का प्रतिनिधित्व करती हैं। इन 10 श्रेणियों का निर्धारण निम्न आधारों पर किया गया है-

(i) जैविक पदार्थों या अजैविक पदार्थों या दोनों तरह के पदार्थों के सन्दर्भ में मिट्टियों का सकल संघटन;

(ii) मृदा-परिच्छेदिका में मृदा के विभिन्न संस्तरों (Soil Horizons) के विकास की मात्रा;

(iii) लक्षण प्रधान (Diagnostic) संस्तरों की उपस्थिति या अनुपस्थिति;

(iv) मृदा के खनिजों के अपक्षय की मात्रा जिसे सामान्यतया कैटायन विनिमय क्षमता [Cation Exchange Capacity (CEC)] के रूप में व्यक्त किया जाता है या प्रतिशत आधार सम्पृक्तता [Percent Base Saturation (PBS)] के रूप में व्यक्त किया जाता है आदि। विश्व की मिट्टियों के 10 प्रमुख प्रकारों (मृदा-श्रेणियों) का विवरण नीचे दिया जा रहा है।

वर्ग अ (यह वर्ग CSCS द्वारा स्वीकार नहीं किया गया है)

इस वर्ग के अन्तर्गत वे मिट्टियां आती हैं जिनमें संस्तरों का या तो विकास पूर्ण रूप से न हुआ हो या इनमें एक भी संस्तर नहीं होता है। इन मिट्टियों के खनिजों में पुनः परिवर्तन हो सकता है। इस वर्ग के अन्तर्गत मिट्टियों की दो श्रेणियों (Orders) तथा 12 उपश्रेणियों को सम्मिलित किया जाता है।

तालिका 3.9

श्रेणियां (Orders)	उपश्रेणियां (Suborders)
I. **एण्टीसाल (Entisol) :** इस मिट्टी का अच्छी तरह विकास नहीं हुआ रहता है। इसमें मृदा का एक भी संस्तर नहीं पाया जाता है।	1. **अक्वेण्ड्स** (Aquents) **मिट्टियां:** यह मिट्टी एक मौसम में जल से सम्पृक्त रहती है। इसमें मृतिका की प्रचुरता होती है।
	2. **अर्थेण्ड्स** (Orthents) **मिट्टियां :** ये मिट्टियां अभिनव उपदन-सतहों (Erosional Surfaces) पर पायी जाती हैं। इनमें ऊपरी एक मीटर तक के भाग में दोमट या मृत्तिका की प्रचुरता होती है।
	3. Psaments **मिट्टियां :** इनका निर्माण बालुका स्तूपों या सागरीय पुलिन (Sea Beaches) के रेतों से होता है। इन मिट्टियों के ऊपर एक मीटर वाले भाग में रेत या दोमट रेत की प्रचुरता होती है।
	4. **फ्लूवण्ड्स** (Fluvents) **मिट्टियां:** इनका निर्माण अभिनव जलोढ़ या अलूवियम द्वारा होता है। इनमें विभिन्न परतें पायी जाती हैं। ये शायद ही कभी जल से सम्पृक्त होती हैं। ऊपरी 20 सेण्टीमीटर तक इनका रंग भूरा तथा लाल होता है। इन मिट्टियों के ऊपरी एक मीटर वाले भाग में दोमट या मृत्तिका के गठन पाये जाते हैं।
	5. **अरेण्ट्स** (Arents) **मिट्टियां:** इस तरह की मिट्टियों में मृदा संस्तरों का मानव क्रिया कलापों द्वारा (यथा-गहरी तथा बार बार जुताई, निराई आदि) आपस में मिश्रण हो जाता है, अतः विभिन्न संस्तर स्पष्ट रूप में दृष्टिगोचर नहीं होते हैं वरन् विभिन्न संस्तरों के विखण्डित रूप ही मिलते हैं।
II. **इनसेप्टीसॉल** (Inceptisol) : इस श्रेणी में उन मिट्टियों को सम्मिलित करते हैं जिनमें मृदा के संस्तरों का या तो ठीकसे विकास न हुआ हो या	6. **ट्रोपेप्ट्स** (Tropepts) **मिट्टियां :** इनका निर्माण इनका ऊपरी भाग परिवर्तित पदार्थों का बना होता है जिनका रंग भूरा या लाल होता है।

संस्तरों का शीघ्रता से विकास हुआ हो। ये प्राय: नवीन मिट्टियां होती हैं। इनकी निम्न विशेषतायें होती हैं-(अ)मिट्टियों में इतना जल होता है कि पौधों को कम से कम लगातार तीन महीनों तक जल मिलता रहे; (ब) एक या दो मृदा-संस्तरों का विकास होता है; (स) मृदा के कण बारीक होते हैं तथा (द) मृदा में कतिपय अपक्षय से प्रभावित होने वाले खनिज होते है।

7. **अक्डेप्ट्स** (Andepts) **मिट्टियां :** ये मिट्टियां तर क्षेत्रों में पायी जाती हैं। इनमें भूरे से लेकर काले रंग के मौलिक या हिस्टिक इपीपेडान पाये जाते है। वर्ष के एक मौसम में यहजल से तर रहती है।
8. **अण्टेप्ट्स** (Antepts) **मिट्टियां :** इनमें सिलिका, मृत्तिका तथा ह्यूमस की मात्रा भी अधिक होती है। इनका निर्माण प्राय: ज्वालामुखी राख से होता है। इनमें कैटायन विनिमय क्षमता (CES) अधिक होती है। इनका ऊपरी भाग प्राय: गहरे रंग (काले) का होता है।
9. **अम्ब्रेप्ट्स** (Umbrepts) **मिट्टियां :** इन मिट्टियों का ऊपरी संस्तर जैविक पदार्थों का बना होता है जिसमें एसिड (अम्ल) की मात्रा अधिक होती है। इस ऊपरी संस्तर का रंग गहरा होता है। इन मिट्टियों में रबेदार मृत्तिका खनिज होते है। इनमें अम्ब्रिक या मौलिक इपीपेडान पाये जाते हैं। इस तरह की मिट्टियां मध्य अक्षांशीय क्षेत्रों के तर भागों एवं उच्च अक्षांशीय जलवायु प्रदोशों में पायी जाती है।
10. **आकेप्ट्स** (Ochrepts) **मिट्टियां :** इन मिट्टियों का ऊपरी संस्तर अत्यन्त पतला तथा हल्के रंग का होता है। इस संस्तर का निर्माण परिवर्तित पदार्थों से होता है। इसमें जैविक पदार्थों की कमी होती है। इस तरह की मिट्टियां मध्य एवं उच्च अक्षांशों के जलवायु प्रदेशों में पायी जाती हैं।
11. **प्लेजिप्ट्स** (Plaggepts) **मिट्टियां:** इन मिट्टियों का ऊपरी संस्तर मोटा होता है। जिनमें मानव लम्बी अवधि तक कृषि एवं खाद के प्रयोग द्वारा नये पदार्थों का समावेश करता रहता है। इस ऊपरी संस्तर में प्लैजेन इपीपेडान पाये जाते हैं।

वर्ग ब (इस वर्ग का CSCS द्वारा अभिनिर्धारण नहीं किया गया है।)

इस वर्ग के अन्तर्गत उन मिट्टियों को सम्मिलित किया जाता है जिनमें जैविक पदार्थों का अनुपात अधिक होता है। इस वर्ग के अन्तर्गत मिट्टियों की एक श्रेणी (टिहस्टोसॉल) तथा 4 उपश्रेणियों (फाइब्रिस्ट, फलोरिस्ट, हेमिस्ट तथा सैप्रिस्ट) को सम्मिलित किया जाता है।

III. **हिस्टोसॉल (Histosol) :** इस तरह की मिट्टियों के ऊपरी 80 सेण्टीमीटर वाले भाग में जैविक पदार्थों की अधिकता होती है।

12. **फोलिस्ट** (Folists) **मिट्टियां :** इस तरह की मिट्टियों का निर्माण आधार शैल पर पत्तियों के ढेरों (Leaf litters) के वियोजन के फलस्वरूप होता है। ये वर्ष भर तर रहती हैं।

13. **फाइब्रिस्ट** (Fibrist) **मिट्टियां:** इस तरह की मिट्टियों में जैविक पदार्थ प्राय: अपने मौलिक रूप में पाये जाते हैं क्योंकि इनका न्यूनतम वियोजित होता है। इनमें पौधों के रेशे पाये जाते हैं। इसी कारण से इनको रेशेदार (Fibrist) मृदा भी कहा जाता है। ये मिट्टियां प्राय: वर्षभर जल से सम्पृक्त रहती हैं।

14. **सैप्रिस्ट** (Saprists) **मिट्टियों :** इनमें पाये जाने वाले जैविक पदार्थ पूर्णतया वियोजित होते हैं। समस्त जैविक पदार्थों का 10 प्रतिशत से कम भाग रेशों के रूप में होता है। ये मिट्टियां वर्ष के अधिकांश समय तक जल से तर रहती हैं।

15. **हेमिस्ट** (Hemists) **मिट्टियां :** इनमें अर्द्ध वियोजित जैविक पदार्थ होते है। समस्त जैविक पदार्थों का 10 से 40 प्रतिशत भाग रेशेदार होता है। वर्ष के अधिकांश समय तक ये मिट्टियां जल से तर रहती हैं या कृत्रिम रूप से जल का निष्कासन किया जाता है।

वर्ग स (इस वर्ग का (CSCS द्वारा निर्धारण नहीं किया गया है)

इस वर्ग के अन्तर्गत उन मिट्टियों को सम्मिलित किया जाता है जिनमें मृदा-संस्तरों (Soil Horizons) का पूर्णरूपेण विकास हुआ रहता है तथा खनिजों का अच्छी तरह अपक्षय होता है। इस वर्ग के अन्तर्गत मृदा की एक श्रेणी (आक्सीसॉल) तथा 5 उपश्रेणियों (अक्वाक्स, ह्यूमाक्स, आरथाक्स, टोरोक्स तथा अस्टाक्स) पायी जाती है।

IV. **अस्टीसॉल** (ULTISOL)**:** आक्सीसॉल श्रेणी की मिट्टियां कई प्रकार की जलवायु में विकसित होती है यथा-आर्द्र उप उष्ण कटिबन्धी जलवायु, शुष्कतर उष्ण कटिबन्धी जलवायु मानसूनी जलवायु आदि। इन मिट्टियों में कैटायन विनिमय क्षमता (CEC) कम होती है तथा मृदा का औसत वार्षिक तापमान 8° सेण्टीग्रेड से अधिक रहता है। गहराई के साथ बेस सम्पृक्तता प्रतिशत (Percentage of Base Saturation, PBS) घटता जाता है। इन मिट्टियों का निर्माण मुख्य रूप से वनाच्छादित भागों में होता है। इन मिट्टियों का B संस्तर पीला-भूरा होता है। इनमें संचयित मृत्तिका की मात्रा अधिक होती है। ये मुख्य रूप से द. प. संयुक्त राज्य अमेरिका, द. चीन, बोलिविया, द. ब्राजील, पश्चिमी तथा मध्य अफ्रीका, भारत, वर्मा, पूर्वी द्वीप समूह, उ. पू. आस्ट्रेलिया आदि में पायी जाती हैं। इनके 5 उपप्रकार (अक्ल्ट्स, ह्यूमल्ट्स, अस्टल्ट्स तथा जेरल्ट्स आदि) होते हैं।

16. **अडल्ट्स** (Udults) **मिट्टियां:** इन मिट्टियों में जैविक पदार्थों की मात्रा सामान्य रूप से कम होती है। B संस्तर का रंग पीला या लाल होता है। इनका निर्माण शीतोष्ण से उष्णार्द जलवायु प्रदेशों में होता है। वर्ष के अधिकांश समय से मृदा का कोई भी संस्तर शुष्क नहीं हो पाता है।

17. **अक्वाक्स** (Aquox) **मिट्टियां :** इन मिट्टियों का रंग भूरा, गहरा लाल या गहरा भूरा होता है। उस वर्ष के आर्द्र मौसम में ये जल के साथ सम्पृक्त हो जाती है। वास्तव में ये तर क्षेत्रों (Aqua का तात्पर्य जल से होता है) की मिट्टियां है।

18. **ह्यूमल्ट्स** (Humults) **मिट्टियां:** इन मिट्टियों में जैविक पदार्थों की मात्रा बहुत अधिक होती है। इनका निर्माण निम्न (उष्ण एवं उपोष्ण कटिबन्ध)एवं मध्य अक्षांशों के अधिक वर्षा वाले भागों में होता है।

19. **ह्यूमॉक्स** (Humox) **मिट्टियां :** इनका ह्यूमॉक्स नामकरण ह्यूमस की अधिकता के कारण किया गया है। मृदा के संस्तर में ह्यूमस का अंश अधिक रहता है। ये खासकर ठंडे एवं आर्द्र प्रदेशों में ऊंचे पठारी भागों पर पायी जाती है। इनमें जैविक पदार्थों की अधिकता होती है।

20. **अक्क्ल्ट्स** (Aqqults) **मिट्टियां:** ये आर्द्र मौसम में जल से सम्पृक्त हो जाती है। समस्त मृदा-मण्डल का रंग भूरा होता है। कुछ मिट्टियों के ऊपरी भाग में काले रंग के इपीपेडान पाये जाते है।

V. **आक्सीसॉल** (Oxisol) **:** आक्सीसॉल के अन्तर्गत अति पुरानी तथा अपक्षयित मिट्टियां सम्मिलित की जाती हैं। इनके अन्तर्गत खासकर उष्ण कटिबन्धी भागों की

21. **आरथॉक्स** (Orthox) **मिट्टियां :** ये उष्ण आर्द्र प्रदेशों खासकर विषुवत् रेखीय क्षेत्रों की मिट्टियां है। कम से कम लगातार 60 दिनों तक इन मिट्टियों का कोई भी

मिट्टियां आती है। इनमें आक्सिक की प्रधानता होती है। इनकी तीन प्रमुख विशेषतायें होती है-(i) अधिकांश खनिजों का अत्यधिक अपक्षय होता है, एल्यूमिनियम तथा लोहे के सेक्वी-आक्साइड्स तथा कबोलिनाइट की प्रचुरता होती है, (ii) कैटायन विनिमय क्षमता (CEC) अत्यन्त कम होती है तथा (iii) दोमट तथा मृत्ति का के कण अधिक पाये जाते हैं। इसके अन्तर्गत 5 उपप्रकार पाये जाते है यथा अक्वाक्स, ह्यूमाक्स, आरथक्स, टोराक्स तथा अस्टाक्स।

संस्तर जल के अभाव में शुष्क नहीं होता हैं।

22. **आस्टॉक्स** (Ustox) **मिट्टियां :** ये शुष्क जलवायु खासकर आर्द्र-शुष्क उष्ण कटिबन्धीय जलवायु प्रदेश की मिट्टियां हैं।
23. **टोरोक्स** (Torrox) **मिट्टियां :** ये उष्ण एवं शुष्क जलवायु की मिट्टियां होती हैं। इनके सभी संस्तर 6 महीने तक जल के अभाव में शुष्क रहते हैं। इनमें ह्यूमस का अभाव होता है। विश्वास किया जाता है कि इनका निर्माण उष्ण एवं तर जलवायु में हुआ होगा।
24. **जेरल्ट्स** (Xerults) **मिट्टियां :** इनमें जैविक पदार्थों की मात्रा न्यून से मध्यम के बीच रहती है। संस्तरों का रंग लाल से भूरा होता है। इनका निर्माण शर्द परन्तु आर्द्र शरदकाल एवं गर्म शुष्क ग्रीष्मकाल वाली कम सागरीय जलवायु में होता है।
25. **अस्टस्ट्स** (Ustults) **मिट्टियां :** ये अर्द्ध प्रदेशों की मिट्टियां होती है। शुष्क मौसम में जल अभाव में ये शुष्क हो जाती है। समस्त मृदा-संस्तरों का रंग भूरा तथा लाल होता है।

वृहद् तंत्र का मूल्यांकन

अमेरिकी मृदा सर्वेक्षण विभाग द्वारा प्रस्तुत विश्व की मिट्टियों के वर्गीकरण की योजना, जिसे वृहद् मृदा वर्गीकरण तंत्र (Comprehensive Soil Classification System-CSCS,1975) के नाम से जाना जाता है, की निम्नलिखित उल्लेखनीय हैं-

(1) मिट्टियों के वर्गीकरण में क्षेत्रों एवं प्रयोगशालाओं के ऐसे आंकड़ों को सम्मिलित किया गया है जिनका क्षेत्र में तथा प्रयोगशालाओं में मापन एवं परीक्षण किया जा सकता है।

(2) इस वर्गीकरण में ग्रीक एवं लैटिन भाषाओं के शब्दों एवं नामावलियों का प्रयोग किया गया है।

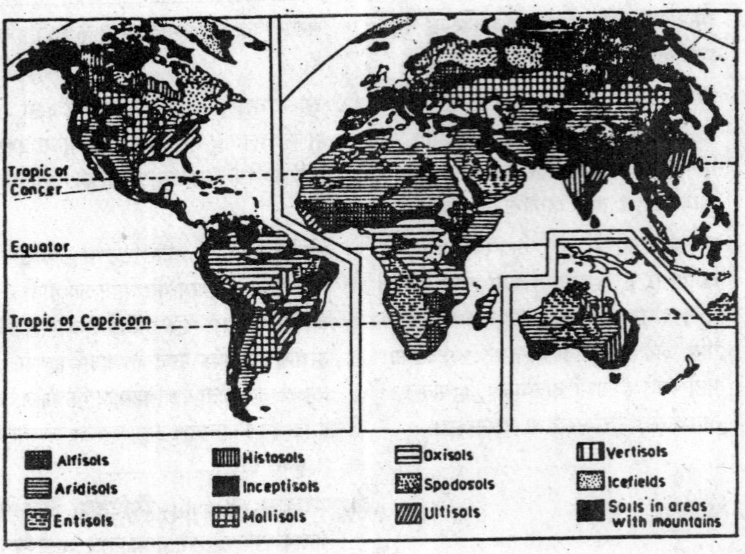

चित्र 3.4 : अमेरिकी मृदा सर्वेक्षण विभाग द्वारा प्रस्तुत 'वृहद् मृदा वर्गीकरण तंत्र (Comprehensive Soil Classification System, CSCS, 1975) के आधार पर विश्व की प्रमुख मिट्टियों का प्रदर्शन। यहां पर मात्र मिट्टियों के उच्चतम वर्ग यानी मृदा- श्रेणियों (Soil Orders) को ही प्रदर्शित किया गया है।

(3) इस वर्गीकरण की योजना में मिट्टियों के निर्माणक प्रक्रमों तथा प्रक्रियाओं की तुलना में मिट्टियों के प्रकारों तथा वर्गीकरण पर अधिक ध्यान दिया गया है।

(4) मिट्टियों के वर्गों तथा प्रकारों को मिट्टियों की विशेषताओं (मिट्टियों की आकारिकी तथा उनके संघटन से सम्बन्धित) के आधार पर ही सुचारू रूप से परिभाषित किया गया है।

(5) मिट्टियों के विभिन्न प्रकारों की परिभाषाओं को मिट्टियों के ऐसे सुनिश्चित गुणों पर आधारित किया गया है जिनका क्षेत्र में प्रत्यक्ष पर्यवेक्षण किया जा सकता है।

(6) इस वर्गीकरण के अन्तर्गत मण्डलीय या प्रादेशिक मिट्टियों (Zonal Zoils) उच्च स्थलों की सुप्रवाहित मिट्टियां जिनमें मृदा-संस्तरों का भली भांति विकास हुआ रहता है) तथा अन्तः मण्डलीय या अन्तः प्रादेशिक मिट्टियों (Intrazonal Soils) के मध्य अन्तर स्थापित नहीं किया गया है।

(7) इस वर्गीकरण में मृदा में मानव के क्रिया-कलापों (यथा-जुताई, गुड़ाई, निराई, खादों का प्रयोग, सिंचाई आदि) द्वारा होने वाले प्रभावों एवं परिवर्तनों को भरपूर महत्व दिया गया है।

(8) इस वर्गीकरण के अन्तर्गत उन मिट्टियों को समाविष्ट या सम्मिलित करने की क्षमता है जिनका अभी तक अभिनिर्धारण एवं अध्ययन नहीं किया जा सका है परन्तु भविष्य में इनके अभिनिर्धारण एवं अध्ययन की भरपूर सम्भावना है।

(9) इस वर्गीकरण के अन्तर्गत मिट्टियों के वर्गीकरण में अधिकाधिक समरूपता का समावेश किया गया है।

(10) मृदा की परिच्छेदिका का अभिनिर्धारण एवं विभेदीकरण उनके ऊपरी संस्तर (Epippedon- इपीपेडान) तथा निचले संस्तरों के आधार पर किया गया है।

CSCS की मृदा-वर्गीकरण की योजना के उपर्युक्त गुणों के अलावा उसमें कुछ दोष भी हैं यथा-

(1) मिट्टियों के वर्गीकरण में ग्रीक, लैटिन तथा जर्मन भाषा के दुरूह एवं अबोधगम्य शब्दों एवं नामावलियों का प्रयोग किया गया है। अन्य भाषा-भाषी लोगों के लिए इन दुरूह शब्दों का समझना दुष्कर हो जाता है।

(2) इस वर्गीकरण में प्रयोगशालाओं में मिट्टियों के विश्लेषण से प्राप्त आंकड़ों पर सर्वाधिक ध्यान दिया जाता है। अधिकांश विकासशील देशों में इस तरह के प्रयोगशाला के आंकड़े सुलभ नहीं हो सकते। यद्यपि, यह वर्गीकरण वैज्ञानिक आधारों पर आधारित है परन्तु इसका विश्व के अधिकांश देशों में प्रयोग नहीं हो पाया है। अर्थात् यह वर्गीकरण विश्वव्यापक नहीं हो पाया है। लगता है मृदा के अन्य वर्गीकरण के समान यह वर्गीकरण भी एक दिलचस्प परन्तु अप्रयुक्त वर्गीकरण बन कर रह जायेगा।

जलवायु के अनुसार मृदा निर्माण के प्रमुख प्रक्रम
(Main Soil Forming Processes According to Climate)

मिट्टी का प्रकार तथा स्वरूप मुख्यत: जलवायु एवं अन्य कारकों की प्रतिक्रिया का परिणाम है। जलवायु की भिन्नता मिट्टियों के निर्माण में आधारभूत है। मृदा निर्माण में योग देने वाले कुछ महत्वपूर्ण प्रक्रम निम्नलिखित हैं:

(1) **लैटराइटी भवन** (Laterization) : कटिबन्धीय जलवायु की दशाओं में मिट्टियों का विकास बहुत मन्द गति से दीर्घ अवधि में होता है। उच्च

ताप तथा अधिक वर्षा के कारण उष्णकटिबन्धों में सिलिकेट खनिज बहुत अस्थायी होते हैं। पैतृक शैलों के एल्युमिनियम तथा लौह सेस्क्वी ऑक्साइड (Sesqio Oxide) का अपघटन (Decomposition) कठिनाई से हो पाता है। पैतृक शैलों पर लेटेराइटी भवन की क्रिया से प्राथमिक लेटेराइट उत्पन्न होती हैं।

(2) **अतिकृष्णभवन** (Melanization) : कम आर्द्र प्रदेशों में जीवांश के साथ जल A संस्तर में मिल जाता है। अतिकृष्ण भवन क्रिया से A संस्तर का रंग गहरा हो जाता है।

(3) **पोडजोलीभवन** (Podsoliztion) : सामान्य वर्षा वाले शीतोष्ण प्रदेशों में यह क्रिया अधिक होती है। इन क्षेत्रों की वनस्पति में सूक्ष्म जीवों की क्रिया तथा पोषक तत्वों की कमी होती है। यह कर्कट युक्त स्तर (Litter Layer) अम्लीय होती है। इस परत से जल का अन्तःस्रवण (Percolation) होने पर A संस्तर के खनिज एवं जीवांश घुलकर निचले संस्तर में एकत्रित हो जाते है। इस क्रिया से मिट्टियों का रंग राख जैसा हल्का हो जाता है।

(4) **ग्लेभवन** (Gleization) : आर्द्र प्रदेशों में भौम जल स्तर (Water Table) ऊंचा तथा जल अधिक होने के कारण मिट्टियां चिपचिपी हो जाती हैं। उनका रंग भूरा हो जाता है तथा जैविक पदार्थों का अपघटन बहुत धीमे होता है। फलतः B संस्तर की तली में भूरे रंग की एक ठोस परत बन जाती है।

मृदा संमिश्रण (Soil Complex)

यह पहले ही कहा जा चुका है कि मिट्टी एकाकी पदार्थ नहीं, बल्कि कई तत्वों से युक्त एवं संमिश्रण पदार्थ है। इसमें ठोस, द्रव, गैस सभी प्रकार के तत्वों का मिश्रण रहता है। प्रत्येक प्रकार की मिट्टी में निश्चित प्रकार के बैक्टीरिया, फन्जाई, शैवाल, प्रोटोजोआ, मोलस्क, आर्थोपॉड आदि जैविक तत्व रहते हैं। इसके अतिरिक्त सिलिका, सिलीकेट, चीका, धातु ऑक्साइड आदि ठोस पदार्थ पाये जाते हैं। वास्तव में मिटिटी मे छः तत्वों का योग पाया जाता है–

(i) खनिज तत्व

(ii) वायु

(iii) जल

(iv) घोल (Solution)

(v) ह्यूमस (Humus) एवं

(vi) जैव पदार्थ (Organic Matter)।

(1) खनिज पदार्थ (Mineral Matter)

पैतृक शैलों में अपक्षय की भिन्न मात्रा के कारण विभिन्न आकार के खनिज कण उत्पन्न होते हैं। आकार के अनुसार खनिज कणों का वर्गीकरण निम्न प्रकार से किया जाता है–

कण	आकार (मिलीमीटर व्यास)
चीका	0.002 से कम
सिल्ट	0.002–0.02
सूक्ष्म बालू	0.02–0.20
मोटी बालू	0.20–2.00
पत्थर व बजरी	2.0 से अधिक

(1) **मृदा गठन** (Soil Texture) : मिट्टी में उपस्थित विभिन्न आकार के खनिज कणों के सापेक्ष अनुपात से मृदा गठन निर्धारित होता है तथा मिट्टियों का वर्गीकरण किया जाता है। निम्नलिखित प्रमुख मिट्टी वर्गों में खनिज कणों के आकार एवं अनुपात प्रदर्शित हैं–

गठन समूह (Texture group)	खनिजों कणों का सापेक्ष अनुपात
1. बलुई मिट्टी (Sandy Soil)	–85% बालू + 15% चीका या सिल्ट या दोनों
2. दोमट बालू (Loamy Sand)	–70% बालू + 30% चीका या सिल्ट या दोनों
3. दोमट (Loam)	–50% बालू + 50% चीका या सिल्ट या दोनों
4. सिल्ट (Silt)	–90% सिल्ट + 10% बालू

मृदा गठन का प्रभाव मिट्टी की पोषण क्षमता पर पड़ता है। बलुई मिट्टियों में सरन्ध्रता अधिक होने के कारण पोषक तत्वों की कमी पायी जाती है।

(2) **मृदा संरचना व सरन्ध्रता** (Soil Structure and Prorosity) : मिट्टी के कणों की संरचना तथा कणों के मध्य उपस्थित छिद्रों से मिट्टी में सरन्ध्रता निश्चित होती है। केंचुए तथा मिट्टी में रहने वाले प्राणी छिद्रों को प्रभावित करते हैं। मिट्टी की संरचना का प्रभाव वनस्पति की जड़ों के गहराई में प्रवेश पर पड़ता है।

(2) मृदा वायु (Soil Air)

मिट्टी के कणों एवं छिद्रों में तरल पदार्थ एवं वायु (गैसें) भरी रहती हैं, जिनसे मिट्टी के वायुमण्डल की रचना होती है। भिन्न गठन वाली मिट्टियों में छिद्रों का आकार व संख्या भिन्न होती है। उदाहरणार्थ, मोटे कणों वाली बलुई मिट्टियों

में बड़े छिद्र तथा सूक्ष्म कणों वाली चीका या सिल्ट में सूक्ष्म छिद्र पाये जाते हैं। इन छिद्रों का प्रभाव मिट्टी के वातन (Aeration) पर पड़ता है। बाह्य वायुमण्डल की अपेक्षा मिट्टी के वायुमण्डल में ऑक्सीजन कम तथा कार्बन डाई-ऑक्साइड अधिक पायी जाती है। वातनयुक्त (Aerobic) मिट्टियों में नाइट्रोजन तथा आर्गन गैसें बाह्य वायुमण्डल की ही भांति उपस्थित रहती है। किन्तु अवातनीय (Anaerobic) या दलदली (Waterlogged) मिट्टियों में ऑक्सीजन की बहुत कमी होती है। मिट्टी के वातन प्रदेश का प्रभाव जड़ों के विकास, बीज अंकुरण तथा सूक्ष्म-जैविक क्रियाओं पर विशेषरूप से पड़ता है।

(3) मृदा जल (Soil Water)

मृदा जल का मुख्य स्रोत वर्षा जल है। वर्षा जल का कुछ भाग वाही जल (Run off) के रूप में नदी नालों व सागरों में पहुंचता है, कुछ जल वाष्पीकृत हो जाता है तथा शेष भूमि द्वारा सोख लिया जाता है। मृदा जल का मृदा गठन तथा संरचना से गहरा सम्बन्ध है। मोटे तथा बड़े कणों वाली बालू के छिद्रों में जल अधिक देर तक रुक नहीं पाता, वह निचली परतों में पहुंच जाता है। इसके विपरीत सूक्ष्म कणों वाली चीका एवं सिल्ट मिट्टियों में ह्यूमस आदि की उपस्थिति के कारण देर तक जल धारण करने की क्षमता होती है। दोमट मिट्टी चीका तथा बालू का सम्मिश्रण होने के कारण पौधों के विकास के लिये सर्वोतम होती है, क्योंकि ऐसी मिट्टियां प्रचुर पोषक तत्वों, उचित वातन तथा समुचित जलसाधारण क्षमता के कारण उर्वर होती है।

(4) मृदा घोल (Soill Solution)

मिट्टी में पौधों के पोषण के लिये जैविक पदार्थ तथा घुले हुए रसायन पाये जाते हैं। इसके अतिरिक्त अनेक लवणों का घोल भी पाया जाता है। मृदा घोल में कार्बोनेट, सल्फेट, नाइट्रेट, क्लोराइड आदि खनिज तथा कैल्शियम, मैग्नीशियम, सोडियम, पौटेशियम आदि जैविक लवण पाये जाते हैं। मृदा घोल की रासायनिक प्रकृति पैतृक पदार्थों, जलवायु एवं जैविक पदार्थों की प्रकृति पर निर्भर करती है। अतः नदियों, झीलों, सरोवरों, वनों तथा घास प्रदेशों में भिन्न प्रकार के मृदा घोल पाये जाते हैं।

(5) जैविक पदार्थ या ह्यूमस (Organic Matter of Humus)

जैविक पदार्थों के माध्यम से खनिज मिट्टी में मिलते हैं। ह्यूमस में जल धारण करने की क्षमता अधिक होती है। यह खनिजों को आयन के रूप में धारण करता है तथा चीका के कणों को पुञ्ज (Aggregates) के रूप में बांधे रखता है। इसी

के द्वारा मिट्टियों में वातन (Aeration) की वृद्धि होती है तथा जल का अन्तः स्त्रवण सुगम हो जाता है।

मिट्टी को जैविक पदार्थ की प्राप्ति धरातलीय पौधों व प्राणियों (पौधों की मृत पत्तियों, टहनियों, शाखाओं तथा प्राणियों के शरीरों) एवं मिट्टी में रहने वाले जीवों तथा सूक्ष्म जीवों से होती है। धरातल पर पड़ा हुआ समस्त मृत व ताजा जैविक पदार्थ कर्कट (Litter) कहलाता है। घास के मैदानों तथा पर्णपाती वनों की अपेक्षा सदापर्णी सघन वनों में कर्कट की मात्रा अधिक पायी जाती है। मिट्टी में होने वाले जीव, प्राणी तथा सूक्ष्म जीवों (Micro-orgnisms) की क्रिया से पौधों का विघटन होता है और कालान्तर में ह्यूमस (Humus) उत्पन्न होता है। पैतृक पदार्थ, वनस्पति तथा जलवायु की भिन्नता के आधार पर मुख्यतः दो प्रकार का ह्यूमस पाया जाता है–

(1) मॉर ह्यूमस (Morhumus) तथा

(2) मल ह्यूमस (Mull-humus)।

(6) मृदा जीव (Soil Organisms)

प्रत्येक विशेष प्रकार की मिट्टी में विशिष्ट वनस्पति (Flora) तथा जीव (Fauna) पाये जाते हैं कुछ जीव नाइट्रोजन स्थिरीकरण द्वारा मिट्टी की उर्वरता बढ़ाते हैं तथा कुछ जीव मृत जैविक पदार्थ का अपघटन करके प्रमुख तत्वों को पुनः मिट्टी में पहुंचा देते हैं।

मिट्टियों के प्रकार (Types of Soils)

सिमनसन (Simonson, 1957) ने पैतृक शैलों, जलवायु तथा जैविक प्रतिक्रियाओं के आधार पर विभिन्न प्रकार की मिट्टियां बतायी हैं जिनमें निम्नलिखित मुख्य है:

(1) **पोडजोल मिट्टियां** (Podzolic Soils) : ये आर्द्र शीतोष्ण वाले शंकुधारी वनों में पायी जाती है। ये अम्लिक (Acidic) तथा कम उर्वर होती है। इनमें जीवांश (ह्यूमस) अधिक पाया जाता है। प्रक्षालन (Leaching) क्रिया से इनके घुलनशील तत्व नष्ट हो जाते है।

(2) **पैडोकैल मिट्टियां** (Pedocal Soils) : ये मैदानी भागों में प्रक्षालन क्रिया से उत्पन्न मिट्टियां हैं। इनमें ऊपरी परतों में कैल्शियम संचित रहता है। कैल्शियम कार्बोनेट ($CaCO_2$) एवं मैग्नीशियम कार्बोनेट ($MgCO_3$) संचित होने के कारण ये मिट्टियां लवणयुक्त होती हैं।

(3) **पेडाल्फर मिट्टियां** (Pedalfer Soils) : ये आर्द्र प्रदेशों में पायी जाती हैं। इन मिट्टियों के घुलनशील तत्व जल की स्रवण क्रिया (Percolation) से जड़ों के भी नीचे पहुंच जाते हैं। महत्वपूर्ण पोषक तत्वों के बह जाने के कारण केवल लवण शेष रह जाते हैं जो इन मिट्टियों को अनुर्वर बना देते हैं।

(4) **लेटोजोल मिट्टियां** (Latazolic Soils) : आर्द उष्ण कटिबन्ध अथवा उपोष्ण कटिबन्धीय वनों में ये मिट्टियां पायी जाती है। आरम्भ में ये क्षारयुक्त (Alkaline) होती है, किन्तु लगातार प्रक्षालन के कारण ये अम्लिक (Acidic) हो जाती हैं। इनकी ऊपरी परत बहुत पतली होती है।

(5) **चरनोजम मिट्टियां** (Chenozemic Soils) : आर्द्र तथा अर्द्ध-शुष्क शीतोष्ण कटिबन्ध में घास के प्रदेशों में ये मिट्टियां व्यापक रूप से पायी जाती हैं। ये अधिक क्षारीय होती हैं तथा इनकी ऊपरी परत अधिक विकसित होती है। प्रेयरी की उर्वर मिट्टियां इसी प्रकार की हैं। इनमें ऊपरी परत में जैविक पदार्थ के एकत्रित होने से मिट्टी का रंग काला हो जाता है।

(6) **मरुस्थलीय मिट्टियां** (Desertic Soils) : ये शुष्क जलवायु वाले मरुस्थलों में पायी जाती है। इनमें जवांश की कमी होती है तथा ये प्रायः अनुर्वर होती है। अर्द्ध शुष्क मरुस्थलों में घास तथा झाड़ियां एवं शुष्क मरुस्थलों में विरल वनस्पति पायी जाती है।

(7) **टुण्ड्रा की मिट्टियां** (Tundra Soils) : टुण्ड्रा में धरातल की निचली परत (Substratum) हिमाच्छादित रहती है। इसके ऊपर लिचेन, मॉस तथा कुछ शाकीय वनस्पतियॉ उगती है। न्यून तापमानों, तुषार भूमि (Perma-frost) एवं जल निकासी उत्तम न होने के कारण ये मिट्टियां अनुर्वर होती हैं।

(8) **जलोढ़ मिट्टियां** (Alluvial Soils) : ये मिट्टियां नदियों द्वारा लायी गयी बालू एवं चीका के निक्षेप से उत्पन्न होती हैं इनमें परिच्छेदिका (Profile) नहीं पायी जाती। ये बहुत उर्वर होती हैं।

(9) **अन्य प्रकार** (Other Types) : शुष्क जलवायु में अधिक वाष्पीकरण के कारण **लवणयुक्त मिट्टियां** (Saline Soils) पायी जाती हैं। पर्वतीय एवं घाटी प्रदेशों में **अनुर्वर एवं अविकसित मिट्टियां** मिलती हैं। तटीय प्रदेशों में बालुका स्तूप के क्षेत्रों में पायी जाने वाली Azonal मिट्टियों

में परिच्छेदिका का विकास नहीं हो पाता। प्रक्षालित लाल मिट्टियों के क्षेत्रों में जीवांश की पतली परत वाली **लेटेराइट मिट्टियां** (Lateritic Soils) पाया जाती हैं।

जीवमण्डल की एकता (Unity of the Biospher)

जीवमण्डल के सभी संघटक अजैविक या अकार्बनिक (वायु, स्थल, मृदा, जल आदि), जैविक (पादप, प्राणी एवं मानव) तथा सूक्ष्म जैविक (Microbial) परस्पर एक दूसरे से घनिष्ठ रूप से सम्बद्ध होते हैं। इन संघटकों के मध्य चक्रीय प्रक्रिया (Cyclic Mechanism) सक्रिय रहती है। चक्रीय द्वारा जीवमण्डल में ऊर्जा, जल, रासायनिक तत्वों, अवसादों आदि का स्थानान्तरण होता है। चक्रीय प्रक्रिया एवं संघटक परस्पर एक दूसरे को प्रभावित करते हैं। सामान्यत: जीवमण्डल समस्थिति (Equilibrium) की अवस्था में रहता है किन्तु मानव द्वारा पर्यावरण में परिवर्तन होने पर समस्थिति की दशा विक्षुब्ध (Disturbed) हो जाती है। इससे पर्यावरण एवं पारिस्थितिक तंत्र सम्बन्धी अनेक समस्यायें उत्पन्न हो जाती है।

जीवमण्डल एक विवृत तंत्र (Open System) है। जिसकी स्थिरता (Stability) तथा गतिकी (Dynamics) का नियन्त्रण निम्नलिखित चक्रीय प्रक्रियाओं एवं तन्त्रों द्वारा होता है–

(1) ऊर्जा तंत्र (Energy System)

(2) जलीय चक्र (Hydrological Cycle)

(3) रासायनिक चक्र (Chemical Cycle)

(4) अवसाद चक्र (Sediment Cycle)।

(1) ऊर्जा तंत्र (Energy System)

जीवमण्डल में सौर्यिक विकिरण (Solar Radiation), पृथ्वी के आन्तरिक भाग से उत्पन्न शक्ति (Endogenetic Forces) एवं गुरुत्व (Gravity) द्वारा ऊर्जा प्राप्त होती है। इनमें सौर्यिक विकिरण द्वारा प्राप्त ऊर्जा सबसे अधिक महत्वपूर्ण है। इसी ऊर्जा से पर्णहरित (Chlorophyll) युक्त पौधे प्रकाश संश्लेषण विधि (Photo-synthesis) द्वारा ऊर्जा ग्रहण करते हैं तथा जन्तु एवं मानव भी इसका उपयोग करते हैं। जलीय चक्र एवं वायु संचार भी इसी ऊर्जा द्वारा होता है। जीवमण्डल को लघु तरंग सौर्यिक विकिरण द्वारा जितना ताप प्राप्त होता है लगभग उतना ही दीर्घ तरंग पार्थिक विकिरण (Terrestrial Radiation) द्वारा नष्ट हो जाता है। इस प्रकार

जीवमण्डल में ऊष्मा बजट संतुलित रहता है। वायुमण्डल में ओजोन (O_3) सौर्यिक विकिरण को तथा कार्बन डाई-ऑक्साइड (CO_2) पार्थिव विकिरण को प्रभावित करती है। यदि मानव द्वारा स्वाभाविक ऊर्जा तंत्र में हस्तक्षेप नहीं होता तो वह संतुलित रहता है तथा जीवमण्डल में जीवों के संवर्धन तथा वृद्धि के लिये उपयुक्त दशाएं रहती है।

मनुष्य की विभिन्न क्रियाओं द्वारा ऊर्जा तंत्र प्रायः असंतुलित हो जाता है। उदाहरणतः, कारखानों के धुएं से मेघों की संरचना में अन्तर आता है। वनों को काटकर कृषि करने तथा ग्रामीण भूमि पर नगरीय विकास करने से धरातलीय प्रकृति बदल जाती है। घरों तथा कारखानों में लगे आधुनिकतम उपकरणों से निकली क्लोरो-फ्लूरो-कार्बन वायुमण्डल की ओजोन को नष्ट करती हैं। हाइड्रोकार्बन ईंधन जलाने से वायुमण्डल में कार्बन डाईऑक्साइड की मात्रा बढ़ रही है जिससे वायुमण्डल में तापमान की वृद्धि हो रही है।

उपरोक्त मानव जनित परिवर्तनों से जीवमण्डल के ऊर्जा संतुलन पर दुष्प्रभाव पड़ रहा है। इससे स्थानीय तथा वृहत् प्रादेशिक स्तर पर जलवायवीय परिवर्तनों की आशंका है। जलवायवीय परिवर्तन जलीय चक्र, वनस्पति के प्रकार, अवसाद चक्र आदि को भी प्रभावित कर सकते हैं, इस प्रकार सम्पूर्ण ऊर्जा तंत्र की स्वाभाविक दशा विक्षुब्ध हो जायेगी।

(2) जलीय चक्र (Hydrological Cycle)

महासागरीय जल वाष्पीकृत होकर वायुमण्डल में जलवाष्प के रूप में पहुंचता है। धरातल पर इसी जलवाष्प के संघनित होने तथा वर्षण से जल प्राप्त होता ह। यह वाही जल (Run off) नदियों व नालों में बहकर पुनः सागरों में पहुंचता है। जीवमण्डल के सम्पूर्ण जल का केवल 5% ही सागरों हिमनदों, नदियों, वायुमण्डलीय आर्द्रता, भूमिगत जल, मृदा, पादप एवं प्राणियों में संचित जल के रूप में निहित रहता है। यही जल जलीय चक्र में योग देता है। मनुष्य अपने क्रिया-कलापों द्वारा जलीय चक्र के संघटकों में अनेक परिवर्तन करता है। नलकूपों द्वारा भूमिगत जल का अधिकाधिक प्रयोग होने से भूमिगत जलतल में निरन्तर ह्रास होता है। सिंचाई एवं घरेलू उपयोग के कारण नदियों के जल का ह्रास होता है।

अप्राकृतिक रूप से मेघ बीजन (Cloud Seeding) द्वारा वर्षण में परिवर्तन होता है। धरातलीय संरचना में परिवर्तन करने (नगरीकरण, औद्योगीकरण आदि) से वाष्पीकारण प्रभावित होता है। वृक्षारोपण, कृषि तथा पशुचारण द्वारा वनस्पति के

स्वरूप में स्वरूप में व्यापक परिवर्तन होते हैं। जो जीवमण्डल में अवसाद चक्र तथा रसायन चक्रों में भी परिवर्तन करते हैं।

जल जीवन का आधार स्तम्भ है। जलीय चक्र जीवमण्डल चक्र तथा अवसाद चक्र को भी प्रभावित करता है अतः स्पष्ट है कि जलीय चक्र में अव्यवस्था होने पर अन्य च्रक्रों पर भी दुष्प्रभाव पड़ेगा तथा जीवमण्डल की स्थिरता नष्ट होगी।

(3) रासायनिक चक्र (Chemical Cycle)

जीवमण्डल में जैव भू-रासायनिक चक्रों (Bio-Geochemical Cycles) द्वारा रासायनिक तत्वों का गमन एवं प्रतिगमन होता है। कार्बन, ऑक्सीजन, हाइड्रोजन, नाइट्रोजन, फॉस्फोरस एवं गन्धक प्रमुख रासाययनिक तत्व हैं। जीवमण्डल में ये निश्चित मात्रा में उपस्थित रहते हैं। पादप इन तत्वों को घोल रूप में अपनी जड़ों द्वारा ग्रहण करते हैं। पुनः ये तत्व पौधों से बाहर निकल कर वायुमण्डल तथा मृदा मण्डल में मिल जाते हैं। वायुमण्डल में पहुंचे हुए तत्व वर्षण द्वारा पुनः धरातल पर आते हैं तथा अवसादी चक्र से मिल जाते हैं। इस प्रकार जीवमण्डल में रासायनिक तत्वों का चक्रीय विधि से गमन, आगमन तथा पुनर्गमन होता है।

मनुष्य उपरोक्त चक्रों को कई प्रकार से परिवर्तित करता है। उदाहरणतः, खेतों में रासायनिक उर्वरकों के अधिकाधिक प्रयोग से मौलिक तत्वों की मात्रा में वृद्धि होती है। कीटाणुनाशक औषधियों के प्रयोग से भी मौलिक तत्वों में परिवर्तन होता है। कारखानों तथा स्वाचालित वाहनों से निकली कार्बन द्वारा वायुमण्डल में इस तत्व की भारी वृद्धि होती है। मनुष्य द्वारा फॉस्फोरस, नाइट्रेट आदि के विदोहन (Exploitation), वनस्पति शोषण, पशुचारण पर पूर्ण नियन्त्रण आदि के कारण रासायनिक तत्वों के तंत्र की स्थिरता नष्ट होती है। मौसम सुधार योजनाओं (Weather Modification Programmes) द्वारा भी मानव रासायनिक तत्वों की वाययुमण्डलीय प्रावस्था को अव्यवस्थित करता है।

जैव भू-रासायनिक चक्रों द्वारा पादप एवं प्राणी अपने अवयवों तथा अंगों की वृद्धि के लिये आवश्यक तत्व प्राप्त करते हैं, अतः इन चक्रों का सुव्यवस्थित होना जीवमण्डल के लिए आवश्यक है।

(4) अवसादी चक्र (Sedimentary Cycle)

धरातल पर अन्तर्जात बलों की क्रियाओं से उच्चावच उत्पन्न होता है तथा बाह्य-जात बलों द्वारा उच्चावच का अनाच्छादन होता है। अनाच्छादन क्रिया से प्राप्त

अवसादों का परिवहन तथा निक्षेपण होता है। अवसादी चक्र सदैव चलता रहता है तथा यह पादपों एवं प्राणियों के लिये महत्वपूर्ण होता है।

मानवीय क्रियाओं से अवसादी चक्र प्रायः असन्तुलित हो जाते हैं। उदाहरणतः वनों को काटने से नग्न धरातल का अधिक अपरदन होता है तथा नदियों में बाढ़ें अधिक आती हैं। अधिक उत्खनन (Mining), पर्वतों पर सुरंग एवं सड़क निर्माण आदि के कारण भी पर्वतीय ढालों का अनाच्छादन होता है तथा अवसादी चक्र में अव्यवस्था उत्पन्न होती है।

अवसादी चक्र का परोक्ष प्रभाव ऊर्जा चक्र, जलीय चक्र एवं रासायनिक चक्रों पर पड़ता है जो जीवमण्डल को प्रभावित करते हैं। इस प्रकार एक चक्र में परिवर्तन होने से समस्त पारिस्थितिक तंत्र प्रभावित होता है।

4

पारिस्थितिक तंत्र में तत्वों का सचरण तथा भूजैवरसायन चक्र
(Circulation of Elements in the Ecosystem and Geobiochemical Cycle)

तत्वों (पोषक तत्वों) का सामान्य परिचय

जीवमण्डलीय पारिस्थितिक तंत्र में जैविक एवं अजैविक तत्वों/पदार्थों/पोषक तत्वों का संचरण ऊर्जा-प्रवाह के माध्यम से सम्भव होता है। दूसरे शब्दों में, जीवमण्डलीय पारिस्थितिक तंत्र के विभिन्न संघटकों में विभिन्न तत्वों के संचरण के लिए ऊर्जा-प्रवाह प्रमुख चालक बल (Driving Force) होता है। जीवमण्डल, वायुमण्डल, जलमण्डल तथा स्थलमण्डल में विभिन्न चक्रों के माध्यम से इस तरह संचरण होता रहता है कि इन तत्वों का संकलन द्रव्यमान (Mass) प्रायः समवत रहता है तथा ये तत्व जैविक समुदायों के उपभोग के लिए सर्वदा सुलभ रहते हैं। P. A. Furely तथा W.W. Newey, (1983) के अनुसार 'जिन पदार्थों द्वारा जीवमण्डल की रचना होती है उनका जीवमण्डल में कई चक्रीय मार्गों द्वारा वितरण एवं पुनः वितरण होता रहता है। इन चक्रीय मार्गों का चालन जीवमण्डल में ऊर्जा के सतत् निवेश (Input) होता है।"

जीवमण्डल के जैविक एवं अजैविक तत्वों या पदार्थों को **पोषक तत्व** (Nutrients) भी कहा जाता है क्योंकि ये पदार्थ विभिन्न जीवों के शरीर एवं ऊतकों Tissues) के निर्माण एवं सम्बर्द्धन में सहायता करते हैं। रासायनिक तथ्वों का जीवमण्डलीय पारिस्थितिक तंत्र में पौधों की जड़ों के माध्यम से प्रवेश होता है। ये जैविक समुदायों के लिए अत्यधिक महत्वपूर्ण होते हैं क्योंकि जीवमण्डल में विभिन्न जीवों के अस्तित्व एवं जीवन-निर्वाह के लिए ये आवश्यक तत्व होते हैं।

जीवमण्डल में पोषक तत्वों की दो प्रमुख स्त्रोतों या भण्डारों से प्राप्ति होती है-

(1) स्थलमण्डल या पृथ्वी की क्रस्ट-इसे **स्थलमण्डलीय स्त्रोत या भण्डार** करते हैं तथा

(2) वायुमण्डल-इसे **वायुमण्डलीय स्त्रोत या भण्डार** कहते हैं। जब रासायनिक तत्व पौधों की वृद्धि तथा उनके रखरखाव में सहायक होते हैं तो उन्हें **खनिज पोषक** तत्व कहते हैं। अगली पंक्तियों में जैविक एवं अजैविक तत्वों/पदार्थों आदि के लिए पोषक तत्व नामवली का ही प्रयोग किया जायेगा।

जीवमण्डलीय पारिस्थितिक तंत्र में संचिरित होने वाले पोषक तत्वों को 3 वर्गों में विभाजित किया जाता है:

(1) **वृहद्स्तरीय तत्व** (Macro-elements) : इनकी पौधों के लिये बहुत अधिक मात्रा में आवश्यकता होती है। इन तत्वों के अन्तर्गत आक्सीजन, कार्बन तथा हाइड्रोजन को सम्मिलित किया जाता है। ये तत्व जीवों की कोशिकाओं की संरचना का निर्माण करते हैं तथा जीवों में चर्बी तथा कार्बोहाइड्रेट के प्रमुख घटक होते हैं।

(2) **गौण तत्व** : पौधों के लिए गौण तत्वों की भी अपेक्षाकृत अधिक मात्रा में आवश्यकता होती है। इन गौण तत्वों के अन्तर्गत नाइट्रोजन, फास्फोरस, पौटेसियम, कैलसियम, मैग्नेशियम तथा गंधक को सम्मिलित किया जाता है। नाइट्रोजन प्रोटीन के निर्माण तथा संश्लेषण में सहायक होती है, फास्फोरस जीवों में न्यूक्लीयक अम्ल (Nucleic Acid) तथा कोशिका द्रव्य (Cytoplasm) का निर्माण करता है तथा जीवों की विभिन्न कोशिकाओं से ऊर्जा के स्थानान्तरण एवं गमन में सहायक होता है, गन्धक जीवों में एमिनो अम्ल (Amino Acid) का निर्माण करता है तथा यह एमिनो एसिड प्रोटीन के निर्माण में सहायक होता है; कैल्सियम जीवों की कोशिकाओं की दीवालों को दृढ़ बनाता है तथा मैग्नेसियम क्लोरोफिल का उत्पादन करता है।

(3) **सूक्ष्ममांत्रिक तत्व** (Trace Elements) : पौधों के लिए सूक्ष्ममांत्रिक तत्वों की बहुत कम मात्रा में आवश्यकता होती है। पौधों की लगभग 100 सूक्ष्ममांत्रिक तत्वों की आवश्यकता होती है परन्तु सर्वाधिक महत्ववाले तत्वों को लोहा, तॉबा, मैंगनीज, जस्ता, बोरॉन, क्लोरीन, मॉलिबडिनम (Molybdenum) आदि प्रमुख हैं।

रासायनिक तत्वों के अलावा जैविक या कार्बनिक तत्व भी जीवमण्डलीय पारिस्थितिक तंत्र में पोषक तत्वों के संचरण एवं चक्रण में भाग लेते हैं। जैविक तत्वों के अन्तर्गत दो तरह के पदार्थों को सम्मिलित करते हैं-

(1) जीवित अथवा मृत पौधों तथा जन्तुओं के विघटित एवं वियोजित भाग तथा

(2) जन्तुओं द्वारा अपशिष्ट पदार्थ (यथा- गोबर, मलमूत्र आदि)।

कुछ रासायनिक तत्व उत्प्रेरक (Catalyst) या किण्वज (Enzyme) का कार्य करते हैं क्योंकि ये रासायनिक अभिक्रिया (Chemical Reactions) में सहायता करते हैं परन्तु इन तत्वों में रासायनिक परिवर्तन नहीं होता है। जीवमण्डलीय पारिस्थितिक तंत्र में संचरण में भाग लेने वाले जैविक एवं अजैविक तत्वों की तीन प्रावस्थायें (Phases) होती हैं-

(1) वायुमण्डलीय प्रावस्था-(इसके अन्तर्गत हाइड्रोजन, आक्सीजन, कार्बन, तथा नाइट्रोजन तत्व आते है;

(2) अवसादीय प्रावस्था (पौटेशियम, कैल्सियम, मैग्नेशियम, फास्फोरस, गंधक आदि) तथा

(3) जैविक प्रावस्था (पौधों तथा जन्तुओं के जैविक पदार्थ।

भूजैवरसायन चक्र (Geobiochemical Cycles)

"पृथ्वी के वायुमण्डल, महासागरों एवं अवसादों से होकर रासायनिक तत्वों के चक्रण को जैवभूरसायन चक्र कहा जाता है" (D.B. Botkin तथा E.A. Keller, (1985) । P.A. Furley तथा W. W. Newey (1983) के अनुसार 'जैवभूरसायन चक्र वृहद्स्तरीय चक्र होते हैं जिनके द्वारा अजैविक तत्वों का जैविक प्रावस्था से होकर गमन होता है तथा अन्त में ये तत्व पुनः अजैविक दशा में वापस आ जाते है।" अर्थात् अजैविक या रासायनिक तत्वों को पौधे अपनी जड़ों द्वारा ग्रहण करते हैं तथा उन्हें जैविक तत्वों में परिवर्तित कर देते हैं। ये जैविक तत्व (जो पहले रासायनिक तत्व थे) आहार श्रृंखला के माध्यम से विभिन्न जीवों में स्थानान्तरित होते हैं। इन जीवों (पौधों तथा जन्तुओं) के मृत हो जाने पर जैविक तत्व पुनः रासायनिक तत्व में बदल जाते हैं। लेखक ने जैवभूरसायन चक्र की सरल परिभाषा निम्न रूप में प्रस्तुत की है-

अजैविक तत्वों/रासायनिक तत्वों के जैविक प्रावस्था (Biotic Phase) में परिवर्तन तथा इन जैविक तत्वों के अजैविक रूप में पुनरागमन के प्रारूप में को जैवभूरसायन चक्र कहते हैं।

वायुमण्डलीय तथा अवसादीय भण्डारों से प्राप्त तत्वों का मिट्टियों में भण्डारण (Pooling) होता है। अवसादीय अवस्था में संचित रासायनिक तत्व चट्टानों के अपक्षय एवं अपरदन के कारण सुलभ होते हैं। अर्थात् जब आधार शैलों का अपक्षय होने से मिट्टियों का निर्माण होता है या चट्टानों के अपरदन होने से उनसे रासायनिक तत्व अलग हो जाते हैं तो ये पदार्थ मिट्टियों में पहुंचते हैं जहां उनका भण्डारण (संचय) होता रहता है। वायुमण्डलीय प्रावस्था से रासायनिक पदार्थों का मिट्टियों में गमन वर्षा द्वारा होता है। अर्थात् वर्षा के साथ वायुमण्डल में स्थित रासायनिक पदार्थ धरातल पर आ जाते हैं तथा जल के साथ बहकर मिट्टियों में पहुंचते हैं जहां पर इनका भण्डारण होता रहता हैं। पौधे मिट्टियों में भण्डारित रासायनिक पोषक तत्वों को अपनी जड़ों द्वारा **जड़ परासरण** (Root Osmosis) की क्रिया द्वारा घोल रूप में ग्रहण करते हैं। पौधे इन रासायनिक तत्वों को जैवरासायनिक प्रक्रियाओं (Biochemical Proceses, यथा- प्रकाशसंश्लेषण की प्रक्रिया- Photosynthesis) द्वारा ऐसे रूप (आहार रूप या रासायनिक ऊर्जा) में परिवर्तित करते हैं कि उनका पौधों के ऊतकों (Tissues) के निर्माण तथा पौधों की वृद्धि एवं सम्बर्द्धन में आसानी से उपभोग किया जा सके। आहार ऊर्जा या रासायनिक ऊर्जा का पारिस्थितिक तंत्र के विभिन्न जैविक घटकों में प्रवाह तथा गमन होता रहता है। ऊर्जा प्रवाह के माध्यम से रासायनिक तत्वों का भी पारिस्थितिक तंत्र की आहार श्रृंखला के विभिन्न पोषण स्तरों में संचरण होता रहता है। इस तरह अजैविक प्रावस्था (वायुमण्डलीय तथा अवसादी प्रावस्थायें) से जैविक प्रावस्थ तथा जैविक प्रावस्था से पुनः अजैविक प्रावस्था में तत्वों के संचरण की प्रक्रिया को जैवभूरसायन चक्र कहते हैं।

जैवरसायन चक्र की प्रक्रिया की सरल रूप में निम्न शब्दों में व्याख्या की जा सकती है। इस चक्र की प्रक्रिया के तहत सबसे पहले अवसादी प्रावस्था तथा भण्डार (शैल) तथा वायुमण्डलीय प्रावस्था से रासायनिक पोषक तत्व विभिन्न माध्यमों तथा विधियों से मिट्टियों में पहुंचकर संचित होते हैं। (चित्र 4.1)। पौधे अपनी जड़ों द्वारा मिट्टियों में स्थित रासायनिक पोषक तत्वों को घोल रूप में ग्रहण करते हैं। पौधों में जड़ों से रासायनिक तत्वों को प्राप्त करने की प्रक्रिया को **जड़ परासरण** (Root Osmosis) कहते हैं। **मृदा भण्डार** (Soil Pool) में संचित कुछ रासायनिक तत्वों का **अपक्षालन** (Leaching, पदार्थों का छन कर नीचे जाना) की प्रक्रिया द्वारा नीचे की ओर गगन हो जाता है और इस प्रकार ये अपक्षालित (Leached) रासायनिक पदार्थ अवसादी प्रावस्था में पुनः वापस पहुंच जाते है। इस प्रकार मिट्टियों से कुछ रासायनिक तत्वों का वर्षा के वाही जल (Surface Runoff) द्वारा अपरदन हो जाता है। इस तरह अपरदित रासायनिक पदार्थ बहकर नदी-नालों से होकर सागरों

में पहुंच जाते हैं (चित्र 4.1)। पौधों द्वार मिट्टियों से ग्रहण किये गये रासायनिक पोषक तत्वों का पारिस्थितिक तंत्र में आहार श्रृंखला के सहारे ऊर्जा प्रवाह के माध्यम से विभिन्न पोषण स्तरों में परिवहन तथा स्थानान्तरण हो जाता है (चित्र 4.2)।

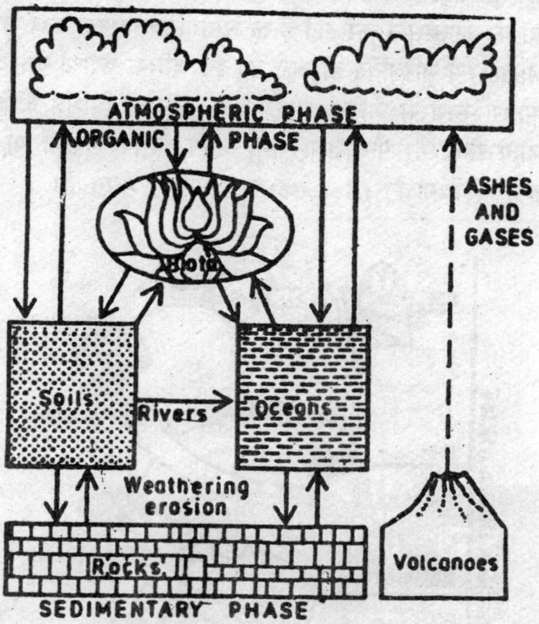

चित्र 4.1 : सामान्य जैवभूरसायन चक्र का प्रदर्शन (D. Brotkin तथा E. A. Keller, 1982, के आधार पर)।

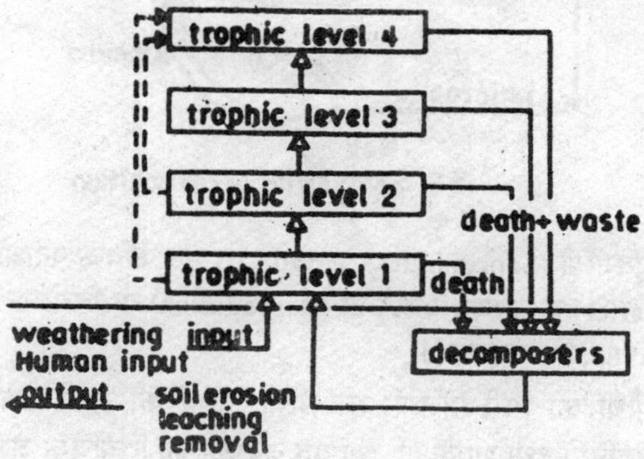

चित्र 4.2 : पोषक तत्वों के चक्रण के सामान्य प्रतिरूप का प्रदर्शन (C.C.Park, 1980, के अनुसार)।

जब पौधे इन रासानियक तत्वों को आत्मसात् करके उनका अपने ऊतकों के निर्माण, वृद्धि तथा सम्बर्द्धन के लिये उपभोग करते है और जब इन तत्वों का आहार श्रृंखला के विभिन्न पोषण स्तरों के जीवों में स्थानान्तरण होता है तथा जब विभिन्न जीव इन तत्वों को आत्मसात् कर लेते हैं तो रासायनिक पोषक तत्व **जैविक पदार्थों** (Organic Matter) में परिवर्तित हो जाते हैं। इन जैविक पदार्थों का आहार श्रृंखला के विभिन्न पोषण स्तरों में जैविक प्रावस्था के रूप में विभिन्न **जैविक भण्डारों** में संचयन होता रहता है। पौधे तथा जन्तु अपने जैविक पदार्थों या जैविक तत्वों का निम्न रूपों में विमोचन (Release) या परित्याग करते हैं।

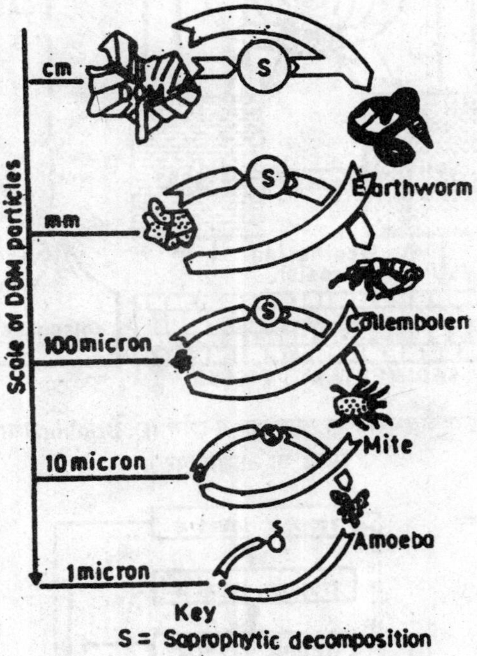

चित्र 4.3 : मृतजीवी (Saprophytes) जन्तुओं द्वारा मृत जैविक पदार्थों (DOM = Dead Organic Matter) के क्रमश: अवनयन (Degradation) या वियोजन का प्रदर्शन (LG. Simmons, 1982, के अनुसार)।

(1) पौधों की गिरी पत्तियों, मृत पौधों, पौधों की सूखी तथा जमीन पर गिरी टहनियों तथा शाखाओं तथा मृत जन्तुओं का वियोजक जन्तुओं (Microbes या (Decomposers, खासकर बैक्टीरिया) द्वारा वियोजन एवं विघटन (चित्र 9.3)। अर्थात् पौधों तथा जन्तुओं के मृत भाग जब जमीन पर

गिरते हैं तो मिट्टियों में रहने वाले सूक्ष्म कीड़े-मकोड़े (इन्हें वियोजक कहते हैं) इन मृत जैविक भागों को सड़ा-गला डालते हैं तथा उनमें संचित जैविक पदार्थ रासायनिक तत्व के रूप में पुनः **मृदा भण्डार** (Soil Pool) में मिल जाते हैं। चित्र 4.3 के माध्यम से पत्तियों की परत (Litter Layer) में स्थित मृत जैविक पदार्थों (Dead Organic Matter = DOM) के मृतजीवी जन्तुओं (Saprophytes) द्वारा क्रमिक विघटन तथा वियोजन को प्रदर्शित किया गया है (जो जन्तु मृत पौधों तथा जन्तुओं के जैविक यौगिकों पर अपने आहार के लिए निर्भर करते हैं उन्हें मृतजीवी जन्तु कहा जाता है)।

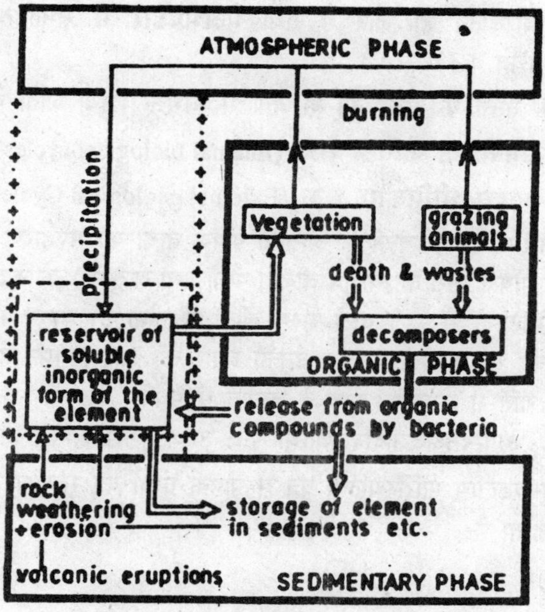

चित्र 4.4 : स्थलीय जैवभूरसायन चक्र के प्रतिरूप का प्रदर्शन। ठोस तीर पोषक तत्वों के प्रमुख मार्गों को प्रदर्शित करते हैं (W.B. Clapham, 1973, के अनुसार)।

(2) वनस्पतियों का जलना/वनों में कई स्त्रोतों से आग लगती है या लगाई जाती है यथा-प्राकृतिक तड़ित द्वारा (Natural Lighting), दुर्घटनाओं द्वारा, मनुष्यय के अनचाहे कार्यों द्वारा (यथा जलती बीड़ी या सिगरेट को फेंकने से वनस्पतिय़ों में आग पकड़ लेती है) तथा मनुष्य द्वारा जानबूझ कर आग लगाना। जब वनों में आग लगती है तो जलने पर जैविक पदार्थों

का कुछ हिस्सा धुंए तथा राख के रूप में वायुमण्डल में चला जाता है तथा वर्षा होने पर ये पदार्थ धरातल पर पुनः वापस आ जाते हैं तथा पुनः घुलनशील अजैविक/रासायनिक पोषक तत्व बन जाते हैं एवं **मृदा भण्डार** में पुनः सम्मिलित हो जाते हैं। राख वाले पदार्थ का मृदावासी वियोजक जीवों द्वारा विघटन तथा वियोजन हो जाता है तथा ये पदार्थ रासायनिक तत्व के रूप में मृदाभण्डार में पुनः सम्मिलित हो जाते हैं।

(3) जन्तुओं द्वारा विमोचित (व्यक्त) अपशिष्ट पदार्थों (गोबर, मलमूत्र आदि) का भी मृदावासी बियोजक जीवों द्वारा विघटन एवं वियोजन हो जाता है। इस तरह जैविक पदार्थ वियोजित होने पर पुनः रासायनिक तत्वों में परिवर्तित हो जाते हैं तथा **मृदाभण्डार** में समाहित हो जाते हैं चित्र 4.4)।

पोषक तत्वों के चक्रों को दो वर्गों में विभक्त किया जाता है-

(1) **आन्तरिक जैविक चक्र** (Intetnal biological cycles) तथा

(2) **बाह्य भौमिकीय चक्र** (External geological Cycles) ।

आन्तरिक जैविक चक्रों के अन्तर्गत पोषक तत्वों का भण्डारण आहार श्रृंखला के विभिन्न पोषण स्तरों के विभिन्न जीवों (पौधों तथा जन्तुओं) के ऊतकों (Tissues) में तथा मिट्टियों में रहने वाले सूक्ष्म जीवों में होता है। बाह्य भौमिकीय चक्रों में तत्वों का सृजन होता है तथा उनका बाहर की ओर निगर्मन होता है। जैविक चक्र तीव्र गति से सम्पादित होता है जबकि भौमिकीय चक्र दीर्घ काल में मन्दगति (उत्थान → अपरदनअवसादीकरणतथा पुनः उत्थान) से सम्पन्न होता है।

जीवमण्डलीय पारिस्थितिक तंत्र में पोषक तत्वों का संचरण निम्न नियमों से नियंत्रित होता है:

नियम

(1) किसी भी पारिस्थितिक तंत्र में खनिज पोषक तत्वों (Mineral Nutrients) की कुल मात्रा पारिस्थितिक तंत्र में खनिज पोषक तत्वों के आगमन (निवेश Input) तथा पारिस्थितिक तंत्र से पोषक तत्वों के वहिगर्मन की दर पर आधारित होती है। तत्वों के एक भण्डार (Nutrient Reservoir या Pool) से दूसरे भण्डार में गमन की दर (निश्चित समय में इकाई क्षेत्र या आयतन) को निस्सरण या अभिवाह दर (Flux Rate) कहते हैं। किसी भी भण्डार में सकल तत्वों के आगमन तथा उस भण्डार से तत्वों के निर्गमन की दरों के समानुपात को **आगम दर** (Turnover Rate) कहते हैं। किसी भण्डार से जितने तत्वों की मात्रा का बहिगर्मन होता है

उतनी मात्रा की आपूर्ति जितने समय में होती है उसे आगम समय (Turnover Time) कहते हैं। जितने समय तक कोई पदार्थ/तत्व किसी भण्डार में रहता है उस समय को आवास समय (Residence Time) कहते हैं।

(2) किसी भी परिस्थितिक तंत्र के जीवित बायोमास, पर्णसमूह (पत्तियों का ढेर, Litter) तथा मृदा संघटकों में पोषक तत्वों की मात्रा उन संघटकों से पोषक तत्वों के स्थानान्तरण की दर का प्रनिफल होती हैं।

(3) रासायनिक तत्वों के कुछ चक्रों का क्रियान्वयन सतत तथा समान रूप में होता है जबकि कुछ चक्रों का क्रियान्वयन खण्ड कालिक (Episodic) रूप में होता है अर्थात् ऐसे चक्र कभी क्रियाशील होते हैं, पुनः स्थगित हो जाते हैं तथा पुनः अचानक सक्रिय हो जाते हैं। कुछ चक्र पूर्ण रूप से सम्पन्न होते हैं। ऐसे चक्रों को परिपूर्ण या दक्ष चक्र (Perfect तथा Efficient Cycles) कहते हैं, जबकि कुछ चक्र आदर्श एवं अनुकूल दशाओं के सुलभ होने पर ही कार्यान्वित होते हैं तथा पूर्ण रूप से सम्पन्न नहीं हो पाते हैं। इन्हें अपूर्णचक्र (Imperfect Cycles) कहते हैं।

(4) समय के साथ पारिस्थितिक तंत्र समस्थिति (Equilibrium) की ओर अग्रसर होता है, ऐसी दशा में पारिस्थितिक तंत्र के अन्दर तथा प्रत्येक संघटक के अन्तर्गत पोषक तत्वों की मात्रा समान होती है।

जीवमण्डल या पारिस्थितिक तंत्र में ऊर्जा तथा पोषक तत्वों का प्रवाह तथा संचरण एक दूसरे से इतना अन्तर्सम्बन्धित होता है तथा अत्यन्त जटिल मार्गों से सम्पन्न होता हैं कि उनका विश्वस्तर पर साधारणीकरण करना कठिन हो जाता है। साथ ही साथ एकाकी तत्व के संचरण तथा चक्रण को अलग-अलग रूप में व्यक्त करना भी उचित नहीं होता। जीवमण्डलीय पारिस्थितिक तंत्र में पोषक तत्वों के संचरण तथा चक्रन से सम्बन्धित जैवभूरसायन चक्रों का दो स्तरों पर अध्ययन किया जा सकता है-

(1) सभी पोषक तत्वों के एक साथ संचरण तथा चक्रण की प्रक्रिया का अध्ययन तथा

(2) एकाकी पोषक तत्व के संचरण तथा चक्रण का अध्ययन यथा-जल या हाइड्रोजन चक्र, कार्बन चक्र, आक्सीजन चक्र, नाइट्रोजन चक्र, फास्फोरस चक्र, गन्धक चक्र आदि। इनके अलावा जलीय चक्र, अवसाद चक्र, खनिज चक्र आदि को भी बृहद्स्तरीय जैवभूरसायन चक्रों के अन्तर्गत सम्मिलित किया जाता है।

जलीय चक्र (Hydrological Cycles)

जीवमण्डल में जीवित जीवों के अस्तित्व के लिये आक्सीजन, कार्बन तथा हाइड्रोजन अत्यधिक महत्वपूर्ण तत्व होते हैं, क्योंकि ये जैविक पदार्थों के शुष्क वजन का लगभग 90 प्रतिशत भाग का निर्माण करते हैं। इनमें से जल के रूप में हाइड्रोजन तथा आक्सीजन सम्मिलित रूप में समस्त जीवों के सकल भार के 80.5 प्रतिशत भाग का प्रतिनिधित्व करते हैं। जीवमण्डल में हाइड्रोजन का निवेश जल के रूप में होता है अतः इस तत्व के चक्र को जलीय चक्र के रूप में व्यक्त किया जाता है। जीवमण्डल में जल सर्वाधिक महत्वपूर्ण तत्व होता है। इसका निर्माण हाइड्रोजन के दो एटम (H_2) तथा आक्सीजन के एक एटम (O) के मिलने से होता है यद्यपि इसके स्थानिक वितरण (Spatial distribution) में पर्याप्त विभिन्नतायें पायी जाती हैं। जल विभिन्न रूपों में पाया जाता है यथा–

(1) गैसीय या वाष्प रूप में (जलवाष्प तथा आर्द्रता),

(2) ठोस रूप में (हिम) तथा

(3) तरल रूप में (जल)।

जल विभिन्न अवस्थितियों में पाया जाता है यथा– झील, नदी सागर एवं महासागर, भूमिगत जल, धरातलीय शैलों एवं मिट्टियों में भण्डारित जल, जीवित जीवों एवं जैविक पदार्थों में तरल रूप में वायुमण्डल में जलवायु के रूप में उच्च अक्षांशों (**ध्रुवीय क्षेत्रों**) तथा उच्च पर्वतीय भागों में हिम के रूप में आदि। जल जीवमण्डल में जीवों के लिए एक अत्यधिक महत्वपूर्ण तत्व होता है क्योंकि

(i) यह प्राय: सभी तत्वों को घुलाने में समर्थ होता है;

(ii) यह ऊष्मा को भण्डारित करने की अधिक क्ष.मता रखता है;

(iii) यह विभिन्न जीवों (पौधे तथा जन्तु) के पोषण में भरपूर सहयोग करता है;

(iv) यह जीवमण्डल में तत्वों के संचरण में सहायक होता है आदि।

विश्वस्तरीय जलीय चक्र में निम्न क्रियाविधियां (Mechanisms) अधिक महत्वपूर्ण होती हैं–

(i) सूर्याताप के माध्यम से सागरीय जल का वाष्पीकरण;

(ii) जल का जलवाष्प या आर्द्रता में रूपान्तरण;

(iii) वायुमण्डल में वायु के संचार द्वारा वायुमण्डल में स्थित जलवाष्प का महासागरों तथा महाद्वीपों के ऊपर परिवहन;

(iv) वायुमण्डलीय आर्द्रता का संघनन (Condensation);

(v) वायुमण्डलीय जलवाष्प का वर्षण (Precipitation) के रूप में महाद्वीपों तथा महासागरों के ऊपर विमोचन (वर्षण तीन रूपों में हो सकता है-तरल रूप में, यथा-जलवर्षा; ठोस रूप में, यथा- हिम; अन्य गौण रूपों में, यथा-ओस कुहरा आदि) तथा

(vi) धरातल पर प्राप्त जल का विभिन्न माध्यमों (जैसे नदी) से अन्ततः महासागरों में वापसी (चित्र 4.5)।

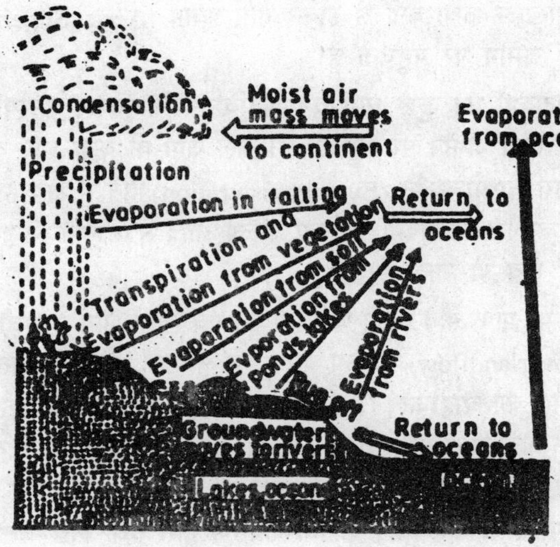

चित्र 4.5 : जलीय चक्र के अन्तर्गत जल के विभिन्न रूपों में सागर से वायुमण्डल में, वायुमण्डल से धरातल पर तथा धरातल से पुनः सागर में गमन-मार्गों का प्रदर्शन।

विश्वस्तरीय जलीय चक्र की क्रियाविधि (Mechanism) को निम्न रूपों में व्यक्त किया जा सकता है-

महासागरीय जल सूर्यातप द्वारा गर्म होता है, अतः सागरीय जल के कुछ भाग का वाष्पीकरण होता है। इस तरह जलवाष्प का वायुमण्डलीय आर्द्रता का निर्माण होता है। इस जलवाष्प का हवाओं द्वारा महासागरों एवं महाद्वीपों के ऊपर परिवहन होता है। बाद में ऊपर उठती हवाओं के कारण वायु में स्थित नमी का संघनन हो जाता है तथा वर्षण (Precipitation) प्रारम्भ हो जाता है। धरातल पर वर्षण की क्रिया कई रूपों में सम्पन्न होती है-

(1) कुछ वर्षा सीधे नदियों, झीलों तथा अन्य स्थल स्थित जलभण्डारों में होती है। इसे **प्रत्यक्षवर्षा** या **सीधा वर्षण** (Direct Fall) कहते हैं। इस वर्षा के जल का नदियों द्वारा सीधे सागरों विलय हो जाता है।

(2) जल वर्षा के कुछ भाग का वनस्पतियों खासकर वनों के वितान (ऊपरी भाग-Canopy) द्वारा **अन्तरोधन** (Interception) हो जाता है। इस अन्तरोधित अर्थात् वृक्षों के सबसे ऊपरी भागों द्वारा वर्षा की रोकी गयी मात्रा के कुछ भाग का वाष्पीकरण हो जाता है तथा शेष भाग वृक्षों की शाखाओं तथा वनों से होकर तना प्रवाह (Aerial Streamlets) के रूप में जमीन पर पहुंचता है।

(3) जलवर्षा का कुछ भाग वनस्पतिविहीन या विरल वनस्पति वाले भागों में सीधे जमीन पर पहुंचता है। जल वर्षा के कुछ भाग का वनस्पतियों द्वारा **वाष्पोत्सर्जन** (Evaportanspiration) होने से क्षय हो जाता है तथा कुछ जल का नदियों, तालाबों, झीलों आदि से वाष्पीकरण द्वारा वायुमण्डल में क्षय हो जाता है।

धरातल पर प्राप्त होने वाली जलवर्षा का एक बड़ा भाग **प्रभावी स्थल प्रवाह** (Effective overlandflow) का रूप धारण कर लेता है। धरातलीय सतह पर फैलकर बहने वाले जल को **वाहीजल** (Run off) भी कहते हैं। वर्षा के जल के कुछ भाग का भूसतह के नीचे **अन्तःसंचरण** (Infitration) हो जाता है जो मिट्टियों में भण्डारित होता है। मृदा में स्थित इस जल के भण्डार का **मृदा जल भण्डार** कहते हैं। इस मृदा जल भण्डार से कुछ जल का वाष्पीकरण द्वारा तथा कुछ जल का पौधों से वाष्पोत्सर्जन द्वारा वायुमण्डल में क्षय हो जाता है। कुछ जल चश्मों एवं सोतों (Springs) के रूप में पुनः सतह पर आ जाता है तथा **मृदा जल भण्डार** के कुछ जल का नीचे की ओर अन्तः संचरण हो जाता है। धरातल के नीचे भण्डारित इस जल के भण्डार को **भूमिगत जल भण्डार** कहते हैं। इस भूमिगत जल भण्डार से कुछ जल आधार प्रवाह (Base Flow) के रूप में नदियों में पहुंच जाता है, कुछ जल **केशिका क्रिया** Capilary Action) द्वारा ऊपर उठता है तथा **मृदा जल भण्डार** से मिल जाता है तथा कुछ जल और नीचे चला जाता है तथा गहराई में स्थित आधार शैलों (Bedrocks) में अवरुद्ध हो जाता है।

सरिता जलभण्डार में जल की आपूर्ति **धरातलीय वाही जल** (Surface Runoff) से, मृदा जल भण्डार से **अन्तः वाह** एवं **सीधावाह** (Interflow तथा Throughflow) के माध्यम से तथा भूमिगत जलभण्डार से आधार प्रवाह के माध्यम से होती है। वर्षण के आगम या निवेश (Input) का दो मार्गों से बहिगर्मन (Exit) हो जाता है-

(1) नदियों, तालाबों, झीलों, मिट्टियों आदि से जल के वाष्पीकरण, वनस्पतियों के वाष्पोर्जन (Evapotranspiration) तथा जलवर्षा के धरातल पर पहुंचने से पहले वाष्पीकरण द्वारा जल का जलवाष्प (Water Vapour) के रूप में वायुमण्डल में वापसी, तथा

(2) धरातलयीय जल का नदियों द्वारा सागरों एवं महासागरों में वापसी। इस समस्त प्रक्रिया की विश्वस्तर पर प्रतिवर्ष पुनरावृत्ति होती रहती है। जिस कारण विश्वस्तरीय जलीय चक्र प्रभावी रूप में क्रियाशील रहता है।

ज्ञातव्य है कि यद्यपि, सभी जलीय प्रक्रियायें महासागरों, महीद्वीपों तथा वायुमण्डल से होकर विश्वस्तरीय जलीय चक्र को कार्यान्वित करती हैं परन्तु जीवमण्डल में स्थित समस्त आर्द्रता का 95 प्रतिशत भाग विश्वस्तरीय जलीय चक्र के लिए कभी सुलभ नहीं हो पाता है। क्योंकि यह (अनुमानित मात्रा = 2,50,000 × 1020 ग्राम) जल की मात्रा पृथ्वी की क्रस्ट की शैलों में सदा के लिए बन्द रहती है। इस तरह जीवमण्डल की समस्त नमी का मात्र 5 प्रतिशत भाग ही विश्वस्तरीय जलीय चक्र के लिए सुलभ हो पाता है। जीवमण्डल की समस्त नमी के इस 5 प्रतिशत (जिसे अब 100 प्रतिशत के रूप में लिया जा रहा है) का लगभग 97. 2 प्रतिशत महासागरों में भण्डारित है तथा 2.8 प्रतिशत नमी में से 2.15 प्रतिशत नमी ध्रुवीय हिमटोपियों एवं स्थायी हिमनदों में भण्डारित है, 0.62 प्रतिशत नमी भूमिगत जल के रूप में है (यह जल जलीय चक्र के लिए सुलभ होता है) तथा 0.03 प्रतिशत नमी नदियों, मिट्टियों झीलों, मिट्टियों, झीलों, तालाबों तथा आन्तरिक सागरों में भण्डारित है।

प्राय: यह विश्वास किया जाता है कि विश्वस्तरीय जलीय चक्र के अन्तर्गत भूतल पर वाष्पीकरण एवं वर्षण में सन्तुलन होता है परन्तु वाष्पीकरण एवं वर्षण में सन्तुलन का प्रतिरूप महाद्वीपों तथा महासागरों पर समान नहीं होता है। M. I. Budyko (1971) के आकलन के अनुसार महासागरीय क्षेत्रों में वाष्पीकरण की मात्रा वर्षण की मात्रा से अधिक होती है। इनके अनुसार महासागरों से प्रतिवर्ष 4,55,000 धन किलोमीटर जल का वाष्पीकरण होता है जबकि वर्षा द्वारा प्रतिवर्ष मात्र 4,09,000 घन किलोमीटर जल महासागरों से प्रतिवर्ष 46,000 घन किलोमीटर जल की हानि होती है। दूसरी तरफ स्थलीय भागों के विभिन्न जलभण्डारों (नदी, झीलों, तालाब, आन्तरिक सागर, मृदा-जल आदि) से प्रतिवर्ष 62,000 घन किलोमीटर जल का वाष्पीकरण होता है परन्तु वर्षा द्वारा स्थलीय भागों पर प्रतिवर्ष 1,08,000 घन किलोमीटर जल प्राप्त होता है। इस तरह स्थलीय भागों पर प्रतिवर्ष 46,000 घन किलोमीटर अतिरिक्त जल की प्राप्ति होती है। यह अतिरिक्त जल (46,000

घन किमी.) नदियों द्वारा महासागरों में वापस पहुंच जाता है। ज्ञातव्य है कि महासागरों के वाष्पीकरण द्वारा जितना जल जलवाष्प के रूप में (45,000 घन किलोमीटर) महासागरों के ऊपर वायुमण्डल में पहुंचता है उसका कुछ भाग (46,000 घन किमी.) वायुमण्डलीय पवन-संचार द्वारा महाद्वीपों के ऊपर पहुंच जाता है, अतः महाद्वीपों पर कुल वाष्पीकरण से वर्षा की मात्रा अधिक होती है (चित्र 4.6)।

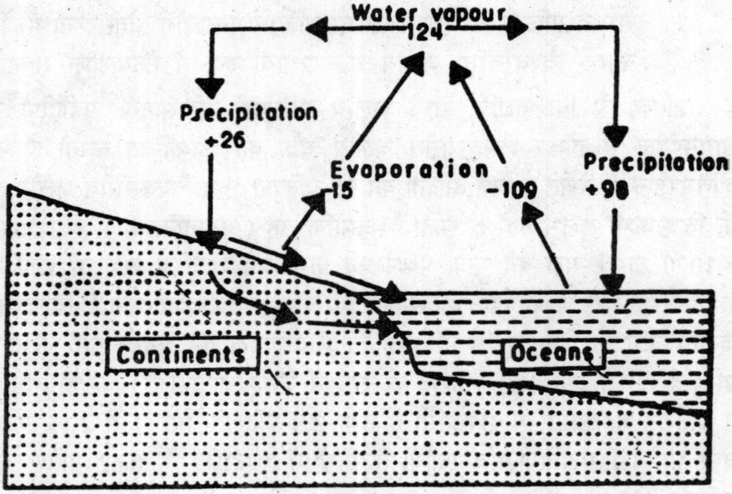

चित्र 4.6 : विश्वस्तरीय जल संतुलन का प्रदर्शन। आंकड़े हजार घन किलोमीटर में है (M.I Bodyko, द्वारा प्रस्तुत आंकड़ों पर आधारित)।

जलीय चक्र जीवमण्डल में विभिन्न जैविक प्रक्रियाओं के अति महत्वपूर्ण क्रियाविधि है क्योंकि जल के बिना किसी भी तरह का जीवन सम्भव नहीं है। यद्यपि, जलीय चक्र एवं वनस्पतियों के मध्य पारस्परिक क्रियायें जैवभूरसायन चक्र के अन्तर्गत अवसादों एवं रासायनिक तत्वों के संचरण में वनस्पतियां प्रभावी माध्यम (Medium) होती हैं तथा जीवमण्डल में जैवरसायन चक्र या तो सम्मिलित रूपसे या एकाकी रूप से जल के संचरण द्वारा ही सम्भव हो पाते हैं। यद्यपि, वर्तमान समय तक मनुष्य ने अपने कार्यों द्वारा विश्वस्तरीय जलीय चक्र को बड़े स्तर पर कुप्रभावित नहीं किया है परन्तु मनुष्य की आर्थिक गतिविधियां जिस तरह बढ़ती जा रही हैं और उसकी प्रौद्योगिकी में जिस तरह पैनापन आता जा रहा है उससे यह स्पष्ट आभास मिलता है कि मनुष्य निकट भविष्य में जलीय चक्र को **कुप्रभावित** कर सकता है। मनुष्य निम्नरूपों में जलीय चक्र के विभिन्न संघटकों को प्रभावित कर सकता है-

(1) मनुष्य जलीय चक्र के वायुमण्डलीय संघटक में कई प्रकार से परिवर्तन करने के लिए समर्थ है। मनुष्य द्वारा इच्छित एवं अनिच्छित कार्यों के माध्यम से वायुमण्डल में कई तरह के परिवर्तन सम्भव हैं। यथा–मौसम सुधार कार्यक्रम वायुमण्डल में ओजोन के स्तर में कमी, वायुमण्डल में जलवाष्प की मात्रा में परिवर्तन आदि द्वारा वायुमण्डलीय संचार प्रतिरूप (Atmospheric Circulation Pattern) में परिवर्तन हो सकता है और इस वायुमण्डलीय संचार प्रतिरूप में परिवर्तन के कारण स्थलीय एवं महासागरों के ऊपर जलवाष्प के गमन तथा स्थानान्तरण में परिवर्तन हो सकता है। इस तरह वायुमण्डल में जलवाष्प में परिवर्तन होने से वर्षण प्रभावित हो सकती है।

(3) जलीय चक्र के वर्षण संघटक (Precipitation Component) में वायुमण्डल में धूलिकणों की मात्रा में परिवर्तन द्वारा अन्तर हो सकता है। मनुष्य द्वारा निर्मित कारखानों से अधिकाधिक मात्रा में ठोस कणों (Particulate Matter) का वायुमण्डल में विमोचन होता है। ये ठोस कण वर्षा की बूंदों के निर्माण के लिए आर्द्रताग्राही नाभिक (Hygroscopic Nuclei) का कार्य करते हैं। इस तरह वायुमण्डल में **ठोस कण प्रदूषण** (Particulate Pollution) द्वारा बादलों का निर्माण तथा वर्षा का रूप एवं मात्रा प्रभावित होती है। **मेघ बीजन** (Cloud Seeding) द्वारा वर्षा की मात्रा बढ़ायी जा सकती है। वन विनाश द्वारा वर्षा की मात्रा घटती है।

(3) मनुष्य ने अपने क्रिया-कलापों द्वारा जलीय चक्र के वाष्पीकरण संघटक को बड़े पैमाने पर प्रभावित किया है। वन विनाश, नगरीकरण आदि क्रियाओं द्वारा वाष्पीकरण में ह्रास होता है तथा बांध एवं जलभण्डारों के निर्माण, वृक्षारोपण, फसलों की सिंचाई आदि द्वारा वाष्पीकरण में वृद्धि होती है।

(4) मनुष्य जलीय चक्र के धरातलीय वाही जल संघटक (Surface Runoff Component) को कई तरह से प्रभावित करता है। वन विनाश तथा नगरीकरण द्वारा वाही जल में वृद्धि होती है।

(5) जलीय चक्र के **अन्तः संचरण संघटक** (Infiltration Component) में वन विनाश (अन्तः संचरण में ह्रास), वृक्षोरोपण (अतः संचरण में वृद्धि), सिंचाई (अन्तः संचरण में वृद्धि) आदि द्वारा परिवर्तन होता है।

कार्बन चक्र

पृथ्वी पर जीवों के लिए कार्बन (C) का स्रोत वायुमण्डल की कार्बन डाइऑक्साइड (CO_2) है। कार्बन का ठोस, तरल तथा गैसीय रूपों में वायुमण्डल के विभिन्न भागों में स्थानान्तरण होता है। वायुमण्डल में कार्बन डाइऑक्साइड की

मात्रा 0.03% है। धरातल पर जहां पर वानस्पतिक आवरण की बहुलता विद्यमान है वहां पर दिन में CO_2 की मात्रा 0.01% तथा रात्रि में 0.04% होती है। वास्तव में रात्रि के समय पौधे CO_2 का उत्सर्जन करते हैं जिससे वायुमण्डल में इस समय इसकी मात्रा अधिक हो जाती है। जीवों के श्वसन, अवक्षय, कोयला एवं खनिज तेल के जलने तथा ज्वालामुखी के उद्गार से वायुमण्डल को CO_2 की प्राप्ति होती है। कार्बन डाइ ऑक्साइड पृथ्वी के चतुर्दिक आवेष्ठित होकर वायुमण्डल में एक आवरण का सृजन करती है। इस आवरण के कारण पृथ्वी के ताप की ऊर्जा वायुमण्डल में विसरित नहीं हो पाती है, जिससे पृथ्वी की सतह पर तापाधिक्य विद्यमान रहता है।

जैविक मण्डल में हरित पौधों द्वारा **प्रकाश संश्लेषण की क्रिया** से वायुमण्डल को कार्बन डाइऑक्साइड (CO_2) की प्राप्ति होती है जिससे कार्बन (C) की प्राप्ति होती है। इस क्रिया से स्थलीय वनस्पतियों में 4.500 मिलियन टन कार्बन की प्राप्ति होती है। पादप प्लवक द्वारा जलीय वातावरण में कार्बन-स्थिरीकरण होता है जिससे सागर में 50 मिलियन टन कार्बन की प्राप्ति होती है। स्पष्ट है वायुमण्डल में जलीय तथा स्थलीय दो मार्गों से कार्बन डाइ ऑक्साइड की प्राप्ति होती है। CO_2 जल में घुल कर पादप प्लवक के शरीर में प्रवेश करती है। पादप एवं प्राणियों के श्वसन से उत्पन्न CO_2 का कुछ भाग जल में पुनः घुल जाता है तथा शेष भाग वायुमण्डल को प्राप्त होता है।

समय इकाई में कार्बन की मात्रा 7,000 बिलियन टन होती है जिसका दो तिहाई भाग पौधों के जीवभार में पाया जाता है और वनस्पतियों में प्रतिवर्ष लगभग 350 बिलियन टन कार्बन संचित होता है। स्थलीय एवं जलीय पौधों में संचित कार्बन उपभोक्ताओं एवं सूक्ष्म जीवों के शरीर में **चारण एवं अपरद खाद्य श्रृंखला** के माध्यम से संचित होता है। वनस्पतियों एवं जीवों के श्वसन एवं अपघटन के कारण कार्बन (CO_2) में परिवर्तित होकर वायुमण्डल में पहुंच जाता है।

वर्तमान समय में इस चक्रीय प्रक्रिया द्वारा कार्बन डाइऑक्साइड की मात्रा निरन्तर बढ़ रही हैं। औद्योगीकरण एवं वनाग्नि से कार्बन डाइआक्साइड वायुमण्डल को प्राप्त होती है। इन कारणों से वायुमण्डल CO_2 की वृद्धि होती है जिसे **यौगीकृत कार्बन** की संज्ञा दी जाती है। इसकी वृद्धि से धरातल पर तापमान निरन्तर बढ़ता जायेगा तथा अनेक जवायविक घटनाओं की सम्भावना बढ़ जायेगी। भू-ताप वृद्धि से ध्रुवों की हिम पिघल जायेगी। समुद्र तल ऊंचा हो जायेगा। समुद्री धारायें, जीव-जन्तु, सागरीय संसाधन इससे प्रभावित होंगे। दूसरे शब्दों में, जीवमण्डल में कार्बन का विभिन्न मार्गों से गमन तथा संचरण होता है। इस संचरण के दौरान कार्बन के भण्डार तथा गमन की तीन प्रावस्थायें होती हैं-

(1) **गैसीय प्रावस्था:** इस प्रावस्था के अन्तर्गत कार्बन (C) वायुमण्डल में गैस रूप (CO_2) में होता है।

(2) **तरल प्रावस्था:** के अन्तर्गत कार्बन ठोस रूप में पाया जाता है जो अवसादों, जीवाश्म ईंधनों (Fossil Fuels) तथा जैविक पदार्थों में भण्डारित होता है। जीवमण्डल में कार्बन के ठोस, तरल तथा गैसीय (CO_2) रूपों में संचरण का अत्यधिक महत्व होता है क्योंकि जैविक पदार्थों के सकल शुष्क भार का 50 प्रतिशत भाग कार्बन का होता है। जीवमण्डल में कार्बन का गमन ऊर्जा-प्रवाह के साथ सम्बन्धित होता है।

जीवमण्डल में कार्बन का संचरण दो मार्गों या चक्रों से सम्पन्न होता है-

(1) गैसीय चक्र तथा

(2) अगैसीय या अकार्बनिक चक्र।

गैसीय चक्र में कार्बन का गैसीय रूप यानि कार्बन डाइ आक्साइड (CO_2) के रूप में संचरण एवं गमन होता है। कार्बन डाइ आक्साइड वायुमण्डल में स्वतंत्र गैस के रूप में तथा स्थलीय एवं सागरीय जल में घुले रूप में होती है। **अगैसीय या अकार्बनिक चक्र** में कार्बन ठोस प्रावस्था में होता है। कार्बन की स्थिति जैविक तत्वों में कार्बोहाइड्रेट अणु (CH_2O) के रूप में, पृथ्वी की क्रस्ट की शैलों में हाइड्रोकार्बन के रूप में तथा खनिज कार्बोनेट यथा शैलों में हाइड्रोकार्बन के रूप में तथा खनिज कार्बोनेट यथा कैल्सियम कार्बोनेट के रूप में होती है।

वायुमण्डलीय कार्बन डाइआक्साइड का जैविक चक्रों (Biological Cycles) में प्रवेश प्रकाशसंश्लेषण (Photosynthesis) की प्रक्रिया द्वारा होता है। अर्थात् स्वपोषित प्राथमिक उत्पादक हरे पौधे सूर्य प्रकाश की सहायता से कार्बन डाइ आक्साइड, हाइड्रोजन तथा आक्सीजन को संयुक्त करके जैविक यौगिकों (Organic Compounds) का निर्माण करते हैं। इस तरह निर्मित जैविक यौगिकों को आहार ऊर्जा या रासायनिक ऊर्जा कहते हैं तथा इस आहार ऊर्जा के निर्माण की सम्पूर्ण प्रक्रिया को **प्रकाशसंश्लेषण** कहते हैं। जीवमण्डल पारिस्थितिक तंत्र में ऊर्जा का प्रवाह तथा तत्वों का संचरण पारिस्थितिक तंत्र के विभिन्न संघटकों द्वारा नियंत्रित होता है। जिस संघटक से ऊर्जा तथा तत्व निकलकर दूसरे संघटक में जाते हैं उस संघटक को **दाता संघटक** (Donor Component) तथा जिस संघटक में ऊर्जा तथा तत्वों का प्रवेश होता है उस संघटक को **पाता** या **प्रापक संघटक** (Recipient Component) कहते हैं। कार्बन चक्र के सन्दर्भ में वायुमण्डल **दाता संघटक** होता है तथा जैविक संघटक पाता संघटक होता है। जीवमण्डल में कार्बन चक्र के अन्तर्गत **वायुमण्डलीय कार्बन भण्डार** (दाता संघटक) से कार्बन के जीवित जीवों या

जैविक कार्बन भण्डार (पाता संघटक) में स्थानान्तरण की प्रक्रिया **दाता-नियंत्रित** (Donor Controlled) तथ **पाता-नियन्त्रित** (Recipient Controlled) दोनों होती है। उदाहरण के लिये, हरे पौधों (पाता) द्वारा वायुमण्डलीय कार्बन भण्डार (दाता) से कार्बन-ग्रहण की दूर वनस्पतियों के घनत्व तथा पौधों के कार्य-कलाप से निर्धारित होती है (यह पाता-नियंत्रित स्थानान्तरण का उदाहरण है), साथ ही साथ वायुमण्डल में कार्बन डाइआक्साइड के सान्द्रण (दाता संघटक), अन्य पर्यावरणीय कारक (यथा-प्रकाश, जल पोषक तत्व आदि) एवं प्रक्रियायें भी कार्बन के पौधों में स्थानान्तरण की दर को प्रभावित करती हैं (यह दाता-नियंत्रित स्थानान्तरण का उदाहरण है)।

इस तरह पौधों द्वारा प्राप्त तथा आत्मसात् की गयी (Assimilated) कार्बन डाइ आक्साइड का पौधों में भण्डारण होता है। कार्बन के इस भण्डार को **जैविक कार्बन भण्डार** कहते हैं। वन मुख्य रूप से उष्णकटिबन्धी सदाबाहार वर्षा वन, शीतोष्ण कटिबन्धी सदाबहार एवं पर्णपाती वन तथा टैगा वन जीवमण्डलीय पारिस्थितिक तंत्र में जैविक कार्बन के महत्वपूर्ण भण्डार होते हैं। जीवित जीवों (पौधों तथा जन्तुओं) में श्वसन (Respiration) के समय कार्बोहाइड्रेट के विघटन (Breakdown) हाने से कार्बन का वायुमण्डल में विमोचन (Release) होता है। वास्तव में श्वसन द्वारा जीवित जीव जैविक यौगिकों को गैसीय कार्बन (CO_2) में परिवर्तित करते हैं तथा इस निर्मुक्त गैसीय कार्बन वायुमण्डल में पुनः वापस चली जाती है तथा वायुमण्डलीय कार्बन भण्डार से मिल जाती है। P.A. Furley तथा W. W.Newey (1983) ने व्यक्त किया है कि जिस रफ्तार से कार्बन जीवमण्डल से निर्मुक्त होकर वायुमण्डल में जाती है लगभग उसी रफ्तार से वह जीवमण्डल में वापस भी आ जाती है परन्तु विगत कुछ वर्षों से वायुमण्डल में कार्बन का सान्द्रण (Concentration) बढ़ रहा है"। अर्थात् जब जीवित जीव क्रियाशील होते हैं तो उनके अन्तर्गत कार्बोहाइड्रेट का विघटन होता है तथा श्वसन के द्वारा पौधों में संचित कार्बन मुक्त होकर वायुमण्डल में चला जाता है परन्तु पौधे उसे प्रकाशसंश्लेशण के दौरान पुनः ग्रहण कर लेते हैं। विगत वर्षो में वन विनाश इतनी तेजी से हुआ है कि वायुमण्डलीय कार्बन का पौधों द्वारा सेवन कम हो गया है, अतः वायुमण्डल में कार्बन का सान्द्रण बढ़ रहा है। वायुमण्डलीय कार्बन की वृद्धि में औद्योगिक कारखानों से निकली CO_2 भी सहायक हो रही है।

पोषण स्तर एक के स्वपोषित हरे पौधों द्वारा उत्पादित कार्बोहाइड्रेट (रासायनिक ऊर्जा) के कुछ हिंस्से का आहार श्रृंखला के विभिन्न पोषण स्तरों के जीवों द्वारा सेवन किया जाता है। ये परपोषित जन्तु (Heterotrophic Animals,) शाकभक्षी,

मांसभक्षी तथा सर्वभक्षी जन्तु) श्वसन के समय कार्बोहाइड्रेट के विघटन होने पर कार्बन छोड़ते हैं (चित्र 4.7)। इस तरह विमोचित या निर्मुक्त कार्बन वायुमण्डल में पुनः वापस चली जाती है। मृदावासी वियोजक सूक्ष्म जीव (Decomposers) गिरी हुई पंत्तियों के ढेरों (पर्णढेर Leaf Litters) तथा पौधों एवं जन्तुओं के मृतभागों के वियोजन (Decomposition) के समय आक्सीसरण के कारण कार्बन पुनः कार्बन डाइ आक्साइड में बदल जाती है तथा वायुमण्डल में पुनः वापस चली जाती है। वनस्पतियों तथा जन्तुओं के जलने पर कुछ कार्बन का कार्बन डाइआक्साइड (CO_2) के रूप में विमोचन हो जाता है तथा इस तरह निर्मुक्त (Released) CO_2 वायुमण्डल भण्डार में पुनः वापस चली जाती है। मृत जैविक पदार्थों के वियोजन के समय वियोजक जीव भी श्वसन के समय कार्बन का गैसीय रूप (CO_2) में विमोचन करते हैं।

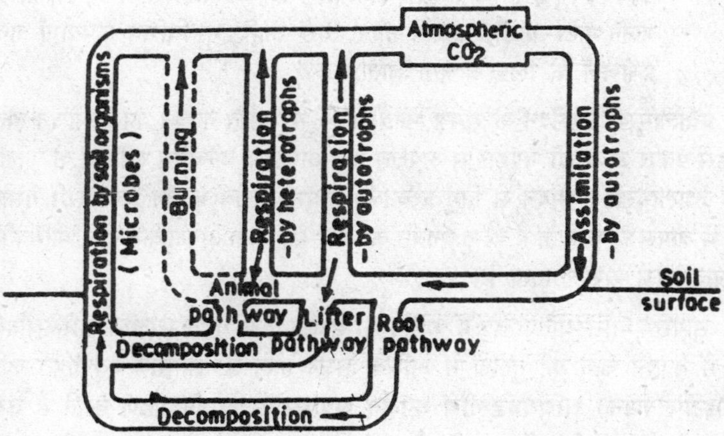

चित्र 4.7 : जीवमण्डल के स्थलीय भाग में कार्बन चक्र का प्रदर्शन (B. Bolin, 1970, के अनुसार)।

कुछ कार्बन सतह के नीचे अवसादों में चला जाता है तथा वहां पर **अवसादी कार्बन भण्डार** में संचित होता रहता है। मृत जैविक पदार्थों का कुछ भाग मिट्टियों में या गंभीर सागरस्थित अवसादों में दीर्घकाल तक भण्डारित रहता है। स्थलीय जैविक पदार्थों का घोल रूप में या ठोस कणों के रूप में भौमिकीय प्रक्रमों (यथा–नदी) द्वारा सागरों तक परिवहन होता है। सागरों में अवसादों के साथ लाये गये इन जैविक या कार्बनिक पदार्थों का चट्टानों के रूप में परिवर्तन हो जाता है। इस प्रकार कार्बन अवसादी प्रावस्था (Sedimentary Phase) में संचित हो जाता है। इसे **अवसादी** या **भौमिकीय कार्बन भण्डार** कहते हैं। अवसादी कार्बन भण्डार में

कार्बन की स्थिति अकार्बनिक कार्बोनेट के रूप में तथा कुछ हद तक कोयला, पीट तथा खनिज तेल के रूप में होती है। कार्बन का **अवसादी प्रावस्था में निवास समय** (Residence time) काफी दीर्घकालिक होता है क्योंकि कार्बन **अवसादी भण्डार** में दीर्घकाल तक संचित रहता है।

अवसादी प्रावस्था से कार्बन की निमुक्ति (विमोचन) निम्न रूपों में होती है-

(1) जब शैलों का अपक्षय एवं अपरदन होता है तो उनमें स्थित जैविक पदार्थो में संचित कार्बन मुक्त हो जाता है।

(2) जब शैलों में स्थित जीवाश्म खनिजों, (कोयला, पीट, खनिज तेल, प्राकृतिक गैस आदि) को विभिन्न उपयोग के लिये जलाया जाता है तो कार्बन निर्मुक्त हो जाता है। इन जीवाश्म खनिजों को कारखानों, स्वचालित यानों(मोटर-गाड़ी, कार आदि), घरों आदि में विभिन्न उपयोगों तथा प्रयोजनों के लिए जलाया जाता है।

ज्वालामुखी उद्भेदन के समय भी शैलों में भण्डारित कार्बन का विमोचन होता है। इस प्रकार अवसादी भण्डार से अपक्षय तथा अपरदन, जीवाश्म खनिजों के जलाने तथा ज्वालामुखी उद्भेदन से निर्मुक्त कार्बन वायुमण्डलीय कार्बन भण्डार में गैसीय रूप में वापस चला जाता है परन्तु कार्बन का अवसादी चक्र अपेक्षाकृत दीर्घ भौमिकीय कालावधि में सम्पन्न होता है।

सागरीय पारिस्थितिक तंत्र में कार्बन का संचरण तथा गमन स्थलीय पारिस्थितिक तंत्र में कार्बन चक्र की तुलना में अधिक सरल होता है। सागरीय स्वपोषित जीव (फाइटोप्लैंकटन) **वायुमण्डलीय कार्बन भण्डार** से कार्बन ग्रहण करते हैं तथा प्रकाशसंश्लेषण की प्रक्रिया के दौरान कार्बन, हाइड्रोजन तथा आक्सीजन को सम्मिलित करके उन्हें कार्बोहाइड्रेट (रासायनिक ऊर्जा) में परिवर्तित करते हैं। इस तरह कार्बन का फाइटोप्लैंकटन (पादप प्लैंकटन) के अवयवों में भण्डारण हो जाता है। फाइटोप्लैंकटन में भण्डारित कार्बन का कुछ भाग इन पौधों के मर जाने पर अवसादी भण्डार में चला जाता है, कुछ भाग का खनिज तेल तथा प्राकृतिक गैस में रूपान्तर हो जाता है तथा कुछ भाग का उन सागरीय जन्तुओं में स्थानान्तरण हो जाता है जो फाइटोप्लैंकटन पौधों का भक्षण करते हैं तथा इन फाइटोप्लैंकटन-सेवी शाकाहारी सागरीय जन्तुओं से कुछ कार्बन का उन्हें खाने वाले मांसाहारी जन्तुप्लैंकटन में स्थानान्तरण हो जाता है। श्वसन के समय सागरीय जीवों (पौधों तथा जन्तुओं) में कार्बोहाइड्रेट का विघटन होता है तथा कार्बन गैसीय रूप में निर्मुक्त होकर **वायुमण्डलीय कार्बन भण्डार** में पुनः वापस चला जाता है। सागरीय जीवों में

बचे कार्बन की शेष मात्रा कार्बोनेट अवसादों तथा हाइड्रोकार्बन के रूप में **अवसादी कार्बन भण्डार** में सम्मिलित हो जाती है। इस अवसादी भण्डार में संचित कार्बन की निर्मुक्ति दीर्घ काल के बाद शैलों के अपक्षय या अपरदन (ज्ञातव्य है कि सागरीय अवसादी भण्डार वाली शैलों का तभी अपक्षय तथा अपरदन हो सकता है जबकि भूगर्भिक घटनाओं के परिणामस्वरूप ये चट्टानें सागर तल से ऊपर आ जाय), उनमें स्थित जीवश्म खनिजों (कोयला, पीट, खनिज तेल, प्राकृतिक गैस आदि) के जलाने तथा ज्वालामुखी उद्भेदन होने पर हो जाती है (चित्र 4.8)।

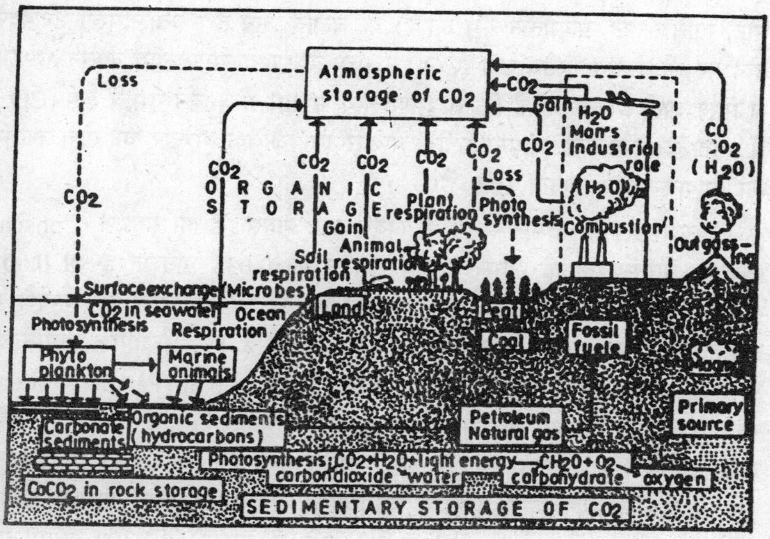

चित्र 4.8 : सामान्य कार्बन चक्र का प्रदर्शन (A.N. Strahler, 1972)।

उपर्युक्त कार्बन के गैसीय एवं अगैसीय चक्रों की प्रक्रिया को संक्षेप में निम्न रूपों में व्यक्त किया जा सकता है। स्थलीय पारिस्थितिक तंत्र के स्वपोषित हरे पौधों तथा सागरीय पारिस्थितिक तंत्र के फाइटाप्लैंकटन **वायुमण्डलीय कार्बन भण्डार** से कार्बन डाइ आक्साइड (CO_2) को ग्रहण करते हैं तथा कार्बोहाइड्रेट के निर्माण में उसका उपयोग करते हैं। इस तरह वायुमण्डलीय कार्बन भण्डार से कुछ कार्बन का स्थलीय एवं सागरीय पौधों से स्थानान्तरण होता है और इस कार्बन का स्थलीय एवं सागरीय पौधों में स्थानान्तरण होता है और इस कार्बन का पौधों के तन्तुओं में जैविक कार्बन में भण्डारन होता है। पोषण स्तर एक के हरे पौधों में भण्डारित कार्बन का आहार श्रृंखला के सहारे विभिन्न पोषण स्तरों के जन्तुओं

में स्थानान्तरण होता है। पारिस्थितिक तंत्र के समस्त जीवों (पौधों तथा जन्तुओं) में संचित जैविक कार्बन को जैविक कार्बन भण्डार (Organic Carbon Pool) कहते हैं।

स्थलीय एवं सागरीय पारिस्थितिक तंत्रों की आहार श्रृंखलाओं एवं आहार जालों के प्रत्येक पोषण स्तर के जीवों (पौधों, जन्तुओं तथा सूक्ष्म वियोजक जीवों) से श्वसन के समय जैविक कार्बन का गैसीय कार्बन (CO_2) के रूप में विमोचन होता है तथा यह CO_2 वायुमण्डलीय कार्बन भण्डार से मिल जाती है। इसी तरह पौधों एवं जन्तुओं के वियोजित होने, वनस्पतियों के जलने, जीवश्म खनिजों (कोयला, पीट, खनिज तेल, प्राकृतिक गैस आदि) के जलाये जाने तथा ज्वालामुखी उद्भेदन होने पर भी कार्बन गैसीय रूप (CO_2) में मुक्त होकर वायुमण्डलीय कार्बन भण्डार से मिल जाती है। ज्ञातव्य है कि वायुमण्डलीय भण्डार में कार्बन गैसीय रूप (CO_2) में रहता है। इस तरह वायुमण्डलीय भण्डार एवं जैविक भण्डार के बीच कार्बन का आदान-प्रदान चलता रहता है।

वायुमण्डल में वर्तमान समय में कार्बन डाइ आक्साइड का सान्द्रण (Concentration) वायुमण्डल के समस्त गैसीय संघटन का 0.033 प्रतिशत है जो 0.007 प्रतिशत कार्बन के बराबर है। वायुमण्डलीय कार्बन डाइआक्साइड के सान्द्रण में लगातार वृद्धि हो रही है। यह अनुमान किया जाता है कि औद्योगिक क्रान्ति के प्रारम्भ (1860) में वायुमण्डल में CO_2 का सान्द्रण 290 p.p.m. (Part per Million) या 0.029 प्रतिशत था। तब से वायुमण्डल में कार्बन की मात्रा में निरन्तर वृद्धि होती रही है और वर्तमान समय में यह मात्रा 330 p.p.m. या 0.033 प्रतिशत हो गयी है। यह अनुमान किया जाता है कि विभिन्न उपयोगों के लिए जीवाश्म ईंधनों (कोयला, पीट, खनिज तेल, प्राकृतिक गैस आदि) को जलाने के कारण वायुमण्डल में प्रतिवर्ष 5 से 6 $\times 10^9$ टन की दर से कार्बन की अतिरिक्त मात्रा में पहुंच रही है। इसका तात्पर्य यह हुआ कि वायुमण्डल में कार्बन की 2 से 3 p.p.m. प्रतिवर्ष की दर से वृद्धि हो रही है। D.R. Kester तथा R.M. Pytkowicz (1977) के अनुसार यदि वायुमण्डल में CO_2 की वृद्धि इसी तरह होती रही तो आगामी 80 वर्षो में वायुमण्डलीय CO_2 की वर्तमान मात्रा में चार गुनी वृद्धि हो जायेगी। एक अन्य अनुमान के अनुसार इस शताब्दी के अन्त तक वायुमण्डल में CO_2 का सान्द्रण 300 से 400 p.p.m. तक हो जायेगा। ज्ञातव्य है कि वन वायुमण्डलीय CO_2 के वृहत्तम उपभोक्ता हैं परन्तु विगत कई दशकों में वनों का विनाश इतनी तेज रफ्तार के साथ हुआ है कि वनों द्वारा उपभोग की जाने वाली कार्बन की मात्रा में पर्याप्त ह्रास हुआ है जबकि दूसरी तरफ वनों के जलाने (प्राकृतिक कारणों से वनों में अचानक

आग लगना तथा मनुष्य द्वारा जानबूझ कर वनों में अचानक आग लगना तथा मनुष्य द्वारा जानबूझ कर वनों का जलाना), कृषि के मशीनीकरण, जीवाश्म खनिजों को जलाने तथा बढ़ते औद्योगिक के फलस्रूप वायुमण्डल में CO_2 की निरन्तर वृद्धि हो रही है।

वायुमण्डल में CO_2 के सान्द्रण में लगातार, यद्यपि, मन्द गति से ही सही, वृद्धि का जीवमण्डल में रहने वाले समस्त जीवित जीवों (पौधों तथा मानव सहित समस्त जन्तुओं) पर दूरगामी प्रभाव पड़ सकता है। वास्तव में वायुमण्डल में CO_2 में वृद्धि के कारण वायुमण्डल में श्रृंखलाबद्ध परिणाम उत्पन्न होगे यथा-CO_2 में वृद्धि हाने पर वायुमण्डल एवं भूसतह के तापमान में वृद्धि होगी-तापमान में वृद्धि के कारण वाष्पीकरण प्रभावित होगा (वाष्पीकरण की दर तथा मात्रा में वृद्धि होगी), वर्षण के स्वभाव तथा प्रवत्ति में अन्तर आयेगा तथा हिमटोपियों एवं हिमचादरों का पिघलाव होगा-हिम के पिघलने से प्राप्त अतिरिक्त अपार जलराशि के सागरों में पहुंचने के कारण सागर-तल ऊपर उठेगा-सागर तल में उभार के कारण सागर-तटवर्ती निचले भाग जलप्लावित हो जायेंगे आदि। वायुमण्डल में CO_2 के सान्द्रण में वृद्धि के कारण वायुमण्डल के हरितगृह प्रभाव (Greenhouse Effects) में वृद्धि होगी जिस कारण निचले वायुमण्डल तथा सतह के तापमान में वृद्धि होगी। सारांश रूप में यह कहा जा सकता है कि वायुमण्डलीय CO_2 के सान्द्रण में क्रमशः वृद्धि के कारण जलवायु में स्थानीय, प्रादेशिक तथा विश्वस्तरों पर व्यापक परिवर्तन हो सकते हैं और इन सबका जीवमण्डल के समस्त जीव-जगत पर दुष्प्रभाव पड़ना अवश्यभावी है।

आक्सीजन चक्र

जीवमण्डलीय पारिस्थितिक तंत्र में आक्सीजन की महत्वपूर्ण भूमिका होती है तथा यह जीवित जीवों के लिए एक महत्वपूर्ण तत्व है क्योंकि यह समस्त जीवों के जीवन को सम्भव बनाती है तथा उनसे उत्पन्न भी होती है। आक्सीजन जीवमण्डल में अन्य तत्वों के संचरण तथा गमन में सहायक भी होती है क्योंकि यह जीवमण्डल में स्थित अधिकांश तत्वों के साथ संयुक्त हो जाती है। जीवित जीवों के समस्त अणुओं के 70 प्रतिशत भाग का निर्माण आक्सीजन द्वारा ही होता है तथा यह कार्बोहाइड्रेट के निर्माण में महत्वपूर्ण भूमिका निभाती है। पौधों तथा जन्तुओं की श्वसन प्रक्रिया के लिये आक्सीजन की आवश्यकता होती है। अर्थात् पौधे तथा मानव सहित जन्तु आक्सीजन का सांस लेने के लिए प्रयोग करते हैं। पौधों द्वारा प्रकाशसंश्लेषण की प्रक्रिया के दौरान आक्सीजन की आवश्यकता होती है। आक्सीजन प्रोटीन तथा चर्बी के निर्माण में भी सहायता करती है। जीवमण्डल में आक्सीजन

चक्र अत्यन्त जटिल होता है क्योंकि आक्सीजन के रासायनिक रूप कई तरह के होते हैं यथा–आणविक आक्सीजन (Molecular Oxygen, O_2) जल (H_2O), कार्बन डाइ आक्साइड (CO_2), विभिन्न अकार्बनिक यौगिक यथा–आक्साइड्स (Oxides-Fe_2O_3), कार्बोनेट्स (Calcium carbonate $CaCO_3$, Magnesium Carbonate $MgCO_3$ आदि)। अर्थात् आक्सीजन कई रासायनिक रूपों में विद्यमान होती है।

यह विश्वास किया जाता है कि वायुमण्डल के विकास के प्रारम्भिक चरण में मुक्त आक्सीजन या आणविक आक्सीजन नहीं थी। आक्सीजन का उद्भव सम्भवतः प्रकाशसंश्लेषी हरे पौधों के उद्भव के पश्चात ही हुआ होगा। सम्भवतः प्रथम आणविक आक्सीजन का उद्भव पौधों की कोशिकाओं (Plant Cells) द्वारा जलीय अणुओं (Water Molecules) के विखण्डन या विभाजन (Splitting) के कारण हुआ होगा। ज्ञातव्य है कि जलीय अणुओं का पौधों की कोशिकाओं द्वारा विखण्डन या अलगाव होता है तथा ये अलग किये गये जल के अणु लगभग 2 मिलियन वर्षों में आपस में पुनः सम्बद्ध हो जाते हैं। इस तरह पौधों द्वारा उत्पन्न आक्सीजन का वायुमण्डल में विभिन्न मार्गों से संचरण होता है तथा आक्सीजन का लगभग 2000 वर्षों बाद पुनः चक्रण (Recycling) होता है। स्पष्ट है कि आक्सीजन का वायुमण्डल में **निवास समय** (Residence Time 2000 वर्ष) कार्बन के **निवास समय** (लगभग 300 वर्ष) से अधिक लम्बा होता है। अर्थात् आक्सीजन का एक बार संचरण हो जाने के बाद उसका दुबारा संचरण तथा चक्रण लगभग 2000 वर्षों बाद सम्पन्न होता है जबकि पौधों तथा जन्तुओं द्वारा निर्मुक्त कार्बन मात्र 300 वर्ष के बाद ही पौधों तथा जन्तुओं को उपयोग के लिए पुनः प्राप्त हो जाती है। अपने निर्माण काल से लेकर वर्तमान समय तक आक्सीजन का वायुमण्डल में लगातार सान्द्रण होता रहा है। परिणामस्वरूप वर्तमान समय में आक्सीजन वायुमण्डल के समस्त गैसीय संघटन के 21 प्रतिशत भाग का प्रतिनिधित्व करती है। ज्ञातव्य कि आक्सीजन आणविक आक्सीजन (O_2) के रूप में अल्प काल तक ही रहती है क्योंकि यह CO_2 (कार्बन डाइ आक्साइड) या H_2O (जल) या अन्य आक्साइडों से शीघ्र संयुक्त हो जाती है।

आक्सीजन का निर्माण स्थलीय पारिस्थितिक तंत्र के स्वपोषित हरे पौधों तथा सागरीय पारिस्थितिक तंत्र के पादप प्लैंकटन (फाइटोप्लैंकटन) द्वारा **प्रकाशसंश्लेण** की प्रक्रिया द्वारा होता है। कुछ आक्सीजन का निर्माण विभिन्न खनिज आक्साइडों के न्यूनीकरण (Reduction) द्वारा भी होता है। इस तरह उत्पन्न आक्सीजन का वायुमण्डल में भण्डारन होता है। इसे वायुमण्डलीय आक्सीजन भण्डार कहते हैं। ज्वालामुखी उद्भेदन के समय गैस निष्कासन (Outgassing) खासकर गैसों के CO_2

तथा H_2O (जल) के रूप में निष्कासन द्वारा भी कुछ आक्सीजन वायुमण्डल में पहुंच कर वायुमण्डलीय आक्सीजन भण्डार में प्रतिवर्ष सम्मिलित होती रहती है। इस वायुमण्डलीय आक्सीजन भण्डार से आक्सीजन को प्राप्त करके सागरीय तथा स्थलीय जन्तु उसका उपभोग करते हैं। लकड़ियों तथा जीवाश्म ईंधनों के जलने में भी आक्सीजन का उपभोग होता है। आक्सीजन का कुछ भाग जल में समाहित हो जाता है तथा नदियों से होकर यह आक्सीजन सागरों तक पहुंचती है एवं वहां पर सागरीय अवसादों में समाहित हो जाती है। आक्सीजन के इस भण्डार का अवसादी आक्सीजन भण्डार कहा जाता है। इस अवसादी भण्डार में आक्सीजन का निवास समय (Residence Time) अत्यधिक लम्बा होता है अर्थात् आक्सीजन अवसादों में दीर्घ काल तक बनी रहती है।

स्पष्ट है कि आक्सीजन चक्र के अन्तर्गत स्थलीय तथा सागरीय जीवों द्वारा प्रकाशसंश्लेषण के समय जनित आक्सीजन तथा ज्वालामुखी उद्भेदन के समय CO_2 एवं H_2O के रूप में निकली आक्सीजन का **वायुमण्डलीय आक्सीजन भण्डार** में प्रवेश होता है तथा सागरीय एवं स्थलीय जन्तुओं द्वारा श्वसन, खनिजों के आक्सीकरण तथा लकड़ियों और जीवाश्म खनिजों के जलने में वायुमण्डलीय आक्सीजन भण्डार से आक्सीजन खर्च होती है (चित्र 4.9) और इस तरह आक्सीजन का चक्रण (Cycling) चलता रहता है।

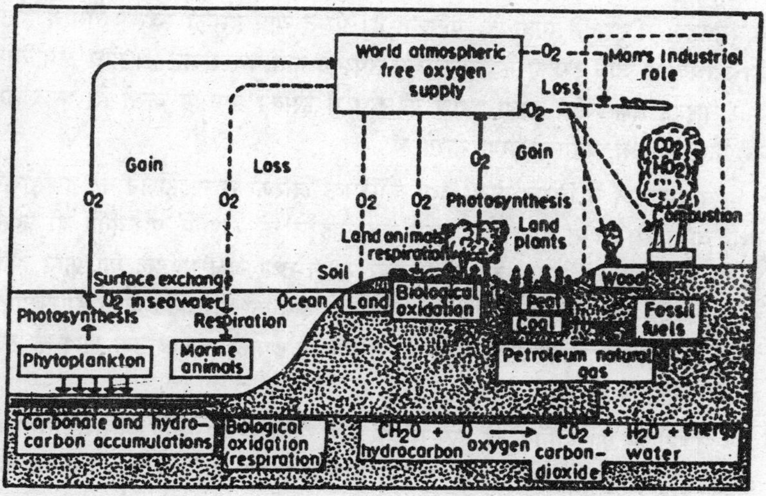

चित्र 4.9 : आक्सीजन चक्र का प्रदर्शन (After A.N. Strahler, 1972)।

1860 में औद्योगिक क्रान्ति के प्रारम्भिक चरण से आक्सीजन के उपभोग में निरन्तर वृद्धि हुई है। यह अनुमान किया गया है कि औद्योगिक स्तर पर विकसित पश्चिमी दुनिया के देशों खासकर संयुक्त राज्य अमेरिका तथा पश्चिमी यूरोपीय देशों में कारखानों में जीवाश्म ईंधनों के जलाने में प्रतिवर्ष जितनी आक्सीजन का उपभोग किया जाता है वह समस्त जीवमण्डल में हरे पौधों द्वारा प्रकाशसंश्लेषण के दौरान प्रतिवर्ष जनित आक्सीजन की कुल मात्रा से कहीं अधिक होती है। वन विनाश के कारण वनाच्छादित भागों का क्षेत्रफल दिन प्रतिदिन घटता जा रहा है, परिणामस्वरूप आक्सीजन का जनन भी घट रहा है जबकि आक्सीजन का उपभोग बढ़ रहा है। इस तरह आक्सीजन के जनन एवं आक्सीजन के उपभोग के बीच असन्तुलन का मानव समाज पर दूरगामी परिणाम हो सकता है। यदि वनाच्छादित भागों के क्षेत्रफल में विस्तार न किया गया तथा जीवाश्म ईंधनों के जलाने में कमी नहीं की गयी तो हो सकता है कि इक्कीसवीं सदी में वायुमण्डल में आक्सीजन की इतनी कमी हो जाय तथा कार्बन डाइ आक्साइड में इतनी वृद्धि हो जाय कि मनुष्य को अपनी पीठ पर आक्सीजन का सिलिण्डर बांध कर चलना पड़े।

नाइट्रोजन चक्र

जीवमण्डल में पौधों एवं जीवों के विकास के लिए N_2 की यौगिक के रूप में अत्यन्त आवश्यक होती है, क्योंकि यह जीव-द्रव्य निर्माण में प्रमुख होती है। वायुमण्डल में इसकी मात्रा 78 प्रतिशत है। परन्तु यहां इसका स्वरूप गैसीय होता है। अधिकांश जीव इसका गैसीय रूप में उपयोग नहीं कर सकते हैं। पौधे अमोनिया और नाइट्रेट तथा जीव खाद्य पदार्थ के रूप में इसका उपयोग करते हैं। कुछ वर्ग के पौधे N_2 का यौगिकीकरण करते हैं।

वायुमण्डल में विद्युत ऊर्जा तथा कॉस्मिक किरणों से नाइट्रोजन का हाइड्रोजन तथा वाष्प से संयोग होता है जिससे यह नाइट्रेट के रूप में परिवर्तित हो जाती है जो जल वर्षा के समय जल में घुलकर स्थल तथा जल मण्डल को प्राप्त होती है। साथ-ही-साथ कुछ सागरीय जीव भी इसके रूप को परिवर्तित करते हैं। स्वपोषी जीव नाइट्रोजन का यौगिकरण करते हैं। मनुष्य भी इसको अकार्बनिक खाद के रूप में परिवर्तित करते हैं।

नाइट्रोजन का यौगिक के रूप में परिवर्तन यौगिकों का वियोजन तथा वियोजन के पश्चात् नाइट्रोजन का गैस के रूप में वायुमण्डल में पहुंचना एक चक्र के रूप में होता है जिसे नाइट्रोजन चक्र की संज्ञा प्रदान की जाती है

नाइट्रोजन का यौगिकीकरण सहजीवी तथा असहजीवी जीवों द्वारा किया जाता है। स्थलीय वातावरण में सहजीवी तथा जल में असहजीवी जीव इस कार्य में संलग्न

रहते है। रासायनिक प्रक्रिया के फलस्वरूप नाइट्रोजन, अमोनिया आदि के रूप में मृदा में पहुंचता है। स्थलीय पौधे अपनी जड़ों द्वारा इसे अवशोषित कर अपने शरीर में **अमीनो अम्ल** के रूप में परिवर्तित करते हैं। पोषण स्तरों में उपभोक्ताओं को इसी के माध्यम से प्राप्त होता है। जीवों की मृत्यु अथवा अपघटन के पश्चात् O_2 की उपस्थिति में प्रोटीन में उपस्थित तत्व N_2, CO_2, H_2O आदि के रूप में विघटित हो जाता है जिससे अमोनिया आक्सीकृत होकर मृदा के नाइट्रेट लवण में परिवर्तित हो जाता है। मिट्टियों में उपस्थित बैक्टीरिया नाइट्रोजन के यौगिक को नाइट्रोजन गैसें में परिवर्तित कर देते हैं। N_2 वायुमण्डल में वापस पहुंच जाती है। इस क्रिया को डिनाइट्रीफिकेशन की संज्ञा दी जाती है। दूसरे शब्दों में, जीवमण्डल में नाइट्रोजन का सभी प्रकार के जीवों (पौधों, मानव सहित जन्तुओं तथा वियोजक सूक्ष्म जीवों) के लिए महत्व होता है क्योंकि यह एमिनो एसिड का एक आवश्यक भाग होता है तथा जीवों में प्रोटीन के निर्माण में एमिनो एसिड की आवश्यकता होती है। नाइट्रोजन वायुमण्डल में सामान्य रूप में 7 रूपों में पायी जाती है यथा आणविक नाइट्रोजन (N_2), नाइट्रोजन के आक्साइड्स (यथा-नाइट्रस आक्साइड N_2O, नाइट्रिक आक्साइड N_2, तथा नाइट्रोजन पराक्साइड N_2O) तथा हाइड्रोजन-नाइट्रोजन यौगिक (यथा-एमिनो NH, अमोनिया NH_3 तथा नाइट्रस एसिड HNO_2)। पौधों तथा जन्तुओं के सम्बर्द्धन के लिए नाइट्रोजन की यौगिक (Compounds) के रूप में आवश्यकता होती है। यद्यपि, वायुमण्डल में नाइट्रोजन सर्वाधिक मात्रा (वायुमण्डल के समस्त गैसीय संघटन का 78 प्रतिशत) में पायी जाती है परन्तु जीवित जीव इनका प्रत्यक्ष उपभोग नहीं कर पाते हैं। पौधे अपनी जड़ों द्वारा नाइट्रोजन को मिट्टियों से अमोनियम लवण तथा नाइट्रेट के रूप में प्राप्त करते हैं। जब जन्तु पौधों का क्षण करते हैं तो पौधों से जैविक पदार्थों के माध्यम से नाइट्रोजन का जन्तुओं में स्थानान्तरण हो जाता है।

नाइट्रोजन चक्र के अन्तर्गत वायुमण्डलीय नाइट्रोजन का विभिन्न यौगिकों में परिवर्तन होता है (ये नाइट्रोजन यौगिकों जीवों द्वारा उपभोग किये जाते हैं)। इस प्रक्रिया को **नाइट्रोजन का स्थिरीकरण** (Nitrogen Fixation) कहते हैं। मिट्टियों से पौधों की जड़ों द्वारा नाइट्रोजन यौगिकों का पौधों में स्थानान्तरण या गमन होता है, **अनाइट्रीकरण** (Denitrification) द्वारा नाइट्रोजन की गैस रूप में निर्मुक्ति होती है और अन्ततः नाइट्रोजन का गैसीय रूप में **वायुमण्डलीय नाइट्रोजन भण्डार** में वापसी हो जाती है। नाइट्रोजन चक्र की सुव्यवस्थित परिभाषा निम्न रूप में प्रस्तुत की जा सकती है-

वायुमण्डलीय नाइट्रोजन गैस के पौधों तथा जन्तुओं के लिए आवश्यक विभिन्न प्रकार के यौगिकों में परिवर्तन तथा इन नाइट्रोजन यौगिकों के विखण्डन एवं विघटन

के बाद पुनः नाइट्रोजन गैस के रूप में वायुमण्डल में वापस आने की प्रक्रिया को नाइट्रोजन चक्र कहते हैं।

नाइट्रोजन चक्र निम्न चरणों (Steps) में सम्पादित होता है–

(1) **वायुमण्डलीय नाइट्रोजन का मिट्टियों में स्थानान्तरण या नाइट्रोजन का स्थिरीकरण:** नाइट्रोजन स्थिरीकरण (Nitrogen Fixation) का तात्पर्य होता है वायुमण्डलीय नाइट्रोजन का मिट्टियों में अमोनिया, नाइट्रेट आदि रूपों में स्थानान्तरण। *वायुमण्डलीय नाइट्रोजन भण्डार* में नाइट्रोजन गैसीय रूप (आणविक नाइट्रोजन N_2) में होती है। इसके अमोनिया, नाइट्रेट या एमिनो एसिड के रूप में रूपान्तरण या स्थिरीकरण के दो प्राकृतिक कारक होते हैं–

(i) तड़ित् विसर्जन (Lighting Discharge) तथा

(ii) जीवीय क्रिया (Biological Activity)।

इनके अलावा मनुष्य द्वारा खेतों में रासायनिक खादों के प्रयोग के समय प्राकृतिक या कृत्रिम ढंग से भी नाइट्रोजन का स्थिरीकरण होता है। वायुमण्डलीय आणविक नाइट्रोजन गैस या मिट्टियों में स्थानान्तरण निम्न प्रक्रियाओं द्वारा सम्पन्न होता है:

(i) वायुमण्डल में आणविक नाइट्रोजन तथा आणविक आक्सीजन के तड़ित् विसर्जन (Lighting Discharge) के कारण संयुक्त हो जाने पर नाइट्रिक आक्साइड (NO_2) बनता है। अतिरिक्त आक्सीजन (O_2) मिलने पर नाइट्रिक आक्साइड (Oxidation) हो जाता है जिस कारण नाइट्रोजन पराक्साइड (NO_2) का निर्माण होता है। यह नाइट्रोजन पराक्साइड जल के साथ मिलने पर नाइट्रिक एसिड (HNO_3) बन जाता है। वर्षा का जल इस नाइट्रिक अम्ल (एसिड) को घुलाकर मिट्टियों में पहुंचा देता है जहां पर (मिट्टियों में) इसका चूना पत्थर ($CaCO_3$) तथा क्षारों (Alkalis) से रासायनिक अभिक्रिया होने पर नाइट्रेट में रूपान्तरण हो जाता है। इस नाइट्रेट का मिट्टियों में भण्डारण (संग्रह) होता रहता है। पौधे इस नाइट्रोजन को अपनी जड़ों द्वारा ग्रहण करते हैं। उपर्युक्त समस्त क्रियाओं को निम्न रूपों में व्यक्त किया जा सकता है–

तंडित विसर्जन (बिजली का चमकना)

N_2O_2 2NO (Nitrogen Oxide)

$2NO + O_2 2NO_2$ (Nitrogen Peroxide)

$4NO_2 + 2H_2O + O 4HNO_3$ (Nitric Acid)

$2HNO_3 + CaCO_3\ Ca(NO_3)_2 + CO_2 H_2O$ (Calcium Nitrate)

अनुमान किया गया है कि इस प्रक्रिया द्वारा 24 घण्टों में 25,000 टन अम्ल का निर्माण होता है।

(ii) जीवों द्वारा भी नाइट्रोजन का स्थिरण (Nitrogen Fixation) होता है। **नाइट्रोजन स्थिरण** में बैक्टीरिया तथा नीली-हरी शैवाल भी सहायक हैं। नाइट्रोजन का स्थिरण करने वाले जीवों को दो प्रमुख वर्गों में विभक्त करते हैं-(अ) मुक्त रूप से रहने वाले जीव यथा बैक्टीरिया तथा शैवाल एवं (ब) साथ-साथ रहने वाले या परस्परजीवी जीव। मुक्त रूप से रहने वाले जीव मूल रूप से स्वपोषित जीव होते हैं यथा-नीली-हरी शैवाल तथा कई प्रकार की **प्रकाशपोषित** बैक्टीरिया। दलहनी पौधों (यथा-मटर, चना, अरहर, मूंग, उड़द, सोयाबीन, सेम आदि) की जड़ों में रहने वाली बैक्टीरिया भी नाइट्रोजन के स्थिरण में सहायता करती हैं। ज्ञातव्य है कि बैक्टीरिया तथा उपर्युक्त एवं और कई तरह के पौधे एक दूसरे पर निर्भर करते हैं। यदि पौधे बैक्टीरिया को पोषक तत्व तथा जैविक/ कार्बनिक यौगिक प्रदान करत हैं तो ये बैक्टीरिया भी इन पौधों की जड़ों को अमोनिया या अमिनो एसिड के रूप में नाइट्रोजन प्रदान करती हैं। मिट्टियों में रहने वाली सूक्ष्म आकार वाली बैक्टीरिया वायुमण्डलीय नाइट्रोजन का मिट्टियों में इस तरह निरन्तर स्थानान्तरण करती रहती हैं कि पौधे इनका अपनी जड़ों द्वारा उपभोग कर सकें।

(iii) मनुष्य कारखानों में रासायनिक नाइट्रोजन खादों (यथा-अमोनिया सल्फेट, कैल्सियम साइनेमाइड, नाइट्रेट आदि) का निर्माण करता है। जब इन खादों का फसलों के लिए खेतों में उपयोग किया जाता है तो मिट्टियों में नाइट्रोजन का कृत्रिम रूप में स्थिरण हो जाता है।

(2) **नाइट्रोजन का खनिजकरण, नाइट्रीकरण तथा मिट्टियों से नाइट्रोजन का पौधों एवं जन्तुओं में स्थानान्तरण :** मिट्टियों में नाइट्रोजन का खनिजीकरण (Mineralization) तथा नाइट्रीकरण (Nitrification) वे प्रक्रियायें होती हैं जिनके द्वारा नाइट्रोजन कर ऐसे रूपों में

स्थानान्तरण हो जाता है कि पौधे उन्हें अपनी जड़ों द्वारा आसानी से ग्रहण कर लेते हैं। जब कार्बनिक या जैविक नाइट्रोजन यौगिकों का अकार्बनिक या खनिज रूप में परिवर्तन हो जाता है (यथा–अमोनिया) तो परिवर्तन की इस प्रक्रिया को **नाइट्रोजन का खनिजीकरण** या **अमोनीकरण** (Ammonification) कहते हैं। अमोनिया लवण के नाइट्राइट एवं नाइट्रेट में रूपान्तरण की प्रक्रिया को **नाइट्रीकरण** (Nitrification) कहते हैं। अब पौधे अपनी जड़ों द्वारा मिट्टियों से नाइट्रोजन को नाइट्रेट के रूप में ग्रहण करते हैं। पौधों मेंगये इन नाइट्रेट के रूप में ग्रहण करते हैं। पौधों में गये इन नाइट्रेट का विभिन्न जटिल जैविक/कार्बनिक यौगिकों (यथा–प्रोटीन) में रूपान्तरण हो जाता है। जब पोषण स्तर दो के शाकभक्षी जन्तु पौधों का भक्षण करते हैं तो पौधों के जैविक यौगिक या प्रोटीन जन्तुओं में स्थानान्तरित हो जाते हैं और वह जन्तु प्रोटीन में बदल जाता है। पोषण स्तर दो से नाइट्रोजन (जन्तु प्रोटीन के रूप में) का पोषण स्तर तीन में तथा पोषण स्तर तीन से पोषण स्तर चार के जन्तुओं में क्रमशः स्थानान्तरण होता जाता है। जन्तुओं में जब प्रोटीन का विघटन होता है तो वह एमिनो एसिड, यूरिया आदि में रूपान्तरित हो जाता है।

(3) **अनाइट्रीकरण तथा नाइट्रोजन की वायुमण्डल में वापसी:** मिट्टियों में स्थित *अमोनित करने वाली* बैक्टीयिा (Ammonifying Bacteria) जन्तुओं द्वारा व्यक्त पदार्थों (गोबर, मलमूत्र आदि) में स्थित एमिनो एसिड तथा यूरिया को अमोनिया एवं अमोनिया लवण में बदल देती हैं। इसी तरह ये बैक्टीरिया मृत पौधों (या उनके अंगों तथा मृत जन्तुओं को सड़ा–गलाकर (वियोजित करके) उनमें स्थित एमिनो एसिड तथा यूरिया को अमोनिया एवं अमोनियम लवण में रूपान्तरित कर देती हैं। इन अमोनिया तथा अमोनिया लवण को मिट्टियों में रहने वाली **नाइट्रोसीकारी** (Nitrosifying) या नाइट्रीकारी (Nitrifying) बैक्टीरिया पुनः नाइट्रेटों में भण्डारण होता रहता है। इस प्रक्रिया को नाइट्रीकरण कहते हैं। इस तरह नाइट्रोजन का मिट्टियों में से पौधों तथा जन्तुओं में तथा पौधों एवं जन्तुओं में से मिट्टियों में स्थानान्तरण तथा गमन होता रहता है।

नाइट्रीकरण की विपरीत प्रक्रिया को अनाइट्रीकरण (Denitrification) कहते हैं। अनाइट्रीकरण का अर्थ होता है नाइट्रेटों (Nitrates) का गैसीय नाइट्रोजन (आणविक नाइट्रोजन गैस N_2) में रूपान्तरण/मिट्टियों में कुछ बैक्टीरिया तथा कवक (Fugi) ऐसे होते हैं जो बिना आक्सीजन के जीवित रहते हैं। ये बैक्टीरिया तथा कवक

नाइट्रेट्स को नाइट्रोजन गैस में बदल देते हैं। इस प्रक्रिया को **अनाइट्रीकरण** कहते हैं। इस तरह निर्मक्त नाइट्रोजन गैसीय़ रूप में वायुमण्डलीय नाइट्रोजन भण्डार में मिल जाती है (चित्र 4.10)। इस प्रकार नाइट्रोजन चक्रपूर्ण हो जाता है। मिट्टियों से कुछ नाइट्रेट जल के साथ रिसकर भूमिगत जल में चली जाती है, कुछ नाइट्रेट मिट्टियों के अपरदन के कारण धरातलीय वाही जल (Surface Runoff) के बाद बहकर नदियों से होती हुई सागरों में चली जाती है। जब मृत जीवों (पौधों तथा जन्तुओं) का बैक्टीरिया द्वारा वियोजन (Decomposition) होता है तो कुछ अमोनिया निर्मुक्त होकर वायुमण्डल में चली जाती है। यह अमोनिया जल में घुलनशील होती है, अतः जलवर्षा के समय पुनः धरातल पर अमोनियम सल्फेट तथा अमोनियम नाइट्रेट के रूप में वापस आ जाती है।

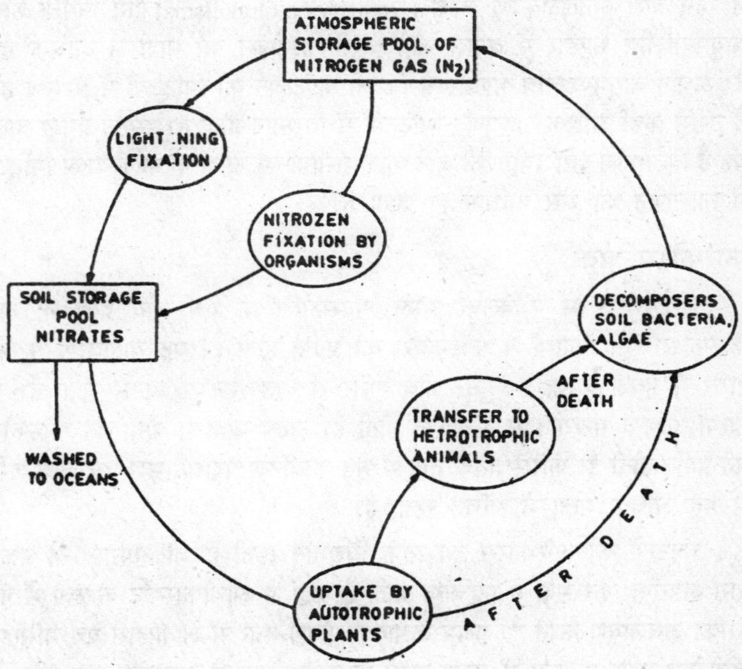

चित्र 4.10 : नाट्रोजन चक्र का प्रदर्शन।

ज्ञातव्य है कि सूक्ष्म जीव नाइट्रोजन चक्र के नियंत्रक एवं नियामक (Controlling तथा (Controlling तथा Regulating) कारक हैं क्योंकि बैक्टीरिया एक तरफ तो नाइट्रोजन का स्थिरण (Nitrogen Fixation) करती हैं एवं नाइट्रीकरण की प्रक्रिया

का सम्पादन करती हैं तो दूसरी तरफ कुछ खास तरह की बैक्टीरिया नाइट्रेट्स को नाइट्रोजन गैस में बदलती हैं, अर्थात् अनाइट्रीकरण की प्रक्रिया का सम्पादन करती हैं। 'अतः स्पष्ट है कि वायुमण्डल से नाइट्रोजन का निष्कासन एवं वायुमण्डल में नाइट्रोजन का पहुंचना मुख्य रूप से बैक्टीरिया द्वारा नियंत्रित होता है" (D.B. Botkin तथा E. A. Keller, 1982)।

सामन्यतया *वायुमण्डलीय नाइट्रोजन भण्डार* से नाइट्रोजन के निष्कासन तथा स्थलीय एवं सागरीय जीवों द्वारा नाइट्रोजन के स्थिरण (Nitrogen Fixation) की मात्राओं तथा स्थलीय एवं सागरीय पारिस्थितिक तंत्रों में अनाइट्रीकरण जीवों (बैक्टीरिया) द्वारा निर्मुक्त नाइट्रोजन की मात्रा में सन्तुलन होना चाहिए परन्तु वास्तविकता यह है कि पौधों को सुलभ होने वाली नाइट्रोजन की मात्रा मिट्टियों में रहने वाले अनाइट्रीकरण जीवों (Dentrifying Organisms) द्वारा निर्मक्त होकर वायुमण्डलीय भण्डार में वापस जाने वाली नाइट्रोजन की मात्रा से अधिक होती है। अर्थात् वायुमण्डलीय भण्डार से जितनी नाइट्रोजन का मिट्टियों में स्थिरण होता है उससे कहीं अधिक नाइट्रोजन मिट्टियों में विद्यमान होती है। इसका प्रमुख कारण यह है कि मनष्य द्वारा प्रयोग की जाने वाली रासायनिक खादों के फलस्वरूप मिट्टियों में नाइट्रोजन का स्तर अधिक हो जाता है।

फास्फोरस चक्र

जीवमण्डल में न्यूक्लिक अम्ल, फास्फोलिविड एवं जीव द्रव्य के अन्य फास्फोरस युक्त पदार्थों में फॉस्फोरस की प्राप्ति होती है। यह वातावरण से जीव शरीर में प्रवेश करता है। पुनः जीव शरीर से वातावरण में वापस जाता है। यह क्रिया अत्यन्त मन्दगति से संचालित होती है। अल्प मात्रा में पौधों को फॉस्फोरस की प्राप्ति होती है। पारिस्थितिक तन्त्र में मृत कार्बनिक पदार्थों, मृदा एवं जीव शरीरों में यह अधिक मात्रा में संचित रहता है।

चट्टानों की फॉस्फोरस की मात्रा विद्यमान रहती है जो अपरदन के प्रक्रमों द्वारा अपरदित कर मृदा में पहुंचाया जाता है जहां से आर्थोफास्फेट के रूप में पौधे इसका अवशोषण करते हैं। प्रथम उत्पादक पोषण-स्तर से शाकाहारी एवं मांसाहारी जीव इसे खाद्य के रूप में ग्रहण करते हैं। फॉस्फोरस के अपघटन तथा जीवों के मृत होने पर कार्बनिक रूप में पुनः मिट्टी में मिल जाता है। वृक्षों की जड़ों में रहने वाले कवक कार्बनिक फॉस्फोरस का सरलता से अवशोषण कर लेते हैं। कतिपय सूक्ष्य जीव इसका संचय भी करते हैं। वर्षा के समय स्थलीय भाग से फॉस्फोरस की वृहद् मात्रा प्रवाहित होकर सागर में पहुंच जाती है। स्थल की इस क्षय की पूर्ति नहीं हो पाती है। लगभग 70,000 टन फॉस्फोरस प्रतिवर्ष प्राप्त होता है तथा

17 लाख टन फॉस्फोरस प्रतिवर्ष सागर में चला जाता है। यही कारण है कि जीवमण्डल में फॉस्फोरस की मात्रा कम पायी जाती है। दूसरे शब्दों में, जल के बाद जीवमण्डल में फास्फोरस दूसरा सर्वाधिक महत्वपूर्ण तत्व है। इस तत्व की पौधों के लिये पर्याप्त मात्रा में आवश्यकता होती है। वास्तव में जीवमण्डलीय पारिस्थितिक तंत्र में फास्फोरस जीवों द्वारा जैविक पदार्थों के उत्पादन को निर्धारित एवं नियत्रिंत करता है। जीवमण्डल में फास्फोरस की सुलभ मात्रा पर्याप्त नहीं क्योंकि फास्फोरस फास्फेट शैलों में पाया जाता है तथा विश्व में फास्फेट शैलों का वितरण कुछ सीमित क्षेत्रों में ही पाया जाता है।

फास्फोरस एक ऐसा रासायनिक तत्व (खनिज) है जिसकी गैसीय प्रावस्था में स्थिति कम समय के लिए होती है। यह अवसादी प्रावस्था में अधिक समय के लिए होती है। यह अवसादी प्रावस्था में अधिक समय तक रहता है। वायुमण्डल में फास्फोरस बहुत कम मात्रा में होता है तथा यह वायुमण्डल में अस्थायी रूप में ही विद्यमान रहता है। वायुमण्डल में फास्फोरस की स्थिति धूलिकणों तथा नमक के कणों के रूप में होती है। फास्फोरस के कण सागरीय भागों में नमक की बौछारों (Salf Sprays) से तथा स्थलीय भागों पर स्थित फास्फेट भण्डारों तथा फास्फेट की खदानों से हवा द्वारा उड़ाकर वायुमण्डल में पहुंचते हैं।

फास्फोरस चक्र की सबसे दिलचस्प तथा महत्वपूर्ण विशेषता यह होती है कि यह चक्र क्रमशः तथा अति मन्द गति से सम्पादित होता है तथा फाज्ञफोरस का जीवमण्डल में संचरण तथा गमन एक मार्गीय (One Way) रूप में ही सम्पन्न होता है। अर्थात् स्थलीय भागों से फास्फोरस का धरातलीय वाही जल (Surface Runoff) तथा नदियों से होकर सागरों में परिवहन हो जाता है जहां पर वह भण्डारित होता रहता है तथा सागरों से फास्फोरस बहुत ही न्यून मात्रा में स्थलों पर वापस पहुंचता है। अधिकांश फास्फोरस अवसादी शैलों में फास्फेट शैल के रूप में भण्डारित (संचित) रहता है। जब इन फासफेट शैलों का अपक्षय होता है तो फास्फोरस का मृदाभण्डार में स्थानान्तरण हो जाता है। ज्ञातव्य है कि मिट्टियों में फास्फोरस खनिज रूप में पया जाता है तथा सामान्यतया यह कैल्सियम, पोटैसियम के साथ मिला रहता है तथा सामान्यता यह कैल्सियम, पौटेसियम के साथ मिला रहता है। मिट्टियों तथा शैलों में स्थित समस्त फास्फोरस चक्र में हिस्सा नहीं लेता है। वास्तव में समस्त फास्फोरस का मात्र 10 प्रतिशत ही चक्रीय मार्गों में सम्मिलित होता है क्योकि फास्फोरस जल में अपेक्षाकृत अघुलनशील होता है।

पौधे अपनी जड़ों द्वारा मिट्टियों से फास्फोरस को अकार्बनिक फास्फेट के रूप में ग्रहण करते हैं। पौधें में अकार्बनिकि फास्फोरस का कार्बनिक या जैविक

रूप में परिवर्तन हो जाता है। फास्फेट के इस कार्बनिक भाग का आहार श्रृंखला के विभिन्न पोषण स्तरों के विभिन्न जीवों में स्थानान्तरण तथा गमन होता है। कार्बनिक फास्फोरस का पौधों से शाकभक्षी जन्तुओं में, शाकभक्षी जन्तुओं में तथा पौधों, शाकभक्षी एवं मांसभक्षी जन्तुओं से सर्वभक्षी जन्तुओं में संचरण होता है। जब मृत पौधों तथा जन्तुओं का एवं विभिन्न जन्तुओं द्वारा परित्यक्त अपशिष्ट पदार्थों (गोबर, मल-मूत्र आदि) का मृदावासी सूक्ष्म वियोजक जीवों द्वारा विघटन तथा वियोजन हो जाता है तथा फास्फेट के जैविक (कार्बनिक रूप का खनिज रूप में परिवर्तन (खनिजीकरण) हो जाता है (कार्बनिक फास्फेट का अकार्बनिक फास्फेट में रूपान्तरण) तो फास्फेट पुनः मिट्टियों में वापस पंहुच जाता है। फास्फेट के कुछ भाग धरातलीय वाही जल तथा नदियों द्वारा सागरों में स्थान्तरण हो जाता है तथा कुछ भाग का कार्बनिक/जैविक यौगिकों के रूप में (यथा-हड्डियां) रूपान्तरण हो जाता है। इन हड्डियों में फास्फोरस दीर्घकाल तक भण्डारित रहता है। जब हड्डियों का विघटन तथा वियोजन होता है तो उनमें संचित कार्बनिक फास्फेट का पुनः खनिज रूप (अकार्बनिक फास्फेट) में परिवर्तन हो जाता है तथा यह खनिज फास्फेट पुनः मिट्टियों में मिल जाता है, परन्तु हड्डियों के कार्बनिक फास्फेट का खनिजीकरण (अकार्बनिक फास्फेट में रूपान्तरण) दीर्घ काल के बाद ही सम्भव हो पाता है। ज्ञातव्य है कि पौधों द्वारा ग्रहण किए गये फास्फेट में से सभी का कार्बनिक/जैविक रूप में परिवर्तन नहीं हो पाता है, अपितु, अधिकांश फास्फेट पौधों में अब भी अकार्बनिक रूप में ही रहता है, अतः पौधों मे मृत भागों के वियोजन होने पर अकार्बनिक रूप में विद्यमान फास्फेट का अपेक्षाकृत लघु समय में ही खनिजीकरण हो जाता है (चित्र 4.11)।

सागरों से फोस्फोरस की स्थलों पर वापसी नियमित किया नहीं है, अपितु यह अत्यन्त मन्द गति से कभी कभी ही घटित होती है। अर्थात् सागरों से फास्फोरस का स्थलों पर नियमित रूप से स्थानान्तरण न होकर अनियमित रूप से यदा-कदा ही होता है, और वह भी अति मन्द रूप से। सागरतटीय भागों से फास्फोरस की स्थलीय भागों पर वापसी निम्न कारकों द्वारा होती है-

(1) *सागरीय जल की बौछारों से:* तटीय भाग पर लहरों के वेग के कारण सागरीय जल ऊपर उछलता है। इस जल के साथ फास्फोरस भी ऊपर उठ कर स्थल पर पहुंचता है। इस क्रिया को **लवण बौछार** (Salt Spray) कहते हैं।

(2) *मछलियों द्वारा:* सागरीय मछलियों में फास्फोरस कार्बनिक रूप में पर्याप्त मात्रा में रहता है। जब स्थलीय जन्तु, खासकर मनुष्य, इन सागरीय मछलियों

को खाते हैं, तो मछलियों में संचित फास्फोरस का स्वल्पांश ही स्थलीय जन्तुओं में स्थानान्तरण हो जाता है, तथा

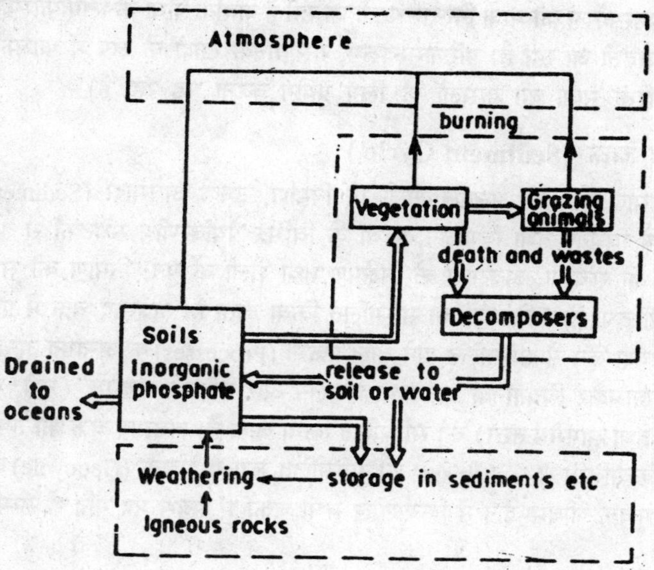

चित्र 4.11 : फास्फोरस चक्र का प्रदर्शन (Based on E.P. Odum, 1971)।

(3) *पक्षियों द्वारा :* ज्ञातव्य है कि इन कारकों तथा क्रियाओं द्वारा सागरीय फास्फोरस का स्वल्पांश ही स्थलीय भागों पर वापस पहुंच पाता है। स्थलीय भागों से सागरों में स्थानान्तरित फास्फोरस का अधिकांश भाग सागरों की तली में स्थित अवसादों में पहुंचकर अवसादी भण्डार में संचित होता रहता है। इस सागरीय अवसादी भण्डार से फास्फोरस का विमोचन तथा उसकी प्राप्ति तभी सम्भव हो सकती है जबकि विर्वतनिक घटनाओं के कारण सागरीय तली का उत्थान या उन्मज्जन हो जाय तथा सागरीय तली स्थलीय भागों की ऊंचाई के बराबर हो जाय या उससे ऊंची हो जाय।

यह अनुमान किया गया है कि लगभग 20,000,000 मिलियन मिट्रिक टन फास्फोरस पृथ्वी की क्रस्ट की शैली में भण्डारित है परन्तु मात्र 10,000 से 60,000 मिलियन मिट्रिक टन फास्फोरस का ही परम्परागत तकनीकों से खनन किया जा सकता है। सागरीय भागों में भण्डारित फास्फोरस की अनुमानित मात्रा 100,000,000

मिलियन मिट्रिक टन बतायी गयी है चूंकि स्थलीय भागों से फास्फोरस का निरन्तर निष्कासन तथा सागरीय भागों से फास्फोरस की स्थलीय भागों पर वापसी अत्यन्त मन्द गति से तथा अति न्यून मात्रा में ही होती है (लगभग नहीं के बराबर) अतः स्थलीय फास्फोरस की मात्रा निरन्तर घटती जा रही है जबकि पौधों के लिए फास्फोरस की मांग बढ़ती जा रही है। परिणामस्वरूप, रासायनिक खादों के रूप में फास्फोरस की अतिरिक्त मात्रा का फसलों के लिए प्रयोग करना पड़ रहा है।

अवसाद चक्र (Sediment Cycle)

अवसाद चक्र के अन्तर्गत शैलों के निर्माण, उनके अवसादों (Sediments) के रूप में विघटन तथा वियाजन, पृथ्वी के विभिन्न पर्यावरणीय संघटकों से होकर अवसादों के संचरण, अवसादों के निक्षेपण तथा शैलों के पुनः निर्माण की समस्त प्रक्रियाओं तथा क्रियाविधियों को सम्मिलित किया जाता है। अवसाद चक्र में प्रत्यक्ष एवं अप्रत्यक्ष रूप से सम्मिलित होने वाले प्रक्रमों (Processes) के अन्तर्गत अन्तर्जात प्रक्रमों, खासकर विर्वतनिक बल तथा संचलन और बहिर्जात प्रक्रमों, (नदी, वायु, हिमनदी तथा सागरीय तरंग) को सम्मिलित किया जाता है। अवसाद चक्र की उपर्युक्त समस्त क्रियाविधि (Mechanism) को सम्मिलित रूप में भूचक्र (Geocycle) कहते हैं। यह भूचक्र जीवमण्डल में क्रियाशील सभी चक्रों में सबसे मंद गति से सम्पादित होता है।

जलीय चक्र द्वारा ही अवसाद चक्र का क्रियान्वयन सम्भव होता है। परन्तु अवसाद चक्र के विभिन्न संघटक यथा अपक्षय, अपरदन, परिवहन तथा निक्षेपण अन्य कारकों यथा-वायु, हिमनद तथा वनस्पतियों द्वारा भी बड़े पैमाने पर प्रभावित तथा नियंत्रित होते हैं। पृथ्वी के अन्दर से उत्पन्न होने वाले बलों (अन्तर्जात बल) यथा-पटल-विरूपणी बल तथा संचलन (Diastrophic Force and Movement) द्वारा धरातल पर विभिन्न उच्चावचनों का निर्माण होता है यथा-मर्वतों, पठारों, झीलों, दरारों का निर्माण तथा महाद्वीपों एवं सागरीय तली में उत्थान तथा अवतलन की घटनायें होती हैं), आकस्मिक अन्तर्जात बलों तथा घटनाओं (यथा-भूकम्प एवं ज्वालामुखी का उद्भेदन) द्वारा धरातल पर दरारों, ज्वालामुखी शंकुओं, ज्वालामुखी पर्वतों, लावा मैदानों आदि का निर्माण होता है।

वहिर्जात प्रक्रम (अनाच्छादनात्मक प्रक्रम-अपक्षय तथा अपरदन के प्रक्रम) अन्तर्जात बलों द्वारा निर्मत उच्चावचों का अपक्षय एवं अपरदन द्वारा विनाश करने में निरन्तर क्रियाशील रहते हैं। अन्तर्जात बलों द्वारा उत्थित स्थलीय भागों का अपक्षय की विभिन्न क्रियाओं (भौतिक, रासायनिक, जैविक एवं जैवरासायनिक अपक्षय) द्वारा निरन्तर विघटन एवं वियोजन होता रहता है तथा अपरदन के प्रक्रम (यथा-नदी,

वायु, सागरीय तरंग, हिमनद आदि) भी इन स्थलीय भागों का लगातार अपरदन करते रहते हैं। इस तरह उत्थित स्थलीय भागों के अपक्षय तथा अपरदन से प्राप्त अवसादों (Sediments) का **भूसन्नतियों** (Geosynclines-स्थलीय भागों से घिरे लम्बे, संकरे एवं उथले सागरीय भागों को भूसन्नति कहते हैं) में सतत् निक्षेपण होता रहता है। कुछ अवसादों का स्थलीय भागों के निचले भागों में भी निक्षेपण होता है।

जब दीर्घ काल तक (लाखों वर्ष) अवसादों के निक्षेपण के कारण भूसन्नतियां अवसादों से भर जाती हैं तो उनका वलन हो जाता है तथा ऊंचे पर्वतों का निर्माण होता है। इन पर्वतों का पुनः अपक्षय तथा अपरदन प्रारम्भ हो जाता है जिस कारण उनकी ऊंचाई निरन्तर घटती जाती है। अपक्षय तथा अपरदन से प्राप्त अवसादों का स्थलों, भूसन्नतियों तथा सागरों में निक्षेपण होता रहता है। भूसन्नतियों में अवसादों के निरन्तर निक्षेपण के कारण अवसादों की अपार राशि का जमाव हो जाता है जिस कारण अवसादों के भार के फलस्वरूप भूसन्नति की तली में निक्षेपित पदार्थ दाब-जनित ऊष्मा के कारण पिघल जाते हैं तथा उनका मैग्मा में रूपान्तरण हो जाता है। इस गर्म मैग्मा के सम्पर्क में रूपान्तरण हो जाता है। इस गर्म मैग्मा के सम्पर्क में आने वाली पूर्व निर्मित चट्टानें भी पिघल जाती है तथा **मैग्मा** का निर्माण होता है। इन क्रियाओं के फलस्वरूप भूकम्पीय घटनाओं तथा ज्वालामुखी-क्रिया का अविर्भाव होता है। ज्ञातव्य है कि **भूचक्र** (Geocycle) की विभिन्न प्रक्रियायें विस्तृत क्षेत्रों को प्रभावित करती हैं तथा इनका सम्पादन दीर्घ भूगर्भिक काल (लाखों वर्ष) में होता है। इन घटनाओं का जीवमण्डलीय पारिस्थितिक तंत्र की दीर्घकालीन स्थिरता (Long-term Stability) से घनिष्ट सम्बन्ध होता हैं।

अवसाद चक्र के कुछ संघटकों (यथा-अपक्षय, अपरदन तथा निक्षेपण) का जीवमण्डल में पौधों तथा जन्तुओं के लिए अधिक एवं तात्कालिक महत्व होता है। अपक्षय, अपरदन तथा निक्षेपण का अन्य जैवभूरसायन चक्रों (यथा-जलीय चक्र, रासायनिक तत्व तथा पोषक तत्व चक्र आदि) के लिए भी महत्व होता है। अपक्षय तथा अपरदन की क्रियाओं द्वारा अवसादी भण्डार से रासायनिक तत्वों का विलगाव एवं निष्कासन होता है तथा इन रासायनिक तत्वों का जलीय चक्र के माध्यम से जीवमण्डलीय पारिस्थितिक तंत्र के विभिन्न संघटकों में संचरण (Circulation) तथा गमन होता है। इस तरह अपक्षय तथा अपरदन विभिन्न जीवों का अप्रत्यक्ष रूप से प्रभावित करते हैं।

अवसाद चक्र का अपरदन संघटक जीवमण्डल के वर्षा एवं वनस्पति संघटकों द्वारा प्रभावित होता है। ज्ञातव्य है कि अधिक जलवर्षा धरातलीय सतह के अपरदन में वृद्धि करती है परन्तु साथ ही साथ अधिक जलवर्षा के कारण वनस्पतियों में

भी वृद्धि होतीहै। ये वनस्पतियां धरातलीय सतह की अपरदन से रक्षा करती है। इस तरह यह स्पष्ट होता है कि जैसे-जैसे वनस्पतियों का आवरण घटता जाता है, धरातलीय सतह तथा मिट्टियों का अपरदन बढ़ता जाता है। मिट्टियों का अपरदन जीवमण्डलीय जीवों के लिये सामान्य रूप में तथा मानव समाज के लिए मुख्य रूप से चिन्ता का विषय है क्योंकि मृदा-अपरदन द्वारा किसी भी क्षेत्र में कृषि पर दूरगामी बुरा प्रभाव पड़ता है। मृदा-अपरदन के कारकों के निर्धारण के लिए कई प्रयास किये गये हैं।

वर्तमान समय में मनुष्य अपक्षय तथा अपरदन का एक सबल एवं प्रभावी प्राकृतिक कारक हो गया है। अब मनुष्य अपनी अति प्रगत तथा पैनी प्रौद्योगिकी (Technology) के माध्यम से अपक्षय तथा अपरदन को इस गति से बढ़ाने में समर्थ हो गया है कि शैलों का जितना अपक्षय प्राकृतिक क्रियाओं द्वारा हजारों लाखों वर्षों में होता है उतना अब चन्द मिनटों में हो सकता है। उदाहरण के लिये, मनुष्य डायनामाइट का प्रयोग करके पहाड़ियों को चन्द मिनटों में तोड़ देता है। मनुष्य के आर्थिक क्रिया-कलापों (यथा- खनन कार्य, निर्माण कार्य, वन-विनाश, कृषि कार्य आदि) के कारण वर्तमान समय में प्राकृतिक प्रक्रमों की तुलना में कही अधिक अवसादों का जनन हो रहा है। इस तरह मनुष्य अपनी आर्थिक क्रियाओं द्वारा अवसाद चक्र को बड़े पैमाने पर प्रभावित कर रहा है।

5

पारिस्थितिकीय उत्पादकता एवं पारिस्थितिक तंत्र में ऊर्जा-प्रवाह (Ecological Productivity and Energy Flow in the Ecosystem)

प्रस्तावना (Introduction)

जीवमण्डल बृहद्त्तम पारिस्थितिक तंत्र है। इस जीवमण्डलीय पारिस्थितिक तंत्र में जैविक संरचना के निर्माण तथा आवश्यक आन्तरिक ऊर्जा के स्तर को बनाये रखने के लिये ऊर्जा तथा पदार्थों का निवेश (Input) होता रहता है ताकि प्राकृतिक पारिस्थितिक तंत्र सुचारु रूप से कार्यशील हो सके। पारिस्थितिक तंत्र से ऊर्जा तथा पदार्थों का निर्यात या बहिर्गमन या निर्गम (Output) भी होता है। जब किसी भी पारिस्थितिक तंत्र से ऊर्जा तथा पदार्थों के निवेश एवं इस पारिस्थितिक तंत्र से ऊर्जा तथा पदार्थों के निर्गमन में समता होती है तो वह पारिस्थितिक तंत्र समस्थिति की दशा (Equilibrium State) में होता है और जब ऊर्जा एवं पदार्थों के निवेश तथा निर्गमन में समता नहीं होती है तो वह पारिस्थितिक तंत्र असन्तुलन की दशा में पहुंच जाता है जिस प्रकार कई प्रकार की पर्यावरणीय एवं पारिस्थितिकीय समस्यायें पैदा हो जाती हैं। जीवमण्डल में सभी जीवित मशीन के समान होते हैं क्योंकि ये कार्य करने के लिए ऊर्जा का उपयोग करते हैं तथा ऊर्जा को एक रूप से दूसरे रूप में परिवर्तित करते हैं। जीवमण्डलीय पारिस्थितिक तंत्र में ऊर्जा के प्रारूप तथा प्रवाह का नियंत्रण **ऊष्मागतिकी** (Thermodynamics) के प्रथम एवं द्वितीय नियमों द्वारा होता है।

पारिस्थितिकी (Ecology)

इकोलॉजी (Ecology) शब्द का प्रयोग सर्वप्रथम जर्मन वैज्ञानिक **हैकेल** (1869) ने किया था। यह शब्द यूनानी भाषा के (Oikos तथा Logos से मिलकर बना है

जिसमें (Oikos) का शाब्दिक अर्थ निवास-स्थान तथा Logos का अर्थ अध्ययन है। इस प्रकार शब्द की व्युत्पत्ति के आधार पर पारिस्थितिकी को स्पष्ट किया जा सकता है कि *जीवों का उन्हीं के निवास-स्थान के परिप्रेक्ष्य में अध्ययन करना पारिस्थितिकी है।* इससे जीव एवं उनके स्थान से सम्पूर्ण जैविक-अजैविक संघटकों के अध्ययन का बोध होता है। इतना ही नहीं बल्कि, इनके अन्तर्सम्बन्धों की जटिल प्रक्रिया की ओर भी संकेत मिलता है। साथ ही पारिस्थितिकी में पायी जाने वाली समानता एवं विषमता भी इसके अन्तर्गत सम्मिलित हो जाती है।

हैकल (1896) ने स्पष्ट किया कि डार्विन के अनुसार जीवन-संघर्ष से सम्बद्ध सभी प्राणियों के जटिल पारस्परिक सम्बन्धों का अध्ययन पारिस्थितिकी है। **एल्टन** के अनुसार पारिस्थितिकी एक विज्ञान सम्मत प्रकृति विज्ञान है जिसमें प्राणियों की समाज-व्यवस्था एवं अर्थव्यवस्था का अध्ययन किया जाता है। **क्लीमेन्ट्स** ने पारिस्थितिकी को जैव समुदाय का विज्ञान स्वीकार किया है। **ओडम** ने पारिस्थितिकी की विशद व्याख्या प्रस्तुत की है। इनके अनुसार मनुष्य एवं पर्यावरण की सम्पूर्णता का विज्ञान पारिस्थितिकी है। **क्रिस्टमैन** (1973) ने स्पष्ट किया कि पारिस्थितिकी जैव-तत्वों का उनके जैविक और भौतिक पर्यावरण के साथ प्रतिक्रियाओं का अध्ययन है। खोशू के अनुसार पारिस्थितिक जैविक तत्वों तथा उनके पर्यावरण के मध्य परस्पर सम्बन्धों का विज्ञान है। **टुसोव** (1993) ने पारिस्थितिकी में मानव समाज एवं उसके भौतिक समाज के अध्ययन को सम्मिलित कर इसे और उत्कृष्ट स्वरूप प्रदान किया है। इनके अनुसार: The concept of ecology has been extended to the corresponding range of phenomena, research and problems. In that connection ecology has been quite logically extended as well to the field of the interaction of society and its physical environment. उपर्युक्त विचारों से स्पष्ट है कि जीवों का भौतिक पर्यावरण के साथ पारस्परिक क्रिया का अध्ययन पारिस्थितिकी है।

पारिस्थितिकी का उद्देश्य

औद्योगिक मानव की क्रियाओं का प्रभाव पर्यावरण पर तीव्र गति से पड़ रहा है। पर्यावरण अवनयन, प्रदूषण, भूकम्प, भूस्खलन, अतिवृष्टि, आंधी-तूफान, भूमण्डलीय ताप वृद्धि आदि प्राकृतिक घटनायें घटित हो रही हैं जिनका प्रभाव प्राकृतिक पर्यावरण के साथ मनुष्य पर भी पड़ रहा है। फलस्वरूप पारिस्थितिकी सम्बन्धी संकल्पनाओं एवं चिन्तनों में परिवर्तन प्रारम्भ हो गया। इसमें जीवों एवं पर्यावरण के विभिन्न पक्षों तथा इनके अन्तर्सम्बन्धों से उत्पन्न परिणामों को सम्मिलित कर लिया गया है जिससे पर्यावरण प्रबन्धन में इस विज्ञान की उपादेयता बढ़ गई

है। पारिस्थितिकी अब जीवविज्ञानों की धरोहर नहीं रह गयी है अपितु, अपनी उपादेयता के कारण अन्य विज्ञानों का अभिन्न अंग बन गयी है। **पार्क** (1980) ने स्पष्ट किया है कि पारिस्थितिकी अनेक अध्येताओं के लिए संरक्षण एवं पर्यावरण की पर्यायवाची है। **फ्रेडरिक** के अनुसार पारिस्थितिकी वर्तमान में मात्र जीवविज्ञान की एक संश्लिष्ट शाखा ही नहीं है अपितु यह एक दृष्टिकोण बन गई है। **मेडाक्स** (1972) ने पारिस्थितिकी को मस्तिष्क की एक दशा तथा **दासमैन** (1974) ने एकीकृत करने वाला सामाजिक आन्दोलन स्वीकार किया है।

वर्तमान भौतिकवादी युग में ज्यों-ज्यों पर्यावरण की मौलिकता में ह्रास हो रहा है और पर्यावरणीय घटनायें घटित हो रही हैं अनेक समस्यायें उत्पन्न हो रही हैं। इसी कारण पारिस्थितिकी का महत्व दिनों-दिन बढ़ रहा है। पर्यावरणीय समस्यायें एवं उनसे उत्पन्न समस्या एवं उनका निदान इसमें सम्मिलित कर इसे और सुदृढ़ बनाने का प्रयासकिया जा रहा है। पारिस्थितिकी में मुख्य रूप से निम्नांकित पक्षों को सम्मिलित किया जाता है-

(1) भूमण्डलीय जीवमण्डल अथवा इसके एक भाग के जीवमण्डल के जैविक-अजैविक संघटकों के पारस्परिक सम्बन्धों का वैज्ञानिक अध्ययन।

(2) प्रौद्योगिक मानव द्वारा किया गया आर्थिक विकास तथा उसका पर्यावरण पर प्रभाव का विश्लेषण।

(3) पर्यावरणीय समस्यायें, उनसे उत्पन्न परिणाम का प्रभाव तथा समस्या के निदान का अध्ययन।

भूगोल तथा अन्य विषयों में पारिस्थितिकी अध्ययन का विकास स्तरों में हुआ है। ऐसा नहीं है कि जो इसका वर्तमान स्वरूप है वह अतीत में भी ऐसा था। पर्यावरण की बढ़ती समस्याओं के साथ इसकी अध्ययन प्रवृत्ति में परिवर्तन होता गया। पारिस्थितिकी अध्ययन काल को निम्नांकित चार अवस्थाओं में विभाजित कर इसके विकास को भली-भांति समझा जा सकता है-

(1) **प्रथम अवस्था :** इस अवस्था में प्रथम विश्वयुद्ध के समय तक की अध्ययन-प्रवृत्ति को सम्मिलित किया जाता है। जीवों तथा उनका पर्यावरण के साथ सम्बन्ध, अनेक वानस्पतिक इकाइयों की खोज,विभिन्न आधारों पर वनस्पति वर्गीकरण, जन्तु एवं पौधों का विकासीय इतिहास, बाह्य क्षेत्रें के सन्दर्भ में पौधों एवं जन्तुओं के सम्बन्ध आदि का अध्ययन प्रथम अवस्था के अन्तर्गत स्वीकार किया जाता है।

(2) **द्वितीय अवस्थाः** इस अवस्था में प्रथम विश्वयुद्ध एवं द्वितीय विश्वयुद्ध के मध्य के काल की अध्ययन प्रवृत्ति को सम्मिलित किया जाता है।

वनस्पतियों का वर्गीकरण, साख्यिकीय एवं अन्य वैज्ञानिक विधि का विकास पारिस्थितिकी विषमता एवं कारण, जैविक-अजैविक अन्तक्रियाओं का पारिस्थितिकी स्थिरता पर प्रभाव आदि महत्वपूर्ण अध्ययनों को द्वितीय अवस्था के अन्तर्गत स्वीकार किया जाता है।

(3) **तृतीय अवस्था :** यह अवस्था पारिस्थितिकी अध्ययन की महत्वपूर्ण अवस्था है जिसमें द्वितीय विश्व युद्ध के बाद से 1962 ई. के काल को सम्मिलित किया जाता है। इस अवस्था में तंत्र विश्लेषण (System Analysis) का प्रचलन तीव्र गति से होने लगा। इसके माध्यम से किसी पारिस्थितिक तन्त्र में जैविक-अजैविक संघटकों के मध्य विद्यमान जटिल सम्बन्धों का विश्लेषण किया गया। साथ-साथ पारिस्थितिकी प्रक्रमों का विश्लेषण तन्त्रों का तुलनात्मक अध्ययन प्रस्तुत किया गया।

(4) **चतुर्थ अवस्था :** यह अवस्था सन् 1962 से वर्तमान तक के काल का प्रतिनिधित्व करती है जिसमें पारिस्थितिकी के विषय-वस्तु में विशिष्टता का समावेश हुआ। इसमें सामाजिक-आर्थिक एवं राजनीतिक समस्याओं को सम्मिलित कर पारिस्थितिकी के व्यावहारिक पक्ष को सबल बनाने का प्रयास किया गया जिस कारण इस काल की पारिस्थितिकी को **व्यावहारिक पारिस्थितिकी** (Applied Ecology) कहा जाता है। पार्क (1980) ने स्पष्ट किया कि वर्तमान समय में पारिस्थितिकी के नियमों, संकल्पनाओं एवं सिद्धान्तों का प्रयोग नियोजन (Planning) में किया गया है। विशेष कर निचे सिद्धान्त (Niche Theory), पारिस्थितिकी-तन्त्र, ऊर्जा प्रवाह, पोषण-स्तर, पदार्थों का पुनर्चक्रण, सहनशीलता की सीमा, वनस्पतियों में क्रमानुगत परिवर्तन आदि संकल्पनाओं का विभिन्न नियोजन में प्रयोग किया गया।

विद्वानों के चिन्तनों एवं अनेक अनुसंधानों से पारिस्थितिकी अध्ययन के विषय-क्षेत्र में निरन्तर विकास होता गया। पारिस्थितिकी तन्त्र में जैविक-अजैविक संघटक, पोषता-स्तर, ऊर्जा प्रवाह, भू-रसायन चक्र, प्रकाश संश्लेषण, आहार श्रृंखला, आहार जाल, उत्पादकता, स्थिरता, पादप जगत, जीव जगत, प्राणि भौगोलिक प्रदेश, बायोम, पर्यावरण अवनयन, असन्तुलन, प्राकृतिक आपदायें, प्रदूषण, पर्यावरण प्रबन्धन आदि का अध्ययन किया जाता है।

पारिस्थितिकी के उप-विभाग (Sub-divisions of Ecology)

पारिस्थितिकी की अध्ययन प्रवृत्ति, प्रकृति तथा क्षेत्र का निरन्तर विस्तार हो रहा है। नयी संकल्पनायें एवं सिद्धान्त इस विषय में सम्मिलित हो रहे हैं जिनका

प्रयोग अन्य विषयों में धड़ल्ले से किया जा रहा है। सजातीयता, वास्य क्षेत्र, संगठनात्मक स्तर आदि आधारों पर पारिस्थितिकी को निम्नांकित वर्गों में विभाजित किया जाता है-

(1) **सजातीयता के आधार पर पारि.स्थितिकी के उप-विभाग:** प्रारम्भ में पारिस्थितिकी में जीव-जगत एवं पादप-जगत का अध्ययन किया गया। इस विभाजन का मुख्य आधार सामान्य है। प्रत्येक वर्ग सामान्य के आधार पर एक सुदृढ़ इकाई के रूप में होता है परन्तु आन्तरिक विषमता के आधार पर पुनः उप-वर्गों में वगीकृत किया जाता है। मुख्य दो उप-विभाग निम्नांकित हैं-

(1) पादप पारिस्थितिकी (Plant Ecology)

(2) प्राणी पारिस्थितिकी (Animal Ecology)।

पादप पारिस्थितिकी को पुनः उप वर्गों में विभाजित किया गया है जैसे- ओक पारिस्थितिकी, सागौन पारिस्थितिकी, चीड़ पारिस्थितिकी, पाइन परिस्थितिकी आदि। इसी प्रकार प्राणी पारिस्थितिकी को बैक्टीरिया पारिस्थितिकी, मत्स्य पारिस्थितिकी, कीट पारिस्थितिकी आदि में विभाजित किया जाता है।

(2) बाह्य क्षेत्र के आधार पर पारिस्थितिकी के उप-विभाग: वास्य क्षेत्रों की भौतिक विशेषताओं में विषमता है जिसका प्रभाव सम्पूर्ण जीव-जगत पर पड़ता है। इससे पारिस्थितिकी निम्नांकित वर्गों में विभाजित की जाती है-

(i) घास क्षेत्र पारिस्थितिकी

(ii) वन क्षेत्र पारिस्थितिकी

(iii) स्थलीय पारिस्थितिकी

(iv) जलीय पारिस्थितिकी

(v) डेल्टाई पारिस्थितिकी

(vi) झील-तालाब पारिस्थितिकी

(vii) मरूस्थलीय पारिस्थितिकी

(viii) पर्वतीय पारिस्थितिकी।

(3) संगठनात्मक स्तर के आधार पर पारिस्थितिकी के उप-विभाग : पारिस्थितिकी का अध्ययन एक जीव अथवा जीवों के समूह के रूप में किया जाता है। इस आधार पर पारिस्थितिकी को निम्नांकित उप-खण्डों में विभाजित किया जाता है-

(i) जाति पारिस्थितिकी (Species Ecology)

(ii) समुदाय पारिस्थितिकी (Community Ecology)

(iii) पारिस्थितिक-तन्त्र पारिस्थितिकी (Eco-system Ecology)

(iv) बायोम पारिस्थितिकी (Biome Ecology)।

उपर्युक्त वर्गीकरण के अलावा अन्य विषयों में भी पारिस्थितिकी का अध्ययन किया जाता है जिसके लिए निम्नांकित शब्दों का प्रयोग किया जाता है-

(i) व्यवहारिक पारिस्थितिकी

(ii) प्रदूषण पारिस्थितिकी

(iii) विकासीय पारिस्थितिकी

(iv) अन्तरिक्ष पारिस्थितिकी

(v) प्रादेशिक पारिस्थितिकी

(vi) भू-पारिस्थितिकी

(vii) अनुवंशिक पारिस्थितिकी

(viii) मानव पारिस्थितिकी

पारिस्थितिक-तन्त्र की क्रियायें (Process of the Ecosystem)

पारिस्थितिक तन्त्र की समस्त घटनायें जिनसे ऊर्जा एवं पदार्थों का प्रवाह व स्वरूप निर्धारित होता है उन्हें पारिस्थितिक तन्त्र की क्रियायें कहा जाता है। जीवमण्डल में जैविक एवं अजैविक संघटक विद्यमान हैं जिनकी क्रियायें पृथक्-पृथक् हैं। **अजैविक क्रियाओं** के अन्तर्गत मृदा में पोषक तत्वों का विनिमय, अपरदन, वाष्पीकरण, खनिज पदार्थों का स्रवण तथा वर्षा को सम्मिलित किया जाता है। जैविक क्रियाओं के अन्तर्गत श्वसन एव संवर्द्धन, प्रकाश संश्लेषण, अंकुरण, फूलना एवं फल लगना, वाष्पोत्सर्जन, जल एवं पोषक तत्वों का अवशोषण, पत्तियों में पोषक तत्वों का स्राव एवं पतझड़, उत्सर्जन, खाद्य-ग्रहण करना, प्रजनन वृद्धि, वितरण, मृत्यु आदि को सम्मिलित किया जाता है।

पारिस्थितिक-तन्त्र के कारक (Factors of the Ecosystem)

पारिस्थितिक तन्त्र में जैविक एवं अजैविक संघटक विद्यमान होते हैं जिनकी क्रियायें संचालित रहती हैं। इनकी क्रियाओं में कभी तीव्रता एवं कभी अल्पता अंकित की जाती है। वास्तव में जैविक एवं अजैविक संघटकों अथवा क्रियाओं की गति को प्रभावित करने वाले समस्त उपकरणों-ऊर्जा, वायु की गति, वर्षा, अनावृष्टि, अतिवृष्टि, हिमीकरण एवं हिमद्रवण आदि को पारिस्थितिक कारक की संज्ञा प्रदान की जाती है।

पारिस्थितिक-तन्त्र की विशेषतायें (Specialities of the Ecosystem)

जीवमण्डल में पारिस्थितिक तन्त्रों की एक व्यवस्थित इकाई है जिसमें जैविक-अजैविक क्रियाओं एवं संघटकों, तत्वों के कारकों के मध्य एक सामंजस्य विद्यमान है जिससे इसका अस्तित्व पृथ्वी पर अस्तित्व पृथ्वी पर अस्तित्ववान है जबकि अन्य ग्रहों पर ऐसी व्यवस्था का पूर्णतः अभाव है। इस तन्त्र की निम्नांकित विशेषतायें हैं-

(1) जीवमण्डल में पारिस्थितिकी तन्त्रों का अभीष्ट क्षेत्र सृजित होता है जिनका मापन समय की इकाई से किया जा सकता है।

(2) पारिस्थितिक तन्त्रों की संरचना मुख्यतया तीन संघटकों-जैविक संघटक, अजैविक संघटक तथा ऊर्जा संघटक के द्वारा होती है।

(3) क्षेत्र या प्रदेश विशेष के समस्त जैविक और अजैविक संघटकों के कार्यशील-समुच्चय एक व्यवस्थित पारिस्थितिक तन्त्र का सृजन करते हैं।

(4) जैविक एवं अजैविक संघटकों के मध्य जटिल पारस्परिक सम्बन्धों एवं क्रियाओं का एक तन्त्र विकसित होता है जिसे तन्त्र के कारक प्रभावित करते हैं।

(5) पारिस्थितिक तन्त्र में ऊर्जा तथा पदार्थों का निरन्तर उद्‌भव, निवेश तथा बर्हिगमन होता रहता है जिससे इसमें सन्तुलन विद्यमान रहता है।

(6) पारिस्थितिक तन्त्र एक व्यवस्थित तन्त्र होता है। जब तक जैविक-अजैविक तथा ऊर्जा संघटकों में अव्यवस्था नहीं उत्पन्न होती है जब तक सम्पूर्ण तन्त्र एक व्यवस्थित तन्त्र बना रहता है।

(7) पारिस्थितिक तन्त्र में जैविक और अजैविक संघटकों द्वारा संघटकों द्वारा सौर्यिक ऊर्जा प्राप्त की जाती है। पोषण स्तरों के क्रम में ऊर्जा का उपभोग बढ़ता जाता है। इस स्तर के उच्च क्रम में कार्य की मात्रा और गति बढ़ती जाती है जिस कारण ऊर्जा की क्षय की मात्रा भी बढ़ती जाती है।

(8) पारिस्थितिक तन्त्र में जैविक एवं अजैविक संघटक भूजैवरसायन-चक्र की प्रक्रिया में परस्पर सम्बन्धित एवं आबद्ध होते हैं जिसमें जल, अवसाद, कार्बन, ऑक्सीजन, नाइट्रोजन, फासफोरस आदि की चक्रीय व्यवस्था अत्यन्त्र महत्वपूर्ण है।

(9) पारिस्थितिक तन्त्र में प्रथम उत्पादक, द्वितीयक उत्पादक तथा अपघटित जीव पाये जाते हैं जिनकी आहार-ग्रहण की प्रक्रिया भिन्न-भिन्न होती है।

(10) पारिस्थितिक तन्त्र भिन्न-भिन्न आकार वाले होते हैं। इनका आकार सूक्ष्मातिसूक्ष्म से लेकर वृहद् आकार तक होता है। समस्त पारिस्थितिक

तन्त्र मिल कर एक भूमण्डलीय पारिस्थितिक तन्त्र या जीवमण्डल का निर्माण करते हैं।

(11) पारिस्थितिक तन्त्र के विकास की एक श्रृंखला है जो **निम्न स्तर** से प्रारम्भ होकर **चरम स्तर** तक होती है। इसके विकास की दो अवस्थाओं के मध्य एक संक्रमण अवस्था होती है जिसे सेरे (Sere) की संज्ञा प्रदान की जाती है।

(12) पारिस्थिति तंत्र एक ऐसा परिवेश बनाता है जिसमें संघटक अपना विकास करते हैं।

(13) पारिस्थितिक तन्त्र में नियन्त्रण की व्यवस्था सक्रिय रहती है जिससे अन्य घटकों में अव्यवस्था कार्य करने लगती है। इस प्रकार यह तन्त्र एक संगठित तन्त्र होता है।

(14) पारिस्थितिक तन्त्र की असंतुलन या अव्यवस्था की स्थिति अत्यन्त कठोर होती है। इस स्थिति में सम्बन्धित वातावरण विनष्ट होने लगता है और आन्तरिक संगठन छिन्न-भिन्न हो जाता है।

भू-तल पर लघु एवं वृहद् आकार वाले पारिस्थितिक तन्त्र का निर्माण हुआ है जिसमें एक व्यवस्था एवं सन्तुलन है। सन्तुलन की स्थिति एक तन्त्र के साथ एक तन्त्र से दूसरे तन्त्र में विद्यमान है जिस कारण जीवमण्डल (Bioshpere) का सम्पूर्ण तन्त्र सन्तुलित एवं व्यवस्थित है। समस्त तत्वों का समष्टि स्वरूप एक भूमण्डलीय पारिस्थितिक तन्त्र (Global Ecosystem) का निर्माण करता है जिसे जीवमण्डल के रूप में जाना जाता है। जीवमण्डल के तन्त्रीय स्वरूप के ज्ञान के लिए पारिस्थितिक तन्त्र के रूप, कार्य, व्यवस्था, उत्पादकता तथा उसमें विद्यमान सन्तुलन की स्थिति का अध्ययन आवश्यक है। जीवमण्डल के स्वरूप का निर्माण पारिस्थितिक तन्त्र में आवासित जीवधारियों की प्रजातियों में भिन्नता, वितरण, घनत्व, संख्या, स्तर विन्यास, जीव भार तथा संचित ऊर्जा की मात्रा आदि के आधार पर होता है। जब इनका एक विशाल तन्त्र निर्मित होता है तब उससे जीवमण्डल का बोध होता है। फलस्वरूप जीवमण्डल को एक पारिस्थितिक तन्त्र माना जाता है।

पारिस्थितिक तन्त्र की संरचना (The Structure of Ecosystem)

जीवमण्डल अथवा भू-मण्डलीय पारिस्थितिक तन्त्र की संरचना जैविक एवं अजैविक संघटकों के पारस्परिक अन्तर्सम्बन्धों, क्रियाओं एवं उनमें विद्यमान संतुलन की व्यवस्था की हुई है। इस तन्त्र में जैविक-अजैविक संघटकों के मध्य परस्पर क्रिया-प्रतिक्रिया चलती रहती है जिससे ऊर्जा एवं तत्वों का आदान-प्रदान होता रहता है। फलस्वरूप तन्त्र में सन्तुलन बना रहता है। पारिस्थितिक तन्त्र की संरचना

में जैविक संघटकों का विशिष्ट स्थान है जिसको कार्यात्मक सन्दर्भ में दो वर्गों में विभाजित किया जा सकता है–

(1) **स्वषोषित जैविक संघटक :** अपना भोजन स्वयं निर्मित करने वाले संघटक इसके अन्तर्गत सम्मिलित किये जाते हैं। अर्थात् स्वपोषित जैविक संघटक वे हैं जो अपना भोजन सौर्यिक ऊर्जा, मृदा तथा रसायन से अकार्बनिक पदार्थों को प्राप्त कर अपनी कोशिकाओं में जटिल कार्बनिक पदार्थों का निर्माण कर बनाते हैं। इसके अन्तर्गत वे पौधे सम्मिलित हैं जो स्वपोषी हैं। इनकी पोषण क्रियाओं में सूक्ष्म अन्तर विद्यमान है जिस कारण स्वपोषी जैविक संघटको को दो वर्गों में वर्गीकृत किया जाता है–

(क) प्रकाश स्वपोषित जैविक संघटक तथा

(ख) रसायन पोषित जैविक संघटक।

प्रकाश स्वपोषित जैविक संघटक के अन्तर्गत वे पौधे आते हैं जो सौर्यिक प्रकाश संश्लेषण विधि द्वारा ऊर्जा प्राप्त करते हैं जैसे–कोणधारी पौधे, शैवाल, पुष्पी पादप आदि। इसी प्रकार रसायन पोषित जैविक संघटक के अन्तर्गत वे जीव आते हैं जो अजैविक संघटकों से ऑक्सीकरण विधि से ऊर्जा या भोजन प्राप्त करते हैं जैसे–नीली–हरी शैवाल, कतिपय बैक्टीरिया आदि।

(2) **परपोषित जैविक संघटक :** स्वपोषित द्वारा निर्मित जैविक पदार्थों पर निर्भर रहने वाले जैविक संघटकों को परपोषित जैविक संघटक की संज्ञा दी जाती है। घोलरूप में जैविक, यौगिक, जीवित पौधे एवं जीव, अर्द्ध वियोजित पौधे एवं जीव आदि रूपों में जैविक पदार्थ उपलब्ध होते हैं जिनके आधार पर परपोषित जैविक संघटक जीवन–धारण करते हैं। वास्तव में ये संघटक स्वपोषित संघटकों द्वारा प्रस्तुत किये गये जटिल पदार्थों का अपने अस्तित्व के लिए प्रयोग करते हैं तथा उन पदार्थों का पुनर्विन्यास करते हैं। साथ–ही–साथ स्वपोषित जैविक संघटकों द्वारा उपलब्ध कराये पदार्थों का वियोजन भी करते हैं। ये तीनों कार्य इनके लिए अत्यन्त आवश्यक हैं। इसी आधार पर इनका अस्तित्व निर्भर करता है। इस जैविक संघटक को तीन उपवर्गों–

(1) मृतजीवी परपोषित जैविक संघटक,

(2) परजीवी परपोषित जैविक संघटक तथा

(3) प्राणिसम भोजी परपोषित जैविक संघटक में विभाजित किया जाता है।

मृतजीवी घोल रूप में कार्बनिक यौगिक जोकि मृत पादप एवं प्राणियों से प्राप्त होता है उन पर जीवन धारण करते हैं। इन्हीं विशेषताओं के आधार पर इनको

मृतजीवी की संज्ञा प्रदान की जाती है। **परजीवी** अपने भोजन के लिए अपने भोजन के लिए अन्य जीवित जीवों पर निर्भर होते हैं तथा **प्राणिसम भोजी संघटक** वियोजित एवं घुलनशील यौगिक भोजन के रूप में ग्रहण करते हैं। वास्तव में इसके अन्तर्गत वे समस्त बड़े प्राणी आते हैं जो मुख द्वारा भोजन ग्रहण करते हैं। यही कारण है कि ये प्राणी (पशु) पेड़ों की टहनियों एवं शाखाओं को जो कि अवियोजित हैं खा जाते हैं।

पारिस्थितिक तन्त्र के तत्व अत्यन्त महत्वपूर्ण हैं जिन पर इस तन्त्र का कार्यात्मक स्वरूप निर्भर करता है। इन तत्वों को 4 वर्गों में वर्गीकृत किया जाता है–

(1) अजैविक तत्व,

(2) उत्पादक,

(3) उपभोक्ता तथा

(4) वियोजक।

आहार श्रृंखला (Food Chains)

पारिस्थितिक तन्त्र में असंख्य जीवधारी हैं जो परस्पर खाद्य श्रृंखला में आबद्ध हैं। यह खाद्य श्रृंखला दो प्रकार की होती है–

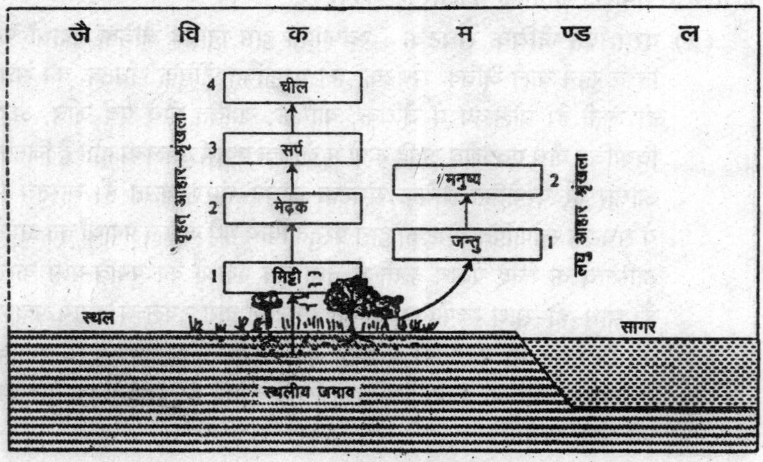

चित्र 5.1 : चारण खाद्य श्रृंखला।

(1) **चारण खाद्य श्रृंखला** (Grazing Food Chain) : यह श्रृंखला प्राथमिक उत्पादकों से प्रारम्भ हो कर मांसाहारी जीवों तक समाप्त होने वाली श्रृंखला है जो लघु आकारीय तथा वृहद् आकारीय दोनों होती हैं। जिस श्रृंखला

तथा जिसमें स्तरों की संख्या अधिक होती उसे वृहद् श्रृंखला की संज्ञा दी जाती है। घास स्थल में प्राथमिक उत्पादक हैं जिनको खालेवाले टिड्डे हैं, टिड्डे की खाने वाले मेढ़क हैं, मेढ़क को खाने वाले सर्प हैं तथा सर्प को खाने वाली चील जैसी पक्षी हैं। इस श्रृंखला में भोजन की दृष्टि से पांच श्रृंखला हैं। इसी प्रकार एक उदाहरण मे लघु श्रृंखला को स्पष्ट किया जा सकता है-

जैसे-घास स्थल में प्राथमिक उत्पादक घास हैं, घास को चरने वाले जानवर हैं तथा जानवरों से ऊर्जा प्राप्त करने वाला मनुष्य है। इस प्रकार इस खाद्य श्रृंखला के तीन स्तर हैं जो लघु आकार श्रृंखला है। यदि श्रृंखला छोटी है तब इकाई क्षेत्र में उपभोक्ता के जीवों की प्रजातियों में भिन्नता कम होती है परन्तु इन जीवों की संख्या में अधिकता विद्यमान रहती है। इसके विपरीत यदि खाद्य श्रंखला वृहत आकारीय होती है तब उपभोक्ता वर्ग के जीवों की प्रजातियों में भिन्नता अधिक तथा उनकी संख्या कम हाती है।

(2) **अपरद खाद्य श्रृंखला** (Detritus Food Chain) : प्राणियों तथा पौधों के मृत होने के पश्चात् मृत कार्बनिक पदार्थ से अनेक प्रकार के सूक्ष्मजीव अपना भोजन प्राप्त करते हैं। इनके प्राप्त करने की प्रक्रिया से एक श्रृंखला का सृजन होता है जिसे अपरद खाद्य श्रृंखला की संज्ञा प्रदान की जाती है।

पोषण-स्तर (Trophic Levels)

जीवमण्डल में एक जीव से दूसरे जीव में ऊर्जा का स्थानान्तरण होता है। यह प्रक्रिया निम्न बिन्दु से उच्च बिन्दु तथा उच्च बिन्दु से निम्न बिन्दु की ओर होती है जिससे अनेक स्तरों का सृजन होता है जिसे पोषण स्तर कहा जा सकता है। इन स्तरों का क्रम होता है। उच्च-स्तर अपने निम्न स्तर पर भोज्य के लिए निर्भर रहता है। प्रत्येक स्तर की संख्या एवं प्रजातियां असंख्य होती हैं। इन स्तरों को निम्न वर्गों में वर्गीकृत किया जाता है-

(1) **प्रथम पोषण स्तर :** यह स्तर आधार स्तर होता है जिसमें स्वपोषित (प्राथमिक उत्पादक) जीवों को सम्मिलित किया जाता है। इसमें प्रकाश संश्लेषण विधि द्वारा ये जीव अपना भोजन स्वयं तैयार करते हैं। दृष्टान्त रूप में हरे पौधों को इसके अन्तर्गत स्वीकार किया जाता है। ये पौधे या जीव प्रकाश संश्लेषण से स्वयं ऊर्जा प्राप्त कर अपना पोषण एवं संवर्द्धन करते हैं तो तथा अन्य स्तर के जीवों के लिए ऊर्जा का स्रोत बनते हैं। जैविक पारिस्थितिक तन्त्र में इस पोषण स्तर का अत्यन्त महत्व होता है क्योंकि आहार श्रृंखला यहीं से प्रारम्भ होती है।

(2) **द्वितीय पोषण स्तर :** इस पोषण–स्तर के प्राणि स्वपोषित होते हैं अर्थात् पौधों एवं अन्य प्राणियों पर निर्भर करते हैं। ये अपना भोजन स्वयं नहीं बनाते हैं बल्कि प्रथम पोषण स्तर के जीव पर अपने भोजन के लिए आधारित रहते हैं। इन्हें प्राथमिक उपभोक्ता तथा शकाहारी माना जाता है। वास्तव में शाकाहारी उन्हें ही कहा जाता है जो अपना भोजन पौधों से प्राप्त करते हैं। बकरी, भेड़, गाय, जिराफ आदि पशु इस पोषण–स्तर के प्रमुख दृष्टांत हैं।

(3) **तृतीय पोषण स्तर :** इस स्तर के प्राणी द्वितीयक उपभोक्ता कहलाते हैं जिसमें मांसाहारी जन्तु आते हैं। वास्तव में इस स्तर के मांसाहारी जन्तु द्वितीय पोषण–स्तर के प्राणियों को अपने भोजन के रूप में गृहण करते है। इसके अन्तर्गत शेर, भालू, चीता, बाघ, चील, हेरिंग आदि आते हैं। ये प्राणी द्वितीय स्तर के प्राणियों–भेड़, बकरी, गाय, हिरण आदि का भक्षण करते हैं जिस कारण इनको **मांसाहारी प्राणी** तथा इस स्तर को **मांसाहारी पोषण स्तर** भी कहा जाता है।

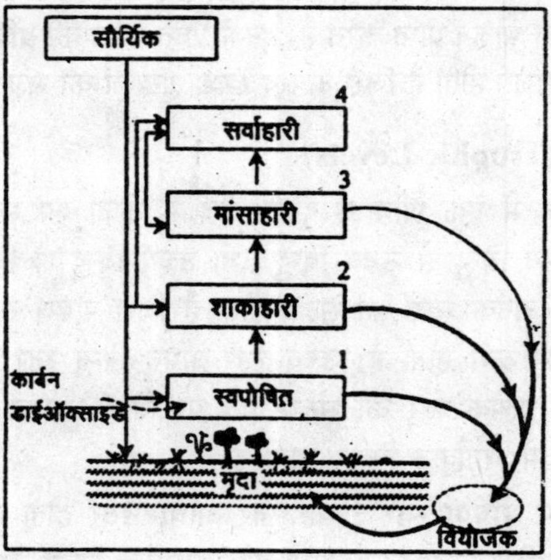

चित्र 5.2 : पारिस्थितिक तन्त्र के पोषण–स्तर तथा उनके मध्य विद्यमान अन्तर्सम्बन्ध।

(4) **चतुर्थ पोषण–स्तर :** यह स्तर सबसे उच्च स्तर हैं जो प्रत्यक्ष या परोक्ष रूप से प्रथम, द्वितीय तथा तृतीय पोषण–स्तरों में भोजन तथा ऊर्जा प्राप्त करते हैं। इसके अन्तर्गत मानव आता है जो अपने बुद्धिचातुर्य, क्रियाशीलता तथा चिन्तनशीलता से अन्य स्तरों से अपनी आवश्यकता की पूर्ति करता है। यह **सर्वाहारी पोषण–स्तर** भी कहलाता है। क्योंकि मानव सभी पोषण

स्तरों का उपभोग अपने संवर्द्धन एवं विकास के लिए करता है (चित्र 5.2)

चित्र में चारों पोषण स्तरों तथा उनके मध्य के कार्यात्मक सम्बन्धों को स्पष्ट किया गया है। स्वपोषित संघटक जो प्राथमिक उत्पादक हैं शाकाहारी जो द्वितीयक उत्पादक हैं के द्वारा खाया जाता है। द्वितीयक उपभोक्ता के जीव तृतीयक उपभोक्ता के जीवों द्वारा खाया जाता है। प्रथम द्वितीतक तथा तृतीयक उपभोक्ताओं का उपयोग सर्वाहारी या मानव द्वारा किया जाता है।

आहार जाल (Food Wed)

सामान्यतः आहार श्रृंखला एक पोषण-स्तर से दूसरे पोषण-स्तर तक संचालित होती है परन्तु यह मात्र एक सरल रैखिक तन्त्र नहीं है बल्कि अन्तः गन्थ्रित श्रृंखलाओं के रूप में ऊर्जा का प्रवाह जैविक एवं अजैविक संघटकों के बीच में होता है। इस प्रकार एक जटिल तन्त्र की व्यवस्था विकसित होती है जिसे **आहार जाल** की संज्ञा प्रदान की जाती है। सभी पोषण स्तरों पर पृथक तन्त्र सृजित होता है। पुनः सभी तन्त्र एक दूसरे से सम्बन्धित हो जाते हैं जिससे एक वृहद् तन्त्र का निर्माण होता है जिसे **आहार जाल** कहा जाता है। आहार जाल का विस्तृत स्वरूप जो निर्मित होता है उसमें सभी जैविक-अजैविक संघटकों की आहार प्रणाली सम्मिलित रहती हैं।

पारिस्थितिक पिरैमिड (Ecological Pyramid)

समान संरचनात्मक सम्बन्ध एवं प्रकृति वाली विभिन्न जातियों के आकार-प्रकार से भिन्नता परिलक्षित होती है जिससे विभिन्न पोषण-स्तरों पर भिन्नता परिलक्षित होती है जिसके सम्बन्धों एवं विविधताओं के विश्लेषण के लिए जीव वैज्ञानिकों ने **पारिस्थितिक पिरैमिड** की संकल्पना प्रस्तुत की है।

पोषण-स्तरों में जीवों की संख्या एवं भार के अनुसार कभी बढ़ते क्रम में बढ़ती संख्या वाले तथा कभी घटती संख्या वाले पिरैमिड का निर्माण होता है जिससे सीधे तथा उल्टे पिरैमिड़ों का निर्माण होता है। *एल्टन (1972) ने स्पष्ट किया है कि आहार श्रृंखला के अधोभाग में प्राणियों में संख्याधिक्य तथा शीर्ष भाग में संख्या की न्यूनता विद्यमान होती है जिसके मध्य भाग में क्रमशः संख्या में कमी रहती है।* इस प्रकार एल्टन ने एक सीधे पिरैमिड की संकल्पना प्रस्तुत की है। इनके अनुसार निचले पोषण-स्तर में जीवों की संख्या अधिक तथा ज्यों-ज्यों स्तर बढ़ता जाता है जीवों की संख्या इस प्रकार घटती जाती है कि एक पिरैमिड का निर्माण हो जाता है।

पिरैमिड के प्रकार (Types of Pyramid)

आहार जाल में जीवों की संख्या, ऊर्जा तथा जीवां के भार जो विभिन्न पोषण स्तरों में पाये जाते हैं उनके आधार पर पारिस्थितिक पिरैमिड को तीन वर्गों-

(1) जीव संख्या का पिरैमिड,

(2) जीवभार पिरैमिड तथा

(3) ऊर्जा का पिरैमिड में वर्गीकृत किया जाता है।

(1) **जीव संख्या का पिरैमिड** (Number Pyramid) : मूल उत्पादक तथा शिखर पर सर्वोच्च उपभोक्ता की संख्या के प्रदर्शित करने वाले पिरैमिड को जीव संख्या पिरैमिड की संज्ञा दी जाती है। इसमें प्राथमिक उत्पादक एवं उस पर आश्रित अनेक वर्ग के उपभोक्ताओं की संख्या एवं उनके सम्बन्धों को प्रदर्शित किया जाता है। सभी पारिस्थितिक तन्त्र में इसका आकार समान नहीं होता है बल्कि इसमें भिन्नता परिलक्षित होती है। **घास स्थल** में यह पिरैमिड सीधा होता है। इसमें स्वपोषी वर्ग के पौधों की संख्या हमेशा सर्वाधिक होती है। **घास स्थल** में यह पिरैमिड सीधा होता है। इसमें स्वपोषी वर्ग के पौधों की संख्या हमेशा सर्वाधिक होती है। **वन क्षेत्रों** में इसमें थोड़ा परिवर्तन होता है। इसमें वृक्षों की संख्या अपेक्षाकृत उपभोक्ताओं से कम होती है, पुनः घटते क्रम में उपभोक्ता की शीर्ष स्तर पर संख्या न्यून हो जाती है (चित्र 5.3 ब)। जब एक पौधे पर अनेक उपभोक्ता निर्भर रहते हैं तथा उन उपभोक्ताओं के ऊपर भी अनेक जीव निर्भर रहते हैं तब दोनों स्थितियों से भिन्न उल्टे पिरैमिड का निर्माण होता है जैसे- एक वृक्ष पर अनेक पक्षी अपने भोजन के लिए निर्भर हैं जिनके शरीर में भी अनेक जीव इन पक्षियों पर निर्भर हैं (चित्र 5.3 स)।

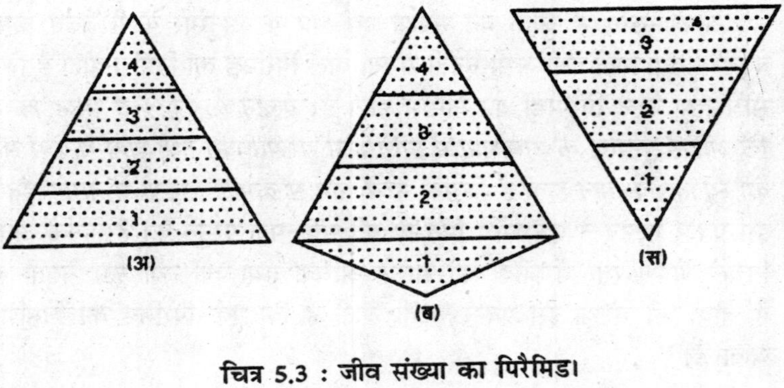

चित्र 5.3 : जीव संख्या का पिरैमिड।

वास्तव में इस पिरैमिड में भोजन श्रृंखला के आधार पर जीवों की संख्या अधिक तथा अन्त में बहुत कम होती है। अधिक तथा कम संख्या के मध्य जीवों की संख्या में प्रगामी कमी होती आती है अर्थात् पोषण-स्तर के बढ़ते क्रमिक स्तर में जीवों की संख्या में प्रगामी ह्रास होता है।

(2) **जीवभार का पिरैमिड** (Biomass Pyramid) : जीव भार पिरैमिड में विभिन्न पोषक स्तारों में जीवों की संख्या के स्थान पर उसके समस्त भार को प्रदर्शित किया जाता है जिससे किसी निश्चित समय में उत्पादित जैविक पदार्थों की सम्पूर्ण मात्रा एवं उसकी उत्पादकता दर का बोध होता है। स्थलीय तथा जलीय पारिस्थितिक तन्त्र में इस पिरैमिड में अन्तर पाया जाता है। स्थलीय पारिस्थितिक तन्त्र में यह सीधा तथा जलीय पारिस्थितिक तन्त्र में उल्टा होता है। घास या वन पारिस्थितिक तन्त्र में किसी निश्चित समय में पौधों का जीवन भार उस पर आश्रित जीवों के जीवन भार से सर्वथा अधिक रहता है जिस कारण स्थलीय क्षेत्रों में उत्पादक पोषण स्तर में जीवभार अधिक हाता है जो अन्य पोषण स्तरों में इसके भार में प्रगामी ह्रास होता है जिससे सीधे पिरैमिड का निर्माण होता है इसके विपरीत जलीय पारिस्थितिक तन्त्र में प्राथमिक उत्पादक पादप (Iyod) का भार उस पर आश्रित उपभोक्ताओं से कम होता है जो निरन्तर बढ़ता जाता है जिससे एक उल्टे पिरैमिड का निर्माण होता है (चित्र 5.4 अ तथा ब)।

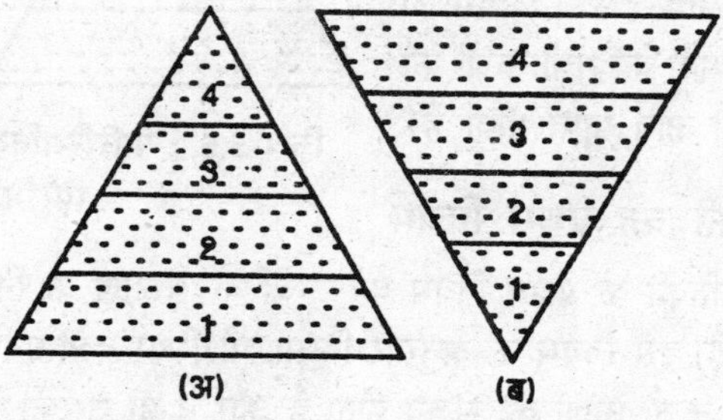

चित्र 5.4 : जीव भार का पिरैमिड : (अ) स्थलीय जीवभार पिरैमिड, (ब) जलीय जीवभार पिरैमिड।

वास्तव में बढ़ते पोषण-स्तर के साथ जीवों का सकल भार कम होता जाता है जिससे इसका आधार चौड़ा तथा शीर्ष पतला होता जाता है। इसमें जीवों के सकल भार का बोध होता है परन्तु समस्त जैव पदार्थों का ज्ञान नहीं हो पाता है।

(3) **ऊर्जा का पिरैमिड** (Energy Pyramid) : किसी निश्चित समय में उत्पादित जैविक पदार्थों की सम्पूर्ण मात्रा तथा इसकी उत्पादन दर की बोधगम्यता के लिए ऊर्जा पिरैमिड का प्रयोग किया जाता है। इसके अन्तर्गत किसी पारिस्थितिक तन्त्र में किसी समय इकाई पर किसी पोषण स्तर में प्रति क्षेत्र इकाई में उपयोग की गई ऊर्जा की सकल मात्रा को व्यक्त किया जाता है। किसी निश्चित समय में ऊर्जा का पिरैमिड सभी पारिस्थितिक तन्त्रों में सदैव सीधा होता है। प्राथमिक उत्पादक ही सभी उपभोक्ताओं के लिए ऊर्जा का मुख्य स्रोत होता है क्योंकि उपभोक्ता वर्ग के जीव सौर्यिक ऊर्जा को संश्लेषित करने की क्षमता नहीं रखते हैं जिस कारण ऊर्जा का प्रवाह प्राथमिक उत्पादक से उपोक्ता वर्ग के जीवों में होता है। साथ-ही-साथ ऊर्जा के समस्त प्रवाह का उपभोग नहीं हो पाता है बल्कि अधिकांश ऊर्जा वातावरण में विसरित हो जाती है। इस ऊर्जा का कुछ अंश ही उपभोक्ता वर्ग के शरीर में पहुंच पाता है। यही कारण है कि ऊर्जा का पिरैमिड सदैव सीधा बनता है।

ऊर्जा का पिरैमिड अत्यन्त महत्वपूर्ण होता है क्योंकि इसके द्वारा विभिन्न पारिस्थितिक तन्त्रों (जलीय एवं स्थलीय) की उत्पादकता का बोध होता है। साथ-ही-साथ उपभोक्ता वर्ग द्वारा उपभोग की गयी ऊर्जा की मात्रा का भी ज्ञान प्राप्त होता है।

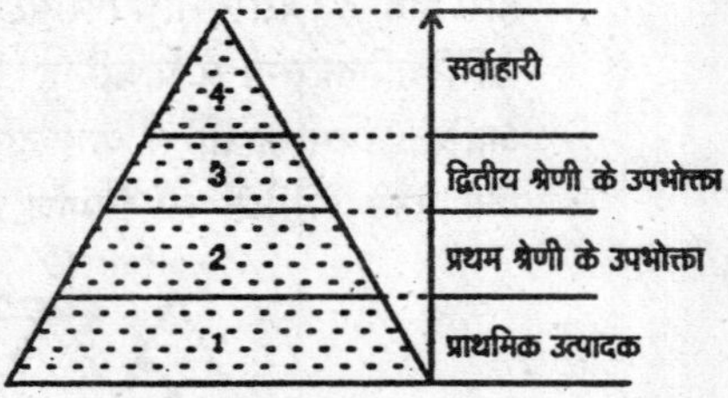

चित्र 5.5 : पारिस्थितिक तन्त्र में ऊर्जा का पिरैमिड।

ऊष्मागतिकी का प्रथम नियम

ऊष्मागतिकी के प्रथम नियम को ऊर्जा के संरक्षण के नियम के नाम से भी जाना जाता है। इस नियम के अनुसार किसी भी स्थिर द्रव्यमान (Constant Mass) वाले तंत्र में न तो ऊर्जा का सृजन होता है और न ही उसका विनाश। इसका एक रूप में परिर्वतन हो सकता है तथा इसका स्थान-परिवर्तन भी हो सकता है (यथा-विद्युत ऊर्जा का रूपान्तर यांत्रिक ऊर्जा में हो सकता है)। पारिस्थितिक तंत्र के सन्दर्भ में ऊर्जा का निवेश ऊर्जा के निर्गमन से सन्तुलित हो जाता है।

ऊष्मागतिकी का द्वितीय नियम

ऊर्जा का जब एक रूप से दूसरे रूप में परिवर्तन होता है या जब इसका एक स्थान से दूसरे स्थान में स्थानान्तरण होता है तो ऊर्जा के कुछ भाग का विसरण

(Dispersion or Dissipation) हो जाता है जो पुनः सुलभ नहीं हो पाता है। अर्थात् ऊर्जा के स्थानान्तरण के प्रत्येक बिन्दु पर कुछ ऊर्जा का क्षय (Loss) हो जाता है। जब ऊर्जा का एक रूप से दूसरे रूप में परिवर्तन होता है तो कार्य सम्पादित होने लगता है और जब कार्य होता है तो ऊर्जा का ऊष्मा के रूप में विसरण हो जाता है। पारिस्थितिक तंत्र के सन्दर्भ में ऊर्जा के जिस रूप में विसरण हो जाता है। पारिस्थितिक तंत्र के सन्दर्भ में ऊर्जा के जिस भाग का विसरण होता है वह ऊष्मा के रूप में होता है तथा यह वायुमण्डल में वापस चली जाती है।

ऊर्जा के स्त्रोत

जीवमण्डल पारिस्थितिक तंत्र की ऊर्जा के सभी स्त्रोत वस्तुतः जीवमण्डल से बाहर की स्थिति हैं। पारिस्थितिक तंत्र की ऊर्जा का सर्वप्रमुख स्त्रोत सूर्य तथा सौर्यिक विकिरण है तथा अन्य गौण स्त्रोतों में प्रमुख हैं-ब्रह्माण्ड विकिरण (Cosmic Radiation), भूतापीय ऊर्जा (Geothermal Energy) तथा जीवाश्म खनिजों के भण्डारों से मुक्त ऊर्जा। पारिस्थितिक तंत्र के सुचारू रूप से कार्यान्वयन के लिये सूर्य सर्वाधिक महत्वपूर्ण ऊर्जा का स्त्रोत है क्योंकि हरी पत्ती वाले पौधे **प्रकाश संश्लेषण** (Photosynthesis) की विधि द्वारा सौर्यिक ऊर्जा को आहार ऊर्जा (Food Energy) या रासायनिक ऊर्जा को स्वयं प्रत्यक्ष रूप में तथा जन्तु अप्रत्यक्ष रूप में अपने सम्बर्द्धन के लिये उपयोग करते हैं। सौर्यिक ऊर्जा प्रत्यक्ष तथा अप्रत्यक्ष रूप से जीवमण्डलीय पारिस्थितिक तंत्र में पदार्थों के संचरण, चक्रन तथा पुनः चक्रन में भी सहायक होती है। पदार्थों के संचरण, चक्रन तथा पुनः चक्रन की इस प्रक्रिया को जैवभूरसायन चक्र (Biogeochemical Cycles) कहते हैं जिसके अन्तर्गत जलीय चक्र, रसायन तत्व चक्र, अवसाद चक्र आदि को सम्मिलित किया जाता है।

मनुष्य तथा वायुमण्डलीय पर्यावरण

पृथ्वी के चारों तरफ व्याप्त वायुमण्डल प्राकृतिक/भौतिक पर्यावरण तथा जीवमण्डलीय पारिस्थितिक तंत्र का एक महत्वपूर्ण संघटक है क्योंकि जीवमण्डल में सभी प्रकार का अस्तित्व वायुमण्डल में निहित गैसों के कारण ही सम्भव हो पाता है। वायुमण्डल एक छलनी (Funnel) का कार्य भी करता है क्योंकि यह सूर्य से आने वाली पराबैंगनी विकिरण तंरगों को सोख लेता है तथा उन्हें पृथ्वी की सतह तक पहुंचने से रोकता है जिस कारण भूतल का तापमान आवश्यकता से अधिक नहीं हो पाता है। वास्तव में वायुमण्डलीय प्रक्रमों तथा मौसम एवं जलवायु के तत्वों ने जीवमण्डल में विभिन्न पौधों तथा जन्तुओं के उद्भव, विकास तथा

सम्बर्द्धन को प्रभावित तथा नियंत्रित किया है। वायुमण्डल के संघटकों तथा जीवमण्डल के जैविक संघटकों के बीच पारस्परिक क्रिया होती रहती है। यद्यपि, मौसम तथा जलवायु में प्राकृतिक कारणों से स्थानीय, प्रादेशिक एवं विश्व स्तरों पर परिवर्तन होते रहते हैं परन्तु औद्योगिक क्रान्ति के बाद से विज्ञान एवं प्रौद्योगिकी में विकास का कारण मानवीय कारणों के फलस्वरूप वायुमण्डलीय प्रक्रमों में तीव्र गति से परिवर्तन होने लगा है क्योंकि मनुष्य अब वायुमण्डलीय संघटकों की मौलिक तथा आधारभूत संरचना में परिवर्तन एवं परिमार्जन करने में समर्थ हो गया है। वायुमण्डलीय संघटकों की मौलिक तथा आधारभूत संरचना में परिवर्तन एवं परिमार्जन करने में समर्थ हो गया है। वायुमण्डलीय प्रक्रमों में मनुष्य द्वारा होने वाले इच्छित एवं अनिच्छित परिवर्तनों का मानव समुदाय एवं पादपों तथा जन्तुओं पर दुष्परिणाम इस सीमा तक बढ़ता जा रहा है कि जीवों का खासकर मानव जाति का अस्तित्व ही खतरे में पड़ गया है। प्रस्तुत अध्याय में मनुष्य के क्रिया-कलापों द्वारा वायुमण्डलीय तत्वों एवं कारकों में होने वाले परिवर्तनों एवं उनके दुष्परिणामों का उल्लेख किया जा रहा है।

ऊर्जा तंत्र

पृथ्वी तथा जीवमण्डलीय पारिस्थितिक तंत्र को तीन स्रोतों से ऊर्जा प्राप्त होती है-

(1) सौर्यिक विकिरण द्वारा,

(2) गुरुत्व बल द्वारा तथा

(3) पृथ्वी के अन्दर से उत्पन्न होने वाले बलों द्वारा-भूतापीय ऊर्जा।

पृथ्वी के अन्तराल में विभिन्न तापीय दशाओं के कारण पृथ्वी के **अन्तर्जात बलों** (Endogenetic Forces) का आविभार्व होता है। इन अन्तर्जात बलों द्वारा धरातल पर विभिन्न पकार के उच्चावच्चों का निर्माण होता है (यथा-पर्वत, पठार, भ्रंशन आदि। ये उच्चावच्च धरातल पर जल प्रवाह, वनस्पति, मिट्टियों के निर्माण एवं विकास, मौसम तथा जलवायु सम्बन्धी दशाओं को प्रभावित एवं नियंत्रित करते हैं। गुरुत्व बल क्षरा जल एवं हिम का ऊंचाई से नीचे की ओर ढाल के सहारे संचरण होता है। स्पष्ट है कि गुरूत्व बल के कारण **स्थितिज ऊर्जा** (Potential Energy) का **गतिज ऊर्जा** (Kinetic Energy) में रूपान्तरण होता है। सूर्य से प्राप्त सौर्यिक ऊर्जा द्वारा धरातल एवं वायुमण्डल गर्म होता है। सौर्यिक ऊर्जा द्वारा पवन संचार होता है, वाष्पीकरण तथा वर्षण की क्रियायें सम्पन्न होती हैं तथा जलीय चक्र का कार्यान्वयन होता है। जलीय चक्र जीवमण्डल में **जैवभूरसायन चक्र** (Bio-geochemical Cycles) की क्रिया में सहायक होता है जिस कारण **जीवमण्डल** में

पोषक तत्वों तथा रसायन तत्वों का संचरण, स्थानान्तरण, चक्रण (Cycling) तथा पुनर्चक्रण (Recycling) सम्भव हो पाता है। पौधे इन पोषक तत्वों को प्राप्त करते हैं तथा इनका आहार निर्माण में उपयोग करते हैं। हरे पौधे सौर्यिक ऊर्जा को प्राप्त करके **प्रकाश संश्लेषण विधि** से अपना आहार निर्मित करते हैं। वास्तव में पौधे प्रकाशसंश्लेषण विधि से सौर्यिक ऊर्जा को रासायनिक ऊर्जा में परिवर्तित करते हैं। स्पष्ट है कि जीवमण्डल के समस्त जीवों के लिये सौर्यिक ऊर्जा अति महत्वपूर्ण होता है। अतः जीवमण्डलीय पारिस्थितिक तंत्र के जैव समुदायों के लिए विकिरण संतुलन या ऊष्मा सन्तुलन का अत्यधिक महत्व होता है। परिणामस्वरूप विश्वस्तरीय विकिरण तथा ऊष्मा बजट एवं सन्तुलन का विवेचन तथा उसमें मानव क्रियाकलापों द्वारा होने वाले परिवर्तनों का उल्लेख न केवल वांछनीय है अपितु आवश्यक भी है।

विश्वस्तरीय विकिरण/ऊष्मा संतुलन तथा मनुष्य

(1) विकिरण की क्रियाविधि

विश्व स्तरीय विकिरण तथा ऊष्मा सन्तुलन की जानकारी के लिये विकिरण की प्रक्रिया, विकिरण-प्रक्रमों, सौर्यिक ऊर्जा के भण्डारण तथा स्थानान्तरण का अध्ययन आवश्यक होता है। सौर्यिक विकिरण की क्रियाविधि के अन्तर्गत निम्न पक्षों का अध्ययन किया जाता है-

(1) ऊर्जा का स्रोत तथा ऊर्जा का निवेश,

(2) सूर्य से ऊर्जा का संचरण (Transmission) तथा वायुमण्डल से होकर उसका परिवहन,

(3) धरातल तथा वायुमण्डल में सौर्यिक ऊर्जा का अवशोषण,

(4) विकीर्ण ऊर्जा का ऊष्मा ऊर्जा में परिवर्तन,

(5) वायुमण्डल (पवन) तथा महासागरों (सागरीय तरंगें तथा धारायें) में ऊष्मा के स्थानान्तरण के कारक क्रियाविधियां तथा

(6) पृथ्वी से होने वाले विकिरण (पार्थिव विकिरण) की क्रियाविधि।

पृथ्वी तथा उसके वायुमण्डल की ऊर्जा का सर्वप्रमुख स्रोत सूर्य है। वास्तव में सूर्य एक वृहदाकार इंजन है जो भूतल पर पवन संचार, सागरों तथा महासागरों में जलधाराओं तथा वहिर्जात प्रक्रमों (अनाच्छादनात्मक प्रक्रम-अपक्षय तथा अपरदन के प्रक्रम) को चालित करता है तथा जीवमण्डल में समस्त जीवों को जीवन प्रदान करता है। यद्यपि, पृथ्वी सूर्य से विकीर्ण ऊर्जा का स्वल्पांश (1/2अरबवां भाग) ही प्राप्त कर पाती है परन्तु ऊर्जा की यह स्वल्प मात्र ही जीवमण्डल में जीवों के अस्तित्व को कायम रखने में समर्थ है।

सौर्यिक ऊर्जा का प्रमुख स्रोत सूर्य का आन्तरिक भाग है जहां पर अत्यधिक दाब तथा उच्च तापमान के कारण हाइड्रोजन का हीलियम में परिवर्तन होता है। इस क्रिया को **नाभिक संगलन** (Nuclear Fusion) कहते हैं। इस क्रिया के फलस्वरूप अत्यधिक मात्रा में ऊष्मा उत्पन्न होती है। परिचालन तथा संवहन की क्रियाओं द्वारा सूर्य के अन्तराल में उत्पन्न इस ऊष्मा का सूर्य के बाह्य भाग में परिवहन होता है। ज्ञातव्य है कि सूर्य के अन्तराल में ऊष्मा का जनन प्राय: समान गति से चलता रहता है अत: सूर्य के बाह्य भाग से ऊष्मा का चारों ओर विकिरण होता है। ज्ञातव्य है कि सूर्य के अन्तराल में ऊष्मा का जनन प्राय: समान गति से चलता रहता है अत: सूर्य के वाह्य भाग से विकिरण द्वारा ऊर्जा का वहिगर्मन भी प्राय: समान गति से सम्पादित होता है। परणिामस्वरूप, पृथ्वी की सतह पर प्रति इकाई क्षेत्र में प्राप्त होने वाली सौर्यिक ऊर्जा भी प्राय: समान या स्थिर होती है। इसे **सौर्यिक स्थिरांक** (Solar Constant) कहते हैं। स्पष्ट है कि सौर्यिक स्थिरांक का तात्पर्य होता है सूर्य से होने वाले विकिरण की दर जो 2 ग्राम कैलरी प्रति वर्ग सेण्टीमीटर प्रति मिनट होती है। इसे लैंजली की इकाई (एक ग्राम कैलरी प्रति वर्ग सेण्टीमीटर की ऊष्मा ऊर्जा एक लैंजली के बराबर होती है) में भी व्यक्त किया जाता है। इस तरह सौर्यिक स्थिरांक = 2 ग्राम कैलरी/वर्ग सेण्टीमीटर/मिनट या 2 लैंजली/वर्ग सेण्टीमीटर/मिनट।

सौर्यिक विकिरण दो मूलभूत नियमों से नियंत्रित होता है–

(1) Wien's Displacement Law के अनुसार विकिरण तंरग की लम्बाई उत्सर्जेक वस्तु (Emitting Body, विकिरण करने वाली वस्तु) के निपरेक्ष तापमान के विलोम रूप से समानुपातिक (Inversely Proportionate) होती है।

(2) Stefan-Boltzman Law के अनुसार सौर्यिक विकिरण का प्रवाह या अभिवाह (Flux) विकिरण करने वाली वस्तु के निरपेक्ष तापमान के चौथे घात (Fourth Power) के समानुपातिक होता है।

सूर्य के बाह्य भाग का तापमान अनुमानत: 6000° सेण्टीग्रेड या 11000° फा. है। सूर्य के बाह्य भाग से अति तापदीप्त (Incandenscent, ज्वलनशील) गैसों द्वारा जो ऊर्जा निकलती है उसे **फोटॉन** (Photon) कहते हैं। सूर्य के बाह्य भाग से फोटॉन के सतत् उत्सर्जन द्वारा विकिरण बैण्ड का लगातार निर्माण होता रहता है। इस सौर्यिक विकिरण बैण्ड की निश्चित तरंग लम्बाई होती है। पार्थिव विकिरण की तुलना में सौर्यिक विकिरण तरंगों की लम्बाई छोटी होती है। इस आधार पर सौर्यिक विकिरण तरंग को **लघु तरंग विकिरण** तथा पार्थिव विकिरण को **दीर्घ**

तंरग विकिरण कहते हैं। सूर्य से ऊर्जा का विकिरण **विद्युतचुम्बकीय तंरगों** (Electromagnetic Waves) के रूप में होता है, अत: सौर्यिक विकिरण को **विद्युतचुम्बकीय तरंगों** (Electromagnetic Waves) के रूप में होता है, अत: सौर्यिक विकिरण को **विद्युतचुम्बकीय विकिरण** (Electromagnetic Radiation) कहते हैं। सौर्यिक विकिरण तरंगे 300,000 किलोमीटर प्रति सेकेण्ड या 186,000 मील प्रति सेकेंड की दर से भ्रमण करती हैं। सौर्यिक ऊर्जा को **सूर्याभिताप** या **सूर्याताप** (Insolation) भी कहते हैं। जी.टी. ट्रीवार्था के शब्दों में सूर्याताप को निम्न रूपों में परिभोषित किया गया है–

"लघु तंरगों कें रूप में संचरित (लम्बाई 1/250 से 1/6700 मिलीमीटर) और 186,000 मील प्रति सेकेण्ड की गति से भ्रमण करती हुई विकिरण तरंगों से प्राप्त सौर्यिक ऊर्जा को सौर्यिक विकिरण या सूर्याताप कहते हैं।"

सूर्य से विकीर्ण विद्युत चुम्बकीय तरगें सूर्य से बाहर की ओर अरीय रूप (Radial Manner) में सीधी रेखा में गमन करती हैं तथा सूर्य एवं पृथ्वी के मध्य 150 मिलियन किलोमीटर (93 मिलियन मील) की औसत दूरी तय करके 8 मिनट 20 सेकेण्ड में पृथ्वी की सतह पर पहुंचती हैं। विकिरण तरंगों (विद्युतचुम्बकीय तरंगों) को **तरंगदैर्ध्य** (Wavelength, L) के रूप में व्यक्त किया जाता है। तंरग लम्बाई को मीटर, सेण्टीमीटर, मिलीमीटर, माइक्रॉन, आदि इकाईयों में व्यक्त किया जाता है। किसी भी लहर के ऊपरी भाग को **तंरग शिखर** (Wave Crest) तथा निचले भाग को **तरंग गर्त** (Wave Trough) कहते हैं। दो क्रमिक तरंग शिखर या दो क्रमिक तंरग गर्त के मध्य वास्तविक सीधी दूरी को तंरग लम्बाई (Wavelength) कहते हैं। एक तरंग लम्बाई (चित्र 5.6) को एक विकिरण तरंग कहते हैं। स्मरणीय है कि किसी निश्चित विद्युतचुम्बकीय स्पेक्ट्रम में सभी विकिरण तंरगें समान गति से गमन करती है अत: किसी निश्चित समय में (सामान्य रूप में एक सेकेण्ड) किसी निश्चित बिन्दु से गुजरने वाली सभी विकिरण तरंगों की संख्या को **तरंग आवृत्ति** (Wave Frequency) कहते हैं। तरंग आवृत्ति की संख्या तरंग लम्बाई पर निर्भर करती है। स्पष्ट है कि दीर्घ तरंगां की आवृत्ति कम तथा लघु तरंगों की आवृत्ति अधिक होती है (चित्र 5.6)। स्पष्ट है कि तंरग लम्बाई तथा तंरग आवृत्ति में विलोम सम्बन्ध होता है। सामान्य रूप में तरंग आवृत्ति को प्रति सेकेण्ड में **तरंग चक्र** (Wabe Cycles) में व्यक्त किया जाता है। इस तरंग चक्र को हट्र्ज (Hertz) की इकाई में व्यक्त किया जाता है। उदाहरण के लिए एक हट्र्ज प्रति सेकेण्ड एक तंरग चक्र की आवृत्ति को इंगित करता है, जिसका तात्पर्य यह होता है कि किसी निंश्चित बिन्दु से एक सेकेंड में एक तरंग लम्बाई गुजरती है। हट्र्ज को पुन: **किलोहट्र्ज** (किलो=एक हजार) या **मेगाहट्र्ज** (मेगा=1,000,000) में व्यक्त किया जाता है।

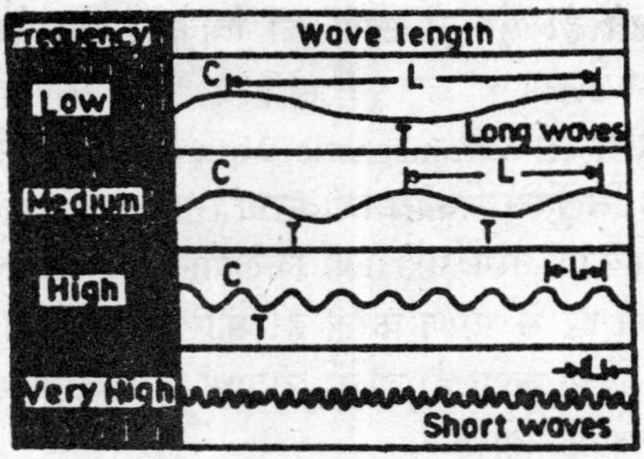

चित्र 5.6 : तरंग लम्बाई तथा तरंग आवृत्ति में सम्बन्ध, L = wavelength, तरंग लम्बाई।

सौर्यिक विद्युत चुम्बकीय विकिरण में विकिरण तरंगों के चार स्पेक्ट्रम होते हैं जिनकी तरंग लम्बाई तथा तरंग आवृत्तियों में विभिन्नतायें होती हैं।

(1) सौर्यिक विद्युतचुम्बकीय विकिरण तरंगों के प्रथम तरंगों को प्रथम स्पेक्ट्रम में अति लघु तरंग लम्बाईयों को सम्मिलित किया जाता है। इनमें प्रमुख हैं–गामा किरणें, हार्ड एक्स किरणें, सॉफ्ट एक्स किरणें तथा पराबैंगनी किरणें। इस स्पेक्ट्रम की तरंग लम्बाई को **एंगस्ट्राम** (Angstrom) की इकाई में व्यक्त किया जाता है (एक एंगस्ट्राम = 0.000,000,01 सेंमी. या 10^{-8} सेंमी.)। इनकी आवृत्ति सबसे अधिक होती है। इस स्पेक्ट्रम की विभिन्न तरंगों की तरंग लम्बाई निम्न प्रकार होती है–

तरंग	तरंग लम्बाई (अंगस्ट्राम में)	तरंग लम्बाई की आवृत्ति (मेगाहर्ट्ज में)
1. गामा किरण	< 0.03	10^{14}
2. हार्ड एक्स किरण	0.03–0.60	10^{13}
3. सॉफ्ट एक्स किरण	0.6–100	10^{12}–10^{11}
4. पराबैंगनी किरण	100–4000	10^{10}–10^{9}

(2) विद्युतचुम्बकीय विकिरण तरंगों के दूसरे स्पेक्ट्रम को **दृश्य प्रकाश स्पेक्ट्रम** (Visible Light Spectrum) कहते हैं जिसके अन्तर्गत बैंगनी (Violet) नीली, हरी, पीली, नारंगी तथा लाल किरणों को सम्मिलित किया जाता है। ये किरणें समस्त सौर्यिक विकिरण ऊर्जा के 41 प्रतिशत भाग का प्रतिनिधित्व करती है। इस स्पेक्ट्रम की तरंगों की लम्बाई को माइक्रॉन की इकाई में व्यक्त किया जाता है (एक माइक्रान = 0.001 सेण्टीमीटर या 10,000 एंगस्ट्राम)। इन विभिन्न किरणों की तरंग आवृत्तियां 10^9 से 10^8

के मध्य होती है। इन दृश्य किरणों की तरंग लम्बाई निम्न प्रकार होती है।

दृश्य किरणें	तरंग लम्बाई (माइक्रान में)
1. बैगनी किरण	0.4–0.43
2. नीली किरण	0.43–0.49
3. हरी किरण	0.49–0.53
4. पीली किरण	0.53–0.58
5. लाल किरण	0.58–0.70

(3) विद्युतचुम्बकीय तंरगों के तीसरे रटेक्ट्रम को **अवरक्त स्पेक्ट्रम** (Infrared Spectrum) भी कहा जाता है। इसके अन्तर्गत विकिरण तरंगों की लम्बाई 0.7 माइक्रान से 300 माइक्रान होती है तथा तरंग आवृत्ति 108 से 106 मेगाहर्ट्ज प्रति सेकेण्ड होती है।

(4) चौथे स्पेक्ट्रम के अन्तर्गत अपेक्षाकृत दीर्घ तरंगों को सम्मिलित किया जाता है यथा **माइक्रोतरंग, राडारतरंग** तथा **रेडियो तरंग**। इनकी तरंग लम्बाई को सामान्य रूप से सेण्टीमीटर या मीटर में व्यक्त किया जाता है। माइक्रोतरंग की लम्बाई 0.03 सेण्टीमीटर से 1.0 सेण्टीमीटर होती है। इन तरंगों का प्रयोग एक स्थान से दूसरे स्थान को संदेश भेजने के लिए किया जाता है। राडार तंरगों की लम्बाई 1.0 सेण्टीमीटर से 100 सेण्टीमीटर (एक मीटर) होती है। राडार तंत्र को आवृत्ति के आधार पर दो उपतंत्रों में विभक्त करते हैं–

आवृत्ति	तरंग लम्बाई
(i) Extremely High Frequency (EHF)	0.1.–1.0 सेंमी. E
(ii) Super High Frequency (SHF)	1.0 सेंमी.–10.0 सेंमी.
(iii) Ultra-High Frequency (UHF)	10.0 सेंमी.–100 सेंमी.
(iv) Very High Frequency (VHF)	1.0 मीटर – 10 मीटर
(v) High Frequency (HF)	10 मीटर –100 मीटर
(vi) Low Frequency (LF)	100 मीटर से अधिक

(i) रेडियो तंत्र तथा

(ii) दूरदर्शन तंत्र।

इनकी अधिकतम तरंग लम्बाई 300 मीटर तक होती है। राडार, दूरदर्शन तथा रेडियो तरगों को तरंग लम्बाई तथा तरंग आवृत्ति के आधार पर 6 वर्गों में विभिक्त करते हैं-

(2) सौर्यिक विकिरण का परिवहन सूर्य के पृथ्वी की सतह तक सौर्यिक विकिरण के परिवहन को वायुमण्डल बड़े पैमाने पर प्रभावित करता है। क्योंकि सौर्यिक विद्युतचुम्बकीय विकिरण या प्रवेशी लघु तरंग सौर्यिक विकिरण (Incoming Shortwave Solar Radiation) को वायुमण्डल की मोटी परत से होकर गुजरना पड़ता है। वायुमण्डल से होकर गुजरते सौर्यिक विकिरण के कुछ भाग का वायुमण्डल की कुछ गैसों (यथा-ओजोन) द्वारा **अवशोषण** (Absorption) कर लिया जाता है, कुछ भाग का **परावर्तन** (Reflection) हो जाता है, कुछ भाग का प्रकीर्णन (Scattering) हो जाता है तथा शेष भाग पृथ्वी की सतह पर पहुंचता है।

यदि सूर्य की पृथ्वी की ओर विर्कीण समस्त ऊर्जा (जो सूर्य की वाह्य सतह से विकीर्ण समस्त ऊर्जा का 1/2 अरबवां भाग है) को 100 प्रतिशत के रूप में लिया जाय तो इसके 14 प्रतिशत भाग का वायुमण्डलीय गैसें (परिवर्तन मण्डल में ओजोन गैस ; कुछ सीमा तक कार्बन डाइआक्साइड तथा आक्सीजन), जलवाष्प तथा धुंध (Haze) अवशोषण कर लेते हैं। प्रवेशी सौर्यिक विद्युत चुम्बकीय विकिरण के 23 प्रतिशत भाग का धूलिकणों तथा धुंध द्वारा वायुमण्डल में प्रर्कीणन (बिखराव) हो जाता है। इस प्रकीर्णन ऊर्जा का 6 प्रतिशत भाग शून्य में वापस चला जाता है तथा शेष 17 प्रतिशत भाग धरातल पर पहुंच जाता है। ज्ञातव्य है कि प्रकीर्णन की प्रक्रिया (Process of Scattering) वयरणात्मक/ चयनात्मक (Selective) होती है। वास्तव में प्रवेशी सौर्यिक विकिरण का प्रकीर्णन तभी सम्भव होता है जबकि वायु में लटके धूलिकणों तथा वायुमण्डलीय गैसों के अणुओं की व्यास सौर्यिक विकिरण तरंगों से छोटी होती है। प्रवेशी सौर्यिक विकिरण की नीली तंरगों का लाल तरंगों की अपेक्षा अधिक प्रकीर्णन होता है। इसी कारण से आकाश नीले रंग का दिखाई पड़ता है। इसी तरह प्रातः काल ऊषमा की लालिमा एवं सूर्यास्त के समय की लालिमा सौर्यिक विकिरण की कुछ तंरगों की ऊर्जा के प्रकीर्णन का ही परिणाम है।

वायुमण्डलीय जलवाष्प तथा धुंध द्वारा प्रवेशी सौर्यिक विकिरण का अवशोषण भी चयनात्मक होता है। 0.02 माइक्रान से 0.29 माइक्रान लम्बी सौर्यिक विकिरण तरंगों का आक्सीजन तथा ओजोन गैसों द्वारा अवशोषण हो जाता है। ओजोन गैस

1000 से 4000 एंगस्ट्राम लम्बी पराबैगनी तंरगों का अवशोषण कर लेती हैं, परिणामस्वरूप पराबैगनी किरणें पृथ्वी की सतह तक नहीं पहुंच पाती हैं। जलवाष्प 0.9 माइक्रान से 2.1 माइक्रान लम्बी सौर्यिक विकिरण तरंगों का अवशोषण कर लेती है।

जब धूलिकणों एवं जलवाष्प के अणुओं की व्यास प्रवेशी सौर्यिक विकिरण की लम्बाई से अधिक होती है तो ऐसी सौर्यिक विकिरण तरंगों का **प्रकीर्णन** हो जाता है जिसे **विसरित परावर्तन** (Dilffuse Reflection) कहते हैं। इस प्रक्रिया के कारण सौर्यिक विकिरण का कुछ भाग शून्य में वापस चला जाता है (6 प्रतिशत) तथा कुछ भाग (सकल सौर्यिक विकिरण का 17 प्रतिशत) निचले वायुमण्डल में वर्तमान रहता है। निचले वायुमण्डल में **विसरित** एवं **प्रकीर्ण सौर्यिक ऊर्जा** की उपस्थिति के कारण रात में भी दिखाई पड़ता है। इस विसरित एवं प्रकीर्ण ऊर्जा का कुछ भाग पृथ्वी की सतह पर भी पहुंच जाता है। इस ऊर्जा को विसरित नीला प्रकाश (Diffuse Blue Light) या विसरित दिव्य प्रकाश (Diffuse Day Light) कहते हैं। प्रवेशी सौर्यिक विकिरण के कुछ भाग (29 प्रतिशत) का शून्य में **परावर्तन** हो जाता है। परावर्तन की यह क्रिया आकाश में स्थित उच्च बादलों (सकल ऊर्जा के 17 प्रतिशत भाग का) तथा धरातल (सकल ऊर्जा के 17 प्रतिशत भाग का) तथा धरातल (सकल सौर्यिक ऊर्जा के 2 प्रतिशत भाग का) द्वारा सम्पादित होती है। इसकी सतह से प्रवेशी विकीर्ण ऊर्जा के शून्य में परावर्तित समानुपात/ अनुपात को काशानुपात या अलबिदो (Albedo) कहते हैं। पृथ्वी तथा उसके वायुमण्डल के सकल अलबिदो के आकलन एवं मापन के लिए कई लोगों द्वारा प्रयास किये गये हैं। इन स्त्रोतों से प्राप्त आंकड़ों के अनुसार पृथ्वी की सतह तथा वायुमण्डल का अलबिदो 29 से 34 प्रतिशत के मध्य ठहरता है। इस अलबिदो के अन्तर्गत निम्न स्त्रोतों से परावर्तित ऊर्जा को सम्मिलित करते हैं-

(i) धूलिकणों तथा जलवाष्प के अणुओं द्वारा विसरित परावर्तन,

(ii) बादलों द्वारा परावर्तन तथा

(iii) पृथ्वी की सतह से परावर्तन।

अन्य ग्रहों के अलबिदो का भी आकलन किया गया है- चन्द्रमा- 7%, बुध-6%, मंगल-16%, शुक्र-76%, अन्य बाह्य ग्रहों का अलबिदो 73% से 94% के बीच बताया गया है। ज्ञातव्य है कि अवशोषण, प्रकीर्णन तथा परावर्तन की प्रक्रियायें उतनी सरल नहीं है जैसा कि ऊपर व्यक्त किया गया है, वरन् ये अत्यन्त जटिल है।

(3) *पृथ्वी तथा वायुमण्डल का विश्वस्तरीय ऊष्मा सन्तुलन* "पृथ्वी की क्षैतिज सतह पर पहुंचने वाले सकल सौर्यिक विकिरण को **विश्वस्तरीय** या

विश्वव्यापी विकिरण (Global Radiation) कहते हैं। इसके अन्तर्गत सूर्य से प्रत्यक्ष लघु तंरग विकिरण तथा वायुमण्डल द्वारा प्रकीर्ण विसरित विकिरण (Scattered Diffuse Radiation) को सम्मिलित किया जाता है" (J.E. Hobbs, 1980)। विश्वव्यापी विकिरण या सूर्याताप की मात्रा में भूमध्य रेखा से ध्रुवों तक तथा एक मौसम से दूसरे मौसम में परिवर्तन होता रहता है। सूर्याताप का यह स्थानिक तथा कालिक परिवर्तन (Spatatial and Teınporal Variation) निम्न कारणों से होता है-

(i) दिन तथा रात्रि की अवधि,
(ii) सूर्य की किरणों का कोण (सापेक्ष तिरक्षापन),
(iii) सूर्य तथा पृथ्वी के बीच परिवर्तनशील दूरियां,
(iv) पृथ्वी की अक्ष (Axis) का झुकाव,
(v) सौर्य कलंक (Sum Spots) तथा
(vi) वायुमण्डल के प्रभाव (यथा-अवशोषण, प्रकींणन तथा परावर्तन)।

सामान्य रूप में यह विश्वास किया जाता है कि पृथ्वी की सतह तथा वायुमण्डल द्वारा प्रवेशी लघु तरंग सौर्यिक विकिरण की प्राप्त मात्रा तथा बहिर्गामी दीर्घ तरंग पार्थिव विकिरण एवं वायुमण्डल द्वारा क्षय होने वाली ऊष्मा की मात्रा में सन्तुलन होता है। ज्ञातव्य है कि सूर्य से पृथ्वी की ओर होने वाले विकिरण को **प्रवेशी लघु तंरग सौर्यिक विकिरण** (Incoming Shortwave Radiation) कहते हैं। पृथ्वी की सतह पर प्राप्त सौर्यिक ऊर्जा का ऊष्मा में परिवर्तन होता है जिस कारण पृथ्वी की सतह गर्म होने लगती है। इस प्रकार सूर्य से ऊर्जा प्राप्त करने के बाद पृथ्वी भी ऊर्जा का विकिरण करना प्रारम्भ कर देती है ताकि धरातल पर ऊष्मा का लगातार संचयन न हो सके। सौर्यिक विकिरण के विपरीत पार्थिव (पृथ्वी से) विकिरण दीर्घ तरंग में होता है। इस पार्थिव विकिरण को **बहिर्गामी दीर्घ तंरग पार्थिव विकिरण** (Outgoing Longwave Terrestrial Radition) कहते हैं। इसी पार्थिव विकिरण द्वारा वायुमण्डल का निचला भाग गरम होता है। इस पार्थिव विकिरण को **प्रभावी विकिरण** (Effective Radiation) भी कहते हैं। पृथ्वी पर विश्वव्यापी विकिरण/ऊष्मा सन्तुलन की व्याख्या के लिए जी.टी. ट्रीवार्था के अनुमानित आंकड़ों का प्रयोग किया गया है।

(अ) **प्रवेशी लघु तरंग सौर्यिक विकिरण :** पृथ्वी अपनी सकल ऊर्जा का अधिकांश भाग सूर्य से लघु तरंग सौर्यिक विकिरण के माध्यम से प्राप्त करती है। सूर्य के बाह्य सतह (प्रकाशमण्डल-Photosphere) से जितनी ऊर्जा विकीर्ण होती है उसका 1/2 अरबवां भाग ही पृथ्वी की ओर अग्रसर

होता है। यह स्वल्प मात्रा भी 23 ट्रिलियन (23,000,000,000,000) अश्व शक्ति के बराबर होती है। इस मात्रा को 100 प्रतिशत के रूप में लिया जा रहा है। इस मात्रा को 100 प्रतिशत के रूप में लिया जा रहा है। इस तरह पृथ्वी के वायुमण्डल में प्रवेश करने वाले सौर्यिक विकिरण का 35 प्रतिशत भाग विभिन्न प्रक्रियाओं द्वारा शून्य में वापस चला जाता है (27 प्रतिशत भाग का बादलों द्वारा परावर्तन हो जाता है, 2 प्रतिशत का पृथ्वी की सतह से परावर्तन हो जाता है तथा 6 प्रतिशत ऊर्जा की धूलिकणों, जलवाष्प के अणुओं आदि द्वारा प्रकीर्णन द्वारा शून्य में वापसी हो जाती हैं), 51 प्रतिशत भाग पृथ्वी की सतह पर प्राप्त किया जाता है (17 प्रतिशत विसरित दिवा प्रकाश के रूप में तथा 34 प्रतिशत प्रत्यक्ष विकिरण के रूप में) तथा 14 प्रतिशत भाग का वायुमण्डल की विभिन्न गैसों तथा जलवाष्प द्वारा अवशोषण कर लिया जाता है (चित्र 5.7)।

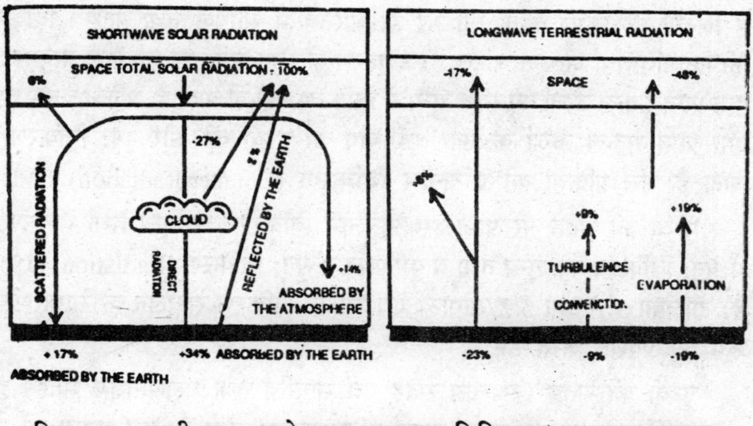

चित्र 5.7 : पृथ्वी तथा उसके वायुमण्डल का विकिरण तथा ऊष्मा सन्तुलन।

(ब) **बहिर्गामी दीर्घ तरंग पार्थिव विकिरण :** सूर्य से ऊर्जा प्राप्त करने के बाद पृथ्वी भी अपनी बाह्य सतह से दीर्घ तरंगों के माध्यम से ऊर्जा का वायुमण्डल में विकिरण करती है। ज्ञातव्य है कि पृथ्वी सूर्य से 51 प्रतिशत ऊर्जा प्राप्त करती है। इस 51 प्रतिशत ऊर्जा में से 23 प्रतिशत ऊर्जा का धरातल से दीर्घ तरंग के रूप में विकरण हो जाता है, इसका 17 प्रतिशत भाग सीधे शून्य में वापस चला जाता है तथा 6 प्रतिशत भाग **प्रभावी विकिरण** के रूप में वायुमण्डल को गर्म करता है। धरातल से 9 प्रतिशत ऊर्जा **विक्षोभ** (Turbulence) तथा सवंहन (Convection) में खर्च हो जाती है तथा शेष 19 प्रतिशत ऊर्जा वाष्पीकरण में खर्च हो जाती है। इस

तरह धरातल से 51 प्रतिशत ऊष्मा विकिरण द्वारा वापस हो जाती है, जिस कारण पृथ्वी की सतह पर **प्रवेशी सौर्यिक विकिरण** द्वारा प्राप्त ऊष्मा (51%) तथा **बहिर्गामी पार्थिव विकिरण** द्वारा खर्च ऊष्मा (51%) की मात्रायें समान हो जाती हैं, जिससे धरातल पर ऊष्मा सन्तुलन बना रहता है।

वायुमण्डल कुल 48% ऊष्मा प्राप्त करता है–14 प्रतिशत प्रवेशी सौर्यिक विकिरण से (अवशोषण द्वारा), 6 प्रतिशत **प्रभावी विकिरण** (Effective Radiation) से, 9 प्रतिशत विक्षोभ तथा संवहन से एवं 19 प्रतिशत **संघनन की गुप्त ऊष्मा** (Latent Heat of Condensation) से। इस तरह वायुमण्डल 14 प्रतिशत ऊष्मा सूर्य से तथा 34 प्रतिशत ऊष्मा पृथ्वी से प्राप्त करता है। इस समस्त ऊष्मा का किसी रूप में वायुमण्डल से शून्य में पुनः विकिरण हो जाता है।

ज्ञातव्य है कि सौर्यिक तथा पार्थिव विकिरण की प्रक्रिया उतनी सरल नहीं है जितनी कि ऊपर व्यक्त की गई है। वास्तव में सौर्यिक तथा पार्थिव विकिरण की क्रियाविधियां अत्यन्त जटिल हैं। उदाहरण के लिए सूर्य तथा पृथ्वी से वायुमण्डल द्वारा प्राप्त सकल ऊर्जा का सीधे शून्य में विकिरण नहीं हो पाता है, बल्कि वायुमण्डल द्वारा प्राप्त सकल ऊर्जा के एक बड़े भाग का पृथ्वी की ओर पुनः विकिरण हो जाता है। इस प्रक्रिया को **प्रतिलोम विकिरण** (Counter Radiation) कहते हैं।

पृथ्वी की सतह पर प्राप्त इस प्रतिलोम विकिरण का शून्य तथा वायुमण्डल में पुनः विकिरण का शून्य तथा वायुमण्डल में पुनः विकिरण (Radiation) हो जाता है। तालिका 5.1 तथा 5.2 सामान्य एवं जटिल विकिरण सन्तुलन के साधारणीकृत रूप का प्रदर्शन करते हैं–

पृथ्वी की सतह (स्थलीय सतह एवं सागरीय तथा महासागरीय सतह) द्वारा प्राप्त सौर्यिक ऊर्जा का ऊष्मा ऊर्जा में रूपान्तरण होता है। इस ऊष्मा को **ज्ञेय ऊष्मा** (Sensible Heat) कहते हैं। इस ऊष्मा का थर्मामीटर द्वारा मापन किया जा सकता है। इस ऊष्मा का भूतल पर अस्थायी भण्डारण होता है। भूतल पर भण्डारित इस ऊष्मा का स्थलीय तथा सागरीय सतहों से दीर्घ तरंग के रूप में वायुमण्डल में विकिरण हो जाता है। पृथ्वी से होने वाली विकिरण की इस प्रक्रिया को **धरातलीय विकिरण** (Ground Radition) कहते हैं। इस धरातलीय विकिरण का वायुमण्डल अवशोषण करता है तथा वायुमण्डल से इस अवशोषित ऊर्जा के कुछ भाग का पृथ्वी की ओर पुनः विकिरण (Reradiation) हो जाता है। इस प्रक्रिया को **प्रतिलोम विकिरण** (Counter Radiation) कहते हैं। प्रतिलोम विकिरण मुख्य रूप से जलवाष्प तथा वायुमण्डलीय कार्बन डाइआक्साइड द्वारा सम्पन्न होता है।

तालिका 5.1 : पृथ्वी तथा वायुमण्डल का विश्वव्यापी विकिरण/ऊष्मा सन्तुलन

प्रवेशी लघु तरंग सौर्यिक विकिरण	प्रतिशत
वायुमण्डल के ऊपरी भाग पर विकिरण की सकल मात्रा	100
(अ) वायुमण्डल से होकर गमन करते समय सौर्यिक विकिरण की लुप्त मात्रा	
(i) बादलों से परावर्तित- 27%	
(ii) भूतल से परावर्तित-02%	35
(iii) धूलिकणों तथा जलवाष्प द्वारा प्रकीर्ण विकिरण तथा उसकी शून्य में वापसी-06%	
सौर्यिक विकिरण की शेष मात्रा जो वायुमण्डल तथा पृथ्वी को सुलभ होती है	65
(ब) पार्थिव ऊष्मा बजट (भूतल द्वारा सौर्यिक विकिरण की प्राप्ति)	
(i) प्रत्यक्ष विकिरण द्वारा प्राप्त-14%	
(ii) विसरित दिव्य प्रकाश द्वारा प्राप्त -17%	51
(स) वायुमण्डलीय ऊष्मा बजट (वायुमण्डल द्वारा प्राप्त ऊष्मा)	
(i) प्रवेशी सौर्यिक विकिरण के अवशोषण से प्राप्त ऊष्मा-14%	
(ii) बहिर्गामी पार्थिव विकिरण से प्राप्त ऊष्मा-34%	48

बहिर्गामी दीर्घ तरंग पार्थिव विकिरण तथा पृथ्वी का ऊष्मा सन्तुलन

प्राप्त ऊर्जा (Energy gained)	लुप्त ऊर्जा (Lost energy)
(i) प्रत्यक्ष	(i) पार्थिव विकिरण से खर्च ऊर्जा = 23%
(ii) विसरित दिव्य प्रकाश से = 17%	(ii) संवहन तथा विक्षोभ के समय खर्च ऊर्जा= 9%
सकल प्राप्त ऊर्जा = 51%	(iii) वाष्पीकरण के समय खर्च ऊर्जा = 19%
	सकल लुप्त ऊर्जा = 51%

वायुमण्डल का ऊष्मा सन्तुलन

प्राप्त ऊर्जा	लुप्त ऊर्जा
(i) प्रवेशी सौर्यिक विकिरण के अवशोषण से प्राप्त ऊर्जा = 14%	वायुमण्डल से शून्य में पुनः विकिरण = 48%
(ii) पृथ्वी से हुए प्रभावी विकिरण से प्राप्त ऊर्जा = 6%	
(iii) संवहन तथा विक्षोभ से प्राप्त ऊर्जा = 9%	
(iv) संघनन की गुप्त ऊष्मा से प्राप्त ऊर्जा = 19%	
सकल प्राप्त ऊर्जा = 48%	सकल लुप्त ऊर्जा = 48%

तालिका 5.2 : विश्वव्यापी विकिरण/ऊष्मा सन्तुलन

प्रवेशी सौर्यिक विकिरण	प्रतिशत
वायुमण्डल के ऊपरी भाग पर प्राप्त होने वाली सकल ऊर्जा (यह मात्रा 263 किलोऐन्जली प्रतिवर्ष होती है)	100
(i) प्रकीर्णन द्वारा शून्य मे परावर्तन = 5%	
(ii) बादलों से शून्य मे परावर्तन = 21%	
(iii) पृथ्वी की सतह से सीधा परावर्तन = 6%	
योग = 32% पृथ्वी-वायुमण्डल तंत्र से होने वाला सकल परावर्तन (पृथ्वी का अलबिदो)	32
(i) अणु, धूल, जलवाष्प, कार्बन डाइआक्साइड, बादल आदि द्वारा अवशोषित ऊर्जा की मात्रा =18%	
(ii) पृथ्वी की सतह से अवशोषित ऊर्जा की मात्रा = 50%	
योग = 68%	
पृथ्वी-वायुमण्डलीय तंत्र द्वारा अवशोषित सकल ऊर्जा अवशोषण तथा परावर्तन (68% + 32%) का योग	68
बहिर्गामी दीर्घ तरंग पार्थिव विकिरण	**प्रतिशत**
(अ) पृथ्वी का विकिरण/ऊष्मा सन्तुलन	
(i) भूतल से ऊष्मा की शून्य में प्रत्यक्ष वापसी = 8%	
(ii) भूतल से वायुमण्डल में ऊष्मा का गमन = 90%	
भूतल से ऊष्मा का सकल क्षय (i + ii) = 98%	
(iii) वायुमण्डल से प्रतिलोम विकिरण द्वारा पृथ्वी को प्राप्त ऊष्मा = 77% पृथ्वी की सतह से होने वाला शुद्ध बहिगामी विकिरण (98% -77% =21%) = 21%	
(ब) वायुमण्डल का विकिरण/ऊष्मा सन्तुलन	
(i) भूतल से विकिरण द्वारा प्राप्त ऊर्जा = 13%	
(ii) सौर्यिक लघु तरंग विकिरण से सीधे अवशोषण द्वारा प्राप्त ऊर्जा = 18%	

(iii) संघनन की गुप्त ऊष्मा के स्थानान्तरण से प्राप्त ऊर्जा = 20%	
(iv) यांत्रिक ऊष्मा-स्थानान्तरण से प्राप्त ऊर्जा = 9%	
वायुमण्डल द्वारा प्राप्त सकल ऊर्जा (i + ii + iii + iv) = 60 %	
(a) वायुमण्डल से शून्य में विकिरण की जाने वाली ऊर्जा	60
(b) पृथ्वी की सतह से शून्य में सीधा विकिरण	8
ग्राहीय पृथ्वी से शून्य में विकीर्ण सकल ऊर्जा (a + b)	68

स्रोतः W. D. (1965)।

इस क्रियाविधि को **हरितगृह प्रभाव** (Greenhouse Effect) कहते हैं क्योंकि इसके द्वारा वायुमण्डल का निचला भाग तथा भूतल अपेक्षाकृत गरम बना रहता है।

स्पष्ट है कि वायुमण्डल काच की खिड़की के समान व्यवहार करता है क्योंकि वह प्रवेशी लघु तरंग सौर्यिक विद्युतचुम्बकीय विकिरण तरंगों को पृथ्वी की ओर तो आने देता है परन्तु बहिर्गामी दीर्घ तरंग विकिरण को बाहर जाने से रोकता है। स्पष्ट है कि यदि वायुमण्डल में कार्बन डाइआक्साइड में वृद्धि होगी तो **हरितगृह प्रभाव** में भी वृद्धि होगी जिस कारण पृथ्वी की सतह तथा निचले वायुमण्डल का तापमान बढ़ेगा। ज्ञातव्य है कि कार्बन डाइआक्साइड (CO_2) दीर्घ तरंग पार्थिव विकिरण का अवशोषण भी करती है तथा पृथ्वी की सतह एवं निचले वायुमण्डल को गरम करती है।

जलवाष्प प्रवेशी लघु तरंग सौर्यिक विकिरण तथा बहिर्गामी दीर्घ तरंग पार्थिव विकिरण दोनों का अवशोषण करती है। ज्ञातव्य है कि जलवाष्प का 90 प्रतिशत भाग मात्र 5 किलोमीटर की ऊंचाई तक ही सान्द्रित है) निचले वायुमण्डल में ही निहित होता है, परिणामस्वरूप, ऊंचाई के साथ-साथ प्रवेशी तथा बहिर्गामी दोनों विकिरण बढ़ता जाता है। इसी कारण से उच्च पर्वतों को **विकिरण खिड़की** (Radiation Window) कहते हैं। पुनश्च, जलवाष्प तथा CO_2 सभी तरंग लम्बाईयों (Wavelengths) की समस्त विकिरण तरंगों का अवशोषण नहीं करती है। वास्तव में जलवाष्प 3.2 माइक्रान से 4.3 माइक्रान एवं CO_2 8.5 माइक्रान से 11.0 माइक्रान तरंग लम्बाई वाली विकिरण तरंगों का अवशोषण नहीं करती है। इस कारण से जलवाष्प तथा CO_2 को भी **विकिरण खिड़की** कहा जाता है क्योंकि ये पार्थिव विकिरण की कुछ तरंगों को शून्य में जाने से नहीं रोकती हैं।

(4) *शुद्ध विकिरण तथा ऊर्जा सन्तुलन (Net Radiation and Energy Balance)* : ए. एन. स्टालर के शब्दों में 'लघु तरंग' तथा दीर्घ तरंग

विकिरण द्वारा प्राप्त समस्त सौर्यिक ऊर्जा तथा समस्त बहिर्गामी पार्थिव ऊर्जा के अन्तर को **शुद्ध विकिरण** (Net Radiation) कहते हैं (A.N. Strahler, 1978)। उपर्युक्त विवरणों (तालिका 5.1तथा 5.2) से यह स्पष्ट है कि कम से क़म सैद्धान्तिक रूप में समस्त ग्लोब का शुद्ध विकिरण शून्य होता है परन्तु यदि हम सूर्याताप के प्रादेशिक वितरण प्रारूप पर दृष्टिपात करें तो यह कथन वास्तविकता से कोसों दूर है। ग्लोब पर कई स्थान ऐसे हैं जहां पर प्राप्त ऊर्जा लुप्त ऊर्जा (Lost Energy) से अधिक होती है क्योंकि पृथ्वी से लुप्त होने वाली ऊर्जा की रफ्तार से सौर्यिक ऊर्जा के प्राप्त होने की रफ्तार अधिक होती है।

इसके विपरीत कुछ स्थानों में पार्थिव विकिरण द्वारा ऊर्जा के लुप्त होने की रफ्तार प्रवेशी सौर्यिक विकिरण से ऊर्जा की प्राप्ति की रफ्तार से अधिक होती है। इस प्रक्रिया के कारण ग्लोब पर **ऊर्जा आधिक्य क्षेत्रों** (Energy Surplus Areas) (जहां पर प्रवेशी सौर्यिक विकिरण बहिर्गामी पार्थिव विकिरण से अधिक होता है) तथा **ऊर्जा न्यूनता क्षेत्रों** (Energy Deficit Areas) (जहां पर वहिर्गामी पार्थिव विकिरण प्रवेशी सौर्यिक विकिरण से अधिक होता है) का आविर्भाव होता है।

ऊर्जा आधिक्य एवं ऊर्जा न्यूनता के क्षेत्रों का अभिनिर्धारण एवं अध्ययन दो स्तरों पर किया जा सकता है–

(1) भूतल पर तथा

(2) वायुमण्डल में।

ज्ञातव्य है कि इन दोनों में अक्षांश मुख्य आधार होता है।

(1) भूतल पर भूमध्य रेखा से ध्रुवों तक **शुद्ध विकिरण** (Net Radiation) के स्थानिक वितरण पर दृष्टिपात करने से निम्न तथ्य सामने आते हैं–

(अ) 20° उत्तरी तथा 20° दक्षिणी अक्षांशों के मध्य एक विस्तृत **ऊर्जा आधिक्य क्षेत्र** है जहां प्रवेशी सौर्यिक विकिरण से प्राप्त ऊर्जा बहिर्गामी पार्थिव विकिरण द्वारा लुप्त ऊर्जा से अधिक होती है। इस क्षेत्र में वार्षिक ऊर्जा आधिक्य (Annual Surplus Energy) 100 किलो ऐंजली (100 Kly/year) होती है।

(ब) उपर्युक्त निम्न अक्षांशीय ऊर्जा आधिक्य क्षेत्र से मध्य अक्षांशों की ओर शुद्ध विकिरण तेजी से घटता जाता है।

(स) दोनों गोलार्द्धों में 70° अक्षांश के पास नेट विकिरण शून्य हो जाता है।

(द) ध्रुवीय क्षेत्र सर्वदा ऊर्जा न्यूनता वाले क्षेत्र होते हैं।

(2) वायुमण्डल में नेट विकिरण के अक्षांशीय वितरण से यह प्रकट होता है कि वायुमण्डल प्रत्येक अक्षांश पर नेट विकिरण की दृष्टि से घाटे में रहता है" (J.E. Hobbs, 1980) अर्थात् वायुमण्डल में भूमध्य रेखा से ध्रुवों की ओर हर जगह ऊर्जा की न्यूनता (Energy Deficit) होती है। इस तरह वायुमण्डल में सर्वदा ऊर्जा की न्यूनता रहती है। यहां पर ऊर्जा की न्यूनता सदा-60 किलोऐंजली प्रतिवर्ष से अधिक होती है। यदि भूतल एवं वायुमण्डल दोनों के नेट विकिरण को सम्मिलित रूप में लिया जाय तो पृथ्वी-वायुमण्डल तंत्र के संयुक्त नेट विकिरण का आकलन किया जा सकता है। पृथ्वी एवं वायुमण्डल के नेट विकिरण के संयुक्त आंकड़ों के आधार पर निम्न **ऊर्जा मण्डलों** का निर्धारण किया गया है-

(i) 40° उ. एवं 30° द. अक्षांशों के मध्य स्थित **विकिरण आधिक्य/ ऊर्जा आधिक्य** का विस्तृत क्षेत्र;

(ii) उत्तरी गोलार्द्ध में विकिरण न्यूनता/ऊर्जा न्यूनता का उच्च अक्षांशीय क्षेत्र तथा

(iii) दक्षिणी गोलार्द्ध में विकिरण न्यूनता का उच्च अक्षांशीय क्षेत्र (A. N. Strahler, 1978)।

उपर्युक्त विवरण से यह विदित होता है कि 'ऊष्मा का दो तरफा स्थानान्तरण होना चाहिए; भूतल से वायुमण्डल की ओर तथा भूमध्य रेखा से ध्रुवों की ओर' (J.E. Hobbs, 1980)। यह प्रक्रिया सम्भव हो सकती है यदि भूतल से वायुमण्डल में तथा उष्ण एवं उपोष्ण कटिबन्धीय (निम्न अक्षांशीय) (ध्रुवीय) ऊर्जा न्यूनता के क्षेत्रों में ऊष्मा का परिवहन हो। भूमध्य रेखा से ध्रुवों की ओर ऊष्मा के परिवहन की प्रक्रिया को **ऊष्मा का देशान्तरीय परिवहन** कहा जाता है।

ऊष्मा का यह देशान्तरीय परिवहन **ज्ञेय ऊष्मा** (Sensible Heat) के रूप में वायुमण्डलीय संचार (हवायें) तथाा महासागरीय धाराओं द्वारा सम्पन्न होता है जिसके अन्तर्गत उष्ण एवं उपोष्ण कटिबन्धीय ऊर्जा आधिक्य क्षेत्रों से ज्ञेय ऊष्मा का उच्च अक्षांशीय ऊर्जा न्यूनता के क्षेत्रों की ओर परिवहन होता है। ज्ञेय ऊष्मा के रूप में ऊष्मा का वायुमण्डल में ऊर्ध्वाधर/ लम्बवत् (Vertical) परिवहन ऊपर उठती हवाओं तथा गुप्त ऊष्मा (Latent Heat) द्वारा सम्पन्न होता है। तालिका 5.3 में वार्षिक देशान्तरीय ऊष्मा परिवहन को दर्शाया गया है।

तालिका 5.3 : वार्षिक देशान्तरीय ऊष्मा का परिवहन

अक्षांश (उत्तरी गोलार्द्ध)	ऊष्मा का परिवहन (किलो कैलरी प्रतिवर्ष × 10^9)	अक्षांश (उत्तरी गोलार्द्ध)	ऊष्मा का परिवहन (किलो कैलरी प्रतिवर्ष × 10^9
90	0.00	40	3.91
80	0.35	30	3.59
70	1.25	20	2.54
60	2.40	10	1.21
50	340	0 (भूमध्य रेखा)	−0.26

स्रोत : W. D. Sellers, 1965।

(5) *विकिरण/ऊष्मा सन्तुलन पर मानव का प्रभाव* : जैविक समुदायों (पौधे, जन्तु, सूक्ष्म जीव तथा मानव) के लिए विकिरण/ऊष्मा सन्तुलन का अत्यन्त महत्व होता है। विकिरण सन्तुलन में होने वाले परिवर्तनों को दो वर्गों में रखा जाता है–

(1) प्राकृतिक परिवर्तन तथा

(2) मानव-जनित परिवर्तन।

विश्वव्यापी विकिरण/ऊष्मा सन्तुलन में प्राकृतिक परिवर्तन निम्न कारणों से होता है–

(1) सौर्य स्थिरांक (Solar Constant) में कालिक (सामयिक) परिवर्तन;

(2) ज्वालामुखी उद्‌भेदन के कारण असीमित मात्रा में धूल, राख आदि के वायुमण्डल में पहुंचने के कारण वायुमण्डल की पारदर्शकता में परिवर्तन (ज्ञातव्य है कि वायुमण्डल में ज्वालामुखी धूल की अधिकता के कारण प्रवेशी लघु तरंग सौर्यिक विकिरण की कम मात्रा पृथ्वी तक पहुंच पाती है);

(3) प्लेट विवर्तनिकी की क्रियाविधि के अन्तर्गत महाद्वीपों तथा महासागरीय द्रोणियों में ध्रुवों के सन्दर्भ में गतिशीलता के कारण जलवायु में विश्वव्यापी परिवर्तन। अर्थात् महाद्वीपीय प्रवाह के कारण जलवायु में विश्वस्तर पर परिवर्तन। विश्वस्तर पर विकिरण या ऊष्मा सन्तुलन में इन प्राकृतिक परिवर्तनों के अलावा मनुष्य भी ऊष्मा सन्तुलन, मौसम तथा जलवायु में स्थानीय, प्रादेशिक तथा विश्वस्तरों पर परिवर्तन करने में समर्थ हो गया है तथा परिवर्तन कर भी रहा है। मनुष्य निम्न रूपों में विभिन्न स्तरों पर विकिरण या ऊष्मा सन्तुलन में परिवर्तन कर सकता है तथा कर भी रहा है।

(अ) स्थानीय स्तर पर परिवर्तन

मनुष्य ने बढ़ते नगरीकरण तथा औद्योगीकरण की प्रक्रियाओं द्वारा विकिरण सन्तुलन तथा मौसम को स्थानीय स्तर पर बड़े पैमाने पर प्रभावित, परिवर्तित तथा रूपान्तरित किया है। नगरीकरण में वृद्धि के कारण अधिक से अधिक धरातलीय सतह को पक्की सतह में परिवर्तित कर दिया जाता है जिस कारण विकिरण प्रारूप में कई तरह के परिवर्तन होने लगते हैं यथा-

(i) धरातलीय सतह की तापीय दशाओं में परिवर्तन हो जाता है;

(ii) सतह की अलबिदो (परावर्तन)कम हो जाता है;

(iii) सतह की वायुगतिकी (Aerodynamics) की विशेषताओं में परिवर्तन हो जाता है;

(iv) पवन-संचार के प्रारूप में परिवर्तन हो जाता है;

(v) वायु की गति कम हो जाती है;

(vi) सतह पर प्राप्त होने वाले सकल सूर्याताप की मात्रा में कमी हो जाती है;

(vii) औसत वार्षिक तापमान में वृद्धि हो जाती है तथा

(viii) प्रमुख नगरों में मध्य में **ऊष्मा द्वीप** (Heat Island), निचले वायुमण्डल में **प्रदूषण गुम्बद** (Pollution dome) नगरों के ऊपर) आदि का निर्माण हो जाता है। औद्योगिक क्षेत्रों से कारखानों की चिमनियों (जिन्हें **मानव ज्वालामुखी** कहा जाता है) से भारी मात्रा में निकली धूप तथा विभिन्न प्रकार की गैसों के कारण वायुमण्डल के निचले भाग में स्थानीय स्तर पर भारी परिवर्तन होते हैं। औद्योगिक स्तर पर विकसित देशों के औद्योगिक प्रदेशों में स्थित कई उद्योगों के कारण ऊष्मा सन्तुलन में होने वाला स्थानीय परिवर्तन विस्तृत होकर प्रादेशिक प्रारूप प्राप्त कर लेता है।

ब्रुडापेस्ट (हंगरी) तथा हैमिल्टन (औण्टारियो, कनाडा) नगरों के उदाहरणों के माध्यम से नगरीकरण एवं औद्योगीकरण के फलस्वरूप विकिरण/ऊष्मा सन्तुलन में स्थानीय स्तर पर होने वाले परिवर्तनों को समझा जा सकता है। D. Greenland (1981) के अध्ययन के अनुसार बुडापेस्ट नगर के मध्य में औसत वार्षिक सूर्याताप में 7 से 8 प्रतिशत तक कमी हो जाती है जबकि F. Probald (1972) के अनुसार शरद काल (नवम्बर से मार्च) में नगर के ऊपर स्थित प्रदूषित हवा की स्थिति के कारण प्रवेशी सौर्यिक विकिरण में 15 प्रतिशत या उससे अधिक ह्रास हो जाता है। नगर का अत्यधिक विस्तार होने तथा विस्तृत धरातलीय सतह को पक्का बना देने से नगरीय क्षेत्र का अलबिदो (Albedo) अत्यधिक कम हो गया है। ज्ञातव्य

है कि इस घटे हुए अलबिदो के कारण सूर्याताप की कमी की भरपाई (स्थानापूर्ति-Compensation) हो जाती है। दूसरे शब्दों में, नगरीय प्रभाव के कारण बुडापेस्ट नगर में सतह पर सामान्य से कम सूर्याताप प्राप्त होता है परन्तु पक्की सतह के कारण सौर्यिक विकिरण का सतह से कम परावर्तन (न्यून अलबिदो) होता है, अत: सतह से ऊष्मा का लोप कम होता है, परिणामस्वरूप तापमान अधिक होने से नगर केन्द्र में ऊष्मा द्वीप बन जाता है (नगर केन्द्र से तापमान बाहर की ओर घटता जाता है)। बुडापेस्ट नगर के अध्ययन से यह भी ज्ञात हुआ है कि नगर की सतह से होने वाले बहिर्गामी दीर्घतरंग विकिरण में वृद्धि हुई है परन्तु इस प्रक्रिया का प्रभाव नगण्य हो जाता है क्योंकि नगर के ऊपर कार्बन डाइआक्साइड के सान्द्रण के कारण **प्रतिलोम विकिरण** (Counter Radiation) के फलस्वरूप वायुमण्डल से धरातल की ओर होने वाले दीर्घ तरंग विकिरण में वृद्धि हो रही है। W. R. Rouse तथा J. G. McCutheon (1972) ने कनाडा के ओण्टारियो प्रान्त के हैमिल्टन नगर (औद्योगिक नगर) से भी ऐसी ही स्थितियों का हवाला दिया है। इन्होंने बताया है कि हैमिल्टन औद्योगिक नगर में प्रवेशी सौर्यिक विकिरण में 9 से 17 प्रतिशत तक ह्रास हुआ है जबकि निचले वायुमण्डल से नगर की सतह की ओर दीर्घ तरंग विकिरण या प्रतिलोम विकिरण में 11 प्रतिशत तक वृद्धि हुई है।

(ब) प्रादेशिक स्तर पर परिवर्तन

मनुष्य विकिरण या ऊष्मा सन्तुलन में प्रादेशिक स्तर पर परिवर्तन मौसम सुधार एवं मौसम परिवर्तन के कार्यक्रमों द्वारा करता है। इन कार्यक्रमों के अन्तर्गत निम्न को सम्मिलित किया जाता है-

(i) अधिक वर्षा प्राप्त करने के लिए कृत्रिम रूप से **मेघ बीजन** (Cloud Seeding) का कार्य।

(ii) उपलवृष्टि (ओला Hailstorms) का निवारण।

(iii) बादलों का विसरण (Dispersion) एवं विपथगमन (Diversion, कृत्रिम रूप से बादलों को स्थान विशेष के ऊपर से अन्यत्र भगाना)।

(iv) हिम-मण्डित सतह से Carbon-black Dust के इस्तेमाल से हिम को पिघलाना।

(v) वायुमण्डलीय तूफानों (चक्रवातों) के मार्ग को परिवर्तित करना आदि। भूमि उपयोग में परिवर्तन होने से विकिरण सन्तुलन में प्रादेशिक स्तर पर कई तरह के परिवर्तन होते हैं। SMIC (1971, Study of Man's Impact on Climate, Massachusetts, U.S. A) की रपट के अनुसार मनुष्य ने कृषि कार्यों के लिए पृथ्वी की स्थलीय सतह के 18 से 20 प्रतिशत भाग में

व्यापक परिवर्तन किया है। भूमि उपयोग में परिवर्तन, मुख्य रूप से वन विनाश द्वारा, होने से भूतल के अलबिदो (भूसतह से सौर्यिक विकिरण का परावर्तन) में परिवर्तन होता है। जिस कारण विकिरण में भी परिवर्तन होता है। SMIC (1971) की रपट के अनुसार कोणधारी वनों (जिसका अलबिदो 12 प्रतिशत है) या पर्णपाती वनों (जिसका अलबिदो 18 प्रतिशत है) का यदि कृषि क्षेत्रों (जिसका अलबिदो 20 प्रतिशत है) में विस्तार के लिये सफाया किया जाता है तो वनरहित सतह के अलबिदो में वृद्धि होती है (सौर्यिक विकिरण का परावर्तन अधिक होता है) जिस कारण वनविहीन सतह द्वरा सौर्यिक विकिरण के अवशोषण में ह्रास होता है। स्पष्ट है कि वन क्षेत्र में परिवर्तन के कारण उस क्षेत्र में नेट विकिरण में ह्रास होता है। मरुक्षेत्रों की तुलना में उसके समीप स्थित शुष्क प्रदेश में सिंचित क्षेत्र का अलबिदो 5 प्रतिशत कम हो जाता है।

विश्व स्तर के परिवर्तन : मानव-क्रियाकलापों द्वारा विकिरण या ऊष्मा सन्तुलन में विश्व स्तर पर निम्न रूपों में परिवर्तन होता है-

(i) कारखानों में हाइड्रोकार्बन ईंधनों (कोयला, खनिज तेल तथा प्राकृतिक गैस) के जलाये जाने से कार्बन डाइ आक्साइड निस्सृत होती है। इस CO_2 का वायुमण्डल में लगातार सान्द्रण होता जाता है। CO_2 धरातल से होने वाले बहिर्गामी दीर्घ तरंग को रोक उसे पुनः धरातल की ओर विकीर्ण कर देती है। (प्रतिलोम विकिरण), परिणामस्वरूप धरातल के तापमान में क्रमशः वृद्धि होती जाती है।

(ii) मानव स्रोतों से क्लोरोफ्लूरोकार्बन (CFCS) तथा नाइट्रोजन आक्साइड्स के वायुमण्डल में पहुंचने पर समताप मण्डलीय ओजोन गैस (O_3) में अल्पता होती है जिस कारण पराबैंगनी सौर्यिक विकिरण तरंगों के धरातल तक अधिक मात्रा में पहुंचने पर धरातल तथा निचले वायुमण्डल के तापमान में वृद्धि होती है, जिस कारण पृथ्वी एवं उसके वायुमण्डल के ऊष्मा सन्तुलन में परिवर्तन होता है।

उल्लेखनीय है कि मानव-क्रियाकलापों के विकिरण/ऊष्मा सन्तुलन पर पड़ने वाले प्रभाव इतने जटिल हैं कि निश्चित निष्कर्ष का प्रतिपादन कठिन कार्य है। इतना तो निश्चित है कि मानव-कार्यों द्वारा विकिरण सन्तुलन में जितना भी परिवर्तन होगा उससे अन्य पर्यावरणीय प्रक्रमों में परिवर्तन अवश्य होंगे क्योंकि विकिरण सन्तुलन मौसम तथा जलवायु का सर्वप्रमुख कारक है क्योंकि विकिरण सन्तुलन में परिवर्तन होने पर मौसम तथा जलवायु में परिवर्तन होना अवश्यम्भावी है। यदि

जलवायु में परिवर्तन होता है तो उसका जलीय चक्र, जलीय प्रक्रमों जीवमण्डलीय पारिस्थितिक तंत्र में अवसाद तथा रासायनिपक तत्वों के संचरण आदि पर प्रभाव पड़ना अवश्यम्भावी है।

जीवमण्डलीय पारिस्थितिक तंत्र में सौर्यिक ऊर्जा के निवेश की मात्रा का आकलन विभिन्न विज्ञानियों द्वारा अलग-अलग रूपों में किया गया है तथा उनके द्वारा आकलित सौर्यिक ऊर्जा की मात्रा में पर्याप्त विभिन्नता है। आयन साइमन्स (1982) के आकलन के अनुसार पृथ्वी के वायुमण्डल की ऊपरी सीमा पर पहुंचने वाली सौर्यिक ऊर्जा की मात्रा 520×10^{22} जूल्स (जोकि सूर्य से विकीर्ण समस्त ऊर्जा का 1/2 अरबवां भाग होती है) प्रति वर्ष होती है। इस ऊर्जा का 100×10^{22} जूल्स (Joules) पृथ्वी की सतह तक पहुंचती है। इस ऊर्जा का 40 प्रतिशत भाग रेगिस्तानी सतह, हिममण्डित क्षेत्रों तथा सागरों से परावर्तन हो जाता है तथा यह परावर्तित ऊर्जा शून्य (Space) में पुनः वापस चली जाती है। इस तरह मात्र 60×10^{22} जूल्स ऊर्जा ही हरे पौधों **प्रकाश संश्लेषण** के लिए सुलभ हो जाती है। इस सौर्यिक ऊर्जा को **प्रकाश संश्लेषण के लिए भण्डारं** कहा जाता है। इस सौर्यिक ऊर्जा को हरी पत्ती वाले पौधे **आहार ऊर्जा** (Food Energy) या **रासायनिक ऊर्जा** (Chemical Energy) में परिवर्तित करते हैं। इस रासायनिक या आहार ऊर्जा का अधिकांश भाग हरे पौधे श्वसन (Respiration) क्रिया के दौरान स्वयं खर्च कर डालते हैं। मात्र 170×10^{19} जूल्स (जो वायुमण्डल में प्रविष्ट होने वाली समस्त सौर्यिक ऊर्जा का मात्र 0.2 प्रतिशत ही है) ऊर्जा का जीवमण्डलीय पारिस्थितिक तंत्र के सकल **बायोमास** (जीवित पौधों के तन्तुओं का सकल भार) में भण्डारण (Storage) होता है। इस तरह स्पष्ट है कि जीवमण्डल की वनस्पतियां सौर्यिक ऊर्जा के 0.2 प्रतिशत भाग का उपयोग करती हैं। जीवमण्डल में जैविक पदार्थों के रूप में सकल बायोमास में भण्डारित सकल ऊर्जा के मात्र एक प्रतिशत भाग का उपयोग होता है। (चित्र 5.8)।

हरे पौधों द्वारा **प्रकाशसंश्लेषण** की विधि द्वारा सौर्यिक या प्रकाश ऊर्जा का आहार ऊर्जा या रासायनिक ऊर्जा में परिवर्तन होता है। इस रासायनिक ऊर्जा का एक बड़ा हिस्सा हरे पौधों द्वारा श्वसन के माध्यम से खर्च हो जाता है तथा खर्च हुई यह ऊर्जा ऊष्मा के रूप में वायुमण्डल में चली जाती है। शेष रासायनिक ऊर्जा का पौधों में **बायोमास** (Biomass) के रूप में भण्डारण हो जाता है। अब इस बायोमास से ऊर्जा का एक स्तर के जीवों से दूसरे स्तर के जीवों में स्थानान्तरण होता रहता है। इस तरह जीवमण्डलीय परिस्थितिक तंत्र में ऊर्जा का गमन या प्रवाह एक दिशोन्मुख (Unidirectional) होता है। अर्थात् ऊर्जा का जब एक बार उपयोग

हो जाता है या जब वह एक बार खर्च हो जाती है तो वह पुनः उपयोग के लिए सुलभ नहीं हो पाती है। जीवमण्डल में ऊर्जा का सतत् प्रवाह होता रहता है, उसका जनन होता है, भण्डारण होता है, विभिन्न रूपों में रुपान्तरण होता है तथा ऊष्मा के रूप में वायुमण्डल में क्षय होता रहता है। अतः जीवमण्डल में ऊर्जा के प्रवाह-प्रारूप के विवेचन के पहले सौर्यिक ऊर्जा के विभिन्न रूपों में रूपान्तर का विवेचन करना अधिक समीचीन होगा।

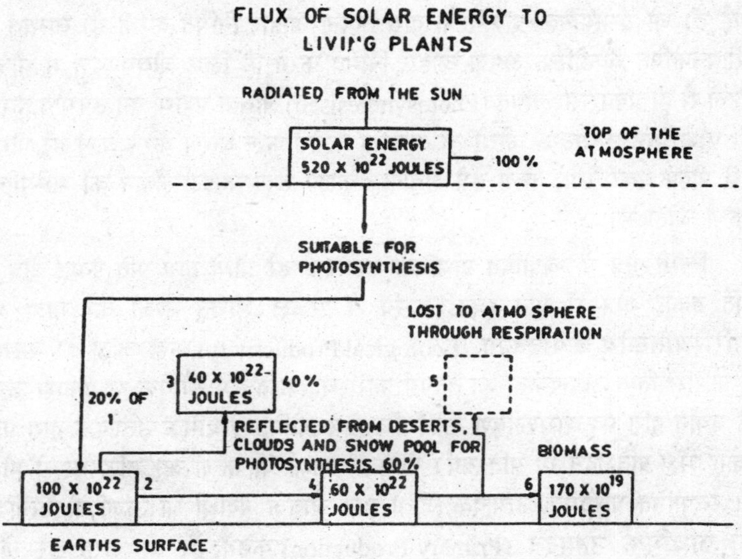

चित्र 5.8 : जीवमण्डल में सौर्यिक ऊर्जा का निवेश (Ian Simmons, 1982, के आधार पर)।

पारिस्थितिकीय उत्पादन (Ecological Production)

जीवमण्डल में हरे पौधे सूर्य प्रकाश या सौर्यिक ऊर्जा को प्राप्त करके उसे ग्रहण करते हैं। हरे पौधे अपनी हरी पत्तियों में स्थित **क्लारोफिल** (Cholorophyll-पर्णहरित) पिगमेण्ट की सहायता से सौर्यिक ऊर्जा को जैविक अणुओं (कार्बन युक्त अणु) में परिवर्तित करते हैं। वास्तव में हरे पौधे प्रकाश ऊर्जा का प्रयोग करके कार्बन डाडआक्साइड और जल को कार्बोहाइड्रेटस तथा अन्य जैवरासायनिक (Biochemical) अणुओं में बदलते हैं। प्रकाश ऊर्जा के इस तरह या रासायनिक ऊर्जा में रूपान्तरण की प्रक्रिया को **प्रकाशसंश्लेषण** (Photosynthesis) भी कहते हैं। हरे पौधे इस तरह के जीवों की श्रेणी में आते है।

प्राथमिक उत्पादकों को दो वर्गों में विभाजित किया जाता है–

(i) **प्रकाशपोषित प्राथमिक उत्पादक** तथा

(ii) **रसायनपोषित प्राथमिक उत्पादक** (Chemotroph Primary Producers)।

प्रकाशपोषित जीवों के अन्तर्गत वे हरे पौधे आते हैं जो सौर्यिक/प्रकाश ऊर्जा को प्राप्त करके **प्रकाशसंश्लेषण विधि** से अपना आहार स्वंय निर्मित करते हैं। इसके विपरीत रसायनपोषित प्राथमिक उत्पादन मुख्य रूप से रसायनपोषी बैक्टीरिया होते हैं। जो रासायनिक प्रक्रियाओं द्वारा अपना आहार निर्मित करती है। वास्तव में रसायनपोषित बैक्टीरिया अपना आहार निर्मित करने के लिए जीवमण्डल में मौजूद पहले से ही प्रकाशसंश्लेषित (Photosynthesised) जैविक पदार्थों का उपभोग करती हैं। **प्राथमिक उत्पादक जीवों** के अन्तर्गत क्लोरोफिल धारण करने वाले हरे पौधों, हरी पीली बैक्टीरिया, नीली हरी शैवाल (काई) तथा फाइटोप्लैंकन को सम्मिलित किया जाता है।

किसी क्षेत्र में स्वपोषित प्राथमिक उत्पादक हरे पौधों द्वारा प्रति इकाई क्षेत्र में प्रति इकाई क्षेत्र में प्रति इकाई समय में सकल संचित ऊर्जा की मात्रा को **पारिस्थितिकीय उत्पादकता** (Ecological Productivity) कहा जाता है। वास्तव में पारिस्थितिक उत्पादकता का तात्पर्य पारिस्थितिक तंत्र में सौर्यिक या प्रकाश ऊर्जा के प्रयोग द्वारा प्रकाशसंश्लेषण की विधि से स्वपोषित प्राथमिक उत्पादक द्वारा प्रति इकाई में (प्रति दिन या प्रति वर्ष) जैविक पदार्थों या ऊर्जा की वृद्धि दर से होता है। स्वपोषित प्राथमिक उत्पादक जीवों द्वारा जैविक पदार्थों या ऊर्जा के उत्पादन को **प्राथमिक उत्पादन** (Primary Production) कहते हैं। इस तरह हरे पौधे **प्राथमिक उत्पादक** कहते हैं।

पारिस्थितिक तंत्र की उत्पादकता दो कारकों पर निर्भर करती है–

(1) स्वपोषित प्राथमिक उत्पादक हरे पौधों को सुलभ होने वाली सौर्यिक ऊर्जा की मात्रा तथा

(2) हरे पौधों की सौर्यिक ऊर्जा (प्रकाश ऊर्जा) को रासायनिक या आहार ऊर्जा में रूपान्तरित करने की क्षमता दक्षता (Efficiency)। **प्राथमिक उत्पादन/उत्पादकता** का मापन दो रूपों में किया जाता है–

(i) **सकल प्राथमिक उत्पादन** (Gross Primary Production = GPP) तथा

(ii) **नेट प्राथमिक उत्पादन** (Net Primary Production = NPP)। *पोषण स्तर एक* (Trophic Level One) पर **स्वपोषित प्राथमिक**

उत्पादक पौधों द्वारा उत्पन्न सकल ऊर्जा को प्राथमिक उत्पादन कहते है। दूसरे शब्दों में, प्राथमिक उत्पादक पौधों द्वारा सकल स्वांगीकृत/आत्मसात् की गयी (Assimilated) ऊर्जा को प्राथमिक उत्पादन कहते हैं। पोषण स्तर एक में खर्च के बाद संचित या भण्डारित सकल ऊर्जा को **नेट प्राथमिक उत्पादन** कहते हैं। ज्ञातव्य है कि प्रकाश संश्लेषण के समय प्राथमिक उत्पादक उत्पादित सकल ऊर्जा का कुछ भाग श्वसन (Respiration) द्वारा क्षय/ खर्च कर देते हैं, अतः नेट प्राथमिक उत्पादन में ऊर्जा की सिर्फ उसी मात्रा को सम्मलित करते हैं जो जैविक/ कार्बनिक पदार्थों में संग्रहीतया भण्डारित रहती है तथा उच्च पोषण स्तरों को सुलभ होती है। अतः नेट प्राथमिक उत्पादन (NPP) = सकल प्राथमिक उत्पादन (GPP)- श्वसन द्वारा प्राथमिक उत्पादकों द्वारा नष्ट ऊर्जा की मात्रा। पारिस्थितिक तंत्र की उत्पादकता, चाहे वह सकल प्राथमिक उत्पादकता हो या नेट प्राथमिक उत्पादकता, का मापन प्राय:प्रति दिन प्रति वर्ग मीटर क्षेत्र में ग्राम में (Gram/m^2/day) या प्रति वर्ष प्रति वर्ग मीटर क्षेत्र में ग्राम (Gram/m^2/year) में किया जाता है।

किसी भी पारिस्थितिक तंत्र में प्रति इकाई समय में प्रति क्षेत्र इकाई में जीवित पदार्थों के सकल शुष्क भार को **बायोमास** (Biomoss) कहा जाता है। स्पष्ट है कि **बायोमास** को शुष्क भार को सम्मिलित किया जाता है। इसी आधार पर इसे अलग-अलग रूपों में यथा-**पादप बायोमास** (Animal Biomass), भी व्यक्त किया जाता है। किसी भी क्षेत्र की सतह की सतह के नीचे स्थित पौधों तथा उनके भागों को **खड़ी फसल** (Standing Crops) कहा जाता है।

उत्पादकता (Productivity) तथा **उत्पादन** (Production) में अन्तर स्थापित करना आवश्यक है। किसी भी क्षेत्र में **बायोमास** की वृद्धि की दर को उत्पादकता कहते हैं जबकि किसी भी क्षेत्र इकाई के समय विशेष में सकल बायोमास की मात्रा को **उत्पादन** कहते हैं।

पादप बायोमास तथा **जन्तु बायोमास** का अलग अलग मापन तथा प्रदर्शन किया जा सकता है। R.H. Whittaker तथा G.M. Woodwell (1971) ने भूतल के समस्त प्रमुख पारिस्थितिक तंत्रों के पौधों की प्राथमिक उत्पादकता, विश्व के सकल नेट उत्पादन तथा सकल बायोमास का मापन (Measurement) किया है। समस्त विश्व की औसत नेट प्राथमिक उत्पादकता 320 शुष्क ग्राम प्रति वर्ग मीटर

प्रति वर्ष है जबकि उष्णकटिबन्धी वर्षा वनों (Rainforests) तथा दलदली क्षेत्रों तथा नदियों के मुहाने वाले भागों (Estuaries) में विश्व की सर्वाधिक नेट प्राथमिक उत्पादकता (2000 शुष्क ग्राम प्रति वर्ग मीटर प्रति वर्ष) पायी जाती है। पूर्ण रेगिस्तानों, नग्न शैल वाले भागों तथा हिच्छादित भागों में न्यूनतम नेट प्राथमिक उत्पादकता (3 शुष्क ग्राम प्रति वर्ग मीटर प्रति वर्ष) होती है।

इसी तरह कम नेट प्राथमिक उत्पादकता के क्षेत्रों के अन्तर्गत रेगिस्तानी कटीली झाड़ियों वाले भाग (70 शुष्क ग्राम प्रति वर्ग मीटर प्रति वर्ष), खुले सागरीय भाग (125 शुष्क ग्राम प्रति वर्ग मीटर प्रति वर्ष) तथा टुण्ड्रा एवं अल्पाइन भाग (140 शुष्क ग्राम प्रति वर्ग मीटर प्रति वर्ष) वाले प्राकृतिक पारिस्थितिक तंत्र आते हैं। तालिका 5.4 में विश्व के प्रमुख पारिस्थितिक तंत्रों के नेट प्राथमिक उत्पादन तथा पादप बायोमास को प्रदर्शित किया गया है।

तालिका 5.4 : पारिस्थितिकी उत्पादकता, उत्पादन तथा बायोमास

पारिस्थितिक तंत्र	औसत नेट प्राथमिक उत्पादकता (शुष्क ग्राम/मी.^{2}/वर्ष	विश्व का नेट प्राथमिक उत्पादन (109 शुष्क टन)	पादप बायोमास (शुष्क किलो ग्राम/मी.^{2})	विश्व का पादप बायोमास (10^9 शुष्क टन)
1. झील तथा सरिता	500	1.0	0.02	0.04
2. दलदल	2000	4.0	12.0	24.00
3. उष्ण कटिबन्धी वन	2000	40.00	45.00	900.00
4. शीतोष्ण वन	1300	23.4	45.00	540.00
5. उत्तरी वन	800	9.6	30.00	540.00
6. वन तथा झाड़ियां	600	4.2	6.00	42.00
7. उष्ण कटिबन्धी सावना	700	10.5	4.00	60.00
8. शीतोष्ण घास क्षेत्र	500	4.5	1.50	14.00
9. टुण्ड्रा तथा अल्पाइन	140	1.1	0.60	5.00
10. रेगिस्तानी कटीली झाड़िया	70	1.3	0.70	13.00
11. अति रेगिस्तान, शैल तथा हिम	03	0.07	0.02	0.50
12. कृषि क्षेत्र	650	2.10	1.00	14.00
स्थलीय पारिस्थितिक तंत्रों का योग	730	109.00	12.50	1852.00

13. खुले सागर	125	41.50	0.003	1.00
14. महाद्वीपीय मग्न तट	350	9.50	0.010	0.30
15. ज्वारनद मुख (Estuaries)	2000	4.00	1.000	2.00
सागरीय पारिस्थितिक तंत्रों का सकल योग	155	55.00	1.013	3.30
समस्त पृथ्वी (औसत)	320	164.00	3.6	1855.00

स्रोत : R. H Whittaker तथा G.M. Woodwell, 1971।

I.G. Simmons (1974) ने विश्व के प्रमुख **बायोमों** (Biomes) की नेट प्राथमिक उत्पादकता (तालिका 5.5) का आकलन किया है। समस्त विश्व की औसत नेट प्राथमिक उत्पादकता 303 ग्राम प्रति वर्ग मीटर प्रति वर्ष है जबकि विश्व के सम्पूर्ण क्षेत्रफल का सकल नेट प्राथमिक उत्पादन 155.2×10^9 टन प्रति वर्ष है। महाद्वीपीय तथा महासागरीय पारिस्थितिक तंत्रों की औसत नेट प्राथमिक उत्पादकता क्रमशः 669 ग्राम/मीटर^2/वर्ष तथा 155 ग्राम/मीटर^2/ वर्ष है।

स्पष्ट है कि महाद्वीपीय पारिस्थितिक तंत्रों की औसत नेट प्राथमिक उत्पादकता सागरीय पारिस्थितिक तंत्रों की औसत नेट प्राथमिक उत्पादकता की तुलना में चार गुना अधिक है परन्तु समस्त महाद्वीपीय पारिस्थितिक तंत्रों का सकल नेट प्राथमिक उत्पादन (100.2×10^9 टन प्रति वर्ष) सागरीय पारिस्थितिक तंत्रों के सकल नेट प्राथमिक उत्पादन (55×109 टन प्रति वर्ष) से मात्र दोगुना ही अधिक है क्योंकि सागरीय पारिस्थितिक तंत्रों का विश्व के क्षेत्रफल के 71 प्रतिशत भाग पर विस्तार है जबकि महाद्वीपीय्र पारिस्थितिक तंत्र विश्व के क्षेत्रफल के मात्र 29 प्रतिशत भाग पर ही फैले हैं।

चूंकि प्राकृतिक पारिस्थितिक तंत्र की **प्राथमिक उत्पादकता** मुख्य रूप से सुलभ सौर्यिक/ प्रकाश ऊर्जा की मात्रा पर आधारित है अतः प्राथमिक उत्पादकता तथा सौर्यिक विकिरण में धनात्मक सहसम्बन्ध (Positive Correlation) होता है। चूंकि भूतल पर विषुवत् रेखा से ध्रुवों की ओर प्राप्त होने वाली सौर्यिक ऊर्जा में तेजी से गिरावट होती जाती है अतः प्राथमिक उत्पादकता में भी (कुछ अपवाद स्वरूप क्षेत्रों को छोड़कर) विषुवत् रेखा से ध्रुवों की ओर कमी होती जाती है।

इस कारण जीवमण्डल में विश्व, प्रादेशिक तथा स्थानीय स्तरों पर प्राथमिक उत्पादकता में विभिन्नतायें पायी जाती हैं। E. P. Odum (1959) ने विश्व स्तर पर स्थालीय पारिस्थितिक तंत्रों की प्राथमिक उत्पादकता के तीन स्तरों या प्रदेशों का अभिनिर्धारण किया है :

तालिका: 5.5

वनस्पति इकाई	औसत उत्पादकता (ग्राम/मीटर^2/वर्ष)	समस्त क्षेत्र का सकल उत्पादन (10^9 शुष्क टन)
1. वन	1290	64.5
2. वनभूमि (Woodland)	600	4.2
3. टुण्ड्रा	140	1.1
4. रेगिस्तानी कटीली झाड़ियां	70	1.3
5. घासक्षेत्र	600	15.0
6. रेगिस्तान	3	
7. कृषित क्षेत्र	650	9.1
8. ताजा जल	1250	5.0
9. मूंगा तथा एस्चुअरी	2000	4.0
10. महाद्वापीय मग्न तट	350	9.3
11. खुले सागर	125	41.5
12. सागर के वे क्षेत्र जहां पर जल का नीचे से ऊपर की और उद्वेलन होता है।	500	0.2
समस्त महाद्वीपीय क्षेत्र	669	100.2
समस्त सागरीय क्षेत्र	155	55.0
समस्त विश्व	303	155.0

स्रोत : I. G. Simmons, 1974।

(1) उच्च पारिस्थितिकीय उत्पादकता के प्रदेश (Regions of High Ecological Productivity) जिसके अन्तर्गत छिछले स्थल स्थित जलीय भागों, आर्द्र वन प्रदेशों (उष्ण एवं शीतोष्ण कटिबन्धीय वन प्रदेश), जलोढ़ मैदानों (Alluvial Plains) तथा गहरी कृषि वाले क्षेत्रों को सम्मिलित किया जाता है।

(2) निम्न पारिस्थितिकीय उत्पादकता के प्रदेश (Regions of Low Ecological Productvity)–इसके अन्तर्गत आर्कटिक क्षेत्रों की हिममण्डित बंजर भूमि, मरुस्थल तथा गहरे सागरीय भाग सम्मिलित किये जाते है।

(3) माध्यम पारिस्थितिकीय उत्पादकता के प्रदेश (Regions of Intermediate Ecological Productivity)–इसके अन्तर्गत घास क्षेत्र, छिछली झीलें, गहरी कृषि को छोड़ कर कृषित भाग आते हैं।

यद्यपि, प्राकृतिक पारिस्थितिक तंत्रों की उत्पादकता मुख्य रूप से सौर्यिक ऊर्जा की वांछित मात्रा की सुलभता तथा पौधों की इस ऊर्जा के उपयोग करने की क्षमता पर निर्भर करती है परन्तु कुछ अन्य ऐसे कारक भी हैं जो प्राकृतिक पारिस्थितिक तत्रों की उत्पादकता को प्रभावित करते हैं यथा–

(1) अजैविक या भौतिक कारक (तापमान, जल की मात्रा, जल की गहराई, जलवायु);

(2) रासायनिक कारक (पोषक तत्वों की आपूर्ति,);

(3) जैविक कारक (प्रजाति के विभिन्न जीवों में पारस्परिक क्रिया यथा–परस्पर सहयोगवाद–Mutualism; परजीविता–Parasitism ; परभक्षण–Predation; तटस्थता–Neutralism; प्रतिस्पर्धा–Competition; सहभोगिता- Commensalism) तथा

(4) किसी प्रजाति के जीवों के अन्तर्गत नैसर्गिक नियन्त्रण प्रक्रियायें (Instinctive Control Mechanisms) यथा सामाजिक संगठन, क्षेत्रीयता (Territoriality) तथा सामाजिक पदानुक्रम (Social Hierarchies)। जब किसी प्राकृतिक पारिस्थितिक तंत्र में उपर्युक्त कारक अनुकूल होते हैं तो उत्पादकता अधिक हो जाती है। जब इनमें से एक या अधिक कारक या तो पर्याप्त मात्रा में सुलभ नहीं होते या पारिस्थितिक तंत्र की उत्पादकता के लिए अनुकूल नहीं होते हैं तो पारिस्थितिकीय उत्पादकता तंत्र में उत्पादकता को कम करते हैं उन्हें **सीमाकारी कारक** (Limiting Factors) कहते हैं। उदाहरण के लिये, उष्ण शुष्क मरुस्थलीय भागों में जल **सीमाकारी कारक** होता है।

क्योंकि इन उष्ण शुष्क मरुस्थलों में सूर्य प्रकाश, तापमान तथा पोषक तत्वों की पर्याप्त मात्रा में सुलभता के बावजूद जल की कमी के कारण वनस्पतियों का अच्छी तरह विकास नहीं हो पाता है। ध्रुवीय क्षेत्रों में सूर्य प्रकाश तथा तापमान **सीमाकारी कारक** होते हैं। सूर्य प्रकाश की वांछित मात्रा मात्रा के अभाव में प्रकाशसंश्लेषण की क्रिया अवरुद्ध हो जाती है तथा निम्न तापमान के कारण जैविक पदार्थों के वियोजन (Decomposition) न होने के कारण पोषक तत्वों का सर्वथा अभाव होता है।

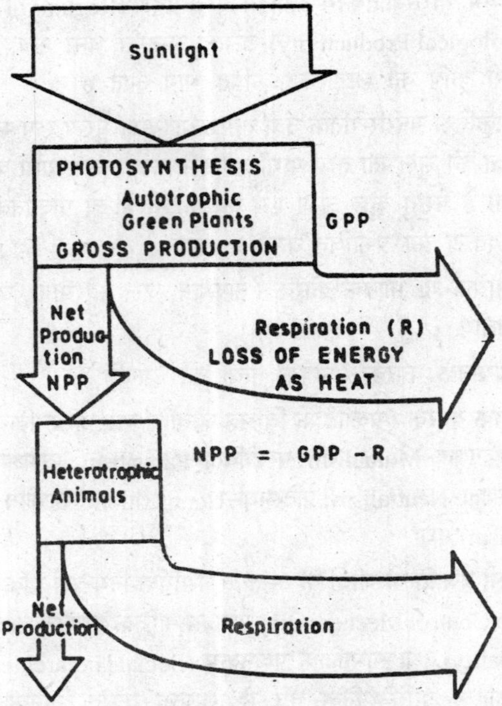

चित्र 5.9 : पारिस्थितिकीय उत्पादन तथा ऊर्जा-प्रवाह। NPP = Net Primary Production (नेट प्राथमिक उत्पादन) तथा GPP = Gross Primary Production (सकल प्राथमिक उत्पादन) (Modified after D.B Botkin तथा E. A. Keller, 1982।

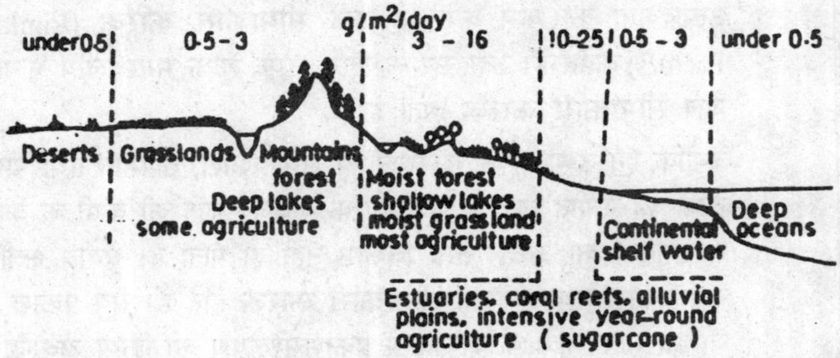

चित्र 5.10 : विश्व के प्रमुख पारिस्थितिक तंत्रों की प्राथमिक उत्पादकता का विश्व वितरण (After E.P. Odum, 1963, 1971) । उत्पादकता की इकाई शुष्क ग्राम मीटर^2 /वर्ष है (शुष्क ग्राम का तात्पर्य हैं जैविक पदार्थों का शुष्क भार ग्राम में)।

ज्ञातव्य है कि **प्रकाशसंश्लेषण** (Photosynthesis) की दर में एवं मात्रा में भी मौसमी विभिन्नता होती है। किसी भी क्षेत्र में ग्रीष्म काल में शीतकाल की तुलना में प्रकाशसंश्लेषण अधिक होता है अतः ग्रीष्मकाल में शीतकाल की अपेक्षा **सकल प्राथमिक उत्पादकता** (Gross Primary Productivity) भी अधिक होती है। पौधों, जन्तुओं तथा सूक्ष्म वियोजक जीवों की आयु के अनुसार भी प्राथमिक उत्पादकता की दर तथा मात्रा में विभिन्नता होती है। किसी भी क्षेत्र में जीवित जीवों के विकास की प्रारम्भिक अवस्थाओं में **सकल प्राथमिक उत्पादन** तथा **नेट प्राथमिक उत्पादन** दोनों में वृद्धि होती है परन्तु जैविक समुदाय की प्रौढ़ावस्था की प्राप्ति के बाद **सकल प्राथमिक उत्पादन** में तो मन्द दर से वृद्धि होती है परन्तु **नेट प्राथमिक उत्पादन** में ह्रास होता है क्योंकि बड़े पौधे श्वसन के समय अधिकाधिक ऊर्जा का उपयोग करते हैं।

शाकाहारी जन्तु अपने आहार के लिए स्वपोषित प्राथमिक उत्पादक हरे पौधों पर निर्भर करते हैं। शाकाहारी जन्तु स्वपोषित हरे पौधों से आहार ऊर्जा प्राप्त करके अपने अवयवों/ऊतकों (Tissues) का निर्माण करते हैं। इन शाकाहारी जन्तुओं द्वारा अपने शरीरों में भण्डारित सकल जैविक पदार्थ या ऊर्जा को **द्वितीयक उत्पादन** (Secondary Production) कहते हैं। द्वितीयक उत्पादन भी दो तरह का होता है। **सकल द्वितीयक उत्पादन** (Grosss Secondary Production) तथा **नेट द्वितीयक उत्पादन**। सकल द्वितीयक उत्पादन के अन्तर्गत शाकाहारी जन्तुओं द्वारा आत्मसात् की गयी (Assimilated) तथा संचित/भण्डारित समस्त ऊर्जा या जैविक पदार्थ को सम्मिलित करते हैं। नेट द्वितीयक उत्पादन के अन्तर्गत शाकाहारी जन्तुओं द्वारा श्वसन के समय खर्च की गयी ऊर्जा के बाद बची ऊर्जा को सम्मिलित करते हैं (नेट द्वितीयक उत्पादन = सकल द्वितीयक उत्पादन - शाकाहारी जन्तुओं द्वारा श्वसन के समय खर्च की गयी ऊर्जा के बाद बची ऊर्जा की मात्रा)। **नेट समुदाय उत्पादन** (Net Community Production = NCP) के अन्तर्गत सभी पोषण स्तरों पर (पोषण स्तर एक को छोड़कर) परपोषित जन्तुओं (Heterotrophs) में निहित **नेट द्वितीयक उत्पादन** तथा पोषण स्तर एक के स्वपोषित पौधों के उपयोग से बची ऊर्जा को सम्मिलित किया जाता है।

पोषक स्तर, आहार श्रृंखला तथा आहार जाल
(Trophic Levels, Food Chains and Food Webs)

जैसा कि ऊपर व्यक्त किया गया है, हरे पौधे जीवमण्डलीय परिस्थितिक तंत्र के अति महत्वपूर्ण संघटक होते हैं क्योंकि जीवमण्डल में हरे पौधे ही ऐसे जीव होते हैं जो अपना आहार स्वयं निर्मित करते हैं और यह आहार जीवमण्डल के

अन्य जीवों के आहार ऊर्जा का प्रमुख स्रोत होता है। हरे पौधों कार्बन डाइआक्साइड, अकार्बनिक लवण (फास्फोरस तथा नाइट्रेड), जल तथा सूर्य प्रकाश की सहायता से अपना आहार (रासायनिक ऊर्जा) निर्मित कस्ते हैं। हरे पौधे दिन के समय अपनी पत्तियों के माध्यम से वायुमण्डल से कार्बन डाइआक्साइड प्राप्त करते हैं। ये पौधे जल तथा अकार्बनिकि नमक अपनी जड़ों द्वारा **जड़ परासरण** (Root Osmosis) की विधि द्वारा मिट्टियों से ग्रहण करते हैं। पौधों का हरे रंग का पिगमेण्ट क्लोरोफिल सौर्यिक प्रकाश को प्राप्त करता है। अब पौधे जल तथा कार्बन डाइआक्साइड को सूर्य प्रकाश की सहायता से स्टार्च में परिवर्तित करते हैं। इस समस्त प्रक्रिया को प्रकाश संश्लेषण (Photosynthesis) कहा जाता है। इस तरह हरे पौधे **प्राथमिक उत्पादक** (Primary Producers) होते हैं तथा इन पर अपने आहार के लिए निर्भर जन्तुओं को **उपभोक्ता** (Consumers) कहा जाता है। उपभोक्ता जन्तुओं को परपोषित (Heterotrophs) भी कहते है। वे जन्तु जो अपना आहार केवल वनस्पतियों से ग्रहण करते हैं, **शाकाहार** या **शाकभक्षी** (Herbivores) कहे जाते हैं। अपने आहार के लिए केवल जन्तुओं पर ही निर्भर करने वाले जन्तुओं को **मांसाहारी** या **मांसभक्षी** (Carnivores) कहा जाता है। पौधे तथा जन्तुओं दोनों से आहार ग्रहण करने वाले जन्तु (मानव) **सर्वाहारी** (Ommivores) कहे जाते हैं।

पारिस्थितिक तंत्र में आहार पोषण (Feeding) पदानुक्रम (Hierarchical order) में सम्पन्न होता है। यह आहार पोषण कई स्तरों पर सम्पन्न होता है। इस तरह उन स्तरों या बिन्दुओं को, जिनसे होकर आहार ऊर्जा का एक वर्ग के जीवों से दूसरे वर्ग के जीवों में स्थानान्तरण या गमन होता है, **पोषण स्तर** Trophic Levels) कहते हैं। आहार तथा ऊर्जा एक वर्ग के जीवों से दूसरे वर्ग के जीवों में श्रृंखलाबद्ध रूप में स्थानान्तरित होती हैं। इस श्रृंखला को **आहार श्रृंखला** (Food Chain) कहते हैं। इस आहार श्रृंखला के उस बिन्दु को जहां पर आहार ऊर्जा का एक वर्ग जीवों (यथा-शाकभक्षी जीव) से दूसरे वर्ग के जीवों (यथा-मांसभक्षी जीव) में स्थानान्तरण होता है, **पोषण स्तर** कहते हैं। पोषण स्तरों तथा आहार श्रृंखला को निम्न उदाहरण द्वारा समझाया जा सकता है-हरे पौधे आहार ऊर्जा निर्मित करते हैं→ चरने वाले जन्तु (यथा-गाय, बकरी, खरगोश, हिरन आदि) घासों आदि को चर कर पौधों से ऊर्जा प्राप्त करते हैं। इस तरह हरे पौधों से चरने वाले पौधों में ऊर्जा का गमन होता है→ मांसभक्षी जन्तु (यथा शेर, चीता, भालू, सांप, छिपकली, मेंढ़क आदि) शाकभक्षी जन्तुओं का भक्षण करके आहार ग्रहण करते हैं। इस प्रकार शाकभक्षी जन्तुओं से मांसभक्षी में आहार ऊर्जा का गमन होता है→ सर्वाहारी जन्तु (यथा-मनुष्य) हरे पौधों (शाक-भाजी तथा खाद्यान्न) तथा शाकभक्षी जन्तुओं (मांश

तथा दूध आदि) का भक्षण करके अपना आहार ऊर्जा का सर्वाहारी जन्तुओं में गमन होता है। सामान्य रूप में **आहार श्रृंखला में चार पोषण स्तर** होते हैं।

(I) **पोषण स्तर** (1) **आहार श्रृंखला** (Food Chain) में आधार स्तर स्वपोषित प्राथमिक उत्पादक हरे पौधों का होता है। इस स्तर पर हरे पौधे प्रकाश ऊर्जा की सहायता से प्रकाश संश्लेषण विधि द्वारा आहार निर्मित करते हैं। हरे पौधे इस आहार ऊर्जा का उपभोग करके अपने विभिन्न अंगों (अवयव या ऊतक) का निर्माण एवं वृद्धि करते हैं तथा दूसरे वर्ग के जन्तुओं के लिए आहार ऊर्जा का स्रोत बनते हैं। आहार श्रृंखला के इस आधार को पोषण स्तर एक कहते हैं।

(II) **पोषण स्तर** (2) जो जन्तु अपना आहार स्वंय निर्मित नहीं करते बल्कि अपने आहार के लिये पोषण स्तर एक के स्वपोषित प्राथमिक उत्पादक हरे पौधों पर निर्भर करते हैं उन्हें पोषण स्तर दो के अन्तर्गत सम्मिलित करते हैं। ये शाकभक्षी चरने वाले जन्तु होते हैं। इन्हें प्राथमिक उपभोक्ता भी कहते हैं। ये जन्तु पोषण स्तर एक की वनस्पति का भक्षण करके अपना आहार ग्रहण करते हैं। इस पोषण स्तर के चरने वाले जन्तुओं के उदाहरण हैं- भेड़, बकरी, गाय, जिराफ, ऊंट, घोड़ा, खरगोश, हिरन, हाथी आदि।

(III) **पोषण स्तर** (3) जो जन्तु अपने आहार के लिये पोषण स्तर दो के शाकभक्षी या चरने वाले जन्तुओं पर निर्भर करते हैं उन्हें पोषण स्तर तीन के अन्तर्गत सम्मिलित करते हैं। इन जन्तुओं को **मांसभक्षी** (Carnivores) तथा **द्वितीयक उपभोक्ता** कहते हैं क्योंकि ये पोषण स्तर दो के प्राथमिक उपभोक्ता शाकभक्षी जन्तुओं का भक्षण करके अपना आहार ग्रहण करते हैं। मांशभक्षी जन्तुओं को तीन वर्गों में विभक्त करते हैं-

(i) **स्थलीय जन्तु**- यथा-शेर, चीता, बाझ, भालू, चील, छिपकली, मकड़ा आदि,

(ii) **मृदावासी जन्तु**-यथा-बैक्टीरिया जा मृत शाकभक्षी जन्तुओं को वियोजित करती है तथा

(iii) **जलीय जन्तु**-हेंरिंग, मेढ़क (यह जल तथा स्थल दोनों में रहता है), घड़ियाल आदि।

(IV) **पोषण स्तर** (4) इस पोषण स्तर के अन्तर्गत वे जन्तु आते हैं, जो निचले तीन पोषण स्तरों से प्रत्यक्ष या अप्रत्यक्ष रूप में अपना आहार ग्रहण करते हैं। मनुष्य इस पोषण स्तर का सर्वाधिक महत्वपूर्ण सदस्य है क्योंकि वह प्रथम पोषण स्तर के हरे पौधों से शाक-भांजी, खाद्यान्न तथा ईधन; द्वितीय पोषण स्तर के शाकभक्षी जन्तुओं से दूध, मांस तथा अन्य वस्तुयें तथा तृतीय पोषण स्तर के जन्तुओं से मांस एवं अन्य महत्वपूर्ण वस्तुएं प्राप्त करता है।

इस तरह के जन्तुओं को **सर्वाहारी** (Omnivores) कहते हैं क्योंकि ये जन्तु सभी पोषण स्तरों से किसी न किसी रूप में आहार ऊर्जा अवश्य प्राप्त करते हैं। वियोजक (Decpomposer) **सूक्ष्म** जीव भी सर्वाहारी होते हैं क्योंकि पौधों तथा सभी प्रकार के जन्तुओं के मृत शरीरों का वियोजन करते हैं तथा इस दौरान अपना आहार भी ग्रहण करते हैं (चित्र 5.11)।

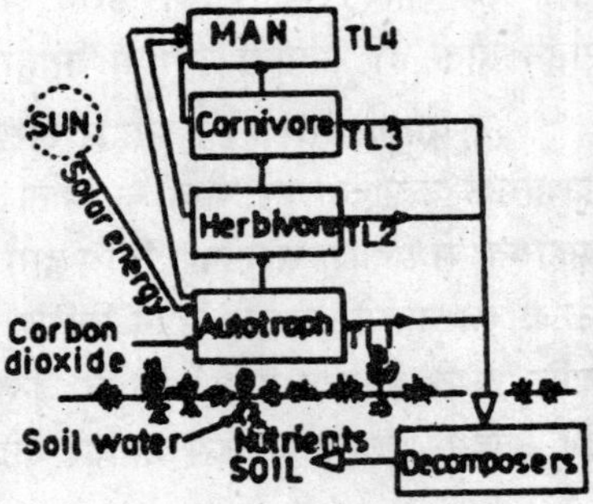

चित्र 5.11 : पारिस्थितिक तंत्र में पोषण स्तरों में कार्यात्मक सम्बन्ध का प्रदर्शन।

आहार श्रृंखला

आहार श्रृंखला वास्तव में निम्न पोषण स्तर से उच्च पोषण स्तरों में ऊर्जा (आहार ऊर्जा-रासायनिक ऊर्जा) के स्थानान्तरण तथा गमन का एक श्रृंखलाबद्ध क्रम होती है। आहार श्रृंखला सरल भी होती है परन्तु अधिकतर आहार श्रृंखलायें जटिल होती हैं। निम्न उदाहरण द्वारा एक सरल एवं रैखिक आहार श्रृंखला का स्पष्टीकरण किया जा सकता है चित्र (5.12)।

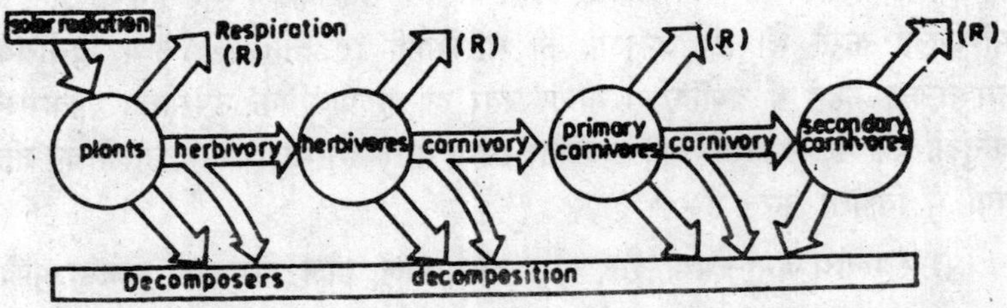

चित्र 5.12 : एक सरल तथा रेखीय आहार श्रृखंला एवं ऊर्जा का प्रवाह का प्रदर्शन।

(1) हरे पौधे (प्राथमिक उत्पादक स्वपोषित पौधे) → शाकभक्षी चरने वाले जन्तु (प्राथमिक उपभोक्ता) → मांसाहारी जंतु (द्वितीयक उपभोक्ता या प्राथमिक मांसभक्षी) → मांसभक्षी/सर्वभक्षी या सर्वाहारी (द्वितीयक मांसभक्षी)।

(2) घास (प्राथमिक उत्पादक) खायी जाती है → भेड़ द्वारा (शाकभक्षी, प्राथमिक उपभोक्ता) → भेड़ का भक्षण किया जाता है भेड़िया द्वारा (मांसभक्षी द्वितीयक उपभोक्ता, प्राथमिक मांसभक्षी)।

(3) घास → कीट → मेढ़क → सांप → बाझ → तेंदुआ।

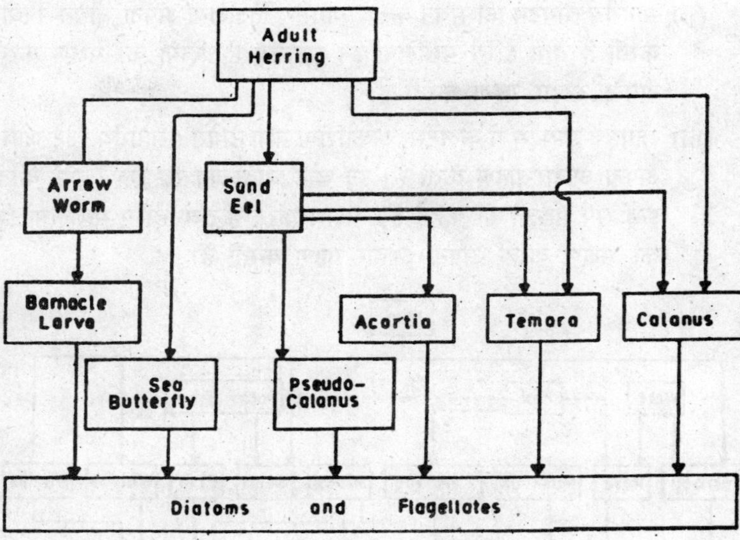

चित्र 5.13 : सागरीय आहार जाल में आहार श्रृंखलाओं के अन्तर्सम्बन्धों का प्रदर्शन (J. Phillipson, 1966 के अनुसार)।

जब प्राकृतिक पारिस्थितिक तंत्र में आहार पोषण सम्बन्ध (Feeding Relationships) अत्यधिक जटिल हो जाते हैं तो आहार श्रृंखला सरल एवं रैखिक नहीं रह पाती है बल्कि अत्यधिक जटिल हो जाती है क्योंकि आहार ऊर्जा के स्थानान्तरण एवं गमन की प्रक्रिया कई अत्यन्त परस्पर सम्बन्धित (Interconnected) एवं परस्पर गुथी हुई (Interlocking) आहार श्रृंखलाओं से होकर सम्पादित होती है। यह स्थिति उस समय सम्भव होती है जब कई जातियों (Species) के जन्तु एक ही प्रकार के भक्ष्यों (Prey) का भक्षण करते हैं या एक ही प्रकार की जाति के सदस्य कई प्रकार के भक्ष्य जन्तुओं का भक्षण करते हैं। इस तरह की जटिल आहार श्रृंखला को आहार जाल (Food Web) कहते हैं। उदाहरण के लिये प्राथमिक उत्पादक सागरीय पौधे डायटम से मछलियों (प्राथमिक उपभोक्ता) में आहार ऊर्जा के स्थानान्तरण एवं गमन के कई मार्ग हो सकते हैं।

(i) डायटम (हरी शैवाल, पोषण स्तर एक का प्राथमिक उत्पादक पौधा) के ऊपर अपने आहार के लिए बैरिकल लारवा (Barracle Larva) निर्भर करता है, इस लारवा का तीर कृमि (Arrow Worms) सेवन करते हैं तथा हेरिंग मछलियां आहार के लिए इन तीर कृमियों का भक्षण करती हैं।

(ii) सागरीय डायटम का सेवन करके सागरीय तितलियां अपना जीवन-निर्वाह करती हैं तथा हेरिंग मछलियां इन सागरीय तितलियों का भक्षण करके अपना आहार ग्रहण करती हैं।

(iii) सागरीय डायटम मे कैलनस, अकोर्शिया तथा टेमोरा (सागरीय छोटे जीव) अपना आहार ग्रहण करते हैं; इन छोटे जीवों का रेत ईल (छोटे कीड़े, इन्हें सर्प मछली भी कहते हैं) भक्षण करते हैं तथा हेरिंग मछलियां ईल का भक्षण करके अपना आहार ग्रहण करती हैं।

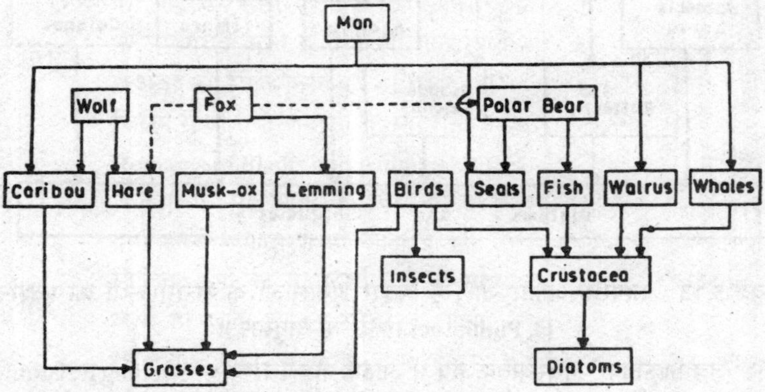

चित्र 5.14 : ध्रुवीय (आर्कटिक) अहार जाल का प्रदर्शन (M. J Selby, 1969) के अनुसार)। ठोस रेखायें प्रमुख आहार सम्बन्धों तथा खण्डित रेखायें गौण आहार सम्बन्धों का प्रदर्शन करती हैं।

चित्र 5.14 आर्कटिक पारिस्थितिक तंत्र में जटिल आहार जाल का प्रदर्शन करता है। इस आर्कटिक पारिस्थितिक तंत्र में कई परस्पर सम्बन्धित आहार श्रृंखलायें होती है यथा–

(1) इस क्षेत्र में उगने वाली घासों पर कैरिबू जन्तु अपने आहार के लिए निर्भर करता है तथा मनुष्य कैरिबू का भक्षण करता है;

(2) सागरों में क्रुस्टेसिया डायटम पौधों से आहार ग्रहण करती हैं, ह्वेल मछलियां क्रुस्टेसिया का भक्षण करके अपना आहार ग्रहण करती है तथा मनुष्य इन व्हेल मछलियों से अपना आहार ग्रहण करता है;

(3) क्रुस्टेसिया डायटम पर निर्भर करती हैं, वालरस क्रुस्टेलिया का भक्षण करती हैं एवं मनुष्य वालरस से आहार प्राप्त करता है;

(4) खरगोश तथा कैरिबू का भक्षण करते हैं;

(5) लेमिंग तथा खरगोश घास चरकर अपना आहार प्राप्त करते हैं जबकि लोमड़ियां लेमिंग तथा खरगोश का भक्षण करती हैं;

(6) क्रुस्टेलिया डायटम पर निर्भर करती हैं, मछलियां क्रुस्टेलियां का सेवन करती हैं तथा ध्रुवीय भालू इन मछलियों को खाता है।

पारिस्थितिक पिरामिड (Ecological Pyramids)

यदि पारिस्थितिक तंत्रों में ऊर्जा (रासायनिक ऊर्जा या आहार ऊर्जा) के विभिन्न पोषण स्तरों से होकर स्थानान्तरण एवं गमन मार्गों तथा विभिन्न पोषण स्तरों पर भण्डारित सकल बायोमास पर दृष्टिपात किया जाता है तो कई उभय तथ्य तथा विशेषतायें स्पष्ट रूप से उभरकर सामने आती हैं यथा-

(1) आहार श्रृंखला में पोषण स्तर एक (आधार पोषण स्तर) से क्रमिक बढ़ते पोषण स्तरों के साथ जातियों की संख्या में उत्तरोत्तर ह्रास होता है। अर्थात् बढ़ते पोषण स्तरों में जातियों की संख्या घटती जाती है।

(2) पोषण स्तर के आधार (पोषण स्तर एक) से प्रारम्भ होकर बढ़ते पोषण स्तरों के साथ सकल बायोमास में प्रगामी ह्रास (Progressive Decrease) होता जाता है। जबकि अन्तिम या शीर्षस्थ पोषण स्तर (पोषण स्तर चार) में न्यूनतम बायोमास होता है।

(3) प्रत्येक अगले पोषण स्तर में ऊर्जा की सुलभता घटती जाती है।

स्पष्ट है कि आहार श्रृंखला में क्रमिक उच्च पोषण स्तरों में जातियों (Species) की संख्या, सकल बायोमास तथा ऊर्जा की सुलभता एवं प्राप्यता में इस तरह ह्रास होता है कि उसका आकार पिरामिड जैसा हो जाता है। इसे पारिस्थिकीय पिरामिड कहते हैं। पारिस्थितिकीय पिरामिडों के तीन प्रमुख प्रकार होते हैं-

(1) संख्या पिरामिड,

(2) बायोमास पिरामिड तथा

(3) ऊर्जा पिरामिड।

(1) संख्या पिरामिड (Number Pyramid)

संख्या पिरामिड में विभिन्न जीवों की मात्रा संख्या को ध्यान में रखा जाता है, उनके आकार (चाहे वे सूक्ष्म या लघु आकार के हों यथा-खरपतवार, चींटी, दीमक आदि या वृहदाकार हों, यथा-वृक्ष, हाथी, गाय, ह्वेल, आदि) को नहीं। (C. Elton ने (1927) आहार श्रृंखला के विभिन्न पोषण स्तरों के जीवों की संख्या के विषय में निम्न नियम का प्रतिपादन किया है।

"आहार श्रंखला के आधार पर (अर्थात् पोषण स्तर एक जीव अपेक्षाकृत अधिक संख्या में होते हैं तथा अन्त में (सबसे ऊपरी पोषण स्तर, अर्थात् पोषण स्तर चार) बहुत कम होते हैं तथा इन दो चरम स्थितियों के मध्य (जीवों की संख्या में) प्रगामी कमी होती है"–C. Elton, 1927।

इस प्रकार स्पष्ट है कि आहार श्रृंखला में क्रमिक बढ़ते पोषण स्तरों में जीवों की संख्या में प्रगामी ह्रास को संख्या पिरामिड कहा जाता है। सामान्य रूप में पोषण स्तर एक के स्वपोषित प्राथमिक उत्पादक हरे पौधे, जो पारिस्थितिकीय पिरामिड के आधार पर होते हैं, आकार में छोटे परन्तु संख्या में बहुत अधिक होते हैं क्योंकि इन्हें पोषण स्तर दो के जन्तुओं को आहार देना होता है। पोषण स्तर दो के जन्तु का आकार सामान्य रूप में पोषण स्तर एक के पौधों से बड़ा होता है परन्तु उनकी संख्या अपेक्षाकृत कम होती है। इसी तरह पोषण स्तर तीन के जन्तुओं का आकार पोषण स्तर दो के जन्तुओं के आकार से बड़ा होता है परन्तु उनकी संख्या कम होती है। अर्थात् बढ़ते पोषण स्तरों के साथ जीवों की संख्या में अत्यधिक कमी होती जाती है।

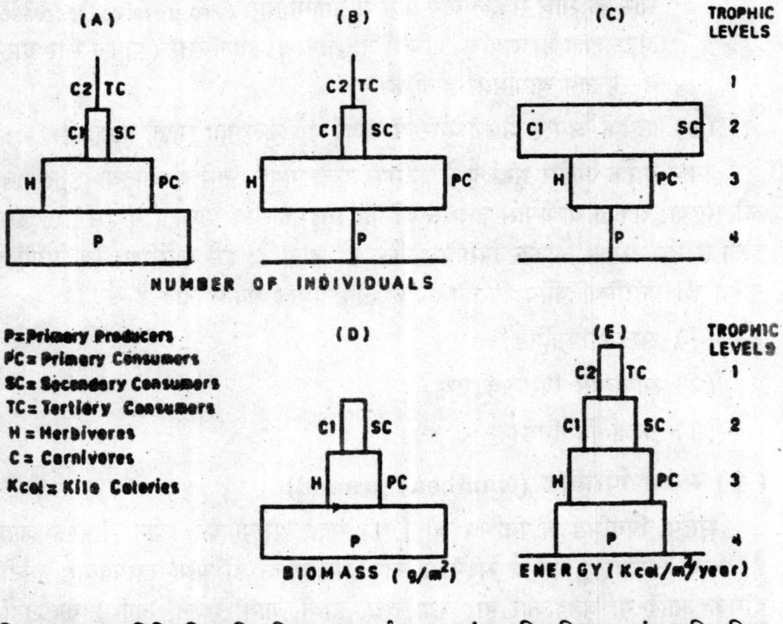

चित्र 5.15 : पारिस्थितिक पिरामिड का प्रदर्शन–A = संख्या पिरामिड, B संख्या पिरामिड, C = विलोम पिरामिड (संख्या पिरामिड), D = बायोमास पिरामिड तथा E = ऊर्जा पिरामिड।

उदाहरण के लिए, पोषण स्तर दो में एक गाय (प्राथमिक उपभोक्ता, शाकभक्षी जन्तु) के पूर्ण आहार के लिए पोषण स्तर एक में असंख्य घासें होनी चाहिए। इस तरह यह स्पष्ट हो जाता है कि पिरामिड आधार पर अत्यधिक चौड़ा तथा शीर्ष पर अत्यधिक नुकीला हो जाता है (चित्र 5.15A)। वन पारिस्थितिक तंत्र में उपर्युक्त स्थिति के विपरीत स्थिति होती है क्योंकि पोषण स्तर एक अर्थात् पारिस्थितिकीय पिरामिड के आधार पर स्वपोषित प्राथमिक उत्पादक हरे पौधों (वृक्षों) का आकार बहुत बड़ा होता है। ऐसी स्थिति में वृहदाकार एक ही वृक्ष पोषण स्तर दो के शाकभक्षी प्राथमिक उपभोक्ता जन्तुओं की अधिकाधिक संख्या को आहार प्रदान करने में समर्थ होता है। इस स्थिति में पिरामिड का आधार नुकीला होता है (हरे वृक्षों की कम संख्या के कारण) तथा पोषण स्तर दो पर यह सर्वाधिक विस्तृत (चौड़ा) होता है क्योंकि शाकभक्षी जन्तुओं की संख्या बहुत अधिक होती है। पोषण स्तर दो के बाद पिरामिड का आकार पुनः सामान्य हो जाता है, अर्थात् वह पुनः नुकीला होता जाता है (चित्र 5.15B)।

यदि **आकार जाल** में प्राथमिक उत्पादक हरे पौधे आकार में बहुत बड़े हैं (वृक्ष) और इन पर आधारित प्राथमिक उपभोक्ता **परजीवी** (Parasites, पोषण स्तर 3) छोटे हैं तो संख्या **विलोम पिरामिड** (Inverted Pyramid) होता है (चित्र 5.15C) क्योंकि एक बड़े वृक्ष पर परजीवियों की अधिकाधिक संख्या निर्भर कर सकती है और इन परजीवियों पर **उपर परजीवियों** (Hypersites) की सर्वाधिक संख्या निर्भर करती है।

यद्यपि, जातियों के **संख्या पिरामिड़ों** से विभिन्न पारिस्थितिक तंत्रों (यथा-वन पारिस्थितिक तंत्र, सागरीय पारिस्थितिक तंत्र, झील पारिस्थितिक तंत्र, नदी पारिस्थितिक आदि) की संरचना एवं आहार श्रृंखलाओं तथा आहार जालों की विभिन्नताओं के तुलनात्मक अध्ययन में आसानी अवश्य होती है परन्तु इस तरह के संख्या पिरामिड़ों द्वारा विभिन्न पारिस्थितिक तंत्रों के सकल बायोमास एवं आहार श्रृंखला के विभिन्न पोषण स्तरों पर भण्डारित सकल **बायोमास** (जीवित जीवों का सकल भार) का कोई ज्ञान नहीं हो पाता है क्योंकि इनमें मात्र जीव की संख्या को ही ध्यान में रखा जाता है उनके आकार तथा भार को नहीं।

(2) बायोमास पिरामिड

पारिस्थितिक तंत्र में आहार श्रृंखला तथा आहार जाल के सभी पोषण स्तरों पर भण्डारित समस्त जीवों के सकल भार के प्रदर्शन तथा अध्ययन के लिए **बायोमास पिरामिड** का प्रयोग किया जाता है। इसके अन्तर्गत प्रत्येक पोषण स्तर पर जीवों की संख्या के स्थान पर उनके सकल भार (Total Weight) को सम्मिलित किया

जाता हैं। इस प्रकार प्रत्येक पारिस्थितिक तंत्र के प्रत्येक पोषण स्तर पर सभी जीवों का सकल भार या **बायोमास** समय सन्दर्भ में **सकल फसल** (Standing Crop) को प्रदर्शित करता है। बढ़ते पोषण स्तर के साथ जीवों का सकल बायोमास कम होता जाता है अतः इस **बायोमास पिरामिड** का स्वाभाविक रूप होता है, अर्थात् आधार चौड़ा होता है तथा ऊपरी भाग पतला होता जाता है(चित्र 5.15D)। यद्यपि बायोमास पिरामिड द्वारा प्रत्येक पोषण स्तर पर समस्त जीवों के सकल भार का बोध तो हो जाता है परन्तु इससे पारिस्थितिक तंत्र में किसी निश्चित समय में उत्पादित जैव पदार्थों की सकल मात्रा (पारस्थितिकीय उत्पादन) तथा उत्पादन की दर (उत्पादकता) का बोध नहीं हो पाता है।

(3) ऊर्जा पिरामिड

C. Elton (1927) ने पारिस्थितिकीय उत्पादकता के अध्ययन एवं प्रदर्शन के लिए ऊर्जा पिरामिड की रचना का सुझाव दिया है। इस तरह के पिरामिड में किसी भी पारिस्थितिक तंत्र में आहार श्रृंखला एवं आहार जाल के प्रत्येक पोषण स्तर पर प्रति क्षेत्रफल इकाई (वर्ग मीटर) में प्रति समय इकाई (एक वर्ष) पर जीवों द्वारा उपभोग की गयी ऊर्जा की कुल मात्रा (किलो कैलोरी अर्थात् एक हजार कैलोरी) को प्रदर्शित करते हैं ($kcal/m^2/year$)।

इस पिरामिड द्वारा विभिन्न परिस्थितिक तंत्रों की उत्पादकता का बोध होता है। अतः विभिन्न पारिस्थितिक तंत्रों की उत्पादकता का तुलनात्मक अध्ययन किया जा सकता है (चित्र 5.15E)।

ऊर्जा प्रवाह (Energy Flow)

पारस्थितिक तंत्र में प्रविष्ट होने वाली ऊर्जा का प्रधान स्रोत सूर्य है। जीव-मण्डलीय पारिस्थितिक तंत्र में सौर्यिक विकिरण ऊर्जा का निवेश (Input) होता है तथा इस ऊर्जा का विभिन्न रूपों में पारिस्थितिक तंत्र के विभिन्न संघटकों से संचरण, स्थानान्तरण एवं गमन होता है, साथ ही साथ पारिस्थितिक तंत्र के विभिन्न स्तरों से ऊर्जा का बहिगर्मन (Exit या Outflow) होता है। दूसरे शब्दों में, सौर्यिक ऊर्जा का प्राकृतिक परिस्थितिक तंत्र की आहार श्रृंखला के विभिन्न पोषण स्तरों से होकर संचरण तथा गमन होता है तथा प्रत्येक पोषण स्तर पर श्वसन (Respiration) द्वारा इस ऊर्जा का बहिर्गमन हो जाता है। विभिन्न जीवों में जैविक ऊतकों (Organic Tissues) के निर्माण की प्रक्रिया को **जैवसंश्लेषण** (Biosynthesis) कहते हैं। वास्तव में **जैवसंश्लेषण** की प्रक्रिया सौर्यिक ऊर्जा या प्रकाश ऊर्जा के रासायनिक ऊर्जा में रूपान्तर को प्रदर्शित करती है। इसके विपरीत जैविक पदार्थों के विघटन एवं

वियोजन की प्रक्रिया को **जैव अवनयन** या **जैव अवक्रमण** (Biodegradation) कहते हैं। इस तरह **जैव-अध्ययन** की प्रक्रिया पोषक तत्वों तथा आहार ऊर्जा (रासायनिक ऊर्जा) की ऊष्मा के रूप में निर्मुक्ति (Release in the Form of Heat) को प्रदर्शित करती है। अर्थात् जब जैविक तत्वों का विघटन एवं वियोजन होता है तो संचित आहार ऊर्जा या रासायनिक ऊर्जा ऊष्मा के रूप में मुक्त होकर वायुमण्डल में मिल जाती है। ज्ञातव्य है कि पारिस्थितिक तंत्र में ऊर्जा का प्रवाह (जैविक अणुओं का विभिन्न पोषण स्तरों में स्थानान्तरण) एक दिशोन्मुख (Unidirectional) होता है। अर्थात् जिस ऊर्जा का एक बार पारिस्थितिक तंत्र से बहिगर्मन हो जाता है वह उपयोग के लिए पुनः सुलभ नहीं हो पाती है। स्पष्ट है कि पारिस्थितिक तंत्र में ऊर्जा का चक्रण (Cycling) नहीं होता है।

पोषण स्तर में एक के हरे पौधे सौर्यिक ऊर्जा या प्रकाश ऊर्जा को प्राप्त करके प्रकाशसंश्लेषण (Photosynthesis) की विधि से आहार ऊर्जा या रासायनिक ऊर्जा का निर्माण करते हैं। स्पष्ट है कि **स्वपोषित** (Autotrophic) या **प्रकाशपोषित** (Phototrophic) हरे पौधे सौर्यिक ऊर्जा के एक भाग का आहार/रासायनिक ऊर्जा में रूपान्तरण करते हैं। हरे पौधें इस रासायनिक ऊर्जा का अपने ऊतकों (Tissues) के निर्माण एवं सम्बर्द्धन के लिए उपभोग करते हैं। इस तरह उत्पादित रासायनिक ऊर्जा पोषण स्तर एक के हरे पौधों में भण्डारित होती रहती है।

ज्ञातव्य है कि पोषण एक में संचित/भण्डारित रासायनिक ऊर्जा सभी पोषण स्तरों के जीवों के लिए प्रत्यक्ष या अप्रत्यक्ष रूप में आहार ऊर्जा का स्रोत होती है। पोषण स्तर एक से रासायनिक ऊर्जा के कुछ भाग का पौधों द्वारा श्वसन क्रिया (Respiration) द्वारा क्षय हो जाता है तथा कुछ ऊर्जा का पोषण स्तर दो के जीवों में स्थानान्तरण होता है।जब पोषण स्तर के दो शाकभक्षी जन्तु पोषण स्तर एक के पौधों का भक्षण करते हैं तो पोषण स्तर एक से ऊर्जा का पोषण स्तर दो में गमन हो जाता है। पोषण स्तर एक के पौधों का कुछ भाग जमीन पर गिर जाता है। मृदावासी तथा भूतलवासी वियोजक जीव इन जैविक पदार्थों का विघटन तथा वियोजन करते हैं तथा उनका आहार के रूप में उपयोग भी करते हैं। अतः पोषण स्तर एक से कुछ ऊर्जा का मृदावासी वियोजक जीवों में भी स्थानान्तरण होता है। ज्ञातव्य है कि पोषण स्तर एक के स्वपोषित प्राथमिक उत्पादक हरे पौधों से ऊर्जा का द्वितीय पोषण स्तर में स्थानांन्तरण उस समय होता है जबकि पोषण स्तर में स्थानान्तरण उस समय होता है जबकि पोषण स्तर दो के शाकभक्षी जन्तु हरे पौधों के जैविक तंतुओं/ऊतकों (Organic Tissues, जिनमें स्थितिज रासायनिक ऊर्जा संचित रहती है) का भक्षण करते हैं। उदाहरण के लिये, जब गाय घास चरती है तो घासों में

भण्डारित रासायनिक ऊर्जा का गाय के शरीर में स्थानान्तरण हो जाता है (चित्र 5.16)।

पोषण स्तर एक से चारे के रूप में प्राप्त रासायनिक ऊर्जा का पोषण स्तर दो के शाकभक्षी जन्तुओं द्वारा अपने ऊतकों (Tissues) के निर्माण तथा संवर्द्धन के लिये उपयोग किया जाता है। इस तरह पोषण स्तर एक से पोषण स्तर दो में स्थानान्तरित रासायनिक ऊर्जा का शाकभक्षी जन्तुओं में भण्डारित (Stored) यह ऊर्जा पोषण स्तर तीन के मांसभक्षी जन्तुओं के लिए आहार का स्रोत होती हैं। पोषण स्तर दो के शाकभक्षी जन्तुओं द्वारा श्वसन के समय उनमें भण्डारित रासायनिक ऊर्जा के एक बड़े भाग का क्षय हो जाता है क्योंकि जन्तुओं को अपना आहार प्राप्त करने के लिए लम्बी दूरियों तक चलना होता है। इस समय ये जन्तु अपनी ऊर्जा का उपयोग करते हैं। अर्थात् कार्य के लिए ऊर्जा की आवश्यकता होती है और जब कार्य होता है (जन्तुओं का एक स्थान से दूसरे स्थान में भ्रमण करना) तो ऊर्जा खर्च होती है और जब ऊर्जा के एक रूप से दूसरे रूप में स्थानान्तरण होता है तो कार्य सम्पादित होता है (यहां पर **ऊष्मागतिकी का दूसरा नियम** चरितार्थ होता है)।

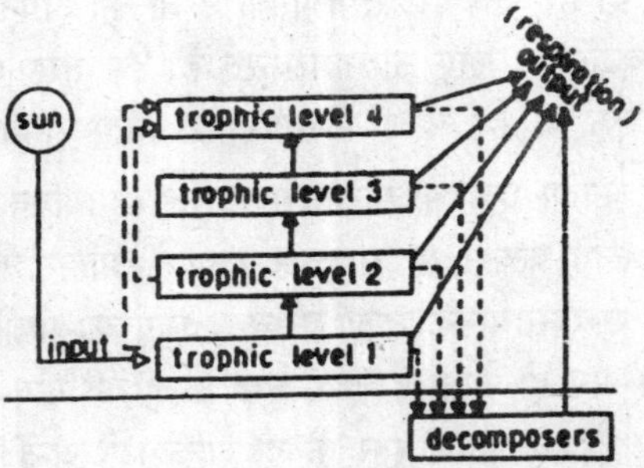

चित्र 5.16 : पारिस्थितिक तंत्र में ऊर्जा-प्रवाह का सामान्य प्रतिरूप। ठोस तथा खण्डित रेखायें क्रमशः ऊर्जा-प्रवाह के प्रमुख एवं गौण मार्गों को प्रदर्शित करती हैं। पोषण स्तर 1 = पौधे, प्राथमिक उत्पादक, पोषण स्तर 2 = शाकभक्षी जन्तु, प्राथमिक उपभोक्ता, पोषण स्तर 3 = मांशभक्षी जन्तु, द्वितीयक उपभोक्ता तथा पोषण स्तर 4 = सर्वाहारी सर्वभक्षी, जन्तु तथा मनुष्य।

सी.सी. पार्क, 1980 के अनुसार, जब पोषण स्तर तीन के मांसभक्षी जन्तु पोषण स्तर दो के शाकभक्षी जन्तुओं का भक्षण करते हैं तो पोषण स्तर दो से स्थितिज रासायनिक ऊर्जा के कुछ भाग का पोषण स्तर तीन में स्थानान्तरण हो जाता है। मांसभक्षी जन्तु इस रासायनिक ऊजा का उपभोग करके अपने शरीरों का सम्बर्द्धन करते हैं। पोषण स्तर तीन से मांसभक्षी जन्तुओं द्वारा आहार प्राप्त करने के लिये अर्थात् शाकभक्षी जन्तुओं को पकड़ने के लिए लम्बी दूरियों तक दौड़ना पड़ता है।

शेष रासायनिक ऊर्जा पोषण स्तर तीन में भण्डारित होती रहती है। जब पोषण स्तर चार या शीर्षस्थ पोषण स्तर के सर्वभक्षी जन्तु पोषण स्तर तीन के जन्तुओं का भक्षण करते हैं तो पोषण स्तर तीन में संचित स्थितिज रासायनिक ऊर्जा के कुछ भाग का पोषण स्तर चार में स्थानान्तरण हो जाता है। पोषण स्तर चार से भी जन्तुओं द्वारा श्वसन के समय कुछ ऊर्जा का क्षय होता है। ज्ञातव्य है कि पोषण एक (पौधों से शाक सब्जी, खाद्यान्न आदि का सेवन करके) तथा पोषण स्तर दो (शाकभक्षी जन्तुओं से दूध, मांस का सेवन करके) सेभी आहार/रासायनिक ऊर्जा प्राप्त करते हैं (चित्र 5.16)। स्मणीय है कि पोषण स्तर दो, तीन तथा चार के जन्तुओं द्वारा अपशिष्ट पदार्थों (गोबर, मल-मूत्र आदि) का त्याग करके भी कुछ ऊर्जा का क्षय होता है। इसी तरह विभिन्न जन्तुओं के मृत शरीरों का वियोजन होने पर बची ऊर्जा का वियोजक जन्तुओं (जो मृदा में रहते हैं) में स्थानान्तरण हो जाता है। जन्तुओं द्वारा त्यजित अपशिष्ट पदार्थों का भी वियोजक जन्तुओं द्वारा विघटन एवं वियोजन हो जाता है। उपर्युक्त विवरणों तथा चित्र 5.16 तथा 5.17 से यह स्पष्ट हो जाता है कि प्राकृतिक पारिस्थितिक तंत्र में ऊर्जा का प्रवाह तीन प्रमुख मार्गों में से होता है यथा-

(1) प्रत्येक पोषण स्तर से ऊर्जा का ठीक अगले उच्च पोषण स्तर में स्थानान्तरण एवं गमन (यथा-पोषण स्तर एक से दो में, दो से तीन में तथा तीन से चार में तथा पोषण स्तर एक एवं दो से पोषण स्तर चार में ऊर्जा का सीधा स्थानान्तरण एवं गमन;

(2) प्रत्येक पोषण स्तर के मृत जीवों से ऊर्जा का वियोजक जीवों में स्थानान्तरण एवं गमन तथा

(3) प्रत्येक पोषण स्तर एवं वियोजक जीवों से श्वसन द्वारा ऊर्जा का ऊष्मा के रूप में वायुमण्डल में निर्गमन तथा क्षय (चित्र 5.17)। प्रत्येक पोषण स्तर के समस्त जीवित जैविक जीवों द्वारा श्वसन के माध्यम से वायुमण्डल में क्षय की गयी ऊष्मा-ऊर्जा जीवों के उपभोग के लिए पुनः सुलभ नहीं हो पाती है। इस तरह यह पूर्णरूपेण स्पष्ट हो जाता है कि प्राकृतिक तंत्र में ऊर्जा का स्थानान्तरण तथा प्रवाह एकदिशी (Unidirectional) होता है, उसका चक्रण एवं पुनः चक्रण (Cycling एवं Recycling) नहीं होता है।

ऊष्मागतिकी का प्रथम नियम (इस अध्याय के प्रारम्भ में इसका उल्लेख किया गया है) पारिस्थितिक तंत्र में ऊर्जा के प्रवाह की प्रक्रिया के सन्दर्भ में चरितार्थ होता है।

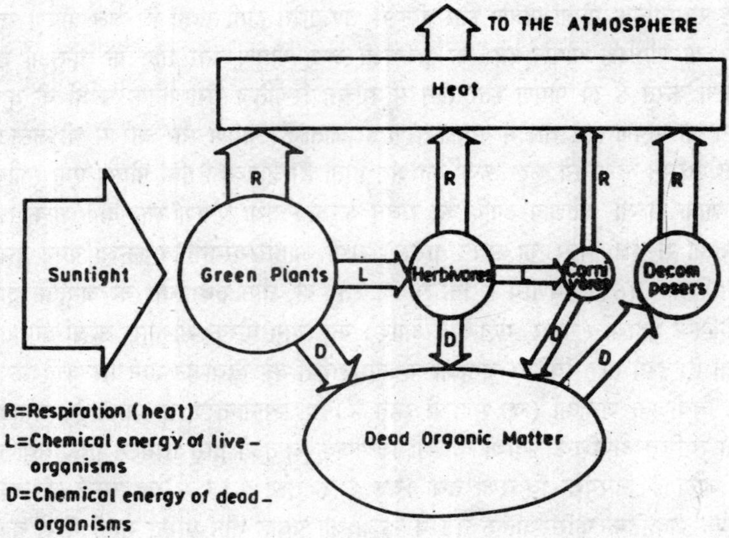

चित्र 5.17 : पारिस्थितिक तंत्र में ऊर्जा-प्रवाह की साधारणीकृत प्रक्रिया का प्रदर्शन (H. J.M. Brown, 1966, के अनुसार)।

सूर्य-ऊर्जा या प्रकाश ऊर्जा का हरे पौधों द्वारा रासायनिक ऊर्जा (आहार ऊर्जा) में रूपान्तरण होता है। ऊर्जा का यह यह रूपान्तरण प्रकाश संश्लेषण की क्रिया द्वारा सम्पन्न होता है। इस रासायनिक ऊर्जा का विभिन्न पोषण स्तरों के जीवों द्वारा श्वसन के समय ऊष्मा की ऊर्जा के रूप में वायुमण्डल में विमोचन (Release) होता है। R. L. Lindman (1942) ने प्राकृतिक पारिस्थितिक तंत्र में ऊर्जा प्रवाह के निम्न नियमों का प्रतिपादन किया है-

नियम

(1) बढ़ते पोषण स्तरों के श्वसन द्वारा क्षय होने वाली ऊर्जा की मात्रा में वृद्धि होती जाती है क्योंकि उच्च पोषण स्तरों के साथ जन्तुओं के शरीर का आकार भी बढ़ता जाता है, अत: उन्हें अपना आहार प्राप्त करने के लिए (अन्य जन्तुओं को पकड़ने के लिए) अधिक दूरियां तय करनी पड़ती है, अत: उन्हें अधिक कार्य करना पड़ता है, परिणामस्वरूप ऊर्जा भी अधिक खर्च होती है (श्वसन द्वारा)।

(2) आहार श्रृंखला प्राय: छोटी होने का प्रयास करती है। इसमें सामान्य रूप से चार लम्बवत् कणियां (पोषण स्तर) होती हैं क्योंकि बढ़ते पोषण स्तरों के साथ ऊर्जा में प्रगामी क्षय (Progressive Loss) होता जाता है, परिणामस्वरूप और अधिक कड़ियां या पोषण स्तर सम्भव नहीं हो पाता हैं।

(3) जैसे-जैसे किसी निश्चित पोषण स्तर के जीवों तथा आहार ऊर्जा (रासायनिक ऊर्जा (रासायनिक ऊर्जा) के मौलिक स्रोत (पोषण स्तर एक रासायनिक ऊर्जा का मौलिक स्रोत होता है) के बीच दूरी बढ़ती जाती है वैसे वैसे ऊर्जा की आपूर्ति के लिए जीवों की अपने पोषण स्तर के ठीक पहले वाले पोषण स्तर पर पूर्ण निर्भरता की सम्भावना कम होती जाती है। उदाहरण के लिये, पोषण स्तर तीन के जन्तु अपने आहार के लिए मात्र पोषण स्तर दो पर ही और पोषण स्तर चार के जन्तु मात्र पोषण स्तर तीन पर भी निर्भर नहीं करते हैं वरन् वे एक से अधिक स्रोतों (पोषण स्तरों) से आहार ऊर्जा प्राप्त करते हैं, यथा-पोषण स्तर चार के जन्तु खासकर मनुष्य प्रायः सभी पोषण स्तरों से आहार प्राप्त करता है। ज्ञातव्य है कि निचले पोषण स्तर के जीव अपने आहार-पोषण की आदत (Feeding Habit) के संन्दर्भ में **विशिष्ट** (Specialists) होते हैं अर्थात् वे कुछ खास प्रकार का ही आहार ग्रहण करते हैं जबकि उच्च पोषण स्तरों के जन्तु 'Generalist' होते हैं अर्थात् ये कई स्रोतों से कई प्रकार के आहारों का सेवन करते हैं।

(4) बढ़ते पोषण स्तरों के साथ जातियां (Species) सुलभ ऊर्जा का उपभोग करने में अधिक सक्षम तथा दक्ष (Efficient) होती हैं क्योंकि उन्हें अपने भक्ष्य जन्तुओं (Preys) को पकड़ने के लिये अधिक क्रियाशील होना पड़ता है।

(5) निचले पोषण स्तरों की तुलना में उच्च पोषण स्तरों में असतता कम होती है (Higher tropic levels tend to be less discrete than the lower ones) क्योंकि उच्च पोषण स्तरों के जीव एक से अधिक पोषण स्तरों से आहार ऊर्जा प्राप्त करते हैं तथा वे **हरफनमौला** (Generalists) होते हैं और वे सुलभ ऊर्जा का उपयोग करने में अधिक दक्ष होते हैं।

6

पादप तंत्र
(Plant System)

प्रस्तावना (Introduction)

पादप जगत का तात्पर्य पौध-जातियों के समूहन अथवा समुच्चय से है। इसका ज्ञान स्थान विशेष की पौध-जातियों की आकृति और एक निश्चित संयोग द्वारा होता है। विभिन्न प्रकार की पादप जातियां परस्पर मिलकर एक पादप जगत का निर्माण करती हैं। पौधों की अलग-अलग जातियों की जीवन-प्रक्रिया (Life Processes) में भिन्नता विद्यमान है जो उनके विकास के साथ-साथ परिवर्तित होती रहती है। परन्तु इनकी आनुवंशिकीय (Genetically) में स्थिरता रहती है। पौधों का उद्‌भव, विकास तथा प्रसरण होता है। समय के साथ इनका विनाश भी होता है। परन्तु इनकी जातियां अनवरत अस्तित्ववान रहती है।

जीवमण्डल (Biosphere) में पौधों का विशिष्ट स्थान होता है। ये प्रत्यक्ष अथवा परोक्ष रूप से स्थलीय एवं जलीय जीवों के लिए भोजन प्रदान करते हैं। समान लक्षण एवं प्रकृति वाले पौधे मिल कर **जाति** का निर्माण करते हैं जिसके समूहन को **पादप समुदाय** कहा जाता है। पादप समुदाय (Plant Community) का आकार कभी बड़ा तथा कभी छोटा होता है। अनुकूल परिस्थितियों में पादप समुदाय विशाल आकार वाला होता है। इसके विपरीत इसका आकार छोटा होता है। समुदाय की इकाई पौधे होते हैं। पौधों के समूहन से समुदाय का निर्माण होता है। पौधे सौर्यिक ऊर्जा से प्रकाश संश्लेषण (Photosynthesis) की क्रिया द्वारा अपना भोजन स्वयं तैयार करते हैं। साथ ही ये अन्य जीवों को आहार विभिन्न आहार श्रृंखला के माध्यम से प्रदान करते हैं। इसके अलावा पौधों द्वारा अन्य प्राथमिक उत्पादक प्रभावित होते हैं। इस प्रकार जीवमण्डल में जैविक-अजैविक श्रृंखला में पौधे एक महत्वपूर्ण कड़ी के रूप में हाते हैं। ऊर्जा एवं पोषक तत्वों के गमन, चक्रण तथा संचरण भी अपना महत्वपूर्ण योगदान देते हैं।

पौधों का उद्‌भव एवं विकास, वितरण, वर्गीकरण, विसरण, विलोपन तथा उपादेयता का अध्ययन इनके महत्व को ध्यान में रखकर किया जाता है। वर्तमान समय में **पादप भूगोल** (Plant Geography) का विकास तीव्रगति से हो रहा है। इसमें पादप सम्बन्धी अध्ययन एवं अनुसंधान वृहद्-स्तर पर किया जा रहा है।

पौधों का उद्‌भव एवं विकास (Origin and Evolution of Plants)

सौर मण्डल में पृथ्वी का उद्‌भव, शीतलन की प्रक्रिया से वायुमण्डल तथा जल व स्थल मण्डल का सृजन प्रकृति की एक अद्‌भद् घटना थी। जल तथा स्थल मण्डल के सृजन के पश्चात् कालान्तर तक पौधों के उद्‌भव की अनुकूल पारिस्थितियां भू-तल पर विद्यमान नहीं थी। वास्तव में उस समय पृथ्वी की स्थलीय एवं सागरीय सतहें अत्यन्त उष्ण थीं। धीरे-धीरे वायुमण्डल की सघनता बढ़ती गयी जल वर्षा एवं अन्य प्रक्रियाओं से भू-तल शीतल होने लगा तथा पौधों के उद्‌भव की परिस्थितियां उत्पन्न होने लगीं। अनेक संघर्षों के फलस्वरूप वनस्पतियों का वर्तमान स्वरूप सृजित है। इसके ऐतिहासिक क्रम को भूगर्भिक कालों के साथ संलग्न कर यथार्थ विश्लेषण प्रस्तुत किया जा सकता है।

पूर्व कैम्ब्रियन युग में वनस्पतियों के उद्‌भव के चिन्ह परिलक्षित नहीं होते हैं। इस युग के प्राथमिक चरण में जल और स्थल दोनों का तापमान अधिक था जिस कारण पौधों के उद्‌भव की परिस्थितियां उत्पन्न नहीं हुई। मन्दगति से सागर-जल शीतल होने लगा जिससे एक कोशीय सूक्ष्म स्तरीय जीवों का उद्‌भव हो गया। ऑक्सीजन नहीं थी। ये अजैविक विधि से उत्पन्न आकार्बनिक पदार्थों को आहार के रूप में ग्रहण करते थे। इस युग में परपोषित जीवों द्वारा अनेक ऐसे जीवों का उद्‌भव एवं विकास हुआ जो अपना भोजन स्वयं तैयार करते थे। बैक्टीरिया, नीलारूण, नीली शैवाल, हरी शैवाल आदि का उद्‌भव इस युग की प्रमुख घटना थी। वायुमण्डल में ऑक्सीजन, ओजोन तथा अन्य महत्वपूर्ण गैसों का उद्‌भव एवं घनीभवन हो गया। इन गैसों की उपलब्धि के कारण बहुकोशिकीय पौधों का उद्‌भव हो गया। सागर तल में उद्‌भूत इन पौधों का जीवन अल्पकालिक होता था। स्थल पर किसी भी प्रकार की वनस्पति उद्‌भूत नहीं हुई थी।

अनुसन्धानों तथा अनेक गम्भीर अध्ययनों से स्पष्ट है कि प्रथमतः पौधों का उद्‌भव सागरीय भागों में हुआ था। ये पौधे इसी जल क्षेत्र में अस्तित्व के लिए संघर्ष करते रहे। इके आकार-प्रकार तथा प्रकृति में समय के साथ परिवर्तन होता रहा है। कालान्तर में जब स्थलीय भू-भाग की परिस्थितियां अनुकूल होने लगीं तब जल से स्थल पर इनका प्रसरण होने लगा। अन्तिम **सिल्यूरियन** तथा **डिवानियन युग** में स्थलीय भागों पर हरित पौधों का उद्‌भव एवं विकास हुआ जिनका अस्तित्व

अल्पकालिक होता था। धीरे-धीरे ये पौधे स्थल के शुष्क पर्यावरण को सहन करने लगे तथा इनका जीवन काल अपेक्षाकृत बढ़ने लगा। तरल पदार्थों से युक्त इन पौधों की संरचना जाइलम, तना, छाल, बीज-कोष, रन्ध्र आदि के द्वारा हुई थी जिनका समय के साथ विकास होता गया जिससे धरातलीय शुष्क वातावरण को सहन करने की शक्ति इनमें निरन्तर बढ़ती गयी।

डिवोनियम युग के अन्तिम चरण में स्थलीय भाग की पारिस्थितियों में परिवर्तन होने लगा जिससे अनेक पौधों का उद्‌भव हो गया। ये पौधे पत्तेविहीन तथा अल्पकालिक थे। इनके बाद इन पौधों में शाखाओं का विकास होने लगा जिसका धीरे-धीरे विलोप होने लगा। परन्तु इनमें बीजाणु की शक्ति थी जिससे भिन्न प्रकार के पौधों का उद्‌भव होने लगा। इन्हीं वृक्षों से इस युग के अन्त में पत्ते वृक्षों का विकास हो गया। साथ-ही-साथ इनकी सघनता और अवस्था में वृद्धि होने लगी। दूसरे शब्दों में, जीवमण्डल में पौधों का सर्वाधिक महत्व होता है क्योंकि ये प्राथमिक उत्पादक होते हैं तथा प्रत्यक्ष तथा अप्रत्यक्ष रूप से स्थलीय एवं जलीय जन्तुओं (मानव सहित को आहार प्रदान करते हैं। पौधों की जातियों (Plant Species) के सामाजिक समूह को पादप-समुदाय (Plant Community) के सामाजिक समूह को **पादप- समुदाय** (Plant Community) कहते हैं तथा पौधे इस समुदाय की आधारभूत इकाई होते हैं। पौधे ही ऐसे जीव होते हैं जो सौर्यिक ऊर्जा (सूर्य प्रकाश) प्राप्त करते हैं तथा उसे प्रकाश ऊर्जा की सहायता से **प्रकाश संश्लेषण** (Photosynthesis) क्रिया से अपना आहार स्वयं निर्मित करते हैं। इस तरह पौधों द्वारा सूर्य-ऊर्जा का रासायनिक या आहार ऊर्जा में स्थानान्तरण होता है तथा इस ऊर्जा का आहार श्रृंखला के विभिन्न पोषण स्तरों (Trophic Levels) के सहारे विभिन्न जन्तुओं में गमन तथा प्रवाह होता है। स्पष्ट है कि पौधे सौर्यिक ऊर्जा को प्रत्यक्ष रूप से प्राप्त करते हैं जबकि अन्य जन्तु इस ऊर्जा को अप्रत्यक्ष रूप से यानी पौधों के माध्यम से प्राप्त करते हैं। इस तरह पौधे जीवमण्डलीय पारिस्थितिक तंत्र के जैविक एवं अजैविक (भौतिक) संघटकों के मध्य **विचौलिया** (Intermediatary) होते हैं। जीवमण्डल में पौधों के महत्व एवं उनकी महत्वपूर्ण भूमिका को ध्यान दिया जाता है तथा पादप भूगोल (Plant Geogrophy) को भूगोल की एक स्वतंत्र शाखा के रूप में विकसित किया गया है। पादप तंत्र के अन्तर्गत पौधों के वर्गीकरण, समुदाय विकास, उनकी उत्पत्ति तथा विकास, उनके स्थानिक वितरण प्रतिरूप, उनके विसरण तथा विलोपन एवं उनके विभिन्न कार्यों का अध्ययन किया जाता है। पौधों का प्रमुख कार्य सौर्यिक ऊर्जा (प्रकाश ऊर्जा) की सहायता से **प्रकाश-संश्लेषण** विधि से आहार ऊर्जा/रासायनिक ऊर्जा का निर्माण करना है। पौधे जीवमण्डल में ऊर्जा तथा पोषक तत्वों के संचरण, गमन तथा चक्रण में भी सहायक होते हैं। इन पक्षों का

अर्थात् पौधों के कार्यों का पिछले अध्यायों में विशद् विवेचन किया जा चुका है।

पौधों का वर्गीकरण (Classification of Plants)

भू-तल पर विद्यमान पादप जगत पर जलवायु, भवाकृतिक बनावट, भूगर्भिक संरचना आदि का प्रभाव पड़ता है। सभी प्रभावी कारक समान नहीं है जिस कारण पादप जगत में विषमता परिलक्षित है। वास्तव में पौधों का प्राथमिक उद्भव-स्थल जल था। इसके पश्चात् स्थलीय भागों में इसका विसरण हुआ। स्थायी भागों की भौगोलिक परिस्थितियां अपेक्षाकृत भिन्न थी जिस कारण इस पर भिन्न प्रकार के पौधों का उद्भव एवं विसरण होने लगा। जो भाग जल भाग के छोर पर थे वहां पर पौधों की नवीन जातियां उद्भूत होकर विकसित होने लगी। यही से भू-तल के अन्य भागों में पौधों का विसरण हुआ। महाद्वीपीय विस्थापन का प्रभाव भी समय-समय पर इनके विसरण पर प्रभावी हुआ। अनेक वनस्पतियों के उद्भव फलस्वरूप भू-तल पर व्यवस्थित जलवायु कटिबन्धों का सृजन हो गया। विसरित पौधे नवीन जलवायु कटिन्धों से अनुकूलन प्राप्त कर लिए जिस कारण उनमें नवीन जातीय लक्षण उद्भूत हो गये तथा अनेक नवीन पौध जातियों का उद्भव हो गया। वर्तमान तक सम्पूर्ण पादप जगत में वृहत्-स्तर पर विषमता विद्यमान हो गई है जिसके आधार पर पौधों का वर्गीकरण सरलतापूर्वक किया जाता है।

पर्यावरण के कारकों के प्रभाव के कारण स्थान विशेष पर पृथक प्रकार की पौध-जातियां उद्भूत एवं विकसित हुई हैं। प्रत्येक पादप जातियां एक दूसरे से सरंचनात्मक दृष्टि से भिन्न होती हैं। इसी प्रकार के पौधों के आकार में विषमता परिलक्षित होती हैं। इसमें लघु आकार से लेकर वृहत आकार वाले पौधे विद्यमान होते हैं। पौधों की संरचना, आकार तथा कार्य-कलाप इतना जटिल है कि पादप जगत का वर्गीकरण भ्रांतिपूर्ण हो जाता है। यही कारण है कि पादप जगत के वर्गीकरण एवं पौधों के वर्गीकरण में किसी एक आधार को मान्यता नहीं मिल पायी हैं। एक आधार पर किया गया वर्गीकरण पौध-समूह की सम्पूर्ण मौलिकता का बोध नहीं करा पाता है।

वर्तमान समय में विज्ञान का पर्याप्त विकास हो चुका है, अनेक **बॉटेनिकल रिसर्च इन्स्टीट्यूट** की स्थापना हो चुकी है तथापि वैश्विक-स्तर पर स्थलीय तथा जलीय पौधों का अध्ययन नहीं हो पाया है जबकि वृहत्-स्तर पर पौधों की जातियां अज्ञात हैं। ज्ञात पौध-जातियों के आधार पर किया गया वर्गीकरण प्रत्येक काल में आंशिक ही रहेगा क्योंकि जब नवीन जातियों का पता लगेगा तब इन वर्गीकरणों में भ्रांतियों उत्पन्न हो जायेगी। निम्नांकित आधारों पर पौधों का वर्गीकरण किया जाता है-

(1) **पौधों का आकारिकीय वर्गीकरण** (Morphological Classification of Plants) : पौध समूहों, परिवारों में आकार एवं जनन प्रक्रिया में भिन्नता पाई जाती है जिससे समूहों का सृजन होता है। यही कारण है कि पौधों की **आकृतिक भिन्नता** (Morphological Variations) एवं **जनन प्रक्रिया** (Reproductivity Processes) के आधार पर इनका वर्गीकरण किया जाता है। इस आधार पर दो प्रमुख वर्गीकरण मान्य हैं-

(1) पुष्परहित पौधे (Cryptogams), तथा

(2) पुष्पी पौधे (Flowering Plants)।

(1) **पुष्परहित पौधे** (Cryptogams) : पुष्प तथा बीज रहित पौधों को पुष्पहीन पादप की संज्ञा से अभिहित किया जाता है। इनमें बीजाणु विद्यमान होते है जिनसे ही वंश का क्रम निरन्तर सक्रिय रहता है। इस वर्ग के समस्त पौधों में समान संचालित होती है। पुष्परहित पौधों को निम्न वर्गों में वर्गीकृत किया जाता है-

(क) **बैक्टीरिया** : बैक्टीरिया पौधों में एक कोशिका होती है जो इनकी सन्तति जनन का मूलाधार होती हैं। यह कोशिका दो भागों में विभाजित होती है जिससे वंश वृद्धि होती है। स्वयं आहार का निर्माण करने वाले बैक्टीरिया पौधे **स्वपोषित** तथा आहार के लिए दूसरे पर निर्भर रहने वाले बैक्टीरिया पौधे **परपोषित बैक्टीरिया** कहलाते हैं। वास्तव में स्वपोषित बैक्टीरिया पौधे सूर्य प्रकाश तथा जैविक/अजैविक तत्वों की सहायता से अपना भोजन स्वयं तैयार करते हैं। परपोषित बैक्टीरिया पौधे इससे भिन्न क्रिया द्वारा अपना भोजन प्राप्त करते हैं। मृत जीवों के वियोजन तथा विघटन से ये भोजन प्राप्त करते हैं।

(ख) **शैवाल** : शैवाल में एक कोशिका से लेकर कई कोशिकायें पायी जाती हैं। जो अतिसूक्ष्म शैवाल होते हैं उनमें एक कोशिका होती है। इसके विपरीत जो बड़े शैवाल पौधे होते हैं उनके कई कोशिका होती हैं। शैवाल मूलतः जलीय पौधा है। परन्तु कतिपय शैवाल पौधे मिट्टी में भी जीवन धारण करते हैं। प्रकाश संश्लेषण की क्रिया द्वारा ये भोजन प्राप्त करते हैं।

(ग) **कवक** : कवक परजीवी (Parasite) होते हैं जो अपना भोजन प्रकाश संश्लेषण की क्रिया से नहीं बनाते हैं। ये जीवित एवं मृत जीवों से अपना भोजन ग्रहण करते हैं।

(घ) **टेरिडोफाइटा :** यह कोशिक् पौधा है जिसे **संवहनीय पौधा** (Vascular Plants) भी कहा जाता है। एक कोशिका के दो भागों में विभक्त होने से सन्तति जनन होता है। अस्वपुच्छ, फर्न आदि इसके प्रमुख दृष्टान्त हैं।

(ड.) **काई या शिलावल्क :** कवक (Fungi) एवं शैवाल (Fungus) के साथ-साथ काई या शिलावल्क का विकास एक पौधे के रूप में होता है जिसे **मिश्र पादप** (Composite Plants) की संज्ञा प्रदान की जाती है। इसमें शैवाल द्वारा कवक को आहार प्रदान किया जाता है। इस प्रकार कवक परजीवी होता है।

(2) **पुष्पी पौधे** (Flowering Plants) : पुष्पी पादपों में शुक्राणु होते हैं जिससे इनमें बीजों द्वारा सन्तति जनन होता है। इसे दो श्रेणियों : आवृत्त बीज वाले (Angiosperms) तथा **अनावृत्त बीज वाले** (Gymnosperms) में विभाजित किया जाता है। आवृत्तबीजी पौधों में बीज एक सुदृढ़ कवच से सुरक्षित रहता है। इन बीजों के अंकुरण के लिए आवश्यक परिस्थितियां होती है। इके अभाव में इनका अंकुरण संभव नहीं होता है। ये पौधे **एक बीज पत्री** (Monoctyledoms) तथा **द्विबीज पत्री** (Dicotyledons) दोनों होते हैं। ऐसे बीजों से जिनमें अंकुरण के समय एक पत्ती का उद्‌भव होता है उसे एकबीज पत्री की संज्ञा दी जाती है। मटर, अरहर, उर्द, जब बीजों के समय दो पत्तियां प्रस्फुटित होती हैं तब उन्हें द्विबीज पत्री कहा जाता है। मटर, अरहर, उर्द, मूंग, चना, आम, महुआ आदि द्विबीज पत्री तथा मक्का, ज्वार, बाजरा, गेहूं, चना एवं अनेक घांसें एकबीज पत्री के प्रमुख दृष्टान्त होते हैं।

(3) **जीवन-रूप के आधार पर पादप वर्गीकरण** (Plants Classification Based on Life-form) : वनस्पति विज्ञान की दृष्टि से जीवन-रूप के आधार पर पौधों का वर्गीकरण अत्यन्त महत्वपूर्ण माना जाता है। अनेक वनस्पति वैज्ञानिक इस दिशा में महत्वपूर्ण योगदान दिए हैं जिनमें **रौनकियर** का योगदान विशेष सराहनीय है। इन्होंने पौधों का वर्गीकरण उनके जीवन-रूप के आधार पर प्रस्तुत किया है। इनका मत है कि पौधों के जीवन पर जलवायु का प्रभाव पड़ता है जिससे उनमें भिन्नता उत्पन्न हो जाती है तथा उनका जीवन-रूप भिन्न सृजित होता है। साथ-ही साथ जहां पर अनुकूल वातावरण या जवायविक दशायें विद्यमान होती हैं वहां पर पौधों का रूप मौलिक द्रष्टव्य है। इसके विपरीत जहां पर प्रतिकूल परिस्थितियां रहती

हैं वहां पर पौधों के समायोजन की प्रक्रिया के कारण इनके रूप में भिन्नता हो जाती है।

रौनकियर (1934) ने अपने वर्गीकरण में **मृदा सतह** (Soil Surface) के सम्बन्ध में पौधों की सुप्त (Resting) आंख (Buds) की स्थिति को मुख्य आधार माना है। वास्तव में पौधों के विकास के लिए मौसम की प्रतिकूल स्थिति में **सुप्त आंख** (Resting buds) मृदा सतह के अत्यन्त निकट होती है। इसके विपरीत अनुकूल जलवायु परिस्थितियों में से मृदा-सतह से दूर होती हैं। इस आधार पर Phanero-phytes, Chamaephytes, Hermicryptophytes, Therophytes, Cryptophytes आदि उप-वर्गों में वगीकृत किया जाता है।

(4) **पौधों का पदानुक्रमिक वर्गीकरण** (Hierarchical Classification of Plants): पदानुक्रमिक वर्गीकरण का मुख्य आधार पौधों की समानता (Plants Similarity) है जो कि उनके प्रजनन प्रक्रिया, ऊर्जा-निर्माण, ऊर्जा उपभोग, कार्यात्मक रूप से घनिष्ट रूप से सम्बन्धित होता है। पौधों की लम्बाई एवं इसके अन्य गुणों का साथ-साथ बोध कराती है। पादप जगत में पदानुक्रम विद्यमान होता है। पादप जगत में एकाकी पौधे जो समान व्यवहार वाले होते हैं उनकी संख्या पौधों की जनसंख्या कहलाती हैं और जब उनका समूहन हाता है तब उसे जाति (Species) की संज्ञा दी जाती है। इस प्रकार जाति संख्या का एक समूह है।

अनेक जातियां जो समान विशेषता वाली हैं; उनके समूह को **वंश** (Genera) कहा जाता है। वंश जाति के पश्चात् दूसरी श्रेणी होती है। विभिन्न वंशों के समूह जो उभय विशेषता वाले होते हैं, उनको **परिवार** की संज्ञा प्रदान की जाती है। इसी प्रकार जब उभय विशेषताओं से कई परिवार का समूह बनता है, तब उसे **कोटि** की संज्ञा दी जाती है। जब कई कोटियां मिलकर एक समूह बनाती हैं तब उसे वर्ग की संज्ञा दी जाती है।

उभय विशेषताओं से युक्त जब कई वर्गों का एक व्यवस्थित स्वरूप बनता है तब उसे **संघ कहा** जाता है। दूसरे शब्दों में, *पादप तंत्र या पादप जगत* (Plant Kingdom) की सबसे बड़ी विशेषता उनकी विविधता है। ज्ञातव्य है कि प्रथम आदि पौधों (Primitive Plant) का उद्भव अतीत भौमिकीय काल में जलीय पर्यावरण में हुआ था। इसके बाद से पौधों ने विभिन्न जलवायु प्रदेशों (विषुवत् रेखीय उष्णार्द्र जलवायु से ध्रुवीय एवं आर्कटिक शीत जलवायु तक) तथा विभिन्न आवासों (Habitats) में (सागर-तल से उच्च पर्वतों तथा जलीय भागों से लेकर स्थलीय

भागों तक) एवं विभिन्न पर्यावरण दशाओं में अपना अनुकूलन (Adaptation) किया है जिस कारण विभिन्न पर्यावरण वाले क्षेत्रों में विशिष्ट पादप समूहों का विकास हुआ है।

पौधों के आकार में पर्याप्त अन्तर एवं विषमता पायी जाती है क्योंकि इनका आकार एक कोशिका वाले अति सूक्ष्म पौधों (यथा-शैवाल तथा सागरीय डायटम) से लेकर उष्ण एवं शीतोष्ण कटिबन्धी क्षेत्रों के पुष्पी एवं फलदार वृहद्‌ाकार वृक्षों तक होता है। आकार, संरचना, कार्यकलाप आदि के दृष्टिकोण से पौधों में विश्व स्तर पर इतनी विविधतायें होती हैं कि पौधों का कुछ खास वर्गों में विभाजन करना सम्भव नहीं हो पाता है। इसके अलावा आज तक समस्त स्थलीय एवं जलीय पौधों की जातियों की जानकारी प्राप्त नहीं हो सकी है। अब तक पौधों की मात्र 40,000 जातियों की जानकारी ही मिल पायी है जबकि केवल उष्ण कटिबन्धी भागों में ही हजारों अज्ञात जातियों का पता नहीं लग पाया है। स्पष्ट है कि पौधों का वर्गीकरण सदा खुला रहेगा क्योंकि जैसे-जैसे पौधों की नयी जातियों का पता लगता जायेगा, पौधों के वर्गीकरण में वैसे-वैसे नयी जातियों एवं वर्गों का समावेश होता जायेगा। सामान्य रूप में पौधों का वर्गीकरण उनकी अकारिकीय विशेषताओं (Morphological Characteristics), उनके पदानुक्रम (Hierarchy), उनके जीवनरूपों (Life-Forms) आदि आधारों पर किया जाता है।

आकारिकीय वर्गीकरण (Morphological Classification)

मोटे तौर पर आकृतिक विभिन्नता (Morphological Variations) तथा जनन प्रक्रिया (Reproductive Processes) के आधार पर पौधों को दो वृहद् श्रेणियों में वर्गीकृत किया जाता है:

(1) पुष्परहित पौधे (Cryptogams) तथा

(2) पुष्पी पौधे (Flowing Plants) या Phanerogams)।

(1) **पुष्पहीन पादप** (Cryptogams) : इस तरह के पौधों में फूल तथा बीज नहीं होते हैं, अत:ये अपने वंश या सन्तति (Offsprings) का जनन अपने अन्दर छिपे बीजाणु (Spores) द्वारा करते हैं। समस्त जनन प्रक्रिया इस तरह के पौधों के शरीर में अन्तनिर्हित होती है। इस तरह के पौधों की आन्तरिक संरचना सरल होती है। इन्हें पुन: 6 उप-भागों में विभक्त करते हैं-

(i) **बैक्टीरिया** : ये एक कोशिका (Single Celled) वाले पौधे होते हैं। ये अपनी कोशिका को दो भागों में विभक्त करके संतति जनन करते हैं, जिस कारण इन्हें **शीजोफाइटा** (Schizophyta) भी कहते

हैं। आहार निर्माण तथा ग्रहण-प्रक्रिया के आधार पर इन्हें पुनः दो वर्गों में विभाजित किया जाता है-

(अ) स्वपोषित (Autotrophs) एवं

(ब) परपोषित (Heterotrophs)।

स्वपोषित बैक्टीरिया अपना आहार स्वयं निर्मित करती हैं। ये बैक्टीरिया अपनी ऊर्जा या तो प्रकाश एवं अकार्बनिक/अजैविक स्रोतों से प्राप्त करती है। परपोषित बैक्टीरिया अपना आहार स्वयं निर्मित नहीं करती हैं वरन् अपने आहार के लिए अन्य जीवों पर निर्भर करती हैं। ये परपोषित बैक्टीरिया मृत जीवों को वियोजित तथा विघटित करती हैं तथा जीवमण्डल में पोषक तत्वों के चक्रण में सहायक होती हैं।

(ii) **शैवाल** (Algae) : यह जल में रहने वाला सूक्ष्म पादप होता है जिसकी संरचना सरल होती है। इनका अतिसूक्ष्म रूप एक कोशिका वाला होता है जबकि बड़े शैवाल कई कोशिकाओं वाले होते है। कुछ शैवाल मिट्टियों में भी रहते हैं। ये **प्रकाशरसायन** (Photo-chemical) क्रिया द्वारा ऊर्जा प्राप्त करते हैं।

(iii) **कवक** (Fungi, **फंजाई, एकवचन**-Fungs) : पादप प्रकाशसंश्लेषण नहीं करते हैं, अपितु, अपने आहार के लिए अन्य जीवों के उत्पादनों पर निर्भर करते हैं। कुछ कवक **परजीवी** (Parasite) होते हैं तथा कुछ **मृतजीवी** (Saprophyte) होते हैं जो अपने आहार हेतु मृत जैविक पदार्थों पर निर्भर करते हैं। कुकरमुत्ता (Mushroom) प्रमुख उदाहरण हैं।

(iv) **ब्रायोफाइटा** (Bryophyta) : ये असंवहनीय पौधे (Non-vascular Plants) होते हैं अर्थात् इनकी आन्तरिक संरचना इस तरह की होती है कि पौधों के एक भाग से विभिन्न भागों में तरल पदार्थों का संचार या गमन नहीं हो पाता है। इसके अन्तर्गत काई (Mosses) को सम्मिलित करते हैं।

(v) **शिवावल्क या काई या लाइकेन** (Lichens) : इसके अंतर्गत ऐसे पौधे आते हैं जिनमें कवक तथा शैवाल साथ-साथ एक ही पौधे के रूप में होते हैं। इस तरह के पादप मिश्र (Composite) होते हैं। इस मिश्र पौधे का एक भाग यानी कवक परजीवी होता है, जिसे उसी पौधे का दूसरा भाग यानी शैवाल आहार प्रदान करता है।

उपर्युक्त पुष्प रहित पौधों के पांचों प्रकार को सम्मिलित रूप से असंवहनीय पुष्प रहित पादप (Non Vascular Cryptogams) कहते हैं क्योंकि इनमें ऐसी संरचना नहीं होती है कि पोषक तत्वों का तरल रूप में पौधे के एक भाग से दूसरे भाग में प्रवाह या गमन हो सके।

(vi) **टेरिडोफाइटा** (Pteridophyta) : ये संवहनीय पौधे (Vascular Plants) होते हैं परन्तु इनमें सन्तति जनन उपर्युक्त असंवहनीय पादपों के समान ही एक कोशिका के दो भागों में विभक्त होने पर होता है। इसके अन्तर्गत फर्न (Fern, अश्वपुच्छ (Horsetails) आदि को सम्मिलित करते हैं।

(2) **पुष्पी पादप** (Phanerogams or Flowering Plants) : इस श्रेणी के पौधे बीजों के द्वारा संतति जनन करते हैं। इन्हें **स्पर्मैटोफाइटा** (Spermatophyta) भी कहते हैं क्योंकि इनमें शुक्राणु (Sperms) होते हैं। ये संवहनीय (Vascular) पौधे होते हैं। इनके दो उप-विभाग होते हैं :

(i) **अनावृत्तबीजी** (Gymnosperms) : इस तरह के पौधों में बीज किसी आवरण में ढका नहीं होता है, वरन् खुला रहता है। कोणधारी या शंक्वाकार वृक्ष यथा-पाइन, स्प्रूस, जूनिफर आदि इस श्रेणी में आते हैं।

(ii) **आवृत्तबीजी** (Angiosperms) : इस श्रेणी के पौधों मे बीज रक्षक आवरण (Protective Cover) या पौधों के अवयवों में ढका रहता है। ये वास्तविक पुष्पी पौधे होते हैं तथा सभी प्रकार के पौधों मे सर्वाधिक महत्वपूर्ण होते हैं। इनका विकास सबसे बाद में (लगभग 100 मिलियन वर्ष पूर्व) हुआ है। इन्हें बीज के अंकुरण के समय पत्तियों की संख्या के आधार पर पुनः दो उप-प्रकारों में विभक्त करते हैं

(अ) **द्विबीजपत्री** (Dicotyledons) : जिनमें बीज के अकुंरण के समय दो पत्तियां निकलती हैं। मानव उपयोगी दलहनी खाद्यान्न पौधे तथा फलदार पौधे इस श्रेणी में आते हैं। इनके बीज में दो भाग होते हैं (मटर, अरहर, उरद, मूंग, चना, आम, महुआ आदि)।

(ब) **एकबीजपत्री** (Monocotyledons) : इस तरह के पौधों में बीज का एक ही भाग होता है तथा अंकुरण के समय एक ही पत्ती निकलती है। इसके अन्तर्गत मानव उपयोगी अधिकांश खाद्यान्न

(Cereals) आते हैं–यथा गेहूं, चना, मक्का, ज्वार, बाजरा आदि तथा अन्य घासें।

पदानुक्रमिक या सौपनिक वर्गीकरण (Hierarchical Classification)

इस तरह के वर्गीकरण के अन्तर्गत सर्वाधिक समानता (Highest Degree of Similarity) पौधों को एक पदानुक्रम इकाई में रखते हैं। यह समानता उनके (पौधों के) कार्यात्मक प्रारूप, प्रजनन प्रक्रिया (Breeding Mechanism), ऊर्जा निर्माण या उपयोग आदि से सम्बन्धित होती है। पादप जगत में पादप–पदानुक्रम में सबसे निचली इकाई **जाति** (Species) होती है। समान व्यवहार वाले एकाकी पौधों (जिसमें पौंधे आपस में ही प्रजनन करते हैं तथा अपने जैसे ही वंश या संतति (Offsprings) उत्पन्न करते हैं) की संख्या को जनसंख्या कहते हैं और इनके समूह या वर्ग को जाति कहते हैं।

दूसरें शब्दों में, Population is defined "as a group of individuals of the same species living in the same area or interbreeding and sharing genetic information" (D. B. Botkin तथा E. A . Keller, (1982)। जाति संख्या के समूहों को **जाति** (Species) कहते हैं। एक जाति के सभी सदस्य आपस में सन्तान–जनन के लिए समर्थ होते हैं। लगभग समान विशेषता वाली कई जातियों के समूह द्वारा अगला उच्चा पदानुक्रम बनता है जिसे वंश (Common Characteristics) वाले विभिन्न **वंशों** के समूह को **परिवार** (Families) कहते हैं। इसी तरह बढ़ते पदानुक्रम में उभय विशेषता वाले पदानुक्रम के पौधों को क्रमशः **कोटि** (Orders), **वर्ग** (Classes), **संघ** (Phyla, **एकवचन** -Phylum) तथा **पादप जगत** (Plant kingdom) में विभाजित करते हैं। पादप जगत समस्त वनस्पतियों को प्रदर्शित करता है तथा यह सर्वोच्च पदानुक्रम होता है। इन्हें सर्वोच्च पदानुक्रम से लघुतम पदानुक्रम में निम्न रूप में व्यक्त किया जा सकता है।

पादप जगत (Plant Kingdom)

संघ (Phyla)

वर्ग (Classes)

कोटि (Orders)

परिवार (Families)

वंश (Genera)

जाति (Species)।

जीवन-रूप के आधार पर वर्गीकरण
(Classification Based on Plant Life-Form)

रौनकियर (Raunkiaer,1934) ने पौधों का वर्गीकरण उनके जीवन-रूप के आधार पर किया है। इनके वर्गीकरण का मुख्य आधार पादप-जीवन तथा जलवायु कारकों के बीच सम्बन्ध है। इसके अन्तर्गत पौधों के जीवन-रूप के उनके विकास के प्रतिकूल मौसम के साथ समायोजन (Adjustment) को ध्यान में रखा जाता है। **रौनकियर** ने अपने वर्गीकरण की योजना में केवल एक विशेषता अर्थात् पौधे की **सुप्त** (Resting) या **वर्षस्थायी** (Perennating) **कालिका** या **आंख** (Buds) की मृदा सतह के सम्बन्ध में स्थिति को ही अपने वर्गीकरण का आधार बनाया है। अर्थात् जिस क्षेत्र में पौधों के विकास के लिए मौसम जितना ही प्रतिकूल होता है, पौधों के विकास के लिए मौसम जितना ही प्रतिकूल होता है, पौधों की सुप्त आंखें मृदा सतह के उतनी ही करीब होती हैं ताकि वे नष्ट न हो सकें अपितु मौसम के आने तक सुरक्षित रह सकें। इस आधार पर पौधों को निम्न पांच वर्गों में रखते हैं-

(1) **फैनेरोफाइट्स** (Phanerophytes) : ये ऊंचे वृक्ष या ऊंची झाडियां होते हैं जिनमें सुप्त आंखे (Resting Buds) काफी ऊंचाई पर होती हैं। (मृदा आवरण से कम से कम 2.5 मीटर से 30 मीटर से अधिक ऊंचाई पर)। पतझड़ तथा सदाबहार वृक्ष इसके अन्तर्गत आते हैं।

(2) **कैमिफाइट्स** (Chamaephytes) : इनके अन्तर्गत सदाबहार छोटी झाड़ियां (शाकीय या जड़ी-बूटी वाली झाड़ियां Herbaceous Shrubs or Plants) आती हैं जिनकी सुप्त कलियां या आंखें (Buds) मृदा सतह (Soil Surface) के करीब (2.5 मीटर की ऊंचाई तक)होती हैं।

(3) **हेमिक्रप्टोफाइट्स** Hemicryptophytes : इसके अन्तर्गत वे पौधे आते हैं जिनकी सुप्त कलियां या आंखें मृदा सतह पर होती हैं तथा ये आंशिक रूप में मृदा सतह पर पर्ण ढेर (Leaf Litter, गिरी पत्तियों के ढेर) में या मिट्टियों में ढकी रहती हैं।

(4) **क्रिप्टोफाइट्स** (Cryptophytes) : इस तरह के पौधों की आंखें (कलियां) पूर्ण रूप से बाह्य पर्यावरण से सुरक्षित रहती हैं। इस तरह के पौधों में ये कलियां बल्ब (Bulb) के रूप में होती हैं यथा-**डहलिया।** भूतल पर तथा जल में पाये जाने वाले इस श्रेणी के पौधों को क्रमश: Grophytes तथा Hydrophytes कहते हैं।

(5) **थैरोफाइट्स** (Therophytes) : इसके अन्तर्गत वे पौधे आते हैं जिनका जीवन एक मौसम तक ही सीमित होता है (इन्हें वार्षिक पादप कहते हैं।) अर्थात् इनका जीवन इतिहास बीज से बीज के बीच होता है। यानी बीज के अंकुरण से पौधा विकसित होता है तथा पुनः बीज आ जाने पर समाप्त हो जाता है। प्रतिकूल मौसम में ये पौधे बीज के अन्दर भ्रूण (Embroyo) के रूप में रहते हैं तथा अनुकूल मौसम आने पर पुनः विकसित हो जाते हैं।

वनस्पति तथा पादप समुदाय (Vegetation and Plant Community)

किसी भी निश्चित आवास (Habitat) में एक साथ विकसित होने वाले पादपों के समूह को पादप समुदाय (Plant Community) कहते हैं। किसी भी आवास में पादप समुदाय में तीन विशेषतायें अवश्य होती हैं-

(1) इसका निर्माण दो या दो से अधिक विभिन्न जातियों (Species) के पौधों से होता है।

(2) इसमें ऐसी जातियां सम्मिलित होती हैं जिनके सदस्य किसी खास आवास में एक साथ रहने एवं विकसित होने के लिए समर्थ होते हैं।

(3) इसके सदस्य पारिस्थितिक रूप से (Ecologically) एक दूसरे से सम्बन्धित होते हैं। किसी भी प्रदेश में पादप समुदायों के समूह को **वनस्पति** (Vegetation) कहते हैं। अर्थात् किसी भी क्षेत्र में विभिन्न जातियों के परन्तु पारिस्थितिक रूप से सम्बन्धित पौधों के समूह को उस क्षेत्र की वनस्पति कहते हैं। वनस्पति का स्वभाव अमुक आवास में उपस्थित विभिन्न जातियों पर निर्भर न होकर उन जातियों के तथा उनके सदस्यों की संख्या के सापेक्षिक समानुपात (Relative Proportions) पर आधारित होता है। उदाहरण के लिये, दो आवासों में समान जाति वाले पादप हो सकते हैं परन्तु उनके वनस्पति प्रारूप विभिन्न होते हैं। इसी तरह दो आवासों की वनस्पति एक प्रकार की हो सकती हैं परन्तु उनके फ्लोरा विभिन्न हो सकते हैं। उदाहरण के लिये, यदि दो आवास क्षेत्र है, दोनों में घास तथा साल वृक्ष हैं परन्तु प्रथम में घास की बहुलता है तथा साल दूर-दूर हैं जबकि दूसरे आवास में साल वृक्ष काफी घने हैं तो इस तरह प्रथम आवास की वनस्पति घास तथा दूसरे की साल वन होगी।

पौध-विकास की प्रवृत्ति (Trends of Evalution of Plants)

भू-तल पर विद्यमान पादप-जगत का वर्तमान स्वरूप ऐतिहासिक विकास-क्रम का प्रतिफल है। पादप समुदाय, परिवार, समूह एवं एकल इकाई में विषमता परिलक्षित

होती है जिस पर अनुवांशिकी, जलवायु, धरातलीय स्वभाव, मृदा-गुण आदि का प्रभाव द्रष्टव्य है। विषमता, प्राकृतिक एवं कृत्रिम चयन तथा पृथक्करण ऐसे तत्व हैं जो पादप-जगत के स्वरूप को सृजित किया हैं। अतीत से वर्तमान तक पादप जगत पर अनेक प्राकृतिक एवं मानवीय तत्वों का प्रभाव बड़ा है।

(1) **विषमता** (Variation) : पादप समूह, परिवार, समुदाय तथा जगत में अत्यन्त विषमता परिलक्षित होती है। पौधों की ऊंचाई, आकार, फूल, फल, रंग, पत्ती आदि में एक या सामूहिक भिन्नता पाई जाती है। एक समुदाय या परिवार के समस्त पौधे समान नहीं होते हैं बल्कि, प्रत्येक एक दूसरे से पूर्णतः भिन्न होते हैं। सामान्य के आधार पर इनको एक वर्ग के अन्तर्गत रखा जाता है। अनुवांशिक रूप में प्राप्त गुणों के आधार 'सामान्य' का निर्माण हो जाता है जिस कारण पौधों की लम्बाई, मोटाई, रंग, पत्तियों का आकार, फूल-फल आदि में अपने मूल पैतृक गुणों से भिन्नता होने लगता है। कभी-कभी यह भिन्नता इतनी अधिक हो जाती है कि उसे नवीन पौधा माना जाने लगता है। सामान्य के सृजन के कारण इसे एक वर्ग में स्वीकार कर लेते हैं परन्तु पर्यावरण के प्रभाव के कारण पैतृक परिवार से पूर्णतः भिन्न हो जाते हैं।

(2) **प्राकृतिक एवं कृत्रिम चयन** (Natural and Artificial Selection) : प्राकृतिक तथा कृत्रिम चयन का प्रभाव पौधों के विकास एवं उनके अस्तित्व पर पड़ता है। पौधे भी जीवों की भांति अपने अस्तित्व के लिए संघर्ष करते हैं। पौधों में अनुवांशिक रूप से जो गुण प्राप्त होते हैं उन्हीं के द्वारा वे वातावरण से अनुकूलन प्राप्त करते हैं। जिन पौधों में ये गुण विद्यमान होते है वे वातावरण से अनुकूलन प्राप्त कर अस्तित्ववान रहते हैं। इसके विपरीत जिनमें ये गुण विद्यमान नहीं रहते हैं वे अस्तित्वहीन हो जाते हैं। इस प्रकार जब पौधों में ऐसे पैतृक गुण विद्यमान होते हैं जिनके द्वारा वे वातावरण से अनुकूलन प्राप्त कर अस्तित्व के लिए संघर्ष करते हैं उसे **प्राकृतिक चयन** की संज्ञा दी जाती है।

मानव अपने विवेक को छांट कर वैज्ञानिक विधि से जब पौधों में नवीन वातावरण के अनुकूलन के गुण को समाहित कर देता है तब वे उस नवीन वातावरण में अपने अस्तित्व के लिए संघर्ष करते हैं जिसे **कृत्रिम चयन** की संज्ञा दी जाती है। वर्णसंकरण (Hypridization) एवं क्रास परागण (Cross-pollination) द्वारा पौधें की नयी-नयी जातियों का विकास वैज्ञानिकों द्वारा किया जाता है जिनमें नवीन वातावरण के अनुकूलन की

शक्ति के साथ-साथ विभिन्न प्रकार के कीटों एवं रोगों की प्रतिरोधक क्षमता भी विद्यमान है। वास्तव में ये नवीन पौधे अपने पैतृक पौधों से पूर्णतया गुण में भिन्न हाते हैं। उत्पादकता, विशिष्टिता, सुन्दरता आदि पूर्व की अपेक्षा अधिक होती है। इस प्रक्रिया में पैतृक पौधे धीरे-धीरे लुप्त (Eliminate) हो जाते हैं तथा नवीन पौधे ही अस्तित्ववान रहते हैं। वर्तमान समय में बढ़ती जनसंख्या एवं खाद्यान्न की अल्पता के कारण ऐसे पौधों के विकास की अत्यन्त आवश्यकता है जिस कारण कृत्रिम चयन द्वारा तीव्रगति से पौधों का विकास हो रहा है।

(3) **पृथक्करण** (Isolation) : पृथक्करण वह प्रक्रिया है जिसमें पौध-सदस्यों के मध्य जीन (Gene) का परस्पर आदान-प्रदान बन्द हो जाता है जिसका पौधों के विकास में विशेष महत्व है। इस प्रक्रिया को **बाह्य कारक** (External Factors) तथा **आन्तरिक कारक** (Internal Factors) प्रभावित करते हैं।

कतिपय बाह्य कारक ऐसे होते हैं जो पौधों या पौध-समूहों में **क्रास परागण** की प्रक्रिया में अवरोध उत्पन्न करते हैं। इनमें मौसमी, यांत्रिक, पारिस्थितिक, भौगोलिक पृथक्करण आदि कारक महत्वपूर्ण हैं। मौसमानुसार उद्भूत होने वाले पौधों में क्रास परागण की क्रिया सक्रिय नही हो पाती है क्योंकि मौसम विशेष में अन्य पौधों का अभाव रहता है। इसी प्रकार जब पौधे इतनी दूर होते हैं कि इनके मध्य रेगिस्ततान, पर्वत, झील आदि की अवरोधक स्थिति रहती है तब इनमें क्रास परागण की प्रक्रिया सक्रिय नहीं होती है।

कतिपय आन्तरिक कारक होते हैं जिनके द्वारा पौधों में क्रास परागण की क्रिया होने पर भी वर्णसंकर के जनन को पूर्णतः अवरुद्ध कर देते हैं। इस आन्तरिक पृथक्करण के कारण एक ही जाति के पौधों से अनेक उपजातियां विकसित होती हैं।

पौधों का उद्भव एवं विकास (Origin and Evalution of Plants)

पादप जगत के विकास के साथ-साथ अनेक नवीन जातियां उद्भूत एवं अस्तित्ववान होती रहती है। जातियां और जाति संख्या स्थान विशेष पर दूसरी पादप जातियों के सदस्यों के साथ क्रिया करती है जो प्रतियोगितात्मक क्षमता (Competative Capacity), समाज (Association) सृजन, जनन प्रक्रिया (Production Process), चारण प्रतिरोध (Grazing Resistance), परजीवी के प्रति संवेदनशीलता, परस्पर सहयोग (Mutualistic), सहभोजी (Commensal), सम्बन्ध आदि में एक दूसरे से भिन्न होती हैं।

जाति का अस्तित्व या पारिस्थितिक सफलता अपने भौतिक पर्यावरण के साथ समायोजन की क्षमता पर निर्भर करती है। यदि यह क्षमता पौध जातियों में अधिक रती है तब वह वातावरण के साथ सामंजस्य स्थापित कर लेती है तथा अस्तित्ववान होने के साथ-साथ निरन्तर विकसित होती जाती है। इसके विपरीत यदि समायोजन की क्षमता अत्यल्प या शून्य है तब वह अस्तित्वहीन हो जाती है। अतीत में अनेक पौध-जातियां विद्यमान थीं जो वातावरण के साथ सामंजस्य (Cope) स्थापित नहीं कर पाई जिस कारण अस्तित्वहीन हो गई। पौध-जातियों के निम्न अभिलक्षण होते हैं-

(1) पादप जातियां सामान्य लक्षणों वाली होती हैं जिनकी अपनी निश्चित आवश्यक आवश्यकतायें होती हैं। इन आवश्यकताओं की पूर्ति जिस भौगोलिक वातावरण में होती है उनमें इनका विकास होता है।

(2) पादप जातियों में एक निश्चित वृद्धि शक्ति (Growth Potential), विशिष्ट क्षेत्र, भिन्न वातावरणीय दशायें विद्यमान होती हैं जिनके आधार पर अन्य पौध जातियों से पृथकता होती है। यद्यपि, अन्य जाति के पौधे भी कभी-कभी किसी अन्य जाति से सम्मिलित हो जाते हैं जिनको विशेष महत्व नहीं दिया जाता है।

(3) पौध जातियों में एक विशेष प्रकार का गुण विद्यमान होता है जिसके द्वारा ये अपने वातावरण में विद्यमान साधनों का आवश्यकतानुसार उपभोग करते हैं।

नवीन पौध-जातियों का स्थायित्व या उपनिवेश (Colonization) तभी सम्भव हो सकता है जब अपकेन्द्रीय अतिक्रमण (Central Invasion) अथवा सीमान्त अतिक्रमण (Marginal Invasion) की क्रिया जटिल हो। आसपास की वनस्पतियां जब क्रमशः सन्निकट आ जाती हैं तब उसे सीमान्त अतिक्रमण तथा जब वनस्पतियां मिश्रित स्वरूप वाली हो जाती हें तब अपकेन्द्रीय अतिक्रमण की संज्ञा दी जाती है। इसी प्रकार जब किसी विशिष्ट क्षेत्र में पादप में स्वयं जनन की क्षमता उद्‌भूत हो जाती है तब उसे **स्थायी कारण** (Stablishment) कहा जाता है।

भू-तल पर विद्यमान कोई दो पादप पूर्णतः साम्यता नहीं रखते परन्तु उनमें सामान्य लक्षण अवश्य विद्यमान होते हैं जिनके आधार पर इनको कुल, वंश, जाति, प्रजाति आदि में वर्गीकृत किया जाता है। पादपों में विद्यमान भिन्नतायें दो प्रकार की होती है-

(1) आनुवांशिकी भिन्नतायें तथा

(2) वातावरणीय भिन्नतायें।

पादप-समुदायों का लम्बवत् स्तरीकरण (Vertical Stratification of Plant Communities)

अनुकूल पर्यावरणीय दशाओं वाले किसी भी आवास (Habitat) में पौधों की विभिन्न जातियों का उद्‌भव एवं विकास होता है तथा पादप समुदाय (Plant Community) की विभिन्न जतियों के जीवनरूप में पर्याप्त विविधतायें होती हैं परन्तु ये जातियां साथ-साथ विकसित होती हैं। किसी भी क्षेत्र या प्रदेश में **पादप-समुदाय** की विभिन्न जातियों का विकास **अनुकूलन** (Adaptation), **प्रतिस्पर्धा** (Competition) तथा **प्राकृतिक चयन** (Natural Selection) की प्रक्रियाओं द्वारा होता है। इन प्रक्रियाओं के परिणामस्वरूप वनस्पति या पादप समुदाय में मिट्टियों की ऊपरी सतह से सबसे ऊंचे वृक्षों के ऊपरी आवरण या **वृक्ष वितान** (Tree Canopy) तक कई स्तरों पर या परतों या मण्डलों का विकास हो जाता है। पादप-समुदाय में इन विभिन्न स्तरों के निर्माण तथा विकास की प्रक्रिया को **लम्बवत् स्तरीकरण** कहते हैं। इस लम्बवत् स्तरीकरण का निर्माण अर्थात् विभिन्न स्तरों या परतों का निर्माण सूर्य प्रकाश (Sunlight) की प्राप्यता तथा उसे (सूर्य प्रकाश) प्राप्त करने के लिए पादप-समुदाय की विभिन्न जातियों में प्रतिस्पर्धा के कारण होता है क्योंकि सूर्य प्रकाश या सौर्यिक ऊर्जा **प्रकाशसंश्लेषण** के लिए सर्वप्रमुख ऊर्जा का स्रोत है। इसी सौर्यिक ऊर्जा के माध्यम से पौधे अपने आहार का निर्माण करते हैं। इस तरह यह स्पष्ट हो जाता है कि किसी भी क्षेत्र में पादप-समुदाय में लम्बवत स्तरों का निर्माण मुख्य रूप से सूर्य प्रकाश की प्राप्यता या सुलभता पार आधारित होता है। सूर्य प्रकाश की प्राप्यता के आधार पर ही किसी भी क्षेत्र में पादप समुदाय की विभिन्न जातियों के पौधों की ऊंचाई में अन्तर होता है। ज्ञातव्य है कि एक जाति के पौधों की ऊंचाई प्रायः समान होती है। सामन्य रूप में किसी भी प्रदेश में पूर्ण रूप से विकसित पादप समुदाय में (खासकर शीतोष्ण कटिबन्धीय पर्णपाती वन तथा उष्ण कटिबन्धी सदाबहार वर्षा वन) में **चार लम्बवत् स्तर** पाये जाते हैं-

(1) **प्रधान या प्रबल स्तर** (Dominant Layer) : किसी भी क्षेत्र के पादप-समुदाय के सर्वोच्च भाग या शिखर को प्रधान या प्रबल स्तर कहते हैं (चित्र 10.1)। वृक्षों के इस सर्वोच्च आवरण का निर्धारण सबसे ऊंचे वृक्षों के ऊपरी वितान (Tree Canopy) द्वारा होता है। वास्तव में यह स्तर किसी भी प्रदेश के पादप-समुदाय की सर्वोच्च सीमा को प्रदर्शित करता है। इसे **वितान स्तर** (Canopy Layer) या **मुकुट स्तर** (Crown layer/Stratum) भी कहते हैं। इस **प्रधान स्तर** या **प्रबल स्तर** के ठीक नीचे सर्वोच्च वृक्षों से अपेक्षाकृत कम ऊंचे वृक्षों द्वारा एक गौण प्रबल स्तर का निर्माण होता

है। इसे **सहप्रधान स्तर** या **सहप्रबल स्तर** (Codominant Layer) कहते हैं (चित्र 10.1)।

(2) **द्वितीय स्तर** (Second Layer) : प्रधान या मुकुट लम्बवत् स्तर से नीचे द्वितीय स्तर की स्थिति होती है। इस स्तर में झाड़ियों वाले पौधों की प्रधानता होती है। इस स्तर को **झाड़ी स्तर** (Shrub Layer) भी कहते हैं।

(3) **तृतीय स्तर** (Third Layer) : द्वितीय स्तर के नीचे शाकीय पौधों (Herbaceous Plants) की प्रधानता होती है। इस स्तर की **शाक स्तर** (Herb Layer) कहते हैं।

(4) **चतुर्थ स्तरः** का निर्माण धरातलीय सतह या मृदा–सतह पर विकसित मांस (Moss) द्वारा होता है। इस स्तर को **भूतलीय स्तर** (Ground Layer) या **मांस स्तर** (Moss Layer) कहते हैं।

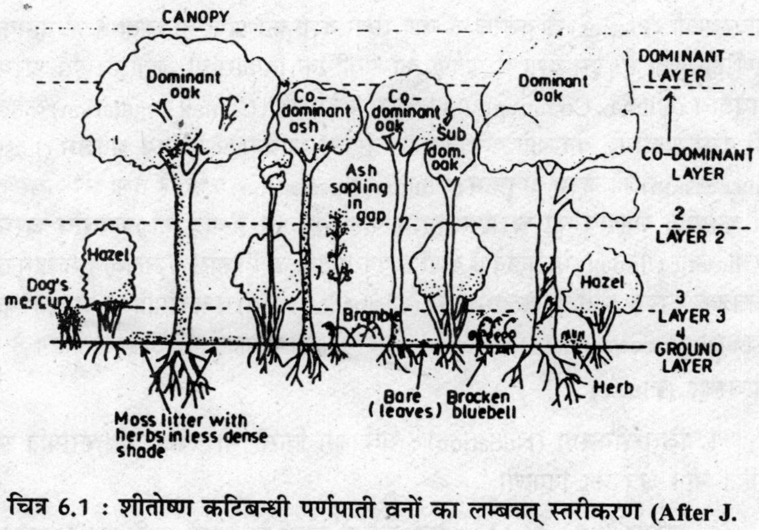

चित्र 6.1 : शीतोष्ण कटिबन्धी पर्णपाती वनों का लम्बवत् स्तरीकरण (After J. Cousens, 1974)।

ज्ञातव्य है कि उपर्युक्त शीतोष्ण कटिबन्धीय पतझड़ वाले पादप समुदाय से प्रत्येक स्तर (Layer, परत) का पर्यावरण एक दूसरे से भिन्न होता है। सर्वोच्च स्तर पूर्णरूपेण सौर्यिक प्रकाश के लिए खुला रहता है। परिणामस्वरूप, इस स्तर पर वायु तथा वर्षण का भरपूर प्रभाव होता है। पौधों में निरन्तर ऊपर की ओर वृद्धि होती जाती है। सर्वोच्च स्तर से नीचे जाने पर द्वितीय, तृतीय तथा धरातलीय स्तरों में प्रकाश की क्रमशः कमी होती जाती है, वायु तथा वर्षण का प्रभाव घटता जाता

है, तापमान घटता जाता है परन्तु नमी (Humidity) बढ़ती जाती है। इन बदलती पर्यावरण सम्बन्धी दशाओं (सर्वोच्च स्तर से सबसे निचले स्तर तक) के विभिन्न स्तरों की जातियों को अपने को समायोजित करना पड़ता है। चित्र 6.1 में सर्वोच्च स्तर की जाति ओक वृक्ष की है। इसे प्रभावी (Dominant) जाति कहते हैं। यदि प्रभावी जाति के पौधों को काट दिया जाय तो इस पादप-समुदाय की संरचना तथा उनके अन्तर्सम्बन्ध नष्ट हो जाते हैं।

समुदाय विकास (Community Development)

किसी भी पारिस्थितिक तन्त्र या आवास में वनस्पति के एक समुदाय के दूसरे समुदाय द्वारा प्रतिस्थापन (Replacement) को **अनुक्रम** (Succession) कहते हैं तथा इस तरह के परिवर्तन (वनस्पति समुदाय के) के क्रम (Sequence) को **क्रमक** (Sere) कहते हैं। जब किसी आवास में वनस्पति समुदाय परिवर्तन की विभिन्न प्रावस्थाओं (Phases) से गुजरने के बाद स्थिर दशा को प्राप्त हो जाता है तो क्रमक पूर्ण हो जाता है। इस दशा में पादपों का सर्वाधिक विकास हो जाता है। इसे **चरम समुदाय** (Climax Community) या **चरम वनस्पति** (Climax Vegetation) कहते हैं। दूसरे शब्दों में, वनस्पति परिवर्तन की श्रृंखला या क्रम में अन्तिम अनुक्रम (Last Succession) को **चरम अनुक्रम** (Cluimax Succession) कहते हैं तथा इस अवस्था में वनस्पति समुदाय को **चरम समुदाय** कहते हैं। इस स्थिति को **जलवायु चरम** (Climatic Climax) भी कहते हैं क्योंकि वनस्पतियों के विकास में जलवायु सर्वप्रमुख नियंत्रक कारक होती है। **क्लीमेण्ट्स** (Clements, 1916) ने वनस्पति के अनुक्रमिक विकास (Successional Development)में पांच प्रावस्थाओं का उल्लेख किया है-

प्रावस्था (Phase)

1. **विवस्त्रीकरण** (Nudation) : सर्वप्रथम किसी भी प्रकार की वनस्पति से रहित नग्न क्षेत्र का निर्माण।

2. **प्रवास** (Migration) : अन्य क्षेत्र से पौधों के बीजों आदि का आगमन।

3. **आस्थापन** (Ecesis) : पौधों के बीजों की स्थापना तथा पौधों का जनन।

4. **प्रतिक्रिया** (Reaction) : विकसित पौधों के मध्य प्रतिस्पर्धा तथा उसका स्थानीय आवास पर प्रभाव।

5. **स्थिरीकरण** (Stabilisation) : जातियों की जनसंख्या का अन्तिम समस्थिति की दशा को प्राप्त करना। यह समस्थिति स्थानीय (Local) एवं प्रादेशिक (Regional) आवास की संतुलित दशाओं के संदर्भ में होती है।

ज्ञातव्य है कि विभिन्न वनस्पति-समुदायों का विकास विभिन्न आवासों (Habitats) में होता है अत: आवास प्रकारों (Habitat) के आधारों पर अनुक्रम (Sere Stages) को निम्न प्रकारों में विभक्त करते हैं-

(1) जलक्रमक (Hydrosere) तर (जलीय) अवस्थिति (Wet Sites) यथा-दलदल (Swamped), झील के किनारे आदि में होता है,

(2) शुष्क क्रमक (Xeric या Xerosere) में वनस्पति का अनुक्रम शुष्क रेगिस्तानों में बालुका स्तूपों पर होता है तथा

(3) स्थल क्रमक (Litthosere) नग्न शैलों पर होता है जहां पर वाष्पीकरण की अधिकता के कारण शुष्क पर्यावरण रहता है।

किसी भी पारिस्थितिक तन्त्र में वनस्पति समुदाय का विकास निम्न कारकों द्वारा प्रभावित तथा नियंत्रित होता है-

(1) **जलवायु कारक:** तापमान, प्रकाश, मृदा में नमी, आर्द्रता आदि। स्मरणीय है कि किसी भी प्रदोश में किसी भी पादप के लिए उस प्रदेश की वृहद्स्तरीय जलवायु (Macro-Climate) का उतना महत्व नहीं होता है जितना कि उस पादप के आसपास यानी पड़ोस (Neighbourhood) की लघुस्तरीय जलवायु (Micro-Climate, कुछ वर्गमीटर क्षेत्र) का महत्व होता है।

(2) **मृदीयकारक** (Edaphic Factors) : स्थान विशेष की मिट्टियों के पौधों के लिए महत्व रखने वाले गुण (Properties) यथा पोषक तत्व, मृदा-गठन, मृदा संरचना (अम्लता तथा क्षरीयता आदि)।

(3) **जैविक कारक** : जीवित पौधों का स्थान विशेष के पौधों पर प्रभाव, मुख्य रूप से प्राणी तथा मानव का प्रभाव। अन्य पौधों द्वारा स्थान, पोषक आहार तथा जल के लिए प्रतिस्पर्धा।

(4) **भौतिक कारक** (Physiographic Factors) : धरातल का स्वरूप, ऊंचाई, ढाल-कोण, ढाल-पहलू (Aspects of Slope) आदि।

(5) **अग्निकाण्ड** : स्वभावज वनाग्नि (Natural Forest Fire) तथा मानव द्वारा अनजाने में तथा जानबूझ कर (Deliberate Fire) वनों को जलाना।

पारिस्थितिक तन्त्र में किसी भी आवास क्षेत्र में वनस्पतियों के अनुक्रम (Succession) को दो वर्गो में विभक्त करते हैं-

(1) **स्वभावज या स्वजात् अनुक्रम** (Autogenic) : का एक सूत्रपात वनस्पतियों द्वारा स्वयं होता है।

(2) **अन्यत्रजात अनुक्रम** (Allogenic) : का सूत्रपात उस समय होता है जबकि स्थान विशेष के पर्यावरण के अजैविक (Aboitic) कारकों में विभिन्नता परिवर्तन सम्बन्धी) होती है यथा विश्वव्यापी जलवायु में परिवर्तन, स्थान विशेष में अवसादीकरण द्वारा भराव का तीव्र गति से सम्पन्न होना, क्षेत्र विशेष का तीव्र गति से अपरदन होना आदि।

अनुक्रम को क्लेमेण्ट्स (F.E. Clements,1961) ने दो प्रकारों में विभक्त किया है।

(1) प्राथमिक अनुक्रम (Primary Sucession) तथा

(2) द्वितीयक अनुक्रम (Secondary Succession)।

(1) प्राथमिक अनुक्रम (Primary Successioin)

वनस्पतियों के विकास के प्राथमिक अनुक्रम के अन्तर्गत उन क्षेत्रों में विभक्त **क्रमकों** (Sere) में वनस्पति समुदाय के विकास को सम्मिलित करते हैं जहां पर पहले किसी भी प्रकार के पौधे या प्राणी का जनन एवं विकास नहीं हुआ हो। इस तरह की अवस्थितियां (Sites), जहां सर्वप्रथम वनस्पति का विकास होता है, कई प्रकार की हो सकती हैं यथा-नवीन लावा प्रवाह तथा उसके शीतलन द्वारा धरातल का निर्माण, हिमंडित क्षेत्रें से हिम के पिघल जाने के कारण शैलों के अनावरण वाला भाग, झील के जल के सूख जाने पर शुष्क झील तल वाला भाग, सागरीय तली के उन्मजन (Emergence) के कारण नवनिर्मित उन्मज्जित सागरीय द्वीप, नवीन बालुका स्तूप (Sand Dunes) का निर्माण, नदी द्वारा नवीन कांप के निक्षेपण से निर्मित बाढ़ मैदान, मानव द्वारा खनन कार्य (खनिजों का) के दौरान मलवा के ढेर वाला भाग आदि।

यहां पर प्राथमिक अनुक्रम की व्याख्या के लिए ऐसी अवस्थिति (Site) का चयन किया जा रहा है जो नग्न शैल वाला भाग है तथा यह किसी भी तरह की वनस्पति या प्राणी से रहित है। यहां पर पहले किसी भी तरह की वनस्पति या प्राणी का जन्त तथा विकास नहीं हुआ है। इस तरह के **आवास** (Habitat) में वनस्पति-समुदाय का विकास निम्न क्रमों में सम्पन्न होता है-

(1) इस आरम्भिक अवस्थिति (Initial Plant-Free Site) का पर्यावरण शुष्क होता है (स्मरणीय है कि इस लघुस्तरीय शुष्क पर्यावरण का यह तात्पर्य नहीं है कि उस क्षेत्र की जलवायु शुष्क ही हो, चूंकि चट्टानें नग्न हैं तथा कोई भी पौधा नहीं है, अतः वाष्पीकरण के आधिक्य के कारण शुष्क पर्यावरण होता है, जलवायु चाहे आर्द्र ही क्यों न हो)। इस नग्न शैल पर **आरम्भिक पादप** (Pioneer Plants) का विकास होता है जिसके अन्तर्गत

शैवाल (Algae) एवं **लाइकेन** (Lichens) प्रमुख होते हैं क्योंकि ये आसानी से नग्न शैल से चिपक जाते हैं तथा उस आवास के शुष्क, उष्ण या शीत (जो भी दशा हो) पर्यावरण को सहन कर सकते हैं।

(2) आसपास से धूलिकण उड़कर इस आवास में आते हैं तथा लाइकेन के आसपास जमा होते जाते हैं। कुछ लाइकेन अम्ल का स्राव (Secretion) करते हैं जो शैलों में खनिजों के साथ अभिक्रिया करके कुछ खनिजों को घुला देता है तथा मिट्टियों के निर्माण का कार्य प्रारम्भ हो जाता है तथा मृदा में सूक्ष्म जीवों का विकास होता है।

(3) शनैः शनैः मृदा का निर्माण शैल के अपक्षय के कारण तथा मृदा-जीवों द्वारा होता है तथा उसकी मोटाई (मृदा-आवरण) बढ़ती जाती है। इस स्थिति में मृदा में रहने वाले कुछ प्राणियों यथा कुटकी (क्रीड़ा Mites), चींटी, मकड़ा (Spiders) आदि का विकास होता है। इस क्रमक में छिट-पुट पादप होते हैं तथा उनके बीच का स्थान खुला रहता है। इसे विवृत्त (खुला) समुदाय (Open Community) कहते हैं।

(4) समय के साथ **आरम्भिक समुदाय** (Pioneer Community, शैवाल तथा लाइकेन) के स्थान पर **मॉस** (Moss) का **द्वितीयक समुदाय** विकसित होता है। इनके द्वारा मृदा आवरण पर चादरी विस्तार होने से मृदा में नमी की मात्रा बढ़ जाती है तथा मिट्टियों को जैविक पदार्थ प्राप्त होने लगते हैं। धीरे-धीरे घास तथा बाद में सदाबहार घास का विकास होता है। इस तरह की वनस्पति के साथ नये प्राणियों यथा **गोलकृमि** (Nematodes), Springtails आदि का विकास होता है। धीरे-धीरे नयी वनस्पतियों द्वारा खुला भाग भर जाता है तथा घने वनस्पतियों आवरण के कारण **आवास** की लघुस्तरीय जलवायु में परिवर्तन तथा परिमार्जन हो जाता है। यथा, इनके आवरण से मृदा सतह पर छाया हो जाने से तापमान तथा प्रकाश कम हो जाता है परन्तु नमी बढ़ जाती है। वाष्पोत्सर्जन (Evaportranspiration) द्वारा नमी का ह्रास कम हो जाता है। यदि आवाास आर्द्र प्रदेश है तो इस अवस्था में **संवृत्त समुदाय** (Closed Community) संवृत्त समुदाय का सामान्य अर्थ है कि कोई स्थान वनस्पति रहित नहीं रह जाता है) का विकास होता है तो अब भी पर्याप्त खुला भाग (यानी वनस्पति रहित) रहता है।

(5) इस **क्रमक** अर्थात् वनस्पति के सघन हो जाने पर स्थान, प्रकाश, जल तथा पोषक तत्वों की प्राप्ति के लिए पादपों में आपसी प्रतिस्पर्धा प्रारम्भ हो जाती है। स्मरणीय है कि यदि आवास (Habitat) में एक ही जाति का

विकास होता है तो उस जाति के विभिन्न सदस्यों के मध्य उपर्युक्त तत्वों की प्राप्ति की होड़ लग जाती है तथा इस प्रतिस्पर्धा के दौरान समर्थ पादप ही रहा पाता है (Survival of the Fittest) तथा कमजोर पादप समाप्त हो जाते हैं परन्तु जाति रक्षित रहती है। यदि उस आवास (Habitat) में एक जाति का विकास होता है तो उस जाति के विभिन्न सदस्यों के मध्य उपर्युक्त तत्वों की प्राप्ति की होड़ लग जाती है तथा इस प्रतिस्पर्धा के दौरान समर्थ पादप ही रहा पाता है (Survival of the Fittest) तथा कमजोर पादप समाप्त हो जाते हैं परन्तु जाति रक्षित रहती है। यदि उस आवास में एक से अधिक जातियों (Species) का विकास होता है तो उनके सदस्यों के बीच प्रतिस्पर्धा होने से सबसे समर्थ तथा आक्रामक जाति का पूरे वनस्पति समुदाय में स्वामित्व तथा प्रभुत्व हो जाता है, परन्तु यदि विभिन्न जातियां समान रूप में समर्थवान होती हैं तो उनमें प्रतिस्पर्धा होने पर भी संतुलन बना रहता है तथा सभी जातियां संरक्षित (Preserved) रहती हैं। इस अवस्था में **शाक समुदाय** (Herb Community) का विकास होता है।

(6) समय के आगे बढ़ने पर उक्त आवास में बड़ी झाड़ियों (Scrubs) का विकास होता है तथा **शाक समुदाय** (Herb Community) का स्थान झाड़ी समुदाय (Scrub Community) ले लेता है। समीपी भाग में **पुष्पी पौधों** (Flowering Plants) के बीज हवा द्वारा उड़कर इस आवास में आ जाते हैं तथा झाड़ियों के बीच छिट-पुट रूप में वृक्षों का जन्म तथा विकास होता है जिस कारण इनका आवरण झाड़ियों से ऊंचा हो जाता है। इसे वन समुदाय (Forest Community) कहते हैं। इस **क्रमक** (Sere) को वनस्पति-समुदाय-विकास का **पूर्व चरम** (Preclimax) कहते हैं।

(7) अन्त में वृहदाकार तथा ऊंचे वृक्षों का जन्म तथा विकास होता है। इनकी संख्या बढ़ती जाती है तथा समस्त आवास में घने एवं ऊंचे वृक्षों का आवरण हो जाता है। इनकी जड़ें धरातल में काफी गहराई तक पहुंच जाती हैं। मिट्टियों का अत्यन्त गहराई तक विकास होता है एवं उनकी (मिट्टियों) विभिन्न परिच्छेदिकाओं (Horizons) का विकास हो जाता है। मिट्टियों में कई प्रकार के जीवों का विकास होता है जो मुख्य रूप से ऊर्जा स्थानान्तरण तथा वियोजन (Decomposition) का कार्य करता है। इस अन्तिम समुदाय या **चरम समुदाय** में पादपों का सुनिश्चित स्तरीकरण हो जाता है।

वनस्पति समुदाय की अन्तिम प्रावस्था को या **सेरे (क्रमक)** को **चरम समुदाय** (Climax Community), **चरम अनुक्रम** (Climax Succession), **जलवायु चरम**

(Climatic Climax), **चरम वनस्पति** (Climax Vegetation) भी कहा जाता है। यह स्थिति **प्रौढ़ पारिस्थितक तंत्र** (Mature Ecosystem) की होती है।

वनस्पति समुदाय के प्राथमिक अनुक्रम का उपर्युक्त उदाहरण स्थलीय आवास (Land Habitat) से सम्बन्धित है। सन 1883 में जावा एवं सुमात्रा के मध्य **क्राकाटोआ** द्वीप पर विस्फोट ज्वालामुखी उद्भेदन से लावानिर्मित नवीन आवास का सृजन हुआ था। इस प्रकार वनस्पति समुदाय का प्राथमिक अनुक्रम लगभग 100 वर्षों में विकसित हुआ है।

(2) द्वितीयक अनुक्रम (Secondary Succession)

जिन क्षेत्रों में पहले वनस्पति तथा वनस्पति समुदाय का विकास हुआ था परन्तु बाद में मानव हस्तक्षेपों द्वारा (यथा, वनों का काटना, वनों का जलाना, भूमि उपयोग में परिवर्तन-भारत के पहाड़ी प्रदेशों में वनों को काट कर झूमिंग कृषि (Jhuming Cultivation या स्थानान्तरी कृषि (Shifting Cultivation का प्रचलन, सड़क निर्माण आदि) तथा प्राकृतिक कारणों (वनाग्नि (Forest fire, बाढ़, हरीकेन, सूखे का प्रकोप, भूस्खलन, जलवायु परिवर्तन आदि) द्वारा अमुक पारिस्थितिक तंत्र के आवास (Habitat) विशेष की वनस्पति के पूर्णरूप से या आंशिक रूप से नष्ट हो जाने पर उस आवास में ज्ञातव्य है कि प्रारम्भिक वनस्पति का कुछ भाग अब भी बचा रहता है) वनस्पति-समुदाय के पुनः विकास को **द्वितीयक अनुक्रम** कहते हैं। ज्ञातव्य है कि इस तरह के आवास में अब भी प्रौढ़ मृदा आवरण मौजूद रहता है। परिणामस्वरूप वनस्पति विकास का आरम्भिक रूप प्राथमिक अनुक्रम के आरम्भिक रूप में (जहां पहले वनस्पति नहीं थी) से सर्वथा भिन्न होता है तथा द्वितीयक अनुक्रम में वनस्पति-समुदाय के **चरम विकास** का समय प्राथमिक अनुक्रम की तुलना में बहुत कम होता है।

जब किसी क्षेत्र में वनस्पति समुदाय का विकास अपनी अन्तिम अवस्था (**चरमक्रमक** Climax Sere) में पहुंचने से पहले ही मानव हस्तक्षेपों (मन्द किन्तु दीर्घकालीन यथा वनों को काटना या उनको जलाना) द्वारा वाधित या विक्षुब्ध (Disturbed) हो जाता है तो इस स्थिति में वनस्पति को **अधोचरम वनस्पति** (Subclimax Vegetation) कहते हैं। जब अमुक क्षेत्र में वनस्पति विकास में विक्षोभ (Disturbance) दीर्घ काल तक चलता रहता है तो वनस्पति विकास की **सामान्य क्रमक अवस्थायें** (Stages of Normal Sere) नहीं होती है, वरन् ये विक्षोभ वाले कारक वनस्पति विकास के सामान्य **क्रमक** में जो वनस्पति होती है वह तब तक बनी रहती है जब तक विक्षोभ लाने वाला कारक क्रियाशील रहता है। इस तरह के विक्षेपितचरम् (Deflected Climax) को (Plagioclimax तथा इसके विभिन्न

चरणों (विकास के) को **विक्षेपितक्रमक** (Plagiosere) कहते हैं। कुछ समय बाद यदि विलोभ कारक समाप्त हो जाता है या निष्प्रभावित हो जाता है तो उस आवास की दशा तथा पर्यावरण बदल जाता है। परिणामस्वरूप, बदला नया पर्यावरण **विक्षेपित चरम वनस्पति** (Plagioclimax Vegetation) का पोषण तथा रक्षण नहीं कर पाता है। अतः इस वनस्पति के स्थान पर नये पर्यावरण के अनुकूल नयी वनस्पति का विकास होता है तथा वनस्पति समुदाय का पुनः सामान्य क्रमक में विकास प्रारम्भ हो जाता है। चित्र 6.2 में प्राथमिक अनुक्रम के सामान्य क्रमक तथा विक्षेपित चरम का तुलनात्मक विवरण प्रस्तुत किया गया है।

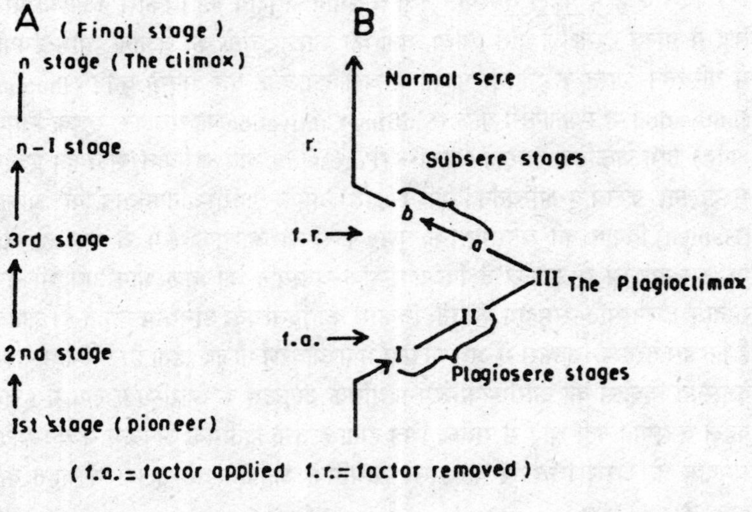

चित्र 6.2 : A = प्राथमिक अनुक्रम तथा सामान्य क्रमक (Normal sere) । B = विक्षेपित चरम (Deflected Plagioclimax) तथा विक्षेपित क्रमक (Deflected sere) (Based on N. Pears, 1977) ।

लेखक वनस्पति–समुदाय के प्राथमिक अनुक्रम के सामान्य **क्रमकों** (Sere) में मानव हस्तक्षेप या प्राकृतिक हस्तक्षेप द्वारा उत्पन्न व्यवधान या विक्षोभ (Disturbance) को वनस्पति–समुदाय–विकास का व्यवधान (Interruption of Community Development) कहना चाहेगा तथा व्यवधान के समय विकसित वनस्पति समुदाय को **विक्षुब्ध** समुदाय (Interrupted Community) कहना अधिक समीचीन जान पड़ता है। जिन क्षेत्रों में वर्तमान समय में कृषि की जाती हो वे पहले वनस्पति आवरण से ढंके थे। बाद में मनुष्य ने वनों का काट कर वनस्पति समुदाय के विकास को बाधित (Interrupt) या विक्षुब्ध (Deflect) कर दिया है। यदि कृषि (उदाहरण–

गंगा मैदान में गेहूं तथा चावल की कृषि) करना बन्द कर दिया जाय तो इन क्षेत्रों में पुनः वनस्पति का विभिन्न क्रमकों से होकर सामान्य विकास हो जायेगा तथा वनस्पति-समुदाय के विकास की **चरम स्थिति** पुनः स्थापित हो जायेगी।

भारत के हिमालय-प्रदेश में मुख्य रूप से उ.पू. अंचल (जैसे आसाम, मेघालय आदि) में छोटे-छोटे क्षेत्रों में वनस्पतियों को काट कर **स्थानान्तरित कृषि** (Shifting Cultivation या (Jhuming Cultivation) की जाती है। जब वनों को काटकर कृषि के लिए क्षेत्र विशेष को साफ किया जाता है तो प्राथमिक अनुक्रम की वनस्पतियों को कुछ अवशेष रह जाते हैं। ऐसे क्षेत्रों में तब तक कृषि की जाती है जब तक फसल अच्छी होती है। जब मृदा के पोषक तत्व (फसलों के लिए आवश्यक) समाप्त हो जाते हैं तो उस क्षेत्र को छोड़ दिया जाता है (अन्य क्षेत्र के वनों को काट कर कृषि के लिए साफ किया जाता है) इस परित्यक्त क्षेत्र में वनस्पति का द्वितीयक अनुक्रम (Secondary Succession) प्रारम्भ होता है जिसके आरम्भिक चरंण में **शाकीय तृण** (Herbaceous Weeds, खर-पतवार, मोथा आदि) का विकास होता है तथा शीघ्र ही छोटी-छोटी शाकीय झाड़ियों का घना आवरण विकसित हो जाता है। इस चरण या क्रमक (Sere) का समय सीमित होता है क्योंकि शीघ्र ही लकड़ी वाली बड़ी झाड़ियों का विकास हो जाता है तथा छोटे पौधे (घासें, छोटी झाड़ियां, खर-पतवार आदि) दब जाते हैं। अन्त में विशाल का ऊंचे वृक्षों का घना आवरण विकसित हो जाता है तथा झाड़ियों का आवरण इनके नीचे अवरुद्ध हो जाता है। इस प्रकार वनस्पति-समुदाय की चरम स्थिति (विशालकाय ऊंचे वृक्षों का जंगल) पुनः स्थापित हो जाती है।

चरम वनस्पति (Climax Vegetation)

किसी भी प्रदेश में समुदाय के अनुक्रमिक विकास (Sucessional Development) की अन्तिम अवस्था में उत्पन्न वनस्पति को **चरम वनस्पति** या **चरम समुदाय** (Climax Community) कहते हैं। दूसरे शब्दों में, किसी भी **आवास** (Habitat) में वनस्पति समुदाय के **अनुक्रम की प्रक्रिया** (Process of Sucession), चाहे वह प्राथमिक अनुक्रम हो या द्वितीयक अनुक्रम, का अन्तिम बिन्दु या अन्तिम चरण (End Point or Final Phase) **चरम समुदाय** की स्थापना है। चरम वनस्पति किसी भी आवास के **प्रौढ़ प्राकृतिक तंत्र** की द्योतक होती है। वास्तव में **चरम वनस्पति** किसी भी आवास के प्राकृतिक पर्यावरण तथा उसकी वनस्पति के मध्य सन्तुलन की दशा की पारिचायिका होती है। यद्यपि, चरम वनस्पति या प्रौढ़ पारिस्थितिक तत्र की स्थिति प्राप्त होने पर सकल बायोमास (किसी क्षेत्र कें समस्त जीवों-पौधों तथा जंतुओं के सकल भार को बायोमास कहते हैं) अधिकतम होता है परन्तु नेट

समुदाय उत्पादन (Net Community Production) घटता है तथा **आहार श्रंखला** (Food Chain) अत्यन्त जटिल हो जाती है जिस कारण **जटिल आहार-जाल** (Complex Food Wabs) का निर्माण होता है।

चरम वनस्पति के विकास तथा उसकी विशेषताओं की विभिन्न विज्ञानियों ने विभिन्न रूपों में व्याख्या की है। चरम वनस्पति के सन्दर्भ में दो सिद्धान्त अधिक महत्वपूर्ण हैं-

(1) एकल चरम सिद्धान्त तथा

(2) बहुचरम सिद्धान्त

(1) **एकल चरम सिद्धान्त** (Mono-Climax Theory) : इस सिद्धान्त का प्रतिपादन F.E. Clements ने 1916 तथा 1936 में किया है। इनके अनुसार प्रादेशिक जलवायु चरम वनस्पति का सर्वप्रमुख नियंत्रक कारक होती है। अर्थात् क्षेत्र-विशेष में वनस्पति समुदाय के विकास के अनुक्रम की प्रत्येक अवस्था में विकसित होने वाली वनस्पति का रूप उस क्षेत्र की जलवायु के अनुरूप होता है। इसे समान चरम दशा (Uniform Climax Condition) कहते हैं। इस तरह विकसित वनस्पति को **जलवायु चरम वनस्पति** (Climatic Climax Vegetation) कहते हैं।

जब यह स्थिति प्राप्त हो जाती है तो पारिस्थितिक तंत्र प्रौढ़ (Mature Ecosystem) हो जाता है। पर्यावरण में लघुस्तरीय परिवर्तन स्थगित हो जाते हैं। इस आवास या पारिस्थितिक तंत्र में जातियां अपने स्थान पर ही वंश या सन्तति-जनन के लिए समर्थ हो जाती है। किसी भी बाह्य **आक्रामक उपनिवेशी** (Agressive Colonists) का इस आवास या पारिस्थितिक तंत्र में घुसपैठ तथा आक्रमण नहीं हो पाता है तथा इस आवास में अत्यन्त विषम एवं जटिल समुदायों का वास सम्भव हो पाता है। पारिस्थितिक तंत्र में स्थिरता आ जाती है तथा किसी प्रकार का परिवर्तन नहीं होता है (मानव हस्तक्षेप के अभाव में ही)। पादप-समुदायों में जटिलताओं एवं विविधताओं में प्रगामी वृद्धि (Progressive Increase) होती है।

(2) **बहुचरम सिद्धान्त** (Polyclimax Theory) : क्लीमेण्ट्स के उपर्युक्त एकल चरम सिद्धान्त के विपरीत कुछ लोगों ने **बहुल चरम सिद्धान्त** का भी प्रतिपादन किया है। इस सिद्धान्त के अनुसार प्रत्येक आवास तथा पारिस्थितिक तंत्र में पादप समुदाय जलवायु के साथ सदैव समस्थिति

(Equilibrium) में नहीं रहता है। कुछ क्षेत्रों में पादप समुदाय में अनुक्रमीय परिवर्तन (Sucessional Charges) भी सदैव नहीं होते हैं। ऐसी स्थितियों में **चरम वनस्पति** का निर्धारण एवं नियत्रंण मृदा प्रकार या स्थलाकृति या अग्निकाण्ड या मानव क्रिया-कलापों द्वारा होता है। किसी भी जलवायु प्रदेश में कई **चरम समुदाय** (Climax Communities) हो सकते हैं। (तथा होते भी हैं) जो विभिन्न आवासों (Habitats) से सम्बन्धित होते हैं। अर्थात् किसी अमुक जलवायु प्रदेश में स्थानीय जलवायु या सूक्ष्म जलवायु (Micro-Climate), उच्चावच्च, शैल, जैविक कारकों के विभिन्न संयोगों (Combinations) वाले विभिन्न **आवास** होते हैं तथा इनके (आवासों) साथ विभिन्न **चरम समुदाय** विकसित होते हैं (यद्यपि, समस्त प्रदेश-सभी आवासों की वृहद्स्तरीय जलवायु एक जैसी होती हैं। **टान्सली** (A.G. Tansley) ने किसी भी आवास में वनस्पति की सर्वाधिक वृद्धि को प्रभावित करने वाले प्रमुख कारक (एक ही प्रमुख कारक) के आधार पर **चरम** (Climax) को परिभाषित किया है। इस तरह चरम कई तरह के हो सकते हैं यथा-जलवायु चरम (यदि अन्य कारकों में से जलवायु सर्वाधिक महत्वपूर्ण नियंत्रक कारक हो), **मृदा चरम** (Edaphic Climax, मिट्टी सर्वाधिक प्रभावी कारक), **उच्चावच चरम** (Relief Climax), **मानव चरम** (Anthropogenic Climax, यदि मानव हस्तक्षेप सर्वाधिक प्रभावी कारक है), **जैविक चरम** (Biotic Climax) आदि।

ह्विटेकर (R.H. Whittaker) के अनुसार किसी एक या एक से अधिक नियन्त्रक कारकों (वनस्पति के नियंत्रक) द्वारा निर्धारित कोई भी **निरपेक्ष चरम प्रकार** (Absolute Type of Climax) नहीं हो सकता है वरन् किसी भी आवास में **चरम समुदाय** का निर्माण उस क्षेत्र के सभी कारकों के सम्मिलित कार्यों एवं परिणामों का प्रतिफल होता है।

चरम संकल्पना के सम्बन्ध में इस तरह मतैक्य नहीं है परन्तु इतना तो सभी लोग मानते हैं कि **चरम** (Climax) किसी आवास में वनस्पति समुदाय की स्थिरता का द्योतक है। अर्थात् **'चरम'**, वनस्पति समुदाय के **गतिक संतुलन** (Dynamic Equilibrium) का बोध कराता है जिसके अन्तर्गत न केवल वनस्पति समुदाय एवं उसके आवास के भौतिक पर्यावरण के मध्य समस्थिति (Equilibrium) होती है वरन् उस आवास के समस्त जीवों (पादप तथा प्राणी) एवं भौतिक पर्यावरण के मध्य समस्थिति होती है।

पौधों का विकास (Evolution of Plants)

इस शीर्षक '**पादप विकास**' का तात्पर्य है पौधों का उद्भव तथा उनकी समय के सन्दर्भ में वृद्धि (Development)। इस तरह विकास (Evolution) पादपों की एतिहासिक वृद्धि (Historical Development) का सूचक है। पृथ्वी पर पादप जीवन (Plant Life, स्थलीय तथा जलीय दोनों) के ऐतिहासिक या समय के परिवेष में विकास की व्याख्या के पहले विकास के **प्रक्रमों** तथा प्रक्रियाओं का संक्षिप्त उल्लेख आवश्यक है। पौधों के उद्भव एवं विकास में **विषमता** (Variations, प्राकृतिक एवं कृत्रिम चयन (Natural) तथा (Artificial Selection) तथा पृथक्करण का अत्यधिक प्रभाव होता है।

(1) **विषमता** (Varations) : ज्ञातव्य है कि पौधों में पर्याप्त **विषमता** (Variations) होती है। किसी भी **जाति** (Species) के विभिन्न सदस्यों में भी (उनकी ऊंचाई, आकार, पत्तियों के आकार, फलों की संख्या तथा उनके रंग आदि से सम्बन्धित) पर्याप्त विषमता होती है। यहां तक कि एक ही जनक (Parents) की सन्ततियों (Offsprings) में भी **विषमता** होती है। प्रत्येक पादप अपने जनक के गुणों को विरासत (Inheritance) के रूप में प्राप्त करता है तथा इन गुणों का उस पादप की वृद्धि में पर्याप्त प्रभाव पड़ता है। वृद्धि के समय इन गुणों में पर्यावरण के प्रभावों के कारण कुछ परिमार्जन (Modification) हो जाता है। इस तरह अपने जनक से उसके गुणों को विरासत के रूप में प्राप्त करने को आनुवंशिक रूप (Genotype) कहते हैं तथा सन्तति के विरासत में प्राप्त गुणों में पर्यावरण के प्रभावों से जनित परिमार्जन को **व्यक्तगुणोपलक्षण** (Phenotype) कहते हैं।

(2) **प्राकृतिक एवं कृत्रिम चयन** : पौधों की **स्वाभाविक** या **प्राकृतिक चयन** (Natural Selection) तथा **अप्राकृतिक** या **कृत्रिम चयन** (Artificial Selection) की प्रवृत्ति उनकी (पादपों की) वृद्धि तथा विकास को प्रभावित करती है। किसी भी जाति के जनक द्वारा जो गुण विरासत में मिलते हैं उनमें से कुछ ऐसे होते हैं जो व्यक्तिगत सदस्य को उनके आवास के पर्यावरण को सहन करने तथा उसके अनुकूलन (Adaptation) योग्य बना देते हैं जबकि कुछ सदस्यों में ये विशिष्ट गुण नहीं होते हैं। परिणामस्वरूप, आवास के पर्यावरण के अनुकूलन योग्य विशिष्ट गुण वाले पादप उन पादपों को लुप्त (Eliminate) कर देते हैं जिनमें ये विशिष्ट गुण नहीं होते हैं। इस प्रक्रिया को **प्राकृतिक चयन** कहते हैं। **कृत्रिम**

चयन मुख्य रूप में मानव रूप से मानव द्वारा नये पर्यावरण के निर्माण के कारण होता है। उदाहरणस्वरूप, मानव फसलों की उत्पादकता की वृद्धि के लिए **क्रास परागण** (Cross-Pollination) या **वर्णसंकरण** (Hybridization) द्वारा बीजों का निर्माण करते हैं जिनमें रोगों तथा कीटों के आक्रमण से प्रतिरोध करने की अत्यधिक क्षमता होती है तथा कई तरह की मिट्टियों एवं जलवायु को सहन (Tolerance) करने की सामर्थ्य होती है। इस तरह मनुष्य अपनी आवश्यकता के लिए पौधों का स्वयं चयन करता है तथा अन्य पौधों को लुप्त (Eliminate) कर देता है। इस प्रक्रिया को कृत्रिम चयन कहते हैं।

(3) **पृथक्करण** (Isolation) : पौधों के विकास में **अलगाव** या **पृथक्करण** (Isolation) का पर्याप्त महत्व होता है। पादपों में यह अलगाव जनन (Reproduction) से सम्बन्धित होता है। पृथक्करण की प्रक्रिया के दौरान विभिन्न सदस्यों के मध्य **जीन** (Gene) का आदान-प्रदान (Exchange) अवरुद्ध हो जाता है। यह पृथक्करण कई तरह के अवरोधों (Barriers) के द्वारा होता है। इस प्रक्रिया को प्रभावित करने वाले कारकों को दो वर्गों में रखा जाता है-

(i) **बाह्य कारक** (External Factors) पौधों के बाहर से कार्य करते हैं तथा विभिन्न **जाति** (Species) के सदस्यों में **क्रास परागण** को रोकते हैं। बाह्य कारकों के अन्तर्गत क्षेत्रीय या भौगोलिक पृथक्करण, पारिस्थितिक पृथक्करण, मौसमी पृथक्कीरण, यांत्रिक पृथक्करण प्रमुख होते हैं। **भौगोलिक पृथक्करण** मृख्य रूप से **दूरी कारक** (Distance Factor) या **दूरी अवरोध** (Distance Barrier) द्वारा होता है। जब पादप एक दूसरे की तुलना में अत्यधिक दूरी पर होते हैं (यथा एक जाति के सदस्यों के बीच विस्तृत सागर, रेगिस्तान, पर्वत आदि होते हैं) तो **क्रास परागण** नहीं हो पाता है।

(ii) **आन्तरिक कारक** पौधों के अवयवों (Tissues) के अन्दर ही कार्य करते हैं। ये कारक **क्रास-परागण** होने पर भी वर्णसंकरण (Hybridazation) को रोकते हैं तथा **वर्णसंकरण** (Hybrids) के जनन को रोकते हैं। इस तरह पृथक्करण (Isolation) के कारण एक ही जाति के सदस्यों में **अन्तःजनन** (Inbreeding) न होने के कारण एक ही **जाति** (Species) से कई **उप-जातियां** विकसित हो जाती हैं।

जातियों की उत्पत्ति (Origin of Species)

पादप-जगत में विकासीय वृद्धि (Evolutionary Development) मुख्य रूप से **गुण-परिवर्तन** (Mutation), **जननिक पुनः संयोग** (Genetic recombination), **प्राकृतिक चयन तथा पृथक्करण** (Isolation) की प्रक्रियाओं द्वारा होती है परन्तु पृथक्करण द्वारा जनन (Reproduction) होने से ही नयी जातियों की उत्पत्ति तथा विकास होता है। जिस प्रक्रिया (Process) द्वारा जातियों का निर्माण होता है उसे **जाति उद्भवन** (Speciation) कहते हैं। जाति उद्भवन **क्रमशः** (Gradual) एवं **अचानक** (Abrupt) दो रूपों में होता है। क्रमशः या क्रमिक उद्भवन को **भौगोलिक उद्भवन** भी कहते हैं जिनके अन्तर्गत किसी समांग पर्यावरण (Homogeneous Environment) में आरम्भिक प्रजनन वाले पादपों का विकास होता है। शनैः शनैः इनकी संख्या बढ़ती जाती है तथा उनका क्षेत्र भी बढ़ता जाता है। परिमणामस्वरूप, इस पर्यावरण वाले सदस्य समीपी भिन्न पर्यावरण वाले **आवास** (Habitat) में प्रविष्ट हो जाते हैं जहां पर पहले से विकसित पादपों के मध्य इन नवागन्तुक सदस्यों की **उपजनसंख्या** (Subpopulation) या उपसमूह विकसित होता है। इन सदस्यों के वरणात्मक प्रभावों (Selective Influences) के कारण **उपजाति** (Subspecies) का विकास होता है। आगे चलकर दूरी कारक (Distance Factor) के कारण इनका पृथक्करण (Isolation) हो जाता है अर्थात् इस उपजाति के सदस्यों का एक दूसरे से तथा अपने मौलिक (आरम्भिक) सदस्यों से अलगाव हो जाता है। इस तरह के वितरण को **विषमजात वितरण** (Allopatric Distribution) कहते हैं जिसके द्वारा नयी जति का उद्भव होता है क्योंकि भौगोलिक रूप से अलग किये गये सदस्य आपस में प्रजनन (Interbreeding) नहीं कर पाते हैं। इस नयी जाति के कुछ सदस्य आगे चलकर अपने मौलिक आवास में पहुंच जाते हैं जहां पर अब भी उनके आरम्भिक जनक मौजूद होते हैं। यद्यपि, मौलिक सदस्यों तथा उस मौलिक आवास से प्रवासित एवं पुनः आवासित सदस्यों (जो अब नयी जाति के सदस्य हो गये हैं) में कुछ समता अब भी होती है (इस तरह के पौधों के वितरण को (Sympatric वितरण कहते हैं) परन्तु **जननीय अवरोधों** (Reproductive barriers) के कारण ये आपस में नहीं मिल पाते हैं। परन्तु जब इनमें तथा मौलिक जनक सदस्यों या भौगोलिक रूप से अलग किये गये सदस्यों में आपसी प्रजनन होता है तो संकरण (Hybridization) द्वारा नयी जातियों का उद्भव होता है।

पादपों के **गुण सूत्र** (Chromosomes) की संख्या में अचानक परिवर्तन होता है तो नयी जाति का उद्भव अचानक होता है। इसे आकस्मिक उद्भवन (Abrupt Speciation) कहते हैं।

जातियों की उत्पत्ति से सम्बन्धित **डार्विन** (C. Drawin, 1859) का सिद्धान्त (Origin of Species) उल्लेखनीय है। **डार्विन** का सिद्धान्त जातियों के क्रमिक प्रगामी विकास (Progressive evolution) की संकल्पना से सम्बन्धित है। डार्विन ने अपने सिद्धान्त का प्रस्तुतीकरण सर्वप्रथम एक शोधप्रत्र के रूप में 1 जुलाई 1958 को लन्दन में Linean Society की सभा में किया। ज्ञातव्य है कि **डार्विन** तथा **अल्फ्रेड रसेल वैलास** ने इस विषय पर साथ-साथ अपने शोधपत्रों को प्रस्तुत किया था। डार्विन ने **प्राकृतिक चयन** (Natural Selection) तथा **योग्यतम की उत्तरजीविता** (Survival of the Fittest) द्वारा जातियों का उद्‌भव तथा विकास बताया है। डार्विन के सिद्धान्त के मुख्य पहलू निम्न हैं-

(1) किसी भी जाति के व्यष्टि/सदस्यों (Individuals) में विषमता होती है। यद्यपि, यह विषमता कम ही होती है परन्तु उसका अधिकाधिक महत्व होता है।

(2) एक जाति के कुछ सदस्यों में कुछ ऐसे खास या विशिष्ट गुण होते हैं जो उन्हें जीवन के संघर्ष में विभिन्न परिस्थितियों का मुकाबला करने तथा उन्हें सहन करने के लिए अधिक समर्थ तथा सक्षम बना देते हैं।

(3) इस तरह किसी जीव में अतिरिक्त अनुकूल विशिष्ट गुण उसे उत्तरजीविता (Survival) तथा जनन के अच्छे एवं अनुकूल अवसर प्रदान करते हैं।

(4) इन विशिष्ट गुणों का जब जनक द्वारा उसकी सन्ततियों में स्थानान्तरण होता है तो आने वाली क्रमिक पीढ़ियों में अस्तित्व के संघर्ष के लिए श्रेष्ठत्व (Superiority) आ जाती है जिस कारण जीव **आवास** विशेष के अन्य जीवों की तुलना में अत्यधिक समर्थ तथा सबल (Dominant) हो जाते हैं।

(5) इसी तरह यदि जनक द्वारा अपनी सन्ततियों में प्रतिकूल गुणों का स्थानान्तरण होता है जो ऐसे जीव अपनी ही जाति के विशिष्ट अनुकूल गुणों वाले जीव की तुलना में कमजोर हो जाता है तथा अस्तित्व या जीवन के संघर्ष में पिछड़ जाता है और अन्ततः समाप्त हो जाता है।

(6) इस तरह जीवन के संघर्ष में विजेता (Winner) **विकास** (Evolution) का प्रतीक होता है तथा पराजित (Loser) **विलोम** (Extinction) का सूचक होता है।

जातियों के उद्‌भवन (Speciation) की विभिन्न विधियों द्वारा पादप जगत (तथा प्राणि जगत भी) का किसी खास आवास या समत भूतल पर विकास होता है। पादप-विकास की प्रथम कड़ी **जाति** होती है। इन जातियों से उच्च श्रेणी के पौधों का विकास होता है। जातियों के अलगाव द्वारा **वंश** (Genus) का निर्माण होता

है। **अनुकूलन** (Adaptation), **चयन** (Selection), **पृथक्करण** (Isolation) तथा **गुण परिवर्तन** (Mutation) द्वारा परिवार (Family) का निर्माण होता है जिसमें कई **वंश** होते हैं और इसी तरह **कोटि, वर्ग, संघ** का निर्माण होता है तथा कई **संघ** मिलकर **पादप-जगत** बनाते हैं।

पृथ्वी के पादप-आवरण का विकासीय इतिहास (Evolutionary History of Earth's Plant Cover)

पृथ्वी पर प्रथम पादप के उद्भवन से लेकर वर्तमान समय तक विभिन्न वनस्पति समुदाय के ऐतिहासिक विकास का अध्ययन अवसादी शैलों में स्थित वनस्पतियों के अवशेषों (Fossils) के विश्लेषण तथा उनकी व्याख्या के आधार पर किया जाता है। अतः यह विषय **पुरावनस्पतिशास्त्र** (Palaeobotany) के अन्तर्गत आता है। शैलों में स्थित वनस्पतियों के प्राचीन अवशेषों की खोज, उनकी पहचान, व्याख्या तथा उनका भूगर्भिक रचनाकाल के साथ समय सहसम्बन्ध (Time Correlations) निर्धारित करना कठिन कार्य है तथा गलत व्याख्या की भी सम्भावना रहती है (इन पहलुओं का विवेचन, स्थानाभाव तथा प्रस्तुत विषय को विद्यार्थियों (खासकर भूगोल के) के दृष्टिकोण से अबोधगम्य न बनाने के लिए, यहां पर नहीं किया जा रहा है)। संक्षेप में यह व्यक्त किया जा सकता है कि शैलों में जीवों के अवशेषों (वनस्पति तथा प्राणी दोनों के) के अभिलेखों (Records) के आधार पर जीवों के विकासीय परिवर्तनों (Evolutionary Changes) की व्याख्या करने वाले **पुराप्राणिशास्त्रियों** (Palaeonologists) को निम्न दो स्कूलों (Schools) में विभक्त किया जाता है-

(1) **संघीय अनुक्रमवाद** (Phyletic Gradualism) : इस मत के अनुसार समस्त पादप एवं प्राणिजगत की सभी शाखाओं का उद्भव तथा विकास साथ-साथ क्रमशः क्रमिक रूप में मन्द गति से दीर्घकाल में होता है यद्यपि, कुछ का विकास अन्य की तुलना में अपेक्षाकृत तेजी से हो जाता है। इसे **क्रमिक उद्भवन** (Gradual Speciation) या **भौगोलिक उद्भवन** कहा जा सकता है (ऊपर इसका विवरण दिया जा चुका है)।

(2) **सविराम समस्थिति** (Punctuated Equilibria) : इस मतानुसार जीव जगत् समस्थिति में होता है परन्तु समय-समय पर इस स्थिति में व्यवधान (Interuptions) हो जाते हैं तथा दो स्थिर कालों के मध्य ऐसा लघु समय होता है जिस समय अचानक घटनायें (प्रलय (Catastrophes) होने लगती हैं तथा जीवों का उद्भवन एवं विकास अचानक होने लगता है। इसे **त्वरित** या **अचानक उद्भवन** (Abrupt Speciation) कहते हैं।

शैलों में मिले जीवाशेषों के आधार पर D.V. Ager (1976) का कहना है कि जीवाशेषों के अभिलेख क्रमिक विकास को इंगित नहीं करते हैं, बल्कि **खण्ड-कालिक घटना** (Episodic Activity) के सूचक हैं।

पृथ्वी पर पौधों के उद्भवन तथा विकास का अध्ययन पृथ्वी के भौमिकीय इतिहास के विभिन्न युगों के सन्दर्भ में क्रिया जाता है।

(1) भूतल पर जीवों का ऐतिहासिक विकास **पूर्वकैम्ब्रियन** युग से प्रारम्भ होता है जबकि जलीय भागों में एक कोशिका वाले सूक्ष्मस्तरीय जीवों (आधुनिक (Cocoid) तथा (Spheroid Bacteria) का विकास हुआ। ये आक्सीजन का न उपयोग करने वाले (Anaerobic) तथा **परपोषित** (Heterophs) जीव थे। ज्ञातव्य है कि प्रारम्भ में **प्रकाशसंश्लेषण** (Photosynthesis) द्वारा आहार निर्मित करने वाले **स्वपोषित** (Autotrophs) तथा **प्राथमिक उत्पादक** जीवों का विकास नहीं हुआ था। इस तरह आरम्भिक (Initial) तथा मौलिक परपोषित जीवों का आहार-पोषण अजैविक विधि से उत्पन्न कार्बनिक पदार्थों द्वारा होता था। उस समय तक आक्सीजन की उत्पत्ति भी नहीं हुई थी। इनका पोषक आहार तरल रूप में होता था जिसका सेवन ये बिना आक्सीजन के कर लेते थे। प्रारम्भ में अजैविक विधि से कार्बनिक आहार के निर्माण के विषय में सामान्य मत यह है कि कई साधारण तत्वों यथा मीथेन, अमोनिया, जलवाष्प के मिश्रण से पराबैंगनी विकिरण (Ultraviolet Radiation) या विद्युतीय विसर्जन (Electrical Discharges) द्वारा कई तरह के कार्बनिक यौगिकों का निर्माण हुआ होगा।

(2) इन परपोषित जीवों द्वारा सम्भवतः ऐसे जीवों का विकास हुआ होगा जो अपना भोजन स्वयं निर्मित कर सकते थे (स्वपोषित यथा नीलारूण (Purple) बैक्टीरिया, नीली-हरी शैवाल तथा हरी शैवाल। शनैः शनैः जलीय पादपों द्वारा जैविक विधि से आक्सीजन का निर्माण हुआ (देखिये पिछले अध्याय आक्सीजन चक्र) जिसके वायुमंडल में विसरण (Diffusion) के कारण अन्य जीवों का विकास भी सम्भव होने लगा। वायुमण्डल में आक्सीजन के सान्द्रण के फलस्वरूप **ओजोन मंडल** का निर्माण तथा और अधिक विस्तरण हुआ जिस कारण प्रवेशी सौर्यिक विकिरण (Incoming Solar Radition) की पराबैंगनी किरणों का ओजोन गैस द्वारा अधिकाधिक अवशोषण होने से भूतल का तापमान नियंत्रित हो जाने के कारण भूतल कई प्रकार के जीवों के रहने योग्य हो गया

तथा आक्सीजनसेवी जीवों (Aerobic Organisms) का विकास **आक्सीजन श्वसन** (Respiration) द्वारा सम्भव हो गया जिस कारण बहुकोशिकीय पौधों तथा प्राणियों का जटिल रूप विकसित हो गया। आज से लगभग 600 मिलियन वर्ष पूर्व प्रथम बहुकोशिकीय जन्तु (स्पंज-शरीर पर छिद्र वाले जल में रहने वाले जलशोषक जीव, मूंगा, कृमि तथा रीढ़ वाले जन्तुओं के पूर्वज) का उद्भवन हुआ।

(3) ज्ञातव्य है कि पादपों तथा प्राणियों का आरम्भिक उद्भव एवं विकास जलीय भागों में हुआ जहां से पादपों का प्रसरण स्थलीय भागों पर हुआ। सर्वप्रथम स्थलीय भागों पिर हरे पौधों का विकास तथा उनका औपनिवेषीकरण (Colonization) अन्तिम **सिल्यूरियन** तथा **डिवोनियन** युग में प्रारम्भ हुआ। उस समय स्थलों पर शुष्क पर्यावरण था। अतः जलीय लाल एवं भूरे रंग की शैवालों से विकसित हुए ये हरे पौधे ऐसी विशेषता वाले थे कि वे शुष्क पर्यावरण के साथ अपने को समायोजित करके स्थलों पर रह सकते थे। इस तरह के आरम्भिक स्थलीय पौधों में (Rhynia) तथा Cooksonia को प्रथम पादप बताया जाता है। ये आरम्भिक पौधे संवहनीय तंत्र (Vascular System) तरल पदार्थों का पौधों के एक भाग से दूसरे भाग में गमन) वाले थे तथा इनकी संरचना जाइलम (Xylem रसवाहिनी), छाल (Cuticle), तनासदृश हरी शिरायें, रंध्र (Stomata), बीजाणु कोष (Sporangia) आदि अंगों द्वारा हुई मानी जाती हैं।

(4) **डिवोनियम** युग के अन्तिम चरण में वृक्ष के समान प्रथम पौधों का विकास हुआ (स्थलों पर) यथा प्रशाखी (शाखा वाले) लाइकोपॉड्स (Lycopods) तथा ऊंचे (Horsetails । आगे चलकर इनका विलोप हो गया। इन वृक्षों के साथ छिपे बीजाणुओं (Spores) द्वारा जनन करने वाले फर्न के समान वृक्ष तथा पत्ती के समान संरचना वाले वन वृक्षों (इनसे आगे चलकर आधुनिक कोंणधारी वृक्षों का उद्भव हुआ है) का विकास हुआ तथा वनस्पति समुदाय का रूपान्तरण वनों के रूप में हो गया।

(5) **कार्वनिफरस** युग तक वर्तमान सारे महाद्वीप एक स्थलभाग के रूप में संलग्न थे जिसे **सुपर महाद्वीप** या **पैंजिया** (Pangaea) कहा जाता है। **पैंजिया** के विभाजन के समय के विषय में पर्याप्त मतभेद है। अधिकांश लोगों के अनुसार पैंजिया का विभंजन **जुरैसिक** युग से प्रारम्भ होता है जबकि कुछ लोग इसका विभंजन **कार्बानिफरस** युग से ही मानते हैं। इतना तो निश्चित ही है कि पौधों तथा प्राणियों के विकास तथा वितरण

पर **महाद्वीपीय विस्थापन** या **प्रवाह** (Continental drift) का पर्याप्त प्रभाव पड़ा है। महाद्वीपीय विस्थापन का अब प्लेट विवर्तनिकी (Plate Tectonics) के आधार पर सत्यापन हो गया है।

यदि कार्बानिफरस से पैजिया का विभंजन माना जाय तो सर्वप्रथम इसका दो भागों में विखण्डन हुआ। उत्तरी भाग को **लारेशिया** या **अंगारालैण्ड** (उत्तरी अमेरिका तथा यूरेशिया) तथा दक्षिणी भाग को **गोण्डावानालैण्ड** (दक्षिणी अमेरिका, अफ्रीका, अण्टार्कटिका, मालागासी, भारत तथा आस्ट्रेलिया का सम्मिलित रूप) कहा जाता है। कार्बानिफरस युग में लारेशिया पर शाखाओं वाले ऊंचे वृक्षों का घना जंगल विकसित हो गया था। इन वनस्पतियों (वृहद्‌ाकार क्लब मांस- Lepidodendrum, Sigillaria, 30 मीटर से अधिक ऊंचाई वाले शंकुधारी पौधे-Stigmaria, Calamites, वृहदाकार (Horsetail पौधे आदि) का उद्‌भव तथा विकास दलदली **आवास** में हुआ माना गया है। ये वनस्पतियां अवसादों के नीचे दब गयीं तथा ऊपर स्थित अवसादीय भार के कारण सम्पीडित होकर कोयले में बदल गयीं। यूरोप तथा उत्तरी अमेरिका के अधिकांश कोयले का निर्माण कार्बानिफरस युग में ही हुआ है। **कार्बानिफरस** युग के अन्तिम चरण तथा **पर्मियन** युग में लारेशिया की वनस्पति में पुनः परिवर्तन हुआ। इस समय तीन तरह की प्रमुख वनस्पतियों का विकास हुआ-

(अ) लारेशिया के पश्चिमी भाग (वर्तमान पूर्वी अमेरिका, पूर्वी तथा पश्चिमी यूरोप) में (Eumerican Flora),

(ब) आधुनिक साइबेरिया में (Angara Flora) तथा

(स) द.पू. अंगारालैंड (आधुनिक चीन, द.पू. एशिया) में (Cathysian Flora)।

ज्ञातव्य है कि कार्बनिफरस युग के प्रारम्भ में **गोण्डवानालैण्ड** पर भी **लारेशिया** के समान ही वनस्पति का विकास हुआ था परन्तु कार्बानिफरस के अन्तिम चरण में वृहद्स्तरीय जलवायु परिवर्तन के कारण इस भाग का **हिमानीकरण** (Glaciation) हो गया तथा बाद में हिम के पिघलने के बाद शीत तथा शीतोष्ण आर्द्र जलवायु का सूत्रपात हुआ। इस समय गोण्डवानालैंण्ड वृहद् क्षेत्रों पर (Glossopteris flora का विकास हुआ जिसके जीवावशेष आज भी द. अमेरिकी, अफ्रीका, मालागासी (मैडागास्कर), भारत आदि में पाये जाते हैं।

(6) **मेसोजोइक कल्प** (ट्रियासिक, जुरैसिक एवं क्रिटैसियस युगों को मिलाकर) में पृथ्वी पर जलवायु तथा वनस्पति एवं प्राणि जीवन में बड़े पैमाने पर परिवर्तन हुआ जिसका प्रमुख कारण लारेशिया (अंगारालैंड) तथा गोण्डवानालैंड का विखंडन (Breaking) एवं विभिन्न दिशाओं में प्रवाह का होना था। मेसोजोइक कल्प के प्रथम चरण अर्थात् टियासिक युग में अधिकांश क्षेत्रों पर शुष्क जलवायु का विस्तार हो गया तथा पर्मियन युग की अधिकांश वनस्पतियों (वनों के रूप में) के स्थान पर शुष्क जलवायु वाली विरल वनस्पतियों का विकास हो गया। कई पादपों तथा प्राणियों का (कार्बनिफरस तथा पर्मियन युगों की **विलोप** (Exitinction) हो गया परन्तु अब भी **डाइनोसार** (Dinosaurs, दीर्घकाय धरातल पर रेंगने वाला जानवर) बचा रहा है क्योंकि उसे भोजन देने वाले कुछ पादप (यथा Cucads, Conifers, Ferns, Horsetails) बचे रहे क्योंकि इन्होंने नये पर्यावरण (शुष्क जलवायु) के साथ अनुकूलन (Adaptation) करके अपने को समायोजित कर लिया था। जुरैसिक तथा क्रीटैसियम युगों में (जबकि अंगारालैड तथा गोण्डावानालैंड के टूटे हुए भागों का विस्थापन एवं प्रवाह हो रहा था) जलवायु तथा वृहत् क्षेत्रों पर आर्द्र उपोष्ण कटिबन्धीय जलवायु का विस्तार होने से सदाबहार वनों का विकास हुआ जिसमें प्रमुख थे– Conifers (कोणधारी वृक्ष), Ginkgos तथा Cucads, इस समय डाइनोसार के दो समूहों की स्थिति थी–

(अ) शाकाहारी डाइनोसार (Sauropods तथा Omithopods एवं

(ब) मांसाहारी डाइनोसार (Carnosaurs, जो शाकाहारी डाइनोसार का भक्षण करते थे)।

(7) **क्रीटैसियस** युग में स्थलीय वनस्पतियों में पहली बार पुष्पी पौधों (Flowering Plants या Angiosperms) के उद्‌भव तथा विकास के कारण बड़े पैमाने पर रूपान्तरण (Transformation) हुआ। इन पुष्पी पौधों का विकास इतनी तीव्र गति (Abrupt Speciation अचानक या त्वरित उद्‌भवन, खण्डकालिक घटना– Episodic Event) से हुआ कि शीघ्र ही इनका घने जंगलों के रूप में विस्तरण हो गया जिस कारण प्रारम्भिक जातियां तथा उनके सदस्यों की संख्या पुष्पी पौधों की तुलना में निहायत कम हो गयी। पुष्पी पौधे सर्वाधिक समर्थ तथ सबल (Most Dominant) हो गये। इन पुष्पी पौधों में प्रमुख थे–ओक, पोपलर, (Sycamore, मैपिल, Ash तथा आधुनिक उष्ण कटिबन्धीय जातियों के समान पौधे (Breadfruit,

Fig, Palm आदि)। इन उच्च तथा वृहदाकार वृक्षों के नीचे छोटे पौधों तथा झाड़ियों (यथा Laurel, Dogwood, Holly आदि) का विकास और इनके नीचे अथात् धरातल के पास **शाकीय पौधों** (Herbaceous Plants) का विकास हुआ। स्पष्ट है कि पुष्पी पादपों के उद्भव पादपों के उद्भव एवं विकास के साथ ही **वनस्पति समुदाय** (Vegetation Community) में सुनिश्चित लम्बवत् **स्तरीकरण** (Vertical Stratiffication, जैसा अभी ऊपर व्यक्त किया गया है) हो गया। पुष्पी पौधों के इस त्वरित विकास एवं उनके अन्य पादपों पर प्रभुत्व के लिए पुरानवनस्पतिशास्त्रियों (Palaeobotanists) द्वारा निम्न कारण सुझाये गये हैं–

(अ) क्रीटैसियम युग में यद्यपि पर्वतीकरण, स्थलीय भागों के सीमान्त क्षेत्र पर सागरीय प्रसार, जलवायु परिवर्तनों आदि के कारण विभिन्न पर्यावरण वाले **आवासों** (Habitats) का निर्माण हुआ, परन्तु पुष्पी पौधों में नये पर्यावरण के साथ अनुकूलन (Adaptation) एवं समायोजन करने की पर्याप्त क्षमता थी जिस कारण उन्होंने शीघ्र ही विभिन्न पर्यावरण वाले आवासों में अपने को समायोजित (Adjust) कर लिया।

(ब) पुष्पी पौधों तथा कीटों (Insects) का विकास साथ-साथ आपसी सहयोग (Mutualism) में हुआ। परिणामस्वरूप, कीटों द्वारा **क्रासपरायण** (Cross Pollination) होने से पुष्पी पौधों में आनुवंशिक (Genetic) तथा पारिस्थितिक (Ecological) विविधता होने से नयी जातियों का भी उद्भव हुआ।

(स) इस पुष्पी पौधों में कई स्तरीय (लम्बवत्, जैसा कि ऊपर व्यक्त किया गया है) समुदायों (Communities) की रचना करने की क्षमता का होना।

यद्यपि, पुष्पी पौधों के उद्भव के आरम्भिक मूल स्थान के विषय में पर्याप्त मतभेद है तथापि अधिकांश लोग इनका मूल उद्भव स्थान **गोण्डवानालैंड** के पश्चिमी भाग को मानते हैं जहां से पुष्पी पौधों का विसरण (Dispersal) विभिन्न दिशाओं में हुआ। पौधों के विसरण या प्रकीर्णन का उल्लेख आगे अलग शीर्षक के अन्तर्गत किया जायेगा। ज्ञातव्य है कि क्रीटैसियम युग में **डाइनोसार की चरम वृद्धि** तथा विकास हुआ। टर्शियरी युग में वृहद्स्तरीय पर्वतीकरण (अल्पाइन पर्वतों-यथा रॉकीज, आल्प्स एण्डीज, हिमालय आदि) तथा तत्सम्बन्धी जलवायु में परिवर्तन, **क्वाटनरी युग** में उत्तरी अमेरिका तथा यूरेशिया के अधिकांश भागों

का (प्लीस्टोसीन हिमकाल) हिमानीकरण, हिमकालों एवं अन्तर्हिमकालों के कारण जलवायु में बार-बार परिवर्तन, सागर-तल में उतार तथा चढ़ाव के कारण वनस्पतियों के प्रारूप एवं उनके जीवन-रूप (Life Form) पर बड़े पैमाने पर प्रभाव पड़ा है।

पौधों का विसरण (Plant Dispersal)

पौधों के विसरण के अन्तर्गत विसरण करने वाले कारकों, विसरण के प्रकार तथा प्रारूप, विसरण की दिशा भूतल पर स्थलीय पौधों के वास्तविक प्रतिरूपों का अध्ययन किया जाता है।

पादप-विसरण के कारक

ज्ञातव्य है कि पौधों में जन्तुओं के समान गतिशीलता नहीं होती है वरन् पौधे अपने स्थान पर स्थायी होता है। अतः पौधों का विसरण वाह्य कारकों द्वारा ही होती है। विश्व में वनस्पतियों के वितरण का वर्तमान प्रतिरूप वास्तव में पौधों के विभिन्न प्रकार के विसरणों का ही प्रतिफल है।

ज्ञातव्य है कि पौधों में जन्तुओं के समान गतिशीलता (Mobility) नहीं होती है वरन् ये अपने स्थान पर स्थायी होते हैं। अतः पादपों का विसरण बाह्य कारकों द्वारा ही हो पाता है। बीजों के विसरण में बीजों के गुण भी सहायक होते हैं यथा-वायु द्वारा उड़ाये जाने पर उनका वायु में टिके रहने का गुण, जन्तुओं के शरीर में चिपकने का गुण, पक्षियों के पंखों में तथा पंजों में चिपके रहने का गुण, जल में तैरने का गुण। इस तरह पौधों का विसरण वायु द्वारा (हवा पौधों के बीजों को उड़ाकर एक स्थान से दूसरे स्थान पर ले जाती हैं);

पक्षियों द्वारा (पक्षियों बीजों को अपने पंखों तथा पंजों में चिपकाकर या भोजन के रूप में बीजों को अपने उदर में रखकर तथा बाद में मलत्याग के समय बीजों को बाहर निकालकर एक **आवास** से दूसरे भिन्न या समान **आवास** में पहुंचा देती हैं। **मौसमी प्रवास** (Seasonal Migration) करने वाले पक्षी बीजों की काफी दूरस्थ भागों तक पहुंचा देते हैं); सागरीय धाराओं तथा लहरों द्वारा; नदियों द्वारा आदि विधियों से एक स्थान से दूसरे स्थान पर होता है। प्लेट संचलन तथा महाद्वीपीय प्रवाह द्वारा पादपों का विसरण बड़े पैमाने पर हुआ है(मुख्य रूप से क्रीटैसियम युग में टर्शियरी युग तक)।

पादपों का **विसरण** (Dispersal) उनके बीजों द्वारा तीव्र गति से होता है। **बीज विसरण** (Seed Dispersal) द्वारा पादपों का स्थानान्तरण (Migration) कई कारकों पर निर्भर होता है, यथा-

(1) बीजों का आकार, उनकी संख्या तथा बनावट,

(2) बीजों की नये आवास (Hibitat) तथा नये पारिस्थितिक पर्यावरण में अंकुरण (Germination) तथा अनुकूलन (Adaptation) की सामर्थ्य,

(3) बीजों के पुनर्जनन (Reproduction) की आवृत्ति,

(4) बीजों के परिवहन के साधन,

(5) परिवहन तथा स्थानान्तरण की दूरी आदि।

आकार में छोटे तथा अधिक संख्या में उत्पन्न होने वाले बीजों का विसरण तीव्र गति से विस्तृत क्षेत्रों में होता है परन्तु लघु बीजों की मृत्युदर (Mortality Rate) बहुत अधिक होती है। अत: ये दूसरे स्थान पर पहुंचने पर अंकुरण के लिए बहुत कम ही संख्या में जीवित रह पाते हैं। इसके विपरीत कुछ पौधे यद्यपि, बहुत कम संख्या में ही बीज उत्पन्न करते हैं परन्तु उनका आकार बड़ा होता है। ऐसे बड़े आकार वाले बीजों का विसरण कठिन होता है तथा विसरण गति भी निहायत मन्द होती है। परन्तु इनमें लम्बे समय तक जीवित रहने की क्षमता अधिक होती है।

बीजों की बनावट भी विसरण को प्रभावित करती है। जिन लघु आकार वाले बीजों के बाह्य भाग पर रोंये, कांटे आदि होते हैं वे पक्षियों के पंजों तथा पंखों एवं जानवरों के शरीर में चिपक कर दूर चले जाते हैं। बीजों के विसरण की दूरी तथा रफ्तार उनका परिवहन करने वाले साधनों पर निर्भर करती है। इन परिवहनकर्त्ता साधनों में मुख्य हैं–हवा, जल तथा प्राणी (जिनमें मानव सबसे सशक्त तथा प्रभावी साधन है)। ग्राहीय (Planetary) हवायें (यथा–व्यापारिक, पछुआ एवं ध्रुवीय) बीजों को विसरण विस्तृत क्षेत्रों में करती हैं जबकि स्थानीय एवं मौसमी हवायें बीजों का विसरण लघु क्षेत्रों में करती हैं। यद्यपि, सागरीय धारायें बीजों का विसरण सर्वाधिक दूरी तक करती हैं (यथा गल्फ्ट्रीम, विषुवतरेखीय क्यूरोशियो आदि) परन्तु इस लम्बी यात्रा के दौरान अधिकांश बीज मार्ग में ही मर जाते हैं। ज्ञातव्य है कि बीजों के उत्पादन की दर उनके परिवहन के साधनों की क्षमता का पौधों के स्थानान्तरण एवं विसरण पर प्रभाव उतना महत्वपूर्ण नहीं होता है जितना कि इन बीजों की नये आवास एवं पर्यावरण में सहनशीलता (Tolerance) का महत्व होता है। बीजों की नये पर्यावरण में अपने को स्थापित तथा अनुकूलित करने की सहनशीलता की सीमा जितनी अधिक होती है उतना ही इनके जीवित रहने तथा विस्तृत क्षेत्रों में व्यापक वितरण एवं फैलाव के अवसर तथा सम्भावनाऐं अधिक होती है।

बीजों के विसरण में ऐसे प्राकृतिक अवरोधों (हिमसागर क्षेत्र, रेगिस्तान, महासागर, पर्वत आदि) का प्रभाव भी अधिक है जिनमें लाये गये नये बीजों के अंकुरण की दशायें सुलभ नहीं होती है। स्थलीय तथा अलवणजलीय (Freshwater) भागों के बीज सागरीय लवणयुक्त जल में अधिक समय तक जीवित न रहे सकने

के कारण अधिक दूरी तक यात्रा नहीं कर पाते हैं (क्योंकि रास्ते में ही मर जाते हैं)। इसी तरह मार्ग में आने वाले वृहत् रेगिस्तान, विस्तृत एवं उच्च पर्वत तथा विषम जलवायु क्षेत्र बीजों के विसरण में बाधक होते हैं।

वर्तमान समय में मनुष्य बीजों के प्रकीर्णन तथा विसरण का सर्वप्रमुख कारक है। इसका उल्लेख आगे किया जायेगा।

पुष्पी पौधों का विसरण (Dispersal of Flowering Plants)

यहां पर क्रिटैसियस युग में विकसित पुष्पी पौधों के विसरण का उल्लेख महाद्वीपीय प्रवाह के सन्दर्भ में किया जा रहा है।

चित्र 6.3 कार्बोनिफरस (A), अन्तिम क्रीटेसिम (B) तथा प्राम्भिक टर्शियरी (C) युगों में महाद्वीपों की स्थितियों तथा पौधों के विसरण की दिशा (तीरों द्वारा) को दर्शाया गया है। **क्रीटैसियस** युग में **पुष्पी पौधों** का उद्‌भव तथा विकास सम्भवतः गोण्डवानालैंड के परिश्चमी भाग (आधुनिक अफ्रीका तथा द. अमेरिका) में हुआ (D.I. Axelord, के अनुसार, जबकि कुछ विद्वान पुष्पी पौधों का आरम्भिक मूल स्थान उच्च आंक्षांशों खासकर आर्कटिक तथा अण्टार्कटिक क्षेत्रों में मानते हैं) P.A. Raven तथा D.I. Axelord, (1974,) के अनुसार क्रीटैसियम युग में इन उष्ण कटिबन्धीय क्षेत्रों में विभिन्न प्रकार के शुष्क एवं अर्द्ध शुष्क पर्यावरण वाले कई **आवास स्थान** (Habitats) थे जिनकी विभिन्न प्रकार की मिट्टियों तथा धरातलीय रूपों के कारण पृथ्वीं पर पौधों की अधिकतम वृद्धि के लिए अनुकूल दशायें सुलभ थी।

इस मौलिक नाभिक केन्द्र से पौधों का **विसरण विकिरण** (Radiation) रूप में चारों ओर प्रारम्भ हुआ। यह विसरण अन्तिम **क्रीटैसियम** युग से प्रारम्भिक **टर्शियरी** युग तक **विकिरण रूप** में होता रहा। द. अमेरिका तथा पशिचमी अफ्रीका (गोण्डवानालैंड) के नाभिक केन्द्र (Nucleus) से पुष्पी पौधों का विसरण उत्तर की ओर उ. अफ्रीका तथा यूरेशिया में हुआ (अन्तिम क्रीटैसियस)। यूरोप से पुनः इन पौधों का विसरण पश्चिम की ओर उत्तरी अमेरिका (क्योंकि उस समय तक उ. उमेरिका तथा यूरेशिया एक दूसरे से संलग्न थे) में हुआ। द. अमेरिका के नाभिक केन्द्र से पुष्पी पौधों का विसरण द. की ओर द. अमेरिका, पुनः आगे की ओर अण्टार्कटिका तथा और पूर्व की ओर आस्ट्रेलिया में (चित्र 10.3B) हुआ। अफ्रीका से पौधों का विसरण पूर्व की ओर मैडागास्कर (आधुनिक मालागासी) तथा भारत (दोनों आपस में संलग्न थे) में हुआ। स्पष्ट है कि मैडागास्कर तथा भारत में अधिकांश उष्ण एवं उपोष्ण कटिबन्धीय पादपों काविकास मध्य क्रीटैसियस युग में अफ्रीका

से पादपों के विसरण के कारण हुआ। अन्तिम क्रीटैसियम युग में भारत का गोण्डावानालैंड से सम्बन्ध टूट गया तथा **भारतीय प्लेट** के उत्तर की ओर खिसकाव के कारण भारतीय उपमहाद्वीप का उत्तर की ओर प्रवाह प्रारम्भ हो गया तथा हिन्दमहासागर की उत्पत्ति तथा विस्तार प्रारम्भ हो गया (आज से लगभग 75-70 मिलियन वर्ष पूर्व (मध्य इयोसीन युग) *भारतीय प्लेट का एशियाई प्लेट के* नीचे क्षेपण (Subduction) होने से हिमालय का निर्माण प्रारम्भ हो गया। इस प्रकार उत्तर की ओर भारतीय प्लेट के प्रवाह के कारण दक्षिणी स्थलभागों के बहुत से पौधे तथा प्राणी अत्यधिक उत्तर की ओर पहुंच गये परन्तु इस उत्तर की ओर प्रवाह के दौरान भारत के मौलिक पौधे तथा प्राणी लुप्त हो गये क्योंकि इस उत्तरी प्रवाह के समय पौधों तथा प्राणियों को कई प्रकार की जलवायु मेखलाओं से होकर गुजरना पड़ा था। हिमालय की उत्पत्ति के कारण भारत तथा एशिया के मध्य पौधों के विसरण में **भौगोलिक अवरोध** भी उत्पन्न हो गया।

वर्तमान समय में दक्षिणी गोलार्द्ध के द. अमेरिका, आस्ट्रेलिया एवं न्यूजीलैंड के शीतोष्ण कटिबन्धीय भागों में (Nothofagus, Southern Beech) तथा (Marsupial (ऐसे प्राणी जो अपने साथ बच्चों को अपने शरीर में बनी थैली में रखते हैं यथा कंगारू) पाये जाते हैं। इन पौधों तथा प्राणियों का विकास इन भागों में मध्य क्रीटैसियस या उससे पहले हुआ था (सबसे पहले दक्षिणी अमेरिका के मूल आवास में, पुनः वहां से उक्त स्थानों में इनका विसरण हुआ)। अन्तिम क्रीटैसियस युग में गोण्डवानालैंड का विभंजन प्रारम्भ हुआ परन्तु आस्ट्रेलिया का अण्टार्कटिका से अलगाव एवं प्रवाह **मध्य मायोसीन** युग में (50-55 मिलियन वर्ष पूर्व) प्रारम्भ हुआ। गोण्डवानालैंड से अलग होने पर आस्ट्रेलिया का प्रवाह उत्तर की ओर होने एवं एशियाई प्लेट से इसका टकराव होने से इसका सम्बन्ध **न्यू गाइना** द्वारा एशिया से हो गया। इसी समय न्यूजीलैंड का अण्टार्कटिका से अलगाव हो गया। इस प्रकार आस्ट्रेलिया का गोण्डवानालैंड के अन्य भागों से पृथक्करण (Isolation) होने से उसके अपने विशिष्ट देशज (Native) पादपों (यथा Eucalyptus वृक्ष) तथा प्राणियों (यथा, थैलीदार जानवर-Marsupials, कंगारू आदि) का विकास हुआ। अण्टार्क-टिका में पैल्योजोइक कल्प से मध्य टर्शियरी युग तक प्रारम्भिक **ग्लोसोप्टरिस** वनस्पति (पर्मियन युगीन) से शीतोष्ण कटिबन्धीय पुष्पी वनस्पति (मध्य टर्शियरी युगीन) का विकास कई चरणों में वनस्पति समुदाय के अनुक्रमों (Successions of Plant Communities) के फलस्वरूप हुआ था। मध्य टर्शियरी युग के बाद में अण्टार्कटिका के दक्षिण की ओर प्रवाह के कारण शीतोष्ण कटिबन्धीय पुष्पी पादपों का लोप होने लगा।

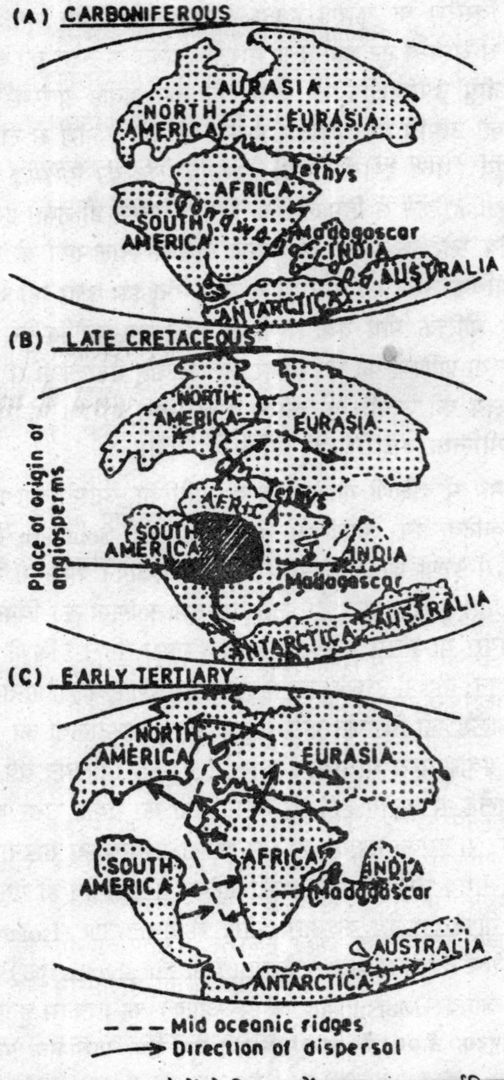

चित्र 6.3 : महाद्वीपीय प्रवाह तथा पौधों के विसरण में सम्बन्ध। (A) कार्बानिफरस युग में महाद्वीपों की स्थितियां। (B) अन्तिम क्रीटैसियस युग में महाद्वीपों की स्थितियां, पुष्पी पौधों की उत्पत्ति का मूलस्थान (तिरछी रेखाओं से प्रदर्शित भाग) तथा पौधों के विसरण का विकिरण प्रारूप (विसरण दिशा का प्रदर्शन तीरों द्वारा किया गया है), (C) प्रारम्भिक टर्शियरी युग में द. अमेरिका का अफ्रीका से अलगाव तथा पौधों का विसरण (स्थलीय भागों के अलग हो जाने तथा उनके मध्यय सागरीय भागों के विकास हो जाने पर पादपों का विसरण ज्वालामुखी द्वीपों तथा मध्य महासागरीय कटकों (Mid-oceanic Ridges, के सहारे होता रहा है)।

जैसे-जैसे अण्टार्कटिका का द. ध्रुव की ओर प्रवाह होने लगा, हिम का जमाव बढ़ता गया तथा अन्ततः वनों का निवर्तन (Retreat) होने लगा और अन्ततः सारे पादपों का विलय हो गया तथा इनके स्थान पर गुच्छेदार घास समुदाय (Tussock Communities) का विकास हुआ परन्तु वर्तमान समय में ये भी यहां से लुप्त हो गयी हैं। उत्तरी अमेरिका के यूरोप से अलग हो जाने तथा इन दोनों के मध्य अटलाण्टिक महासागर के निर्मित होने पर भी उत्तरी अमेरिका एवं यूरेशिया के मध्य पादपों एवं प्राणियों का विसरण अबाध गति से दो रूपों में होता रहा-

(1) मध्य महासागरीय कटक एवं ज्वालामुखी द्वीपों से होकर, एवं

(2) एशिया-उ. अमेरिका के मध्य **बेरिंग स्थल सेतु** (Bering Land Bridge) द्वारा। यही कारण है कि तीनों उत्तर ध्रुवीय (Holarctic) महाद्वीपों (उ. अमेरिका, यूरोप तथा एशिया) के शीतोष्ण कटिबन्धीय सदाबहार कोंणधारी एवं चौड़ी पत्ती वाले पतझड़ वनों में पर्याप्त समता मिलती है।

पादप-विसरण में मनुष्य की भूमिका

प्लीस्टोसीन हिमानीकरण के बाद से मानव अपने बुद्धि-कौशल तथा तकनीकी प्रगति के फलस्वरूप जीवमंडल के पर्यावरण में सबसे सशक्त एवं प्रभावी परिवर्तनकर्ता के रूप में उभर कर सामने आया है। इसने जीव-जगत (वनस्पति तथा प्राणी) में **जैविक उत्थान** (Organic Upheaval) के नये काल का प्रारम्भ किया है। मानव ने प्रत्यक्ष या अप्रत्यक्ष रूप से, चाहे (जानबूझकर (Deliberately), अनचाहे (अचानक, अकस्मात् या अनजाने में (Accidently) रूप से जीवमण्डल में प्रत्येक जीव तथा उसके **आवास** (Habitat) को प्रभावित किया है। इसने पादप तथा प्राणी-संतुलन में परिवर्तन किया है, कुछ **जातियों** (Species) की संख्या में वृद्धि किया है जबकि कुछ का नष्ट कर डाला है। पादप तथा प्राणियों की जातियों के विसरण एवं पुनर्वितरण में सर्वप्रमुख भूमिका निभायी है। इसने पादपों एवं प्राणियों के विकास की दिशा को बदला है तथा उनके प्रजनन एवं विकास की रफ्तार को तीव्र किया है। मानव ने जानबूझकर पौधों की नयी जातियों का **अप्राकृतिक चयन** (Artificial Selection) द्वारा सृजन किया है तथा विभिन्न प्रकार के पौधों में **क्रासपरायण** (Cross-Fertilization) द्वारा नयी जातियों का निर्माण किया है तथा **वानस्पतिक संजनन** (Vegetative Propagation) को बढ़ावा दिया है। इसने नये पर्यावरण वाले **आवासों** का निर्माण करके नयी जातियों का विकास किया है। मानव ने निम्न विधियों द्वारा पादपों के वितरण, विसरण तथा **वानस्पतिक संजनन** को प्रभावित किया है-

(1) अपने विध्वंसक (Destructive) कार्यों द्वारा (यथा वनों का विनाश, कृषि के लिए वनों का विनाश, वनों का जलाना आदि),

(2) नयी प्रकार की वनस्पति का आविष्कार एवं उनकी स्थापना,

(3) पादपों को उनके मौलिक स्थान से हटाकर अन्य स्थानों में लगना,

(4) कृषि कार्य,

(5) आवास परिवर्तन आदि।

मनुष्य ने अपने हित में स्थानीय भौतिक पर्यावरण में परिवर्तन करके नये आवासों का निर्माण किया है। इन्हें **संकर आवास** (Hybrid Habitats) कहते हैं। इस तरह के आवासों की दो तरह की स्थितियां होती हैं-

(1) शिविर अवस्थिति के पास (Camp-sites, प्रागैतिहासिक काल में), **शाकवाटिका** (Kitchen gardens), **आधुनिक भव्य वाटिका** आदि,

(2) सड़क निर्माण, रेल लाइन, कारखानों, कृषि आदि के लिए वृहद् स्तर पर वनों को जलाकर तथा काटकर नये क्षेत्रों का निर्माण। इस प्रकार के **विक्षुब्ध** या **संकर आवासों** (Disturbed or Hybrid Habitats) में पादपों का जनन (जिन्हें मानव चाहता है) एवं विकास तीव्र गति से होता है क्योंकि इनमें अवांछित पादपों के अभाव में प्रतिस्पर्धा नहीं होती है।

मानव द्वारा निर्मित नये आवासों के पादपों के दो वर्गों में विभक्त किया जा सकता है-

(1) शिविर अनुयायी (Camp Followers) या **खरपतवार** (Weeds)। ये पौधे मरने के लिए अवांछित होते हैं परन्तु इनका मानव के कृषि कार्यों से संबंध बना रहता है। इस तरह के पौधों में विभिन्न प्रकार की पर्यावरण दशाओं की सहनशीलता तथा बीजों के उत्पादन की तीव्र गति के कारण उनका विस्तृत क्षेत्रों में व्यापक **विसरण** एवं वितरण हुआ है जिसके लिए मानव स्वयं जिम्मेदार है। कृषि के साथ सम्बद्ध घास-पात या खर-पतवार में (Dandilion, Shepherd's Purse, Plantain, Chick Weed) आदि सर्वाधिक कुख्यात हैं एवं मानव के लिए सिरदर्द बने हैं।

(2) **अवार्धित फसल** (Cultivated Crops) मानव ने अपनी आवश्यकतानुसार कुछ जातियों का चयन करके उनको पालतू (Domestication) बनाया है, ऐसे पौधों को (Cultigens या Cultivars) कहते हैं (यथा-गन्ना, धान, गेहूं, कपास, फूल आदि। ज्ञातव्य है कि मनुष्य द्वारा विकसित पौधों का अस्तितव एवं संजनन (Propagation) पूर्ण रूप से मानव पर निर्भर करता

है। C. O. Sauer ने आरम्भिक काल में द. पू. एशिया तथा उ. प. दक्षिणी अमेरिका को **रोपण घर** (Planting Hearth) बताया है जहां पर सर्वप्रथम फसली पौधों का मानव द्वारा पालन (Domestication) प्रारम्भ हुआ। **खाद्यान्न पौधों** (Cereal Plants) के चार उत्पत्ति केन्द्रों का निर्धारण किया गया है–

(अ) **गाटेमाला-मैक्सिको** क्षेत्र जहां पर सर्वप्रथम मक्का का पालन (Domestication) किया गया था, तथा बाद में **सेम** (Beans) तथा **सीताफल** (Squashes) का विकास हुआ तथा मानव द्वारा इनका उत्तरी अमेरिका में स्थानान्तरण तथा विसरण किया गया;

(ब) **उ. प. भारत से पूर्वी रूम सागर का क्षेत्र**-जहां पर गेहूं, जौ, राई, जई का सर्वप्रथम पालन तथा वहां से मानव द्वारा अन्यत्र विसरण हुआ। आगे चलकर राई तथा जई उ. एवं उ.प. यूरोप के आर्द्र प्रदेशों में प्रमुख खाद्यान्न फसल हो गयी;

(स) **उत्तरी चीन में ज्वार-बाजरा** (Millets) तथा सोयाबीन की पालतू फसल (Domesticated Crops) के रूप में उत्पत्ति हुई तथा

(द) **अबीसीनिया उच्च प्रदेश** (पूर्वी अफ्रीका) में **सोरगम** (Sorghum) की उत्पत्ति की गयी। इन चारों क्षेत्रों से फसली पौधों का मानव द्वारा अन्य क्षेत्रों (जहां-जहां वह जाता रहा) में विसरण किया गया।

विगत चार-पांच सौ वर्षों से मानव द्वारा नवीन क्षेत्रों का अन्वेषण (Exploration), अन्तर्राष्ट्रीय व्यापार में वृद्धि तथा यातायात के तीव्रतम साधनों के विकास के फलस्वरूप मानव के विभिन्न क्षेत्रों में स्थानान्तरण (Migration) के साथ-साथ पादपों तथा प्राणियों का बड़े पैमाने पर **विसरण** (Dispersal) हुआ है। ज्ञातव्य है कि प्रारम्भ में जातियों का प्रसार भौगोलिक बाधाओं (उच्च पर्वत, सागर, रेगिस्तान आदि) के द्वारा अवरोध के कारण सीमित हो गया था परन्तु मानव ने अब इन बाधाओं को जीत लिया है। परिणामस्वरूप, प्रारम्भ में **कृषित पौधों** (Cultivated Plants) की जो सीमा गोलार्द्ध या महाद्वीप तक ही थी, अब यह हट गयी तथा इन पौधों का वितरण विश्वव्यापी हो गया। यथा-यूरोप में आलू, मक्का तथा तम्बाकू का लाया जाना; द. अमेरिका से रबर तथा सिनकोना का द. पू. एशिया में आगमन; एशिया से गेहूं, जई, राई, जौ, सन (Flax), गन्ना, चावल, केला आदि, अफ्रीका से सोरगमन का उ. एवं द. अमेरिका में प्रवेश आदि मानव द्वारा कृषित पौधों के विसरण एवं प्रसार के प्रत्यक्ष प्रमाण हैं।

स्मरणीय है कि मनुष्य के एक स्थान से दूसरे स्थान में प्रवास के साथ ही यदि एक तरफ उसकी जानकारी में पौधों तथा प्राणियों का परिवहन तथा **विसरण** किया जाता है तो दूसरी तरफ उसके अनचाहे ही कुछ पौधों के बीजों तथा जीवों का अनायास ही (Accidently) भ्रमण हो जाता है। इस तरह का बीजों का भ्रमण पौधों तथा प्राणियों के रेशों (Fibers), सामानों की पैकिंग, वाहनों (Vehicles) तथा मानव के साथ चिपक कर एक स्थान से दूसरे स्थान में हो जाता है, जहां पर इनमें से कुछ का विकास सम्भव हो जाता है। **न्यूजीलैंड तथा हवाई द्वीप** (और भी उदाहरण दिये जा सकते हैं) में मानव के आगमन के पूर्व पौधों तथा प्राणियों की जातियों (वर्तमान की तुलना में) की संख्या कम थी परन्तु मानव के आगमन के साथ ही इनकी संख्या में गुणोत्तर वृद्धि हुई है।

मानव द्वारा एक स्थान से दूसरे स्थान में लाये गये (जानबूझकर) कुछ पौधे अब उसके लिये स्वयं समस्या बन गये हैं। उदाहरण के लिए आस्ट्रेलिया में पशुओं के चारा (Fodder) के लिए जब से द. अमेरिका से Prickly Pear Cactus लाया गया है तब से इनमें इतनी तीव्र गति से वृद्धि तथा विस्तार हुआ है कि वहां प्राकृतिक चारागाह पर अत्यधिक बुरा प्रभाव पड़ा है। इसी तरह से जापान से संयुक्त राज्य अमेरिका (अवनलिका अपरदन Gully Erosion को रोकने के लिए) में लायी गयी (Kudzu) (एक प्रकार की अंगूरी लता) अब समस्या बन गयी है तथा इसका उन्मूलन कठिन कार्य हो गया है। भारत में उत्तरी अमेरिका से आयातित **बेहया या बेशर्म** (Ipomoea Cornea) की वृद्धि इतनी तीव्र गति से हुई है कि अब इसके उन्मूलन के लिए अभियान की आवश्यकता पड़ रही है। इसी तरह मानव द्वारा प्राणियों के **विसरण** (Dispersal) द्वारा पौधों पर महती प्रभाव पड़ रहा है। यथा-यूरोप से न्यूजीलैण्ड में लाये गये खरगोश तथा लाल हिरन के द्वारा वहां की प्राकृतिक वनस्पति का विनाश तथा मृदा क्षरण (Soil Erosion) साथ-साथ तीव्र गति हो रहा है।

पौधों का वितरण

धरातल पर वनस्पतियों के वितरण में पर्याप्त असमानता पायी जाती है। भूमध्य रेखा से ध्रुवों तक तथा सागर-तल से उच्च पर्वतों तक पादपों के वितरण में कटिबन्धीय या मण्डलीय प्रारूप (Zonal Pattern) पाया जाता है। पादपों के वितरण पर **जलवायु कारकों** (तापमान, प्रकाश, आर्द्रता, मृदा में नमी आदि); **मृदा सम्बन्धी कारक** (Edaphic Factors) मृदा में पोषक तत्वों की स्थिति, मृदा-गठन, मृदा-संरचना, उसकी अम्लता तथा क्षारीय गुण आदि); जैविक कारक (आवास विशेष में जीवित जीवों का खासकर प्राणी तथा मानव का पौधों पर प्रभाव तथा पादपों का आपस

में तथा पादपों एवं प्राणियों में अन्तर्सम्बन्ध यथा, प्राकृतिक चयन, प्रतिस्पर्धा, परस्पर सहयोगवाद (Mutualism), सहभोजिता (Commensalism), परजीविता (Paraticism) आदि; **भौतिक कारक** (उच्चावच्च, ढाल-कोण तथा ढाल-पहलू Slope Aspect, धरातलीय संरचना आदि); भूगतिक कारक (महाद्वीपीय विस्थापन तथा प्रवाह, प्लेट संचलन); **अग्नि कारक** (वनाग्नि- Forest Fire -मानव द्वारा सोद्देश्य वनों का जलाना, मानव द्वारा अनजाने में वन में आग लगना तथा प्राकृतिक वनाग्नि); **पादपों का विसरण तथा प्रकीर्णन** एवं मानव हस्तक्षेप आदि का महती प्रभाव होता है।

विश्व में पौधों के वितरण का अध्ययन कई रूपों में किया जा सकता है यथा:

(1) आवासों के आधार पर (स्थलीय तथा जलीय आवासों के पौधों का वितरण);

(2) वानस्पतिक विभाजन के आधार पर;

(3) अक्षांशीय विस्तार एवं ऊंचाई के आधार पर);

(4) पादप समुदाय की विशिष्ट विशेषताओं के आधार पर आदि।

स्थलीय पौधों का वितरण

जीवमण्डल में वनस्पति का अध्ययन दो रूपों में किया जाता है-

(1) पादपों के किसी खास जाति (Species) का विश्वस्तरीय वितरण-जिसके अन्तर्गत पादपों के वितरण के प्रतिरूपों तथा उनके वैषम्य का अध्ययन जलवायु विभिन्नताओं, पादपों के **विसरण** (Dispersal) तथा **प्रवास** (Migration) तथा महाद्वीपों के विस्थापन एवं प्रवाह के सन्दर्भ में किया जाता है।

(2) वनस्पतियों का अध्ययन पारिस्थितिक तंत्र (Ecosystem) के सन्दर्भ में किया जाता है जिसके अन्तर्गत समान पर्यावरण वाले विभिन्न आवासों (Habitats) में पादपों की समस्त जातियों (जो वहां मौजूद होती हैं) का सामूहिक अध्ययन करते हैं। भूगोल में वनस्पतियों का वितरण भौगोलिक प्रदेशों एवं जलवायु प्रदेशों के सन्दर्भ में किया जताा है। **क्रीटैसियस** युग से **पुष्पी पौधों** (Flowering Plants of Angiosperms) का प्रादुर्भाव, विकास तथा भूमण्डल के विभिन्न भागों में विसरण तथा प्रवास होने से उनके अलग-अलग समूहों का विकास हुआ है। इस तरह के खास प्रकार के आवासों (समान पर्यावरण वाले) में वानस्पतिक समूहों के वृहद्स्तरीय रूपों को **वानस्पतिक जगत** (Floristic Kinddoms) कहते हैं। प्रत्येक **वनस्पतीय जगत** में भी प्रादेशिक स्तर पर कुछ विभिन्नतायें अवश्य होती

है, अतः प्रत्येक **वनस्पतीय जगत** को लघु क्षेत्रीय **वनस्पतीय प्रान्तों** (Floristic Provinces) या **वनस्पतीय प्रदेशों** में विभक्त किया जाता है।

स्मरणीय है कि प्रत्येक वनस्पतीय प्रदेश में विभिन्न जीवन रूपों (Life Forms) वाले समस्त पादपों (जो उस प्रदेश में मौजूद होते हैं) को (यथा वृक्ष, झाड़ी (जो उसक प्रदेश में मौजूद होते हैं) को (यथा वृक्ष, झाड़ी, घास आदि) सम्मिलित किया जाता है। इस तरह वनस्पतीय प्रदेश को 'Formation' भी कहते हैं। किसी भी पारिस्थितिक तंत्र में या **आवास** में पौधों तथा प्राणियों के सम्मिलित रूप को **जीवोम या बायोम** (Biome) कहते हैं। **भूमण्डल** के वनस्पतीय प्रदेशों का विकास मुख्य रूप से टर्शियरी युग में हुआ परन्तु **क्वाटरनरी युग** में जलवायु परिवर्तनों के कारण इन वनस्पतीय प्रदेशों में भी परिमार्जन तथा परिवर्तन हुए हैं। ज्ञातव्य है कि पादपों की कुछ जातियों का ही विश्वव्यापी वितरण सम्भव हो पाया है जबकि अधिकांश जातियां कुछ निश्चित स्थानों में ही सीमित हैं। अतः जातियों के व्यापक वितरण के आधार पर समस्त विश्व को 6 प्रमुख वनस्पतीय जगत (स्थलीय पौधों को) में विभक्त किया गया है। चित्र (6.4)

(1) **आस्ट्रेलियन जगतः** इसके अन्तर्गत समस्त आस्ट्रेलिया महाद्वीप आता है तथा यहां पर विशिष्ट प्रकार के पौधे पाये जाते हैं जिनमें सर्वाधिक महत्वपूर्ण **यूकेलिप्टस** (Eucalyptus) है जिसकी संख्या आस्ट्रेलिया के सम्पूर्ण वृक्षों का 75 प्रतिशत है। यहां पर यूकेलिप्टस की 600 जातियां (Species) पायी जाती है। इनमें पर्याप्त विषमता पायी जाती है। ऊंचे तथा वृहदाकार छायादार वृक्षों से लेकर यूकेलिप्टस तथा मरुस्थलीय **बौने** वृक्षों तक होते हैं। यूकेलिप्टस को **मिमोसा** (Mimosa) का सम्बन्धी बताया जाता है जिसकी कुछ जातियां आज भी द. अमेरिका में पायी जाती हैं। आस्ट्रेलिया से यूकेलिप्टस का मनुष्य ने प्रायः प्रत्येक महाद्वीप में विसरण किया है। भारत के प्रायः प्रत्येक प्रान्त में यूकेलिप्टस के वृक्ष (मुख्य रूप से सड़कों तथा रेल लाइन्स के किनारे-किनारे) लगाये गये हैं तथा इनका विस्तार (मानव द्वारा) तीव्र गति से किया जा रहा है। महाद्वीपीय प्रवाह के कारण आस्ट्रेलिया के **पृथक्करण** (Isolation) के फलस्वरूप यहां पर विशेष **क्षेत्री वनस्पति** (Endemic Flora) का विकास हुआ है।

(2) **केप जगत** (Cap Kingdom) : इसका विस्तार अफ्रीका के दक्षिणी छोर पर हुआ है जहां पर **शल्क कन्द** (Bulbs of Tubers) वाले पौधों का विकास हुआ (ऐसे पौधों की जड़ों में मृदा के नीचे बल्ब या कन्द का जनन होता है जिनसे नये पौधों का जनन होता है, जैसे कन्दमूल आदि)।

इस तरह के पौधे वाटिका के पुष्पी पौधे होते हैं तथा Lobelia, Kniphogia, Erica Freesia आदि जातियां हैं। ज्ञातव्य है कि इस क्षेत्र के यूरोपीय लोगों द्वारा औपनिवेषीकरण के बाद इन पुष्पी जातियों के पौधों को विश्व के अधिकांश देशों की बाटिकाओं में फलों के लिए ले जाया गया है। यद्यपि इन **वाटिका पुष्पी पौधों** (Garden Flowering Plants) का अन्यत्र विसरण एवं वितरण हुआ है परन्तु अपने मूल स्थान में ही इनकी संख्या तथा क्षेत्र में ह्रास हो रहा है क्योंकि इन्हें हटा कर कृषि के अन्तर्गत भूमि का क्षेत्र बढ़ाया जा रहा है। जिन क्षेत्रों में अभी तक कृषि का प्रसार नहीं हुआ है वहां पर Sclerophyllous झाड़ियां पायी जाती हैं जिनकी ऊंचाई एक मीटर से कई मीटर तक होती है। इनके नीचे **शाकीय झाड़ियों** (Herbaceous Shrubs) होती हैं। ज्ञातव्य है कि इन वनस्पतियों के विकास के पहले यहां पर सदाबहार शीतोष्ण कटिबन्धीय वन थे परनतु यूरोपियन लोगों ने इन मौलिक वनों को साफ कर दिया तथा बाद में उक्त झाड़ियों का विकास हुआ।

(3) **अण्टार्कटिक जगत :** इसका विस्तार एक पतली मेखला में अण्टार्कटिका महाद्वीप के उत्तर में दक्षिण अमेरिका के पैटागोनिया तथा दक्षिणी **चिली से न्यूजीलैंड** तक पाया जाता है। इस का सर्वप्रमुख पौधा (Nothofagus) (दक्षिणी बीच)है। न्यूजीलैंड में देशीय (Native) शीतोष्ण घासों में (आज से लगभग 100 मिलियन वर्ष पूर्व) ऐसी जातियां विकसित थीं जो गुच्छेदार होती थीं जिनके साथ **नरकुल** (Sedges, पानी के साथ उगने वाले) तथा **द्विबीजपत्री** (Dicotyledons) झाड़ियां भी थीं। परन्तु यूरोपीय लोगों के आगमन के साथ ही इनमें पर्याप्त परिमार्जन (Modification) हुआ है। इन परिमार्जित तथा रूपान्तरित घासों में आज भी दो प्रमुख प्रकार पाये जाते हैं-

(अ) लघु तृणगुच्छ घास क्षेत्र (Short Tussock Grasslands) जिनमें Festuca तथा Poa प्रमुख जातियां है। इनकी ऊंचाई 0.5 मीटर तक तथा रंग पीला-भूरा होता है,

(ब) उच्च तृणगुच्छ घासक्षेत्र में प्रमुख जाति (Chiomechloa है। न्यूजीलैंड के गर्म शीतोष्ण भागों में वनों में **अनावृत्तबीजी** (Gymnosperms) तथा **आवृत्तबीजी** (Angiosperms) वृक्षों की भरमार पायी जाती है। **अनावृत्तबीजी** में कोणधारी **परिवार** (Family) में प्रमुख हैं-Podcarpaceae, Cupressaceae तथा

Araucariaceae तथा आवृत्तबीजी समूह में पुष्पी पौधे आते हैं जिनमें प्रमुख हैं- Nothofagus, न्यूजीलैंड के उपोष्ण कटिबन्धीय वन सदाबहार प्रकार के हैं जिनमें ऊंचे-ऊंचे वृक्ष घने आवरण के रूप में पाये जाते हैं। न्यूजीलैंड में मानव क्रिया-कलापों तथा यूरोप से लाये गये स्तनधारी जानवरों (यथा लाल हिरन) के कारण **वनस्पति समुदाय** (Vegetation Community) में बड़े स्तर पर असंतुलन हो गया है।

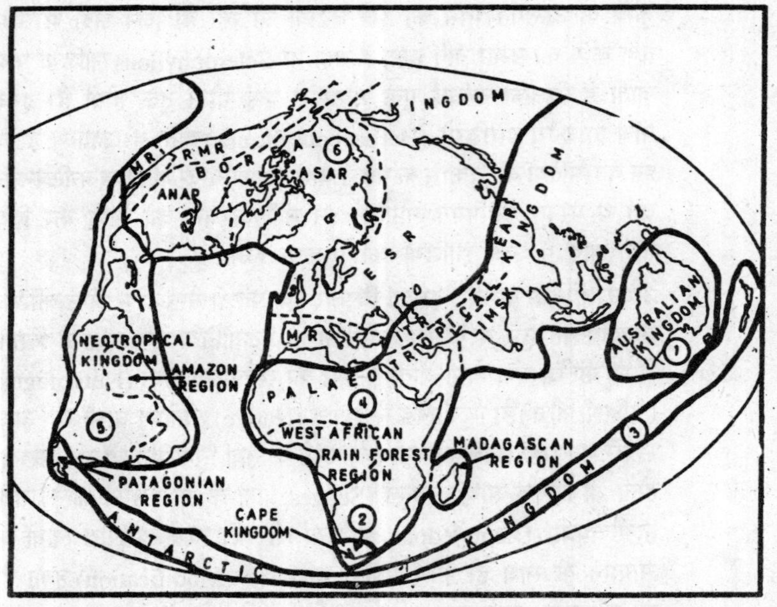

चित्र 6.4 : भूमण्डल के स्थलीय वनस्पतीय जगत तथा प्रदेशों का वर्तमान प्रारूप। यह विभाजन बड़े वृक्षों (जिनमें बीज होते हैं) तथा जातियों के वितरण के आधार किया गया है। IMSK = Indo-Malayan Sub-Kingdom, EAR = East Asian Region, ESR = Euro Siberian Region, ITR = Iranian Turanian Region, MR = Mediterranean Region, ANAR= Atlantic-North American Region, ASAR = Arctic and Sub-Arctie Region.

(4) **पुराउष्ण कटिबन्धीय जगत** (Palaeotropical Kingdom) : इसके अन्तर्गत अफ्रीका का अधिकांश भाग, द. प. एशिया, द. पू. एशिया तथा चीन का द. एवं मध्यवर्ती भाग सम्मिलित किया गया हैं इस वृहद् जगत को तीन प्रमुख उपजगत में विभक्त किया जाता है- अफ्रीकी उपजगत,

भारत-मलाया उपजगत तथा पोलीसियन उपजगत तथा इन उपजगत को पुनः **कई प्रदेशों** में विभक्त किया जाता है। कुछ ऐसे पौधे हैं जो सभी प्रदेशों में पाये जाते हैं।

(5) **नवायनवृतीय जगत** (Neotropical Kingdom) : इसके अन्तर्गत पैटागोनिया तथा द. चिली को छोड़कर समस्त द. अमेरिका का भाग सम्मिलित किया जाता है। इस जगत तथा **पुरायनवृतीय जगत** (Palaeo-tropical Kingdom, खासकर अफ्रीका) के वनस्पति प्रदेशों के कई **वंश** (Genera) उभय रूप में मिलते हैं। प्रारम्भ में जबकि गोण्डावानालैंड के सभी सदस्य आपस में संलग्न थे तो **क्रीटैसियस** युग में उष्ण कटिबन्धीय पुष्पी पौधों का विकास गोण्डावानालैंड के अधिकांश भागों में हुआ। बाद में गोण्डावानालैंड के विभंजन तथा द. अमेरिका के पश्चिम की ओर प्रवाह तथा अटलांटिक महासागर के **सागर-नितल प्रसरण** (Sea-Floor Spreading) के फलस्वरूप विस्तार के कारण इसका गोण्डावानालैड के अन्य सदस्यों से सम्बन्ध-विच्छेद हो गया जिस कारण (पृथक्करण (Isolation) द. अमेरिका तथा अफ्रीका की वनस्पतियों में अन्तर आ गया।

(6) **उत्तरी जगत** (Boreal Kingdom) : इसके अर्न्तगत मध्य अमेरिका को छोड़कर समस्त उ. अमेरिका, ग्रीनलैंड, समस्त यूरोप तथा उ. एशिया एवं आर्कटिक क्षेत्रों को सम्मिलित किया जाता है तथा यह सभी वनस्पति जगत (Floral Kingdoms) में सर्वाधिक विस्तृत है। इसके अन्तर्गत कई उप-जगत तथा प्रदेशों का निर्धारण किया गया है यथा-रूस सागरीय प्रदेश (MR, चित्र 6.4), रॉकी पर्वतीय प्रदेश (RMR, चित्र 6.4) अटलांटिक उत्तरी अमेरिकी प्रदेश (ANAR, चित्र 6.4), आर्कटिक तथा उप-आर्कटिक प्रदेश (ASAR, चित्र 6.4), यूरोसाइबेरिया प्रदेश (ESR) आदि इन उप-जगत तथा वनस्पति प्रदेशों का एक दूसरे से अलगाव महासागर, पर्वत, मरुस्थलीय अवरोधों (Barriers) द्वारा हुआ है।

सागरीय पौधों का वितरण

पादपों के आवासों (Habitats) को दो प्रमुख भागों में विभक्त करते हैं-

(1) स्थलीय आवास तथा जलीय आवास (Aquatic Habitats)। जलीय आवास को पुनः दो वृहद् आवासों में विभक्त किया जाता है-

(i) सागरीय आवास (Marine Habitats) तथा

(ii) अवलवणीय जलीय आवास (Freshwater Habitats या स्थलस्थित जलीय भाग यथा नदी जिसमें जल सतत् गतिशील रहता है एवं

झील, तालाब, जलभण्डार (Reservoir) जिनमें अपेक्षाकृत जल स्थिर रहता है)। सागरीय आवास को पुनः दो भागों में विभाजित किया जाता है-

(1) पेलैजिक (Pelagic) आवास जिसमें सागर तथा महासागर के समस्त जल को सम्मिलित करते हैं तथा,

(2) नितलस्थ आवास (Benthic Habitats) जिसमें सागर की तली (Seaned) को ही सम्मिलित किया जाता है। सागरीय भागों में पादपों की स्थलीय पादपों की तुलना में बहुत कम प्रजातियां होती हैं। सागरीय पादप जगत का निर्माण मुख्य रूप से सूक्ष्मदर्शी फाइटोप्लैंकटन (Micro-scopic Phytoplanktons) तथा छिछले भागों की तली में रहने वाले शैवाल (Algae) से हुआ है। सागरीय पादपों में प्रायः समरूपता का मुख्य कारण यह है कि स्थलीय भागों की तरह इनमें अवरोध (Barriers) नहीं होते हैं, अपितु, इनमें सागरीय गतियों के कारण पादपों में मुक्त मिश्रण (Free Mixing) होता रहता है तथा स्थलीय भागों की तरह तापमान में विषमता भी अधिक नहीं होती है। सागरीय पादपों में तली में रहने वाले तथा जल पर तैरने वाले पादपों में ही सर्वाधिक विषमता होती है। सागरीय पौधों को सागरीय तापमान के आधार दो भागों में विभक्त कर सकते हैं-

(i) गर्म जल वाले पादप तथा

(ii) शीतल जल वाले पादप।

सागरीय पादपों की सर्वाधिक जातियां (Species) तथा वंश (Genera) उष्ण कटिबन्धीय भाग के गर्म जलमण्डल में पाये जाते हैं। इस प्रदेश को चार मण्डलों में विभक्त करते हैं-

(अ) अटलाण्टिक अयनवर्ती भाग,

(ब) हिन्द महासागरीय अयनवर्ती भाग,

(स) पश्चिमी तथा

(द) पूर्वी प्रशान्त महासागरीय अनवर्ती भाग।

पादपों के सर्वाधिक प्रकार हिन्द-प. प्रशान्त महासागरीय मंडल के जलमग्न तटीय भागों में पाये जाते हैं।